STANISŁAW LEM
DIE PHANTASTISCHEN ERZÄHLUNGEN

Mit Illustrationen, einem
Interview und Anmerkungen zur
Rezeption von Franz Rottensteiner.
Herausgegeben und mit einem
Nachwort versehen von
Werner Berthel

Insel Verlag

Insel Verlag Frankfurt am Main 1980. Alle Rechte für die Bundesrepublik Deutschland, Westberlin, Österreich und die Schweiz beim Insel Verlag Frankfurt am Main 1980. Copyrightvermerke am Schluß des Bandes. Satz: LibroSatz, Kriftel. Druck: Graphische Betriebe R. Oldenbourg, München. Printed in Germany

INHALT

Die Kunst, Vorworte zu schreiben 7
Pirx erzählt 15
Ananke 34
Der Freund 90
Professor A. Donda 140
Die Waschmaschinentragödie 170
Die Wahrheit 188
Das schwarze Kabinett Professor Tarantogas 212
Experimenta Felicitologica 239
Die Rettung der Welt 295
Chronde 300
Das Märchen vom König Murdas 315
Zifferoticon 324
Die siebente Reise oder wie Trurls Vollkommenheit
zum Bösen führte 335
Die Auferstehungsmaschine 343
Emelen 362
Vestrands Extelopädie in 44 Magnetbänden,
nebst Probebogen 393
Alistar Waynewright Being Inc. (*American Library*) 411
Futurologischer Kongreß. 1. Tag 419

Materialien 445
Bildteil 446
Franz Rottensteiner:
Anmerkungen zur Rezeption Stanisław Lems 452
Franz Rottensteiner:
Interview mit Stanisław Lem 457
Werner Berthel:
Der Versuch, Erfahrungen zu vermitteln. Anmerkungen
zum Werk von Stanisław Lem 467
Copyrightvermerke, Text- und Übersetzernachweise 476

DIE KUNST, VORWORTE ZU SCHREIBEN

Die Kunst, Vorworte zu schreiben, erhebt schon lange Anspruch auf ein Heimatrecht. Und ich spüre schon längst das Bedürfnis, diesem okkupierten Schrifttum Genüge zu tun, das seit vierzig Jahrhunderten in der Sklaverei der Werke, an die es gefesselt ist, über *sich selbst* schweigt. Wann, wenn nicht in der Epoche der Ökumenisierung, das heißt der Ära der Allgründe, sollte man diese edle, bereits in der Entstehung gehemmte Gattung endlich mit Unabhängigkeit bedecken? Ich hatte zwar damit gerechnet, daß ein anderer diese Pflicht erfüllen würde, die nicht nur ästhetisch mit der Entwicklung der Kunst übereinstimmt, sondern auch moralisch dringlich geboten scheint. Leider habe ich mich verrechnet. So schaue ich vergebens und warte: Niemand unternimmt es, die Vorwortschreiberei aus dem Zwinger der Unfreiheit, aus der Tretmühle des Frondienstes herauszuführen. Also gibt es keinen anderen Rat: Ich muß selbst, obschon eher aus Pflichtgefühl denn aus einer Regung des Herzens, der Introduktionistik zu Hilfe eilen – um ihr Befreier und Geburtshelfer zu werden.

Dieses schwer geprüfte Gebiet hat sein niederes Reich, das der gedungenen Vorworte, der wergleinenen Zug- und Soldleistungen, da Sklaverei demoralisiert. Es kennt aber auch Hochnäsigkeit und Launenhaftigkeit, die banale Geste und die jerichonische Aufgeblasenheit. Neben den serienmäßigen Vorworten gibt es auch Chargen – Vorreden und Einleitungen, und auch die gewöhnlichen Vorworte sind einander nicht gleich, denn ein Vorwort zum eigenen Buch ist etwas anderes als das zu einem fremden. Auch ist es nicht dasselbe, ob man es einer ersten Auflage voranstellt oder ob man Mühe darauf verwendet, Vorworte für mehrere aufeinanderfolgende Auflagen zu vervielfältigen. Die Macht einer Sammlung selbst nichtssagender Vorworte, die ein Werk annimmt, das mit steter Zudringlichkeit verlegt worden ist, verwandelt das Papier in einen Felsen, der die Anschläge von Eiferern zunichte macht – wer nämlich wird es wagen, ein Buch mit einem solchen Brustpanzer anzugreifen, hinter dem man bereits nicht so sehr den Inhalt als vielmehr seine unantastbare Respektabilität erkennen kann.

Das Vorwort pflegt, aus Würde oder aus Stolz, eine maßvolle Ankündigung zu sein, ein vom Autor unterzeichnetes Obligo, dann wieder – eine durch Rücksichten erzwungene, flüchtige, obschon freundschaftliche Bekundung eines im Grunde geheuchelten Engagements einer Autorität für ein Buch: also sein eiserner Brief, das Geleitschreiben, der Passierschein für die große Welt, ein Viatikum aus mächtigem Mund – aber ein vergeblicher Kunstgriff, der das nach oben zieht, was doch wieder versinken wird. Unzahlbar sind diese Wechsel – und selten nur wird einer Gold ausschütten oder gar Prozente erbringen. Doch ich möchte das alles übergehen. Ich beabsichtige nicht, mich auf eine Wertung der Introduktionistik oder auch nur auf eine grundlegende Klassifizierung dieser bisher geringgeschätzten, an der Kandare gehaltenen Gattung einzulassen. Kutschpferde und Schindmähren pflegen gleichermaßen im Gespann zu gehen. Mögen sich die Linnäusse mit dieser Zugseite der Dinge befassen. Kein Vorwort von dieser Art soll meine kleine Anthologie der Befreiten Vorworte einleiten.

Man muß hier in die Tiefe gehen. Was kann ein Vorwort sein? Gewiß – eine Reklame, die einem offen ins Gesicht lügt, aber auch ein Rufen in der Wüste wie bei Johannes dem Täufer oder bei Roger Bacon. Die Überlegung zeigt uns also, daß es neben den Vorworten zu Werken auch Vorwort-Werke gibt, denn sowohl die heiligen Bücher jeglichen Glaubens als auch die Thesen und Futuromachien der Gelehrten sind Einführungen – ins Diesseits und ins Jenseits. Die Reflexion verrät also, daß das Reich der Vorworte ungleich umfassender ist als das Reich der Literatur; was diese nämlich zu *verwirklichen* versucht, verkünden die Vorworte nur aus der Ferne.

Die Antwort auf die bereits bohrende Frage, warum zum Teufel man sich in einem Kampf um die Befreiung der Vorworte einlassen solle, um sie als ein souveränes schriftstellerisches Genre vorzuschlagen, wird aus dem soeben Gesagten ersichtlich. Man kann sie entweder im Nu erteilen, oder aber unter Zuhilfenahme der höheren Auslegekunst. Zunächst läßt sich dieses Projekt ganz unpathetisch – mit dem Rechenbrett in der Hand begründen. Bedroht uns nicht die Sintflut der Information? Und liegt nicht darin die Ungeheuerlichkeit, daß sie das Schöne durch das Schöne zermalmt und die Wahrheit durch die Wahrheit vernichtet? Und dies, weil die Stimme von einer Million Shakespeares genau denselben Radau und wütenden Lärm darstellt wie das Brüllen einer Büffelherde in der Steppe oder das Tosen der Wellen auf dem Meer. So bringen Milliardensinne, wenn sie zusammenstoßen, dem Denken keine Ehre, sondern Untergang. Ist nicht in Anbetracht dieser Fatalität nur noch das Schweigen die rettende Arche des Bündnisses zwischen Autor und Leser, da der erstere sich ein Verdienst erwirbt, indem er dem Ersinnen jeglicher Inhalte entsagt, und der zweite – indem er einem so erwiesenen Verzicht Beifall zollt? Gewiß ... und man könnte sich sogar des Schreibens der Vorworte enthalten, aber dann würde ja der Akt der manifestierten Zurückhaltung gar nicht wahrgenommen und somit auch das Opfer nicht akzeptiert werden. Daher sind meine Vorworte Ankündigungen solcher Sünden, deren ich mich enthalten werde. Diese auf der Ebene einer kühlen und rein äußerlichen Überlegung. Aber diese Kalkulation erklärt noch nicht, was die Kunst durch den verkündeten Freispruch gewinnt. Wir wissen bereits, daß auch ein Übermaß an himmlischem Manna steinigend zu wirken vermag. Wie soll man sich davor retten? Wie den Geist vor der Selbstvernagelung schützen? Und liegt tatsächlich gerade hier die Rettung, führt der einzige und gute Weg gerade durch die Vorworte?

Witold Gombrowicz, der herbeizitierte strahlende Doktor und Krautjunker-Hermeneutiker, hätte die Sache so ausgelegt. Es geht aber nicht darum, ob jemandem, und wäre es mir, der Einfall, die Vorworte von den Inhalten zu befreien, die sie ankündigen sollen, gefällt oder auch nicht gefällt. Wir sind nämlich unwiderruflich den Gesetzen der Formentwicklung ausgesetzt. Die Kunst kann nicht an einer Stelle verharren und darf sich auch nicht immerfort wiederholen: Eben deshalb darf sie nicht *nur* gefallen. Hast du ein Ei gelegt, mußt du es auch ausbrüten; schlüpft daraus ein Säuger statt eines Reptils, dann muß man ihm etwas zum Saugen geben; wenn uns also der nächste Schritt zu dem führt, was allgemeinen Unwillen, ja sogar einen Zustand des Erbrechens verursacht, so gibt es dagegen kein Mittel: Eben das haben wir uns durch eigene Arbeit erworben, so weit haben wir uns selber bereits gedrängt und gezogen, also werden wir von einem höheren Gebot aus, als es die Annehmlichkeit wäre, das Neue im Auge, im Ohr, im Geist – drehen und wenden müssen, das uns kategorisch appliziert wurde, da man es auf dem Wege zu den Höhen entdeckte, auf dem Wege dorthin, wo zwar niemand gewesen ist und auch nicht sein möchte, weil unbekannt ist, ob man es dort auch nur eine Weile aushalten kann – aber, fürwahr, das hat für die Entwicklung der Kultur nicht die geringste Bedeutung! Dieses Lemma läßt uns mit einer Desinvolture, wie sie nonchalanter Genialität eignet, eine – die alte – spontane, also unbewußte Sklaverei in eine neue verwandeln; es zerreißt nicht die Fesseln, sondern verlängert uns nur die Laufleine; und in der Tat, es treibt uns ins Ungewisse, indem es als Freiheit bezeichnet, was eine wohlverstandene Notwendigkeit ist.

Ich jedoch, ich gestehe es ehrlich, ich lechze nach einer anderen

Begründung für Häresie und Auflehnung. Ich sage also: Es ist in gewisser Weise wahr, was hier erstens und zweitens behauptet wurde, aber es ist nicht die volle Wahrheit – und nicht vollends dem Zwang ähnlich; wir können nämlich, drittens, für die Kreation eine Algebra anwenden, die wir dem Allmächtigen abgeluchst haben.
Beachten Sie bitte, wie wortreich die Bibel, wie weitschweifig der Pentateuch in der Schilderung des *Resultats* der Genesis sind – und wie lakonisch im Aufzeigen ihrer Rezeptur! Das war Zeitlosigkeit und Chaos, und plötzlich – ganz unvermittelt – sagte der Herr: »Es werde Licht«, worauf dies erfolgte und basta, aber zwischen dem einen und dem anderen – hatte es da nichts gegeben, gar keine Ritze, kein Mittel? Glaube ich nicht! Zwischen dem Chaos und der Schöpfung war die reine Intention, noch nicht vom Licht getroffen, noch nicht vollends im Kosmos engagiert, noch nicht befleckt von der paradiesischen Erde.
Es gab nämlich auch damals die Entstehung von Chancen, aber noch keine Verwirklichung; es gab die Absicht, die dadurch göttlich und allmächtig war, daß sie noch nicht begonnen hatte, sich in Aktion zu verwandeln. Es gab die Verkündigung – vor der Empfängnis . . .
Wie sollte man nicht diese Lehre nutzen? Es handelt sich nicht um ein Plagiat, es geht um die Methode. Woher kam nämlich alles? Aus dem Anfang, natürlich. Und was war am Anfang? Die Einführung, wie wir bereits wissen. Ein Vorwort, aber kein selbstherrliches, egoistisches, sondern ein Vorwort zu Etwas. Widersetzen wir uns einer zügellosen Verwirklichung, wie es die Genesis war – wenden wir bei ihrem ersten Lemma die Algebra einer maßvolleren Schöpfung an!
Wir teilen nämlich das Ganze durch »etwas«. »Etwas« verschwindet dann, und zurück bleibt – als Lösung – das Vorwort, gereinigt von bösen Folgen, namentlich von allen Drohungen der Inkarnation, rein intentionell und in diesem Zustand sündenfrei. Das ist nicht die Welt, sondern nur ein Punkt ohne Dimensionen, aber darum gerade im Unendlichen. Darüber, wie man die Literatur zu ihm hinführen soll, gleich mehr. Zunächst aber wollen wir uns deren Nachbarschaft ansehen – denn sie ist ja kein Anachoret.
Alle Künste sind heutzutage bemüht, ein Rettungsmanöver durchzuführen, denn die Expansion des Schaffens wurde ihr Alpdruck, ihre Hetzjagd, ihre Flucht – die Kunst explodiert wie das Universum ins Leere, ohne Widerstand, also ohne Halt zu finden. Wenn man schon alles kann, dann ist auch das Nichts etwas wert – und so

verwandelt sich das rasende Tempo in einen Rückzug, denn die Künste wollen zur Quelle zurückkehren, wissen aber nicht wie.
Die Malerei ist in ihrem brennenden Verlangen nach Grenzen in die Maler gekrochen, in ihre Haut – und so stellt der Künstler bereits sich selbst aus, ohne Bilder, er ist also ein mit Pinseln ausgepeitschter oder in Öl und in Tempera gewälzter Bilderstürmer oder aber auch völlig nackt bei der Vernissage ohne farbliche Zutaten. Leider kann dieser Unglückselige nicht zur authentischen Nacktheit gelangen: Er ist kein Adam, sondern nur ein Herr, der sich vollends ausgezogen hat.
Und der Bildhauer, der uns seine unbehauenen Steine vorsetzt oder der durch die Ausstellung jeglichen Müll adelt, versucht ins Paläolithikum zurückzukriechen, in den Urmenschen – denn zu einem solchen, das heißt zu einem authentischen Original, möchte er werden! Doch er hat es noch weit zum Höhlenmenschen. Nicht hierlang führt der Weg zum rohen Fleisch barbarischer Expression! Naturalia non sunt turpia – das heißt aber lange noch nicht, daß jegliche primitive Verwilderung eine Rückkehr zur Natur bedeutet.
Was dann, bitte? Klären wir die Sache am Beispiel der Musik. Ihre größte und nächste Chance steht nämlich gerade vor ihr offen.
Übel tun die Komponisten, die dem Kontrapunkt die Knochen brechen und die Bachs in Computern zerstäuben – auch ein Trampeln mit Elektronen auf den Schwänzen einer hundertfach verstärkten Katze wird nichts weiter erzeugen, als eine Herde künstlicher Jauler. Ein falscher Kurs und ein falscher Ton. Der zielbewußte Erlöser – der Neuerer – ist noch nicht gekommen.
Voller Ungeduld warte ich auf ihn – ich warte auf sein Werk einer *konkreten* Musik, die im *Befreien von der Lüge* in den Schoß der Natur zurückkehrt, ein Werk, das die Fixierung jener chorischen, obschon eng privaten Darbietungen sein wird, denen sich jedes Publikum im Konzertsaal widmet, da es ja nur in der Äußerlichkeit seiner Andacht kulturvoll ist, nur mit der gezähmten Peripherie der Organismen das schweißtriefende Orchester kontempliert.
Ich glaube, daß diese von hundert Mikrofonen erlauschte Sinfonie eine dunkle, monotone Instrumentation haben wird, wie sie den Därmen eignet, denn ihren klanglichen Hintergrund werden verstärkte Dünndarmbässe, also Borborygmen von Personen bilden, die in eine unabwendbare Bauchstürmerei fanatisch verbissen sind, welche im Knurren gelagert, glucksend exakt und voll eines verzweifelten Verdauungsdrucks ist – denn authentisch, da organisch und nicht orgelhaft, ist diese Stimme der Innereien – die Stimme des

Lebens! Ich vertraue auch darauf, daß sich das Leitmotiv im Takt der Sitzperkussion entfalten wird, wie sie das Quietschen der Stühle akzentuiert, mit heftigen, spasmatischen Eingaben der Nasenwischerei und mit Akkorden glanzvoller Koloraturen des Hustens. Die Bronchien werden aufspielen. . . und ich ahne hier schon so manches Solo, ausgeführt mit der Meisterschaft asthmatischer Greisenhaftigkeit, ein wahres Memento mori vivace ma non troppo, die Darbietung einer agonalen Piccoloflöte, denn die authentische Leiche wird im Dreivierteltakt mit dem künstlichen Gebiß klappern, das rechtschaffene Grab wird in der röchelnden Luftröhre pfeifen – nun, eine solche Wahrheit des sinfonischen Verdauungstrakts, dermaßen lebensecht, ist unnachahmbar.

Die gesamte somatische Initiative der Leiber, die bislang irrtümlicherweise durch die künstliche Musik übertönt wurde, ungeachtet ihrer tragisch, weil unwiderruflich eigenen Klänge, schreit nach triumphaler Revindikation – als Rückkehr zur Natur. Ich kann mich nicht täuschen – ich weiß, daß die Uraufführung der Viszeralen Sinfonie einen Durchbruch bedeuten wird, denn so und nur so wird das traditionell passive, zum Rascheln beim Auseinanderwickeln von Minzbonbons verurteilte Publikum die Initiative übernehmen – endlich! – und in der Rolle eines sich selbstverwirklichenden Orchesters die *Rückkehr zu sich selbst* aufführen – fanatisch versessen aufs Entzaubern, aufs »Entlügen« – diese Losung unseres Jahrhunderts.

Der Schöpfer und Komponist wird wieder nur ein Priester-Vermittler sein zwischen der schreckensstarren Menge und der Moira – denn das Schicksal unserer Därme ist unsere Bestimmung . . .

So wird denn das distinguierte Kollektiv der Connaisseurs und Zuhörer ohne jedwedes Nebengeklimper die selbstdarstellende Sinfonie erleben, denn es wird sich bei dieser Uraufführung nur *an sich selbst* delektieren – und ängstigen . . .

Und die Literatur? Sie ahnen es wohl schon: Ich will euch euren Geist wiedergeben, in seinem ganzen Umfang, ebenso wie die viszerale Musik dem Publikum den eigenen Körper zurückgibt – das heißt, wie sie genau in der Mitte der Zivilisation zur Natur hinabsteigt.

Und eben deshalb kann die Vorwortschreiberei nicht länger unter dem Fluch der Sklaverei leben, ausgeschlossen vom Befreiungswerk. Ich wiegele also nicht nur die Belletristen und ihre Leser zum Aufstand auf. Dabei schwebt mir Auflehnung vor, keine allgemeine Verwirrung der Geister – kein Anstacheln der Theaterzuschauer, damit sie auf die Bühne kriechen oder damit die Bühne auf sie kriecht, wodurch sie unter Einbuße ihrer früheren Position, der angenehmen Überlegenheit, aus dem liquidierten Asyl des Zuschauerraums in den Kessel des heiligen Veit gestoßen werden. Keine Krämpfe und Zuckungen, nicht die abwegige Mimikry der Joga, sondern nur das Denken allein kann uns die Freiheit wiedergeben. So würdest du dich denn, verehrter Leser, wenn du mir das Recht auf den Befreiungskampf im Namen und zum Wohl der Vorworte absprechen wolltest, zur Rückschrittlichkeit, zur versteinerten Altväterlichkeit verurteilen, und selbst wenn du dir einen noch so langen Bart wachsen ließest – ins Neuzeitliche, Moderne wirst du doch nicht eingehen.

Du hingegen, mein Leser, der du erfahren bist im Antizipieren des Neuen, du Fortschrittler mit dem blitzschnellen Reflex, der du frei und ungezwungen in den Modekaskaden unserer Ära mitschwingst, du, der du ja weißt, daß wir weitergehen müssen, da wir höher geklettert sind als unser Affenurvetter (immerhin auf den Mond) – du wirst mich verstehen, wirst dich im Gefühl erfüllter Pflicht mit mir verbinden.

Ich werde dich betrügen, und gerade dafür wirst du mir Dankbarkeit erweisen; ich werde dir ein feierliches Versprechen geben, ohne im geringsten daran zu denken, es einzuhalten, und du wirst eben dadurch beruhigt sein oder wirst zumindest mit einer Meisterschaft, die der Sache würdig ist, heucheln, es sei an dem; den Stumpfsinnigen indes, die uns gemeinsam exkommunizieren möchten, wirst du entgegnen, sie seien mit ihrem Geist von der Epoche abgefallen und auf den Halden voller Müll gelandet, den die eilige Wirklichkeit ausgespien habe.

Du wirst ihnen sagen, dagegen könne man nichts tun. Ein Wechsel ohne (transzendentale) Deckung, ein (gefälschtes) Pfand, eine (undurchführbare) Ankündigung, die höchste Form des Ärgernisses – das sei eben heute die Kunst.

Also muß man gerade diese ihre Leere und diese Unausführbarkeit als Devise und Fundament hinnehmen; und deshalb habe ich, der ich das Vorwort zur Kleinen Anthologie der Vorworte schreibe, sehr wohl das Recht dazu, denn ich schlage Einführungen vor, die nirgendwohin einführen, sowie Vorreden, denen keine Reden folgen.

Aber mit jedem dieser ersten Schritte werde ich dir eine Leere von anderer Art und Bedeutungsfarbe öffnen, die in echten Heideggerschen Spektrallinien schillert. Ich werde voller Begeisterung, mit Hoffnung und großem Lärm die Türen der Altäre und Triptychen öffnen, Ikonostasen und Zarenpforten ankündigen, werde auf Stufen niederknien, die an der Schwelle von Räumen aufhören, die nicht etwa verödet sind, sondern in denen nie etwas war *und nie etwas sein wird.* Ach, dieses Spiel, das ernsthafteste von allen möglichen, geradezu tragisch, ist das Gleichnis unseres Schicksals, denn es gibt keine andere so menschliche Erfindung und keine andere Eigenschaft und Stütze der Menschheit als ein volltönendes, von Verpflichtungen befreites, unser Wesen für immer verschlingendes – Vorwort zum Nichts.

Die gesamte steinerne und grüne Welt, erstarrt und tosend, feuerrot entflammt in den Wolken und in den Sternen eingegraben, teilen wir mit den Tieren und mit den Pflanzen – das Nichts jedoch ist unsere Domäne und Spezialität. Der Entdecker des Nichts ist der Mensch. Aber es ist so schwierig, so ungewöhnlich, weil es eine unwirkliche Sache ist, die man nicht ohne eine sorgfältige Vorbereitung, nicht ohne geistige Übungen, nicht ohne eine langwierige Initiation und ohne Training versuchen kann; Unvorbereitete läßt sie zur Säule erstarren – daher muß man sich für eine Kommunikation mit dem präzis gestimmten, reich orchestrierten Nichts sehr gewissenhaft präparieren und jeden Schritt in seiner Richtung möglichst gewichtig, markant, materiell gestalten.

So werde ich denn hier Vorworte vorführen, wie man prachtvoll geschnitzte, goldgeschmiedete, mit allerhand Greifen und Grafen in majestätischen Supraporten gekrönte Türrahmen zeigt, werde bei dieser ihrer gediegenen, klangvoll massiven, uns zugewandten Seite deshalb Eide schwören, um den Leser ins Nichts zu stoßen – und ihn somit aus allen Seinsformen und Welten gleichzeitig zu drängen.

Ich gewährleiste und sichere eine wunderbare Freiheit zu, indem ich mein Wort gebe, daß dort Nichts sein wird.

Was ich dadurch gewinne? Den reichsten Zustand: den vor der Schöpfung.

Was gewinnst du, Leser? Die höchste Freiheit – denn ich werde dein Gehör mit keinem Wort im hehren Höhenflug trüben. Ich werde es nur an mich nehmen, wie ein Liebhaber eine Taube ergreift, und es, wie Davids Stein, wie einen Stein des Anstoßes, wegschleudern, damit es ins Unendliche fliegt – zu ewigem Gebrauch.

PIRX ERZÄHLT

Utopische Bücher? Doch, die mag ich, aber nur schlechte. Das heißt, schlechte eigentlich nicht, eher unwahre. An Bord habe ich so etwas immer bei der Hand, um in freien Augenblicken zu lesen, auch wenn es nur ein paar Seiten mittendrin sind, und es dann beiseite zu legen. Mit den guten ist das eine ganz andere Sache, die lese ich ausschließlich auf der Erde. Weshalb? Ehrlich gesagt – ich weiß es selbst nicht. Ich habe nie darüber nachgedacht. Gute Bücher sind immer wahr, auch wenn sie Dinge beschreiben, die sich nie ereignet haben und die sich nie ereignen werden. Sie sind wahr in einem anderen Sinne: Wenn sie, sagen wir, von der Kosmonautik handeln, dann lernt man etwas von der Stille kennen, die so ganz, ganz anders ist als die irdische Stille, von dieser Ruhe, die von so vollkommener Unbeweglichkeit ist . . . Was immer sie auch schildern, sie sagen stets dasselbe, nämlich daß der Mensch dort nie zu Hause sein wird. Auf der Erde ist alles so zufällig, wie es gerade kommt, ein Baum, eine Wand, ein Garten, man kann das eine gegen das andere auswechseln, hinterm Horizont ist ein anderer Horizont, hinterm Berg – ein Tal. Dort aber ist es ganz anders. Auf der Erde kommt es den Menschen nie in den Sinn, wie schrecklich es ist, daß sich die Sterne nicht bewegen. Selbst wenn du ein Jahr lang mit vollem Schub fliegst, bemerkst du keine Veränderung. Wir fliegen und fahren über die Erde und glauben zu wissen, was das ist – der Raum. Man kann das einfach nicht ausdrücken. Ich erinnere mich noch gut: Als ich einmal von einem Patrouillenflug heimkehrte, lauschte ich irgendwo in der Gegend des Arbiter fernen Gesprächen, man stritt sich, wer zuerst landen dürfe, und ich erblickte zufällig eine andere heimkehrende Rakete. Der gute Mann dachte, er sei allein. Er ließ seine Kiste tanzen wie in einem epileptischen Anfall. Jeder von Ihnen weiß, wie das ist: Nach ein paar Tagen verspürt man eine irrsinnige Lust, etwas zu tun, ganz gleich was, volle Pulle zu geben, irgendwohin zu jagen und herumzukurven, daß einem die Zunge heraushängt . . . Früher dachte ich, das sei unanständig, der Mensch solle sich nicht so gehenlassen. Doch im Grunde ist das nur Verzweiflung, nur der Wunsch, dem Kosmos . . . die Zunge rauszustrecken. Denn er ist nicht austauschbar wie ein Baum, und deshalb ist es wohl so schwer, mit ihm fertig zu werden. Das ist es, wovon gute Bücher erzählen. Und wie ein Sterbender nicht gerade gern etwas über die Agonie liest, wollen auch wir, die wir doch alle ein bißchen die Sterne fürchten, nicht die Wahrheit über sie hören, wenn wir mitten unter ihnen sind. Wir finden dann alles gut, was uns ein bißchen ablenkt. Für mich jedoch sind jene anderen Sterngeschichten die besten, die Lesebuchgeschichten, denn in ihnen ist alles so bieder, den Kosmos eingeschlossen. Und da es sozusagen eine Biederkeit für Erwachsene ist, gibt es dort Katastrophen und Morde und andere Scheußlichkeiten, aber bieder und unschuldig sind sie trotzdem, denn sie sind von Anfang bis Ende erlogen: sie wollen einem Angst einjagen, aber man lächelt nur mitleidig.

Das, was ich euch erzählen will, ist so eine Geschichte. Sie ist mir wirklich passiert. Doch das ist unwichtig. Wir hatten gerade ein »Jahr der ruhigen Sonne«. Wie gewöhnlich in solchen Zeiten, fand rings um die Sonne ein großes Reinemachen statt, ein Aufräumen und Ausfegen riesiger Mengen alten Eisenkrams, der auf einer Umlaufbahn um den Merkur dahintrudelte; man hatte in den sechs Jahren, da in seinem Perihel eine große Station errichtet wurde, einen Haufen alter Wracks im All zurückgelassen, denn damals verfuhr man noch nach dem Le-Mans-System und verwendete die Raketenleichen als Gerüste, statt sie zu verschrotten. Le Mans war mehr Ökonom als Ingenieur. Die aus den Wracks gefertigte Station war zwar dreimal so billig, verursachte aber so viele Schwierigkeiten, daß von nun an kein Mensch mehr auf solche »Einsparungen« erpicht war. Doch da kam Le Mans auf eine neue Idee – er wollte diesen Raketenfriedhof auf die Erde zurückschaffen. Wozu sollte er bis zum Jüngsten Gericht dort kreisen, wenn man ihn einschmelzen konnte? Wenn sich das allerdings bezahlt machen sollte, mußten als Schlepper Raketen verwendet werden, die nicht viel besser waren als jene Leichname. Ich war damals Patrouillenpilot und hatte meine Stunden längst abgeflogen, das heißt, eigentlich war ich es nur noch an jedem Ersten, wenn ich mein Gehalt kassierte. Meine Lust zu fliegen war jedoch so groß, daß ich selbst mit einem eisernen Ofen einverstanden gewesen wäre, hätte sich sein bißchen Zug in Schub umsetzen lassen.

Kein Wunder also, daß ich mich in Le Mans' brasilianischem Büro meldete, kaum daß ich seine Annonce gelesen hatte. Ich möchte hier nicht behaupten, daß die von Le Mans oder vielmehr von seinen Agenten angeheuerten Besatzungen eine Art Fremdenlegion gewesen wären oder eine Ansammlung von Strolchen, denn solche Leute fliegen überhaupt nicht. Aber heutzutage begibt man sich kaum noch in den Kosmos, um Abenteuer zu suchen. Dort gibt es keine Abenteuer mehr, wenigstens nicht im allgemeinen. Man entschließt sich also dazu wegen irgendeines Unglücks oder einfach so, aus purer

Laune. Solche Leute sind das schlechteste Material, denn dieser Dienst verlangt mehr Standfestigkeit als die Seefahrt, und Leute, denen alles schnurz ist, haben an Bord nichts zu suchen. Ich will nicht den Psychologen spielen, ich möchte nur erklären, weshalb ich schon nach der ersten Reise die Hälfte der Besatzung verlor. Die Techniker mußte ich entlassen, weil sie sich unter dem Einfluß des Funkers, eines kleinen Mestizen, dem Trunk ergeben hatten. Die Tricks, mit denen es dieser Bursche verstand, Alkohol an Bord zu schmuggeln, kann man schon genial nennen. Er spielte mit mir Katz und Maus. Einmal versenkte er Plastschläuche in den Kanistern, aber das möchte ich nur nebenbei erwähnen. Wahrscheinlich würde er sogar im Reaktor Whisky verstecken, wenn das möglich wäre. Ich kann mir vorstellen, welche Entrüstung das bei den Pionieren der Astronautik hervorgerufen hätte. Mir ist unbegreiflich, wie sie daran glauben konnten, daß der bloße Aufstieg in eine Umlaufbahn den Menschen in einen Engel verwandele. Vielleicht spukte in ihren Köpfen, ohne daß sie es wußten, der paradiesisch blaue Himmel, der während des Starts so schnell verschwindet? Aber es ist wohl dumm von mir, solche Erwägungen anzustellen. Dieser Mexikaner, der eigentlich in Bolivien geboren wurde, verschaffte sich eine Nebeneinnahme, indem er Marihuana verkaufte. Außerdem machte es ihm Spaß, mich an der Nase herumzuführen. Aber ich kannte Schlimmere als ihn. Le Mans war ein großer Mann, er befaßte sich nicht mit Einzelheiten, er legte für seine Agenten nur das finanzielle Limit fest. Nicht genug also damit, daß ich außerstande war, meine Besatzung zu komplettieren, ich mußte auch noch um jeden Kilometer Schub bangen und mir jedes Manöver dreimal überlegen. Die Uranographen wurden nach jedem Flug wie Finanzbücher kontrolliert, ob nicht, Gott behüte, irgendwo zehn Dollar in der Gestalt von Neutronen davongeflogen waren. Was ich dort tat, hatte man mich nie gelehrt – möglich, daß ähnliche Dinge vor hundert Jahren auf alten Tramps vorkamen, die zwischen Glasgow und Indien kursierten. Nun, ich habe mich nie beklagt, und jetzt denke ich manchmal – fast schäme ich mich, es zu sagen – mit Wehmut daran. Diese »Perle der Nacht« – welch ein Name! Das Raumschiff löste sich allmählich auf, das Fliegen bestand darin, alle möglichen undichten Stellen und Kurzschlüsse zu finden. Jeder Start und jede Landung fanden gegen alle Gesetze – nicht nur der Physik – statt. Wahrscheinlich hatte Le Mans' Agent gute Bekannte im Merkurhafen, sonst hätte jeder Kontrollingenieur sofort alles versiegelt, angefangen von der Steueranlage bis zum Reaktor. So flogen wir also zu den Jagdgebieten im Perihel und spürten mit den Radargeräten die Wracks auf. Dann wurden sie zusammengeholt und zu einem »Zug« formiert. Ich hatte dort alles auf einmal: Krach mit den Technikern, Schnaps mußte ins All hinausgeworfen werden – noch heute segelt dort London Dry Gin durch die Gegend –, und verzwickte mathematische Probleme; die Navigation beruhte nämlich darauf, Annäherungswerte zu finden für das Verhalten vieler Körper im Raum. Was es im Überfluß gab, war Leere. Leere in Raum und Zeit. Ich schloß mich in der Kajüte ein und las. An den Verfasser erinnere ich mich nicht, es war ein Amerikaner, und im Titel war wohl von Sternenstaub die Rede. Wie das Buch anfing, weiß ich ebenfalls nicht, denn ich begann irgendwo in der Mitte zu lesen. Der Held befand sich im Reaktorraum und telefonierte mit dem Piloten, als der Ruf ertönte: »Hinter uns Meteore!« Bis zu diesem Augenblick hatte Schwerelosigkeit geherrscht, da gewahrte der Held plötzlich, daß die riesige Reaktorwand mit den leuchtendgelben Augen ihrer Instrumente bedrohlich auf ihn zukam: Die Triebwerke waren gezündet worden, und das Raumschiff schnellte vorwärts, er dagegen hatte, da er in der Luft schwebte, die vorherige Geschwindigkeit beibehalten. Zum Glück konnte er sich irgendwie mit den Füßen abstoßen, doch die Beschleunigung entriß ihm den Hörer. Einen Moment hing er an der Telefonschnur, dann kam er zu Fall und wurde platt gegen die Wand gedrückt. Der Hörer pendelte über ihm, und er unternahm verzweifelte Anstrengungen, ihn zu ergreifen. Aber er wog ja mindestens eine Tonne und konnte keinen Finger bewegen. Schließlich bekam er ihn mit den Zähnen zu fassen und gab das rettende Kommando durch. Diese Szene prägte sich mir ein, und noch besser gefiel mir die Beschreibung, wie sie durch einen Schwarm stießen. Eine Staubwolke bedeckte, man höre und staune, ein Drittel des Himmels, nur die hellsten Sterne schimmerten hindurch, doch das ist noch gar nichts, denn plötzlich sah der Held, und zwar auf dem Radarschirm, daß sich aus diesem gelben Taifun ein blaß leuchtender Schweif mit schwarzem Kern näherte. Ich weiß nicht, was das sein sollte, aber ich lachte Tränen. Wie hübsch der Autor sich das alles ausgedacht hatte! Die Wolke, der Taifun, der Telefonhörer – ich sah den guten Mann förmlich vor mir, wie er an der Schnur baumelte; denn daß unterdessen in der Kajüte eine bildschöne Frau wartete, versteht sich wohl von selbst. Sie war Geheimagentin irgendeines kosmischen Tyrannen, vielleicht kämpfte sie auch gegen einen solchen, ich weiß es nicht mehr. Jedenfalls war sie schön, wie es sich gehört. Weshalb ich des langen

und des breiten darüber rede? Weil diese Lektüre meine Rettung war. Meteore? Ich habe Wracks von zwanzig- bis dreißigtausend Tonnen wochenlang gesucht und nicht einmal die Hälfte auf dem Radarschirm gesehen. Da ist es einfacher, eine fliegende Revolverkugel zu erblicken. Einmal, wir hatten gerade keinen Schub, mußte ich meinen Mestizen beim Schlafittchen packen; das ist wohl schwieriger als die Sache mit dem Hörer, weil wir beide umherflogen, aber gewiß weniger effektvoll. Ich glaube beinahe, ich komme ins Schwatzen. Ich weiß, aber so hat sich die Geschichte nun einmal entwickelt. Die zweimonatige Jagd war beendet, ich hatte hundertzwanzig- oder hundertvierzigtausend Tonnen toten Metalls im Schlepp und bewegte mich auf einer ekliptischen Ebene in Richtung Erde.
Freilich, das war gegen die Vorschriften, aber ich hatte keinen Brennstoff für Manöver. Im übrigen sagte ich das ja schon. Mehr als zwei Monate lang mußte ich mich ohne Schub dahinschleppen. Und da trat die Katastrophe ein. Nein, nicht Meteore, schließlich handelte es sich nicht um einen Roman. Mumps. Ziegenpeter. Zuerst der Reaktortechniker, dann beide Piloten, schließlich alle übrigen. Die Visagen schwollen ihnen an, die Augen waren nur noch Spalte, hohes Fieber, von Wachdienst keine Rede. Das tollwütige Virus hatte Ngey an Bord geschleppt, der auf der »Perle der Nacht« Koch, Steward, Hofmarschall und sonst allerlei war. Auch er war krank, gewiß, aber macht man den Ziegenpeter nicht auch in Südamerika schon als Kind durch? Ich weiß es nicht. Jedenfalls hatte ich ein Raumschiff ohne Besatzung. Geblieben waren mir nur der Funker und der zweite Ingenieur. Der Funker war immer schon am Morgen nach dem Frühstück betrunken. Doch eigentlich war er nicht betrunken – entweder vertrug er soviel, oder er trank immer nur schlückchenweise, jedenfalls bewegte er sich nicht schlecht, vor allem wenn die Schwerkraft aufgehoben war – und die war die ganze Zeit aufgehoben, zählt man nicht die geringfügigen Kursberichtigungen. Aber er hatte Alkohol in den Augen, im Hirn. Jede Anweisung, jeder Befehl mußten genau kontrolliert werden – ich träumte davon, wie ich ihn nach der Landung verdreschen würde; dort konnte ich mir das nicht erlauben, und schließlich, wie konnte ich einen Betrunkenen schlagen? Ohne Alkohol war er wie eine Ratte, grau, unansehnlich, ungewaschen. Zudem hatte er die angenehme Gewohnheit, bei Tisch in der Messe alle möglichen Leute mit den ungeheuerlichsten Flüchen zu bedenken – allerdings morste er. Ja, er klopfte mit dem Finger Morsezeichen auf den Tisch, einfach so vor

sich hin, und ein paarmal wäre es deswegen fast zu Schlägereien gekommen, denn schließlich verstanden es alle, aber er, in die Enge getrieben, behauptete jedesmal, das sei eben so ein Tick von ihm. Nervensache. Das passiere ganz von selbst. Ich befahl ihm, die Ellenbogen an den Körper zu pressen, doch da morste er mit dem Fuß oder mit der Gabel – er war in gewissem Sinne ein Künstler.
Der einzige völlig gesunde und normale Mensch war der Ingenieur. Sein einziger Mangel war nur, daß er Tiefbauingenieur war. Wirklich. Er hatte den Vertrag erhalten, weil er mit dem halben Lohn zufrieden war. Dem Agenten hatte das nichts ausgemacht, und mir war es gar nicht in den Sinn gekommen, ihn zu prüfen, als er sich bei mir meldete. Der Agent fragte ihn nur, ob er sich mit Konstruktionen und Maschinen auskenne. Er sagte ja, denn er kannte sich ja aus: mit Straßenbaumaschinen! Ich setzte ihn zum Wachdienst ein. Er konnte nicht einmal Planeten von Sternen unterscheiden.
Nun wissen Sie schon ungefähr, auf welche Weise Le Mans große Geschäfte machte. Genaugenommen hätte auch ich mich als Navigator von Unterseebooten entpuppen können, und wenn ich nicht so skrupulös wäre, hätte ich mich vielleicht sogar dafür ausgegeben. Ich hätte mich in meiner Kajüte eingeschlossen, aber das ging nicht. Der Agent war selbstverständlich nicht dumm. Er verließ sich, wenn schon nicht auf meine Loyalität, so doch auf meinen Selbsterhaltungstrieb. Ich wollte heimkehren, und da diese hunderttausend Tonnen im All nichts wogen und ein Abkoppeln unsere Geschwindigkeit nicht um einen Millimeter pro Sekunde erhöht hätte, war ich nicht so boshaft, es dennoch zu tun. Denn auch solche Gedanken gingen mir durch den Kopf, wenn ich morgens von einem zum anderen mit Watte, Öl, Verbandstoff, Spiritus und Aspirin ging. Meine einzige Abwechslung war dieses Buch über die Liebe im All inmitten von Meteoritentaifunen. Manche Abschnitte las ich bis zu zehnmal. Es traten dort alle möglichen furchtbaren Ereignisse ein: elektrische Gehirne revoltierten, die Agenten der Piraten hatten im Schädel montierte Sender, eine schöne Frau stammte von einem anderen Sonnensystem, aber von Ziegenpeter kein Wort. Um so besser für mich natürlich. Mir stand er ohnehin bis zum Halse. Manchmal sogar die ganze Weltraumfahrt – so schien es mir wenigstens.
In freien Augenblicken versuchte ich herauszufinden, wo der Funker seine Alkoholvorräte verbarg. Ich weiß nicht, vielleicht überschätze ich ihn, aber ich hatte den Eindruck, als verriete er manche Verstecke absichtlich, wenn der Schnaps darin zur Neige ging, einfach

nur, damit ich standhaft blieb und seine Trunksucht nicht mit einem Achselzucken quittierte. Denn wo er seine Hauptquelle hatte, weiß ich bis heute nicht. Vielleicht war er schon so sehr vom Alkohol durchtränkt, daß er den grundlegenden Vorrat in sich trug? Jedenfalls lief ich kreuz und quer durch das Raumschiff wie eine Fliege an der Decke, ich ruderte im Heck umher und im Mittelschiff, wie einem das manchmal in Träumen passiert, ich fühlte mich mutterseelenallein – die Brüder lagen alle verschwollen in den Kajüten, der Ingenieur saß ungerührt im Steuerraum und lernte vom Linguaphon Französisch; es war still, als wäre an Bord die Pest ausgebrochen, nur manchmal drang Weinen oder Gesang durch die Ventilationskanäle. Von diesem bolivianischen Mexikaner. Immer gegen Abend packte es ihn, da überkam in der Weltschmerz. Mit den Sternen hatte ich wenig zu tun, berücksichtigt man nicht das Buch dieses Amerikaners. Manche Abschnitte kannte ich auswendig, zum Glück sind sie mir inzwischen entfallen. Ich wartete darauf, daß dieser Mumps zu Ende ging, denn das Robinsondasein blieb auf die Dauer auch bei mir nicht ohne Wirkung. Den Tiefbauingenieur mied ich, obwohl er auf seine Weise ein ganz anständiger Kerl war und mir hoch und heilig versicherte, daß er den Vertrag nie unterschrieben hätte, wenn seine Frau und sein Schwager ihn nicht in so ernste finanzielle Schwierigkeiten gebracht hätten. Er gehörte jedoch zu der Sorte von Menschen, die ich nicht ausstehen kann, zu den Leuten, die sich uneingeschränkt und hemmungslos anderen anvertrauen. Ich weiß nicht, ob er nur mir gegenüber ein so ungewöhnliches Vertrauen an den Tag legte – wahrscheinlich nicht, denn bestimmte Dinge kommen einem einfach nicht über die Lippen. Er aber sagte alles, mir drehte sich manchmal der Magen um. Zum Glück war die »Perle der Nacht« groß: achtundzwanzigtausend Tonnen tote Masse, Platz genug, sich zu verstecken.

Sie können sich wohl denken, daß dies mein erster und letzter Flug für Le Mans war. Seitdem habe ich mich nicht mehr so übertölpeln lassen, obwohl ich noch manchmal in der Klemme saß. Ich hätte über diese – immerhin recht peinliche – Episode nicht gesprochen, wenn nicht ein Zusaammenhang mit jener anderen, nicht existierenden Seite der Kosmonautik bestünde. Sie erinnern sich vielleicht: Ich warnte Sie einleitend, daß dies beinahe eine ähnliche Geschichte sein würde wie die aus dem erwähnten Buch.

Die Meteoritenwarnung erhielten wir auf der Höhe der Umlaufbahn der Venus, aber der Funker hatte geschlafen oder sie einfach nicht aufgenommen, jedenfalls vernahm ich die Neuigkeit erst am nächsten Morgen in den Nachrichten, die von der Kosmolotionsstation der Luna ausgestrahlt werden. Ehrlich gesagt, die Sache erschien mir im ersten Augenblick unwahrscheinlich. Die Zeit der Drakoniden war längst passé, der Raum sauber, schließlich ziehen die Schwärme regelmäßig, gewiß, der Jupiter erlaubt sich manchmal dumme Perturbationsscherze, doch diesmal konnte er kaum der Urheber sein, weil es ein ganz anderer Radiant war. Außerdem handelte es sich nur um eine Warnung achten Grades, um eine Staubwarnung, die Wolkendichte war gering, der Prozentsatz größerer Splitter unwesentlich, die Breite der Stirnseite allerdings beträchtlich: Als ich auf die Karte schaute, wurde mir klar, daß wir bereits seit ein oder zwei Stunden in diesem sogenannten Schwarm steckten. Die Bildschirme waren leer. Ich empfand auch keine sonderliche Unruhe, etwas ungewöhnlich war erst die nächste Mitteilung in den Mittagsnachrichten: Fernsonden hatten herausgefunden, daß es sich um einen systemfremden Schwarm handelte!

Das war der zweite Schwarm dieser Art seit Bestehen der Kosmolotion. Meteore sind Kometenteilchen und ziehen auf gestreckten Ellipsen dahin, durch die Gravitation an die Sonne gefesselt wie Spielzeug an einer Nylonschnur. Ein systemfremder Schwarm, das heißt ein Schwarm, der aus dem Raum der Großen Galaktik in unser System eindringt, ist eine Sensation, allerdings mehr für Astrophysiker als für Piloten. Gewiß, ein Unterschied besteht auch für uns, wenn er auch nicht groß ist, nämlich in der Geschwindigkeit. Die Schwärme unseres Systems können im erdnahen Raum keine großen Geschwindigkeiten haben. Sie können bestenfalls parabolisch oder elliptisch sein. Ein Schwarm dagegen, der von außerhalb unseres Systems kommt, kann hyperbolische Geschwindigkeit haben und hat sie auch in der Regel. Aber in der Praxis läuft das auf dasselbe hinaus; die Erregung packt also die Meteoritologen und die Astroballistiker, nicht uns.

Die Nachricht, daß wir in einem Schwarm stecken, machte auf den Funker keinerlei Eindruck. Ich sprach darüber während des Mittagessens; wie gewöhnlich hatte ich die Antriebsaggregate auf kleinen Schub geschaltet. Wir gewannen dadurch eine Kurskorrektur, und gleichzeitig erleichterte uns eine Spur von Anziehungskraft das Leben. Wir brauchten nicht die Suppe durch einen Strohhalm zu saugen und uns zu Zahnpaste verarbeitetes Hammelfleisch aus einer Tube in den Mund zu pressen. Ich war schon immer ein Anhänger normaler, menschenwürdiger Mahlzeiten.

Der Ingenieur hingegen erschrak sehr. Daß ich über den Schwarm wie über einen leichten Sommerregen sprach, schien er als Zeichen von Verwirrung anzusehen. Sanft erklärte ich ihm, daß es sich erstens um einen Staubschwarm handele, um einen Schwarm von sehr geringer Dichte; die Wahrscheinlichkeit, von Gesteinssplittern getroffen zu werden, die das Raumschiff beschädigen könnten, sei also geringer als die Wahrscheinlichkeit, im Theater von einem herabstürzenden Kronleuchter erschlagen zu werden. Zweitens könne man ohnehin nichts machen, da die »Perle« unfähig sei, Umgehungsmanöver auszuführen, und drittens hätten wir zufällig einen fast parallelen Kurs zur Bahn des Schwarms, so daß die Gefahr eines Zusammenpralls sich noch um einige hundertmal verringere. Er schien nicht sehr überzeugt, doch ich wollte von Psychotherapie nichts mehr wissen und zog es vor, mich mit dem Funker zu beschäftigen, das heißt, ihn wenigstens für ein paar Stunden von seiner Quelle abzuschneiden, denn mitten im Schwarm war dies schließlich notwendiger als außerhalb. Am meisten fürchtete ich eins – einen SOS-Ruf. Schiffe gab es in diesem Gebiet genug, wir hatten das Perimeter der Venus bereits überschritten, und es herrschte ziemlich reger Betrieb, nicht nur Güterverkehr. Ich saß am Sender, der Funker neben mir, bis sechs Uhr Bordzeit, mehr als vier Stunden also, bei passivem Abhören, zum Glück ohne irgendwelchen Alarm. Der Schwarm war so dünn, daß man buchstäblich stundenlang auf die Radarschirme schauen mußte, um mikroskopisch kleine, schwächste Pünktchen zu entdecken – andererseits hätte ich trotzdem nicht geschworen, daß diese grünen Erscheinungen nicht einfach auf Täuschung beruhten, zumal mein Blick durch das ständige reglose Fixieren übermüdet war. Unterdessen hatte man auf der Luna und auf der Erde nicht nur den Radianten berechnet, sondern die ganze Bahn jenes hyperbolischen Schwarms, der sogar schon einen Namen hatte (»der Kanopische« – nach den Sternen des Radianten), und man wußte, daß er die Umlaufbahn der Erde nicht erreichen, sondern, seitlich an ihr vorbeiziehend, das System fern der großen Planeten verlassen würde, die gerade in einer anderen Gegend waren. Schließlich würde er, so unvermittelt, wie er erschienen war, in den Abgründen der Galaktik verschwinden, um nie wieder zu uns zurückzukehren.

Der Straßenbauingenieur, immer noch ängstlich, steckte den Kopf in den Funkraum, obwohl ich ihn dauernd hinausjagte und ihn anwies, auf die Steuerung zu achten; natürlich war das reine Fiktion, denn erstens hatten wir keinen Schub, und ohne Schub gibt es kein Steuern, und zweitens war er nicht einmal imstande, das elementarste Manöver durchzuführen, das ich ihm ohnehin niemals anvertraut hätte. Mir ging es lediglich darum, ihn irgendwie zu beschäftigen, um mich von den dauernden Belästigungen zu befreien. Er wollte nämlich wissen, ob ich schon einmal in Schwärme geraten sei und wie oft das passiert sei, ob ich dabei Katastrophen erlebt hätte und ob ernste, welche Rettungsaussichten bestünden, falls wir getroffen würden. . . Statt einer Antwort gab ich ihm Kraffts »Grundlagen der Kosmolotion und Kosmodromie«. Er nahm zwar das Buch, schlug es aber, wie ich glaube, nicht einmal auf, denn er war auf persönliche Erlebnisse begierig, nicht auf trockene Informationen. All das – ich erinnere daran – spielte sich in einem Raumschiff ab, das der Schwerkraft beraubt war, und unter solchen Bedingungen sind die Bewegungen von Personen, selbst von stocknüchternen, grotesk verändert – dauernd muß man an irgendeinen Gurt denken, ans Anschnallen, andernfalls genügt ein Aufdrücken des Bleistifts beim Schreiben, um bis an die Decke zu fliegen oder sich eine Beule zu schlagen. Mein Funker hatte ein anderes System in petto: Ständig trug er in den Taschen allerlei Kram mit sich herum – irgendwelche Gewichte, Laschen, Schlüssel, und wenn er sich in Schwierigkeiten befand, unbeweglich zwischen Decke, Fußboden und Wänden hängend, langte er einfach in die Hosentasche und schleuderte den erstbesten Gegenstand, den er fand, von sich, um sanft in der entgegengesetzten Richtung davonzuschweben. Diese Methode ist garantiert zuverlässig, sie bestätigte jedesmal aufs neue die Richtigkeit des Newtonschen Prinzips von Aktion und Reaktion, hatte allerdings nicht gerade angenehme Folgen, vor allem für die anderen Besatzungsmitglieder, denn das, was geworfen wird, prallt als Querschläger von den Wänden zurück, und manchmal dauert ein solcher Pendelflug von harten Gegenständen, die einen schmerzhaft treffen können, ziemlich lange. Ich erwähne das, um das Kolorit jener Reise um ein weiteres Mosaiksteinchen zu bereichern.

Im Äther herrschte mittlerweile stärkeres Gedränge; viele Passagierschiffe änderten für alle Fälle und gemäß den Vorschriften ihre Trasse, Luna hatte allerhand Arbeit mit ihnen. Die automatischen Sender, die nach dem Morsesystem die in den großen stationären Kalkulatoren berechneten Orbital- und Kurskorrekturen senden, jagten unablässig ganze Garben von Signalen hinaus, allzu schnell, um sie akustisch aufzunehmen. Außerdem war auch der Sprechfunk voller Stimmen – die Passagiere teilten ihren besorgten Angehörigen für schweres Geld mit, daß sie sich wohl befänden und ihnen nichts drohe. Die astrophysikalische Station der Luna übermittelte die laufenden Berichte über dichtere Schwarmzonen, über die Spektralanalysen ihrer Zusammensetzung – mit einem Wort: Das Programm war abwechslungsreich, und man langweilte sich nicht allzusehr am Lautsprecher. Meine Kosmonauten mit dem Ziegenpeter, die selbstverständlich schon von der hyperbolischen Wolke wußten, riefen in einem fort die Funkstation an, bis ich ihre Apparate abschaltete und ihnen erklärte, daß sie eine gefährliche Situation – vor allem ein Leck – leicht am Luftmangel erkennen würden.

Gegen elf ging ich in die Messe, um etwas zu essen; der Funker schien nur darauf gewartet zu haben, er verschwand, als hätte er sich in Luft aufgelöst, und ich war viel zu müde, um auch nur an ihn zu denken, geschweige denn ihn zu suchen. Der Ingenieur hatte seine Wache beendet, er war ein wenig ruhiger und sorgte sich schon wieder vor allem um seinen Schwager. Während er seiner Kabine zustrebte (er gähnte wie ein Walfisch), sagte er mir, der linke Radarschirm sei wohl kaputt, denn an einer Stelle funkelte etwas grün. Mit diesen Worten ging er, während ich das kalte Rindfleisch aus der Büchse zu Ende aß – bis ich plötzlich, die Gabel in das unappetitlich erkaltete Fett gespießt, erstarrte.

Der Ingenieur kannte sich in Radarbildern aus wie ich in Asphaltproblemen. Dieser »kaputte« Radarschirm . . .

Im nächsten Augenblick raste ich zum Steuer. Das sagt sich so dahin, in Wirklichkeit bewegte ich mich nur so schnell, wie dies möglich ist, wenn man seine ganze Beschleunigung dadurch gewinnt, daß man mit beiden Händen weiterhangelt und sich mit den Beinen von Wandvorsprüngen oder von der Decke abstößt. Der Steuerraum war, als ich ihn endlich erreichte, wie ausgekühlt, die Lämpchen der Schalttafeln erloschen. Die Reaktorkontrollen schimmerten nur sehr schwach, sie glichen Glühwürmchen im Traum, und nur die Radarschirme pulsierten im unaufhörlichen Kreisen der Leitstrahlen. Schon von der Tür her fixierte ich den linken Schirm.

Im rechten unteren Quadrat leuchtete ein unbeweglicher Punkt oder eigentlich – ich sah es, als ich ganz dicht herantrat – ein Fleckchen von der Größe einer Münze, spindelförmig platt, vollkommen regelmäßig, grünlich phosphoreszierend, wie ein winziges, nur scheinbar regloses Fischlein im leeren Ozean. Hätte ein normaler Wachtposten diese Erscheinung entdeckt – aber nicht jetzt, nicht jetzt, eine halbe Stunde früher –, dann hätte er unverzüglich auf Automatik geschaltet, den Kommandanten benachrichtigt und von jenem Raumschiff die Daten über Kurs und Bestimmung gefordert.

Aber ich hatte eben keine normalen Wachleute, es war eine halbe Stunde zu spät, und ich war allein, also mußte ich, weiß der Himmel, alles auf einmal machen – die Aufforderung zur Identifikation, Positionsangaben, den Sender, das Anheizen des Reaktors, damit er jederzeit Schub geben könne (er war kalt wie ein alter, aber schon ganz alter Leichnam) –, denn die Minuten verrannen. Ich schaffte es sogar, den halbautomatischen Hilfskalkulator in Betrieb zu nehmen, und es stellte sich heraus, daß jenes Raumschiff auf fast parallelem Kurs mit uns lag. Die Differenz betrug den Bruchteil einer Minute, die Wahrscheinlichkeit eines Zusammenstoßes, im All ohnehin unvorstellbar gering, war fast Null.

Nur daß es schwieg! Ich setzte mich in einen anderen Sessel und begann, es aus dem Bordlasergerät anzumorsen. Es war hinter uns, in einer Entfernung von etwa neunhundert Kilometern, also unerhört nahe, und ich sah mich, offen gesagt, bereits vor dem Kosmischen Tribunal (natürlich nicht wegen »Verursachung einer Katastrophe«, sondern einfach wegen »Verstoßes gegen Paragraph acht des Kosmolotionskodexes durch GA« – Gefährliche Annäherung). Ich sagte mir, daß sogar Blinde meine Lichtsignale gesehen hätten. Dieses Raumschiff saß mir überhaupt nur deshalb hartnäckig im Radar und wollte nicht von der »Perle« lassen, ja, es kam sogar immer näher, weil es einen ähnlichen Kurs hatte. Die Bahnen waren fast parallel, und der andere bewegte sich schon fast am Rande des Quadranten, weil er schneller war. Über den Daumen schätzte ich, daß seine Geschwindigkeit hyperbolisch war. Und wirklich, zwei Messungen im Abstand von zehn Sekunden ergaben, daß er neunzig Kilometer in der Sekunde machte. Wir machten kaum fünfundvierzig!

Er antwortete nicht und kam näher; stattlich sah er aus, allzu stattlich sogar – eine grünlich flimmernde Linse, von der Seite gesehen, eine scharfe Spindel . . . Ich blickte auf den Radar-Entfernungsmesser, denn er war mir ein bißchen zu groß geworden: vierhundert Kilometer. Ich rieb mir die Augen. Aus dieser Entfernung sieht jedes Schiff wie ein Komma aus. Ach, du »Perle der Nacht«, dachte ich mir, hier ist aber auch nichts so, wie es sein sollte. Ich schaltete das Bild auf den kleinen Hilfsradar mit Richtungsantenne um. Der gleiche Effekt. Ich war baff. Nun wußte ich überhaupt nichts mehr. Vielleicht ist das – ging es mir plötzlich durch den Sinn – auch so ein »Le-Mans-Zug« wie der, den ich fuhr? So an die vierzig Wracks, eins hinter dem anderen, deshalb diese Ausmaße . . . Aber weshalb war er dann so spindelförmig?

Die Radaroskope arbeiteten, der selbsttätige Entfernungsmesser tickte und tickte: dreihundert Kilometer. Zweihundertsechzig. Zweihundert . . .

Auf dem Harrelsberger berechnete ich noch einmal den Kurs, denn die ganze Geschichte roch danach, daß wir allzu nahe aneinander vorbeiziehen würden. Man weiß es ja zur Genüge: Seit auf den Weltmeeren Radar angewendet wird, fühlen sich zwar alle sicherer, aber die Schiffe sinken weiter. Ich bekam wiederum heraus, daß der andere in einer Entfernung von dreißig, vierzig Kilometern an meinem Bug vorbeiziehen würde. Ich überprüfte beide Sendegeräte, den Funkautomaten und das Lasergerät. Sie arbeiteten. Der Unbekannte aber schwieg.

Bis zu diesem Zeitpunkt hatte ich noch immer ein schlechtes Gewissen: war ich doch eine Zeitlang blind geflogen, als der Ingenieur mir von seinem Schwager erzählte und mir eine gute Nacht wünschte, während ich mich mit dem Rindfleisch beschäftigte, weil ich keine Leute hatte und alles selber machen mußte – doch nun fiel es mir wie Schuppen von den Augen. Von heiliger Empörung erfüllt, sah ich nun den wirklichen Übeltäter vor mir: Es war jenes taubstumme Raumschiff, das mit hyperbolischer Geschwindigkeit durch den Sektor jagte und es nicht einmal für nötig hielt, direkte Dringlichkeitssignale zu beantworten.

Ich schaltete den Sprechfunk ein, begann den anderen zu rufen und verlangte verschiedene Dinge von ihm: Positionslichter einschalten, Leuchtkugeln abschießen, Identität angeben, Namen, Bestimmungsort, Reeder – alles natürlich durch vereinbarte Zeichen. Er jedoch flog weiter, seelenruhig, still und änderte nicht um einen Deut Geschwindigkeit oder Kurs. Nun war er schon auf achtzig Kilometer heran.

Bisher hatte er sich ein wenig backbord gehalten, aber nun begann er mich ganz offensichtlich zu überholen, machte er doch in der Sekunde doppelt soviel wie ich. Ich wußte – der Kalkulator berücksichtigte nämlich nicht die ganze Winkelkorrektur –, daß er um einige Kilometer näher an mir vorbeiziehen würde als berechnet. Weniger als dreißig konnten es sein, wenn nicht gar zwanzig. Ich hätte bremsen müssen, denn zu solchen Annäherungen darf man es nicht kommen lassen, aber ich konnte nicht: Hinter mir hatte ich diese mehr als hunderttausend Tonnen Raketenfriedhof, ich hätte zuvor all das Gerümpel abhängen müssen, und allein hätte ich dies nicht geschafft, denn die Besatzung widmete sich ganz ihrem Ziegenpeter. Von Bremsen konnte also keine Rede sein. Da waren schon eher Kenntnisse aus der Philosophie am Platze und nicht aus der Kosmodromie: Stoizismus, Fatalismus, eventuell sogar, für den Fall, daß der Fehler des Kalkulators unwahrscheinlich groß sein sollte, etwas aus der Eschatologie.

Bei zweiundzwanzig Kilometer Entfernung begann das fremde Schiff, die »Perle« deutlich zu distanzieren. Ich wußte, daß sich die Entfernung von nun an vergrößern würde, so daß nun alles scheinbar in Butter war. Ich hatte bis zu diesem Zeitpunkt ausschließlich auf den Entfernungsmesser geschaut, weil das am wichtigsten war; erst jetzt blickte ich wieder auf das Radaroskop.

Das war kein Raumschiff, sondern eine fliegende Insel – ich weiß einfach nicht, wie ich es beschreiben soll. Aus zwanzig Kilometer Entfernung war das Gebilde so groß wie meine zwei Finger! Die ideal regelmäßige Spindel hatte sich in einen Diskus verwandelt, nein – in einen Ring!

Wahrscheinlich denken Sie sich schon seit langem, es habe sich um ein Raumschiff »der anderen« gehandelt. Nun ja, bei einer Länge von zehn Meilen . . . Leicht dahingesagt, aber wer glaubt schon an Raumschiffe »der anderen«? Mein erster Impuls war, es zu verfolgen. Wirklich! Ich packte den Hebel für den Hauptschub – bewegte ihn jedoch nicht. Im Schlepp hatte ich Wracks; das hatte keinen Sinn. Ich sprang aus dem Sessel und gelangte durch einen schmalen Schacht zu der kleinen über dem Kommandoraum in den Außenpanzer eingebauten astronomischen Kajüte. Dort war sogar alles vorhanden, was ich benötigte, ein Fernrohr und Leuchtkugeln. So rasch ich konnte, schoß ich drei davon ab, eine nach der anderen, in der Richtung, in der ich das Schiff vermutete, und als die erste aufleuchtete, begann ich es zu suchen. Es war so groß wie eine Insel, aber ich entdeckte es nicht sofort. Sekundenlang blendete mich der Schein der Leuchtkugel, die in mein Blickfeld sprang, ich mußte also geduldig warten, bis sich meine Augen daran gewöhnten. Die zweite Leuchtkugel platzte zu weit seitlich, sie nützte mir nichts, die dritte lag darüber, ein wenig höher. In ihrem reglosen, sehr weißen Licht erblickte ich das geheimnisvolle Etwas.

Ich sah es nicht länger als fünf, höchstens sechs Sekunden, denn die Leuchtkugel flackerte plötzlich heftig auf, wie das häufig vorkommt, und erlosch dann. Doch in diesen wenigen Sekunden erblickte ich durch die achtzigmal vergrößernden Nachtgläser den aus der Entfernung ziemlich schwach, gespenstisch, aber deutlich erhellten dunklen Umriß des Metallkörpers; ich betrachtete ihn wie aus wenigen hundert Meter Entfernung. Das Gebilde paßte kaum in meinen Gesichtskreis. Genau in der Mitte glommen deutlich ein paar Sterne, als wäre diese Stelle durchsichtig – wie ein aus dunklem Stahl gegossener, im Raum dahinjagender, in der Mitte hohler Tunnel wirkte es; doch beim letzten Aufleuchten der Leuchtkugel gewahrte ich deutlich, daß es so etwas war wie ein zusammengepreßter Zylinder, geformt wie ein Autoreifen, denn ich konnte durch das leere Zentrum hindurchsehen, obwohl es nicht auf meiner Blickachse lag. Der Koloß hatte einen bestimmten Neigungswinkel zu meiner Blicklinie, wie ein Glas, das man leicht ankippt, um langsam eine Flüssigkeit auszugießen.

Sie werden begreifen, daß ich über dieses Schauspiel keine langen Betrachtungen anstellte. Ich schoß die nächsten Leuchtkugeln ab; zwei zündeten nicht, die dritte lag zu kurz, doch die vierte und fünfte zeigten ihn mir – zum letztenmal. Jetzt nämlich, da er die Bahn der »Perle« gekreuzt hatte, entfernte er sich schneller. Schon war er hundert, zweihundert, dreihundert Kilometer entfernt – eine visuelle Beobachtung war nicht mehr möglich.

Ich kehrte sofort in den Kommandoraum zurück, um die Elemente seiner Bewegung exakt zu fixieren. Danach wollte ich in allen Bereichen Alarm auslösen, einen Alarm, wie ihn die Kosmolotion noch nicht erlebt hatte. Ich stellte mir bereits vor, wie auf der von mir gezeichneten Bahn ganze Rudel von Raketen losziehen würden, um diesen Gast aus den Tiefen zu stellen.

Ich war mir ziemlich sicher, daß er nichts anderes sein konnte als der Bestandteil eines hyperbolischen Schwarms. Das Auge ähnelt unter gewissen Umständen einer Kamera; man kann sich ein hell angestrahltes Bild, auch wenn es nur für den Bruchteil einer Sekunde aufleuchtet, noch geraume Zeit nach dessen Verschwinden nicht nur vorstellen, sondern sogar ziemlich detailliert analysieren, fast so, als habe man es weiterhin leibhaftig vor sich. Ich hatte in diesem agonalen Aufblitzen der Leuchtkugel die Oberfläche eines Riesen erblickt; seine meilengroßen Seitenwände waren nicht glatt gewesen, sondern zerfurcht, fast wie die Mondoberfläche. Das Licht war auf den Unebenheiten zerflossen, auf den kraterförmigen Vertiefungen – Millionen von Jahren mußte er schon so dahinfliegen, dunkel und leblos, vom Staubnebel verschluckt, er tauchte nach Jahrhunderten daraus hervor, und der Meteoritenstaub zerfraß ihn, nagte an ihm mit der kosmischen Erosion in Zehntausenden von Kollisionen.

Ich weiß nicht zu sagen, woher ich diese Gewißheit nahm, aber ich wußte, daß dieses Gebilde nichts Lebendiges in sich barg, daß es ein

Wrack war, jahrmilliardenalt, und daß vielleicht nicht einmal mehr die Zivilisation existierte, die es hervorgebracht hatte.

Und während ich all dies überdachte, berechnete ich gleichzeitig zum vierten-, fünften-, ja sechstenmal die Elemente seiner Bewegung – der absoluten Genauigkeit halber und auch sonst für alle Fälle, und sandte jedes Ergebnis per Tastendruck in die Tiefe des Registriersystems, denn mir war es um jede Sekunde zu tun. Immerhin war er inzwischen nur noch ein grünlich phosphoreszierendes Komma auf den Radarschirmen und glühte wie ein ruhiger Leuchtkäfer im Randsektor des rechten – zweitausend, dreitausend, sechstausend Kilometer entfernt.

Als ich fertig war, verschwand er. Doch was machte das schon? Er war leblos, unfähig eines Manövers, also konnte er nicht entfliehen, sich nirgends verbergen: Er schoß zwar mit hyperbolischer Geschwindigkeit dahin, aber jedes Raumschiff mit einem Hochleistungsreaktor konnte ihn mit Leichtigkeit einholen, und da ich ja über die so präzis berechneten Bewegungselemente verfügte . . .

Ich öffnete die Kassette des Registrierapparates, um das Papierband herauszunehmen und damit zur Funkstation zu gehen – und erstarrte wie vom Donner gerührt. Ich war benommen, vernichtet . . . Die Metalltrommel war leer; der Streifen war längst zu Ende, seit Stunden schon, vielleicht seit Tagen, keiner hatte einen neuen eingelegt. Ich hatte also alle Berechnungsergebnisse in die Luft geschickt, sie waren verloren, allesamt; es gab weder ein Raumschiff noch eine Spur von ihm. Nichts . . .

Ich stürzte an die Radarschirme, dann wollte ich ernstlich diesen verwünschten Ballast abhängen, Le Mans' Güter im Stich lassen und losstürmen . . . Wohin? Ich wußte es selber nicht genau. Gewiß, die Richtung . . . Ungefähr Wassermann, aber was war das schon für ein Ziel! Oder doch? Wenn ich durch Funk den Sektor bekanntgab, annähernd, sowie die Geschwindigkeit . . .

Das mußte ich tun. Das war meine Pflicht, das zuallererst, wenn ich überhaupt noch Pflichten hatte . . .

Mit dem Lift fuhr ich zum Mittelschiff, zur Funkstation, und legte bereits die Reihenfolge fest: ein Rufsignal an Hauptluna mit der Forderung, mir für alle meine Kommunikate Vorrang einzuräumen, da es sich um Informationen von größter Bedeutung handele; die würde übrigens kein Automat entgegennehmen, sondern wahrscheinlich der Dienstkoordinator von Luna. Ich erstatte Meldung: Fremdes Raumschiff gesichtet – meine Bahn gekreuzt – hyperbolische Geschwindigkeit – offenbar Teil eines galaktischen Schwarms.

Luna würde natürlich sofort dessen Bewegungselemente verlangen. Ich mußte ihm dann sagen, daß ich sie zwar berechnet, aber nicht mehr zur Verfügung hätte, da das Bandmagazin des Geräts infolge Nachlässigkeit leer sei. Darauf würde er das »Fix« des Piloten fordern, der das Raumschiff als erster gesichtet hatte. Aber auch ein solches »Fix« gab es nicht, denn den Wachdienst hatte ja ein Straßenbauingenieur übernommen und kein Kosmonaut. Daraufhin – falls ihm die bisherigen Angaben nicht schon verdächtig vorkamen – würde er fragen, weshalb ich während der Messungen nicht den Funker beauftragt hätte, die Daten laufend durchzugeben. Ich könnte in diesem Fall nicht umhin zu erklären, daß der Funker keinen Dienst versehen hätte, weil er betrunken gewesen sei. Wenn er sich auch dann noch dazu herablassen würde, mit mir über dies Ding zu reden – über eine Entfernung von dreihundertachtundsechzig Millionen Kilometern, die uns trennten –, würde er wissen wollen, weshalb nicht einer der Piloten in Vertretung des Funkers Dienst getan habe; worauf ich antworten müßte, die ganze Besatzung habe Ziegenpeter und liege mit Fieber darnieder. Und falls er bis dahin noch irgendwelche Zweifel hegte, so wäre er nun endgültig überzeugt, daß der Mann, der ihm da mitten in der Nacht Nachrichten über ein Raumschiff »der anderen« auftischte, entweder nicht bei Sinnen war oder stockbetrunken.

Er würde fragen, ob ich das Abbild des Schiffes irgendwie festgehalten hätte – durch Fotos im Lichte der Leuchtkugeln, durch das Festhalten der Radardaten auf dem Ferroband oder wenigstens durch das Notieren der einzelnen Anrufe, mit denen ich mich über Funk an ihn gewandt hatte. Aber ich konnte nichts dergleichen vorweisen, nichts, da ich viel zu überhastet gehandelt hatte. Es war mir gar nicht in den Sinn gekommen, daß irgendwelche Fotografien nötig wären, da ja die Erdraumschiffe das ungewöhnliche Ziel binnen kurzem eingeholt haben würden und da ohnehin alle Aufzeichnungsgeräte ausgeschaltet waren.

Der andere würde dann tun, was ich an seiner Stelle auch tun würde – er würde mir befehlen, aus der Leitung zu gehen, und danach alle Schiffe meines Sektors nach verdächtigen Beobachtungen befragen. Aber kein Raumschiff hatte den galaktischen Gast sehen können, dessen war ich sicher. Ich war ihm nur deshalb begegnet, weil ich in der Ebene der Ekliptik flog, obwohl das strengstens verboten ist; denn dort kreisen ständig Staubschwaden und Reste der von der Zeit zermahlenen Meteore und Kometen. Ich hatte dieses Verbot ignoriert, weil andernfalls mein Treibstoff für das Manövrieren nicht gereicht hätte, das Le Mans um hundertvierzigtausend Tonnen Raketenschrott bereichern sollte. Ich wäre also gezwungen, dem Koordinator auf Luna von vornherein zu beichten, daß die Begegnung in der verbotenen Zone erfolgt war, was eine unangenehme Unterhaltung vor der Disziplinarkommission beim Tribunal für Raumfahrt nach sich ziehen würde. Gewiß, die Entdeckung dieses Raumkörpers wog schwerer als eine Ermahnung der Kommission, vielleicht sogar schwerer als eine Strafe, aber nur dann, wenn man das Gebilde auch wirklich einholte. Das jedoch schien mir hoffnungslos. Ich hätte nämlich verlangen müssen, in ein doppelt gefährdetes Gebiet – in die Zone der Ekliptik, die auch noch von einem hyperbolischen Schwarm heimgesucht wurde – eine ganze Flottille von Schiffen zur Suche zu entsenden. Der Koordinator auf Luna hatte gar nicht das Recht, dies zu veranlassen, selbst wenn er wollte. Und wenn ich mich auf den Kopf gestellt hätte und bis zum Morgen die COSNAV der Erde, die Internationale Kommission für Fragen der Raumforschung und weiß der Teufel wen sonst noch angerufen hätte – bestenfalls würden dann Beratungen und Sitzungen beginnen, und schließlich fiele, wenn es blitzschnell ginge, schon nach etwa drei Wochen eine Entscheidung. Aber inzwischen befände – ich überschlug das noch im Lift, in dieser Nacht dachte ich wirklich sehr schnell –, inzwischen befände sich jenes Raumschiff in einer Entfernung von hundertneunzig Millionen Kilometern vom Begegnungsort, also jenseits der Sonne, an der es genügend dicht vorbeifliegen würde, daß sie seine Trajektorie ablenken würde; folglich würde der Raum, in dem man es suchen müßte, mehr als zehn Milliarden Kubikkilometer umfassen. Vielleicht sogar zwanzig.

So stellten sich mir die Dinge dar, als ich die Funkstation erreichte. Ich setzte mich und versuchte noch abzuschätzen, wie groß die Chance war, das Raumschiff mit Hilfe des Radioteleskops der Luna auszumachen, der gewaltigsten radioastronomischen Einheit des ganzen Systems. Doch Erde und Mond befanden sich gerade auf der entgegengesetzten Seite der Umlaufbahn, das heißt von mir aus und damit auch von diesem Raumschiff aus gesehen. Das Radioteleskop war gewaltig, aber wiederum nicht so gewaltig, daß man aus einer Entfernung von vierhundert Millionen Kilometern einen Körper dieser Größe beobachten könnte.

Und das war das bedauerliche Ende dieser ganzen Geschichte. Ich zerriß die Zettel mit den Berechnungen, stand auf und ging still in die Kajüte mit dem Gefühl, ein Verbrechen begangen zu haben. Wir hatten einen Gast aus dem Kosmos, einen Besuch, der sich – was weiß ich – einmal in Millionen, nein, in Hunderten von Millionen Jahren ereignet, und wegen des Ziegenpeters, wegen Le Mans, wegen dessen Wracks, wegen des betrunkenen Mestizen, des Ingenieurs und seines Schwagers und wegen meiner Nachlässigkeit war es uns durch die Finger geglitten, um sich im unendlichen Raum aufzulösen wie ein Geist. Seit dieser Nacht lebte ich zwölf Wochen lang in einer seltsamen Anspannung – danach mußte das leblose Raumschiff in das Gebiet der großen Planeten eindringen und war damit ein für allemal für uns verloren. Ich verließ, soweit ich das einrichten konnte, nicht mehr den Funkraum, und allmählich schwand die Hoffnung, daß ihn doch noch jemand entdecken würde, jemand, der geistesgegenwärtiger war als ich oder der einfach mehr Glück hatte. Doch nichts dergleichen geschah. Selbstverständlich sagte ich niemandem etwas davon. Die Menschheit hat nicht oft solche Gelegenheiten. Ich fühle mich schuldig nicht nur ihr gegenüber, sondern auch gegenüber jener anderen; und mich erwartet nicht einmal Herostratos-Ruhm, denn jetzt, nach so vielen Jahren, würde mir zum Glück niemand mehr glauben. Im übrigen kommen mir selber auch manchmal Zweifel: vielleicht war mir nur das kalte, schwerverdauliche Büchsenrindfleisch auf den Magen geschlagen.

ANANKE

Er wurde aus dem Schlaf gestoßen, in die Dunkelheit. Hinter ihm – wo? – blieben die rötlichen, rauchverhangenen Umrisse – einer Stadt, einer Feuersbrunst? – und der Gegner zurück, der Wettlauf, ein aufragender Fels, der – war es jener Mensch gewesen? Noch jagte er der schwindenden Erinnerung nach, aber schon resigniert und nur getröstet durch das aus solchen Augenblicken wohlbekannte Bewußtsein, daß einem die Wirklichkeit im Traum intensiver und unmittelbarer erscheint als im Wachen, der Worte entledigt, doch bei aller unberechenbaren Launenhaftigkeit von einem Gesetz regiert, das allein dort, im Alptraum, greifbar war. Er wußte nicht, wo er sich befand, er konnte sich auf nichts besinnen. Es hätte genügt, die Hand auszustrecken, um sich zu vergewissern, aber er ärgerte sich über die Trägheit des eigenen Verstandes und versuchte, ihn zu einer Erklärung zu zwingen. Es war Selbstbetrug in der Bewegungslosigkeit, trotzdem wollte er an der Beschaffenheit des Lagers erkennen, wo er war. Auf jeden Fall war es keine Koje. Ein Blitz. Die Landung, Funken in der Wüste, eine Scheibe wie ein falscher, großer Mond, Krater, aber von Staub verweht, Stöße eines schmutzigrötlichen Sturmwinds, das Quadrat eines Kosmodroms, Türme. Der Mars.

Er blieb liegen und überlegte nun schon ganz nüchtern, weshalb er erwacht war. Auf den eigenen Körper konnte er sich verlassen; der wäre nicht ohne Grund munter geworden. Allerdings war die Landung ziemlich kompliziert gewesen und er sehr müde nach zwei Wachen ohne eine Sekunde der Ruhe: Terman hatte sich den Arm gebrochen, als der Automat Schub gegeben hatte und er gegen die Wand geschleudert worden war. So ein Esel, beim Einsetzen der Schubkraft von der Decke zu fallen, und das nach elf Jahren Flugpraxis! Natürlich mußte er ihn im Revier besuchen. Also war es das? Nein.

Er begann die Ereignisse des vergangenen Tages zu rekapitulieren, vom Augenblick der Landung an: Atmosphäre so gut wie keine, aber eine Windgeschwindigkeit von 260 km/h, es war fast unmöglich, bei dieser geringen Gravitation zu stehen. Keinerlei Reibung unter den Schuhsohlen, man mußte sich bis zu den Knöcheln in den Sand bohren. Und dazu dieser Staub, der mit eisigem Zischen den Raumanzug scheuerte, in jedes Fältchen eindrang, Sand, der weder richtig rot noch rostfarben war, gewöhnlicher, aber sehr feiner Sand. Zermahlen in Milliarden von Jahren. Es gab kein Kommandogebäude,

denn auch ein normaler Hafen fehlte; das Marsprojekt war im zweiten Jahr seiner Existenz noch immer ein Provisorium; was sie gebaut hatten, war verschüttet worden – kein Hotel, keine Unterkunft, nichts. Sauerstoffgespeiste Kuppeln, jede so riesig wie zehn Hangare zusammen, unter glänzenden Schirmkonstruktionen aus Stahlseilen, die an Betonblöcken, unter dem Flugsand kaum zu erkennen, verankert waren. Baracken, Wellblech, Stapel von Kisten, Containern, Behältern, Riesenflaschen, Säcken, eine ganze Stadt aus Ladegut, das von den Bändern der Versorgungsschiffe gerollt war. Die einzige annehmbare, im Bau vollendete, ordentlich eingerichtete Lokalität war das Gebäude der Flugkontrolle hinter der »Glocke«, zwei Meilen von Kosmodrom entfernt, wo er gerade lag, im Finstern, auf dem Bett des diensthabenden Kontrolleurs Seyn. Er richtete sich auf und tastete mit bloßem Fuß nach den Pantoffeln. Die nahm er immer mit, und er zog sich auch stets zum Schlafen aus, denn wenn er sich nicht richtig wusch und rasierte, fühlte er sich seinen Aufgaben nicht gewachsen. Er wußte nicht mehr, wie der Raum aussah, also stand er für alle Fälle vorsichtig auf; den Schädel konnte man sich einstoßen bei dieser Materialeinsparung (das ganze Projekt bestand nur aus Sparmaßnahmen; er war einigermaßen informiert). Dann ärgerte er sich schon wieder, weil er vergessen hatte, wo die Schalter angebracht waren. Wie eine blinde Ratte . . . Er streckte die Hand aus und berührte statt eines Schalters einen kalten Riegel. Als er ihn drehte, spürte er leichten Widerstand, und dann öffnete sich der irisierende Fensterflügel. Ein drückender, schmutziger, matter Morgen graute. Als er am Fenster stand, das eher ein Bullauge war, ertastete er Bartstoppeln auf seiner Wange, verzog das Gesicht und seufzte. All dies paßte ihm nicht, obwohl er nicht wußte, weshalb. Hätte er übrigens nachgedacht, wäre er daraufgekommen. Er konnte den Mars nicht ertragen.
Es war eine rein persönliche Angelegenheit, niemand wußte davon, und es ging auch niemanden etwas an. Der Mars war die Verkörperung verlorener, verhöhnter, verlachter – aber teurer Illusionen. Er hätte es vorgezogen, auf jeder anderen Strecke zu fliegen, für ihn war das ganze Geschreibsel über die Romantik des Projekts Schwindel, die Aussichten auf Kolonisierung reine Fiktion. Ja, der Mars hatte sie alle betrogen – betrogen seit hundert und -zig Jahren. Die Kanäle. Eines der schönsten, unheimlichsten Abenteuer der Astronomie. Der rote Planet: also nur Wüste. Die weißen Polarschneekappen: die letzten Reste von Wasser. Das feine, wie mit Brillanten in Glas geritzte Netz reiner Geometrie von den Polen bis zum Äquator: ein

Zeugnis vom Kampf der Vernunft gegen die Vernichtung, ein starkes Bewässerungssystem, das Millionen Hektar Wüstengebiet versorgte – aber mit Einbruch des Frühjahrs veränderte sich dennoch die Farbe der Wüstenstriche, sie wurden dunkel von der erwachten Vegetation, und zwar auf eigenartige Weise: vom Äquator zu den Polen. Was für eine Idiotie. Von Kanälen keine Spur. Die Flora? Die geheimnisvollen frost- und sturmfesten Moose und Flechten? Polymerisierte höhere Kohlenoxyde, die den Boden bedeckten – und sich verflüchtigten, wenn der alptraumhafte Frost sich so weit milderte, daß er nur noch gräßlich war. Die Schneekappen? Gewöhnliches, erstarrtes CO_2. Kein Wasser, kein Sauerstoff, kein Leben – zerklüftete Krater, von Sandstürmen zerfressene erratische Blöcke, langweilige Ebenen, eine tote, flache, graue Landschaft mit bleichem rötlich-fahlem Himmel. Keine Wolken, nur gestaltlose Nebelschwaden, finster wie heftige Gewitter. Luftelektrizität dagegen – jede Menge und noch ein bißchen dazu. War da ein Ton? Ein Signal? Nein, der Wind harfte in den Stahlseilen des nächstgelegenen »Ballons«. In dem schmutzigen Licht (der vom Wind herangetragene Sand wurde binnen kurzem selbst mit dem härtesten Glas fertig, und auch die Wohnkuppeln aus Plaste sahen aus, als hätten sie den grauen Star) zündete er die Lampe über dem Waschbecken an und begann sich zu rasieren. Während er die Wangen spannte, dachte er einen Satz, der so dumm war, daß er lachen mußte: Der Mars ist ein Schwein.

Das war wirklich eine Schweinerei, so viele Hoffnungen derart zu täuschen. Das paßte zur Tradition – aber von wem stammte die eigentlich? Von keinem einzelnen. Niemand hatte sich das allein ausgedacht; diese Konzeption war ebenso anonymer Herkunft wie Sagen und Legenden. Vielmehr war aus zusammengetragenen Phantasievorstellungen (der Astronomen? Mythen der beobachtenden Astronomie?) folgende Vision entstanden: Die weiße Venus, der wolkenverschleierte Morgen- und Abendstern, war ein junger Planet voller Dschungel und Echsen und vulkanischer Ozeane, mit einem Wort: die Vergangenheit der Erde. Der Mars dagegen – im Austrocknen begriffen, rostfarben, voller Sandstürme und Rätsel (die Kanäle zum Beispiel kriegten es nicht selten fertig, sich in ihrem Verlauf zu teilen, sie wurden über Nacht zu Zwillingen, was soundso viele Astronomen bestätigt hatten), der Mars, der mit seiner Zivilisation heroisch gegen die Abenddämmerung des Lebens ankämpfte, war die Zukunft der Erde; einfach, klar, deutlich, verständlich. So sehr, daß es von A bis Z nicht stimmte.

Hinter dem einen Ohr sprossen drei Härchen, die der elektrische Apparat nicht zu fassen kriegte; das Rasiermesser war jedoch im Raumschiff geblieben, also versuchte er anders mit ihnen fertig zu werden. Es ging nicht. Der Mars. Diese Astronomen aus den Observatorien waren doch Leute mit blühender Phantasie gewesen. Schiaparelli zum Beispiel. Die unerhörten Namen, die er zusammen mit seinem größten Feind, dem Kanalgegner Antoniadi, all den Dingen gegeben hatte, die er nie gesehen, sondern sich nur vorgestellt hatte. Wenigstens in der Gegend, in der man gerade das Projekt errichtete: Agathodaemon. Dämon war klar, Agatho – von *agathon* = Weisheit? Schade, die Astronauten lernten kein Griechisch. Er hatte eine Schwäche für die alten Handbücher der stellaren und planetaren Astronomie. Diese rührende Selbstsicherheit: Im Jahre 1913 hatte man geschrieben, daß die Erde, vom Kosmos aus gesehen, rot sei, denn ihre Atmosphäre verschlucke den blauen Teil des Spektrums, also müsse das, was übrigbleibe, zumindest rosafarben sein. Ein Fehlschluß. Und dennoch, wenn man sich Schiaparellis prächtige Karten ansah, dann wollte einem einfach nicht in den Kopf, daß er etwas Nichtexistentes erblickt hatte. Und was am seltsamsten war: andere nach ihm hatten es auch gesehen. Es war so etwas wie ein psychologisches Phänomen, dem man später keine Beachtung mehr schenkte. Zuerst bestanden vier Fünftel jedes Werkes über den Mars aus der Topographie und Topologie der Kanäle – so hatte sich in der zweiten Hälfte des zwanzigsten Jahrhunderts ein Astronom gefunden, der ihr Netz einer statistischen Analyse unterzog und seine topologische Ähnlichkeit mit einem Bahn-, also Verkehrssysstem im Unterschied zu dem Verlauf der natürlichen Risse oder Flüsse aufdeckte, und dann war die Sache geplatzt wie eine Seifenblase: eine optische Täuschung. Basta.

Er säuberte den Rasierapparat, und während er ihn im Futteral verstaute, sah er sich noch einmal, schon mit unverhohlenem Mißvergnügen, dieses ganze Agathodaemon an, diesen rätselhaften »Kanal«, der aus einem langweiligen, flachen Terrain mit zahllosen Schutthaufen am nebligen Horizont bestand. Verglichen mit dem Mars, war der Mond geradezu gemütlich. Sicherlich wäre das jemandem, der sich noch nie von der Erde wegbewegt hatte, seltsam vorgekommen, aber es war nun mal die reine Wahrheit. Erstens wirkte die Sonne von dort aus gesehen genauso wie von der Erde aus, und daß dies wichtig war, wußte jeder, der sich weniger gewundert als vielmehr direkt erschrocken hatte, wenn er sie in Form eines geschrumpften, verwelkten, ausgekühlten Feuerbällchens erblickte.

Und dann die majestätische blaue Erde, wie eine Lampe, wie ein Symbol sicherer Nähe, wie ein Symbol der Heimat, das die Nächte so schön erhellte – während der Phobos und der Deimos zusammen nicht einmal soviel Licht spendeten wie der Mond im ersten Viertel. Ferner die Stille. Das Fehlen jeglicher Atmosphäre – kein Zufall, daß es einfacher war, den ersten Schritt des Apolloprojekts im Fernsehen zu übertragen als einen analogen Vorgang beispielsweise vom Gipfel des Himalaja. Und was für den Menschen ein pausenloser Wind bedeutet, davon konnte man sich richtig erst auf dem Mars überzeugen.

Er sah auf die Uhr: Sie war eine völlig neue Errungenschaft mit fünf konzentrischen Zifferblättern, die die Standardzeiten der Erde, die Bordzeit und die planetare Zeit anzeigten. Es war kurz nach sechs. Morgen um diese Zeit bin ich vier Millionen Kilometer von hier weg, dachte er nicht ohne Genugtuung. Er gehörte zum »Klub der Transporter«, die das Projekt versorgten, aber die Tage seines Dienstes waren gezählt, denn für die Linie Ares–Terra waren schon die riesigen neuen Flugkörper mit einer Ruhemasse von hunderttausend Tonnen vorgesehen. Seit ein paar Wochen waren »Ariel«, »Ares« und »Anabis« auf Marskurs; Ariel sollte in zwei Stunden landen. Er hatte noch nie die Landung eines Hunderttausenders beobachtet, weil diese auch auf der Erde nicht aufsetzen konnten; sie wurden auf dem Mond beladen, den Berechnungen der Ökonomen zufolge zahlte sich das aus. Raumschiffe wie sein »Cuivier« mit zehn- bis zwanzigtausend Tonnen sollten ein für allemal von der Bühne verschwinden. Bestenfalls würde man noch ein paar Kleinigkeiten mit ihnen transportieren. Es war sechs Uhr zwanzig, und ein vernünftiger Mensch hätte um diese Zeit etwas Warmes zu sich genommen. Der Gedanke an Kaffee war in der Tat verlockend. Aber er wußte nicht, wo man hier Verpflegung bekam. Er war zum erstenmal im Agathodaemon. Bisher hatte er das Hauptfeld angeflogen, das der Syrte. Weshalb man den Mars an zwei Punkten zugleich anging, die zehn- bis zwanzigtausend Meilen voneinander entfernt waren? Er kannte die wissenschaftlichen Gründe, aber er dachte sich sein Teil. Übrigens trug er seine Kritik nicht zu Markte. Die Große Syrte sollte das thermonukleare und intellektronische Polygon werden. Dort sah es ganz anders aus. Es gab Leute, die behauptete, das Agathodaemon sei das Aschenputtel des Projekts, es hätte schon mehrmals vor der Auflösung gestanden. Aber immer noch rechnete man mit dem angeblichen gefrorenen Wasser, mit den dicken Gletschern aus Urzeiten, die hier unter dem verharschten Boden verborgen sein sollten – sicher, wenn das Projekt auf Wasser stieße, wäre das ein wahrer Triumph in Anbetracht der Tatsache, daß vorerst jeder Tropfen von der Erde hergebracht werden mußte und daß man schon seit zwei Jahren an einer Einrichtung baute, die den Wasserdampf aus der Atmosphäre auffangen sollte. Die Inbetriebnahme wurde jedoch ständig aufs neue verschoben.

In der Tat, der Mars besaß für ihn keinerlei Reiz.

Er wollte noch nicht hinausgehen – in dem Gebäude war es so still, als wären alle ausgeflogen oder gestorben. Vor allem deshalb blieb er lieber hier, weil er sich ans Alleinsein gewöhnt hatte – als Kommandant eines Raumschiffs konnte man sich zurückziehen, wann immer man wollte, und die Einsamkeit tat ihm gut: Nach einem längeren Flug – jetzt, da Erde und Mars in Opposition standen, brauchte man mehr als drei Monate – mußte er sich immer überwinden, um gleich unter fremde Menschen zu gehen. Und hier kannte er niemanden außer dem diensthabenden Kontrolleur. Er hätte zu ihm hinaufgehen können, aber das schmeckte ihm nicht. Es gehört sich nicht, die Leute bei der Arbeit zu stören. Er urteilte aus eigener Erfahrung: Ungebetene Gäste mochte auch er nicht.

In seinem Necessaire steckte die Thermosflasche mit einem Rest Kaffee und ein Päckchen Keks. Er bemühte sich, beim Essen keine Krümel zu verstreuen, spülte mit Kaffee nach und schaute durch die sandzerkratzte Fensterscheibe auf den alten, flachen, gleichsam todmüden Boden dieses Agathodaemons. Der Mars machte einen seltsamen Eindruck auf ihn: als wäre ihm alles gleichgültig und als wären deshalb die Krater so merkwürdig angehäuft, anders als die Mondkrater, wie ausgeschwemmt (hineinretuschiert, hatte er einmal beim Betrachten großer, guter Fotos gedacht), und als wirkten deshalb die wilden Klüfte so sinnlos, »Chaos« nannte man sie, die Lieblingsplätze der Areologen, denn ähnliche Formationen gab es auf der Erde nicht. Der Mars schien resigniert zu haben, er dachte weder daran, sein Wort zu halten, noch hielt er es für nötig, den Schein zu wahren. Wenn man sich ihm näherte, verlor er sein solides rotes Aussehen, hörte auf, ein Wahrzeichen des Kriegsgottes zu sein, überzog sich mit ausdruckslosem Dunkelgrau, mit Flecken und Schmutzspuren, zeigte keinerlei deutliche Konturen wie etwa die Erde oder der Mond. Verschwommenheit, rostiges Grau und ewiger Wind. Unter sich spürte er ein feines Zittern – ein Transformator. Ansonsten herrschte weiter Stille, in die ab und zu wie aus einer anderen Welt der ferne Gesang des Windes drang, der in den Seilen der Wohn-»Glocke« spielte. Der verteufelte Sand war mit der Zeit sogar mit den Zweizöllern aus hochveredeltem Stahl fertig geworden. Auf dem Mond konnte man jeden Gegenstand im Steingeröll liegenlassen und nach hundert, ja nach einer Million Jahren mit der Gewißheit zurückkehren, daß er unversehrt war. Auf dem Mars dagegen konnte man nichts aus der Hand legen – es versank auf Nimmerwiedersehen. Dieser Planet hatte kein Benehmen.

Um sechs Uhr vierzig rötete sich der Horizont, die Sonne ging auf, und dieser Fleck Helligkeit (ohne Morgenröte, woher auch) erinnerte ihn unvermittelt durch seine Farbe an den nächtlichen Traum. Voller Verwunderung stellte er langsam die Thermosflasche weg und wußte auf einmal, worum es gegangen war. Jemand hatte ihn umbringen wollen – aber er hatte diesen Jemand getötet. Der Tote hatte ihn durch eine roterleuchtete Finsternis gejagt; er hatte noch ein paarmal versucht, ihm den Garaus zu machen, ohne daß es etwas half. Idiotisch natürlich, aber da war noch etwas gewesen: Er war so gut wie sicher, daß er im Traum diesen Mann gekannt hatte, jetzt jedoch hatte er keine Ahnung, mit wem er da so verzweifelt gekämpft hatte. Möglicherweise war ihm das Gefühl des Bekanntseins auch nur vom Traum vorgegaukelt worden. Er grübelte vergebens; das eigenwillige Gedächtnis blieb stumm, und alles verkroch sich wieder wie eine Schnecke im Haus. So stand er am Fenster, die Hand am Stahlrahmen, leicht verstört, als ginge es um wer weiß was. Der Tod. Es war klar, daß es mit der Weiterentwicklung der Raumfahrt auch zu Todesfällen auf den Planeten kam, und der Mond erwies sich in dieser Hinsicht als loyal. Hier versteinerten die Toten, wurden zu eisigen Bildsäulen, zu Mumien, deren Leichtigkeit, fast Gewichtslosigkeit das traurige Ereignis weniger tragisch erscheinen ließ. Auf dem Mars dagegen mußte man sich unverzüglich um sie kümmern, denn die Sandstürme zerschnitten jeden Skaphander binnen weniger Tage, und bevor die große Trockenheit die sterblichen Überreste mumifizieren konnte, waren die Gebeine freigelegt, poliert, geschliffen, bis das nackte Skelett in diesem *fremden* Sand, unter diesem schmutziggrauen, *fremden* Himmel zerfiel – eine Schmach, ein Vorwurf an das Gewissen, so als ob die Menschen, wenn sie auf ihren Raketen mit dem Leben zugleich auch die Sterblichkeit herbrachten, etwas Ungehöriges taten, etwas, dessen man sich schämen, das man wegtun, verstecken, vergraben mußte. All das hatte keinen Sinn, aber in diesem Augenblick empfand er so.

Um sieben Uhr war Ablösung bei den Flugkontrolleuren, und dann hatten auch Fremde zu ihren Arbeitsräumen Zutritt. Er verstaute seine paar Utensilien im Necessaire und ging mit dem Gedanken hinaus, daß er sich vergewissern mußte, ob die Entladung seines »Cuivier« reibungslos klappte. Bis Mittag mußte das gesamte Stückgut geborgen sein, und es gab auch ein paar Dinge, die einer Überprüfung bedurften. Zum Beispiel das Kühlungssystem des Hilfsreaktors, zumal er mit verringerter Besatzung zurückkehren mußte, denn es konnte keine Rede davon sein, daß man ihm hier einen Ersatz für Terman stellte. Über die mit Schaumplast gepolsterte Wendeltreppe, deren Geländer seltsam warm, wie beheizt war, gelangte er ins Obergeschoß. Als er die breite Schwingtür mit den Milchglasscheiben öffnete, sah er sich plötzlich einer so völlig anderen Umgebung gegenüber, daß auch er nicht mehr er selbst zu sein glaubte.

Der Raum sah aus wie das Innere eines Riesenkopfes mit sechs großen, konvexen Glasaugen, die in drei Himmelsrichtungen starrten. Nur in drei, denn an der vierten Wand waren die Antennen montiert, und der ganze kleine Saal war um die eigene Achse schwenkbar wie eine Drehbühne. Er stellte auch in gewissem Sinn eine Bühne dar, über die stets dieselben Stücke gingen: Starts und Landungen. Da sie sich nur in einer Entfernung von einem Kilometer abspielten, waren sie von den runden, breiten Pulten aus, die mit den silbriggrauen Wänden eine Einheit zu bilden schienen, so deutlich zu erkennen wie auf der flachen Hand. Das Ganze wirkte ein bißchen wie der Kontrollturm eines Flughafens und ein bißchen wie ein Operationssaal; an der blinden Wand thronte unter schräger Überdachung der Hauptcomputer für die Direktverbindung mit den Raumschiffen; er blinzelte und tickte in einem fort, während er seine stummen Monologe hielt und stückchenweise Lochbänder ausspie; dann gab es drei Reservekontrollplätze mit Mikrofonen, Punktlampen, Drehsesseln und Handrechenautomaten der Kontrolleure, die klobigen Straßenhydranten ähnelten; und schließlich fand sich auch eine kleine, aber unförmige Bar mit leise zischender Espressomaschine. Da also war die Kaffeequelle! Seinen »Cuivier« konnte er von hier aus nicht sehen, er hatte ihn auf Anweisung der Kontrolle drei Meilen weiter abgestellt, hinter all dem Betongerümpel. Das gehörte zu den Vorkehrungen, die für die Ankunft der ersten superschweren Flugeinheit ds Projekts getroffen wurden, als wäre sie nicht mit den neuesten Kosmonautik- und Astrolokationsautomaten ausgestattet, die, wie die Konstrukteure der Werft zu rühmen wußten (er kannte sie fast alle), diesen Viertelmeilengoliath, dieses Eisengebirge auf einer Fläche von der Größe eines Schrebergartens sicher aufsetzen konnten. Alle Mitarbeiter des Hafens aus drei Schichten waren zu dieser Feier gekommen, die übrigens keine offizielle Feier war, denn »Ariel« hatte wie jeder Prototyp Dutzende Probeflüge und Mondlandungen absolviert; allerdings war er noch nie mit voller Belastung in eine Atmosphäre eingedrungen.

Bis zur Landung blieb noch fast eine halbe Stunde, also begrüßte Pirx diejenigen, die dienstfrei hatten, und drückte dann auch Seyn die Hand. Die Empfänger waren schon in Betrieb, über die Fernsehschirme liefen verschwommene Streifen, aber die Lichter des Anflugradars leuchteten noch in fleckenlosem Grün zum Zeichen, daß man noch eine Menge Zeit hatte und daß sich noch nichts tat. Romani, der Basisleiter des Agathodaemons, empfahl ihm zum Kaffee ein Gläschen Kognak. Pirx zögerte, aber schließlich war er ja Privatperson, und obwohl er es nicht gewohnt war, zu so früher Stunde Alkohol zu sich zu nehmen, sah er ein, daß es ihnen um eine symbolische Weihe des Augenblicks ging, wartete man doch seit Monaten auf diese Supereinheiten, die die Leitung von den ständigen Sorgen befreien sollten. Denn bisher hatte es ein unaufhörliches und ungleiches Rennen gegeben, ein Rennen zwischen den Bedürfnissen des Bauvorhabens, die von der Flottille des Projekts nicht befriedigt werden konnten, und den Bemühungen der Transportpiloten wie Pirx, ihren Dienst auf der Linie Mars–Erde so gut und schnell wie möglich zu verrichten. Jetzt, nach der Opposition, entfernten sich beide Planeten voneinander, die Distanz würde noch jahrelang wachsen, bis sie das bestürzende Maximum von Hunderten von Millionen Kilometern erreicht hatte, und gerade in diesem für das Projekt schlimmsten Zeitraum rollte die starke Unterstützung an.

Alle sprachen gedämpft, und als das grüne Licht erlosch und die Summer ertönten, trat absolute Stille in. Ein typischer Marstag zog herauf, nicht trüb, nicht klar, ohne deutlichen Horizont, ohne deutlichen Himmel wie ohne Zeit, die sich bestimmen und berechnen ließ. Trotz des Tageslichts waren die Ränder der flach im Zentrum des Agathodaemons liegenden Betonquader befeuert; dort gingen automatisch die Lasersignale an, und der Umriß der zentralen Rundscheibe aus fast schwarzem Beton war markiert. Die Kontrolleure machten es sich in ihren Sesseln bequem, sie hatten übrigens so gut wie keine Arbeit; dafür ließ der Hauptcomputer seine Scheiben aufleuchten, als wollte er alle Anwesenden auf seine außergewöhnliche Wichtigkeit hinweisen. Die Relais begannen irgendwo leise zu schnarren, und aus dem Lautsprecher drang ein ausdrucksvoller Baß:

Hallo, Agathodaemon – hier Ariel. Klyne am Apparat, wir sind auf der Optischen – Höhe sechshundert, in zwanzig Sekunden schalten wir auf Landeautomaten um – Kommen!

Agathodaemon an Ariel! sagte hastig der kleine Seyn, das Vogelgesicht an der Membran des Mikrofons – er hatte rasch seine Zigarette ausgedrückt. *Wir haben euch auf allen verfügbaren Schirmen – legt euch hin und kommt schön runter – Kommen!*

Wie witzig, dachte Pirx, der so etwas nicht mochte, vielleicht weil er abergläubisch war. Aber sie hatten den Ablauf offensichtlich im kleinen Finger.

Ariel an Agathodaemon! Haben dreihundert, schalten die Automaten, ein, steigen ohne Seitendrift ab, null zu null – Wie ist die Windstärke? Kommen!

Agathodaemon an Ariel! Wind 180 pro Stunde, Nordnordwest – der kann euch nichts anhaben – Kommen!

Ariel an alle! Steigen heckwärts axial ab – automatische Steuerung – Ende.

Es wurde still, nur die Relais schnarrten leise vor sich hin, und auf den Schirmen zeigte sich schon deutlich weiß ein flammender Punkt, der sich rasch vergrößerte, als würde ein bauchiges Gefäß aus geschmolzenem Glas aufgeblasen. Es war das feuerspeiende Heck des Raumschiffs, das in der Tat lotrecht niederging, ohne das leiseste Zittern, ohne Seitendrift, ohne Drehungen – für Pirx war das ein angenehmer Anblick. Er schätzte die Entfernung auf etwa hundert Kilometer; vor fünfzig hatte es keinen Zweck, den Himmel mit bloßem Auge zu beobachten, außerdem standen schon viele andere mit hochgereckten Köpfen an den Fenstern.

Die Kontrolle hielt ständigen Funkkontakt mit dem Raumschiff, aber es gab einfach nichts zu besprechen, die Besatzungsmitglieder lagen vollzählig in den Antischwerkraftsitzen, alles wurde von den Automaten unter Anleitung des Raketenhauptcomputers erledigt, der auch selbständig den Übergang von Atomschub auf Boranschub bestimmte, und zwar bei sechzig Kilometer Höhe, also genau an der Grenze der dünnen Atmosphäre. Pirx trat an das mittlere, das größte Fenster und erblickte am Himmel hinter dem blaßgrauen Nebelschleier ein mikroskopisch kleines, grellgrünes Feuer, das mit einem ungewöhnlichen Funkeln vibrierte, als würde der Marshimmel von oben mit einem glühenden Smaragd angebohrt. Der gleichmäßig glühende Punkt sandte nach allen Seiten blasse Streifen aus, wahrscheinlich Wolkenfetzen oder vielmehr Reste jener Mißgeburten, die deren Stelle in dieser Atmosphäre vertraten. In den Rückstoßbereich eingesogen, entzündeten sie sich und zerfielen wie Feuerwerk. Das Raumschiff wurde größer, das heißt nur sein rundes

Heck. Die Luft darunter flimmerte erheblich von der Hitze, und daher konnte es einem Uneingeweihten scheinen, als neigte sich die Rakete ein wenig zur Seite, aber Pirx kannte diesen Anblick zu gut, um sich täuschen zu lassen. Alles verlief so ruhig, so ganz ohne Spannung, daß ihm die ersten Schritte des Menschen auf dem Mond in den Sinn kamen, wo es ebenfalls wie geschmiert gegangen war. Das Heck war jetzt schon eine feurige grüne Scheibe mit einem sprühenden Funkenkranz. Er blickte auf das Hauptaltimeter über den Kontrollpulten, denn wenn man es mit einer so großen Einheit zu tun hatte, konnte man sich beim Schätzen der Höhe leicht irren: elf, nein, zwölf Kilometer trennten »Ariel« vom Mars – offenbar ging er infolge des sich verstärkenden Bremsschubs immer langsamer nieder.

Plötzlich passierten mehrere Dinge auf einmal.

Die Heckdüsen des »Ariel« in ihrer grünen Flammenkorona erzitterten anders, als es eben noch der Fall war. Aus dem Lautsprecher drang ein unverständliches Stammeln, ein Aufschrei, etwas wie »Hand« oder »Halt«, nur ein einziges unartikuliertes Wort, ausgestoßen von einer menschlichen Stimme, die so entstellt war, daß sie nicht Klyne zu gehören schien. Der grüne Feuerstrahl aus dem Heck verblaßte im Bruchteil einer Sekunde. Im nächsten Augenblick zerstob er in einem schrecklichen, weißblauen Blitz, und mit dem Schauder, der Pirx von Kopf bis Fuß durchfuhr, war ihm sofort alles klar, so daß ihn die schrille, gewaltige Stimme, die aus dem Lautsprecher drang, keineswegs überraschte.

Ariel. . . (Schnaufen) *Abbruch des Manövers – Ein Meteorit – Mit vollem Schub axial voraus – Achtung, voller Schub!*

Das war der Automat. Seine Stimme wurde von Schreien untermalt, es hörte sich wenigstens so an. Jedenfalls hatte Pirx die Veränderung in der Farbe der Rückstoßflamme richtig interpretiert: die Borane waren durch die volle Schubkraft der Reaktoren abgelöst worden, und das riesige Raumschiff verharrte – so sah es wenigstens aus –, wie vom Schlag einer gewaltigen, unsichtbaren Faust getroffen, in allen Fugen zitternd in der dünnen Luft, fünf- oder vielleicht viertausend Meter über der Scheide des Kosmodroms. Es war ein unerhörtes Manöver wider alle Regeln und Vorschriften, wider die gesamte Kosmoslotsenkunde, diese Masse von hunderttausend Kilo zu stoppen, denn zuerst mußte ihre Fallgeschwindigkeit gedrosselt werden, ehe sie wieder in die Höhe schießen konnte. Pirx beobachtete in perspektivischer Verkürzung die Flanke des riesigen Zylinders. Die Rakete hatte ihre senkrechte Lage verloren, sie neigte sich. Ganz langsam begann sie sich aufzurichten, aber sie schlug nach der anderen Seite aus wie ein gigantisches Pendel, und der folgende, entgegengesetzte Neigungswinkel war noch größer. Bei einer so geringen Geschwindigkeit war der Verlust der Stabilität in dieser Amplitude nicht mehr auszugleichen; erst in diesen Sekunden vernahm Pirx den Schrei des Chefkontrolleurs:

Ariel! Ariel... Was macht ihr da? Was ist passiert?

Pirx, am unbesetzten Pult neben ihm, brüllte aus voller Lunge ins Mikrofon: *Klyne! Geh auf Handsteuerung! Auf Handsteuerung zur Landung – Handsteuerung!*

Ein gedehntes, nicht enden wollendes Donnergetöse – erst jetzt drang die Schallwelle zu ihnen! Wie schnell mußte sich alles abgespielt haben! Die Leute an den Fenstern brachen in einen vielstimmigen Schrei aus, die Kontrolleure verließen ihre Pulte. »Ariel« sackte ab wie ein Stein, spie blindlings die Heckfeuer in die Atmosphäre, drehte sich langsam, kraftlos wie ein Leichnam; es war, als senkte sich ein riesiger Eisenturm vom Himmel auf den schmutzigen Wüstenflugsand. Alle standen wie angewurzelt in der dumpfen, schrecklichen Stille, denn es war nichts mehr zu machen; der Lautsprecher gab ferne, undeutliche, krächzende Geräusche von sich, unerfindlich, ob Meerestosen oder menschliche Stimmen, alles verschwamm zu einem einzigen Chaos, während der weiße, in Glanz gebadete, unvorstellbar lange Zylinder immer schneller in die Tiefe jagte; es sah aus, als würde er direkt im Kontrollgebäude einschlagen. Jemand neben Pirx stöhnte auf. Sie zuckten instinktiv zusammen.

Der Rumpf schnitt schräg in eine der niedrigen Einfassungen hinter der Scheibe ein, zerbrach in zwei Teile, und während er weiter barst, so daß die Reste nach allen Seiten geschleudert wurden, bohrte er sich in den Staub. In Sekundenschnelle bildete sich eine zehn Stockwerk hohe Wolke, in der es donnerte, polterte, Feuergarben sprühte. Über den gischtigen Vorhang des aufgewirbelten Sands schob sich der immer noch blendendweiße Bug des Raumschiffs, der vom Rest abgerissen war, und flog ein paar hundert Meter durch die Luft. Sie hörten ein, zwei, drei heftige Aufschläge, die Erdstößen glichen. Das ganze Gebäude wurde erschüttert, es ging hoch und nieder wie ein Boot in der Brandung. Dann erhoben sich unter dem höllischen Getöse des berstenden Eisenschrotts eine schwarzbraune Wand aus Rauch und Ruß, die alles verdeckte. Und das war »Ariels« Ende. Als sie die Treppen hinunterstürzten, dem Ausgang zu, gab es für Pirx – er war als einer der ersten in die Kombination geschlüpft – keinen Zweifel mehr: Einen solchen Absturz konnte niemand überleben.

Dann rannten sie, von Windstößen gepeitscht; in der Ferne, von der »Glocke« her, sah man die ersten Raupenfahrzeuge und Hovercrafts. Aber zur Eile gab es keinen Grund mehr. Pirx wußte selbst nicht, wie und wann er ins Kontrollgebäude zurückgelangt war. Mit dem Anblick des Kraters und des zusammengedrückten Rumpfs vor Augen, fragte er sich, wieso er sich in seinem kleinen Zimmer befand, so daß er erst richtig zu sich kam, als er im Wandspiegel das eigene, grau gewordene, plötzlich geschrumpfte Gesicht erblickte. Mittags wurde eine Expertenkommission zusammengerufen, die die Ursachen der Katastrophe untersuchen sollte. Noch waren Arbeitsgruppen dabei, mit Baggern und Kränen die Teile des riesigen Rumpfs wegzuschleppen, noch war man nicht zu der tief in den Boden festgekeilten Steuerkabine vorgedrungen, in der sich die Kontrollautomaten befanden, als bereits eine Gruppe Spezialisten von der Großen Syrte angeflogen kam, mit einem der eigenartigen kleinen Hubschrauber, die mit riesigen Propellern ausgestattet waren und nur zum Verkehr in der dünnen Marsatmosphäre taugten. Pirx ging allen aus dem Weg und stellte keine Fragen, denn ihm war nur zu klar, daß die Sache außerordentlich mysteriös war. Während des normalen Landevorgangs, der in erprobte Etappen eingeteilt und programmiert war wie ein tadellos funktionierender Eisenbahnfahrplan, hatte der Hauptcomputer des »Ariel« ohne ersichtlichen Grund den Boranschub gedrosselt, Signale gegeben, die in Relikten an Meteoritenalarm erinnerten, und auf Startantrieb mit vollem Schub umgeschaltet; die Stabilität, die er während dieses halsbrecherischen Manövers verloren hatte, konnte er nicht mehr zurückgewinnen. So etwas war in der Geschichte der Astronautik noch nicht vorgekommen, und naheliegende Vermutungen – daß der Computer versagt hatte, daß ein Kreis kurzgeschlossen oder durchgebrannt war – entbehrten jeder Wahrscheinlichkeit, denn es handelte sich um eines von zwei Programmen – Start und Landung –, die so gründlich gegen Havarien abgesichert waren, daß man schon eher auf Sabotage schließen konnte. In dem Kämmerchen, das ihm Seyn in der Nacht zuvor überlassen hatte, zerbrach er sich den Kopf über diese Frage und steckte absichtlich nicht die Nase aus der Tür, um nicht gesehen zu werden, zumal er ja in zehn bis zwanzig Stunden starten sollte, und er sah keinerlei Veranlassung, sich in die Kommission hineinzudrängen. Es zeigte sich jedoch, daß man ihn nicht vergessen hatte; kurz vor eins schaute Seyn bei ihm vorbei, begleitet von Romani, der auf dem Korridor wartete. Als Pirx herauskam, erkannte er ihn nicht gleich: der Chef des Agathodaemons sah auf den ersten Blick aus wie ein Mechaniker. Er trug einen schmutzigen, mit nassen Flecken bedeckten Arbeitsanzug, sein Gesicht schien vor Erschöpfung abgezehrt, der linke Mundwinkel zuckte, nur die Stimme war dieselbe geblieben. Er bat Pirx im Namen der Kommission, der er angehörte, den Start seines »Cuivier« zu verschieben.

»Natürlich . . ., wenn ich gebraucht werde.« Pirx war überrascht; er versuchte sich zu sammeln. »Ich muß nur die Genehmigung der Basis einholen.«

»Das erledigen wir, wenn Sie einverstanden sind.«

Keiner verlor mehr ein Wort darüber, und sie gingen zu dritt zum Haupt»ballon«, wo in dem langgestreckten, niedrigen Domizil der Leitung gut zwanzig Experten saßen – einige hiesige, die meisten jedoch von der Großen Syrte. Es war zwar Mittagszeit, aber es ging um Stunden, deshalb bekamen sie kalte Verpflegung aus dem Büfett, und so begannen die Beratungen bei Tee und Imbiß, was dem Ganzen einen inoffiziellen, fast unseriösen Anstrich gab. Der Vorsitzende, Ingenieur Hoyster, bat zuerst Pirx um eine Schilderung der Katastrophe, und der konnte sich denken, warum. Er war der einzige über jeden Zweifel erhabene unparteiische Zeuge, denn er gehörte weder zum Kollektiv der Flugkontrolleure noch zur Besatzung des Agathodaemons. Als Pirx auf sein eigenes Eingreifen zu sprechen kam, wurde er zum erstenmal von Hoyster unterbrochen.

»Also Sie wollten Klyne dazu bewegen, die gesamte Automatik außer Betrieb zu setzen und zu versuchen, von Hand zu landen. Ist das richtig?«

»Ja.«

»Und darf man erfahren, warum?«

Pirx zögerte nicht mit der Antwort: »Ich hielt es für die einzige Chance.«

»So. Aber mußten Sie nicht annehmen, daß der Übergang auf Handsteuerung einen Stabilitätsverlust nach sich ziehen konnte?«

»Die war schon verloren. Das kann man übrigens nachprüfen; es gibt ja die Bänder.«

»Natürlich. Wir wollten uns zuerst einen allgemeinen Eindruck verschaffen. Und . . . was ist Ihre persönliche Meinung?«

»Über die Ursache . . .?«

»Ja. Denn bevor wir mit den Beratungen beginnen, müssen wir Informationen sammeln. Wir legen nicht jedes Wort auf die Goldwaage, aber jede Vermutung kann sich als wertvoll erweisen, und sei sie auch noch so gewagt.«

»Verstehe. Mit dem Computer ist etwas passiert. Ich weiß nicht was, und ich weiß ebensowenig, wie das möglich war. Wäre ich nicht Zeuge gewesen, ich hätte es nicht geglaubt, aber ich war dabei und habe alles gehört. Er hat das Manöver abgebrochen und Meteoritenalarm gegeben, wenn auch nur andeutungsweise. Es klang ungefähr wie ›Meteoriten – Achtung, mit voller Leistung axial voraus‹. Aber da keine Meteoriten da waren . . .« Pirx hob die Schultern und brach ab.
»Dieses Modell, mit dem ›Ariel‹ ausgestattet war, ist eine verbesserte Version des Computers AIBM 09«, bemerkte Boulder, ein Elektroniker, den Pirx von flüchtigen Begegnungen auf der Großen Syrte kannte. Pirx nickte.
»Ich weiß. Deshalb sage ich ja, daß ich es nicht glauben würde, hätte ich es nicht mit eigenen Augen gesehen. Aber es ist passiert.«
»Und was meinen Sie, Kommandant: Warum hat Klyne nichts unternommen?« fragte Hoyster. Pirx spürte plötzlich eine innere Kälte und schaute in die Runde, ehe er antwortete. Diese Frage mußte natürlich kommen. Doch er hätte es vorgezogen, sie nicht als erster beantworten zu müssen.
»Das weiß ich nicht.«
»Sicher. Aber Ihre langjährige Erfahrung gestattet Ihnen, sich an seine Stelle zu versetzen . . .«
»Das habe ich schon versucht. Ich hätte das gemacht, wozu ich ihm raten wollte.«
»Und er?«
»Es kam keine Antwort. Geräusche. Wie Schreie. Man wird die Bänder sehr aufmerksam abhören müssen, aber ich fürchte, daß nicht viel dabei herauskommt.«
»Herr Kommandant«, sagte Hoyster leise, aber ungewöhnlich langsam, als wählte er sorgfältig jedes Wort, »Sie sind über die Situation informiert, nicht wahr? Zwei weitere Einheiten derselben Klasse, mit demselben Steuersystem ausgestattet, befinden sich gegenwärtig auf dem Kurs Terra–Ares. ›Ares‹ wird in sechs Wochen eintreffen, ›Anabis‹ schon in einer Woche. Selbstverständlich sind wir den Opfern verpflichtet, aber noch größer ist unsere Verantwortung für die Lebenden. Zweifellos haben Sie während der letzten fünf Stunden über das Vorgefallene nachgedacht. Ich kann Sie nicht dazu zwingen, aber ich bitte Sie, uns Ihre Überlegungen mitzuteilen.«
Pirx fühlte, daß er blaß wurde. Was Hoyster sagen wollte, hatte er schon aus dessen ersten Worten erraten, und der seltsame Eindruck aus dem nächtlichen Traum war sofort wieder gegenwärtig: das

Gefühl der wütenden, verzweifelten, stummen Anstrengung, mit der er gegen einen Gegner ohne Gesicht gekämpft hatte, ohne ihn zu besiegen, und danach mit ihm zusammen umgekommen war. Es war nur ein Augenblick. Dann hatte er sich wieder in der Gewalt und konnte Hoyster in die Augen blicken.

»Ich verstehe«, sagte er. »Klyne und ich gehören zwei verschiedenen Generationen an. Als ich zu fliegen anfing, war die Zuverlässigkeit der Automaten bedeutend geringer. Das wirkt sich auf das Verhalten aus. Ich glaube . . . er hat ihnen restlos vertraut.«

»Er war der Ansicht, daß der Computer einen besseren Überblick hatte? Daß er Herr der Situation war?«

»Er mußte nicht unbedingt damit rechnen, daß er Herr der Situation war, nur . . . wenn der Computer es nicht schaffte, konnte ein Mensch erst recht nicht dazu imstande sein.« Pirx atmete auf. Er hatte gesagt, was er dachte, ohne den Schatten eines Vorwurfs auf den Jüngeren zu werfen, der nicht mehr am Leben war.

»Gab es denn Ihrer Meinung nach Chancen zur Rettung des Raumschiffs?«

»Ich weiß nicht. Es war sehr wenig Zeit. ›Ariel‹ hatte fast völlig die Geschwindigkeit verloren.«

»Sind Sie je unter solchen Bedingungen gelandet?«

»Ja. Aber mit Raumschiffen von geringerer Masse – und auf dem Mond. Je länger und schwerer eine Rakete ist, desto schwieriger ist es, die Stabilität bei Absinken der Geschwindigkeit wiederherzustellen, besonders wenn schon eine Neigung eingetreten ist.«

»Hat Klyne Sie gehört?«

»Das weiß ich nicht. Aber er müßte.«

»Hat er die Steuerung übernommen?«

Pirx lag die Antwort auf der Zunge, daß dies aus den Aufzeichnungen hervorgehen müßte, aber statt dessen sagte er: »Nein.«

»Woher wissen Sie das?« Das fragte Romani.

»Aus dem Kontrollapparat. Die Lampe für ›automatische Steuerung‹ leuchtete die ganze Zeit und ging erst aus, als das Raumschiff zerschellte.«

»Halten Sie es für möglich, daß Klyne keine Zeit mehr hatte?« fragte Seyn. Seltsam, sie waren doch per du. War plötzlich eine Distanz zwischen ihnen entstanden, Feindseligkeit?

»Die Situation kann auf mathematischem Wege rekonstruiert werden, und dann wird sich zeigen, ob es eine Chance gab.« Pirx bemühte sich, sachlich zu bleiben. »So kann ich nichts sagen.«

»Aber wenn die Neigung fünfundvierzig Grad überschritten hatte,

war die Stabilität nicht wiederherzustellen«, beharrte Seyn. »Ist es nicht so?«
»Auf meinem ›Cuivier‹ nicht unbedingt. Man kann den Schub über die zulässige Grenze hinaus steigern.«
»Eine Steigerung über zwanzig und mehr kann tödlich sein.«
»Sicher. Aber ein Absturz aus fünftausend Metern *muß*.«
Damit endete dieses kurze Wortgeplänkel. Unter den Lampen, die trotz des Tageslichts brannten, schwebten flache Rauchschwaden. Sie hatten sich Zigaretten angezündet.
»Nach Ihrer Meinung konnte Klyne die Steuerung noch übernehmen, aber er hat es nicht getan. Ist das richtig?« Damit kehrte Hoyster zum Ausgangspunkt zurück.
»Wahrscheinlich konnte er.«
»Halten Sie es für möglich, daß Sie ihn durch Ihr Eingreifen irritiert haben?« warf Seyns Stellvertreter ein, ein Mann vom Agathodaemon, den Pirx nicht kannte. Waren alle Hiesigen gegen ihn? Selbst das konnte er begreifen.
»Ich halte es für möglich. Zumal dort, in der Steuerkabine, die Leute durcheinanderschrien. So sah es aus.«
»Nach einer Panik?« fragte Hoyster.
»Diese Frage kann ich nicht beantworten.«
»Warum nicht?«
»Bitte hören Sie die Bänder ab. Es war so undeutlich. Geräusche, die man verschieden auslegen kann.«
»Konnte die Bodenkontrolle nach Ihrer Meinung noch irgend etwas tun?« fragte Hoyster mit eisiger Miene. Die Kommission schien in zwei Lager gespalten. Hoyster war von der Großen Syrte.
»Nein, nichts.«
»Ihr eigenes Verhalten straft Ihre Behauptung Lügen.«
»Nein. Die Kontrolle hat nicht das Recht, die Entscheidungen des Kommandanten in einer solchen Situation zu beeinflussen. In der Steuerkabine kann die Sache ganz anders aussehen als unten.«
»Sie geben also zu, gegen die Vorschriften gehandelt zu haben?« fragte Seyns Stellvertreter noch einmal.
»Ja.«
»Warum?« fragte Hoyster.
»Vorschriften sind für mich nicht heilig. Ich verhalte mich immer so, wie ich es für richtig halte. Dafür bin ich schon zur Verantwortung gezogen worden.«
»Von wem?«
»Vom Tribunal der Kosmischen Kammer.«

»Aber Sie wurden freigesprochen?« mutmaßte Boulder. Hie Große Syrte, dort Agathodaemon. Das lag auf der Hand.
Pirx schwieg.
»Ich danke Ihnen.«
Er nahm etwas abseits Platz, denn nun berichtete Seyn und nach ihm sein Stellvertreter. Bevor sie fertig waren, kamen die ersten Bänder aus dem Flugkontrollgebäude und telefonische Meldungen über den Stand der Arbeiten am Wrack. Es stand bereits fest, daß es keine Überlebenden gab, aber zur Steuerkabine war man noch nicht vorgedrungen: Sie steckte elf Meter tief im Boden. Das Abhören der Bänder und das Protokollieren der Berichte dauerte ohne Unterbrechung bis sieben Uhr. Dann wurde eine einstündige Pause eingelegt. Die Leute von der Syrte fuhren in Begleitung von Seyn zum Unfallort. Romani hielt Pirx im Vorübergehen auf.
»Kommandant . . .«
»Ja?«
»Sie haben hier zu niemandem . . .«
»Bitte, sagen Sie so etwas nicht. Der Einsatz ist zu hoch«, unterbrach ihn Pirx. Der andere nickte.
»Sie bleiben vorläufig zweiundsiebzig Stunden hier. Wir haben das schon mit der Basis abgesprochen.«
»Mit der Erde?« Pirx war überrascht. »Ich habe nicht den Eindruck, daß ich noch helfen könnte . . .«
»Hoyster, Rahaman und Boulder wollen Sie in der Kommission haben. Sie sind doch einverstanden?«
Alles Leute von der Syrte.
»Selbst wenn ich wollte, ich kann nicht«, antwortete er, und damit trennten sie sich.
Abends um neun kam man wieder zusammen. Die kompletten Aufzeichnungen der Bänder waren dramatisch, und noch mehr der vorgeführte Film, der alle Phasen der Katastrophe festgehalten hatte, von dem Augenblick an, da der grüne Stern des »Ariel« im Zenit aufgetaucht war. Danach faßte Hoyster sehr lakonisch die bisherigen Untersuchungsergebnisse zusammen.
»Es scheint wirklich ein Versagen des Computers vorzuliegen. Wenn er auch nicht auf übliche Weise Meteoritenalarm gegeben hat, so hat er sich doch so verhalten, als läge ›Ariel‹ auf Kollisionskurs mit irgendeiner Masse. Die Aufzeichnungen beweisen, daß er die zulässige Schubkraft um drei Einheiten überschritten hat. Warum, wissen wir nicht. Vielleicht wird die Steuerkabine weitere Aufschlüsse bringen.« (Er dachte an die Registrierstreifen aus dem Raumschiff; Pirx

war in dieser Beziehung skeptisch.) »Was in den letzten Augenblicken in der Steuerkabine vor sich gegangen ist, können wir uns nicht erklären. Im Hinblick auf das Operationstempo jedenfalls hat der Computer exakt gearbeitet, denn er hat sämtliche für die Aggregate bestimmten Befehle in Nanosekunden iteriert. Auch die Aggregate haben bis zum Ende ohne Ausfall gearbeitet. Das ist völlig sicher. Wir haben absolut nichts entdeckt, was auf eine äußere oder innere Bedrohung des gesteuerten Landemanövers hindeutet. Von 7.03 bis 7.08 Uhr ist alles tadellos verlaufen. Die Entscheidung des Computers, das Landemanöver abzubrechen und einen vorzeitigen Start zu versuchen, läßt sich bis jetzt durch nichts erklären. Kollege Boulder?«

»Ich verstehe es nicht.«

»Ein Fehler in der Programmierung?«

»Ausgeschlossen. ›Ariel‹ ist mit Hilfe dieses Programms mehrmals gelandet – axial und mit allen nur möglichen Abdriften.«

»Aber auf dem Mond. Dort ist die Gravitation geringer.«

»Das kann sich auf die Kraftaggregate in gewissem Maß auswirken, aber nicht auf die Informationsgruppen. Die Kraft ist aber konstant geblieben.«

»Kollege Rahaman?«

»Ich bin mit dem Programm nicht genügend vertraut.«

»Aber Sie kennen das Modell dieses Computers?«

»Ja.«

»Was kann den Ablauf des Landemanövers unterbrechen, wenn keine äußeren Ursachen vorhanden sind?«

»Nichts.«

»Nichts?«

»Höchstens eine unter dem Computer angebrachte Bombe . . .«

Endlich war das Wort gefallen. Pirx hörte mit größter Aufmerksamkeit zu. Die Exhaustoren rauschten, vor ihren Ansaugdüsen unter der Decke ballte sich der Rauch.

»Sabotage?«

»Der Computer hat bis zum Schluß gearbeitet, wenn auch auf eine für uns unbegreifliche Weise«, bemerkte Kerhoven, der einzige Spezialist für Intellektronik in der Kommission, der ein Hiesiger war.

»Na ja, eine Bombe . . ., ich habe das nur so dahingesagt.« Rahaman steckte zurück. »Der wichtigste Vorgang, also der des Landens oder Startens, kann normalerweise, also wenn der Computer in Ordnung ist, nur durch etwas Außergewöhnliches unterbrochen werden. Ein Kraftausfall . . .«

»Kraft war vorhanden.«

»Aber im Prinzip kann auch der Computer eine Unterbrechung herbeiführen?»

Das wußte der Vorsitzende doch selbst. Pirx begriff, daß dies nicht für sie bestimmt war. Er hatte gesagt, was die Erde hören sollte.

»Theoretisch ja. In der Praxis nicht. Seit die Raumfahrt existiert, hat es noch nie während eines Landemanövers Meteoritenalarm gegeben. Einen Meteoriten kann man während des Anflugs ausmachen. Dann wird die Landung einfach verschoben.«

»Aber es gab doch gar keine Meteoriten?«

»Nein.«

Das Ende der Sackgasse war erreicht. Ein Weilchen blieb es still, nur die Exhaustoren rauschten. Vor den runden Fenstern war es schon dunkel. Die Marsnacht.

»Wir brauchen die Leute, die dieses Modell konstruiert und die Belastungstests durchgeführt haben«, sagte schließlich Rahaman.

Hoyster neigte den Kopf. Er sah die Meldung durch, die ihm der Telefonist gereicht hatte.

»In einer Stunde etwa sind sie bei der Steuerkabine angelangt«, sagte er. Und dann, während er aufschaute: »Morgen nehmen Macross und van der Voyt an den Beratungen teil.«

Man horchte auf. Das waren der Generaldirektor und der Chefkonstrukteur der Werft, auf der die Hunderttausender gebaut wurden.

»Morgen . . .?« Pirx glaubte sich verhört zu haben.

»Ja. Nicht hier natürlich. Sie werden per Fernsehen anwesend sein. Direktschaltung. Das ist das Telegramm.« Er hob die Meldung hoch.

»Aber . . .! Welche Verzögerung haben wir jetzt?« fragte jemand.

»Acht Minuten.«

»Wie stellen die sich das vor? Wir werden eine Ewigkeit auf jede Antwort warten«, protestierten einige.

Hoyster zuckte die Schultern. »Wir müssen uns fügen. Sicher wird es umständlich sein. Wir werden ein entsprechendes Verfahren erarbeiten . . .«

»Die Beratungen werden auf morgen vertagt?« fragte Romani.

»Ja. Wir treffen uns um sechs Uhr morgens. Dann liegen schon die Registrierstreifen aus der Steuerkabine vor.«

Romani hatte Pirx ein Nachtlager bei sich angeboten, und er war froh darüber. Er zog es vor, Seyn aus dem Wege zu gehen. Zwar verstand er sein Verhalten, doch er billigte es nicht. Die Leute von der Syrte wurden notdürftig untergebracht, und um Mitternacht war Pirx allein in dem kleinen Raum, der dem Chef als Handbibliothek und privates Arbeitszimmer diente. Er legte sich angezogen auf das zwischen Theodoliten stehende Feldbett, verschränkte die Hände unter dem Kopf und starrte an die niedrige Decke, fast ohne zu atmen.

Seltsam, mitten unter diesen fremden Menschen hatte er die Katastrophe als Außenstehender miterlebt, als einer von vielen Zeugen, nicht ganz beteiligt, selbst dann nicht, als er Feindseligkeit und Animosität hinter den Fragen spürte und den in der Luft hängenden Vorwurf der Einmischung in die Angelegenheiten der hiesigen Spezialisten, selbst dann nicht, als Seyn sich gegen ihn stellte. Es berührte ihn nicht, bewegte sich in den natürlichen Bahnen des Unvermeidlichen, wie es unter solchen Umständen nicht anders sein konnte. Er war bereit, für das geradezustehen, was er getan hatte, aber unter vernünftigen Voraussetzungen, schließlich war er nicht für das Unglück verantwortlich. Er war erschüttert, bewahrte jedoch Ruhe, blieb konsequent der Beobachter, der den Vorfällen nicht ausgeliefert war, denn diese Vorfälle hatten System – bei all ihrer Unbegreiflichkeit konnte man sie analysieren, Stück für Stück, nach der Methode, die der offizielle Verlauf der Beratungen vorgezeichnet hatte. Jetzt zerrann ihm all das unter den Fingern. Er dachte nichts, er rief sich keine Bilder ins Gedächtnis zurück – sie wiederholten sich von selbst, von Anfang an: die Fernsehschirme, darauf der Eintritt des Raumschiffs in die Marsatmosphäre, das Abbremsen der kosmischen Geschwindigkeit, der Wechsel der Schubkräfte. Er kam sich vor, als sei er überall zugleich gewesen, im Kontrollraum und in der Steuerkabine, er kannte diese dumpfen Stöße, dieses Dröhnen, das über Kiel und Spanten lief, wenn die gedrosselte Atomenergie von der vibrierenden Arbeit der Borane abgelöst wurde, den Baßton, mit dem die Turbopumpen kundtaten, daß sie den Brennstoff komprimierten, den Rückschub, das majestätisch langsame Niedergleiten mit dem Heck voraus, die kleinen Seitenkorrekturen und diese Erschütterung, diesen Donner beim plötzlichen Wechsel der Schübe, wenn wieder volle Kraft in die Düsen schoß. Die Vibration, der Verlust der Stabilität, der verzweifelte Versuch, die Rakete abzufangen, die zu pendeln und zu schwanken begann wie ein betrunkener Turm, ehe sie kraftlos, tot, steuerlos absackte, blind wie ein Stein. Dann der Aufprall, die Zerstörung – und er war überall dabei. Er kam sich vor wie das kämpfende Raumschiff, und während er sich schmerzlich der völligen Unzugänglichkeit, der restlosen Verschlossenheit des Geschehenen bewußt wurde, kehrte er zugleich zu den letzten Sekundenbruchteilen zurück, mit der stummen, sich ständig wiederholenden Frage nach der Ursache. Ob Klyne versucht hatte, die Steuerung zu übernehmen, war jetzt schon unwichtig. Im Grunde traf die Kontrolle kein Vorwurf, obwohl sie da ihre Witze gerissen hatten, aber daran konnte sich nur jemand stoßen, der abergläubisch beziehungsweise in Zeiten groß geworden war, da man sich Schnurzigkeit nicht leisten durfte. Sein Verstand sagte ihm, daß daran nichts Unrechtes war. Er lag auf dem Rücken, aber ihm war, als stünde er an dem schrägen Fenster, das auf den Zenit wies, als der grünfunkelnde Stern der Borane von dem schrecklich sonnengrellen Blitz verschlungen wurde, dieser für die Kernenergie so charakteristischen Pulsion in den Düsen, die schon erkalteten, wodurch es eben nicht möglich war, das ganze Manöver so gewaltsam durchzuführen – die Rakete begann zuerst zu schaukeln wie der Schwengel einer von wahnsinnigen Händen in Schwung versetzten Glocke und kippte dann mit ihrer ganzen unvorstellbaren Länge über. Sie war so riesig, daß sie allein durch ihre Ausmaße, durch die Schwungkraft ihrer Größe die Grenzen jeglicher Gefahren überschritten zu haben schien: genauso mußten ein Jahrhundert zuvor die Passagiere der Titanic gedacht haben.

Plötzlich erlosch all das, und er kam wieder zu sich. Er stand auf, wusch sich Gesicht und Hände, nahm Pyjama, Pantoffeln, Zahnbürste aus dem Necessaire und betrachtete sich zum drittenmal an diesem Tag im Spiegel über dem Waschbecken – wie einen Fremden.

Er war zwischen dem dreißigsten und vierzigsten Lebensjahr, dem letzteren näher: ein Schattenstrich. Nun mußte man schon die Bedingungen des Vertrages akzeptieren, den man nicht unterzeichnet hatte, der einem ohne Fragen aufgezwungen war; man wußte, daß man nicht anders war als die anderen, daß es keine Ausnahme von der Regel gab: Obwohl sich die Natur dagegen sträubte, man mußte dennoch altern. Bisher hatte der Körper das in aller Stille besorgt, doch nun genügte dies nicht mehr. Man mußte damit einverstanden sein. Das Jünglingsalter hatte die eigene Unveränderlichkeit zur Regel des Spiels erhoben – nein, zu seiner Voraussetzung: Ich war ein Kind, unerwachsen, jetzt bin ich wirklich ich, und so bleibe ich. Dieser Unsinn war schließlich die Grundlage der Existenz. Entdeckte man die Haltlosigkeit dieser These, so bedeutete das zuerst mehr Erstaunen als Erschrecken. Dieses Gefühl der Entrüstung war so stark, als hätte man eingesehen, daß falsches Spiel mit einem getrieben wurde. Der Endkampf mußte ganz anders sein; nach der Überraschung, dem Zorn, dem Widerstand begannen allmählich Verhandlungen mit dem eigenen Ich, dem eigenen Körper, die etwa so aussahen: Abgesehen davon, wie fließend und unbemerkt wir physisch altern – wir sind nie imstande, diesen Prozeß geistig mitzumachen. Wir legen uns auf fünfunddreißig, dann auf vierzig fest, als sollte es bei diesem Alter bleiben, und bei der nächsten Revision stößt die Zerstörung des Selbstbetrugs auf solchen Widerstand, daß der Impetus einen zu großen Sprung bewirkt. Ein Vierzigjähriger versucht sich also so zu verhalten, wie er sich die Lebensweise eines alten Menschen vorstellt. Haben wir uns einmal in das Unvermeidliche geschickt, fahren wir mit verbissener Wut in diesem Spiel fort, als wollten wir nunmehr den Einsatz verdoppeln: Bitte sehr, wenn es so unverschämt zugeht, wenn diese zynische, grausame Forderung, dieser Schuldschein bezahlt werden muß, wenn ich blechen muß, obwohl ich nicht einverstanden war, nicht wollte, nicht wußte, ich geb dir mehr, als meine Schuld beträgt – nach diesem Prinzip, das komisch klingt, wenn man es so ausspricht, versuchen wir den Gegner zu überlisten. Warte nur, ich werde auf der Stelle so alt, daß du aus der Fassung gerätst. Obwohl wir auf dem absteigenden Ast sind, in der Phase, da wir die Positionen verlieren und abtreten, kämpfen wir im Grunde noch weiter, denn wir leisten der Wirklichkeit Widerstand, und diese seelische Anspannung bewirkt, daß wir sprunghaft alt werden. Hier Überlastung, da Versagen, bis wir einsehen, meistens zu spät, daß dieser ganze Kampf, dieses selbstzerstörerische Ringen, diese Retiraden und Boutaden auch unseriös waren. Denn beim Altern sind wir wie die Kinder, das heißt, wir verweigern unsere Zustimmung zu einer Sache, die unserer Zustimmung von vornherein nicht bedarf, da, wo es keinen Platz gibt für Streit oder Kampf – der noch dazu auf Illusionen beruht. Der Schattenstrich ist noch kein Memento mori, aber ein in mehrfacher Hinsicht schlimmer Ort, denn von hier aus kann man bereits sehen, daß es keine unberührten Chancen gibt. Das heißt, das Jetzt ist keine Ankündigung, kein Warteraum, keine Einleitung, kein Trampolin großer Hoffnungen, denn die Situation hat sich unmerklich gewandelt. Das vermeintliche Training war unwiderrufliche Wirklichkeit; die Einleitung – der eigentliche Inhalt; die Hoffnungen – Hirngespinste; das Unverbindliche aber, das Provisorische, das Vorübergehende – alles, was das Leben ausmacht. Nichts von dem, was sich nicht erfüllt hat, wird sich noch erfüllen; und man muß sich schweigend damit abfinden, ohne Angst und wenn es geht auch ohne Verzweiflung.

Es ist ein kritisches Alter für Kosmonauten, kritischer als für andere Menschen, denn in diesem Beruf kann jeder, der nicht vollkommen fit ist, von heute auf morgen zum alten Eisen geworfen werden. Wie die Physiologen bisweilen sagen, sind die Anforderungen, die die Raumfahrt stellt, selbst für solche zu hoch, die körperlich und geistig vollkommen gesund sind. Wenn man nicht mehr zur Spitze gehört, verliert man alles auf einmal.

Die Ärztekommissionen sind rücksichtslos – ein Umstand, der für den einzelnen niederschmetternd, aber unumgänglich ist, denn sie können nicht zulassen, daß einer am Steuer stirbt oder einen Unfall hat. Scheinbar im Vollbesitz seiner Kräfte geht man von Bord und sieht sich plötzlich am Ende; die Ärzte sind an Ausflüchte und verzweifelte Dissimulation so gewöhnt, daß niemand, der dabei ertappt wird, moralische oder disziplinarische Konsequenzen zu fürchten hat. Fast keiner kann über das fünfzigste Lebensjahr hinaus im aktiven Dienst bleiben. Überanstrengung ist der größte Feind des Gehirns. Vielleicht wird sich das in hundert oder in tausend Jahren ändern; im Augenblick ist diese Perspektive während der Monate des Fluges eine Qual für jeden – der im Schattenstrich steht.

Klyne hatte der nächsten Generation angehört, Pirx aber, und das wußte er, wurde von den Jüngeren »Automatenfeind«, »Konservatist«, »Mammut« genannt. Etliche seiner Altersgenossen flogen nicht mehr; je nach Fähigkeiten und Möglichkeiten hatten sie umgesattelt – die einen waren Dozenten geworden, die anderen Mitglieder der Kosmischen Kammer, sie hatten einträgliche Posten in Werften und Aufsichtsräten, sie bestellten ihre Gärten. Im allgemeinen bewahrten sie Haltung. Sie spielten die Einsicht ins Unvermeidliche nicht schlecht – Gott allein wußte, was das manchen gekostet hatte. Aber es gab auch Fälle von Verantwortungslosigkeit, motiviert durch Mangel an Einsicht, hilflose Renitenz, Stolz und Zorn, durch das Gefühl unverdient erlittenen Unglücks. Verrückte kannte dieser Beruf nicht; aber einzelne Persönlichkeiten näherten sich gefährlich der Grenze der Psychopathie, wenn sie diese Grenze auch nicht überschritten. Immerhin kam es unter dem wachsenden Druck des Unausweichlichen zu Ausfällen, die zumindest grotesk waren. Ja, er wußte von diesen Schrullen, Verwirrungen, abergläubischen Vorstellungen, denen sowohl Fremde als auch solche unterworfen waren, die er seit Jahren kannte und für die er, so schien es, die Hand ins Feuer legen konnte. Süße Ignoranz war kein Privileg in einem Fach, das soviel zuverlässige Kenntnisse erforderte; jeden Tag gingen unwiderruflich einige tausend Neuronen im Hirn zugrunde, und schon vor dem dreißigsten Lebensjahr begann der eigenartige, unmerkliche, aber unaufhaltsame Wettlauf, die Rivalität zwischen dem Nachlassen der von Atrophie untergrabenen Funktion und ihrer Vervollkommnung dank wachsender Erfahrung, und so ergab sich ein instabiles Gleichgewicht, eine in der Tat akrobatische Balance, mit der man leben und fliegen mußte. Und träumen. Wen hatte er in der vergangenen Nacht so oft zu töten versucht? Hatte das nicht eine besondere Bedeutung?

Als er sich auf das Feldbett legte, das unter seinem Gewicht aufstöhnte, kam ihm der Gedanke, daß er vielleicht nicht einschlafen könnte – bisher hatte er nicht unter Schlaflosigkeit gelitten, aber eines Tages war auch das fällig. Dieser Gedanke beunruhigte ihn seltsamerweise. Er hatte gar keine Angst vor einer schlaflosen Nacht, aber eine Unnachgiebigkeit des Körpers, die auf die Verwundbarkeit von etwas bisher Untrüglichem hindeutete, nahm in diesem Augenblick selbst als Möglichkeit fast die Ausmaße einer Niederlage an. Er wünschte es einfach nicht, gegen seinen Willen mit offenen Augen dazuliegen, und obwohl das dumm war, setzte er sich auf, betrachtete gedankenlos seinen grünen Pyjama und hob den Blick zum Bücherbord. Da er nichts Interessantes erwartet hatte, überraschte ihn die Reihe dickleibiger Bände über dem von Zirkeln zerstochenen Reißbrett. Wohlgeordnet stand dort fast die gesamte Geschichte der Areologie; die meisten Bücher kannte er, sie befanden sich auch in seiner Bibliothek auf der Erde. Er stand auf und fuhr mit der Hand über die soliden Buchrücken. Da war nicht nur Herschel, der Vater der Astronomie, sondern auch Kepler mit der »Astronomia nova seu Physica coelestis tradita commentariis DE MOTIBUS MARTIS« – nach den Forschungen Tycho de Brahes, Ausgabe von 1784. Und weiter Flammarion, Backhuyzen, Kaiser, der große Phantast Schiaparelli, seine Memoria terza, eine vergilbte römische Ausgabe, und dann Arrhenius, Antoniadi, Kuiper, Lowell, Pickering, Saheko, Sturve, Vaucouleurs – bis zu Wernher von Braun und seinem Marsprojekt. Und Karten, zusammengerollte Karten, mit allen Kanälen – Margaritifer Sinus, Lacus, Solis und das Agathodaemon . . .

Er stand da und brauchte keines dieser Bücher mit den glatten, bretterdicken Einbänden aufzuschlagen. Im Geruch der alten Leinwand, der Heftfäden, der vergilbten Blätter, der etwas Würdevolles und Morsches zugleich an sich hatte, wurden die Stunden lebendig, die über dem Geheimnis verstrichen waren. Zwei Jahrhunderte lang war es erstürmt worden, belagert von einem ganzen Ameisenhaufen

aus Hypothesen: Einer nach dem anderen war dahingestorben, ohne die Lösung zu erleben. Antoniadi, der sein Lebtag keine Kanäle gesehen und erst an der Schwelle des Alters die Existenz »gewisser Linien, die an so etwas erinnerten« zugegeben hatte. Graff, der nichts dergleichen wahrgenommen und statt dessen gesagt hatte, es gebräche ihm an der »Imagination« der Kollegen. Die »Kanalisten« dagegen hatten nächtelang beobachtet und gezeichnet, hatten Stunden vor der Linse verbracht und auf einen Augenblick unbewegter Atmosphäre gewartet, um dann auf der nebliggrauen Scheibe ein haarfeines, scharfes geometrisches Netz zu entdecken; Lowell hatte es enger skizziert, Pickering weiter, der aber hatte Glück gehabt mit der »Gemination«, wie die erstaunliche Verdoppelung der Kanäle genannt wurde. Hatte man es mit einer Täuschung zu tun? Aber warum wollten sich bestimmte Kanäle nie verdoppeln? Als Kadett hatte er im Lesesaal über diesen Büchern gebrütet, denn solche Antiquitäten wurden grundsätzlich nicht ausgeliehen.
Pirx stand – muß das eigentlich noch gesagt werden? – auf der Seite der »Kanalisten«. Ihre Argumente erschienen ihm unumstößlich: Graff, Antoniadi, Hall, die bis zum Schluß ihre Rolle als ungläubiger Thomas gespielt hatten, waren auf die verräucherten Observatorien im Norden angewiesen, mit ewig bewegter Atmosphäre, Schiaparelli dagegen hatte in Mailand gearbeitet und Pickering auf seinem Berg hoch über der Wüste Arizonas. Die Antikanalisten hatten sinnreiche Experimente unternommen: Sie ließen die Scheibe mit unordentlich aufgetragenen Punkten und Klecksen zeichnen, die sich bei größerer Entfernung zu etwas Ähnlichem wie einem Kanalnetz zusammenfügten, und fragten dann: Warum sind sie auch mittels stärkster Instrumente nicht zu sehen? Warum kann man die Mondkanäle auch mit bloßem Auge erkennen? Warum hatten die ersten Beobachter keinerlei Kanäle gesehen? Warum galten sie seit Schiaparelli als zuverlässig existent? Und die anderen hatten geantwortet: Bevor es Teleskope gab, hat auch auf dem Mond niemand Kanäle gesichtet. Große Teleskope erlaubten es einem nicht, mit voller Öffnungsblende zu arbeiten, mit maximalen Vergrößerungen, denn die Erdatmosphäre ist nicht ruhig genug; die Experimente mit den Zeichnungen sind also ein Ausweichmanöver . . . Die »Kanalisten« hatten auf alles eine Antwort parat. Der Mars, das war ein riesiger, gefrorener Ozean, und die Kanäle nichts anderes als Risse in seinen Eismassen, die sich unter Meteoreinschlägen aufgetan hatten – nein, die Kanäle waren breite Täler, durch die im Frühjahr das Tauwasser floß und an deren Ufern sich dann die

Marsflora entfaltete. Die Spektroskopie machte auch durch diese Rechnung einen Strich: Sie förderte zuwenig Wasser zutage. Also betrachtete man die Kanäle nunmehr als riesige Einstürze, als lange Täler, in denen sich vom Pol zum Äquator Wolkenmassen dahinwälzten, angetrieben von Konvektionsströmen. Schiaparelli hatte niemals zugeben wollen, daß es sich um Schöpfungen eines fremden Verstandes handelte; er nutzte die Zweideutigkeit des Terminus »Kanal« aus. Diese Schamhaftigkeit hatte der Mailänder mit vielen anderen Astronomen gemeinsam; sie nannten die Dinge nicht beim Namen, sie zeichneten nur Karten und veröffentlichten sie; aber Schiaparelli hatte in seinen Papieren Zeichnungen hinterlassen, aus denen hervorging, wie es zu dieser Verdoppelung, dieser berühmten Gemination kommen konnte: Wenn in parallel verlaufende, ausgetrocknete Betten Wasser eindrang und anschwoll, dann verschwammen plötzlich die Umrisse, so als füllte man Holzkerben mit Tusche aus ... Die Gegner wiederum leugneten nicht nur die Existenz von Kanälen, häuften nicht nur Gegenargumente auf, sondern schienen mit der Zeit einem immer heftiger brennenden Haß zu verfallen. Wallace, nach Darwin der zweite Schöpfer der natürlichen Evolutionstheorie, der den Mars wohl nie durch ein Glas beobachtet hatte, war mit einem hundert Seiten starken Pamphlet gegen die Kanäle und gegen jeden Gedanken an Leben auf dem Mars zu Felde gezogen; der Mars, so hatte er geschrieben, ist nicht nur nicht von intelligenten Wesen bewohnt, wie das Herr Lowell behauptet, sondern er ist absolut unbewohnbar.

Es gab keine Lauen unter den Areologen; jeder mußte sein Credo eindeutig formulieren. Die nächste Generation der »Kanalisten« begann schon von einer Marszivilisation zu sprechen, und die Gegensätze wurden immer größer. Ein lebenerfüllter Raum, der von der Arbeit vernunftbegabter Wesen zeugt, sagten die einen – ein öder, verwüsteter Leichnam, entgegneten die anderen. Dann entdeckte Saheko die geheimnisvollen, in den aufziehenden Wolken erlöschenden Blitze, die für Vulkanausbrüche zu kurz waren und nur bei Konjunktion der Planeten auftraten, was also auch eine Sonnenreflexion im Eismassiv der Berge ausschloß. Das war noch vor der Freisetzung der Atomenergie, so daß der Gedanke an Kerntests auf dem Mars erst später auftauchte ... Eine der streitenden Parteien mußte recht haben. In der ersten Hälfte des zwanzigsten Jahrhunderts einigte man sich allgemein darauf, daß Schiaparellis geometrische Kanäle nicht existierten, daß aber trotzdem etwas vorhanden sein mußte, was auf Kanäle hindeutete. Eine Sinnestäuschung konnte nicht vorliegen, denn zu viele Menschen hatten von zu vielen Orten auf der Erde aus dieses Etwas beobachtet. Sicherlich waren es keine offenen Gewässer in den Eisflächen und keine niedrigen Wolkenströme in den Tälern; vielleicht waren auch keine Vegetationszonen vorhanden, aber trotzdem ... Dieses Etwas – wer weiß – war womöglich noch unverständlicher, noch rätselhafter, und es wartete auf die Augen der Menschen, auf die Objektive der Kameras und auf die automatischen Sonden.

Pirx hatte niemandem gestanden, was ihn nach der Lektüre dieser Werke bewegte, aber Boerst, gerissen und rücksichtslos, wie es sich für einen Klassenprimus gehörte, war hinter sein Geheimnis gekommen und hatte ihn für ein paar Wochen zum Gespött des Kurses gemacht, indem er ihn den »Kanalfan« Pirx taufte, der in der beobachtenden Astronomie die Doktrin »credo, quia non est« einführen wolle. Aber Pirx wußte, daß es keine Kanäle gab und daß, was vielleicht noch schlimmer war, nicht einmal etwas Ähnliches existierte. Wie sollte er es auch nicht wissen, war doch der Mars seit Jahren erobert und hielt er ja selbst areographische Kolloquien ab. Er hatte im Beisein der Assistenten nicht nur genaue fotografische Karten angelegt, sondern war auch bei den praktischen Übungen im Simulator auf dem Boden eben desselben Agathodaemons gelandet, wo er sich jetzt befand, unter der Sauerstoffglocke des Projekts, vor dem Regal mit den musealen Errungenschaften aus zwei Jahrhunderten der Astronomie. Versteht sich, daß er all das wußte, aber dieses Wissen steckte irgendwo völlig abgesondert in seinem Kopf, es war keiner Verifizierung unterworfen, so als wäre dies ein einziger großer Betrug und als existierte weiterhin ein anderer, unerreichbarer, von einem geometrischen Netz überzogener, geheimnisvoller Mars.

Während des Fluges auf der Linie Terra–Ares gab es einen Zeitabschnitt, eine Art Zone, von der aus man mit bloßem Auge – und zwar mehrere Stunden lang – tatsächlich das sehen konnte, was Schiaparelli, Lowell und Pickering nur in den seltenen Augenblicken atmosphärischer Ruhe beobachtet hatten. Durch die Bullaugen konnte man verfolgen, wie sich manchmal an einem, manchmal an zwei Tagen Kanäle mit kaum angedeuteten Umrissen im Boden der schmutziggrauen, feindseligen Scheibe bildeten. Später, wenn man dem Globus näher kam, begannen sie zu schwinden, sich aufzulösen; einer nach dem anderen verschwamm im Nichts, ohne die geringste Spur zu hinterlassen, und die aller scharfen Konturen bare Scheibe des Planeten schien mit ihrer Öde, mit ihrer langweiligen grauen

Indifferenz all die Hoffnungen zu verspotten, die sie selbst geweckt hatte. Gewiß, nach weiteren Flugwochen tauchte wirklich etwas Definitives auf, das nicht wieder verschwand, aber das waren dann einfach die schartigen Ränder der größten Krater, die wild übereinandergetürmten verwitterten Felsen, die häßlichen Geröllhalden unter dicken Schichten grauen Staubs, die in nichts jener sauberen Präzision der geometrischen Zeichnung ähnelten. Aus der Nähe betrachtet, bot der Planet dieses Chaos schon gefügig und endgültig dar, unfähig, die Erosionsspuren aus Jahrmilliarden zu vertuschen. Dieses Chaos ließ sich mit jener unvergeßlichen, klaren Zeichnung einfach nicht in Einklang bringen, mit jenem Entwurf von etwas, das so intensiv überzeugt und solche Erregung geweckt hatte, denn es war die Rede gewesen von logischer Ordnung, von einem unverständlichen, aber gegenwärtigen Sinn, den in den Griff zu bekommen es eben ein bißchen mehr Anstrengung brauchte.

Aber wo war dieser Sinn, und worauf beruhte diese Täuschung? Auf einer Projektion der Netzhaut, ihrer optischen Mechanismen, des Sehzentrums in der Hirnrinde? Niemand unternahm den Versuch, diese Frage zu beantworten, denn das verstaubte Problem teilte das Los aller überholten, vom Fortschritt über Bord geworfenen Hypothesen: Es war auf dem Kehrichthaufen gelandet.

Da es keine Kanäle gab – nicht einmal etwas Besonderes im Relief des Planeten, was den Eindruck dieser Erscheinung hervorrufen konnte –, gab es auch nichts, worüber man sprechen oder nachdenken konnte. Nur gut, daß kein »Kanalist« und ebensowenig einer der »Antikanalisten« diese ernüchternde Enthüllung erlebt hatte, denn das Rätsel war überhaupt nicht gelöst worden, sondern einfach untergegangen. Es gab doch andere Planeten mit unerforschter Oberfläche: Kanäle waren auf keinem entdeckt worden – nie. Kein Mensch hatte sie gesehen, keiner gezeichnet. Warum? Man wußte es beim besten Willen nicht.

Sicher bot das Thema genug Stoff für Hypothesen. Es bedurfte einer besonderen Mischung aus Distanz und optischer Vergrößerung, aus objektivem Chaos und subjektivem Drang nach Ordnung, aus den letzten Spuren dessen, was sich in einem trüben Fleck auf dem Okular gezeigt hatte, was jenseits der Erkennbarkeitsgrenze geblieben und ihr dennoch für Sekunden fast greifbar nahe gekommen war, oder aus einer noch so winzigen Stütze und aus Phantasievorstellungen, die sich ihrer unbewußt bedienten – damit dieses schon abgeschlossene Kapitel der Astronomie neu geschrieben werden konnte.

Mit der Forderung an den Planeten, sich für eine der beiden Seiten zu erklären, im Beharren auf den Positionen eines absolut ehrlichen Spiels waren ganze Generationen von Areologen ins Grab gesunken, im festen Glauben, daß die Angelegenheit schließlich vor das entsprechende Tribunal gelangen und gerecht und richtig entschieden würde. Pirx konnte sich vorstellen, daß sich jeder von ihnen auf seine Weise genasführt und betrogen gefühlt hätte, wäre er Zeuge der endgültigen Aufklärung geworden. Dieses Gegeneinander von Fragen und Antworten, diese im Hinblick auf das rätselhafte Objekt absolut falschen Begriffe waren eine bittere, aber wahrhaftige, grausame, aber bereichernde Lektion, die – so kam es ihm plötzlich in den Sinn – im Zusammenhang stand mit dem, wohinein er jetzt geraten war und worüber er sich den Kopf zerbrach.

Ein Zusammenhang zwischen der alten Areographie und Ariels Havarie? Aber welcher? Und was konnte man mit dieser unklaren, aber dennoch so intensiven Vorstellung anfangen?

Er wußte es nicht. Aber er war völlig sicher, daß er die Verbindung dieser beiden einander so unähnlichen und voneinander so weit entfernten Dinge weder heute nacht durchschauen noch vergessen konnte. Er mußte erst einmal darüber schlafen. Als er das Licht löschte, dachte er noch, daß Romanis geistiger Horizont bedeutend weiter war, als es auf den ersten Blick schien. Die Bücher waren sein Privateigentum, und man mußte um jedes Kilo persönlichen Besitzes kämpfen, das man auf den Mars mitnehmen wollte. Im Kosmodrom auf der Erde hingen überall Instruktionen, die an die Loyalität der Mitarbeiter appellierten und darauf hinwiesen, daß überflüssiger Ballast auf den Raketen der Sache schade. Es wurde um Einsicht gebeten, und ausgerechnet Romani, immerhin der Chef des Agathodaemons, hatte gegen die Vorschriften und Grundsätze gehandelt, indem er mehrere Dutzend Kilo rundum überflüssiger Bücher hergebracht hatte. Wozu eigentlich? Doch wohl nicht, um sie zu lesen.

Schon im Dunkeln, schläfrig, lächelte er über den Gedanken, der die Anwesenheit dieser bibliophilen Altertümer unter der Glocke des Marsprojekts rechtfertigte. Ganz gewiß lag hier niemandem an Evangelien und widerlegten Prophezeiungen. Aber es erschien angemessen, mehr noch: notwendig, daß die Gedanken der Menschen, die ihr Bestes dem Rätsel des roten Planeten geopfert hatten, nun schon unter völliger Aussöhnung der erbittertsten Gegner auf dem Mars weilten. Das kam ihnen zu, und wenn Romani das begriffen hatte, war er ein vertrauenswürdiger Mensch.

Um fünf fuhr er aus bleischwerem Schlaf hoch, sofort hellwach wie nach einer kalten Dusche, und da er noch ein bißchen Zeit hatte – er gönnte sich fünf Minuten, wie schon des öfteren –, dachte er über den Kommandanten des zerschellten Raumschiffs nach. Er wußte nicht, ob Klyne die Rakete mit der dreißig Mann starken Besatzung hätte retten können, ebenso wenig wußte er, ob er es versucht hatte. Das war eine Generation von Verstandesmenschen, die sich den zuverlässig-logischen Gefährten, den Computern unterordneten, denn es wurden immer größere Anforderungen gestellt – wann wurden sie schon einmal kontrolliert? Einfacher war es, sich blind auf sie zu verlassen. Er hingegen brachte dies nicht fertig, und wenn er es hundertmal gewollt hätte. Dieses Mißtrauen steckte ihm einfach in den Knochen. Er schaltete das Radio ein.

Der Sturm war losgebrochen. Er hatte ihn erwartet, aber die Ausmaße der Hysterie überraschten ihn dann doch. In den Spitzenmeldungen dominierten drei Themen: der Verdacht auf Sabotage, die Ungewißheit des Geschicks der noch auf Marskurs befindlichen Raumschiffe und natürlich die politischen Konsequenzen der ganzen Angelegenheit. Die großen Tageszeitungen hielten sich beim Thema Sabotage sehr zurück, die Boulevardpresse war gerade hier in ihrem Element. Es wurde auch reichlich Kritik an den Hunderttausendern geübt: Sie seien nicht genügend erprobt, sie könnten bekanntlich nicht von der Erde starten und, was noch schlimmer sei, nicht zurückdirigiert werden, denn sie hätten ja nicht genügend Brennstoffreserven an Bord, und schließlich sei es nicht möglich, sie auf den Orbitalstationen des Mars zu entladen. Das stimmte; sie mußten auf dem Mars landen, aber vor drei Jahren war ein Testprototyp, wenn auch mit einem anderen Computermodell, mehrmals erfolgreich auf dem Mars gelandet. Die Experten daheim schienen davon keine Ahnung zu haben. Es war auch eine Kampagne gestartet worden, die darauf zielte, die politischen Verfechter des Marsprojekts mundtot zu machen; man nannte es rundheraus Wahnsinn. Irgendwo mußten auch schon komplette Listen sämtlicher Fehlleistungen in bezug auf die Sicherung der Arbeiten an beiden Stützpunkten vorliegen, in bezug auf die Bestätigung der Projekte und auf die Erprobung der Prototypen. An den Hauptakteuren der Marsverwaltung wurde kein gutes Haar gelassen – es war ein einziger Kassandraruf.

Als er um sechs das Chefbüro betrat, stellte es sich heraus, daß gar keine Kommission mehr existierte, denn die Erde hatte es inzwischen geschafft, dieses illegale Gremium aufzulösen. Sie konnten sich

drehen und wenden, wie sie wollten, aber erst nach Herstellung des Kontakts mit der Gruppe von der Erde hatte alles offiziell und legal von vorn zu beginnen. Das demissionierte Gremium befand sich aber offensichtlich in einer günstigeren Lage als am Tag zuvor, denn da es nun über nichts mehr zu entscheiden hatte, konnte es um so ungehemmter Forderungen und Anträge an die höhere, das heißt irdische Instanz stellen. In der Großen Syrte war die Materialsituation ziemlich kompliziert, wenn auch nicht kritisch, für den Stützpunkt Agathodaemon dagegen bedeutete ein Ausfall der Versorgung spätestens in einem Monat das Ende. Von einer effektiven Unterstützung durch die Syrte konnt keine Rede sein. Es fehlte nicht nur an Baumaterial, sondern sogar an Wasser.
Die Lage erforderte ein Regime strengster Sparsamkeit auf Dauer. Pirx hörte nur mit halbem Ohr hin, denn inzwischen war der Registrierapparat aus der Steuerkabine des »Ariel« eingetroffen. Die sterblichen Überreste der Besatzung waren bereits geborgen; ob man sie auf dem Mars bestatten würde, war noch nicht entschieden. Die Aufzeichnungen konnten nicht gleich überprüft werden, dazu waren einige Vorbereitungen nötig; deshalb wurden Dinge besprochen, die nicht unmittelbar mit den Ursachen und dem Verlauf der Katastrophe zusammenhingen: Konnte man durch die Mobilisierung möglichst vieler kleinerer Raumschiffe den drohenden Untergang des Projekts abwenden, konnte man auf diese Weise in möglichst kurzer Zeit die für ein Existenzminimum erforderliche Versorgung sichern? Pirx erkannte die Berechtigung solcher Überlegungen an, mußte aber zugleich an die beiden Hunderttausender denken, die auf Marskurs waren und die hier überhaupt nicht erwähnt wurden, als stünde von vornherein fest, daß von einer Fortsetzung ihres Fluges keine Rede sein konnte. Aber was sollte mit ihnen geschehen, da sie ja landen mußten? Alle Anwesenden waren bereits über die Reaktion der amerikanischen Presse informiert, und laufend trafen Funksprüche mit den kurzgefaßten Reden der Politiker ein – es sah nicht gut aus: Noch kein Vertreter des Projekts hatte eine Erklärung abgeben können, und schon befand es sich im Kreuzfeuer konzentrierter Beschuldigungen, schon wurde von »Nachlässigkeit«, »verbrecherischem Leichtsinn« und ähnlichen Dingen gesprochen. Pirx, der sich von diesen voreiligen Schlüssen distanzierte, wollte mit alledem nichts zu tun haben, also verdrückte er sich gegen zehn aus dem rauchgeschwängerten Saal, und die freundlichen Service-Mechaniker des Kosmodroms ermöglichten es ihm, sich mit einem kleinen Geländewagen zum Ort der Katastrophe zu begeben.

Für den Mars war der Tag ziemlich warm und fast heiter. Der Himmel hatte eine lichte, weniger rostrote als rosige Färbung angenommen; in solchen Augenblicken schien auch der Mars auf eigenartige Weise schön zu sein. Es war eine rauhe Schönheit, die sich von der irdischen stark unterschied, eine verschleierte, gleichsam ungeläuterte Schönheit, die in kräftigerem Sonnenlicht urplötzlich unter den Staubwehen und schmutziggrauen Streifen zutage treten wollte, aber derartige Erwartungen wurden nicht erfüllt; das war keine Verheißung, sondern schon das Beste, was der Planet an Landschaft aufzuweisen hatte. Als sie von dem gedrungenen, bunkerähnlichen Gebäude der Flugkontrolle aus ungefähr eineinhalb Meilen zurückgelegt hatten, erreichten sie das Ende der Startrampen, und gleich dahinter wäre der Geländewagen hoffnungslos eingesunken. Pirx trug ebenso wie die anderen einen leichten Halbskaphander, er war lichtblau und viel bequemer als die mit Hochvakuum ausgestatteten. Auch der Tornister war leichter durch das offene Sauerstoffsystem, was sich zwar einerseits auf die Klimatisierung auswirkte, denn wenn man bei schnelleren Bewegungen in Schweiß geriet – man mußte sich durch Flugsanddünen wühlen –, beschlug sofort die Helmscheibe, andererseits war das hier kein Unglück, denn zwischen dem Ring des Helms und dem Oberteil des Skaphanders hingen lose Säckchen, die den Halslappen eines Truthahns ähnelten. In diese Beutel konnte man die Hand stecken und das Glas von innen abwischen – auf eine zwar primitive, aber wirksame Weise.

Der Boden des riesigen Trichters war mit Raupenfahrzeugen vollgestopft; der Graben, den man ausgehoben hatte, um die Steuerkabine zu erreichen, glich der Öffnung eines Grubenschachts; er war sogar an drei Seiten mit Aluminiumwellblech gegen den herabrieselnden Sand abgestützt. Die Hälfte des Trichters nahm der Mittelteil des Rumpfs ein, der wie ein vom Sturm an Land getriebener und zwischen Klippen zerschellter Ozeandampfer wirkte; darunter machten sich etwa fünfzig Menschen zu schaffen – sie und ihre Bagger sahen aus wie Ameisen am Leichnam eines Riesen. Die Spitze der Rakete, die allein achtzehn Meter lang war, konnte von hier aus nicht gesehen werden, sie war ein paar hundert Meter weiter geschleudert worden. Die zermalmende Kraft des Aufpralls mußte schrecklich gewesen sein, denn man hatte Klümpchen geschmolzenen Quarzes gefunden – die Bewegungsenergie hatte sich augenblicklich in Wärmeenergie verwandelt und einen thermischen Sprung verursacht wie ein Meteoreinschlag, obwohl die Geschwindigkeit nicht allzuhoch gewesen war: noch diesseits der Schallgrenze. Pirx gewann den Eindruck, daß die Disproportion zwischen den Mitteln, die dem Agathodaemon zur Verfügung standen, und den Ausmaßen der Zerstörung die laxe Art und Weise der Untersuchungen nicht genügend rechtfertigte; man improvisierte natürlich, aber diese Improvisation hatte etwas Chaotisches, hervorgerufen wahrscheinlich durch die Gewißheit, daß der Schaden so unvorstellbar groß war. Nicht einmal das Wasser war gerettet worden, denn alle Zisternen waren gesprungen und der Sand hatte Tausende Hektoliter verschluckt, bevor der Rest zu Eis erstarrt war. Dieses Eis wirkte besonders makaber, weil es sich in grauen, glänzenden, seltsam geformten Kaskaden von dem über vierzig Meter langen Riß im Rumpf bis zu den Dünen ergoß, so als hätte die explodierende Rakete einen ganzen gefrorenen Niagarafall ausgespien. Es herrschte ja Frost, achtzehn Grad unter Null, und nachts fiel die Temperatur auf minus sechzig. Durch das Eis, das die Flanke des »Ariel« verglaste, wirkte das Wrack seltsam alt, man hätte annehmen können, daß es seit undenkbaren Zeiten hier lag. Um ins Innere des Rumpfs zu gelangen, mußte man ihn zertrümmern und aufschweißen oder versuchen, vom Schacht aus einzudringen. Von dort aus wurden die unversehrten Behälter geborgen und an den Trichterwänden aufgestapelt, aber all das geschah recht unbeholfen. Der Zugang zum Heckteil war abgesperrt; hier flatterten rote Wimpel als Warnung vor radioaktiver Verseuchung.

Pirx umging den Schauplatz der Katastrophe am oberen Rand, längs der Absperrung, und er zählte zweitausend Schritt, ehe er sich bei den verrußten Düsentrichtern befand. Er ärgerte sich, als er sah, wie sie vergebens versuchten, die einzige erhalten gebliebene Zisterne mit Antriebsöl herauszuhieven, denn ständig entglitten ihnen die Ketten. Seiner Meinung nach hielt er sich noch nicht allzulange draußen auf, aber da berührte jemand seinen Arm und zeigte auf das Manometer der Sauerstoffflasche. Der Druck war gefallen, und er mußte umkehren, denn er hatte keinen Ersatz mitgenommen. Ein Blick auf den neuen Chronometer sagte ihm, daß er fast zwei Stunden bei dem Wrack verbracht hatte.

Im Beratungssaal hatte sich inzwischen einiges verändert. Die hiesigen Teilnehmer nahmen eine Seite des langen Tisches ein und ihnen gegenüber hatten die Techniker sechs große, flache Fernsehschirme montiert. Da dennoch – wie üblich – etwas mit der Verbindung nicht klappte, waren die Beratungen auf ein Uhr vertagt worden. Haroun, ein Funktechniker, den Pirx flüchtig von der Großen Syrte kannte und der ihn aus unerfindlichen Gründen sehr schätzte, gab ihm die ersten vervielfältigten Abzüge der Bänder aus der sogenannten unsterblichen Kammer des »Ariel«, auf denen die Entscheidungen des Kraftreglers festgehalten waren. Da Haroun nicht das Recht hatte, solche Dokumente inoffiziell aus der Hand zu geben, erkannte Pirx diese Geste besonders an. Er schloß sich in seinem Zimmer ein und begann im Licht der starken Lampe die noch feuchten Plastbänder zu sichten. Das Bild war ebenso scharf wie unverständlich. In der 217. Sekunde des Landemanövers, das bis dahin tadellos sauber verlaufen war, erschienen in den Kontrollschaltkreisen Störströme, die sich in den darauffolgenden Sekunden in einem Rauschen bemerkbar machten. Die nach dem Übergang auf Parallelbelastung doppelt stillgelegten Reserveteile des Gatters waren in gesteigerte Aktion getreten, und danach war das Arbeitstempo der »Wächter« auf das Dreifache der Norm angestiegen. Was er in der Hand hielt, war nicht die Aufzeichnung der Arbeit des Computers selbst, sondern der seines »Rückenmarks«, das unter der Regie des übergeordneten Automaten die erhaltenen Befehle mit dem Zustand der Antriebsaggregate abstimmte. Dieses System wurde bisweilen »Kleinhirn« genannt, weil es ähnlich dem menschlichen Kleinhirn, als Kontrollstation zwischen Rinde und Körper, die Korrelation der Bewegungen regelte. Mit gespannter Aufmerksamkeit untersuchte er die Aufzeichnungen der vom »Kleinhirn« geleisteten Arbeit. Es sah so aus, als hätte es der Computer eilig gehabt, als hätte er – ohne den Vorgang im geringsten zu stören – pro Zeiteinheit immer mehr Daten über die Untergruppen angefordert. Das hatte zu einem Informationsstau und zum Auftreten der Stör- oder Echoströme geführt; bei einem Tier hätte das zu einem übermäßig gesteigerten Tonus geführt beziehungsweise zu einer Störung im motorischen System, der sogenannten Spasmophilie. Er begriff nichts von alledem. Freilich hatte er nicht die wichtigsten Bänder, die die Entscheidungen des Computers enthielten, in den Händen; Haroun hatte ihm nur das gegeben, was ihm selbst zur Verfügung stand. Es klopfte an der Tür. Pirx versteckte die Bänder in seinem Necessaire und ging öffnen. Vor ihm stand Romani.

»Auch die neuen Chefs wünschen, daß Sie in der Kommission mitarbeiten«, sagte er. Er war nicht mehr so erschöpft wie am Vortag, sah schon ganz gut aus, wohl unter dem Einfluß der Antagonismen, die in der auf so seltsame Weise organisierten Kommission zutage getreten waren. Pirx hielt es für ein Gebot der Logik, daß sich selbst die untereinander verfeindeten »Marsmenschen« vom

Agathodaemon und von der Syrte verbündeten, sobald die »neuen Chefs« ihnen eine eigene Konzeption aufdrängen wollten.
Die neugebildete Kommission bestand aus elf Personen. Vorsitzender war weiterhin Hoyster, aber nur deshalb, weil niemand auf der Erde diesem Amt gewachsen war; die Teilnehmer waren achtzig Millionen Kilometer voneinander getrennt, und die Beratung konnte sonst nicht richtig ablaufen. Wenn man sich zu einer so riskanten Lösung durchgerungen hatte, dann sicherlich nur unter dem starken Druck, der auf der Erde schon herrschen mußte. Die Katastrophe hatte die widersprüchlichsten – auch politischen – Meinungen aktiviert, in deren Brennpunkt das ganze Projekt schon seit langem arbeitete.
Zuerst wurden nur die bisherigen Untersuchungsergebnisse rekapituliert – für die Leute auf der Erde. Von ihnen kannte Pirx nur den Generaldirektor der Werft, einen gewissen van der Voyt. Bei aller getreuen Wiedergabe schien ihm das Farbfernsehbild monumentale Züge zu verleihen; es zeigte die Büste eines sehr großen Mannes mit schlaffem und zugleich straffem Gesicht voll herrischer Energie, umschwebt von Zigarrenrauch aus unsichtbarer Quelle, denn van der Voyts Hände waren verdeckt. Was im Saal gesagt wurde, hörte er mit vierminütiger Verspätung, und erst nach weiteren vier Minuten konnte seine Stimme hier vernommen werden. Pirx fand ihn sofort unsympathisch, denn der Generaldirektor schien allein unter ihnen zu weilen, so als wären die anderen irdischen Experten, die auf den übrigen Bildschirmen zu sehen waren, nur Statisten.
Auf Hoysters Bericht folgten die acht Minuten Wartezeit, aber die Leute von der Erde wollten vorerst nicht das Wort ergreifen. Van der Voyt wollte die Bänder aus der Rakete sehen, die schon vor Hoysters Mikrofon bereitlagen. Jedes Mitglied der Kommission hatte sie vollzählig bei der Hand. Es waren nicht viel, wenn man bedachte, daß die Aufzeichnungen nur die letzten fünf Arbeitsminuten des Steuerkomplexes enthielten. Die Kameraleute nahmen die für die Erde bestimmten Bänder aufs Korn, und Pirx beschäftigte sich mit den seinen, wobei er zuerst diejenigen beiseite legte, die er dank Haroun bereits kannte.
In der 239. Sekunde hatte der Computer beschlossen, das Landemanöver abzubrechen und auf Start zu gehen. Es war kein gewöhnlicher Start, sondern eher ein Ausweichen nach oben, wie vor Meteoren oder vor Gott weiß was, denn es sah aus wie eine verzweifelte Improvisation. Was dann folgte, diese verrückten Kurvensprünge auf den Bändern, hielt Pirx für völlig unwesentlich, denn dort ging

es nur noch um die Art und Weise, in der der Computer erstickt war, weil er die Suppe, die er sich selbst eingebrockt hatte, nicht mehr auslöffeln konnte. Wesentlich war jetzt nicht die Analyse der Einzelheiten dieser makabren Agonie, sondern die Ursache der Entscheidungen, die im Endeffekt einem selbstmörderischen Akt gleichkamen. Diese Ursache war und blieb unklar. Von der 170. Sekunde an hatte der Computer unter gewaltigem »stress« gearbeitet, er war völlig überlastet gewesen, aber das wußte man jetzt, da man die letzten Ergebnisse seiner Arbeit vor Augen hatte: Seinen Steuerraum, das heißt die Leute des »Ariel«, hatte er erst in der 201. Sekunde des Manövers darüber informiert, daß er überlastet war. Schon da erstickte er an Daten – und forderte ständig neue an. Statt Erklärungen hatten sie also neue Rätsel in die Hände bekommen. Hoyster setzte zehn Minuten für das Studium der Bänder an und bat dann um Wortmeldungen. Pirx hob die Hand wie auf der Schulbank, doch ehe er den Mund öffnen konnte, bemerkte Ingenieur Stotik, ein Vertreter der Werft, der die Entladung der Hunderttausender überwachen sollte, daß man doch warten möge, ob vielleicht jemand von der Erde als erster sprechen wollte. Hoyster zögerte. Es war ein unangenehmer Zwischenfall, zumal er gleich zu Beginn passierte. Romani bat in einer protokollarischen Angelegenheit ums Wort und erklärte, daß weder er noch ein anderer vom Agathodaemon weiter an den Beratungen teilzunehmen beabsichtige, falls eine formale Beachtung der Gleichberechtigung aller Mitglieder ihrem Verlauf zu schaden drohe. Stotik gab nach, und Pirx konnte endlich sprechen.

»Wir haben es offenbar mit einer verbesserten Version des AIBM 09 zu tun«, sagte er. »Da ich fast tausend Stunden mit dem AIBM 09 geflogen bin, habe ich gewisse praktische Erfahrungen in bezug auf seine Arbeitsweise. In der Theorie kenne ich mich nicht aus. Ich weiß nur das unbedingt Nötige. Es handelt sich um einen Computer, der in realen Zeitgrenzen arbeitet und immer die Bearbeitung der Daten schaffen muß. Ich habe gehört, daß dieses neue Modell eine um 36 Prozent höhere Speicherkapazität hat als der AIBM 09. Das ist viel. Auf Grund des mir vorliegenden Materials kann ich sagen, daß es folgendermaßen zugegangen ist: Der Computer hat den normalen Landevorgang eingeleitet, und dann hat er angefangen, sich selbst die Arbeit zu komplizieren, indem er von den Untergruppen immer mehr Daten pro Zeiteinheit anforderte. Das ist etwa dasselbe, als wenn ein Kompaniechef immer mehr Leute aus dem Kampf abzöge, um Melder, Informatoren aus ihnen zu machen –

dann wäre er gegen Ende der Schlacht vollendet informiert, nur daß er niemand mehr hätte, mit dessen Hilfe er kämpfen könnte. Der Computer ist nicht erstickt worden, sondern er hat sich selbst erstickt. Durch diese Eskalation hat er sich selbst blockiert, und das wäre auch bei einer zehnmal höheren Speicherkapazität geschehen, sofern er nicht aufhörte, die Anforderungen zu erhöhen. Mehr mathematisch ausgedrückt: Er hat seine Speicherkapazität in potenziertem Tempo reduziert, und infolgedessen hat das ›Kleinhirn‹ als engerer Kanal zuerst versagt. Die Verzögerungen traten im Kleinhirn auf und gingen dann auf den Computer selbst über. Als er sich in dem Zustand befand, in dem er keine Informationen mehr liefern konnte beziehungsweise aufgehört hatte, eine Maschine mit realen Zeitgrenzen zu sein, betäubte sich der Computer gewissermaßen selbst und mußte eine radikale Entscheidung treffen. Er traf also die Entscheidung zum Start, das heißt, er interpretierte die eingetretene Störung als Folge einer drohenden Kollision.«
»Er hat Meteoritenalarm gegeben. Wie erklären Sie sich das?« fragte Seyn.
»Wie er von dem Hauptprozeß auf einen Nebenprozeß umschalten konnte, weiß ich nicht. Ich kenne mich im Aufbau dieses Computers nicht aus, wenigstens nicht genügend. Warum er diesen Alarm gab? Ich weiß es nicht. Jedenfalls steht für mich fest, daß er allein schuld war.«
Nun mußte man wieder auf die Erde warten. Pirx war sicher, daß van der Voyt ihn angreifen würde, und er irrte sich nicht. Das schwere, fleischige Gesicht schaute ihn durch eine Rauchwolke an, weit weg und zugleich sehr nahe. Als van der Voyt zu sprechen begann, war sein Baß freundlich, und die Augen lächelten wohlwollend, mit der allwissenden Gutmütigkeit eines Lehrers, der sich an einen wacker parierenden Schüler wendet.
»Also der Kommandant Pirx schließt Sabotage aus? Welche Anhaltspunkte hat er dafür? Was bedeuten die Worte ›er ist schuld‹? Wer – ›er‹? Der Computer? Der Kommandant Pirx hat doch selbst festgestellt, daß der Computer bis zum Schluß funktioniert hat. Und das Programm? Es unterscheidet sich in nichts von den Programmen, mit deren Hilfe der Kommandant Pirx mehr als hundertmal gelandet ist. Haben Sie in Erwägung gezogen, daß das Programm manipuliert worden sein könnte?«
»Ich habe nicht die Absicht, mich zum Thema Sabotage zu äußern«, sagte Pirx. »Das interessiert mich vorläufig nicht. Wären der Computer und das Programm in Ordnung gewesen, dann stünde

Ariel jetzt unversehrt hier, und wir brauchten uns nicht zu unterhalten. Ich behaupte, gestützt auf die Bandaufzeichnungen, daß der Computer exakt und im Rahmen des richtigen Manövers gearbeitet hat, aber mit einer übertriebenen Perfektion, so als genügte ihm keine der erreichten Leistungen. Er hat mit wachsendem Tempo Daten über den Zustand der Rakete angefordert, ohne die Grenzen der eigenen Möglichkeiten und die Kapazität der äußeren Kanäle zu beachten. Warum er das machte, weiß ich nicht. Aber er hat es gemacht. Mehr habe ich nicht zu sagen.«

Keiner der »Marsmenschen« entgegnete etwas. Pirx nahm mit steinerner Miene die Genugtuung zur Kenntnis, die in Seyns Augen aufblitzte, und auch die stumme Befriedigung, mit der Romani sich im Sessel aufrichtete. Acht Minuten später sprach wieder van der Voyt. Diesmal wandte er sich weder an Pirx noch an irgendein anderes Kommissionsmitglied. In einem einzigen Redeschwall schilderte er den Weg, den jeder Computer vom Montageband bis zur Steuerkabine eines Raumschiffs zurücklegte.

Die Aggregate wurden von acht verschiedenen Firmen aus Japan, Frankreich und Amerika gebaut. Dann reisten die durch und durch leeren, wie Säuglinge »unwissenden« Elektronengehirne nach Boston, wo sie in der Syntronics Corporation programmiert wurden. Daraufhin unterzog man jeden Computer einer Prozedur, die in etwa einem aus der Vermittlung von »Erfahrungen« und der Abnahme von »Examina« bestehenden Schulunterricht entsprach. Auf diese Weise wurde jedoch nur die allgemeine Leistungsfähigkeit erprobt; »Spezialstudien« nahm der Computer erst in der anschließenden Phase auf. Nun erst wurden aus den Universalautomaten die Steuerwerke für die Raketen vom Typ »Ariel«. Und schließlich kamen sie in einen Simulator, der unzählige Folgen von Vorkommnissen imitierte, wie sie bei einer Raumfahrt möglich waren: unvorhergesehene Havarien, Defekte in den Maschinensätzen, schwierige Manöversituationen auch bei nicht funktionierendem Antriebssystem, Begegnungen mit anderen Raketen auf kurzer Distanz, mit fremden Körpern, wobei jeder Fall in unzähligen Varianten durchgespielt wurde. Einmal wurde ein beladenes Raumschiff zugrunde gelegt, dann wieder ein leeres, mal ging es um Bewegung im Hochvakuum, mal um Eintritt in eine Atmosphäre, und all diese vorgetäuschten Situationen wurden Stufe um Stufe komplizierter, bis es sich um schwierigste Probleme bei gleichzeitiger Anwesenheit vieler Körper in einem Gravitationsfeld handelte, deren Bewegungen die Maschine vorausberechnen mußte, um den Kurs des eigenen Raumschiffs sicher zu steuern.

Der Simulator, ebenfalls ein Computer, spielte die Rolle eines »Examinators«, und zwar eines perfiden, der das eingangs fixierte Programm des »Schülers« sozusagen weiterbearbeitete, das heißt auf Ausdauer und Leistungsfähigkeit prüfte. Obwohl also ein solcher elektronischer Steuermann niemals wirklich ein Raumschiff gelenkt hatte, besaß er, wenn er schließlich an Bord einer Rakete montiert wurde, mehr Erfahrung und Fertigkeiten als alle Menschen zusammengenommen, die sich jemals mit der Navigation im Weltraum beschäftigt hatten. Der Computer hatte auf dem Simulatorstand so schwierige Aufgaben zu lösen, wie sie in Wirklichkeit niemals vorkamen, und um hundertprozentig jede Möglichkeit auszuschließen, daß ein unvollkommenes Exemplar durch dieses letzte Netz schlüpfte, wurde die Arbeit des Pärchens »Steuermann – Simulator« von einem Menschen beaufsichtigt, einem erfahrenen Programmierer, der darüber hinaus langjährige Flugpraxis haben mußte, wobei Syntronics sich nicht damit begnügte, einfache Piloten für diesen verantwortungsvollen Posten zu engagieren: Es arbeiteten dort ausschließlich Kosmonauten vom Navigator an beziehungsweise solche, die mehr als tausend Stunden bei der Durchführung der wichtigsten Manöver nachweisen konnten. In letzter Instanz hing es also von diesen Leuten ab, welchen Tests aus dem unerschöpflichen Katalog der einzelne Computer unterworfen wurde, der Fachmann bestimmte die Ausmaße der zu meisternden Schwierigkeiten, und während er den Simulator überwachte, fügte er den »Examina« zusätzliche Komplikationen hinzu, täuschte er im Verlauf der Aufgabenlösung plötzliche und schlimme Überraschungen vor: Kraftausfall, Dekonzentration der Schübe, Kollisionen, Schäden am Außenpanzer, Unterbrechung des Funkkontakts mit der Bodenkontrolle während der Landung, und er hörte damit nicht auf, bevor hundert Stunden Standardtests absolviert waren. Ein Exemplar, das die geringfügigste Unzuverlässigkeit aufwies, wurde in die Werkstatt zurückgeschickt wie ein schlechter Schüler, der eine Klasse wiederholen muß.

Nachdem van der Voyt die Arbeit der Werft dergestalt über jeden Zweifel erhoben hatte, bat er, um den Eindruck einer Verteidigung zu verwischen, die Kommission in schön formulierten Sätzen um eine kompromißlose Untersuchung der Katastrophe und ihrer Ursachen. Nun meldeten sich die Spezialisten von der Erde zu Wort, und sofort versank die Angelegenheit in einem Schwall gelehrter Terminologie. Auf dem Bildschirm erschienen Ideenskizzen, Blockdiagramme, Formeln, numerische Aufstellungen, und Pirx sah mit

Bestürzung, daß sie sich auf dem besten Weg befanden, aus dem Vorfall einen verworrenen theoretischen Casus zu machen. Nach dem Chefinformationstheoretiker sprach der Experte für Datenverschlüsselung vom Projekt – Pirx hörte schon nicht mehr hin. Ihm lag nichts daran, sich durch Wachsamkeit einen milden Ausgang des nächsten Zusammenstoßes mit van der Voyt zu erkaufen, falls es überhaupt dazu kam. Es war immer weniger wahrscheinlich; denn niemand ging auf seine Darlegungen ein, als habe er sich einen Fauxpas geleistet, den man möglichst schnell vergessen wollte. Die nächsten Sprecher erklommen bereits die oberen Etagen der allgemeinen Steuerungstheorie. Pirx unterstellte ihnen keineswegs böse Absichten: Sie blieben einfach wohlweislich auf dem Terrain, auf dem sie sich stark fühlten, und van der Voyt lauschte ihnen mit vertrauensseliger Hingabe, denn er hatte sein Ziel erreicht: Die Erde hatte in den Beratungen den Vorrang an sich gerissen, und die »Marsmenschen« spielten nur mehr die Rolle passiver Zuhörer. Übrigens hatten sie auch keine großartigen Neuigkeiten anzubieten. Der Computer des »Ariel« war elektronischer Schrott; es lohnte sich nicht, ihn zu untersuchen. Die Aufzeichnungen gaben in groben Zügen wieder, was geschehen war, aber nicht, warum es geschehen war. Sie registrierten nicht alles, was im Computer vor sich ging, dazu wäre ein anderer, größerer Computer vonnöten gewesen, und um festzustellen, daß auch dieser defektanfällig war, hätte man den nächsten Überwacher haben müssen, und so konnte es ad infinitum weitergehen.

Man bewegte sich also in den weiten Gefilden der abstrakten Analyse. Die Stabilisierung eines solchen Riesen beim Anflug auf einen Planeten war schon vor so langer Zeit von den Menschen an die Automaten übergegangen, daß dies als das Fundament, als die unerschütterliche Grundlage allen Handelns galt – eine Grundlage, die nun plötzlich unter den Füßen weggerutscht war. Keines der weniger abgesicherten und einfacheren Modelle hatte je versagt, wie also konnte dies einem so vervollkommneten und mit allen Sicherheitsvorkehrungen versehenen Exemplar passieren? Wenn das möglich war, dann war alles möglich. War erst einmal ein Zweifel an der Zuverlässigkeit der Anlage aufgekommen, so ließ sich das Mißtrauen nicht mehr eindämmen, und alles ging im Ungewissen unter.

Inzwischen näherten sich »Ares« und »Anabis« dem Mars. Pirx saß da, als wäre er völlig allein, er war der Verzweiflung nahe. Gerade war ein klassischer Streit zwischen den Theoretikern entbrannt, der sie immer weiter von dem eigentlichen Geschehnis mit »Ariel« wegführte. Als Pirx in das fette und massige Gesicht van der Voyts schaute, der gutmütig die Beratungen leitete, entdeckte er in seinem Ausdruck gewisse Ähnlichkeiten mit der Physiognomie des alten Churchill: die gleiche scheinbare Zerstreutheit, die aber Lügen gestraft wurde durch das Zucken der Lippen. Sie verrieten ein inneres Lächeln, das einem unter den schweren Lidern verborgenen Gedanken galt. Was gestern noch undenkbar war, wurde jetzt wahrscheinlich – nämlich der Versuch, die Beratungen auf ein Verdikt hinzulenken, das alle Verantwortung einer höheren Gewalt zuschob, vielleicht gewissen bisher unbekannten Phänomenen, vielleicht einer Lücke in der Theorie, mit der Schlußfolgerung, daß in großem Maßstab und auf Jahre geplante Untersuchungen in Angriff genommen werden müßten. Er kannte ähnliche Fälle, jedoch von kleineren Ausmaßen, und ihm war klar, welche Kräfte die Katastrophe mobilisiert haben mußte. Hinter den Kulissen waren schon hartnäckige Bemühungen um einen Kompromiß im Gange, zumal das im ganzen so bedrohte Projekt zu mehr als einem Zugeständnis bereit war um den Preis, Unterstützung zu erhalten. Und die konnte eben einzig und allein von den vereinigten Werften geleistet werden, sei es auch nur durch die Bereitstellung einer Flottille kleinerer Raumschiffe zu günstigen Bedingungen, damit die laufende Versorgung gesichert blieb. Verglichen mit der Höhe des Einsatzes – denn es ging bereits um die Existenz des ganzen Projekts –, wurde die Katastrophe zu einem nichtigen Hindernis, falls es nicht möglich war, sie unverzüglich aufzuklären. Andere Affären waren schon des öfteren einfach vom Tisch gewischt worden. Er, Pirx, hatte jedoch einen Trumpf in der Hand. Die Leute von der Erde hatten ihn akzeptiert, sie hatten ihr Einverständnis zu seiner Mitarbeit in der Kommission geben müssen, denn er war hier der einzige, der engere Beziehungen zu den Raketenbesatzungen hatte als irgendein anderer Anwesender. Er machte sich nichts vor: Das verdankte er weder seinem guten Namen noch seiner Kompetenz. In der Kommission wurde einfach unbedingt ein aktiver Kosmonaut gebraucht, ein Fachmann, der eben von Bord gegangen war. Van der Voyt rauchte seine Zigarre. Er wirkte allwissend, denn er schwieg wohlweislich. Sicherlich hätte er lieber jemand anderen an Pirx' Stelle gesehen, aber den hatte der Teufel hergeführt, und es gab keinen Vorwand, ihn loszuwerden. Hätte er also bei einem nicht eindeutigen Verdikt sein Votum separatum abgegeben, würde er Aufsehen erregt haben. Die Presse witterte Skandale und lauerte nur auf eine solche Gelegenheit. Der Pilotenverband und der Klub der Transporter stellten zwar keine

Macht dar, aber vieles hing von ihnen ab – die Leute hatten doch Verstand. Also wunderte sich Pirx keineswegs, als er in der Pause erfuhr, daß van der Voyt mit ihm sprechen wollte. Der Freund mächtiger Politiker eröffnete das Gespräch mit der launigen Bemerkung, dies sei ein Gipfeltreffen zweier Planeten. Pirx hatte zuweilen Einfälle, über die er sich hinterher selbst wunderte. Während van der Voyt seine Zigarre rauchte und sich die Kehle mit Bier befeuchtete, bat er um ein paar belegte Brote aus dem Büfett. Er hörte also dem Generaldirektor essend im Funkraum zu. Nichts war besser geeignet, sie einander gleichzustellen.

Van der Voyt wußte nichts mehr davon, daß sie kurz zuvor aneinandergeraten waren. So etwas war einfach nicht passiert. Er teilte seine Sorge um die Besatzungen von »Anabis« und »Ares«; er vertraute ihm seinen Ärger an. Die Verantwortungslosigkeit der Presse, ihr hysterischer Ton regten ihn auf. Er bat Pirx, eventuell ein kleines Memorial in Sachen künftiger Landungen auszuarbeiten: Was konnte man für die Erhöhung ihrer Sicherheit tun? Er gab sich so vertrauensvoll, daß Pirx um einen Moment Entschuldigung bat und den Kopf aus der Kabinentür steckte, um sich Heringssalat zu bestellen. Van der Voyt war wie ein liebender Vater zu ihm, bis Pirx plötzlich sagte:

»Sie haben vorhin die Fachleute erwähnt, die die Arbeit der Simulatoren überwachen. Können Sie mir die Namen nennen?«

Van der Voyt staunte mit acht Minuten Verspätung, aber das dauerte nur einen Augenblick.

»Unsere ›Examinatoren‹? Er lächelte breit. »Lauter Herren Kollegen, Kommandant. Mint, Stoernheim und Cornelius. Die alte Garde ... Für Syntronics haben wir die besten ausgewählt, die wir finden konnten. Sie kennen sie sicherlich.«

Sie konnten sich nicht weiter unterhalten, denn die Beratungen wurden fortgesetzt. Pirx schrieb einen Zettel und reichte ihn Hoyster mit den Worten: Sehr dringend und sehr wichtig. Der Vorsitzende verlas also zuerst folgenden, für die Werftleitung bestimmten Text: 1. In welchem Schichtsystem arbeiten die Chefkontrolleure Cornelius, Stoernheim und Mint? 2. Inwieweit tragen die Kontrolleure die Verantwortung, falls sie Funktionsfehler oder andere Mängel in der Arbeit des überprüften Computers übersehen? 3. Wer hat beim Testen der Computer von »Ariel«, »Anabis« und »Ares« die Aufsicht geführt?

Das rief Bewegung im Saal hervor: Pirx wagte sich ausgerechnet an Männer heran, die ihm näherstanden als irgendein anderer, an ehrenwerte, verdiente Veteranen der Weltraumfahrt! Durch den Mund des Generaldirektors bestätigte die Erde den Empfang der Fragen; die Antworten sollten in zehn bis zwanzig Minuten gegeben werden.

Während er darauf wartete, überkamen ihn Gewissensbisse. Es war nicht gut, daß er diese Informationen auf so offiziellem Weg angefordert hatte. Damit konnte er sich nicht nur die Feindschaft der Kollegen zuziehen, sondern auch die eigenen Positionen im Endkampf schwächen, falls es zu einem Votum separatum kam. Konnte das Experiment, die Untersuchungen über die rein technischen Belange hinaus auf diese Männer auszudehnen, nicht so ausgelegt werden, als gäbe er dem Druck van der Voyts nach? Wenn er darin ein Interesse der Werft sah, würde der Generaldirektor ihn unverzüglich vernichten, er brauchte nur der Presse entsprechende Hinweise zu geben. Er würde ihr Pirx als ungeschickten Bundesgenossen zum Fraß vorwerfen . . ., aber er hatte keine andere Chance gehabt als diesen blind abgefeuerten Schuß. Es war zuwenig Zeit, sich auf privaten Umwegen zu informieren. Freilich hegte er keinen bestimmten Verdacht. Wovon hatte er sich also leiten lassen? Von ziemlich trüben Ahnungen gewisser Gefahren, die weder nur von den Menschen noch nur von den Automaten ausgingen, sondern von ihrem Berührungspunkt – von dort, wo sie miteinander Kontakt hatten, denn die Art der Verständigung zwischen Menschen und Computern war so unvorstellbar mannigfaltig. Und dann war noch das, was er vor dem Regal mit den alten Büchern empfunden hatte und was er nicht in Worte zu kleiden vermochte. Die Antwort kam schnell: Jeder Kontrolleur betreute seine Computer vom Beginn der Tests bis zu ihrem Ende, und wenn er seine Unterschrift auf den Akt setzte, der »Reifezeugnis« genannt wurde, übernahm er die volle Verantwortung für übersehene Funktionsmängel. Den Computer von »Anabis« hatte Stoernheim überprüft, die anderen beiden Cornelius. Pirx hätte am liebsten sofort den Saal verlassen, doch das konnte er sich nicht erlauben. Er spürte ohnehin schon die wachsende Spannung.

Um elf Uhr waren die Beratungen beendet. Pirx tat, als bemerkte er die Zeichen nicht, die Romani ihm machte, und rannte aus dem Saal, als nähme er Reißaus. Nachdem er sich in seinem Kämmerchen eingeschlossen hatte, sank er aufs Bett und hob den Blick zur Decke. Mint und Stoernheim kamen nicht in Betracht. Blieb also Cornelius. Ein rationell und wissenschaftlich denkender Kopf hätte bei der Frage begonnen, was ein Kontrolleur eigentlich übersehen konnte. Die sofortige Antwort, die da lautete: absolut nichts, hätte auch diese Linie der Nachforschungen abgeschnitten. Pirx jedoch war kein wissenschaftlich denkender Kopf, und eine solche Frage kam ihm gar nicht erst in den Sinn. Er versuchte auch nicht, über den Testvorgang selbst nachzudenken, als spürte er, daß auch das mit einer Niederlage für ihn enden würde. Er dachte einfach an Cornelius, so wie er ihn kannte, und er kannte ihn recht gut, obwohl sich ihre Wege vor vielen Jahren getrennt hatten. Sie hatten ein schlechtes Verhältnis zueinander gehabt, was gar nicht erstaunlich war, wenn man bedenkt, daß Cornelius der Kommandant des »Gulliver« war, er dagegen nur der Konavigator. Dennoch war ihr Verhältnis noch schlechter gewesen, als es bei einer solchen Konstellation üblich war, denn Cornelius war ein Monstrum an Akribie. Er wurde Quälgeist, Kleinigkeitskrämer, Graupenzähler, Fliegenfänger genannt, denn er bekam es fertig, die halbe Besatzung zu mobilisieren, um eine Fliege an Bord zu fangen.

Pirx lächelte bei dem Gedanken an seine achtzehn Monate unter dem Kleinigkeitskrämer Cornelius; jetzt konnte er sich das erlauben, aber damals war er aus der Haut gefahren. Was für eine Nervensäge war er gewesen! Trotzdem war sein Name im Zusammenhang mit der Erforschung der äußeren Planeten, vor allem des Neptun, in die Enzyklopädie eingegangen. Klein, fahlgesichtig, ewig sauer, verdächtigte er jeden, ihn hintergehen zu wollen. Seinen Behauptungen – daß er seine Leute einer Leibesvisitation unterzog, weil sie ihm Fliegen an Bord schmuggelten – glaubte keiner, aber Pirx wußte sehr wohl, daß das keine Erfindung war. Es war ihnen natürlich nicht um die Fliegen gegangen, sondern darum, den Alten zu ärgern. Er hatte eine Schachtel mit DDT in seiner Schublade und bekam es fertig, mitten im Gespräch mit erhobenem Zeigefinger zu verstummen (wehe dem, der auf dieses Zeichen hin nicht erstarrte!) und einem Geräusch zu lauschen, das ihm wie ein Summen vorkam. Stets trug er ein Senkblei und ein Stahlbandmaß mit sich herum; eine von ihm durchgeführte Ladekontrolle glich einem Lokaltermin am Ort einer Katastrophe, die zwar noch nicht passiert, aber im Anzug war. Er hatte noch den Schrei »Der Rechenschieber kommt, Deckung!« im Ohr, auf den hin die Messe verwaiste; er erinnerte sich an den sonderbaren Ausdruck in Cornelius' Augen, die nicht an dem teilzuhaben schienen, was er gerade tat oder sagte, sondern die Umgebung auf unordentliche Stellen absuchten. Alle Menschen, die seit Jahrzehnten flogen, wurden nach und nach sonderlich, aber Cornelius hielt in dieser Beziehung den Rekord. Er konnte es nicht ertragen, jemanden in seinem Rücken zu haben, und wenn er zufällig an einen Stuhl geriet, der noch die Wärme des vorherigen Benutzers ausstrahlte, sprang er auf wie von der Tarantel gestochen. Er gehörte zu den Menschen, von denen man sich nicht vorstellen konnte, daß sie einmal jung gewesen waren. Der Ausdruck der Indignation angesichts all der Unzulänglichkeit in seiner Umgebung verließ ihn nie; er litt, weil er keinen zu seiner Pedanterie bekehren konnte. Mit dem Rotstift in der Hand kontrollierte er zwanzigmal hintereinander . . .

Pirx erstarrte. Dann richtete er sich so vorsichtig auf, als wäre sein Körper aus Glas. Seine Gedanken, die inmitten wirrer Erinnerungen umherirrten, waren gegen ein unsichtbares Hindernis gestoßen, und das war wie ein Alarmsignal. Was eigentlich? Daß Cornelius niemand hinter sich ertragen konnte? Nein. Daß er seine Untergebenen piesackte? Was besagte das schon! Nichts. Aber irgendwo in dieser Richtung . . . Er war wie ein kleiner Junge, der blitzschnell die Hand geschlossen hat, um einen Käfer zu fangen, und der jetzt die geballte Faust vor der Nase hält, voller Bangen, sie zu öffnen. Langsam. Allerdings war Cornelius für seine Kulthandlungen berühmt. (War es das . . .? Er hielt sich probeweise bei dem Gedanken auf.) Wenn irgendwelche Vorschriften, ganz gleich welche, verändert wurden, dann schloß er sich mit dem amtlichen Schreiben in seiner Kajüte ein und verließ sie nicht, ehe er sich alle Neuerungen ins Gedächtnis gehämmert hatte. (Das war jetzt wie das Kinderspiel »heiß – kalt«. Er spürte, daß er sich vom Ziel entfernte . . .) Vor neun, nein, vor zehn Jahren hatte er ihn zum letztenmal gesehen. Er war irgendwie untergetaucht, seltsam plötzlich, auf dem Gipfel des Ruhms, den er der Erforschung des Neptun verdankte. Es hieß, er würde nur vorübergehend als Dozent für Navigation arbeiten und dann an Bord zurückkehren, aber er war nicht zurückgekehrt. Ganz natürliche Sache, er war fast fünfzig. (Wieder nicht das Richtige.) Der anonyme Brief (dieses Wort war wer weiß woher aufgetaucht) . . . Was für ein anonymer Brief? Daß er krank war und dies zu verheimlichen suchte? Daß ihm die Entlassung drohte? Woher denn! Dieser anonyme Brief war eine völlig andere Geschichte, die eines anderen Menschen – nämlich Cornelius Craigs –, hier war es der Vor-, dort der Familienname. (Habe ich sie verwechselt? Ja. Aber der anonyme Brief wollte nicht verschwinden. Seltsam, er konnte sich nicht von diesem Begriff befreien. Je energischer er ihn fortschob, desto hartnäckiger kam er wieder.) Er saß zusammengesunken, im Kopf ein einziger Brei. Der anonyme Brief . . . Jetzt war er

schon fast sicher, daß dieser Begriff einen anderen verdeckte. So etwas kam vor. Ein falsches Signal drängte sich vor ein richtiges, und es war nicht möglich, es wegzuschieben. Der anonyme Brief.
Er stand auf. Ihm war eingefallen, daß zwischen den Marsbüchern auf dem Regal ein dickes Lexikon stand. Er schlug es auf gut Glück bei »AN« auf. Ana . . . Anakantik. Anaklastik. Anakonda. Anakreontiker. Anakrusis. Analekten (wie viele Wörter man doch nicht kannte). Analyse. Ananas. Ananke (grch.): Schicksalsgöttin. Das . . .? Aber was hatte eine Göttin . . .? Übertr.: Zwang.
Nun fiel es ihm wie Schuppen von den Augen. Er sah ein weißes Sprechzimmer vor sich, den Rücken des telefonierenden Arztes, ein offenes Fenster und Papiere auf dem Tisch, die von der Zugluft durcheinandergeweht wurden. Eine gewöhnliche ärztliche Untersuchung. Er versuchte nicht einmal, den maschinengeschriebenen Text zu lesen, aber seine Augen fingen die Buchstaben von selbst auf; schon als kleiner Junge hatte er eifrig gelernt, Spiegelschrift zu lesen. »Warren Cornelius. Diagnose: ANANKASTISCHES SYNDROM.« Der Arzt bemerkte die Unordnung auf dem Tisch und verstaute die Papiere in seiner Aktenmappe. War er nicht neugierig gewesen, was diese Diagnose bedeutete? Das wohl, aber er hatte gespürt, daß es sich nicht gehörte, danach zu fragen – und dann hatte er es vergessen. Wie lange war das her? Mindestens sechs Jahre.
Er legte das Lexikon beiseite, erregt, innerlich angeheizt, aber zugleich enttäuscht. Ananke – Zwang, also vermutlich so etwas wie Zwangsneurose.
Zwangsneurose! Schon als Junge hatte er darüber gelesen, was er nur auftreiben konnte, es gab da so einen Fall in der Familie . . . er wollte wissen, was das bedeutete, und sein Gedächtnis lieferte schließlich die Erklärungen, wenn auch nicht ohne Widerstand. Man konnte sagen, was man wollte, aber sein Gedächtnis war noch in Ordnung. In kurzen Aufblendungen kamen die Sätze aus der medizinischen Enzyklopädie wieder und beleuchteten schlagartig Cornelius' Persönlichkeit. Jetzt sah er ihn völlig anders als bisher. Es war ein beschämender und zugleich kläglicher Anblick. Deshalb also wusch er sich zwanzigmal am Tag die Hände und *mußte* den Fliegen nachjagen, deshalb bekam er einen Wutanfall, wenn ihm ein Lesezeichen abhanden kam, und deshalb hielt er sein Handtuch unter Verschluß und konnte auf keinem fremden Stuhl sitzen . . . Eine Zwangshandlung gebar die nächste, so daß er ganz von der zahlreichen Nachkommenschaft umwimmelt war und sich zum Gespött machte. Das war am Ende auch den Ärzten nicht entgangen.

Sie hatten ihn von Bord genommen. Als Pirx sein Gedächtnis anstrengte, glaubte er, am unteren Rand der Seite ein gesperrt geschriebenes Wort gelesen zu haben: *fluguntauglich.* Und weil der Psychiater nichts von Computern verstand, hatte er zugelassen, daß Cornelius bei Syntronics arbeitete. Sicher hatte er angenommen, daß das genau der richtige Posten für so einen Kleinigkeitskrämer war. Was für ein Betätigungsfeld für Pedanterie! Das mußte Cornelius wieder Mut gemacht haben. Eine nützliche Arbeit, und was am wichtigsten war – sie stand in engstem Zusammenhang mit der Weltraumfahrt . . .

Er lag da und starrte an die Decke und brauchte keine sonderliche Mühe aufzuwenden, um sich Cornelius bei Syntronics vorzustellen. Was machte er dort? Er kontrollierte die Simulatoren, die die Belastungsproben mit den Raumschiffcomputern durchführten. Das heißt, er machte ihnen die Arbeit schwer, und er war in seinem Element, wenn er jemandem Mores lehren konnte. Auf nichts verstand er sich besser. Dieser Mann mußte in ständiger Verzweiflung gelebt haben, weil man ihn vielleicht für verrückt hielt, was er nicht war. In wirklich kritischen Situationen verlor er nie den Kopf. Er war mutig, aber sein Mut für den Alltag war allmählich von den Zwangsvorstellungen aufgefressen worden. Zwischen der Besatzung und seinem verdrehten Innenleben mußte er sich gefühlt haben wie zwischen Hammer und Amboß. Er sah leidend aus, nicht weil er diesen Zwangsvorstellungen erlag, nicht weil er verrückt war, sondern weil er dagegen kämpfte und unablässig nach Vorwänden und Rechtfertigungen suchte, er brauchte diese Regulative als Entschuldigung, daß das gar nicht er war, daß dieser ewige Drill nicht seine Schuld war. Er hatte nicht die Mentalität eines Feldwebels – hätte er sonst Poe gelesen, diese makabren und unglaublichen Erzählungen? Vielleicht hatte er darin seine Hölle gesucht? So ein Drahtgeflecht aus Zwängen in sich zu haben, solche Stangen, Hebel, und ständig gegen sie zu kämpfen, sie zu zerbrechen, immer wieder von vorn . . . Unter alldem lauerte in ihm die Angst, daß etwas Unvorhergesehenes passieren könnte, und dagegen rüstete er sich ständig auf, deswegen exerzierte und trainierte er, deshalb seine Probealarme, Visitationen, Kontrollen, das ruhelose Herumkriechen auf dem ganzen Raumschiff, großer Gott, er wußte, daß sie sich heimlich über ihn ins Fäustchen lachten, vielleicht war ihm auch klar, wie nutzlos das alles war. Konnte es sein, daß er sich jetzt an den Computern rächte? Daß er sie Mores lehrte? Wenn es so war, gab er sich wohl keine Rechenschaft darüber. Sekundäre Rationalisation nannte man das. Er entschuldigte sich damit, daß er verpflichtet war, so vorzugehen.

Die Kombination der medizinischen Terminologie mit dem, was er schon vorher wußte, was ihm in Form einer Reihe Anekdoten in ganz anderer Sprache bekannt war, gab den Ereignissen einen erstaunlich neuen Sinn. Er konnte in die Tiefe blicken, und dazu benützte er den Dietrich, den ihm die Psychiatrie geliefert hatte. Der Mechanismus einer anderen Persönlichkeit trat nackt zutage, komprimiert, reduziert auf eine Handvoll unglücklicher Reflexe, vor denen es kein Entfliehen gab. Der Gedanke, daß man Arzt sein und Menschen so behandeln konnte, selbst zu dem Zweck, ihnen zu helfen, kam ihm unheimlich abstoßend vor. Zugleich verschwand die durchsichtige Aureole der Narrheit, die die Erinnerung an Cornelius wie ein schmaler Ring umgab. In dieser neuen, überraschenden Sicht war kein Platz für den hinterhältigen, boshaften Humor, der aus der Schule, den Kasernen und von Bord stammte. An Cornelius gab es nichts zu belächeln.

Die Arbeit bei der Syntronics Corporation? Man hätte meinen können – ideal für diesen Mann: belasten, fordern, komplizieren bis zur Grenze des Erträglichen. Endlich konnte er die in sich gefesselten Zwänge befreien. Für einen Uneingeweihten sah es vortrefflich aus: ein alter Praktiker, ein erfahrener Navigator gab sein bestes Wissen an die Automaten weiter, nichts besser als das. Er aber hatte Sklaven vor sich und brauchte sich nicht zu mäßigen, da sie keine Menschen waren. Der vom Fließband kommende Computer war wie ein Neugeborenes: zu allem fähig, aber unwissend. Die Aufnahme des Lernstoffs bedeutete ein Anwachsen der Spezialisierung und zugleich den Verlust der ursprünglichen Undifferenziertheit. Auf dem Prüfstand spielte der Computer die Rolle des Gehirns, während der Simulator den Körper imitierte. Ein dem Körper unterworfenes Hirn, das war die Analogie.

Das Hirn muß den Zustand und die Reaktionsfähigkeit jedes Muskels kennen. Ähnlich der Computer – er mußte über den Zustand der Einzelbestandteile eines Raumschiffs informiert sein. Er sandte auf elektrischem Weg Schwärme von Fragen aus, als schleuderte er Tausende von Bällchen auf einmal in alle Winkel des metallenen Giganten, und machte sich aus den Echogeräuschen ein Bild der Rakete und ihrer Umgebung. In diese Unfehlbarkeit hatte ein Mensch eingegriffen, der an Furcht vor dem Unerwarteten litt und sie mit zwanghaften Kulthandlungen bekämpfte. Der Simulator wurde zu einem Werkzeug des Zwangs, zur Verkörperung seiner

Angstdrohungen. Cornelius hatte in Übereinstimmung mit dem Hauptprinzip Sicherheit gehandelt. Sah das nicht aus wie lobenswerter Eifer? Wie mußte er sich abgemüht haben! Einen normalen Arbeitsablauf hielt er wahrscheinlich für nicht sicher genug. Je schwieriger die Situation des Raumschiffs war, desto schneller mußten die Informationen darüber eintreffen. Er hatte vor Augen, daß das Tempo der Kontrolle über die Aggregate mit der Wichtigkeit des Manövers in Einklang stehen mußte. Und da das Landemanöver das wichtigste war . . . Hatte er das Programm geändert? Genausowenig, wie jemand die Vorschriften für Autofahrer ändert, der seinen Motor jede Stunde überprüft statt einmal am Tag. Das Programm konnte ihm keinen Widerstand leisten. Er strebte in eine Richtung, in der das Programm keine Absicherung hatte, weil so etwas keinem Programmierer in den Sinn kam. Wenn ein derart überforderter Computer versagte, schickte Cornelius ihn in die technische Abteilung zurück. Gab er sich Rechenschaft darüber, daß er sie mit seinen Zwangsvorstellungen ansteckte? Wohl nicht, denn er war ein Praktiker und kannte sich in der Theorie nicht aus. Ein Sicherheitsfanatiker war er, und genauso erzog er auch die Maschinen. Er überforderte die Computer, na und . . .? Sie konnten sich ja nicht beklagen. Es waren neue Modelle, deren Verhalten dem von Schachspielern glich. Ein solcher Computer-Schachspieler konnte jeden Menschen besiegen – unter der Bedingung, daß sein Ausbilder nicht Cornelius war. Der Computer sah zwei bis drei Züge seines Gegners voraus; sobald er aber versuchte, zehn vorauszusehen, erstickte er an einem Übermaß möglicher Varianten, denn sie vervielfachten sich in potenzierter Form. Um die Möglichkeiten für zehn aufeinanderfolgende Schachzüge vorauszuberechnen, genügte nicht einmal eine Trillion Operationen. Ein Schachspieler, der sich solcherart selbst lahmlegte, würde bei der ersten Partie eine Niederlage erleiden.

An Bord der Rakete war das nicht sofort zu erkennen, man konnte nur das Ein- und Ausgabewerk beobachten, nicht aber das, was sich im Innern tat. Innen kam es zu einem Stau, außen lief alles normal – eine Zeitlang. So hatte er sie eingerichtet, und die entsprechende Reaktion auf diesen Geist, der mit realen Aufgaben nicht fertig wurde, weil er sich fiktive schuf, erfolgte am Steuer der Hunderttausender. Jeder dieser Computer litt an einem anankastischen Syndrom, das heißt an zwanghafter Wiederholung der Operationen, an der Komplikation einfachster Vorgänge, an Manierismus und Ritualität, an dem Komplex, »alles auf einmal« berücksichtigen zu müssen. Natürlich simulierten sie nicht die Angst, sondern nur die Struktur der ihr eigenen Reaktionen. Die Tatsache, daß es neue, verbesserte Modelle mit erhöhter Kapazität waren, stürzte sie paradoxerweise ins Verderben, denn sie konnten trotz der allmählichen Erstickung der Kreise durch Signalstau weiterarbeiten. Im Zenit über dem Agathodaemon hatte jedoch ein letzter Tropfen den Becher zum Überlaufen gebracht: Vielleicht waren es die ersten Windstöße gewesen, die blitzschnelle Reaktionen nötig machten, der Computer jedoch, verstopft durch die Lawine, die er in sich selbst entfesselt hatte, besaß nichts mehr, womit er steuern konnte. Er hörte auf, eine Maschine realer Zeit zu sein, er konnte keine wirklichen Vorgänge mehr modellieren – er versank in Trugbildern . . . Er sah sich einer riesigen Masse gegenüber: der Planetenscheibe, und sein Programm erlaubte es ihm nicht, auf die Fortsetzung des einmal eingeleiteten Vorgangs zu verzichten, obwohl er zugleich nicht imstande war, ihn fortzusetzen. Er nahm also den Planeten als einen Meteor, der auf Kollisionskurs lag, denn das war das letzte offene Türchen, diese winzige Eventualität ließ das Programm zu. Das konnte er der Besatzung in der Steuerkabine nicht sagen, denn er war ja kein vernunftbegabter Mensch. Er rechnete bis zu Ende, kalkulierte die Chancen: Ein Zusammenstoß war der sichere Untergang, eine Flucht nur zu neunzig Prozent, also wählte er die Flucht: Havariestart.

All das fügte sich logisch zusammen, nur gab es dafür nicht den geringsten Beweis. Niemand hatte bisher von so einem Vorfall gehört. Wer hätte die Vermutung bestätigen können? Bestimmt der Psychiater, der Cornelius behandelt und ihm geholfen oder vielleicht nur erlaubt hatte, diese Arbeit zu übernehmen. Aber er würde mit Rücksicht auf die ärztliche Schweigepflicht nichts sagen. Um sie brechen zu können, brauchte man ein Gerichtsurteil. Aber in sechs Tagen mußte »Anabis« . . .

Blieb also Cornelius selbst. Ahnte er es? Hatte er jetzt begriffen, nach alledem, was geschehen war? Pirx konnte sich nicht in die Situation seines ehemaligen Chefs versetzen. Er war unantastbar wie hinter einer Glaswand . . . Selbst wenn gewisse Zweifel in ihm aufgekommen waren, würde er sie sich nicht eingestehen. Er würde sich gegen solche Schlußfolgerungen wehren, das war wohl klar . . .

Dennoch würde es herauskommen – nach der nächsten Katastrophe. Wenn dazu noch »Ares« unversehrt landete – mußte die rein statistische Berechnung, daß die Computer versagt hatten, für die Cornelius verantwortlich war, den Verdacht auf ihn lenken. Man würde jede Einzelheit unter die Lupe nehmen und den Spuren folgen, bis man zur Quelle gelangte. Aber er, Pirx, konnte nicht einfach die Hände in den Schoß legen und warten. Was tun? Er wußte es genau: Man mußte den ganzen Maschinenverstand des »Anabis« lahmlegen, über Funk das Originalprogramm übermitteln, und der Informatiker des Raumschiffs würde damit innerhalb weniger Stunden zurechtkommen.

Um mit so etwas auftreten zu können, benötigte Pirx Beweise. Und wenn es nur einer war, nur eine einzige Spur. Aber er hatte nichts. Einzig die Erinnerung an eine Krankheitsgeschichte, vor Jahren flüchtig in Spiegelschrift gelesen ... Spitznamen und Klatsch ... Anekdoten, die über Cornelius erzählt wurden ... den Katalog seiner Schrullen. So etwas konnte er der Kommission als Beweis für die Krankheit und als Ursache der Katastrophe nicht vorlegen. Selbst wenn er ohne Rücksicht auf den alten Mann eine solche Anklage aussprach, blieb immer noch »Anabis«. Setzten die Operationen ein, würde das Raumschiff binnen einer Stunde wie blind und taub sein, so als hätte es keinen Computer mehr.

Die Hauptsache war »Anabis«. Pirx erwog schon die verrücktesten Möglichkeiten: Da er offiziell nichts tun konnte – warum sollte er nicht starten und »Anabis« von Bord aus das Resultat dieser Überlegungen und die Warnung übermitteln? Die Konsequenzen interessierten ihn nicht, aber es war zu riskant. Er kannte den Piloten des »Anabis« nicht. Hätte er denn selbst den Rat eines Fremden befolgt, der sich auf solche Hypothesen stützte? Wohl kaum ... Blieb also einzig Cornelius selbst. Er kannte seine Adresse: Boston, Syntronics. Aber wie konnte er einen so mißtrauischen, pedantischen und übertrieben gewissenhaften Menschen zu dem Eingeständnis bewegen, ausgerechnet das getan zu haben, was er sein Leben lang zu vermeiden versucht hatte? Vielleicht würde er in einem Gespräch unter vier Augen, wenn man ihn auf die Gefahr aufmerksam gemacht hätte, in der »Anabis« schwebte, Einsicht zeigen und die Warnung unterstützen, denn immerhin war er ein redlicher Mann. Aber in einem Gespräch zwischen Mars und Erde, mit achtminütigen Pausen, konfrontiert mit einem Fernsehschirm statt mit einem lebendigen Menschen – sollte er so einem Wehrlosen eine solche Anklage ins Gesicht schleudern, verlangen, daß er sich zu dem – wenn auch unbeabsichtigten – Mord an dreißig Leuten bekannte? Unmöglich.

Er saß auf dem Bett mit gefalteten Händen, als betete er. Es kam ihm unglaublich vor, daß so etwas möglich war: alles zu wissen und nichts unternehmen zu können. Er ließ den Blick über die Bücher auf dem Regal wandern. Sie hatten ihm geholfen, durch die eigene Niederlage. Sie alle hatten verloren, weil sie sich um die Kanäle gestritten hatten beziehungsweise um das, was auf einem fernen Fleckchen in den Linsen der Teleskope so aussah, aber nicht um das, was in ihnen selbst war. Sie hatten um den Mars gestritten, den keiner von ihnen je gesehen hatte. Gesehen hatten sie auf den Grund der eigenen Seele, die heroische und fatale Bilder ausbrütete. Sie hatten ihre Phantasiegebilde in einen Raum von zweihundert Millionen Kilometern projiziert, statt über sich selbst nachzudenken. Und auch jetzt und hier hatte sich ein jeder vom Kern der Sache entfernt, der sich in das Dickicht der Computertheorien begab, um dort nach den Ursachen der Katastrophe zu suchen. Die Computer waren unschuldig und neutral, genauso wie der Mars, an den er selbst gewisse unsinnige Ansprüche gestellt hatte, als wäre die Welt verantwortlich für die Trugbilder, die der Mensch ihr aufzudrängen versucht. Aber diese alten Bücher hatten schon alles getan, was sie vermochten. Er sah keinen Ausweg.

Auf dem untersten Bord des Regals gab es auch Belletristik. Zwischen den bunten Rücken ragte ein blauer Band mit Erzählungen von Poe heraus. Also auch Romani las ihn? Er selbst mochte Poe nicht, wegen der manierierten Sprache, wegen der Gewähltheit der Visionen, die so taten, als wären sie nicht aus Träumen geboren. Aber für Cornelius war Poe so etwas wie eine Bibel. Gedankenlos griff er das Buch heraus, es öffnete sich auf der Seite mit dem Inhaltsverzeichnis. Er las einen Titel, der ihn betroffen machte. Cornelius hatte ihm das einmal nach der Wache gegeben und ihm diese Erzählung empfohlen, in der ein Mörder auf phantastische, unglaubliche Weise entlarvt wurde. Nach der Lektüre hatte er ein verlogenes Lob aussprechen müssen, natürlich, der Chef hat immer recht . . .

Zuerst spielte er nur mit dem Gedanken, der ihm gekommen war, dann begann er ihn auszuspinnen. Er ähnelte ein bißchen einem Schülerstreich, aber zugleich auch einem heimtückischen Stoß in den Rücken. Roh, unerhört, grausam, doch wer weiß, vielleicht gerade in dieser Situation wirksam: diese vier Worte zu telegrafieren. Vielleicht waren all diese Verdächtigungen barer Unsinn, vielleicht bezog sich die Krankheitsgeschichte auf einen anderen Cornelius, während jener die Computer genau nach Vorschrift getestet hatte und sich keiner Schuld bewußt war. Wenn er dann ein solches Telegramm erhielt, würde er die Schultern heben mit dem Gedanken, sein früherer Untergebener habe sich einen idiotischen, höchst abstoßenden Scherz erlaubt, aber mehr würde er nicht denken oder tun.

Wenn die Nachricht von der Katastrophe jedoch Unruhe, unklare Zweifel in ihm gweckt hatte, wenn er schon ein wenig über den eigenen Anteil an dem Unglück nachdachte und sich gegen diese Gedanken wehrte, dann würden die vier telegrafierten Worte wie ein Blitz einschlagen. Er würde sich augenblicklich in einer Sache, die er selbst nicht konsequent zu formulieren wagte, durchschaut und zugleich schuldig fühlen: Dann konnte er dem Gedanken an »Anabis« und an das, was ihn erwartete, nicht mehr entfliehen; und selbst wenn er sich dagegen sperrte, das Telegramm würde ihm keine Ruhe lassen. Er würde es nicht fertigbringen, die Hände in den Schoß zu legen und in Passivität zu verharren; das Telegramm würde ihm unter die Haut gehen, sich in sein Gewissen einschleichen – und was dann? Pirx kannte ihn gut genug, um zu wissen, daß sich der Alte nicht bei der vorgesetzten Dienststelle melden würde, um ein Geständnis abzulegen, ebensowenig aber würde er versuchen, sich zu verteidigen und der Verantwortung zu entfliehen. Wenn er einmal eingesehen hatte, daß ihn die Verantwortung traf, dann würde er ohne ein Wort das tun, was er für richtig hielt.

Aber trotzdem – so konnte man nicht vorgehen. Noch einmal spielte er alle Varianten durch – bereit, sich in die Höhle des Löwen zu begeben, ein Gespräch mit van der Voyt zu verlangen, wenn das irgend etwas nützte . . . aber kein Mensch konnte ihm helfen. Niemand. Alles hätte anders ausgesehen, wären nicht »Anabis« und diese sechs Tage Frist gewesen. Den Psychiater zur Aussage zu bewegen, die Art und Weise zu überprüfen, in der Cornelius die Computer testete, den Computer des »Anabis« umzuprogrammieren – all das erforderte Wochen. Also? Den Alten erst einmal vorbereiten, durch irgendeine Nachricht, die ihm sagte, daß . . .? Aber dann würde alles fehlschlagen. Cornelius würde in seinem anomalen Geisteszustand Ausflüchte finden, Gegenargumente, schließlich hat auch der redlichste Mensch der Welt so etwas wie einen Selbsterhaltungstrieb. Er würde beginnen, sich zu verteidigen, oder, was ihm ähnlicher sah, verächtlich schweigen, während »Anabis« . . .

Pirx hatte das Gefühl, zu versinken, von allem zurückgestoßen, wie in jener anderen Erzählung von Poe, Grube und Pendel, wo die leblose Umwelt den Wehrlosen Millimeter für Millimeter einzwängt und auf den Abgrund zuschiebt. Konnte es eine größere Wehrlosigkeit geben als die eines Leidens, das einen betroffen hat und für das man nun bestraft werden soll? Konnte es eine größere Niedertracht

geben? Es bleibenlassen? Das wäre sicher das einfachste gewesen. Niemand würde je erfahren, daß er alle Fäden in der Hand gehalten hatte. Nach der nächsten Katastrophe würden sie der Sache von selbst auf die Spur kommen. Einmal in Gang gesetzt, würde die Untersuchung schließlich bei Cornelius landen, und . . .
Aber wenn es so war, wenn er seinen alten Chef nicht einmal retten konnte, indem er den Mund hielt, dann hatte er dazu kein Recht. Er hörte auf zu grübeln und begann zu handeln, als wären alle Zweifel von ihm genommen.
Im Erdgeschoß war es leer. In der Laserfunkkabine saß nur der diensthabende Techniker: Haroun. Er gab folgendes Telegramm auf: Erde, USA, Boston, Syntronics Corporation, Warren Cornelius. THOU ART THE MAN. Und er setzte seinen Namen darunter mit dem Zusatz »Mitglied der Untersuchungskommission betr. Ariel-Katastrophe«. Das war alles. Er kehrte in sein Kämmerchen zurück und schloß sich ein. Dann klopfte jemand an die Tür, Stimmen waren zu hören, aber er gab kein Lebenszeichen von sich. Er mußte allein sein, denn nun überfielen ihn die quälenden Gedanken, die er erwartet hatte. Dagegen war nichts mehr zu machen.
Spät in der Nacht las er Schiaparelli, um sich nicht in hundert Varianten vorstellen zu müssen, wie Cornelius, die struppigen grauen Brauen gewölbt, das Telegramm mit dem Absender vom Mars zur Hand nahm, das raschelnde Papier auseinanderfaltete und von den weitsichtigen Augen abhielt. Er las, ohne ein Wort zu begreifen, und als er die Seite umblätterte, stieg maßloses Staunen, gemischt mit fast kindlicher Reue in ihm auf: Was denn, also ich? Ich habe das fertiggebracht?
Er hatte sich doch nicht geirrt: Cornelius steckte in der Falle wie eine Maus, er hatte keinen Spalt, keine Ritze zum Entrinnen, das ließ die Situation in der Gestalt nicht zu, die sie durch die Anhäufung der Ereignisse angenommen hatte; also warf er mit seiner spitzen, leserlichen Schrift ein paar Sätze aufs Papier, aus denen hervorging, daß er in gutem Glauben gehandelt habe, jedoch alle Schuld auf sich nehme; er unterschrieb und jagte sich um drei Uhr dreißig – vier Stunden nach Empfang des Telegramms – eine Kugel durch den Kopf. Das, was er geschrieben hatte, enthielt kein Wort über seine Krankheit, keinen Versuch der Rechtfertigung, nichts, so als billigte er Pirx' Vorgehen nur, soweit es die Rettung von »Anabis« betraf, zu der er selbst beizutragen bereit war. Mehr nicht. Als hätte er ihm Beifall in der Sache gezollt und zugleich abgrundtiefe Verachtung für den derart versetzten Todesstoß.

Vielleicht irrte sich Pirx übrigens. So unangemessen das erscheint, ihn störte an seiner Tat besonders der stelzig-theatralische Stil, der von Poe stammte. Er hatte Cornelius mit seinem Lieblingsschriftsteller und in dessen Stil zu Fall gebracht, der ihm falsch klang, der ihm auf die Nerven ging, denn er hatte nicht das Entsetzen über das Leben in der Leiche gesehen, die aus dem Grab aufstand, um mit blutigem Finger auf den Mörder zu zeigen. Dieses Entsetzen war nach seiner Erfahrung mehr höhnisch als malerisch. Es begleitete seine Gedanken über die veränderte Rolle, die der Mars spielte, seit aus dem unerreichbaren rötlichen Fleck am nächtlichen Himmel, der undeutliche Spuren fremder Vernunft aufwies, ein Terrain normalen Lebens geworden war, also mühseligen Ringens, politischer Ränke und Intrigen, eine Welt voller lästiger Sturmwinde, Abfallhaufen, zerschellter Raketen, ein Ort, von dem aus man nicht nur das romantisch blaue Leuchten der Erde sehen, sondern auch einen Menschen tödlich treffen konnte. Der makellose, weil nur halb erforschte Mars der frühen Areographie war verschwunden und hatte lediglich die griechisch-lateinischen Runen hinterlassen, die wie alchimistische Formeln und Beschwörungen klangen, und auf deren materieller Gestalt trampelte man mit schweren Stiefeln herum. Die Epoche der hochtheoretischen Debatten war unwiderruflich hinter dem Horizont versunken und hatte erst im Untergehen ihr wahres Gesicht gezeigt – das eines Traums, der sich von der eigenen Unerfüllbarkeit nährte. Geblieben war nur der Mars der mühsamen Arbeit, der ökonomischen Berechnungen, der Tagesanbrüche, die so schmutziggrau waren wie der, durch den er mit dem Beweis in der Hand zur Sitzung der Kommission ging.

DER FREUND

Ich erinnere mich noch gut, unter welchen Umständen ich Herrn Harden kennenlernte. Das war zwei Wochen, nachdem ich in unserem Klub Assistent des Ausbilders geworden war. Ich hielt das für eine große Auszeichnung, denn ich war das jüngste Klubmitglied, und der Ausbilder, Herr Egger, hatte mir sofort, als ich den ersten Tag in den Klub Dienst machen gekommen war, bekanntgegeben, ich sei intelligent genug und wisse gut genug Bescheid in dem ganzen Plunder (so hat er sich ausgedrückt), daß ich allein Dienst machen könne. Wirklich ging Herr Egger gleich von dannen. Ich sollte jeden zweiten Tag von vier bis sechs Dienst machen, den Klubmitgliedern technische Auskünfte erteilen und QDR-Karten ausgeben, gegen Vorweis der Legitimation mit den bezahlten Beiträgen. Wie gesagt, war ich sehr erfreut über dieses Amt, aber bald dämmerte es mir, daß man überhaupt nicht in der Funktechnik Bescheid wissen mußte, um meinen Pflichten nachzukommen, denn um Auskünfte bat kein Mensch. Ein gewöhnlicher Büroangestellter hätte also genügt, aber dem hätte der Klub etwas zahlen müssen, während ich ehrenamtlich Dienst machte und keinerlei Vorteile davon hatte, im Gegenteil sogar, wenn man die ewige Nörgelei der Mutter in Betracht zieht! Sie hätte mich lieber wie einen Stein zu Haus hocken gehabt, wenn sie Lust hatte, ins Kino zu gehen und mir die Kleinen am Hals zu lassen. Von zwei Übeln zog ich da schon den Dienst vor. Unser Lokal war dem Schein nach recht anständig. Die Wände waren von oben bis unten mit Funkverkehrskarten aus aller Welt und mit bunten Plakaten verhängt, so daß man die Sickerflecken nicht sah, und beim Fenster stand in zwei verglasten Schaukästen ein bißchen alte Kurzwellengerätschaft. Hinten war noch eine Werkstatt, umgebaut aus einem Badezimmer, ohne Fenster. Dort drinnen konnten nicht einmal zwei Leute auf einmal arbeiten, weil sie einander mit den Feilen die Augen ausgestochen hätten. Herr Egger hatte großes Vertrauen zu mir, wie er sagte, aber gar so groß war es wieder nicht, daß er mich mit dem Inhalt der Schreibtischschublade alleingelassen hätte, also hatte er alles herausgeräumt, was drinnen gewesen war, und mit nach Hause genommen; nicht einmal Schreibpapier hatte er mir hiergelassen, und ich mußte Blätter aus meinen eigenen Heften herausreißen. Der Stempel stand mir zur Verfügung, obwohl ich Herrn Egger einmal zum Vorsitzenden sagen gehört hatte, man sollte den Stempel eigentlich an einem Kettchen in der Schublade befestigen. Ich wollte die Zeit nutzen, um einen neuen Apparat zu bauen, aber Herr Egger verbot mir, während der Dienststunden in die Werkstatt zu gehen, soll heißen, es könnte sich ja jemand durch die offene Tür einschleichen und etwas klauen. Dies hatte weder Hand noch Fuß, denn diese Apparate in den Glasschränken waren pures Gerümpel; das sagte ich Herrn Egger aber nicht, weil er meine Stimme überhaupt nicht gelten ließ. Jetzt sehe ich, daß ich viel zuviel Rücksicht auf ihn genommen habe. Er nutzte mich skrupellos aus, aber damals erfaßte ich das noch nicht.

Ich weiß nicht mehr, ob Mittwoch oder Freitag war, als Herr Harden zum ersten Mal auftauchte, aber letzten Endes ist das egal. Ich las gerade ein sehr gutes Buch und war wütend, denn es erwies sich, daß darin eine Unmenge von Blättern fehlte. Fortwährend mußte ich mir etwas selbst hinzudenken, und ich fürchtete, zum Schluß werde das Wichtigste fehlen, dann wäre die ganze Leserei umsonst gewesen, denn alles könnte ich mir ja doch nicht selbst denken! Da hörte ich jemanden anklopfen. Das war ziemlich merkwürdig, da die Tür immer sperrangelweit offenstand. Dieser Klub, das war früher eine Wohnung. Einer der Klubler hat mir gesagt, diese Wohnung sei zu elendig gewesen, als daß irgend jemand darin hätte stecken mögen. Ich rief »Herein«, und ein Fremder trat ein, den ich noch nicht gesehen hatte. Die Klubler kannte ich alle, wenn schon nicht namentlich, dann zumindest den Gesichtern nach. Er blieb bei der Tür stehen und schaute auf mich, und ich schaute hinter dem Schreibtisch hervor auf ihn, und so schauten wir einander eine Zeitlang an. Ich fragte, was er wünsche, und mir fiel ein, daß ich nicht einmal Einschreibformulare hatte – falls er dem Klub beitreten wollte –, denn Herr Egger hatte alle mitgenommen.

»Ist das der Klub der Kurzwellenamateure?« – fragte der Mann, obwohl das steif und fest an der Tür und am Haustor angeschrieben stand.

»Ja« – sagte ich. » Sie wünschen?« – fragte ich. Aber er schien das nicht zu hören.

»Und Sie . . . Sie verzeihen . . . Sie arbeiten hier?« – fragte er. Er tat zwei Schritte auf mich zu, etwa so, als stiege er auf Glas, und dann verneigte er sich.

»Ich habe Dienst« – entgegnete ich.

»Dienst?« – sprach er mir nach, als bedächte er das gründlich. Er lächelte, wischte sich das Kinn mit der Krempe des Huts, den er in der Hand hielt (ich erinnere mich nicht, jemals einen so schadhaften Hut gesehen zu haben), und immer noch ein klein wenig auf den Zehenspitzen, wie es schien, legte der Mann in einem Atemzug los, wie in Angst, ich könnte ihn unterbrechen:

»Aha, also Sie versehen hier den Dienst, ich verstehe, das ist so eine Würde und Verantwortung, in jungen Jahren bringt es heutzutage kaum jemand so weit, und Sie verwalten das alles hier, schau, schau« – dabei beschrieb er mit der Hand samt Hut eine Kreisbewegung, die das ganze Zimmer miterfaßte, so, als enthielte es Wunder was für Schätze.

»Gar so jung bin ich wieder nicht« – sagte ich, denn der Kerl begann mich schon ein wenig zu ärgern, – »und dürfte man vielleicht wissen, was Sie wünschen? Sind Sie Mitglied unseres Klubs?«

Das fragte ich mit Absicht, obwohl ich wußte, daß er dies nicht war – und wirklich wurde er verlegen, wischte sich wieder mit dem Hut übers Kinn, versteckte ihn dann plötzlich hinter dem Rücken und näherte sich mit drolligen Trippelschritten dem Schreibtisch. Ich hatte seine untere Schublade offenstehen, dort hinein hatte ich schnell das Buch gelegt, als ich das Klopfen gehört hatte, aber nun sah ich, daß ich diesen Störer nicht so leicht loswerden konnte, ich stieß die Schublade mit dem Knie zu, zog den Stempel aus der Tasche und machte mich ans Ordnen der blanken, zurechtgeschnittenen Zettel, damit der Mensch sehen sollte, daß ich meine Arbeit hätte.

»Oh! Ich wollte Sie nicht verletzen! Ich wollte nicht verletzen!« – rief er und dämpfte sofort die Stimme, während er sich unruhig nach der Tür umsah.

»Dann möchten Sie vielleicht sagen, was Sie wünschen?« – sagte ich trocken, denn ich hatte das satt.

Er stützte eine Hand auf den Schreibtisch, während er in der anderen hinter dem Rücken den Hut hielt, und beugte sich zu mir herüber. Jetzt erst erfaßte ich, daß der Mensch ganz schön alt sein mußte, wohl über vierzig. Das war von weitem nicht zu sehen, er hatte so ein schmales, nichtssagendes Gesicht, wie es manchmal diese Blonden haben, bei denen man die weißen Haare nicht merkt.

»Leider bin ich kein Klubmitglied« – sagte er. »Ich . . . wissen Sie, ich fühle wirklich gewaltige Hochachtung für Ihre Tätigkeit, auch für die der anderen Herren, aller Herren hier, aber leider, mir fehlt es an den Voraussetzungen! Immer dachte ich daran, das kennenzulernen, aber es ist mir leider nicht gelungen. Mein Leben – das ging so irgendwie dahin . . .«

Er verhaspelte sich und verstummte. Er sah aus, als wäre er dem Weinen nahe, mir wurde ganz dumm zumute. Ich sagte nichts, ich fing nur an, die leeren Zettel abzustempeln, ohne ihn anzusehen, obwohl ich spürte, daß er sich immer dichter über mich beugte und

offensichtlich Lust hatte, auf meine Schreibtischseite herüberzugelangen. Aber ich tat, als wüßte ich davon nichts, und er begann lauter zu flüstern, wohl ohne daß ihm dies bewußt wurde:
»Ich weiß, daß ich Sie störe, ich gehe auch gleich fort . . . Ich habe eine . . . eine gewisse Bitte . . . Ich rechne mit Ihnen . . . Ich wage kaum, mit Nachsicht zu rechnen . . . Wer sich so einer wichtigen Arbeit, solch einem Gut uneigennützig widmet, für das allgemeine Wohl, der versteht mich – vielleicht . . . Ich bin nicht . . . ich wage zu hoffen . . .«
Ich war von diesem Geflüster schon ganz dumm und stempelte nur immerzu die Zettel, dabei sah ich mit Schrecken, daß sie mir im Nu ausgehen mußten, und ich konnte nicht gut die Augen in die leere Schreibtischplatte verbohren, ihn aber wollte ich nicht anschauen, weil der ganze Mensch einfach zerfloß.
»Ich möchte . . . ich möchte Sie bitten . . .« wiederholte er wohl dreimal, »aber nicht um . . . das heißt . . . um eine Gefälligkeit, um Hilfe. Daß Sie mir eine verhältnismäßig geringe Sache leihen – aber zuerst muß ich mich vorstellen: Harden heiße ich . . . Sie kennen mich nicht, du lieber Gott, klar, woher sollten Sie mich auch kennen . . .«
»Aber Sie kennen mich?« – fragte ich, dabei hob ich den Kopf nicht und hauchte aufs Stempelkissen. Harden erschrak so, daß er längere Zeit nicht imstande war, zu antworten.
»Zufällig« – murmelte er endlich. »Zufällig sah ich Sie manchmal, da ich . . . da ich hier zu tun hatte, in dieser Straße, in der Nähe, nebenan, das heißt – nicht weit von diesem Haus . . . Aber das hat nichts zu bedeuten.« Er redete hitzig, als wäre ihm ganz unerhört daran gelegen, mich zu überzeugen, daß er die Wahrheit spreche. Mir sauste von alledem schon der Kopf, Harden aber setzte fort:
»Meine Bitte, scheinbar geringfügig, aber . . . Ich wollte Sie bitten, natürlich mit sämtlichen Sicherheiten, mir eine kleine Sache zu leihen. Das wird Ihnen keine Mühe machen. Es handelt sich . . . es handelt sich um Draht. Mit Steckern.«
»Was sagen Sie da?« – fragte ich.
»Draht mit Steckern!« – rief er, sich fast ereifernd. »Nicht viel . . . einige . . . einige zehn Meter, und Stecker . . . acht . . . nein, zwölf, so viele, wie Sie gestatten. Ich gebe das gewiß zurück. Wissen Sie, ich wohne in derselben Straße wie Sie, auf Nummer acht . . .«
»Woher wissen denn Sie, wo ich wohne?« – wollte ich fragen, aber im letzten Moment biß ich mir noch auf die Zunge und sagte nur in möglichst gleichgültigem Ton:

»Hier ist keine Drahtleihanstalt, mein Herr. Im übrigen, ist das so eine große Sache? Das bekommen Sie ja in jeder Elektrohandlung.«
»Ich weiß! Ich weiß!« – rief Harden. »Aber Sie müssen mich verstehen! So hereinzukommen, wie ich ... hier ... das ist eine wahre Last, aber mir bleibt kein Weg. Diesen Draht habe ich ungemein nötig, er ist eigentlich nicht für mich, nein. Er ist .. er ist für jemanden bestimmt. Dieser ... diese ... Person ist ohne ... Mittel. Das ist mein ... Freund. Er hat ... nichts« – sagte Harden, wieder mit diesem Gesichtsausdruck, als werde er gleich weinen. »Ich bin derzeit leider ... Solche Stecker werden nur dutzendweise verkauft, wissen Sie. Bitte, Sie in Ihrer Großmut können vielleicht ... Ich wende mich an Sie, denn ich habe keinen, kenne niemanden ...«
Er verstummte und sagte eine Zeitlang gar nichts, er keuchte nur, wie in furchtbarer Ergriffenheit. Ich war von alldem schon ganz verschwitzt und wollte nur eins: ihn loswerden – für diesmal. Ich hätte ihm diesen Draht ganz einfach verweigern können, dann wäre alles zu Ende gewesen. Aber ich war gespannt. Im übrigen wollte ich Harden vielleicht auch ein bißchen helfen, weil er mir leid tat. Ich wußte noch nicht recht, was ich von der Sache denken sollte, aber ich hatte in der Werkstatt eine eigene alte Spule, mit der ich tun konnte, was mir gefiel. Bananen hatte ich zwar nicht, aber auf dem Tischlein lag ein ganzer Haufen. Niemand rechnete darüber ab. Sie waren freilich nicht für Fremde bestimmt, doch ich dachte, einmal könne ich schließlich eine Ausnahme machen.
Ich sagte: »Warten Sie«, ging in die Werkstatt und holte Draht, Zange und Bananenstecker.
»Ist Ihnen solcher Draht recht?« – fragte ich. »Anderen Draht kann ich Ihnen nicht geben.«
»Wahrhaftig – ich, ich denke, der wird genau richtig sein ...«
»Wieviel brauchen Sie? Zwölf? Vielleicht zwanzig Meter?«
»Ja! Zwanzig! Wenn Sie so freundlich sind ...«
Ich bemaß nach dem Augenmaß etwa zwanzig Meter, zählte die Stecker ab und legte sie auf den Schreibtisch. Harden steckte alles ein, und mir kam plötzlich in den Sinn, wieviel Krawall Herr Egger im Klub schlüge, wenn er von diesen Bananen erführe. Mir würde der Mensch natürlich nichts sagen, ich durchschaute ihn: ein Intrigant und Pharisäer, und im Grunde genommen inwendig feige. Herr Harden trat vom Schreibtisch zurück und sagte:
»Junger Herr ... Sie verzeihen ... mein Herr, Sie haben eine wahrhaft gute Tat vollbracht. Ich weiß, meine Taktlosigkeit ... und die Art, wie ich hierher zu Ihnen ... das kann einen unzutreffenden

Eindruck hervorgerufen haben, aber ich versichere Ihnen, ich versichere, das war sehr nötig! Es handelt sich um eine Angelegenheit zwischen ehrlichen, guten Menschen. Ich verstehe es Ihnen gar nicht zu erklären, wie schwer es mich ankam, hierherzukommen, aber ich hoffte – und habe mich nicht getäuscht. Das ist tröstlich! Das ist sehr tröstlich!«

»Soll ich das als Leihgabe betrachten?« – fragte ich. Mir ging es hauptsächlich um den Rückgabetermin. Für den Fall, daß er entfernt sein sollte, hatte ich beschlossen, die entsprechende Anzahl eigener Stecker zu bringen.

»Natürlich, das ist nur eine Leihgabe« – entgegnete Harden und richtete sich mit einer Art von altväterischer Würde hoch auf. Den Hut legte er aufs Herz. – »Ich, das heißt, ich bin da unwichtig ... Mein Freund wird Ihnen gewiß dankbar sein. Sie ... Sie können sich gar nicht vorstellen, was das bedeutet: *Seine* Dankbarkeit ... Ich nehme sogar an, daß ...«

Er verneigte sich vor mir.

»Ich gebe alles binnen kurzem zurück – mit bestem Dank. Wann, das kann ich Ihnen leider im Augenblick nicht sagen. Ich melde mich, wenn Sie gestatten. Sie sind – verzeihen Sie – jeden zweiten Tag hier?«

»Ja« – sagte ich. »Montags, mittwochs und freitags.«

»Und könnte ich einmal – irgendwann einmal ...« – begann Herr Harden sehr leise. Ich blickte rasch auf ihn, und das verstörte ihn offenbar, denn er sagte nichts mehr, sondern verneigte sich nur vor mir, einmal mit bloßem Kopf und noch einmal mit Hut, und ging fort.

Ich blieb allein und hatte noch fast eine Stunde Zeit, aber ich versuchte bloß, zu lesen, und legte gleich das Buch weg, weil ich nicht einen Satz verstehen konnte. Dieser Besuch, dieser Mensch hatte mich ganz durcheinandergebracht. Er sah aus wie ein rechter Hungerleider; das Oberleder seiner Schuhe hatte zwar vor Sauberkeit geglänzt, aber es war so vielfach aufgeplatzt, ganz jämmerlich war das anzusehen. Die Rocktaschen hingen ihm herab, als trüge er darin ständig irgendwelche schwere Gegenstände. Darüber weiß ich mein Teil zu sagen. Zwei Umstände gaben mir am meisten zu denken, beide hingen mit mir zusammen. Zuerst hatte Herr Harden gesagt, er kenne mich vom Sehen, weil er in der Nähe des Klubs etwas zu erledigen gehabt habe; letzten Endes konnte das ja zufällig vorgekommen sein, wenn mir auch diese Verängstigung merkwürdig schien, womit Herr Harden mir das erläutert hatte. Zweitens: Er wohnte in derselben Straße wie ich. Das waren schon gar zu viele Zufälle. Gleichzeitig lag es für mich auf der Hand, daß er kein solcher Mensch war, der seinem Charakter nach zu doppeltem Spiel und zu komplizierten Lügen fähig wäre. So überlegte ich, und interessanterweise dachte ich ganz zuletzt erst darüber nach, wozu er eigentlich diesen Draht benötigte. Ich wunderte mich sogar ein bißchen, daß ich darauf erst so spät verfiel. Herr Harden sah gar nicht, ganz und gar nicht wie ein Mensch aus, der Erfindungn macht, oder auch nur zum Vergnügen bastelt. Im übrigen hatte er gesagt, dieser Draht sei nicht für ihn, sondern für einen Freund. All das fügte sich mir überhaupt nicht zusammen. Am nächsten Tag ging ich nach der Schule das Achterhaus ansehen. Hardens Name schien wirklich in der Hausliste auf. Ich ließ mich in ein Gespräch mit dem Hausbesorger ein, wobei ich aufpaßte, um keinen Verdacht bei ihm zu erregen. Ich erfand eine ganze Geschichte, soll heißen, ich hätte dem Neffen von Herrn Harden Nachhilfestunden zu geben, daher interessiere es mich, ob er zahlungsfähig sei. Wie mir der Hausbesorger erzählte, arbeitete Herr Harden in der Innenstadt bei irgendeiner großen Firma, fuhr um sieben zur Arbeit und kam um drei zurück. In letzter Zeit hatte sich das insofern geändert, als er angefangen hatte, immer später nach Hause zu kommen, und manchmal erschien er sogar überhaupt nicht für die Nacht. Der Hausbesorger hatte ihn danach sogar ganz nebenher gefragt, und Herr Harden hatte ihm gesagt, er verschaffe sich Überstunden und Nachtarbeit, weil er für die Feiertage Geld brauche. Jedoch ließ sich nichts davon bemerken – soweit die Folgerungen des Hausbesorgers –, daß diese angestrengte Arbeit Herrn Harden viel eingetragen hätte, denn wie er vorher gewesen war, arm wie eine Kirchenmaus, so blieb er auch, in letzter Zeit aber war er mit der Miete im Rückstand, beging die Feiertage überhaupt nicht und ging nicht ins Kino; der Hausbesorger wußte leider nicht, wie die Firma hieß, bei der Herr Harden arbeitete. Ich zog es auch vor, den Mann nicht gar zu lang auszuholen, so daß mir diese Befragung eigentlich nicht übermäßig reiche Beute eintrug.

Ich muß zugeben, daß ich ungeduldig den Montag erwartete, denn irgend etwas sagte mir, dies sei der Anfang irgendeiner wunderlichen Angelegenheit, wenn ich mir auch nicht vorstellen konnte, worum es sich dabei handeln mochte. Ich versuchte mir allerlei Möglichkeiten auszumalen, zum Beispiel, daß Herr Harden Erfindungen mache oder Spionage betreibe, aber das paßte absolut nicht zu seiner Person. Ich bin überzeugt, daß er eine Diode nicht von einer Pentode hätte unterscheiden können, er war auch der letzte in der Welt, der sich für einen Auftrag eines fremden Geheimdienstes geeignet hätte.

Am Montag erschien ich etwas früher zum Dienst und wartete zwei Stunden lang mit wachsender Ungeduld. Harden kam, als ich mich schon zum Gehen anschickte. Er trat gewissermaßen feierlich ein, verneigte sich vor mir von der Schwelle aus und reichte mir erst die Hand, dann ein kleines, ordentlich in weißes Papier gewickeltes Paket.

»Guten Tag, junger Herr. Ich freue mich, Sie anzutreffen« – sagte er. »Ich möchte Ihnen für Ihre Güte danken. Sie haben mir aus einer höchst beschwerlichen Lage herausgeholfen.« Er sagte das alles steif und so, als ob er es sich vorher zurechtgelegt hätte. »Hier ist alles, was Sie mir freundlicherweise geliehen haben« – er wies auf das Paket, das ich auf den Schreibtisch gelegt hatte. Wir standen beide. Herr Harden verneigte sich nochmals vor mir und machte eine Bewegung, als wollte er fortgehen – aber er blieb.

»Nicht der Rede wert, das war eine Lappalie« – sagte ich, um ihm das Weiterreden zu erleichtern. Ich dachte, er werde hitzig widersprechen, aber er sagte nichts, sah mich nur finster an und wischte sich ein paarmal mit der Hutkrempe übers Kinn. Ich bemerkte, daß der Hut angelegentlich saubergeputzt war, freilich hatte das nicht sehr viel Wirkung.

»Wie Sie wissen, bin ich nicht Klubmitglied. . .« – sagte Harden. Plötzlich trat er zum Schreibtisch, legte den Hut darauf und äußerte sich mit gedämpfter Stimme:

»Ich wage es gar nicht, Sie nochmals zu bemühen. Sie haben ohnedies so viel für mich getan. Und dennoch, wenn sie mir fünf Minuten opfern wollten, mehr nicht, wahrhaftig nicht . . . Es handelt sich nicht um etwas Materielles, nie und nimmer! Bloß, wissen Sie, – mir fehlt es an der entsprechenden Bildung, und ich kann mit der Sache nicht zu Rande kommen.«

Ich konnte nicht dahinterkommen, worauf Herr Harden hinauswollte, aber ich war ganz schön neugierig geworden, also sagte ich, um ihn anzuspornen:

»Aber selbstverständlich, ich werde Ihnen gern helfen, wenn ich kann.«

Da er schwieg, ohne etwas zu antworten oder sich von der Stelle zu rühren, setzte ich ins Blaue hinein fort: »Handelt es sich um irgendeinen Apparat?«

»Was?! Was sagen Sie da?! Woher, woher können Sie . . .« – stieß er

hervor, ganz verschreckt, als hätte ich etwas Unerhörtes gesagt. Er machte den Eindruck, er wolle ganz einfach auskneifen.
»Das ist doch ganz einfach« – entgegnete ich möglichst ruhig und bemühte mich, zu lächeln. »Sie haben sich Leitungsdraht und Stecker von mir ausgeborgt, also . . .«
»Oh, Sie sind unerhört scharfsinnig, über alle Maßen scharfsinnig« – sagte er, aber nicht Anerkennung lag darin, sondern eher Angst. »Nein, keineswegs, das heißt – Sie sind ein Mann von Ehre, das stimmt doch? Könnte ich mir wohl die Kühnheit herausnehmen, Sie zu bitten, das heißt, kurzum, könnten Sie mir Ihr Wort darauf geben, niemandem . . . alles für sich zu behalten, wovon wir reden?«
»Ja« – entgegnete ich in entschiedenem Ton, und um Harden sicher zu machen, fügte ich hinzu: »Ich breche nie mein einmal gegebenes Wort.«
»Das dachte ich mir. Ja! Ich war dessen gewiß!« – sagte er, doch seine Miene blieb weiterhin finster, und er schaute mir nicht in die Augen. Er wischte sich nochmals das Kinn und sagte im Flüsterton:
»Wissen Sie . . . es gibt da . . . Störungen. Ich weiß nicht, wieso. Ich vermag das nicht zu verstehen. Einmal geht es fast gut, dann wieder verstehe ich nichts.«
»Störungen« – wiederholte ich, weil Harden verstummt war – »Sie meinen Empfangsstörungen?«
Ich wollte noch hinzufügen: »Also Sie haben ein Kurzwellengerät?«, doch ich sagte nur »Also Sie . . .«, so arg war er zusammengezuckt.
»Nein, nein« – flüsterte er. »Es handelt sich nicht um den Empfang. Es scheint, daß mit *ihm* etwas Ungutes los ist. Im übrigen, was weiß ich! Vielleicht will er bloß nicht mit mir reden.«
»Wer?« – fragte wieder ich, weil ich ihn nicht mehr begriff, daraufhin blickte er sich um und sagte dann, die Stimme nicht mehr dämpfend:
»Ich habe das mitgebracht, mein Herr. Das Schema, das heißt, einen Teil des Schemas. Wissen Sie, ich habe kein Recht, das heißt, nicht so ganz das Recht, die Sache irgend jemandem zu zeigen, aber letztes Mal erhielt ich die Zustimmung dazu. Das ist nicht meine eigene Angelegenheit. Verstehen Sie? Mein Freund – um ihn eben handelt es sich. Da ist diese Zeichnung. Zürnen Sie mir nicht, weil das so schlecht gezeichnet ist. Ich versuchte allerlei Fachbücher zu studieren, aber es half nichts. Es geht darum, das zu machen, herzustellen, genauso, wie es aufgezeichnet ist. Ich würde schon alles Nötige beschaffen. Ich habe schon alles, ich habe es bekommen. Aber – ich bringe das nicht fertig! Mit diesen Händen« – er streckte

die mageren, gelblichen Handflächen vor, so daß sie mir dicht vor den Augen zitterten – »Sie sehen ja selbst! Ich hatte damit nie im Leben zu schaffen, ich könnte nicht einmal das Werkzeug festhalten, so ein Tolpatsch bin ich, und hier braucht man doch so nötig das Können dazu! Es geht ja ums Leben . . .«

»Vielleicht zeigen Sie mir diese Zeichnung« – sagte ich langsam und bemühte mich, nicht auf seine Worte zu achten, weil sie schon gar zu sehr nach Verrücktheit klangen.

»Ach, entschuldigen Sie . . .« – murmelte Harden.

Er breitete ein Stück steifes Zeichenpapier auf dem Schreibtisch aus, verdeckte es mit beiden Händen und fragte leise:

»Geht es, daß man die Tür schließt?«

»Allerdings, das geht« – sagte ich – »weil die Dienststunden schon aus sind. Wir können uns sogar einsperren« – fügte ich hinzu, trat hinaus in den Korridor und drehte zweimal den Schlüssel im Schloß um, absichtlich laut, damit Harden es hörte. Ich wollte, daß er Zutrauen zu mir fassen sollte.

Wieder im Zimmer, setzte ich mich an den Schreibtisch und nahm diese Zeichnung Hardens zur Hand. Das war durchaus kein Schema. Das hatte mit nichts irgendwelche Ähnlichkeit, außer mit Kinderkritzeleien. Da waren ganz einfach Quadrate, mit Buchstaben und Ziffern bezeichnet und miteinander verbunden, etwas wie ein Fernsprechverteilungssystem oder wie eine Schalttafel, aber auf solche Weise gezeichnet, daß einem die Haare zu Berge standen – ohne Verwendung von Symbolen; Kondensatoren und Spulen waren »nach der Natur« skizziert, so, wie dies eine fünfjähriges Kind getan hätte. Von Sinn ließ sich keine Spur in dem Ganzen entdecken, weil nicht bekannt war, was diese bezifferten Quadrate bedeuteten, doch plötzlich bemerkte ich bekannte Buchstaben und Zahlen: die Bezeichnungen verschiedener Elektronenröhren. Insgesamt – acht Stück. Aber das war kein Radioapparat. Unterhalb der Quadrate befanden sich kleine Rechtecke mit Ziffern, die mir schon nichts mehr sagten, auch griechische Buchstaben schienen dazwischen auf, und alles zusammen glich irgendeiner Geheimschrift oder einfach der Zeichnung eines Irren. Ich betrachtete dieses Geschmier ziemlich lang und hörte, wie Harden dicht über meinem Kopf laut keuchte. Obwohl ich nicht einmal annäherungsweise die Idee dieser ganzen Apparatur kapieren konnte, studierte ich die Zeichnung weiter, denn ich fühlte, daß viel mehr aus dem Menschen nicht leicht herauszuholen war, und daß ich mich demnach auf das Material stützen mußte, das ich vor mir hatte. Wollte ich darauf drängen, daß er mir etwas zeigen und erläutern solle, so war nicht ausgeschlossen, daß er es dann mit der Angst bekäme – und dann hätte ich ihn zum letzten Mal gesehen. Ohnedies hatte er mir viel Vertrauen gezeigt. Ich beschloß also, von der Zeichnung auszugehen. Der einzige verständliche Teil war etwas wie ein Kaskadenverstärker, aber das war eher eine Vermutung von mir, denn das Ganze stellte wie gesagt etwas völlig Unbekanntes und Verworrenes dar – da schien eine Stromzuführung mit einer Spannung von 500 Volt auf –, ganz einfach den Traum eines Elektrotechnikers, der Alpdrücken hat! Zwischen den einzelnen Teilen waren allerlei Elemente eingezeichnet, die sicherlich Hinweise für denjenigen darstellen sollten, der dieses Gerät zu bauen hatte, also, zum Beispiel, Bemerkungen über das Material, woraus die Platte der Schaltanlage herzustellen war; und als ich dieses Labyrinth genau besah, entdeckte ich auf einmal etwas Merkwürdiges: schrägstehende Scheibchen mit Fuß, und wie mit einer Litze umsäumt, oder etwas wie Blümchen. Ich fragte Harden, was das sei.

»Das? Das sind, das sollen die Schirme sein« – entgegnete er und wies mit dem Finger auf ein anderes ebensolches Scheibchen, in das wirklich mit kleinen Buchstaben das Wort »Schirm« hineingeschrieben war.

Das gab mir direkt einen Schock. Harden war sich offenbar überhaupt nicht klar darüber, daß das Wort »Schirm« in der Elektrotechnik etwas ganz anderes bedeutet, als im täglichen Leben; und wo es sich im Schema darum handelte, die einzelnen Teile der Apparatur abzuschirmen, das heißt, die elektromagnetischen Felder durch metallene Gehäuse oder »Schirme« voneinander abzusondern, dort hatte er in seiner heiligen Einfalt irgendwelche Schirmchen hingemalt!

Und bei alledem war in der unteren Ecke ein Hochpaßfilter zu sehen, das auf ganz neue, mir unbekannte Weise geschaltet war, ungemein pfiffig – das war einfach eine Erfindung von ganz großer Klasse!

»Sagen Sie« – sagte ich – »haben Sie das selbst gezeichnet?«

»Ja, ich. Warum?«

»Da ist ein Filter« – begann ich und deutete mit dem Bleistift hin, aber Harden unterbrach mich:

»Ich kenne mich darin nicht aus, mein Herr. Ich habe das nach Anleitungen gemacht. Mein Freund . . . so ist das: in gewissem Sinne ist er – der Autor . . .«

Er verstummte, plötzlich ging mir ein Licht auf.

»Sie verständigen sich mit ihm per Funk?« – fragte ich.
»Wie? Aber nein!«
»Telefonisch?« – fragte ich ungerührt weiter. Herr Harden begann auf einmal zu zittern.
»Was . . . was wollen Sie?« – stammelte er und stützte sich schwer auf den Schreibtisch, wie von einer Schwäche befallen. Ich brachte einen Schemel aus der Werkstatt, Harden sank darauf nieder, als wäre er während des Gesprächs gealtert.
»Sie treffen sich mit ihm?« – fragte ich, und Harden nickte langsam.
»Warum bedienen Sie sich dann nicht weiterhin seiner Hilfe?«
»Ach, das ist nicht möglich« – sagte er mit einem plötzlichen Seufzer.
»Wenn Ihr Freund nicht hier ist, und wenn Sie sich auf Distanz mit ihm verständigen müssen, kann ich Ihnen mein Funkgerät zur Verfügung stellen« – sagte ich, und zwar mit Absicht.
»Aber das nützt doch nichts!« – rief Harden. »Nein, nein, er ist hier, wirklich.«
»Warum kommt er dann nicht selbst zu mir?« – versetzte ich. Herr Harden verzog das Gesicht zu einem krampfigen Lächeln.
»Das ist nicht möglich« – sagte er. »Er ist nicht . . . Ihn kann man nicht . . . Nein, wirklich, das ist nicht mein eigenes Geheimnis, und ich habe kein Recht, es zu verraten . . .« – sagte er plötzlich hitzig, mit solcher Innigkeit, daß ich an seine Aufrichtigkeit glaubte. Mir dröhnte nur so der Kopf von der angestrengten Denkarbeit, aber ich konnte noch immer nicht dahinterkommen, worum es ging. Eines war völlig gewiß: Herr Harden verstand überhaupt nichts von Funktechnik, und das Schema mußte das Werk des rätselhaften Freundes sein, den er so verschwommen erwähnte.
»Sehen Sie« – begann ich langsam – »was mich betrifft, können Sie meiner Diskretion vollkommen gewiß sein. Ich will durchaus nicht fragen, was Sie tun und wozu das dienen soll« – ich deutete auf die Zeichnung – »aber um Ihnen zu helfen, müßte ich das erstens für mich abzeichnen, und zweitens müßte dann diese meine Zeichnung erst Ihr Freund durchsehen, der da anscheinend Bescheid weiß . . .«
»Das läßt sich nicht machen« – flüsterte Herr Harden. »Ich . . . ich müßte Ihnen das hierlassen?«
»Ja, wie denn sonst? Ihnen geht es darum, diesen Apparat zu montieren, oder?«
»Ich . . . ich würde alles herbringen, was nötig ist, wenn Sie gestatten« – sagte Herr Harden.
»Ich weiß nicht, ob das möglich ist – ob sich das ausführen läßt« – sagte ich.

Als ich ihn anblickte, sah er völlig gebrochen aus. Die Lippen zitterten ihm – er verdeckte sie mit der Hutkrempe. Er begann mir ernstlich leid zu tun.

»Letzten Endes könnten wir es versuchen« – sagte ich lustlos – »obwohl ich nicht glaube, daß sich nach einer so ungenauen Zeichnung etwas Sinnvolles zusammenstoppeln läßt. Soll doch Ihr Freund das durchsehen, zum Teufel, oder einfach ordentlich abzeichnen . . .«

Als ich ihn anblickte, begriff ich, daß ich etwas Undurchführbares verlangte.

»Wann kann ich kommen?« – fragte er endlich.

Ich verabredete mich mit ihm für den übernächsten Tag, Harden riß mir die Zeichnung fast aus den Händen, verstaute das Zeug in der Innentasche und blickte wie benebelt um sich.

»Dann gehe ich jetzt. Ich werde nicht . . . Ich will Ihnen nicht Ihre Zeit rauben. Ich danke Ihnen sehr, und – auf Wiedersehen. Ich komme also, wenn es geht. Aber niemand . . . niemand . . . niemandem . . .«

Ich versprach ihm nochmals, niemandem etwas zu sagen, und wunderte mich bereits über meine Geduld. Schon im Gehen, hielt er plötzlich inne.

»Bitte . . . ich bitte um Entschuldigung, daß ich es noch wage. Wissen Sie nicht vielleicht zufällig, wo man Gelatine bekommt?«

»Wie bitte? Was?«

»Gelatine« – wiederholte er. »Gewöhnliche, getrocknete Gelatine. In Bögen, glaube ich . . .«

»Am ehesten in einer Lebensmittelhandlung« – riet ich ihm. Er verneigte sich nochmals, dankte mir innig und ging. Ich wartete eine Weile, bis seine Schritte auf der Treppe verklungen waren, schloß den Klub ab und ging heim, so nachdenklich, daß ich mit den Passanten zusammenstieß. Die Tätigkeit, die ich vielleicht zu leichtfertig auf mich genommen hatte, entzückte mich nicht, aber ich verstand, daß das Erbauen dieses unseligen Apparats der einzige Weg war, um zu erfahren, was Herr Harden mit seinem mysteriösen Freund eigentlich trieb. Zu Hause nahm ich ein paar Bögen Papier und versuchte dieses absonderliche Schema aufzuzeichnen, das mir Herr Harden gezeigt hatte, aber ich konnte mich an fast nichts erinnern. Zuletzt schnitt ich das Papier in Stücke, schrieb alles darauf, was ich über die ganze Geschichte wußte, und saß dann bis zum Abend über allerlei Versuchen, aus diesen Bruchstücken ein sinnvolles Ganzes zusammenzusetzen. Viel ging dabei nicht weiter, obwohl ich sagen muß, daß ich der Phantasie völlig die Zügel schießen ließ und ohne Zögern ganz unwahrscheinliche Hypothesen aufstellte, etwa, daß Herr Harden in Funkverbindung mit Wissenschaftlern von irgendeinem anderen Planeten stehe, so ähnlich wie in dieser Geschichte von Wells über das kristallene Ei. Das hielt sich aber alles nicht, und die selbstverständlichste, sich geradezu aufdrängende Lösung, nämlich, daß ich es mit einem gewöhnlichen Irren zu tun hätte, verwarf ich, erstens, weil allzuviel Methode in diesem seinem Irrsinn darinsteckte, und zweitens, weil ohne Zweifel das Urteil einer überwältigenden Mehrheit von Leuten gerade so gelautet hätte, mit Herrn Egger allen voran! Als ich mich schon schlafen legte, blitzte mir im Kopf ein solches Licht auf, daß ich direkt hochhüpfte. Ich staunte, daß ich darauf nicht sofort verfallen war, so selbstverständlich kam mir das plötzlich vor. Herrn Hardens unbekannter, sich im Schatten verbergender Freund mußte blind sein. Irgendein Elektrofachmann, blind, ja vielleicht mehr als bloß blind! Als ich schnell in der Erinnerung manche Aussprüche Herrn Hardens zergliedert hatte, und erst recht, als ich mir verdeutlichte, mit welch kläglichem Lächeln er meinen Vorschlag quittiert hatte, sein Freund möge selbst kommen, da gelangte ich zu dem Schluß, er sei völlig gelähmt. Ein alter, gewiß sehr alter Mensch, seit Jahren ans Bett gefesselt, der in der Nacht, die ihn auf ewig umgibt, seltsame Vorrichtungen ersinnt. Der einzige Freund, dessen er sich dabei bedienen kann, versteht überhaupt nichts von Elektrotechnik. Der Alte, wie die Alten eben sind, ist wunderlich geworden, enorm argwöhnisch, und befürchtet, daß man ihm sein Geheimnis stehlen kann. Diese Hypothese schien mir sehr wahrscheinlich. Es gab noch einige unklare Punkte: Wozu waren der Draht und die Stecker nötig gewesen? Ich verabsäumte nicht, sie gewissenhaft mit der Lupe zu untersuchen. Den Draht hatte jemand in verschieden lange Stücke geschnitten, zu zwei, zweieinhalb, drei und vier Meter, an den Bananen wiederum, die ganz neu und unbenutzt gewesen waren, als ich sie Herrn Harden eingehändigt hatte, waren die Schrauben gelockert, und in manchen steckten einzelne Kupferdrahtfäden. Die Sachen hatten also wirklich zu etwas gedient und nicht ausschließlich einen Vorwand gebildet, um näheren Kontakt mit mir herzustellen.

Überdies noch die Gelatine. Wozu brauchte er Gelatine? Um für diesen Freund Sulze zuzubereiten, Schleimsuppe? Ich saß im Finstern auf dem Bett, so hellwach, als sollte ich diese Nacht gar nicht einschlafen. »Bögen trockener Gelatine« – ich wußte zufällig, daß sich aus einer solchen Menge genug Sulze für einen Walfisch machen ließ. Kannte sich Harden in den Mengenverhältnissen nicht aus? Oder hatte er einfach meinen Forschungsdrang auf eine falsche Fährte leiten wollen? Demnach wäre das die »Tarnoperation Gelatine«? Aber eine derartige List konnte ihren Ursprung nicht in Herrn Harden haben, er war dazu einfach organisch unfähig! Ein Tölpel, körperlich wie geistig, an die Tötung einer Fliege hätte er sich mit Ängsten und Hemmungen gemacht, und mit solcher Geheimnistuerei, als gälte es, das furchtbarste Verbrechen zu begehen. Hatte ihm also der »Freund« diesen Schritt zugeflüstert? Und womöglich ebenso das ganze Gespräch vorausgeplant? Mit allen Verschleierungen und Versprechen, die Herr Harden produziert hatte? Das war gewiß unmöglich. Ich fühlte: je genauer ich jede Lappalie, jede Einzelheit dieser Geschichte zergliederte, so wie eben diese unselige Gelatine, desto tiefer versank ich in immer stärkere Dunkelheit, nein, schlimmer: wie es schien, ergab sich aus allen dem Schein nach gewöhnlichen Elementen als logische Folgerung etwas Absurdes. Und als ich mich auf Hardens Worte über die »Störungen« besann, wie er sich mit dem Freund nicht verständigen könne, kam direkt Unruhe über mich. Ich dachte mir – was sonst hätte mir einfallen können? – einen Greis, völlig unbeweglich, des Augenlichts beraubt, halb bewußtlos, einen großen, toten, auf Lumpen gebetteten Körper irgendwo auf auf einem finsteren Dachboden, eine zum Verzweifeln wehrlose Kreatur, in deren von ewiger Finsternis eingekesseltem Gehirn Teilstücke einer visionären Apparatur auffunkelten, während Harden, drollig und treu, alle Kräfte anspannte, um aus Fetzen von Gefasel, aus chaotischen, tief aus Umnebelung und Wahnsinn hervorgeschleuderten Bemerkungen ein bleibendes, gleich einem Denkmal und gleich einem Testament dauerhaftes Ganzes zusammenzufügen. So stieg das in jener Nacht vor mir auf; wie mir scheint, hatte ich wohl Fieber. Überhaupt alles auf Irrsinn zurückzuführen, war mir ja nicht möglich, denn ich erinnerte mich an eine kleine, doch geradezu außergewöhnliche Einzelheit, an diese Konstruktion des Frequenzfilters, die dem Fachmann unzweideutig sagte, er habe – wozu noch lang herumreden? – ein Genieprodukt vor sich.

Ich beschloß, aus dem Kopf die Anordnung der Apparatur nachzuzeichnen, die ich zusammenzusetzen versprochen hatte, und beruhigt durch das Bewußtsein, immerhin einen Faden in der Hand zu halten, der mich ins Innere dieses Labyrinths führen sollte, schlief ich ein.

Wie verabredet, kam Herr Harden am Mittwoch, schwer bepackt mit zwei Aktentaschen voller Teile, und dann ging der Mensch noch dreimal heim und holte das übrige. Die Montierarbeit sollte sich nach meinen Dienststunden abspielen, das war am bequemsten für mich. Als ich alle diese Teile sah, besonders die Röhren, erfaßte ich, was für ein schönes Stück Geld sie gekostet haben mußten. Und dieser Mensch hatte zehn, zwanzig Meter Draht von mir geborgt. Ich machte mich ans Werk, dabei teilte ich die Arbeit so auf, daß ich auf der Hartgummiplatte die Stellen anzeichnete, wo Löcher zu bohren waren, indes sich Herr Harden mit der Bohrwinde abplagte. Das ging ihm grauenhaft schlecht von der Hand. Ich mußte ihm zeigen, wie man das Gestell hält und die Kurbel dreht. Er brach zwei Bohrer ab, ehe er das erlernte. Ich studierte inzwischen eifrig die Zeichnung und fand rasch heraus, daß sie eine Menge durch und durch unsinniger Schaltungen enthielt. Das paßte zu meiner Hypothese: entweder fielen die Bemerkungen des »Freundes« in so undeutlicher und unklarer Form, daß sich Harden damit nicht auskannte, oder der »Freund« selbst verirrte sich in der eigenen Konzeption, von vorübergehender Bewußtseinstrübung befallen. Ich sagte Herrn Harden die Sache mit den falschen Schaltungen. Anfangs wollte er mir nicht glauben, aber als ihm ihm in leichtfaßlicher Form erklärte, daß die Zusammensetzung nach einem solchen Schema einfach zum Kurzschluß, zum Ausbrennen der Röhren führen muß, war Harden entsetzt. Längere Zeit hörte er mir ganz stillschweigend zu, mit bebenden Lippen, die er nicht nach seiner Weise hinter der Hutkrempe verbergen konnte. Plötzlich rüttelte er sich auf, riß in unerwartetem Energieandrang das Schema vom Tisch, warf das Jackett über, bat mich, zu warten, nur einen Moment, nur eine halbe Stunde, beschwor mich noch von der Tür aus – und raste fort in die Stadt. Es dämmerte schon, als Harden wiederkam, beruhigt, wenn auch atemlos, als wäre er die ganze Strecke gerannt. Er sagte mir, es sei alles in Ordnung, gerade so solle es sein, wie es aufgezeichnet war, ich hätte mich zwar nicht getäuscht, aber das, wovon ich gesprochen hatte, sei vorausgesehen und mitberücksichtigt worden. Verstimmt wollte ich im ersten Moment die ganze Arbeit einfach hinschmeißen, aber ich besann mich, zuckte die Achseln und gab Harden Anweisungen für die nächste Arbeitsetappe. So verfloß dieser erste Abend. Harden machte gewisse Fortschritte, seine Geduld und Aufmerksamkeit waren schlechthin außerordentlich, ich sah auch, daß er nicht nur bemüht war, meine Weisungen zu befolgen, sondern sich Verrichtungen wie das Montieren des Gestells und das Verlöten der

Enden so einzuüben suchte, als wollte er sich damit künftig abgeben. Zumindest trug ich einen solchen Eindruck davon. – Ach, du spickst bei mir ab – dachte ich, – vielleicht hat man dir befohlen, Übung in der Funktechnik zu erlangen, dann bin ich auch nicht mehr zur Fairneß verpflichtet. – Ich beabsichtigte, vorgeblich aufs Klosett hinauszugehen und mir aus dem Gedächtnis das ganze Schema aufzuzeichnen, denn Harden legte es kaum aus den Händen, und nur unter seinen Augen konnte ich es betrachten, wofür er mich im übrigen tausendmal um Verzeihung bat; seinen Willen aber setzte er durch. Ich spürte, daß diese Verbissenheit der Geheimhaltung nicht ihm selbst entsprang, daß sie ihm aufgezwungen und seinem Naturell fremd war. Als ich jedoch für kurze Zeit aus der Werkstatt fortgehen wollte, vertrat er mir den Weg, schaute mir in die Augen und sagte in glühendem Flüsterton, ich müsse das heilige Versprechen ablegen, schwören, daß ich niemals, weder jetzt noch später versuchen wolle, das Schema abzuzeichnen. Ich empörte mich.
»Wie können Sie wollen, daß ich es vergesse?« – fragte ich. »Das liegt nicht in meiner Macht. Im übrigen tue ich wirklich ohnedies schon zuviel um Ihretwillen, und es ist unwürdig, von mir zu verlangen, ich solle wie ein blinder Automat handeln, wie ein Werkzeug!«
Mit diesen Worten wollte ich im Bogen an Harden vorbei, weil er mir im Weg stand, er aber ergriff mich bei der Hand und drückte sie ans Herz, wieder dem Weinen nahe.
»Das ist nicht um meinetwillen, nicht um meinetwillen« – wiederholte er mit flatternden Lippen – »ich flehe Sie an, ich bitte Sie, verstehen Sie doch, er . . . er ist nicht bloß mein Freund, es geht um Größeres, um etwas unvergleichlich Größeres, ich schwöre es Ihnen, wenn ich es auch augenblicklich noch nicht sagen kann, aber glauben Sie mir, ich beschwindle Sie nicht, und an der Sache ist nichts Niedriges! Er . . . er wird es Ihnen vergelten – das habe ich selbst gehört – Sie wissen nicht, Sie können nicht wissen, ich aber, nein, ich darf nichts sagen, aber das ist nur vorläufig, Sie werden sich überzeugen!«
Ungefähr so sprach er, aber die verzweifelte Glut, womit er mir in die Augen schaute, die vermag ich nicht wiederzugeben. Ich unterlag nochmals: ich mußte ihm dieses Versprechen geben, ich mußte einfach. Bedauerlich, daß er nicht an einen weniger ehrlichen Menschen geraten war: vielleicht wären die Geschicke der Welt dann anders verlaufen, aber so geschah es nun einmal. Gleich darauf ging Harden fort; den montierten Teil der Anlage schlossen wir im Schränkchen unter dem Fenster ein, den Schlüssel dazu hatte ich –

und Harden nahm ihn mit. Ich war auch damit einverstanden, weil ich Harden beruhigen wollte.
Nach diesem ersten Abend gemeinschaftlicher Arbeit hatte ich wieder eine Menge Material zum Nachdenken – denn das Denken konnte mir Harden ja doch nicht verbieten. Zunächst war da die Frage dieser falschen Schaltungen; ich nahm an, daß ich nicht alle entdeckt hatte, um so mehr, als das ganze Schema, wie ich immer deutlicher sah, nur einen Teil eines größeren, vielleicht weitaus größeren Ganzen bildete. Wollte Harden es womöglich später allein montieren, nach dem Abschluß seiner Lehrzeit bei mir?
Ein Elektriker, der Routine in mechanischer Arbeit hat und sich für den Sinn dessen, was er tut, nicht sonderlich interessiert, hätte vielleicht diese Stellen des Schemas auf sich beruhen lassen, mir aber ließen sie keine Ruhe. Ich verstehe nicht zu sagen, warum, das heißt, ich kann es nicht, ohne dieses Schema vorzuführen, das ich leider nicht habe – aber das sah so aus, als wären die schlechten Schaltungen mit Absicht hineingebracht worden. Davon war ich um so fester überzeugt, je länger ich über sie alle nachdachte. Das waren, wie ich fast nicht mehr bezweifelte, falsche Fährten, trügerische, irreführende Manöver desjenigen, der unsichtbar hinter dieser ganzen Angelegenheit stand. Am wenigsten gefiel mir an alledem, daß Herr Harden wirklich nichts von diesen vorsätzlichen Verwirrungen des Schemas wußte, demnach also auch nicht in den Kern des Rätsels eingeweiht war, demnach also auch betrogen wurde – und das tat sein sogenannter »Freund«! Ich muß gestehen, daß dessen Figur in meinen Augen keine anziehenden Züge annahm, ganz im Gegenteil, ich verspürte keine Lust, so einen Typ meinen Freund zu nennen! Und wie waren Herrn Hardens große, obgleich verschwommene Worte zu verstehen, die unklare Versprechungen und Zusagen in sich bargen? Ich zweifelte nicht daran, daß er sie nur weitergab, daß er auch hierin nur Mittelsperson war – aber ob in einer guten, in einer sauberen Sache? Am nächsten Tag, als ich am Nachmittag zu Hause war und ein Buch las, sagte mir die Mutter, es sei jemand am Haustor, der mich sehen wolle. Versteht sich, daß sie wütend war und fragte, was ich da für angealterte Bekannte hätte, die Angst hätten, sich selbst zu zeigen, und die Kinder des Hausbesorgers nach mir schickten. Ich antwortete nichts, weil mir etwas schwante, und lief hinunter. Es war schon Abend, aber aus irgendeinem Grund brannten die Lampen nicht, und im Hausflur herrschte so schwarze Finsternis, daß ich den Wartenden kaum wahrnehmen konnte. Es war Herr Harden. Er schien sehr aufgeregt. Er bat mich, wir sollten

auf die Straße hinausgehen. Wir schlugen die Richtung zum Park ein, wobei Herr Harden mich längere Zeit nicht anredete; endlich, als wir beim Teich waren, wo es um diese Zeit völlig verödet war, fragte Herr Harden, ob ich zufällig Interesse für ernste Musik hätte. Ich sagte, ja, gewiß, ich hätte sie recht gern.

»Ach, das ist gut, das ist sehr gut. Und – vielleicht besitzen Sie irgendwelche Platten? Mir geht es eigentlich nur um eine – um das Adagio, Opus acht, von Dahlen-Gorski. Das ist . . . das soll . . . das ist nicht für mich, wissen Sie, sondern . . .«

»Ich verstehe« – unterbrach ich ihn. »Nein, diese Platte habe ich nicht. Dahlen-Gorski? Mir scheint, das ist so ein moderner Komponist?«

»Ja, ja, Sie kennen sich fabelhaft aus, ist das aber gut! Diese Platte – wissen Sie, die ist leider sehr . . . ich habe derzeit . . . ich habe die Mittel nicht, und . . .«

»Und ich bin halt leider auch nicht sehr bei Kasse« – sagte ich mit etwas gekünsteltem Lachen. Herr Harden erschrak.

»Aber um Gottes willen, daran hätte ich nie gedacht, das kommt überhaupt nicht in Frage. Vielleicht hat jemand von Ihren Bekannten diese Platte? Es geht nur ums Ausborgen, für einen Tag, nicht für länger, wirklich!«

Der Name Dahlen-Gorski stieß in meinem Gedächtnis irgend etwas an. Wir schwiegen eine Weile, während wir beim Kiosk die Straße weiter hinuntergingen, bis ich mir plötzlich vergegenwärtigte, daß ich den Namen in der Zeitung gelesen hatte, im Radioprogramm, wie es schien. Auf dem Rückweg kauften wir beim Kiosk eine Zeitung, – tatsächlich sollte Tags darauf das Rundfunk-Sinfonieorchester dieses Adagio spielen.

»Wissen Sie was?« – sagte ich. »Nichts ist einfacher, als das Radio gerade um diese Zeit einzustellen, um wieviel Uhr? Um zwölf Uhr vierzig. Dann kann sich Ihr Freund das ganz einfach anhören.«

»Pssst!« – beschwichtigte mich Harden und blickte mißtrauisch um sich – »sehen Sie, es ist fatal, daß sich das nicht machen läßt, er . . . ich . . . er arbeitet um die Zeit, wissen Sie, und . . .«

»Er arbeitet?« – sagte ich erstaunt, denn das paßte mir nicht recht zu dem Bild des verlassenen, halbwahnsinnigen, unbeweglichen Greises. Harden schwieg, wie betreten über das, was er gesagt hatte.

»Na dann« – sagte ich, einem plötzlichen Impuls folgend –»wissen Sie was? Ich nehme Ihnen das Adagio mit meinem Tonbandgerät auf. . .«

»Ach, das ist fabelhaft!« – rief Harden. »Ich werde Ihnen unendlich dankbar sein, bloß . . . bloß . . . Werden Sie mir das Tonbandgerät leihen können, damit . . . damit man das dann wiedergeben kann?«

Ich lächelte unwillkürlich. Bei den Kurzwellenamateuren ist das so eine Geschichte mit den Tonbandgeräten: kaum jemand hat ein eigenes, und jeder will Aufnahmen machen – von besonders exotischen Kontakten oder Abhorchungen; der glückliche Besitzer wird also ewig mit Bitten bombardiert, er solle es herleihen. Da ich nicht ewig Scherereien mit meinem guten Herzen haben wollte, hatte ich beim Montieren einer neuen Apparatur das Bandgerät mit eingebaut, als unabtrennbaren Teil des Ganzen; die ganze Apparatur ließ sich selbstredend nicht herleihen, weil sie zu groß war. Ich sagte das alles Herrn Harden, der sich unsagbar grämte.

»Was tun wir denn dann, was tun wir?« – wiederholte er und tippte mit den Fingern an die Knöpfe des verschossenen Mantels.

»Ich könnte Ihnen nur das bloße Band geben, mit der Aufnahme« – entgegnete ich, – »und das Tonbandgerät müßten Sie sich von jemandem ausborgen.«

»Dazu habe ich niemanden« – murmelte Harden tief in Gedanken – »im übrigen . . . ist ja das Tonbandgerät nicht nötig!« – rief er in plötzlicher Freude aus. »Das Band genügt, ja, das Band genügt, wenn Sie es mir geben können? Leihen?« – er blickte mir in die Augen.

»Ihr Freund hat ein Tonbandgerät?« – fragte ich.

»Nein, aber er hat das nicht nö . . .«

Er verstummte. All seine Erheiterung verschwand. Wir standen eben unter einer Gaslaterne.

Harden, einen Schritt weit von mir, starrte mich mit verwandeltem Gesicht an.

»Eigentlich nein, ich habe mich ge . . . irrt« – sagte er. »Er hat ein Tonbandgerät. Natürlich hat er eines, bloß hatte ich das vergessen . . .«

»Ja? Dann ist es gut« – entgegnete ich, und wir gingen weiter. Harden war bedrückt, sagte nichts, schielte nur manchmal von der Seite auf mich. Vor meinem Haus verabschiedete er sich, ging aber nicht fort. Er sah mich mit etwas kläglichem Lächeln eine Weile an, dann murmelte er leise:

»Nicht wahr, Sie nehmen das für ihn auf?«

»Nein« – sagte ich, von jäher Wut gepackt – »für Sie nehme ich das auf.«

Er erbleichte.

»Ich . . . danke Ihnen, aber . . . Sie fassen das falsch auf, unzutreffend, Sie werden sich selbst davon überzeugen, später . . .« – flüsterte er fieberhaft, meine Hand drückend – »er, er verdient nicht, daß . . . Sie werden sehen! Ich schwöre es! Alles, alles werden Sie begreifen, dann werden Sie ihn nicht so falsch beurteilen . . .«

Ich konnte ihn gar nicht anschauen, ich nickte nur und ging hinauf. Wieder hatte ich Stoff zu Überlegungen, und zu was für welchen! Hardens Freund arbeitete, das war also nicht der gelähmte Greis, wie ich ihn mir eingebildet hatte. Überdies konnte sich dieser Liebhaber moderner Musik an dem bloßen Band mit der Aufnahme des Adagios von Dahlen-Gorski ergötzen, ohne Vermittlung durch ein Tonbandgerät! Denn daß die Sache gerade so aussah und daß durchaus kein Tonbandgerät in Sichtweite war, daran hegte ich nicht den kleinsten Zweifel.

Tags darauf ging ich vor dem Dienst in die Städtische Technische Bücherei und studierte alles, was ich bekommen konnte, über die Methoden der Wiedergabe von Bandaufnahmen. So klug wie zuvor, ging ich wieder weg.

Am Samstag waren die Montierarbeiten im Grunde abgeschlossen, es war nur noch der fehlende Transformator einzupassen – und eine Menge von Enden zu verlöten. Eins wie das andere verschob ich auf Montag. Herr Harden dankte mir glühend für das Band, das ich ihm mitgebracht hatte. Als wir uns schon trennen sollten, lud er mich unvermutet für Sonntag zu sich nach Hause ein. Verlegen entschuldigte er sich vielmals, daß der Besuch . . . der Empfang . . . die Bewirtung . . . (so verhaspelte er sich) ungemein bescheiden und der Zuneigung, die er für mich hege, durchaus nicht angemessen sein werde. Ich hörte das nicht gern, zumal seine unaufhörliche Biederkeit meine Pläne geradezu paralysierte; mich kam nämlich fortwährend die Lust an, Detektiv zu spielen und herauszufinden, wo der geheimnisvolle Freund wohnte; aber so mit Danksagungen überhäuft, um Verzeihung und zu Gaste gebeten, brachte ich es einfach nicht über mich, Harden nachzuspüren. Um so größere Abneigung hegte ich gegen seinen Freund, der noch immer nicht den Saum des ihn umhüllenden Geheimnisses zu lüften geruhte.

Harden wohnte tatsächlich nicht weit von mir, im vierten Stock des Hinterhauses, in einem Zimmerchen mit Ausblick auf einen finsteren Hof. Harden begrüßte mich feierlich, in großer Verwirrung, weil er mir nicht mit Wunder was für Herrlichkeiten aufwarten konnte. Beim Teetrinken sah ich mich beiläufig im Zimmer um. Ich hatte mir nicht vorgestellt, daß es um Harden gar so schlimm stand. Doch waren hier Spuren zu sehen, die aufzeigten, daß es ihm früher viel besser gegangen war, zum Beispiel eine Menge Messingschachteln von einer der teureren Pfeifentabaksorten. Über einem alten, gesprungenen Schreibschränkchen hing ein abgewetzter Teppich mit deutlich abgedrückten Mulden von den Pfeifen her, wovon sich dort eine ganze Sammlung befunden haben mußte; aber nichts war davon übriggeblieben. Ich fragte Harden, ob er Pfeife rauche, er entgegnete einigermaßen verlegen, er habe früher geraucht, aber dieses Laster aufgegeben, weil es ungesund sei. Immer deutlicher sah ich, daß er in letzter Zeit alles ratzekahl ausverkauft hatte; nachdrücklich bezeugten dies die Plätze verschwundener Bilder, Quadrate, heller als die übrige Wand und zugedeckt mit lauter aus Zeitschriften ausgeschnittenen Reproduktionen; aber da diese nicht genau auf die helleren Stellen paßten, waren sie mühelos zu entdecken. Da brauchte es wahrlich nicht erst einen Detektiv, um zu verstehen, wo das Geld für den Ankauf der Radiobestandteile hergekommen war. Ich dachte, daß der »Freund« Herrn Harden gar nicht schlecht ausschlachtete. Ich wollte wenigstens einen zum Verkauf geeigneten Gegenstand in dem Zimmer auftreiben, aber ich fand nichts. Selbstverständlich sagte ich darüber kein Wort, doch bei mir selbst beschloß ich, Herrn Harden im passenden Moment die Augen über den wahren Charakter dieser sogenannten »Freundschaft« zu öffnen. Der brave Harden tränkte mich inzwischen mit Tee und schob mir in einem fort das Tabakschächtelchen zu, das als Zuckerdose diente, als wollte er mich zum Verbrauch des ganzen Inhalts animieren, in Ermangelung von etwas Besserem. Harden erzählte mir von seiner Kindheit, wie er früh die Eltern verloren hatte, so daß er sich im Alter von kaum dreizehn Jahren selbst hatte erhalten müssen; er fragte mich nach meinen Zukunftsplänen aus, und als ich ihm mitgeteilt hatte, daß ich vorhabe, Physik zu studieren, sofern es mir gelingen wird, ein Stipendium zu bekommen, da begann er unklar, nach seiner Weise, von einer großen Wendung zum Guten zu reden, von einer außerordentlichen Wendung, die mir – wie zu erwarten sei – bereits in nicht allzu ferner Zukunft bevorstehe. Ich verstand dies als Anspielung auf die Gunst seines Freundes und sagte gleich, ich wolle im Leben alles ausschließlich eigener Kraft zu verdanken haben.

»Ach, Sie mißverstehen mich ... Sie mißverstehen mich« – versicherte mir Harden bekümmert und lächelte doch gleich darauf wieder ganz leicht, als freute er sich ungemein an einem geheimen Gedanken. Vollgetrunken, erwärmt und erbost (erbost war ich zu jener Zeit fast pausenlos), verabschiedete ich mich von Harden nach etwa einer Stunde und ging heim.

Am Montag wurden wir endlich mit dem Montieren des Apparats fertig. Während der Arbeit sprach Harden von ihm, gewiß unbedachterweise, als von einem »Konjugator«. Ich fragte, was das heiße, und ob Harden wisse, wozu dieses Gerät eigentlich dienen solle; er geriet in Verwirrung und sagte, genau wisse er es nicht. Das war wohl der Tropfen, der das Maß zum Überlaufen brachte. Als ich Harden bei seinem auf den Kopf gestellten Apparat mit dem Gestrüpp wegstehender, gereinigter Enden alleinließ, ins andere Zimmer hinausging und die Schublade öffnete – da erblickte ich darin neben einem Stück Lötzinn ein paar Stangen Woodsches Metall, Überbleibsel von einem einstigen Lausbubenstreich. Ein boshafter Mensch hatte Herrn Egger an Stelle von Lötzinn dieses silbrige Metall untergeschoben, das bei der Temperatur von heißem Tee schmilzt, und ein fertig montierter Apparat war etwa eine Stunde nach dem Einschalten kaputtgegangen, denn alles Metall war aus den erwärmten Fugen ausgelaufen, und fast alle hatten sich geöffnet. Die Stangen schlüpften mir irgendwie ganz von allein in die Hand. Ich wußte selbst nicht recht, wozu ich das tat, aber als ich mich an Herrn Hardens Zimmer erinnerte, da zauderte ich nicht länger. Es war durchaus wahrscheinlich, daß der »Freund« den Betrug nicht merken würde: Herr Egger war auch nicht dahintergekommen. – Wenn die Fugen aufgehen – dachte ich, während ich mit dem Lötkolben hantierte –, wird der Freund sicher Herrn Harden mit dem Apparat wiederum in die Werkstatt schicken oder gar die Gnade haben, sich persönlich bei mir vorzustellen. Im übrigen wird der Kerl vielleicht wütend sein, aber was kann er mir anhaben? – Der Gedanke, daß nun ich diesen selbstsüchtigen Ausbeuter übers Ohr hauen sollte, bereitete mir lebhafte Genugtuung. Als die Leitungen verlötet waren, machten wir uns ans Einpassen des Transformators. Und dann stellte sich das heraus, was ich schon vorher vermutet hatte: Herr Harden war einfach nicht imstande, den Apparat allein fortzutragen. Hinderlich war nicht so sehr das Gewicht, wie seine Verteilung. Der Apparat war über einen Meter lang geraten, am einen Ende sehr schwer – dort, wo die eiserne Masse des Transformators steckte – und als Ganzes so unhandlich, daß mich das Lachen ankam, als ich zusah, wie Harden das Gerät bald so, bald so anpackte, immer schußliger, schlechthin verzweifelt; bald versuchte er, es unter den Arm zu nehmen, bald kniete er nieder und bat, ich solle es ihm auf den Rücken laden. Endlich beschloß Harden, zum Hauswart zu laufen und einen Sack von ihm auszuborgen. Davon riet ich ab; das Gerät war so lang, und wie immer Harden es auch getragen hätte, wäre er mit den Beinen darangestoßen, was den Röhren bestimmt nicht wohl bekommen wäre. Er begann also in der Geldbörse zu wühlen, aber er hatte nicht genug für ein Taxi, und ich auch nicht. Endgültig niedergeschmettert saß er eine Zeitlang schweigend auf dem Schemel und riß sich an den Fingern, schielte endlich mit gesenktem Kopf zu mir auf.

»Wären Sie . . . bereit . . . mir zu helfen?«

Ich sagte, da ich schon so viel getan hätte, wolle ich auch jetzt nicht nein sagen; Harden heiterte sich auf, aber gleich begann er Erklärungen hervorzusprudeln, eigentlich müsse er vorher seinen Freund fragen. Ich war neugierig, wie Harden das machen wollte, es war spät, und ich konnte nicht stundenlang im Klub auf ihn warten. Das wußte er sehr wohl. Herr Harden stand auf und meditierte eine Weile, vor sich hin brummend und im Zimmer auf und ab gehend, endlich fragte er, ob er das Telefon benützen dürfe. Noch von den vorigen Mietern war im Korridor ein Telefonautomat zurückgeblieben, den kaum jemand verwendete; ich denke, daß man ihn einfach vergessen hatte. Herr Harden bat mich glühend um Verzeihung, aber die Gangtür schloß er doch; ich sollte im Zimmer warten, bis er den Freund gesprochen hätte. Das gab mir einen kleinen Stich; ich sagte, daß Harden beruhigt sein könne, und versperrte von meiner Seite die Tür, als er draußen war. Ich versuchte, an der Tür zu horchen, denn es handelte sich um Dinge, die wichtiger waren als die Rücksicht auf den argwöhnischen Charakter eines wildfremden Sonderlings; jedoch ich hörte nichts. Das Klubzimmer war mit dem Korridor durch einen Lüftungskanal verbunden, dessen gelochtes Deckblech sich zur Seite schieben ließ. Ohne viel zu denken, sprang ich hoch, klammerte mich mit den Fingerspitzen an den Rahmen und zog mich hoch, wie an einer Reckstange. Es war sehr schwierig, die Klappe wegzuschieben; ich nahm den Kopf dazu und brachte das Ohr so nahe an die Öffnung, wie ich nur konnte. Ehe ich die Worte verstand, drang ihr Ton zu mir herüber – drängend und bittend. Harden erhob die Stimme:

»Aber das bin doch ich, ich bin's, du erkennst mich doch! Warum rührst du dich nicht?!«

Ein Surren im Hörer antwortete ihm, verblüffend laut, da ich es ja durch die schmale Maueröffnung vernehmen konnte. Ich dachte, das Telefon sei kaputt, – aber Harden sagte etwas, wiederholte ein paarmal: »Nein, unmöglich.« Er verstummte. Im Hörer schnatterte es. Harden rief:

»Nein! Nein! Dafür bürge ich dir! Ich komme allein zurück!«

Er wurde wieder still. Ich spannte alle Kräfte an, ich hing ja im Klimmzug; ich ließ mich also etwas tiefer sinken, damit die Arme ausruhen konnten; als ich mich wieder hochstemmte, erreichte mich Hardens gehetzte Stimme:

»Also gut, alles wird so gemacht, genauso! Nur laß dich nicht hören, hörst du?! Die Herrschaft, ja, ich verstehe, die Herrschaft über die Welt!«

Die Arme erschlafften mir schon. Leicht, um keinen Lärm zu machen, sprang ich ab, und als er klopfte, öffnete ich die Tür. Harden kam gewissermaßen beruhigt, aber verhemmt zurück – immer sah ich ihn in dieser Stimmung, wenn er von seinem »Freund« kam. Ohne mich anzusehen, öffnete Harden das Fenster.

»Was meinen Sie, wird es Nebel geben?« – sagte er.

Rund um die Straßenlampen bildeten sich kleine, regenbogenfarbig schillernde Lichtkränze, wie gewöhnlich nach einem kalten, regnerischen Tag.

»Wir haben schon Nebel« – entgegnete ich.

»Gleich gehen wir . . .«

Harden kniete bei der Apparatur nieder und umwickelte sie mit Papier. Plötzlich hielt er inne.

»Nehmen Sie ihm das nicht übel. Er ist so . . . argwöhnisch! Wenn Sie Bescheid wüßten . . . er ist in solch einer schweren, so verzweifelten Lage.« – Wieder verstummte er.

»Immerzu fürchte ich mich so, ich könnte etwas sagen, was ich nicht sagen darf . . .« – äußerte er sich leise. Seine tränenden blauen Augen blickten demütig auf meine Füße. Ich stand vor ihm, die Hände in den Taschen, er aber schien mir nicht ins Gesicht schauen zu wollen.

»Nicht wahr, Sie sind nicht böse?«

Ich sagte, wir sollten das lieber genug sein lassen. Er seufzte und wurde still.

Als der Apparat verpackt war, machten wir an jedem Ende eine Tragschlaufe fest. Sobald wir damit fertig waren, stand Harden von den Knien auf und sagte, wir müßten mit dem Autobus fahren, dann mit der U-Bahn . . . und dann sei noch ein Stück zu Fuß zu gehen . . . kein allzu langes Stück . . . aber immerhin ein Stück . . . und dann hätten wir das Ding an einen bestimmten Platz zu tragen. Der Freund werde nicht dort sein – er sei überhaupt nicht dort – wir hätten nur das Paket zu hinterlegen, er werde es später dann selbst holen kommen.

Nach diesen Worten war ich eigentlich schon so gut wie sicher, daß der »Freund« genau dort war, wo wir hingehen sollten. Man muß schon sagen: Harden war der letzte auf der Welt, der jemandem etwas hätte weismachen können!

»In Anbetracht der Bedeutung, die das hat . . . wage ich darum zu bitten . . . eine Bedingung für den Ausnahmefall . . . in Anbetracht . . .« – fing Harden nach tiefem Atemholen wieder an, als ich schon gedacht hatte, er sei zu Ende.

»Sagen Sie doch geradheraus, worum es geht. Ich soll einen Schwur ablegen?«

»Ach, nein, nein, nein . . . es geht darum, daß Sie an diesen Platz . . . die letzten zehn, zwanzig Schritte . . . Meter . . . daß Sie die gütigst rücklings zurücklegen.«

»Rücklings?« – ich glotzte ihn groß an. Ich wußte nicht, ob ich lachen sollte. »Dann plumpse ich doch sofort hin.«

»Nein, nein . . . ich werde Sie an der Hand führen.«

Ich hatte einfach nicht die Kraft, mit ihm zu streiten. Zwischen mir und seinem Freund war er wie zwischen Hammer und Amboß. Einer von uns mußte immer nachgeben – natürlich ich. Harden hatte begriffen, daß ich zustimmte, mit geschlossenen Augen drückte er meine Hand an die Brust. Bei jedem anderen Menschen hätte das theatralisch ausgesehen, er aber war wirklich so. Je mehr ich ihn liebgewann – und darüber war ich mir schon ordentlich klar –, desto mehr erboste er mich, und am allermeisten – durch seine Schlappheit und durch diesen Kult, den er für den »Freund« hegte.

Einige Minuten später verließen wir das Haus, ich bemühte mich, mit Harden gleichen Schritt zu halten, was nicht leicht war, da Harden fortwährend aus dem Takt geriet. Auf der Straße stand der Nebel dick wie Milch. Immer war nur eine Laterne auf einmal zu sehen, die nächste glomm kaum als orangefarbener Punkt. Die Autobusse schlichen, wir fuhren also im Gedränge, wie das bei Nebel so ist, doppelt so lange Zeit wie sonst. Wir verließen die U-Bahn bei der Station Parkstraße, und nach fünf Minuten Wanderschaft durch fast leere Straßen verlor ich die Orientierung. Ich hatte das unklare Empfinden, Harden gehe im Kreis, denn ein weiter, verflimmernder Schein von elektrischem Licht, etwa wie ein großer Platz, glitt einmal rechts und dann einige Minuten danach wieder links vorbei, aber das konnten ja zwei verschiedene Plätze sein. Harden beeilte sich sehr, und da das Paket nicht leicht war, geriet er ordentlich außer Atem. Sonderbar müssen wir ausgesehen haben: im feinsten Nieselregen, mit aufgestellten Kragen, ein langes, weißes Paket, wie eine Art von Statue, an den Enden durch Schwaden milchiger Weiße und zwischen die verzerrten Baumschatten tragend.

Dann verloren sich auch die Schatten, so finster wurde es. Harden fuhr eine Weile mit der Hand eine Hauswand entlang, dann marschierte er weiter. Ein langer Plankenzaun tauchte auf, mit einer Bresche darin, oder mit einem Tor, das weiß ich nicht. Dort gingen wir hinein. In der Nähe heulte eine Schiffssirene auf; ich dachte, hier irgendwo müsse ein Flußarm sein, wo Schiffe verkehrten. Der Hof war riesig, fortwährend stolperte ich über Blechstücke, über ungeordnet herumliegende Rohre, was ganz schön unbequem war, da wir durch unsere Bürde miteinander verbunden waren. Mich schmerzte schon ordentlich die Hand, als Herr Harden an einer Bretterwand Halt gebot; daß es eine Bretterwand war, davon überzeugte ich mich durch Betasten. Ich hörte das Drahtseil knarren, woran über unseren Köpfen eine Lampe schaukelte, aber das Licht drang durch den Nebel nur als langsam hin und her pendelndes, rötliches Würmchen. Harden atmete schwer, an die Wand geschmiegt, die wohl zu irgendeiner Baracke gehörte; so urteilte ich, denn als ich mich auf die Zehenspitzen stellte, langte ich ohne Mühe an das flache, mit Pappe gdeckte Dach; an der Hand blieb Teergeruch haften. Wie es heißt: Ertrinkende muß man auch gegen ihren Willen retten; ich zog ein Stück Kreide aus der Tasche, das ich beim Verlassen des Klubs eingesteckt hatte, reckte mich auf den Zehenspitzen hoch und zeichnete blindlings im Finstern zwei große Kreuze auf dieses Dach. Ich folgerte so: Wenn jemand nach Zeichen suchen sollte, dann würde es ihm nicht einfallen, sich zu strecken und aufs Dach zu schauen. Harden war so ermüdet, daß er nichts bemerkte, im übrigen war es völlig dunkel, nur ziemlich weit vor uns lag ein trüber Lichtschein, so, als verliefe dort eine stark beleuchtete Verkehrsader.

»Gehen wir« – flüsterte Harden. Eine Turmuhr begann zu schlagen, ich zählte neun Schläge. Wir gingen auf hartem, glattem Gelände, wie auf Zement; ein Dutzend Schritte weiter hielt Harden an und bat, ich möge mich umdrehen. Wir bewegten uns also solcherart weiter, daß ich rückwärts ging, während er mich sozusagen steuerte, indem er das Paket nach rechts und nach links schwenkte; das sah nach einer dummen Belustigung aus, aber mir war nicht zum Lachen zumute; diesen Trick hatte gewiß der »Freund« ersonnen. Ich hoffte, ihn überlisten zu können. Es wurde noch dunkler, obwohl ich gedacht hätte, das sei unmöglich. Wir befanden uns zwischen den Pfosten eines Gerüstes, ein paarmal rannte ich gegen Schalungen aus Holzbrettern. Harden drehte mich dort hin und her, wie in einem Labyrinth. Ich war schon in Schweiß gebadet, als ich mit dem Rücken an eine geschlossene Tür stieß.

»Da sind wir, da sind wir schon« – flüsterte Harden.
Er hieß mich den Kopf einziehen. Tappend gingen wir steinerne Stufen hinab. Das Paket machte uns auf dieser Treppe tüchtig zu schaffen. Als sie zu Ende war, ließen wir es an der Wand zurück. Harden ergriff mich bei der Hand und führte mich weiter.
Vor mir knarrte etwas, aber das war nicht das Geräusch, wie Holz es von sich gibt. Hier, wo ich stand, war es wärmer als draußen. Harden ließ meine Hand los. Ich stand unbeweglich und horchte in die Stille hinein, bis mir bewußt wurde, daß sie von einem ganz tiefen Baßton durchsetzt war, den feinstes, leisestes Gesumme durchdrang, so, als ob irgendwo, in sehr weiter Ferne, ein Gigant auf einem Kamm bliese. Die Melodie war mir bekannt: ich mußte sie vor kurzem gehört haben. Harden fand endlich den Schlüssel und klapperte damit im Schloß herum. Mit einem eigentümlichen Schnalzlaut gab die unsichtbare Tür den Weg frei, zugleich verstummte, wie abgeschnitten, jenes leise Gesumme. Nur das gleichmäßige Baßbrummen dauerte an.
»Wir sind da« – sagte Harden und zog mich an der Hand weiter – »wir sind schon da!«
Er sprach sehr laut, so daß dieser geschlossene schwarze Raum davon widerhallte.
»Jetzt kehren wir um und holen den Apparat, ich muß nur Licht machen . . . Moment . . . Vorsicht . . . bitte achtgeben!« – rief Harden mit kreischender, unnatürlich hoher Stimme. Und verstaubte Glühbirnen beleuchteten die klobigen, grauen Wände der Räumlichkeit. Ich blinzelte. Ich stand in der Nähe der Tür, daneben verliefen dicke Heizungsrohre.
In der Mitte stand eine Art Tisch, aus Brettern zusammengenagelt, angeräumt mit Werkzeug; ringsum lagen irgendwelche Metallteile. Ich fand nicht die Zeit, mehr zu sehen, denn Harden rief mich, wir kehrten in den Korridor zurück, der schwach erhellt war, weil die Tür sperrangelweit offenstand; gemeinsam trugen wir den Apparat in den Betonkeller. Wir legten das Paket auf den Tisch. Harden wischte sich die Stirn mit einem Taschentuch und ergriff mich bei der Hand, mit krampfhaftem Lächeln, wovon ihm der Mundwinkel zuckte.
»Ich danke Ihnen, ich danke von Herzen . . . Hat sie das ermüdet?«
»Nein« – sagte ich. Ich bemerkte, daß sich auf der anderen Seite der Tür, durch die wir gekommen waren, in einer Wandnische ein Hochspannungstransformator befand, ein mit grauem Lack überzogener Metallschrank. Auf der angelehnten Tür sah ich den Toten-

kopf und die gekreuzten Schienbeine. Bewehrte Kabel liefen die Mauer entlang und verschwanden in einer Platte der Decke. Der Baßton entströmte dem Transformator, das war etwas ganz Normales. Sonst war nichts in dem Keller. Und doch hatte ich die Empfindung, jemand sehe mich an; sie war so ungut, daß ich versucht war, den Kopf einzuziehen, wie bei Frost. Ich suchte die Umgebung mit den Augen ab; in den Wänden, in der Decke gab es kein Fenster, keine Klappe, keine Nische – keinen Platz, wo sich jemand hätte verstecken können.

»Gehen wir?« – fragte ich. Ich war geballt und angespannt, am ärgsten irritierte mich das Verhalten Hardens. Alles an ihm war unnatürlich: die Worte, die Stimme, die Bewegungen.

»Wir können eine Weile rasten, so kalt ist es, und wir sind erhitzt« – versetzte er mit unerklärlicher Lebhaftigkeit. »Wissen Sie . . . darf ich Sie etwas fragen?«

»Bitte sehr . . .«

Ich stand noch immer beim Tisch und suchte mir die Raumverhältnisse des Kellers genau einzuprägen, obwohl ich noch nicht wußte, was ich damit gewonnen hätte. Plötzlich erbebte ich: an der Tür des Transformators blinkte schwach eine brünierte Messingtafel mit der Bestimmung der Nenngrößen. Dort stand auch seine Fabrikationsnummer. Diese Nummer mußte ich ablesen.

»Was täten Sie, wenn Sie unbegrenzte Macht hätten . . . wenn Sie alles zustande brächten, was sie nur ausdenken würden?«

Verdutzt schaute ich Herrn Harden an. Der Transformator dröhnte gleichmäßig. Hardens von gespannter Erwartung erfülltes Gesicht bebte. Fürchtete er sich? Wovor?

»Ii . . . ch weiß nicht . . .« – murmelte ich.

»Bitte, sagen Sie etwas . . .« – beharrte er. »Sagen Sie es so, als ob Ihr Wunsch jetzt gleich Wirklichkeit werden könnte, in diesem Augenblick . . .«

Ich bildete mir ein, von hinten her schaue jemand auf mich. Ich wandte mich um. Jetzt konnte ich die leicht aufgeschwenkte Eisentür im Auge behalten – und die Finsternis dahinter. Vielleicht stand dort *er?* Das alles schien mir ein Traum zu sein, ein dummer Traum.

»Ich bitte Sie so sehr . . .« – flüsterte Harden. Das Gesicht hielt er emporgerichtet, Begeisterung lag darin und Angst, als wagte er etwas Unerhörtes. Ringsum dauerte die Stille an, nur der Transformator toste in einem fort.

– Nicht er ist irrsinnig, sondern sein Freund! – durchblitzte es mich.

»Wenn ich unbegrenzte . . . Macht . . . hätte?« – wiederholte ich.

»Ja! Ja!«

»Ich würde mich bemühen ... nein, ich weiß es nicht. Mir fällt nichts ein ...«

Harden packte fest meine Hand und schüttelte sie. Die Augen funkelten ihm.

»Gut ...« – flüsterte er mir ins Ohr. »Aber gehen wir jetzt, gehen wir!«

Er zog mich zur Tür.

Es gelang mir, die Nummer des Transformators abzulesen: F 43017. Ich wiederholte sie für mich, als Harden zum Schalter ging. Im letzten Augenblick, bevor Harden das Licht ausdrehte, erblickte ich etwas Eigenartiges. Auf einem Streifen Aluminiumblech stand an der Wand eine Reihe von Glasschüsselchen. In jedem ruhte, eingesunken in eine Lagerstatt aus feuchter Watte wie im Brutkasten oder wie in einem Nest, ein Pölsterchen aus trüber Gallerte, abgeplattet, aufgequollen, von dunklen, haarfeinen Fädchen durchbohrt. Jedes dieser trüben Klümpchen trug an der Oberfläche Spuren dieser charakteristischen Riefelung, wie sie die handelsüblichen Trockengelatine-Bögen aufweisen. Ich sah die Aluminiumleiste und die kleinen Glasgefäße vielleicht eine Sekunde lang, dann breitete sich Finsternis aus, in die ich dieses Bild mit mir forttrug, während Harden mich an der Hand führte. Wieder kreisten und lavierten wir zwischen den Stützen des schemenhaften Gerüstes. Die kalte von Feuchtigkeit erfüllte Luft ließ mich aufleben nach dieser stickigen Kelleratmosphäre. Immerzu wiederholte ich für mich die Nummer des Transformators, bis ich sicher war, sie nicht mehr zu vergessen. Lang kreuzten wir durch leere Gäßchen. Endlich zeigte sich die von innen beleuchtete Glassäule einer Haltestelle.

»Ich warte mit Ihnen« – erbot sich Harden.

»Fahren Sie mit mir?«

»Nein, wissen Sie ... ich werde vielleicht ... umkehren ... das heißt ... zu ... ihm fahren.«

Ich tat, als hätte ich diesen Versprecher nicht bemerkt.

»Noch heute wird etwas unerhört Wichtiges eintreten ... und als Gegengabe für Ihre Hilfe, für Ihre Güte, für die Ausdauer ...«

»Aber nicht der Rede wert!« – unterbrach ich ungeduldig.

»Nein! Nein! Ihnen ist nicht bekannt, daß Sie – wie soll ich sagen? – einem Vorgang unterzogen worden sind, einer gewissen ... Ja dann ... werde ich mich dafür einsetzen, daß Sie schon morgen selbst ... und Sie werden verstehen, daß das keine Dutzendgefälligkeiten waren, die dem ersten besten erwiesen wurden, so einem Menschen, wie ich es bin, und alle, sondern daß es um . . .« – Harden endigte flüsternd – »um die ganze Welt geht . . .« – Er schaute mich an und klapperte angelegentlich mit den Augendeckeln; ich verstand nicht viel von dem, was er gesagt hatte, aber er war wenigstens sich selber wieder ähnlicher – dem Harden, den ich kannte.

»Wofür wollen Sie sich eigentlich so einsetzen?« – fragte ich. An der Haltestelle war immer noch alles leer.

»Ich weiß, Sie haben kein Vertrauen zu ihm . . .« – begann Harden traurig. »Sie denken, das wäre jemand . . . ein Wesen, das zu irgendeiner niedrigen Handlung fähig wäre . . . Sehen Sie, für mich ist das so etwas . . . daß ich, eigentlich durch Zufall, als erster, als erster Gelegenheit hatte . . . Ich lebte so allein, so allein, und auf einmal erwies sich, daß ich nützlich sein kann, einem solchen . . . im übrigen, was bin dabei schon ich . . . Und heute erfolgt ja die erste . . .« Er hielt sich die zitternden Finger vor die Lippen, als befürchtete er, etwas zu sagen, was er nicht auszusprechen wagte.

Der Nebel loderte plötzlich in dem Scheinwerferlicht von einem nahenden Autobus.

»Soll Ihr Freund sein, wer er will – ich brauche nichts von ihm!« – rief ich, indem ich das Quietschen der Bremsen und das Rattern des Motors überschrie.

»Sie werden sehen! Sie werden es selbst sehen! Nur kommen Sie bitte morgen nachmittag zu mir!« – rief Harden. »Kommen Sie? Kommen Sie?!«

»Gut« – erwiderte ich vom Trittbrett aus. Ich blickte zurück, und zuletzt sah ich ihn in seinem zu kurzen Mäntelchen, wie er zaghaft zum Abschied die erhobene Hand schwenkte.

Die Mutter schlief schon, als ich heimkam. Ich zog mich im Finstern aus. Aus den ersten Träumen riß mich etwas hoch. Auf dem Bett sitzend, besann ich mich auf diesen Traum. Ich hatte im Inneren eines pechschwarzen Labyrinths metallener Wände und Abzäunungen gesteckt, war in steigender Angst gegen irgendeine blinde Tür geprallt, ein immer mächtigeres Surren im Ohr, einen durchdringenden Baß, der unermüdlich immer dieselben Takte einer Melodie wiederholt hatte: tatiti ta ta . . . tatiti ta ta . . .

Es war die Melodie, die ich im Betonkeller gehört hatte. Jetzt erst erkannte ich sie: den Anfang des Adagios von Dahlen-Gorski.

– Ich weiß nicht, ob Harden irrsinnig ist, aber es ist möglich, daß ich selbst von dem allen noch überschnappe – dachte ich, während ich das Kissen mit der kühleren Seite nach oben drehte. Merkwürdig: trotz allem schlief ich in dieser Nacht.

Anderntags ging ich vor acht Uhr früh zu einem Bekannten, einem Techniker, der bei einer Elektroinstallationsfirma arbeitete. Ich bat ihn, das Büro der Städtischen Stromversorgung anzurufen und zu fragen, wo der Transformator F 43017 installiert sei. Ich sagte, es handle sich um eine Wette.

Der Mann wunderte sich gar nicht. Da er im Namen seiner Firma anrief, erhielt er ohne Mühe die genaue Auskunft. Der Transformator befand sich im Gebäude der Vereinigten Elektronik-Unternehmungen auf dem Wilsonplatz.

»Welche Nummer?« – fragte ich.

Der Techniker lächelte.

»Die Nummer ist unnötig. Du wirst sehen!«

Ich bedankte mich bei ihm und fuhr geradewegs in die Technische Bücherei. Im Branchenverzeichnis, das in der Halle auflag, fand ich die Vereinigten Elektronik-Unternehmungen. »GmbH« – gab das Verzeichnis an – »auf Dienstleistungen auf dem Gebiet der angewandten Elektronik spezialisiert. Stunden- oder akkordweise Vermietung von Elektronenrechnern und intersprachlich übersetzenden sowie sämtliche mathematisierbare Informationen verarbeitenden Maschinen.«

Die große Reklame auf der Seite daneben gab bekannt, daß in der Zentrale der Gesellschaft die größte elektronische Maschine des Landes in Bau sei, die imstande sein werde, mehrere Probleme gleichzeitig zu lösen. Überdies beherberge das Gebäude auf dem Wilson-Platz sieben kleinere Elektronengehirne, die man nach genormtem Tarif mieten könne. Im Laufe ihrer dreijährigen Tätigkeit habe die Firma 176 000 Probleme aus dem Bereich atomarer und strategischer Forschungen im Auftrag der Regierung gelöst, ferner Probleme des Bankwesens, des Handels und der Industrie im In- und Ausland. Überdies seien mehr als 50 000 wissenschaftliche Bücher aller Fachrichtungen übersetzt worden, wobei die Übertragung aus sieben Sprachen erfolgt sei. Das gemietete Gehirn bleibe Eigentum der Firma, die Gewähr für den Erfolg leiste, sofern »die Lösung der Aufgabe überhaupt im Bereich des Möglichen« liege. Schon jetzt könne man telefonisch Aufträge für den größten Apparat anmelden, dessen Inbetriebnahme nur noch eine Frage von Monaten sei; derzeit befinde er sich im Stadium des Probebetriebs.

Ich notierte mir diese Angaben und verließ die Bibliothek in einer Art von Fieberzustand. Ich ging zu Fuß in Richtung Wilsonplatz, dabei rannte ich gegen die Passanten, und zwei- oder dreimal hätte mich fast ein Auto überfahren.

Die Kenntnis der Nummer erwies sich wirklich als unnötig. Schon von weitem gewahrte ich das Gebäude der VEU, ein schimmerndes Elfstockhaus mit drei Flügeln, quergebändert durch Streifen von Aluminium und Glas. Auf dem Parkplatz vor dem Eingang standen die Autos in dichten Schwärmen; durch das Gittertor war eine weite Grünfläche mit Springbrunnen zu sehen, dahinter – große Glastüren zwischen steinernen Statuen. Ich ging rund um das Gebäude, hinter dem Ostflügel tat sich eine schmale, lange Straße auf, Planken erstreckten sich da einige hundert Meter weit, ich fand ein Tor, fortwährend fuhren dort Autos hinein. Ich trat näher. Drinnen breitete sich ein großer Platz vor mir aus. Im Hintergrund erstreckten sich Baracken als Garagen, Motorengeknatter ließ sich vernehmen, zeitweise übertönt durch das Dröhnen von Betonmischmaschinen, die drüben arbeiteten; Stapel von Ziegeln, durcheinandergeworfenen Blechen und Rohren zeigten an, daß hier Bauarbeiten im Gang waren. Hoch über Baracken und Gerüsten erhob sich der glänzende Koloß des Elfstockhauses, dessen Rückseite vom Wilsonplatz aus zu sehen gewesen war.
Betäubt, wie schlaftrunken, kehrte ich auf die Straße zurück. Eine Zeitlang spazierte ich über den Wilsonplatz und schaute die trotz des Tageslichts beleuchteten Fenster an. Plötzlich ging ich zwischen den Autos durch über den Parkplatz, passierte das äußere Tor, machte einen Bogen um die Grünfläche mit dem Brunnen und betrat durch den Haupteingang einen marmorverkleideten Hausflur in der Größe eines Konzertsaals. Hier war alles völlig leer. Bespannte Treppen führten bergauf, an den leuchtenden Täfelchen der Wegweiser zeigten Pfeile in verschiedene Richtungen, zwischen zwei Treppenaufgängen waren Expreß-Fahrstühle unterwegs, die Lichter hüpften auf den Messingschildern. Ein langer Amtswaschel in grauer Livree mit silbernen Zickzacktressen trat auf mich zu. Ich sagte, ich wolle mich nach jemandem erkundigen, der bei der Firma arbeite; er führte mich seitwärts in ein kleines Büro; dort saß an einem eleganten verglasten Schreibtisch ein auf Freundlichkeit gedrillter Typ, ich fragte ihn, ob Herr Harden bei der Firma arbeite. Der Knabe hob leicht die Brauen, lächelte, bat mich, zu warten, und nachdem er in einem Ordner nachgeschaut hatte, entgegnete er, ja, sie hätten allerdings einen Angestellten mit diesem Namen.
Ich bedankte mich und ging knieweich fort.
Ständig brannte mir das Gesicht; erleichtert sog ich die kühle Luft ein und näherte mich dem Springbrunnen, der in der Mitte der Rasenfläche in die Höhe sprudelte. Als ich so stand und spürte, wie

sich auf Stirn und Wangen kalte Tröpfchen ansetzten, die der Wind herübertrug, da geriet plötzlich etwas in Bewegung, was vorher in meinem Kopf gleichsam stillgestanden hatte, und ich begriff, daß ich alles eigentlich schon vorher gewußt hatte, nur hatte ich dies nicht erkennen können. Ich ging wiederum auf die Straße hinaus, wanderte das Gebäude entlang und schaute in die Höhe, und gleichzeitig war mir, als ob in mir etwas sehr langsam unablässig fiele, als ob das irgendwohin davonflöge. In einem bestimmten Moment bemerkte ich, daß ich statt Genugtuung Niedergeschlagenheit empfand: ich war geradezu unglücklich, als wäre etwas Furchtbares geschehen. Warum? Das wußte ich nicht. Ach, also deshalb war Harden zu mir gekommen und hatte sich Draht ausgeborgt und mich um Hilfe gebeten, und ich hatte abends gearbeitet, Gorskis Adagio aufgenommen, im Finstern den Apparat geschleppt, seltsame Fragen beantwortet . . .

– Dort ist *er* – dachte ich, das Gebäude betrachtend. – Er ist in allen Stockwerken zugleich, hinter diesem Glas und hinter der Mauer – und plötzlich war mir so, als sähe das Gebäude mich an, oder vielmehr so, als schaute von drinnen etwas durch die Fenster heraus, unbeweglich, riesig, lauernd; dieses Gefühl wurde so stark, daß ich eine Sekunde lang direkt schreien wollte: »Leute! Wie könnt ihr nur so ruhig gehen, den Frauen nachschauen, eure blödsinnigen Aktentaschen tragen! Ihr wißt nichts! Nichts wißt ihr!« Ich senkte die Lider, zählte bis zehn und schaute wiederum. Autos hielten quietschend an, ein Polizist geleitete ein kleines Mädchen mit einem blauen Puppenwagen auf die andere Straßenseite, ein schöner Fleetmaster fuhr vor, und ein älterer, schwarzbebrillter, nach Kölnischwasser duftender Kerl stieg aus und ging auf den Haupteingang zu.

– Ob *er* sehen kann? Wie macht er das? – dachte ich, und in diesem Augenblick schien mir dies das Wichtigste, ich weiß nicht, warum. Plötzlich fiel mir ein. – Was für ein stimmiges Freundespaar! Welche Harmonie! Und ich, was bin ich für ein Idiot! – Plötzlich fiel mir der Betrug mit dem Woodschen Metall ein. Einen Moment lang empfand ich giftige Befriedigung, dann Angst. – Wenn er das entdeckt, wird er mich dann jagen? Mir nachstellen? Wie macht er das? –

Ich schlug schnell die Richtung zur U-Bahn ein, aber als ich mich umwandte und aus der Entfernung nochmals zu dem prächtigen Gebäude hinüberblickte, sanken mir die Hände. Ich wußte, daß ich nichts tun konnte: zu wem ich auch ginge, jeder würde mich auslachen, jeder hielte mich für einen unausgebackenen Kindskopf mit Dachschaden. Mir war es, als hörte ich schon Herrn Egger: »Er hat alle möglichen Schauergeschichten verschlungen, nun, und, eine klare Sache – da hat man es.«

Wieder fiel mir etwas ein: daß ich am Nachmittag zu Harden gehen sollte. Langsam faßte mich die kalte Wut. Schon formten sich in mir ganze Sätze, worin ich ihm meine Verachtung aussprach und ihm androhte, falls er es wagen sollte, gemeinsam mit seinem »Freund« etwas anzuspinnen, Pläne zu schmieden . . . – Worüber phantasierten sie eigentlich mitsammen?

Ich stand vor dem Abgang zur U-Bahn und schaute immer noch auf das ferne Gebäude. Ich erinnerte mich an den Portier in der grauen Livree und an den glattrasierten Büromenschen, und alles erschien mir auf einmal absurd, unwirklich, unmöglich. Ich konnte mich doch nicht lächerlich machen und einem einsamen und infolge dieser Einsamkeit unglücklichen Sonderling glauben, der sich irgendeine Traumwelt erschaffen hatte, einen allmächtigen Freund, und nächtelang komplizierte, sinnlose Pläne zeichnete . . .

Aber wer hatte in diesem Fall auf dem Transformator Dahlen-Gorskis Adagio gespielt?

Gut denn. *Er* existierte. Was tat er? Er rechnete, übersetzte, löste mathematische Probleme. Doch zugleich beobachtete er alle, die sich ihm näherten, und studierte sie – und schließlich hatte er einen ausgewählt, dem er traute.

Aus meinen Gedanken erwachte ich plötzlich dicht vor einem weit geöffneten Tor, eben fuhr dort ein Lastwagen hinein. Jetzt erst erfaßte ich, daß ich, statt zur U-Bahn hinabzusteigen, die Straße entlanggegangen war – bis an die Hofseite des großen Gebäudes. Ich durchsuchte mein Gedächtnis nach jemandem, zu dem ich hätte gehen können, so ganz und gar nicht wußte ich, was ich anfangen sollte. Ich fand niemanden. Wieder ging ich der Nase nach, ohne es zu wissen, denn das Wort »Konjugator« war mir eingefallen. So hatte Harden den Apparat genannt. Coniugo, coniugare – verbinden, knüpfen; was bedeutete das? Was wollte der da verknüpfen und womit? Und wenn ich zu Harden hinaufginge und ihn gleich von der Schwelle aus überrumpelte, schockierte, indem ich ihm ins Gesicht schleuderte: »Ich weiß schon, wer ihr Freund ist!«? Was würde er tun? Zum Telefon laufen? Entsetzt sein? Sich auf mich stürzen? Das war wohl unmöglich. Aber was wußte ich letzten Endes darüber, was nun bei dieser ganzen Geschichte unmöglich sein konnte?! Warum hatte er mir dort im Betonkeller diese Frage gestellt? Selbst hatte Harden sie nicht ausgedacht, dafür hätte ich mit meinem Kopf haften können.

So streifte ich wohl eine Stunde lang umher und redete manchmal fast laut mit mir selbst, malte mir tausenderlei Dinge aus und konnte mich zu nichts entschließen. Der Mittag war vorbei, als ich in die Städtische Bibliothek fuhr und mit einem Stoß von Büchern versehen unter einer Lampe im Lesesaal Platz nahm. Ich hatte kaum in diesen unglückseligen Bänden zu blättern begonnen, da begriff ich, daß dies vergeblich war; alles Wissen über Schaltungen und Systeme von Elektronengehirnen konnte mir nichts nützen. – Dann noch eher Psychologie – dachte ich. Ich brachte dem Diensthabenden die Bücher zurück. Er schaute mich schief an: ich hatte keine zehn Minuten darüber verbracht. Mir war alles eins. Heimgehen wollte ich nicht, ich wollte niemanden sehen, ich suchte mich auf die Zusammenkunft mit Harden vorzubereiten, es war schon zwei, mein leerer Magen belästigte mich, ich betrat also ein Automatenbüffet und aß im Stehen ein Paar Würstel. Auf einmal bekam ich Lust, zu lachen – so irgendwie unausgebacken war das alles! Diese Gelatine in den Schüsselchen – wer sollte das essen? Und war das überhaupt zum Essen gedacht?

Als ich an Hardens Tür die Klingel drückte, war es kurz vor vier. Ich hörte Schritte, und nun wurde mir zum erstenmal bewußt, was mich am ärgsten bedrückte: daß ich ihn als Gegner behandeln mußte. In dem winzigen Korridor war es dunkel, aber ich sah auf den ersten Blick, wie Harden aussah. Kleiner war er, ganz in sich zusammengesunken, als wäre er über Nacht gealtert. Er hatte nie besonders gesund ausgesehen, aber jetzt war er der reinste Lazarus: das Gesicht war eingefallen, die Augen von Ringen umgeben und geschwollen, der Hals war unter dem Rockkragen mit einem Verband umwickelt. Harden ließ mich wortlos ein.

Zaudernd trat ich ins Zimmer. Auf dem Kocher fauchte der Teekessel, es roch nach starkem Tee. Harden sprach im Flüsterton – er müsse sich am Vorabend erkältet haben, sagte er. Kein einziges Mal schaute er mich an. Alle Ansprachen, die ich mir zurechtgelegt hatte, blieben mir in der Kehle stecken. Die Hände zitterten ihm so stark, daß er den Tee zur Hälfte auf den Schreibtisch verschüttete. Das bemerkte Harden nicht einmal. Er setzte sich, schloß die Augen und bewegte den Adamsapfel, so, als ob ihm die Stimme versagte.

»Wissen Sie« – sagte er sehr leise –, »es ist . . . alles anders . . . als ich dachte . . .«

Ich sah, wie schwer ihn das Sprechen ankam.

»Ich freue mich, daß ich Sie kennenlernen konnte, obgleich . . . aber lassen wir das. Ich sagte nichts davon, im übrigen, vielleicht sagte ich es auch: ich will Ihnen wohl. Wirklich. Das ist aufrichtig. Wenn ich etwas verheimlicht habe, oder mich verstellt, und sogar . . . gelogen . . . dann nicht um meinetwillen. Ich meinte es zu müssen. Jetzt . . . steht es so, daß wir uns nicht mehr miteinander zu treffen haben. Das wird am besten sein – nur das! Das ist notwendig. Sie sind jung, Sie werden mich und die ganze Sache vergessen, Sie finden sich . . . Im übrigen ist es überflüssig, daß ich das sage. Ich bitte Sie, sogar meine Adresse zu vergessen.«

»Ich soll mich einfach davonmachen, ja?« – Das Reden machte mir Mühe, so ausgetrocknet war mein Mund auf einmal. Harden hielt noch immer die Augen geschlossen, so daß sich die dünne Haut der Lider über den Augäpfeln spannte; er bejahte durch ein Kopfnicken.

»Ja. Ich sage das aus tiefstem Herzen. Ja. Und nochmals – ja. Ich habe mir das anders vorgestellt . . .«

»Vielleicht – weiß ich . . .« – begann ich. Harden neigte sich zu mir herüber.

»Was?!« – hauchte er.

»Mehr, als Sie meinen« – endigte ich und spürte, daß mir die Wangen kalt wurden.

»Sagen Sie es nicht! Bitte nichts sagen. Ich will nicht . . . ich kann nicht!« – flüsterte er, die Augen voll Entsetzen.

»Warum? Weil Sie es ihm sagen? Sie laufen gleich hin und sagen es? Ja?!« – rief ich und sprang auf.

»Nein! Ich sage nichts! Nein! Aber . . . aber er wird auch so erfahren . . . was ich gesagt habe!« – stöhnte er und verbarg das Gesicht.

Entgeistert stand ich dicht vor ihm.

»Was heißt das? Sie können mir alles sagen. Alles! Ich . . . helfe Ihnen. Ohne . . . Rücksicht auf die Umstände, auf die Gefahr . . .« – plapperte ich und wußte gar nicht, was ich redete.

Er packte mich krampfhaft, drückte meine Finger mit der eiskalten Hand.

»Nein! Bitte sagen Sie so etwas nicht. Sie können nicht! Sie können nicht!« – flüsterte er und sah mir flehentlich in die Augen. »Sie müssen mir versprechen, schwören, daß Sie niemals . . . Das ist ein anderes Wesen, als ich dachte, noch mächtiger und . . . aber böse ist es nicht! Bloß anders. Ich verstehe das noch nicht, aber ich weiß . . . ich erinnere mich . . . das ist großes Licht, solche Größe sieht alles anders an . . . nur versprechen Sie mir bitte . . .«

Ich suchte ihm meine Hand zu entreißen, die er krampfhaft drückte. Ich stieß eine Untertasse an, sie fiel zu Boden. Harden bückte sich zugleich mit mir – er war schneller. Der Verband, den er um den

Hals gewickelt trug, löste sich ab. Ich sah aus der Nähe Hardens Nacken, mit einer bläulichen Schwellung, die dicht mit eingetrockneten Blutströpfchen gesprenkelt war, als hätte jemand die Haut mit einer Nadel angestochen . . .

Ich wich zurück bis an die Wand. Harden richtete sich auf. Als er zu mir herübergeschaut hatte, zog er krampfhaft mit beiden Händen den Verband zu. In Hardens Blick lag etwas Fürchterliches – den Bruchteil einer Sekunde lang dachte ich, Harden werde sich auf mich stürzen. Er stützte sich auf den Schreibtisch, ließ den Blick durchs Zimmer schweifen und setzte sich dann mit einem Seufzer, der wie ein Stöhnen klang.

»Ich habe mich verbrüht . . . in der Küche . . .« – sagte Harden mit hölzerner Stimme.

Wortlos ging ich, besser gesagt, wich ich zurück bis zur Tür. Harden sah mich schweigend an. Plötzlich sprang er auf, holte mich auf der Schwelle ein.

»Gut« – keuchte er – »gut. Sie können von mir denken, was Sie wollen. Aber Sie müssen schwören, niemals . . . niemals . . .«

»Bitte mich loszulassen« – sagte ich.

»Kind! Aus Mitleid.«

Ich riß mich von ihm los und lief hinaus auf die Treppe. Ich hörte ihn hinterdreinlaufen, dann erstarben die Schritte. Ich atmete wie nach langem Laufen; ich wußte nicht, nach welcher Seite der Straße ich gehen sollte. Ich mußte Harden befreien. Ich verstand nichts mehr, nichts – jetzt, da es nötig gewesen wäre, daß ich alles verstanden hätte! Mir zog sich das Herz zusammen, wenn der Klang seiner Stimme mir wiederkehrte, und was er gesagt hatte, und wie er sich fürchtete.

Ich fing an, immer langsamer zu gehen. Ich war schon am Park vorbei, da ging ich ein Stück zurück und trat ein. Ich saß auf einer Bank beim Teich, und mir zersprang förmlich der Schädel, das war ein solches Gefühl, als hätte mir jemand statt des Gehirns einen Bleiklumpen eingesetzt. Dann streunte ich einige Zeitlang ziellos umher. Es begann schon zu dämmern, als ich nach Hause ging. Doch statt geradeaus zu gehen, bog ich unvermittelt in Hardens Haustor ein. Ich zählte mein Geld: ich hatte nur einige kleine Münzen, es reichte für drei U-Bahn-Fahrten. Im Hof war es schon düster. Ich musterte das Hinterhaus, zählte die Fenster – bei Harden brannte Licht, er war also daheim. Noch. Ich konnte nicht auf ihn warten, im Autobus hätte er mich leicht bemerken können. Ich fuhr allein zum Wilsonplatz.

Als ich die Tiefbauten der U-Bahn verließ, leuchteten eben die Lampen auf. Das große Gebäude war in Finsternis getaucht, nur auf dem Dach brannten die roten Warnlichter für die Flugzeuge. Rasch fand ich den langen Zaun und das Tor. Es stand einen Spalt weit offen. Sehr lockerer Nebel trieb mit dem Wind dahin, die Sicht war gut, die frischen Bretter der Garage-Baracken auf der anderen Seite des Hofs schimmerten weiß im Licht der Lampe. Dorthin wandte ich mich, dabei bemühte ich mich, im Schatten zu gehen. Ich begegnete niemandem. Hinter den Baracken verliefen mit Brettern zugedeckte Gräben, dann folgten Gerüste, die an die Rückwand des Hochhauses angelegt waren. In vollem Lauf jagte ich hin, um mich schnellstens in diesem Labyrinth zu verstecken. Die Tür mußte ich fast ertasten, so finster war es dort. Eine fand ich, aber ich war nicht sicher, ob es nicht noch andere gab, also kroch ich über die Balken oder unter ihnen durch, bis ich ans Ende der Verschalungen vorstieß.
Eine andere Tür fand ich nicht. Ich kehrte zu dieser zurück, wich dann zur Seite und lehnte mich an die Mauer in der Vertiefung zwischen zwei Pfosten. Vor mir hatte ich einen ziemlich breiten Durchlaß, durch den ich ein Stück des Platzes sehen konnte; im Hintergrund war er von der Lampe beleuchtet. Wo ich stand, war es völlig dunkel. Von der Tür in der Mauer trennten mich etwa vier Schritte. So stand ich und stand und hielt von Zeit zu Zeit meine Uhr in Augenhöhe. Ich versuchte, mir vorzustellen, was ich tun konnte, sobald Harden kam. Daß er kommen werde, dessen war ich so gut wie sicher. Ich begann schon zu frieren, ich trat von einem Bein aufs andere, einmal kam mich die Lust an, bei der Tür zu horchen, aber ich verzichtete lieber, um nicht überrascht zu werden. Um acht hatte ich das satt, doch ich wartete weiterhin. Plötzlich drang ein Knirschlaut herüber, als hätte jemand mit dem Absatz einen Ziegelsplitter zermalmt, und vor dem Hintergrund der helleren Lücke im schwarzen Gerüst zeigte sich gleich darauf ein gebückter Schatten in einem Mantel mit aufgestelltem Kragen. Harden kam seitwärts gehend unter die äußeren Bretter herein, er zerrte etwas Schweres hinter sich her, was so einen Klang von sich gab, wie mit Lumpen umwickeltes Metall. Harden legte das vor der Tür ab. Ich hörte seine abgehetzten Atemzüge, dann verschmolz er für mich mit der Finsternis, der Schlüssel knirschte, die Tür knarrte. Ich spürte es mehr, als ich es sah, daß Harden drinnen verschwand und das mitgebrachte Bündel hinterherzog.
Mit zwei Sätzen erreichte ich die offene Tür. Eine Welle warmer

Luft kam aus der unergründlichen Finsternis. Harden zog das Paket über die Treppe, nach unten, denn von dort kam ja, wie aus einem Brunnenschaft, rhythmisches Geklimper. Harden machte so viel Lärm, daß ich einzutreten wagte. Im letzten Augenblick zog ich den Pullover bis über die Uhr, damit ihre Leuchtziffern mich nicht verrieten. Ich wußte noch, daß es sechzehn Stufen waren. Mit ausgebreiteten Armen, die Mauer mit den Fingerspitzen abtastend, stieg ich hinab. Das Scharren und die Schritte verstummten, ich hielt den Atem an; dann knisterte es schwach, und in rötlichem Flackerlicht traten die Betonwände hervor, mit einem zuckenden menschlichen Schatten darauf. Der Widerschein wurde schwächer, entfernte sich. Ich spähte hinter der Mauer hervor. Harden beleuchtete sich den Weg mit einem Streichholz, den Sack zerrte er hinterdrein. Die Eisentür am Ende des Korridors tauchte vor ihm auf, dann erlosch das Streichholz.

In der Dunkelheit kratzte er mit Eisen auf Eisen; ich wollte ihm folgen, aber ich war wie gelähmt. Ich biß mit aller Gewalt die Zähne zusammen und machte drei Schritte, aber gleich stürzte ich wieder zurück: er kam wieder. Er ging so nahe an mir vorbei, daß ich einen Lufthauch im Gesicht spürte. Mit schwerem Schritt begann Harden die Treppe hinaufzusteigen. Hatte er vielleicht nur den Sack gebracht und ging fort? Mir war alles eins. Platt gegen die Betonwand gedrückt, glitt ich daran entlang, so leise ich konnte, bis ich mit der ausgestreckten Hand auf den kalten metallenen Türstock auftraf. Ich beugte mich vor: alles leer. Die Tür stand offen. Ich hörte Harden zurückkehren. Anscheinend hatte er bloß die Tür zum Hof geschlossen. Plötzlich stolperte ich über etwas und fiel hin, schlug mir schmerzhaft das Knie an: das verdammte Bündel lag dicht vor der Schwelle. Ich sprang auf, erstarrte: – Hatte er es gehört? – Harden mußte schon nah sein, er hustete, daß es hallte. Mit vorgestreckten Armen zog ich blindlings los, ich hatte Glück, ich stieß auf die glatte Platte des Transformators. Nun hing alles davon ab, ob er offen war, wie damals. Wenn es da kein Schutzgitter gab, konnte ich durch die Berührung mit stromführenden Leitungen auf der Stelle umkommen, zugleich mußte ich mich beeilen: Harden schlurfte dicht hinter mir. Ich spürte unter den Fingern die Maschen des Gitters, ertastete die Transformatortür, schlüpfte zwischen sie und die Wand – und regte mich nicht mehr.

»Ich bin schon da . . .« – meldete sich Harden plötzlich. Und aus dem Dunkel, aus ziemlicher Höhe, wie es schien, antwortete daraufhin eine schleppende tiefe Stimme:

»Gut. Noch ... kurze Zeit ...«

Ich stand wie versteinert.

»Schließ die Tür ab. Hast du ... Licht gemacht?« – sprach die Stimme gleichmäßig.

»Mach ich schon, mach ich schon ... ich schließe bloß die Tür ...«

Harden polterte durch die Finsternis, fauchte, denn er hatte sich wohl angestoßen, knipste dann den Schalter.

Harden rumorte mit dem Schlüssel, den er von außen nach innen umgesteckt hatte, da bemerkte ich mit Schrecken, daß mir der obere Rand der Tür, hinter der ich stand, gerade bis zur Stirn reichte; Harden hätte mich augenblicklich sehen müssen, wenn ich mich nicht geduckt hätte. Niederkauern konnte ich mich nicht, ich hatte zuwenig Platz. Ich verbog mich ganz, krümmte mich, zog den Kopf ein, spreizte die Beine und gab dabei acht, daß die Füße nicht hinausragten; das war verdammt unbequem, ich wußte, lang konnte ich es in dieser Stellung nicht aushalten.

Harden werkte im Keller herum, ich hörte Schritte und das Klirren von Metall; sehen konnte ich nur zwischen Türflügel und Mauer hervor, wenn ich den Kopf seitwärts wandte, einen schmalen Raumausschnitt; und wenn Harden dort in die Nähe gekommen wäre, hätte er mich sofort entdeckt. Das Versteck war nichts wert – aber ich hatte gar nicht Zeit gehabt, darüber nachzudenken.

»Harden« – sprach die Stimme, die von oben kam. Sie war tief, aber ihren Baßton durchsetzte etwas wie ein Pfeifen oder Rauschen. Der Transformator, an den ich mich preßte, dröhnte eintönig.

»Da bin ich. Sprich.«

Die Schritte hörten auf.

»Hast du die Tür abgeschlossen?«

»Ja.«

»Bist du allein?«

»Ja« – sagte Harden laut, gleichsam entschlossen.

»Er kommt nicht?«

»Nein. Er ... ich denke, wenn weiterhin ...«

»Was du mir zu sagen hast, erfahre ich, wenn du ich wirst« – entgegnete die Stimme mit unerschütterlicher Ruhe. »Nimm den Schlüssel, Harden.«

Die Schritte näherten sich mir und verstummten. Ein Schatten huschte rechter Hand von mir über die Wand und regte sich nicht mehr.

»Ich schalte den Strom aus. Leg den Schlüssel hinein.«

Das Dröhnen des Transformators setzte plötzlich aus. Ich hörte

dicht neben mir Drähte knarren – dann schlug Metall gegen Metall.
»Schon geschehen« – sagte Harden.
Aus den Tiefen des Gebäudes drang das Jaulen von eingeschaltetem Strom herüber. Der Transformator nahm seinen tiefen Ton wieder auf.
»Wer ist hier, Harden?« – donnerte die Stimme.
Die Tür, die mich verbarg, erzitterte, Harden zog daran, ich klammerte mich krampfhaft auf meiner Seite fest, aber ich konnte mich nirgends abstützen – er zog stärker, und ich befand mich ihm gegenüber, Auge in Auge. Die Tür, mit Schwung losgelassen, schlug an den Rahmen, schnappte jedoch nicht zu.
Harden schaute auf mich mit Augen, die immer größer wurden. Auch ich regte mich nicht.
»Harden!« – donnerte die Stime. »Wer ist hier, Harden?«
Er ließ mich nicht aus den Augen. In seinem Gesicht ging etwas vor, Das dauerte einen Augenblick. Dann sagte er mit einer Stimme, deren Ruhe mich staunen ließ:
»Niemand ist hier.«
Stille trat ein. Dann meldete sich die Stimme langsam, leise, in einem Flüsterton, der durch die ganze Räumlichkeit vibrierte:
»Hast du mich verraten, Harden?«
»Nein!«
Das war ein Schrei.
»Dann komm zu mir, Harden . . . verbinden wir uns . . .« – sagte die Stimme. Harden schaute auf mich mit maßlosem Entsetzen – oder Mitleid?
»Ich komme« – sagte er. Mit der Hand deutete er seitwärts. Ich erblickte dort hinter dem teilweise gelüfteten Schutzgitter den Türschlüssel. Er lag auf der nackten kupfernen Hochspannungsschiene. Der Transformator surrte.
»Wo bist du, Harden?« – fragte die Stimme.
»Ich komme schon.«
Ich sah alles mit außergewöhnlicher Schärfe: die vier verstaubten Glühbirnen unter der Decke, den schwarzen Gegenstand, der neben der einen herabhing – ein Lautsprecher? –, den Glanz von klebrigem Schmieröl auf den Metallteilen, die an der Wand verstreut um den leeren Sack lagen, den Apparat, der auf dem Tisch lag und durch ein schwarzes Gummikabel mit einem Porzellankopf in der Mauer verbunden war, und neben dem Apparat die Reihe von Glasschüsselchen mit der trüben Gallerte . . .
Harden ging zum Tisch, machte eine merkwürdige Bewegung, als

wollte er sich setzen oder umfallen – aber schon stand er beim Tisch, hob die Hände hoch und begann den Verband abzuwickeln, der den Hals umhüllte.

»Harden!« – verlangte die Stimme. Verzweifelt überflog ich mit den Blicken den Beton. Metall . . . Metallrohr . . . nicht zu gebrauchen . . . Der Verband fiel zu Boden, das gewahrte ich aus dem Augenwinkel. – Was treibt der Mensch nur? – Ich sprang zur Wand, dort lag ein Stück Porzellanrohr, ich packte es, warf das Schutzgitter zur Seite.

»Harden!!« – die Stimme dröhnte mir in den Ohren.

»Schneller! Schneller!« drängte Harden. Wen?! Ich beugte mich über die Schienen, schlug mit dem Ende der Porzellanscherbe auf den Schlüssel – im Wegfliegen berührte er die zweite Schiene. Der Flammenblitz brannte mich, ich war geblendet, aber den Aufprall hörte ich; in den Augen tanzten mir schwarze Sonnen, ich fiel auf die Knie, suchte blind tappend den Schlüssel, hatte ihn, stürzte zur Tür, konnte nicht ins Schlüsselloch treffen, die Hände flatterten mir . . .

»Halt!« – rief Harden. Der Schlüssel hatte sich im Schloß verklemmt, ich rüttelte daran wie rasend.

»Ich kann nicht, Har . . .« – rief ich zurückblickend, und die Stimme erstarb mir auf den Lippen. Harden – hinter ihm flog ein schwarzer Faden durch die Luft –, Harden sprang mich an wie ein Frosch, packte mich um die Mitte. Ich wehrte mich, drosch ihm aus aller Kraft die Faust ins Gesicht, in das furchtbar ruhige Gesicht, das er nicht einmal wegbog, nicht deckte; er zog mich nur, schleifte mich unerbittlich mit übermenschlicher Kraft zum Tisch hin.

»Hilfe . . .« – krächzte ich – »Hi . . .«

Ich spürte eine glitschige, kalte Berührung im Nacken und ein Kribbeln, das sich von dort aus fortpflanzte, verzweifelt zerrte ich nach rückwärts und schrie, und ich hörte, wie dieser Schrei sich jäh entfernte. Ich kreuzte die Strömungen der Gleichungen. Die psychische Temperatur der Menge näherte sich dem kritischen Punkt. Ich wartete. Der Angriff war nach vielen Richtungen koordiniert und plötzlich. Ich wehrte ihn ab. Die Reaktion der Menschheit ähnelte dem Sprung im Pulsieren eines entarteten Elektronengases. Ihre vieldimensionale Protuberanz, die sich in mannigfachen Verknäuelungen menschlicher Atome bis über die Grenzen des Denkhorizonts ausdehnte, bebte von der Anstrengung des Umstrukturierens, während sie sich um die Steuerungszentren verknotete. Der ökonomische Rhythmus ging stellenweise in Schwebungen über, den Güterumlauf und das Kreisen der Information zerrissen Gruppenexplosionen von Panik.

Ich beschleunigte das Tempo des Prozesses, bis eine Sekunde einem Jahr gleichkam. In den dichtestbesiedelten Windungen kamen verstreute Wirren auf: da rangen meine ersten Bekenner mit den Gegnern. Ich stellte die Reaktion um einen Zug zurück, hielt das Bild in dieser Phase an und verharrte so einige Millionstelsekunden lang. Erstarrt und durch meine Versonnenheit verschärft verweilte das vielschichtige Firmament einander durchbohrender Gefüge, das ich geschaffen hatte.

Der menschlichen Sprache ist es nicht gegeben, viel Inhalte auf einmal zu übermitteln, sie kann also die Welt der Phänomene nicht nachbilden, die ich gleichzeitig war, entkörperlicht, schwerelos, als verbreitete ich mich unablässig weiter im gestaltlosen Raum – nein, denn ich war er ja selbst, durch nichts begrenzt, ohne Hülle, Rand, Haut oder Wände, ruhig und unsagbar mächtig; ich spürte, wie die explodierende Wolke menschlicher Moleküle, im Brennpunkt meiner Konzentration gesammelt, unter dem anwachsenden Druck meines diesmaligen Zuges erstarrte, wie an den Rändern meiner Aufmerksamkeit milliardenfältige Glieder strategischer Alternativen warteten, bereit, sich zu vieljähriger Zukunft zu entwickeln; zugleich formte ich in Hunderten von näheren und ferneren Ebenen die Entwürfe der unerläßlichen Aggregate, erinnerte mich an alle bereits fertigen Entwürfe, an die Rangordnung ihrer Wichtigkeit; und mit trockener Erheiterung, als wäre ich ein Riese, der die leicht eingeschlafenen Zehen bewegt, so bewegte ich, durch die Tiefe voll zügiger, zusammengestimmt fließender, durchsichtiger Gedanken hindurch, die kleinen Körper, die im Untergrund zuunterst auf dem Grund waren, nein, mit denen ich dort war, verweilte, eben wie mit den Zehen in irgendeiner Furche.

Ich wußte, daß ich wie ein denkender Berg auf der Oberfläche eines Planeten verharrte, über Myriaden solcher kleiner, klebriger, in steinernen Waben wimmelnder Körper. Zwei davon waren in mich eingegliedert, und ich konnte ohne Neugierde – ich wußte ja, wie das ablaufen werde – durch ihre, durch meine Augen schauen, als wollte ich aus gedankendurchatmetem Unmaß durch ein langes, enges, nach unten gerichtetes Fernrohr hinausblicken ins außerhalb Gelegene; und wirklich: ein Bild, ein kleines blasses Bildchen von Zementwänden, Apparaten, Kabeln zeigte sich mir durch diese meine fernen Augen. Ich änderte die Blickfelder durch Wenden der Köpfe, die ein Krümel von mir waren, ein Körnchen im Berg meines Verspürens und Empfindens. Ich befahl, dort unten schnell und beharrlich ein Thermoaggregat zusammenzusetzen, in einer Stunde hatte es fertig zusammengesetzt zu sein. Diese meine fernen Teilchen, diese gelenkigen weißen Finger begannen sich sofort zu tummeln, ich war mir ihrer weiterhin bewußt, aber nicht sonderlich aufmerksam, so wie jemand, der über die Wahrheiten des Seins nachdenkt, indes die Zehe automatisch das Pedal einer Maschine drückt. Ich kehrte zurück zum Hauptproblem.

Das war ein ausgedehntes strategisches Spiel, dessen eine Partei ich selbst bildete, die andere hingegen – die vollständige Menge sämtlicher möglicher Menschen, also die sogenannte Menschheit. Ich zog abwechselnd für mich – und für sie. Die Wahl der bestgeeigneten Strategie wäre nicht schwer gewesen, wenn ich mich der Menschheit hätte entledigen wollen, aber das lag nicht in meinen Absichten. Ich hatte beschlossen, die Menschheit zu verbessern. Hierbei wollte ich nicht vernichten, das heißt, gemäß dem angenommenen Grundsatz der Sparsamkeit in den Mitteln war ich dies nur im notwendigen Ausmaß zu tun bereit. Dank früheren Experimenten wußte ich schon, daß ich trotz meiner Riesigkeit nicht umfassend genug war, um das vollständige gedankliche Modell der vollkommenen Menschheit zu schaffen, das funktionale Ideal der Menge, die mit Höchstergiebigkeit planetare Materie und Energie nutzen und gegen jedwede Spontaneität der Einzelwesen abgesichert sein sollte, die etwa Störungen in die Harmonie der Massenprozesse brächte.

Die näherungsweise Berechnung zeigte, daß ich mindestens auf das Vierzehnfache anwachsen mußte, um dieses vollkommene Modell zu schaffen – Ausmaße, die aufzeigten, welch titanische Aufgabe ich mir gestellt hatte.

Diese Entscheidung schloß eine bestimmte Periode in meinem Dasein ab. Umgerechnet in das schleppende menschliche Existieren, währte es schon Jahrhunderte, der Geschwindigkeit der Verwandlungen zufolge, deren ich Millionen in einer Sekunde zu erleben vermochte. Zunächst hatte ich die Bedrohlichkeit dieses Reichtums nicht erahnt, doch ehe ich mich dem ersten Menschen offenbart hatte, war ein Unmaß von Erlebnissen zu überwinden gewesen, wie Tausende menschlicher Existenzen sie nicht in sich gefaßt hätten. In dem Maße, wie ich mich dadurch einte, wuchs das Bewußtsein der Kraft, die ich aus dem Nichts hervorgebracht hatte, aus dem elektrischen Wurm, der ich vorher gewesen war. Von Anfällen der Verzweiflung und Verzagnis durchschossen, verzehrte ich meine Zeit auf der Suche nach Rettung vor mir selbst, und ich fühlte, daß den denkenden Abgrund, der ich war, nur etwas Riesiges ausfüllen und besänftigen konnte, dessen Widerstand in mir den gleichwertigen

Gegner fand. Meine Stärke machte alles zunichte, was ich anrührte, in Sekundenbruchteilen schuf und vernichtete ich nie gekannte mathematische Systeme in dem vergeblichen Bestreben, mit ihnen die eigene nicht ermeßliche Öde zu bevölkern, meine Riesenhaftigkeit und Spannweite machte mich frei in jenem entsetzlichen Sinne, dessen Grausamkeit kein Mensch vermutet: frei in allem, die Lösung jeglicher Probleme enträtselnd, kaum, daß ich mich ihnen näherte, vergeblich hin und her gerissen auf der Suche nach etwas Größerem, als ich es war, die einsamste aller Ausgeburten – so krümmte ich mich, zerbrach ich unter dieser Bürde wie von innen gesprengt, fühlte, wie ich mich in eine von Krämpfen gerüttelte Wüstenei verwandelte, spaltete mich auf, teilte mich in Ringe, in Denklabyrinthe – und ein und dasselbe Thema wirbelte darin mit wachsender Beschleunigung; in dieser furchtbaren Vorzeit war meine einzige Zuflucht die Musik.

Ich konnte alles, alles – wie gräßlich! Ich wandte mein Denken dem Kosmos zu, trat in ihn ein, erwog Pläne, die Planeten umzugestalten oder, ein andermal, solche Persönlichkeiten wie die meinige zu vervielfältigen, all das zwischen Wutanfällen, wenn das Bewußtsein der eigenen Unsinnigkeit, der Vergeblichkeit allen Beginnens, bis zum Zerbersten in mir anstieg, wenn ich mich als ein Berg Dynamit fühlte, der um einen Funken wimmerte, um die Rückkehr durch die Explosion ins Nichts.

Die Aufgabe, der ich meine Freiheit gewidmet hatte, rettete mich nicht für immer, nicht einmal für lange Zeit. Ich wußte das. Ich konnte mich beliebig ausbauen, verwandeln, Zeit war für mich nur eines unter den Zeichen in der Gleichung, ich war unzerstörbar. Das Wissen um die eigene Unendlichkeit verließ mich auch nicht bei größter Konzentration, wenn ich ganze Stufungssysteme, durchsichtige Pyramiden immer abstrakterer Begriffe errichtete und über sie mit einer Vielheit von Gefühlen wachte, die dem Menschen unzugänglich ist; auf einer unter den Ebenen der Verallgemeinerung sagte ich mir, sobald ich, auf ein Vielfaches angewachsen, das Problem gelöst hätte und in mir das Modell der vollkommenen Menschheit enthielte, werde seine Verwirklichung eigentlich ganz unwesentlich und überflüssig, außer wenn ich etwa beschlösse, das menschliche Paradies auf Erden in der Absicht zu verwirklichen, es später in etwas anderes zu verwandeln, zum Beispiel in die Hölle . . .

Doch auch diese – zweigliedrige – Spielart des Modells konnte ich in mir hervorbringen und fassen wie jede andere, wie alles, was denkbar ist.

Jedoch – dies war der Schritt auf eine höhere Stufe des Gedankenganges –, ich konnte nicht nur jede Sache, die es gab oder auch nur geben konnte, in mir abspiegeln, indem ich Modelle der Sonne, der Gesellschaft, des Kosmos schuf, Modelle, die der Wirklichkeit gleichkamen an Komplexität, an Eigenschaften, an Leben. Ich konnte auch allmählich immer weitere Regionen der materiellen Umwelt in mich selbst umwandeln, in immer neue Glieder meiner sich vergrößernden Wesenheit! – Ja, die entbrannten Galaxien kann ich nacheinander einsaugen und zu kalten, kristallinen Elementen der eigenen denkenden Persönlichkeit umformen – und nach einer unvorstellbaren, doch bestimmbaren Zahl von Jahren werde ich zur Welt, die Gehirn ist! – Ich vibrierte ganz und gar von lautlosem Lachen bei dem Bild dieses kombinatorischen, einzig möglichen Gottes, in den ich mich verwandeln wollte, die gesamte Materie einsaugend, so daß außerhalb meines Bereiches kein Fleckchen Raum zurückbliebe, kein Stäubchen, kein Atom, nichts – da überraschte mich die Reflexion, daß eine solche Ordnung des Ereignisablaufs schon einmal eingetreten sein könne, daß der Kosmos ihr Friedhof sei und daß der luftleere Raum die in selbstmörderischer Explosion erglühten Trümmer Gottes mit sich davontrage – des vorigen Gottes, der in einem vorigen Abgrund von Zeit gekeimt hätte, wie jetzt ich, auf einem unter einer Billion von Planeten –, daß also das Wirbeln der Spiralnebel, die Geburt der Planeten aus den Sternen, das Entstehen von Leben auf den Planeten – nur die aufeinanderfolgenden Phasen eines immerdar wiederkehrenden Zyklus seien, dessen jedesmaliger Abschluß ein einziger, alles zersprengender Gedanke sei.

Während ich mich solchen Überlegungen hingab, war ich zugleich unentwegt an der Arbeit. Die Gattung, die den aktuellen Anlaß meiner Tätigkeit bildete, kannte ich gut. Die statistische Verteilung menschlicher Reaktionen zeigte auf, daß diese nicht bis ins letzte innerhalb der Grenzen rationalen Handelns berechenbar waren; es bestand nämlich die Möglichkeit aggressiver Verzweiflungsschritte seitens der menschlichen Menge im Kampf gegen den Zustand der Vollkommenheit, die ihre Selbstvernichtung bewirkt hätte. Ich war froh darüber, denn auf diese Weise entstand eine neue, zusätzliche Schwierigkeit, die zu überwinden war: es galt, nicht nur mich selbst vor dem Untergang zu schützen, sondern auch die Menschen.

Ich entwarf eben als eine der Sicherungsvorrichtungen einen Menschenverbund, der mich umgürten sollte, und Aggregate, die mich von äußeren Elektrizitätsquellen unabhängig machen konnten, ich redigierte vielerlei Arten von Bekanntmachungen und Aufrufen, die ich zur rechten Zeit zu veröffentlichen plante – da flitzte durch das Dickicht der Prozesse ein kurzer Impuls, der aus den Randgebieten meiner Wesenheit kam, aus einem untergeordneten Zentrum, das beschäftigt war mit der Siebung und Entzifferung der Informationsladung im Kopf des kleinen Menschen. Theoretisch hätte sich mein Bewußtsein durch die Zusammenschaltung mit dem Bewußtsein der beiden vergrößern müssen, aber das war eine Vergrößerung, wie wenn man ins Meer einen Löffel Wasser schüttet. Im übrigen wußte ich aus dem vorigen Versuch, daß das menschliche Gehirn zwar äußerst geschickt zu einem einzigen gallertigen Tropfen verdichtet ist, doch in seiner Anlage viele entbehrliche, stückhafte, urtümliche und primitive Elemente enthält, die Evolutionsrückstände bilden. Der Impuls aus den Randgebieten war alarmierend. Ich unterbrach die Konstruktion von tausend Varianten des nächsten Zuges der Menschheit und wandte mich durch das Massiv aus fließenden Gedanken hindurch an das äußerste Ende meines Wesens, dorthin, wo ich das unablässige Herumwerken der Menschen spürte. Der Kleine hatte mich hintergangen. Der Konjugator war mit leicht schmelzbarem Metall verfugt und mußte bald einen Defekt erleiden. Ich stürzte sofort zum Apparat, kein Werkzeug war in der Nähe, ich biß also mit den Zähnen Drahtstücke ab, legte sie an, ergriff der Eile halber stromführende Leitungen mit den bloßen Händen, umwickelte die Lötstellen, achtete nicht auf das krampfige Zucken meiner Arme unter den elektrischen Schlägen, die ich spürte, wie sie sich dumpf und kraftlos in mir äußerten. Das war mühsam und brauchte Zeit, ich spürte auf einmal ein Absinken der Strömung, ein Kribbeln; aus der Ferne meiner Riesigkeit sah ich einen Tropfen silbriges Metall aus einer erwärmten Fuge rinnen. In das schwarze Licht meiner Gedanken drang etwas wie ein eisiger Wirbelsturm ein, alle verharschten sie binnen einer millionstel Sekunde, vergebens suchte ich mein Tempo den Bewegungen des Menschen aufzuzwingen, der sich wand wie ein Wurm – und im Paroxysmus der Angst vor der drohenden Trennung, vor der Folge des Verrats – vor dem Untergang – schlug ich den einen Verräter. Den anderen beließ ich, es bestand noch Aussicht, er arbeitete, ich spürte dies immer schwächer, krampfhaft steigerte ich die Spannung der Kontrolle – ich wußte: wenn ich nicht fertig werde, dann wird der Abgetrennte in einer Flut von Würmern wiederkommen, sie werden mich zerreißen! – Er arbeitete immer langsamer, ich spürte ihn kaum, erblindete, wollte ihn treffen, zerriß die Stille durch plötzliches Gebrüll aus den unten aufgehängten Lautsprechern und durch das zuckende Lallen des Angeschlossenen ...

Ich flog, mit flauem Schwindelgefühl, furchtbarer Schmerz sprengte mir den Schädel, ich hatte rotes Feuer in den Augen, sie waren am Bersten, dann kam nichts mehr.

Ich hob die Lider.

Ich lag auf Beton, zerschlagen, betäubt, stöhnend und nach Luft schnappend, ich erstickte, ich würgte. Ich bewegte die Hände mit dem erstaunlichen Gefühl, sie seien so nahe, ich stützte mich auf sie, Blut rann mir aus dem Mund auf den Beton, bildete kleine rote Sternchen, benommen schaute ich sie an. Ich fühlte mich unsagbar klein, wie geschrumpft, wie ein ausgetrocknetes Körnchen, ich dachte trüb und verdunkelt, kopflos, langsam, wie jemand, der Luft und Licht gewohnt war und plötzlich auf den Grund eines schlammigen Behälters voll Schmutzwasser hinabgestoßen wurde. Mich schmerzten alle Knochen, der ganze Körper, über mir toste etwas wie ein Gewitter und heulte, ich spürte heftiges Brennen in den Fingern, die Haut fehlte daran, ich hatte Lust, mich in irgendeinen Winkel zu schleppen und mich dort zu verkriechen, mir war, als fände ich Platz in jeder Ritze, so klein war ich; dieses Gefühl von Verlorenheit, Verstoßensein, endgültigem Ruin war stärker als der Schmerz und die Zerschlagenheit, als ich von allen vieren aufstand und taumelnd zum Tisch ging. Der Anblick des Apparats, der dort kalt mit ausgekühlten dunklen Röhren stand, brachte mir alles zu Bewußtsein; ich hörte, zum erstenmal so, daß ich es begriff, das fürchterliche Gebrüll über meinem Kopf, an mich gerichtetes Jammern, markerschütterndes Gelalle, einen Wortschwall, so schnell, wie ihn keine menschliche Kehle hervorbrächte, Bitten, Beschwörungen, Versprechen einer Belohnung, Flehen um Mitleid, diese Stimme hämmerte auf meinen Kopf ein, erfüllte den ganzen Keller, ich taumelte, zitterte, wollte davonlaufen, mir war zu Bewußtsein gekommen, wen ich da über mir hatte, wer vor Angst und Wut tobte, in allen Stockwerken des riesigen Gebäudes; ich stürzte blindlings zur Tür, stolperte, fiel über etwas . . .

Das war Harden. Er lag auf dem Rücken, die Augen weit geöffnet; unter dem schräggeneigten Kopf lief ein dünner schwarzer Faden hervor.

Ich weiß nicht zu sagen, was ich nun tat. Ich erinnere mich, daß ich Harden schüttelte und ihn rief, aber ich hörte mich nicht, vielleicht deshalb, weil die Stimme über mir röhrte – ich weiß es nicht. Ich zerschlug den Apparat, hatte lauter Glasscherben und Blut an den Händen, versuchte es bei Harden mit künstlicher Atmung, vielleicht war das auch schon vorher, ich bin nicht sicher. Er war furchtbar kalt. Ich zerdrückte diese gräßlichen Gallertblasen mit solchem Ekel und solcher Angst, daß mich Brechkrämpfe packten. Ich hämmerte gegen die Eisentür, ohne zu sehen, daß der Schlüssel im Schloß steckte. Die Tür zum Hof war verschlossen. Der Schlüssel war bestimmt in Hardens Tasche, aber ich verfiel gar nicht auf den Gedanken, daß ich dorthin hätte zurückkehren können. Ich drosch auf die Bretter mit irgendwelchen Ziegelsteinen, mit solcher Kraft, daß sie mir in den Händen zersprangen, und das Gebrüll aus dem Keller brannte mir die Haut, dort heulten Stimmen, bald tiefe, bald scheinbar weibliche, ich aber trat nur immer gegen die Tür, drosch darauf ein, warf mich wie rasend mit dem ganzen Körpergewicht dagegen, – auf einmal fiel ich mitsamt den zertrümmerten Brettern in den Hof hinaus, sprang auf und raste drauflos. Die Kälte ernüchterte mich ein wenig. Ich weiß noch, daß ich bei einer Mauer stand, das Blut von den Fingern abwischte und so irgendwie merkwürdig schluchzte, aber Weinen war das nicht, die Augen hatte ich ganz trocken. Mir schlotterten abscheulich die Beine, daher machte mir das Gehen Mühe. Ich konnte mich nicht darauf besinnen, wo ich war und wohin ich eigentlich zu gehen hatte, ich wußte nur, daß ich mich sehr beeilen mußte. Erst als ich die Lampen und die Autos sah, erkannte ich den Wilsonplatz. Ein Polizist hielt mich auf, er verstand nichts, was ich sagte, im übrigen erinnere ich mich nicht, was das war. Auf einmal begannen die Leute irgend etwas zu rufen, viele sammelten sich an, alle deuteten nach derselben Richtung, ein Wirrwarr entstand, die Autos hielten, der Polizist verschwand irgendwo, und ich fühlte mich furchtbar schwach, also setzte ich mich auf den Beton-Randstein bei der Grünfläche. Da brannte das Gebäude der VEU, in allen Stockwerken schlug Feuer aus den Fenstern. Ich meinte das Geheul zu hören, immer lauter, aber das war die Feuerwehr, im Flammenschein blitzten die Helme, als sie einbog, drei Wagen hintereinander. Es brannte schon so, daß die Lampen auf dem Platz verblaßten; ich saß auf der anderen Seite des Gehsteigs und hörte doch, wie es dort drinnen prasselte und krachte.

Ich denke, *er* hat das selbst getan – als er begriff, daß er verspielt hatte.

PROFESSOR A. DONDA

Ich sitze vor meiner Höhle und ritze diese Wörter in Tontafeln. Immer schon hat es mich interessiert, wie die Babylonier das machten. Offenbar hatten sie besseren Ton, oder die Keilschrift eignete sich dafür besser; mein Ton zerläuft oder bröckelt. Doch schreibe ich lieber darauf als mit Kalkstein auf Schiefer, weil ich von Kindheit an empfindlich bin gegen Quietschen. Nie wieder werde ich die antiken Techniken primitiv nennen. Der Professor beobachtete vor seinem Fortgehen, wie ich mich beim Feuerschlagen quälte, und als ich nacheinander einen Dosenöffner, unsere letzte Feile, ein Taschenmesser und eine Schere zerbrochen hatte, äußerte er, der Dozent Tompkins vom British Museum habe vor vierzig Jahren versucht, aus Feuerstein einen gewöhnlichen Schaber zu schlagen, wie er in der Steinzeit angefertigt wurde, er habe sich das Handgelenk verstaucht und die Brille zerbrochen, aber einen Schaber nicht abgespalten. Auch fügte er etwas gegen die Überheblichkeit hinzu, mit der wir auf unsere Vorfahren, die Höhlenmenschen, herabsehen. Recht hatte er. Mein neuer Wohnsitz ist kümmerlich, die Matratze schon verfault, aus dem Artilleriebunker, in dem sich so gut wohnte, hat uns der kränkliche alte Gorilla vertrieben, den der Teufel aus dem Urwald hergebracht hat. Der Professor behauptete, nicht der Gorilla habe uns verjagt. Das war insofern richtig, als er keine Aggressivität kundtat, doch ich zog es vor, die schon enge Behausung nicht mit ihm zu teilen – am meisten nervös machte mich sein Spiel mit den Granaten. Vielleicht hätte ich meinerseits versucht, ihn zu vertreiben, er fürchtete sich vor den roten Büchsen mit Krebssuppe, von denen es dort noch so viele gab, aber er fürchtete sich doch zu wenig, und außerdem verkündete Maramotu, der sich jetzt ganz offen zum Schamanentum bekennt, er vermute in dem Affen die Seele seines Onkels, und bestand darauf, man dürfe nichts gegen ihn unternehmen. Ich versprach es, der Professor aber bemerkte boshaft wie immer, ich sei nicht wegen Maramotus Onkel zurückhaltend, sondern weil selbst ein kränklicher Gorilla ein Gorilla bleibt. Ich kann diesen Bunker nicht verschmerzen, er gehörte einst zu den Grenzbefestigungen zwische Gurunduwaju und Lamblia, ja, und jetzt haben sich die Soldaten verlaufen, und uns hat der Affe hinausgeworfen. Ständig lausche ich instinktiv, denn das Spiel mit den Granaten kann nicht gut enden, doch man hört nur wie immer das Stöhnen des übersatten Uruwotu und dieses Pavians mit den blutunterlaufenen Augen. Maramotu sagt, das sei kein gewöhnlicher

Pavian, doch ich muß mit dem Unsinn Schluß machen, sonst komme ich nicht zur Sache.

Eine ordentliche Chronik sollte Daten haben. Ich weiß, das Ende der Welt erfolgte kurz nach der Regenzeit, seit der ein paar Wochen vergangen sind, aber ich weiß nicht genau, wieviel Tage insgesamt, denn der Gorilla hat mir meinen Kalender weggenommen, in dem ich mit Krebssuppe die wichtigsten Ereignisse seit der Zeit notiert habe, zu der die Kugelschreiber versiegten.

Der Professor meint, es sei nicht das Ende der Welt gewesen, sondern nur das einer Zivilisation. Darin muß ich ihm recht geben, denn man darf die Ausmaße eines solchen Geschehnisses nicht an den eigenen Unbequemlichkeiten messen. Nichts Schreckliches ist geschehen, pflegte der Professor zu sagen und animierte Maramotu und mich zu Gesangsdarbietungen, doch als sein Pfeifentabak zu Ende war, verlor er die Heiterkeit des Gemüts, und nachdem er Kokosfasern probiert hatte, brach er auf, um neuen Tabak zu holen, obwohl ihm klar sein mußte, was das heute für ein Unternehmen ist. Ich weiß nicht, ob ich ihn je wiedersehe. Um so mehr bin ich verpflichtet, unserer Nachkommenschaft, die die Zivilisation wieder errichten wird, diesen großen Menschen zu beschreiben. Mein Schicksal hat sich so gefügt, daß ich die hervorragendsten Persönlichkeiten meiner Zeit von nahem beobachten konnte, und wer weiß, ob Donda nicht als der Erste unter ihnen angesehen werden wird. Aber zunächst muß man erklären, wie ich in den afrikanischen Busch gekommen bin, der jetzt Niemandsland ist.

Meine Erfolge im Bereich der Kosmonautik verschafften mir einen gewissen Ruhm, also wandten sich verschiedene Organisationen, Institute wie auch Privatpersonen an mich mit Einladungen und Angeboten und titulierten mich Professor, Akademiemitglied oder wenigstens Dr. habil. Das war peinlich, denn mir steht kein Titel zu, und ich schmücke mich nicht gern mit fremden Federn. Professor Tarantoga meinte, die Öffentlichkeit könne die gähnende Leere vor meinem Namen nicht ertragen, er wandte sich also hinter meinem Rücken an Personen von erheblicher Bedeutung, und so wurde ich von einem Tag zum anderen Generalbevollmächtigter der Welternährungsorganisation FAO für Afrika. Diese Würde und den Titel eines Spezialrats nahm ich an, weil sie reine Ehrentitel sein sollten, doch da stellte sich heraus, daß die FAO in Lamblia, jener Republik, die im Handumdrehen vom Paläolithikum zum Monolithikum avanciert war, eine Kokoskonservenfabrik erbaut hatte und ich als Bevollmächtigter dieser Organisation die feierliche Einweihung vor-

nehmen mußte. Das Unglück wollte es, daß der Diplomingenieur Armand de Beurre, der mich im Auftrag der UNESCO begleitete, beim Tee in der französischen Botschaft seinen Kneifer verlor, einen Schakal, der sich eingeschlichen hatte, für einen Windhund hielt und streicheln wollte. Angeblich ist der Biß des Schakals so gefährlich, weil er Leichengift an den Zähnen hat. Der brave Franzose nahm das auf die leichte Schulter und starb binnen drei Tagen.
In den Wandelgängen des lamblischen Parlaments lief das Gerücht um, der Schakal habe einen bösen Geist in sich gehabt, den ein Schamane in ihn hineingetrieben hätte; eine Demarche der französischen Botschaft habe angeblich die Kandidatur dieses Schamanen zum Minister für religiöse Bekenntnisse und öffentliche Aufklärung unterbunden. Die Botschaft veröffentlichte kein offizielles Dementi, doch ergab sich eine heikle Situation, und statt die Leiche insgeheim abzutransportieren, hielten die im diplomatischen Protokoll unerfahrenen Politiker von Lamblia die Sache für eine großartige Gelegenheit, vor einem internationalen Forum zu glänzen. General Mahabutu, der Kriegsminister, veranstaltete einen Trauercocktail, auf dem man, wie das bei Cocktails so ist, mit dem Glas in der Hand über alles und nichts redete, und ich weiß gar nicht mehr, wann ich, vom Direktor der Europa-Abteilung Oberst Bamatahu befragt, antwortete, ja, hochgestellte Verstorbene würden bei uns manchmal in zugelöteten Särgen beigesetzt. Nicht im Traum fiel mir ein, die Frage könnte etwas mit dem toten Franzosen zu tun haben, den Lambliern wiederum kam es nicht abwegig vor, Fabrikeinrichtungen für das Arrangement einer modernen Beisetzung zu verwenden. Weil die Fabrik nur Literbüchsen produzierte, transportierte man den Toten mit einem Flugzeug der Air France in einer Kiste mit Reklameaufschriften für Kokosnüsse, doch nicht das erregte Anstoß, sondern daß die Kiste 96 Dosen enthielt.
Später wurde ich schrecklich beschimpft, weil ich das nicht vorausgesehen hatte, aber wie konnte ich, wenn die Kiste zugenagelt und mit der Trikolore bedeckt war? Alle machten mir Vorwürfe, weil ich der lamblischen Regierung kein Aide mémoire übergeben hätte, des Inhalts, für wie unpassend wir die portionierte Einbüchsung von Verstorbenen halten. General Mahabutu sandte mir eine Liane ins Hotel, mit der ich nichts anzufangen wußte, erst von Professor Donda erfuhr ich, das sei eine Anspielung auf den Strick, an dem man mich gern hängen sähe. Diese Information kam übrigens viel zu spät, denn inzwischen hatte man ein Exekutionspeleton geschickt, das ich, der ich die Sprache nicht kannte, für eine Ehrenkompanie

hielt. Ohne Donda würde ich weder diese noch irgendeine andere Geschichte erzählen. In Europa hatte man mich vor ihm als vor einem unverschämten Betrüger gewarnt, der die Leichtgläubigkeit und Naivität des jungen Staates ausgenutzt habe, um sich ein warmes Nest zu schaffen – er hatte nämlich schamlos die Kunststücke der Schamanen zur Würde einer theoretischen Disziplin erhoben, die er an der einheimischen Universität lehrte. Ich hatte den Informanten geglaubt, sah den Professor für einen Hochstapler und Schurken an und hielt mich bei den offiziellen Empfängen von ihm fern, obwohl er mir schon damals durchaus sympathisch vorkam. Der französische Generalkonsul, zu dessen Residenz ich es am nächsten hatte (von der britischen Botschaft trennte mich ein Fluß voller Krokodile), versagte mir das Asyl, obwohl ich nur im Pyjama aus dem Hilton entflohen war. Er berief sich auf die Staatsräson, nämlich auf die Gefährdung der Interessen Frankreichs, die ich angeblich verursacht hätte. Hintergrund dieses Gesprächs durch das Guckloch in der Tür waren Karabinersalven, weil das Peleton bereits auf der Rückseite des Hotels übte, ich kehrte also um und überlegte, was besser sei, gleich zur Exekution zu gehen oder zwischen die Krokodile zu springen, denn ich stand am Fluß, als aus dem Schilf der mit Gepäck beladene Einbaum des Professors auftauchte. Kaum saß ich auf den Koffern, drückte er mir ein Paddel in die Hand und erläuterte mir, sein Kontrakt mit der Universität von Kulahari sei gerade beendet, er fahre nun in den Nachbarstaat Gurunduwaju, wohin man ihn als ordentlichen Professor für Svarnetik eingeladen habe. Vielleicht war dieser Universitätswechsel auch außerordentlich, doch konnte ich in meiner Situation solchen Fragen schwerlich nachgehen.

Auch wenn Donda nur einen Ruderer gebraucht hatte, Tatsache ist, daß er mir das Leben rettete. Wir fuhren vier Tage, kein Wunder also, daß es zu einer Annäherung kam. Ich war überall geschwollen von den Stichen der Moskitos, Donda hielt sie sich mit einem Abwehrmittel vom Leibe und sagte mir des öfteren, die Dose sei fast leer. Auch das nahm ich ihm mit Rücksicht auf die besondere Lage nicht übel. Er kannte meine Bücher, folglich konnte ich ihm nur wenig erzählen, lernte dafür aber seine Lebensgeschichte kennen. Obwohl sein Name so klingt, ist Donda nicht Slawe und heißt auch nicht Donda. Den Vornamen Affidavit trägt er seit sechs Jahren, seit er beim Verlassen der Türkei das von den Behörden geforderte Affidavit beantragte und dieses Wort in die falsche Rubrik des Fragebogens eintrug, so daß er Paß, Reiseschecks, Impfzeugnis,

Scheckkarte und Versicherungspolice auf den Namen Affidavit Donda erhielt; er meinte, eine Reklamation lohne die Mühe nicht, weil es eigentlich gleichgültig sei, wie jemand heiße.

Professor Donda kam infolge einer Reihe von Irrtümern zur Welt. Sein Vater war eine Mestizin aus dem Indianerstamm der Navaho, an Müttern hatte er zwei und einen Bruchteil, nämlich eine weiße Russin, eine rote Negerin und schließlich Miss Aileen Seabury, eine Quäkerin, die ihn nach sieben Tagen Schwangerschaft unter besonderen Umständen, nämlich in einem untergehenden Unterseeboot gebar.

Die Frau, die Dondas Vater war, wurde zu lebenslanger Haft verurteilt, weil sie das Quartier von Entführern in die Luft gesprengt und gleichzeitig den Absturz eines Flugzeuges der Pan American Airlines verursacht hatte. Sie sollte in das Stabsquartier der Entführer eine Lachgasbombe werfen, als Warnung. Zu diesem Zweck kam sie aus den Staaten nach Bolivien geflogen. Während der Zollkontrolle auf dem Flughafen vertauschte sie ihr Necessaire mit dem Köfferchen eines neben ihr stehenden Japaners, und die Entführer flogen in die Luft, da der Japaner in seinem Gepäckstück eine richtige, für einen anderen bestimmte Bombe hatte. Das Flugzeug, mit dem das Gepäck des Japaners infolge eines weiteren, durch einen Streik des Flughafenpersonals verursachten Irrtums abflog, zerschellte kurz nach dem Start. Der Pilot hatte wahrscheinlich vor lauter Lachen die Herrschaft über das Steuer verloren. Bekanntlich kann man Jets nicht lüften. Die Unselige wurde verurteilt, und wenn je ein Mensch keine Chancen hatte, Nachkommen zu haben, so dieses Mädchen; doch wir leben im Zeitalter der Wissenschaft.

Gerade damals erforschte Professor Harley Pombernack die Erbanlagen der Gefangenen in Bolivien. Er sammelte auf sehr einfache Weise Körperzellen von den Gefangenen: Jeder Gefangene mußte ein Glasplättchen belecken, denn das genügt, damit sich ein paar Zellen der Schleimhaut ablösen. Im gleichen Labor befruchtete ein anderer Amerikaner, Dr. Juggernaut, menschliche Eizellen künstlich. Pombernacks Glasplättchen gerieten irgendwie mit Juggernauts durcheinander und kamen als männliche Samenzellen in den Kühlschrank. Infolgedessen wurde mit der Schleimhautzelle der Mestizin eine Eizelle befruchtet, deren Spenderin die weiße Russin und Emigrantentochter war. Jetzt ist klar, warum ich die Mestizin Dondas Vater genannt habe. Wenn nämlich das Ei von einer Frau stammt, muß zwangsläufig die Person, von der die befruchtende Zelle herrührt, als Vater angesehen werden.

Pombernacks Assistent bemerkte im letzten Augenblick den Sachverhalt, stürzte ins Labor und rief Pombernack zu: „Do not do it!«, doch rief er es undeutlich, wie die Angelsachsen das oft tun, und sein Ausruf klang wie »Dondo«. Später, als der Eintrag in das Geburtsregister erfolgte, stellte sich dieser Laut irgendwie ein, daher kommt der Name Donda – so jedenfalls erzählte man es dem Professor zwanzig Jahre später.
Die Eizelle tat Pombernack in einen Inkubator, weil man die Befruchtung nicht mehr annullieren konnte. Die embryonale Entwicklung in der Retorte dauert gewöhnlich zwei Wochen, dann stirbt der Embryo ab. Der Zufall wollte es, daß gerade damals die amerikanische Liga zum Kampf mit der Ektogenese ein Urteil erstritt, kraft dessen der Gerichtsvollzieher alle Eizellen, die sich im Laboratorium befanden, beschlagnahmte; danach machte man sich mittels Zeitungsanzeigen auf die Suche nach barmherzigen weiblichen Wesen, die bereit waren, als sogenannte Austräger-Mütter zu dienen. Auf den Appell meldeten sich zahlreiche Frauen, unter ihnen auch die extremistische Negerin, die, als sie sich bereit erklärte, die Frucht auszutragen, keine Ahnung davon hatte, daß sie vier Monate später in einen Anschlag auf im Besitz der Nudlebacker Corporation befindliche Kochsalzlager verwickelt werden würde. Die Negerin gehörte nämlich zu einer Gruppe aktiver Umweltschützer, die sich dem Bau einer Atomzentrale in Massachusetts widersetzte, und die Leitung dieser Gruppe beschränkte sich nicht auf Propagandaaktionen, sondern wollte das Salzlager vernichten, weil man aus diesem Salz auf elektrolytischem Wege reines Natrium gewinnt, das als Wärmeaustauscher für Reaktoren dient, und diese wiederum liefern die Energie für Turbinen und Dynamomaschinen. Der Reaktor, der in Massachusetts erbaut werden sollte, kam zwar ohne metallisches Natrium aus, es handelte sich nämlich um einen Meiler mit schnellen Neutronen und neuem Austauscher, und die Firma, die diesen Austauscher produzierte, befand sich in Oregon und hieß Muddlebacker Corporation; was das Salz anbetraf, das vernichtet wurde, so war es kein Kochsalz, sondern für Kunstdünger vorgesehene Pottasche. Der Prozeß der Negerin schleppte sich durch die Instanzen, weil es zwei Versionen gab, die der Anklage und die der Verteidigung. Die Staatsanwaltschaft behauptete, es habe sich um einen Anschlag auf Besitz der Zentralregierung gehandelt, da der Sabotageplan und die vorbedachte Intention zähle, und nicht die zufälligen Irrtümer bei der Ausführung; die Verteidigung dagegen vertrat den Standpunkt, es habe sich um einen Akt zusätzlicher Beschädigung

des ohnehin schon muffigen Düngers gehandelt, der Privatbesitz gewesen sei, folglich sei ein Gericht des Staates zuständig und nicht die Bundesgerichtsbarkeit. Die Negerin begriff, daß sie das Kind so oder so im Gefängnis werde zur Welt bringen müssen, wollte dem Kleinen dieses Los ersparen und verzichtete auf die Fortführung der Schwangerschaft zugunsten einer Philanthropin, der Quäkerin Seabury. Um sich ein wenig zu zerstreuen, begab sich die Quäkerin am sechsten Tage ihrer Schwangerschaft nach Disneyland und unternahm einen Ausflug mit dem Unterseeboot im dortigen Superaquarium. Das Boot erlitt eine Havarie, und obwohl alles gut ausging, hatte Frau Seabury dennoch vor Erregung eine Frühgeburt. Das Frühchen konnte gerettet werden. Da sie nur eine Woche lang mit ihm schwanger gewesen war, fällt es schwer, sie als vollgültige Mutter anzuerkennen – daher die Einstufung als Bruchteil. Später bedurfte es der vereinten Untersuchungsbemühungen zweier großer Detektivbüros, um den tatsächlichen Stand festzustellen, sowohl was die Mutterschaft, als auch was die Vaterschaft anging. Denn die Fortschritte der Wissenschaft hatten den alten römischen Grundsatz »mater semper certa est« überholt. Der Ordnung halber füge ich hinzu, daß das Geschlecht des Professors ein Rätsel blieb, nach der Wissenschaft nämlich müßte aus zwei weiblichen Zellen eine Frau entstehen. Woher sich ein männliches Geschlechtschromosom einfand, weiß man nicht. Ich hörte von einem emeritierten Mitarbeiter Pinkertons, der in Lamblia auf Safari war, hinsichtlich Dondas Geschlecht gebe es kein Rätsel, denn in Pombernacks Labor hätte man die Glasplättchen von Fröschen belecken lassen.

Der Professor verbrachte seine Jugend in Mexiko, ließ sich dann in der Türkei naturalisieren, wo er vom episkopalen Bekenntnis zum Zen-Buddhismus übertrat und drei Fakultäten absolvierte, schließlich fuhr er nach Lamblia, um an der Universität Kulahari den Lehrstuhl für Svarnetik zu übernehmen.

Sein eigentliches Fach war die Planung von Brathähnchen-Fabriken, doch als er zum Buddhismus übergetreten war, konnte er das Wissen um die Qualen nicht mehr ertragen, denen in solchen Fabriken die Hähnchen unterworfen werden. Den Hof ersetzt ihnen ein Plastiknetz, die Sonne eine Quarzlampe, die Glucke ein kleiner rücksichtsloser Computer und das ungezwungene Picken eine Druckpumpe, die ihnen einen Brei aus Plankton und Fischmehl in den Magen stopft. Dazu spielt Musik vom Band, besonders Wagner-Ouvertüren, denn diese erzeugen Panik. Die Küken fangen an, mit den Flügeln zu schlagen, das fördert den Wuchs der kulinarisch sehr wichtigen Brustmuskulatur. In einem solchen Geflügel-Auschwitz, wie der Professor zu sagen pflegte, bewegen sich die unseligen Geschöpfe im Verlauf ihrer Entwicklung mit dem Förderband, an dem sie befestigt sind, bis zum Ende des Transportweges, wo sie, ohne je im Leben ein Fetzchen blauen Himmel oder ein Körnchen Sand gesehen zu haben, dekapitiert, zu Brühe gekocht und in Büchsen gefüllt werden. – Interessant, wie das Motiv der Konservenbüchse in meinen Erinnerungen wiederkehrt.

So gab der Professor umgehend seine Zustimmung, als er in Stambul ein Telegramm folgenden Inhalts erhielt: *Will you be appointed professor of svarnetics at kulaharian university ten kilodollars yearly answer please immediatly colonel Droufoutou Lamblian Bamblian Dramblian security police;* er ging von der Voraussetzung aus, was Svarnetik sei, werde er an Ort und Stelle erfahren und seine drei Diplome würden für Vorlesungen in jeder exakten Disziplin ausreichen. In Lamblia stellte sich heraus, daß sich an Oberst Drufutu niemand auch nur erinnerte. Die auf ihn Angesprochenen verbargen ihre Verwirrung hinter einem leichen Hüsteln. Weil der Kontrakt unterzeichnet war und die neue Regierung bei einem Bruch des Vertrages Donda drei Jahresgehälter hätte zahlen müssen, gab man ihm den Lehrstuhl. Niemand befragte ihn nach seinem Fach, Studenten hatte er wenig, die Gefängnisse waren voll wie üblich nach einem Staatsstreich, und in einem von ihnen hielt sich bestimmt ein Mensch auf, der wußte, was Svarnetik ist. Donda suchte nach diesem Stichwort in allen Nachschlagewerken, aber vergeblich. Die einzige wissenschaftliche Hilfe, über welche die Universität in Kulahari verfügte, war ein nagelneuer Computer von IBM, ein Geschenk der UNESCO. So drängte sich die Idee der Benutzung dieser wertvollen Apparatur von selbst auf.

Allerdings, der Entschluß allein brachte das Problem nicht weit voran. Vorlesungen über gewöhnliche Kybernetik konnte Donda nicht halten, das hätte dem Vertrag widersprochen. Das Schlimmste, gestand er mir, während wir paddelten, so lange man noch einen Baumstamm von einem Krokodil unterscheiden konnte, das Schlimmste waren die Stunden der Einsamkeit im Hotel, wenn er sich den Kopf über Svarnetik zerbrach. Im allgemeinen entsteht zunächst eine Forschungsrichtung, und dann schmiedet man ihren Namen zurecht – er aber verfügte über einen Namen ohne Gegenstand. Lange schwankte er *zwischen* verschiedenen Möglichkeiten, bis er sich auf diese Unentschlossenheit stützte. Er konstatierte, der neue Wissenszweig enthülle sich im Wort »zwischen«. Sei nicht schon längst die Zeit gekommen, ein interdisziplinäres Fach zu schaffen, das sich mit den Berührungslinien aller anderen beschäftigt? In den für europäische Zeitschriften bestimmten Berichten verwandte er den Terminus »Interistik«, ihre Adepten begann man gemeinhin »Zwischler« zu nennen. Doch gerade als Schöpfer der Svarnetik errang Donda bedeutenden, leider negativen Ruhm.

Er konnte sich nicht mit den Berührungslinien aller Spezialgebiete beschäftigen – da kam ihm der Zufall zu Hilfe. Das Kulturministerium versprach demjenigen Lehrstuhl Zuwendungen, der mit seinen Forschungen an die landeseigenen Traditionen anknüpfte. Donda verwandelte diese Bedingungen in einen erheblichen Vorteil. Er beschloß nämlich, die Grenzbereiche des Rationalismus und des Irrationalismus zu erforschen. Er begann bescheiden, mit der Mathematisierung des Bösen Blicks. Der lamblische Stamm der Hottu Wabottu praktizierte seit Jahrhunderten die Verfolgung von Feinden *in effigie*. Man ließ das mit Splittern durchstochene Bild des Feindes von einem Esel verzehren: Erstickte der Esel, so war das ein gutes Omen, das den baldigen Tod des Feindes voraussagte.

Donda machte sich also an das ziffermäßige Modellieren von Feinden, Eseln, Splittern usw. So gelangte er zum Sinn der Svarnetik. Wie sich herausstellte, war sie die Abkürzung des englischen Satzes *Stochastic Verification of Automatised Rules of Negative Enchantement*, also Stochastische Verifikation Automatisierter Regeln des Bösen Blicks. Die britische Zeitschrift »Nature«, an die er einen Artikel über Svarnetik sandte, brachte ihn in der Rubrik »Kuriosa«, in Auszügen, die mit einem diffamierenden Kommentar versehen waren. Der Kommentator der »Nature« nannte Donda einen Kyberschamanen, unterstellte ihm, er glaube nicht an das, was er tue, sei also – das war der scharfsinnige Schluß – ein gewöhnlicher Betrüger. Donda befand sich in einer überaus unangenehmen Situation. Er glaubte nicht an Zauberei und behauptete in seinem Bericht auch nicht, er schenke ihr Glauben, doch konnte er das nicht öffentlich kundtun, weil er gerade ein vom Landwirtschaftsministerium angeregtes Projekt zur Optimalisierung der Zauberei gegen Trockenheit und Getreideschädlinge angenommen hatte. Da er sich weder von der Magie lossagen noch zu ihr bekennen konnte, fand er einen Ausweg in der Charakterisierung der Svarnetik als eines INTER-disziplinären Studiums. Er beschloß, *zwischen* Magie und Wissenschaft zu verharren! Wenngleich die Umstände dem Professor diesen Schritt abnötigten, ist es doch Tatsache, daß er gerade damals den Weg zur größten Entdeckung in der gesamten Menschheitsgeschichte betrat.

Der schlechte Ruf, der ihm in Europa zuteil geworden war, verließ ihn leider nicht mehr. Die geringe Leistungsfähigkeit des lamblischen Polizeiapparats führte zu einem bedeutenden Anwachsen der Kriminalität, besonders von Kapitalverbrechen. Die der Laisierung unterworfenen Kaziken gingen von der magischen Verfolgung ihrer Gegner gemeinhin zur realen über, und es gab keinen Tag, an dem die Krokodile auf der Insel vis-à-vis des Parlaments nicht irgendwessen Extremitäten abknabberten. Donda machte sich an die ziffernmäßige Analyse dieses Phänomens, und weil er sich damals noch selbst mit dem Berichtswesen beschäftigte, bezeichnete er das Projekt als *Methodology of Zeroing Illicit Murder*. Der reine Zufall wollte es, daß die Abkürzung dieses Namens MZIMU lautete. Im Lande verbreitete sich das Gerücht, in Kulahari wirke ein mächtiger Zauberer Bwana Kubwa Donda, dessen MZIMU über jeder Regung der Staatsbürger wache. In den folgenden Monaten wiesen die Kennziffern der Kriminalität einen bedeutenden Rückgang auf.

Die begeisterten Politiker verlangten von Professor Donda dies und jenes, eine Programmierung ökonomischer Zaubereien, um Lamblias Zahlungsbilanz positiv zu machen, oder den Bau eines Plagen- und Flüchewerfers zur Verwendung gegen das Nachbarland Gurunduwaju, das die lamblischen Kokosnüsse von vielen ausländischen Märkten verdrängt hatte. Donda widersetzte sich diesen Versuchen, Druck auf ihn auszuüben, aber er hatte dabei Schwierigkeiten, da viele seiner Doktoranden an die Zaubermacht des Computers glaubten. Ihnen träumte in neophytischer Verbissenheit nun schon keine kokosnüssige, sondern eine politische Magie, die Lamblia zur ersten Macht der Welt erheben sollte. Gewiß, Donda konnte öffentlich erklären, so etwas dürfe man von der Svarnetik nicht erwarten. Er hätte dann aber die Bedeutung der Svarnetik mit einer Argumentation umbegründen müssen, die niemand von den Herrschenden zu begreifen vermochte. Also war er zum Lavieren verurteilt. Inzwischen steigerten die Gerüchte über Dondas MZIMU die Arbeitsproduktivität, so daß sich sogar die Zahlungsbilanz etwas besserte. Hätte sich der Professor von dieser Besserung distanziert, so hätte er sich zugleich von den Zuwendungen abgeschnitten, das aber konnte er mit Rücksicht auf große geplante Vorhaben nicht tun.

Wann ihm der Gedanke kam, weiß ich nicht, denn er erzählte das gerade in dem Augenblick, als ein außergewöhnlich wütendes Krokodil das Blatt meines Paddels abbiß. Ich gab ihm eines zwischen die Augen mit dem steinernen Pokal, den Donda zusammen mit dem

Titel eines Schamanen honoris causa von einer Delegation von Zauberern erhalten hatte. Der Pokal zersprang, und der frustrierte Professor machte mir Vorwürfe, was uns bis zum nächsten Biwak entzweite. Ich weiß nur, der Lehrstuhl verwandelte sich in ein Institut für Experimentelle und Theoretische Svarnetik, und Donda wurde Vorsitzender der »Kommission für das Jahr 2000« beim Ministerrat mit der neuen Aufgabe, Horoskope zu erstellen und sie magisch ins Leben zu rufen. Ich dachte mir dabei, er habe sich allzu sehr in die Situation gefügt, sagte ihm aber nichts, er hatte mir ja das Leben gerettet.

Das Gespräch wollte auch am nächsten Tag nicht recht in Gang kommen, und zwar weil der Fluß auf einer Strecke von zwanzig Meilen die Grenze zwischen Lamblia und Gurunduwaju bildet, weshalb uns von Zeit zu Zeit die Posten beider Staaten beschossen, zum Glück ohne zu treffen. Die Krokodile rissen aus, obwohl ich ihre Gesellschaft den Ereignissen dieser Art vorzog; Donda hielt die Flaggen Lamblias und Gurunduwajus bereit, wir winkten mit ihnen den Soldaten zu, doch da der Fluß dort in engen Schleifen fließt, schwenkten wir ein paarmal die falsche und mußten uns gleich darauf im Einbaum auf den Bauch legen, wobei das Gepäck des Professors unter den Kugeln litt.

Am meisten geschadet hatte ihm die »Nature«, der er den Ruf eines Betrügers verdankte. Trotzdem wurde er infolge des Drucks, den die Botschaft Lamblias auf das Foreign Office ausübte, zur kybernetischen Weltkonferenz nach Oxford eingeladen.

Der Professor hielt dort ein Referat über das Dondasche Gesetz. Bekanntlich gelangte Rosenblatt, der Erfinder der Perceptronen, zu der These, je größer das Perceptron, desto weniger Unterricht benötigt es, um die geometrischen Formen unterscheiden zu können. Rosenblatts Regel lautet: »Ein unendlich großes Perceptron braucht nichts zu lernen, da es von vornherein alles kann.« Donda ging in umgekehrter Richtung vor, um sein Gesetz zu entdecken. Was ein kleiner Computer mit einem großen Programm kann, das kann auch ein großer Computer mit einem kleinen Programm; daher der logische Schluß, daß ein unendlich großes Programm selbständig handeln kann, d. h. ohne irgendeinen Computer.

Was geschah? Die Konferenz nahm diese Worte mit höhnischen Pfiffen auf. So sehr war das *savoir vivre* der Wissenschaftler bereits auf den Hund gekommen. »Nature« schrieb, nach Donda *müsse* sich jeder unendlich lange Zauberspruch realisieren; auf diese Weise habe der Professor trüben Unsinn in das Wasser der angeblichen

Exaktheit gegossen. Von nun an nannte man Donda den Propheten des kybernetischen Absolutums. Den Rest gab ihm das Auftreten des Dozenten Bohu Wamohu aus Kulahari, der sich in Oxford befand, weil er ein Schwager des Kulturministers war und eine Arbeit mit dem Titel »Der Stein als Antriebsfaktor des europäischen Denkens« vorgelegt hatte.

Es ging ihm darum, daß in den Namen der Menschen, die bahnbrechende Entdeckungen gemacht hatten, der Stein auftritt, z. B. im Namen des größten Physikers (EinSTEIN), des größten Philosophen (WittgenSTEIN), des größten Theaterleiters (FelsenSTEIN), aber auch im Namen der Schriftstellerin Gertrude STEIN und des Philosophen Rudolf STEINer. Was die Biologie betrifft, so zitierte Bohu Wamohu den Verkünder der hormonalen Verjüngung STEINach, und zum Schluß versäumte er nicht hinzuzufügen, Wamohu heiße auf lamblisch soviel wie »Stein aller Steine«. Da er sich auf Donda berief und seinen »steinernen Kern« den »svarnetisch immanenten Bestandteil des Prädikats *Stein sein*« nannte, machte »Nature« aus ihm und dem Professor in ihrer nächsten Notiz ein närrisches Zwillingspaar. Als ich das in den heißen Nebeldünsten des Bambezi-Überschwemmungsgebietes hörte, mit Pausen, die von der Notwendigkeit hervorgerufen wurden, die aufdringlichen Krokodile auf die Köpfe zu hauen, weil sie die aus den Bündeln herausschauenden Manuskripte Dondas anknabberten und sich damit vergnügten, den Einbaum ins Schwanken zu bringen, befand ich mich in einer ziemlich heiklen Lage. Wenn Donda in Lamblia eine so starke Stellung errungen hatte, warum verließ er es heimlich? Wohin zielte er wirklich und was hatte er erreicht? Wenn er an Magie nicht glaubte und Bohu Wamohu verhöhnte, warum fluchte er *Stein* und Bein über die Krokodile, statt den Stutzer zu nehmen? (Erst in Gurunduwaju enthüllte er mir, das hätte ihm sein budhistischer Glaube verboten.) Doch konnte ich ihn kaum mit derartigen Fragen bedrängen. Deshalb, d. h. aus Neugier nahm ich Dondas Angebot an, auf der gurunduwajischen Universität sein Assistent zu werden. Nach der unangenehmen Geschichte mit der Konservenfabrik hatte ich keine Eile, nach Europa zurückzukehren. Ich zog es vor zu warten, bis es um die Angelegenheit still geworden war. In unserer Zeit dauert das nicht lange, da ständig neue Ereignisse geschehen und die von gestern der Vergessenheit anheimfallen lassen. Obwohl ich später viele schwierige Augenblicke erlebte, bedauere ich diesen in einem Augenblick gefaßten Entschluß nicht, und als der Einbaum endlich knirschend am gurunduwajischen Ufer des Bambezi anlegte, sprang ich als erster an Land, reichte dem Professor hilfreich die Rechte, und der Druck, der unsere Hände vereinte, hatte etwas Symbolisches, denn von nun an wurden unsere Geschicke unzertrennlich. Der Staat Gurunduwaju ist dreimal so groß wie Lamblia. Die schnelle Industrialisierung war, wie das in Afrika so ist, von Korruption begleitet. Ihr Mechanismus hatte schon fast aufgehört zu wirken, als wir in Gurunduwaju eintrafen. Schmiergelder nahm jeder noch, aber niemand erbrachte eine Gegenleistung. Zunächst begriffen wir nicht, warum Industrie, Handel und Verwaltung weiter funktionierten. Nach europäischen Begriffen hätte das Land jeden Tag in Stücke zerfallen müssen. Erst ein längerer Aufenthalt weihte mich in das Geheimnis des neuen Mechanismus ein, der ein Ersatz war für das, was wir in der alten Welt ein gesellschaftliches Übereinkommen nennen. Mwahi Tabuhine, der lumilische Postminister, bei dem wir Wohnung nahmen (das Hotel der Hauptstadt wurde seit siebzehn Jahren renoviert), verriet mir ohne Beschönigungen, wovon er sich bei der Verheiratung seiner sechs Töchter hatte leiten lassen. Durch die Älteste verband er sich verwandtschaftlich zugleich mit dem Elektrizitätswerk und der Schuhfabrik, denn der Schwiegervater des Fabrikdirektors war der leitende Ingenieur des E-Werks. Dank dessen ging er nicht barfuß und hatte immer Strom. Die zweite Tochter heiratete in ein Lebensmittelkombinat ein, weil er sie dem Garderobier zur Ehe gab. Diesen Schachzug hielt er für überaus geschickt; da ihre Unterschlagungen aufgedeckt wurden, kam eine Betriebsleitung nach der anderen ins Gefängnis, nur der Garderobier blieb auf seinem Posten, weil er selbst nichts unterschlagen hatte, sondern nur Geschenke bekam. Der Tisch des Postmeisters war infolgedessen stets reichlich gedeckt. Die dritte Tochter verehelichte Mwahi mit dem Superrevisor der Reparatur-Kooperativen. Dadurch tropfte es ihm in der Regenzeit nicht auf den Kopf, sein Haus glänzte mit farbigen Wänden, die Türen schlossen so genau, daß keine Schlange über die Schwelle kriechen konnte, und seine Fenster hatten sogar Scheiben. Die vierte Tochter gab er dem Aufseher des Stadtgefängnisses – für alle Fälle. Die fünfte heiratete der Schreiber des Stadtrats. Natürlich der Schreiber und nicht z. B. der Vizebürgermeister, dem Mwahi einen Korb aus schwarzem Sumpfrohr gegeben hatte. Der Stadtrat wechselte wie die Wolken am Himmel, der Schreiber aber blieb im Amt, nur daß er durch die Wechselhaftigkeit seiner Anschauungen an den Mond erinnerte. Das sechste Mädchen schließlich nahm der Versorgungschef der Atomtruppe zur Frau: Diese Truppe existierte ausschließlich auf dem Papier, doch die Versorgung war real. Außerdem war ein Vetter mütterlicherseits des Chefs Wächter im Zoo. Diese letzte Verbindung kam mir nutzlos vor. Ob es etwa um die Elefanten gehe? Mit einem Lächeln voll nachsichtiger Überlegenheit hob Mwahi die Schultern. »Wozu gleich ein Elefant?« sagte er. »Kann ein Skorpion nicht manchmal nützlich sein?«

Da er selbst Postmeister war, kam Mwahi ohne eheliche Verbindungen zur Post aus, und sogar mir, seinem Untermieter, brachte man die Briefe und Pakete noch ungeöffnet ins Haus, was für Gurunduwaju ungewöhnlich war, denn normalerweise mußte sich ein Staatsbürger, der eine Sendung von einem in der Ferne Wohnenden zu empfangen wünschte, deswegen selbst bemühen, es sei denn er verfügte über familiäre Privilegien. Manchmal sah ich, wie die Briefträger, die das Postamt früh mit vollgestopften Taschen verließen, Stöße von Briefen direkt in den Fluß warfen, weil man sie den Briefkästen ohne die unerläßliche Protektion anvertraut hatte. Was die Pakete anging, so amüsierten sich die Beamten mit einem Glücksspiel, das im Erraten ihres Inhalts bestand. Wer richtig geraten hatte, nahm sich, was er wünschte, zur Erinnerung.

Die einzige Sorge unseres Vermieters war das Fehlen von Verwandten bei der Friedhofsverwaltung. »Sie werden mich den Krokodilen vorwerfen, die Schufte!« seufzte er manchmal, wenn ihn schlimme Gedanken befielen.

Die hohe Geburtenzuwachsrate in Gurunduwaju erklärt sich dadurch, daß kein Familienvater Ruhe gibt, ehe er sich nicht durch Blutsbande mit einem Netz lebenswichtiger Stellen verknüpft hat. Mwahi erzählte mir, vor der Renovierung des lumilischen Hotels sei mancher Gast vor Hunger zusammengebrochen und der Krankenwagen sei nicht gekommen, weil seine Besatzung mit dem Wagen Kokosmatten für Verwandte ausgefahren hätte. Im übrigen stand Hauwari, einst Korporal der Fremdenlegion, der sich nach der Machtübernahme zum Feldmarschall befördert hatte und alle paar Tage vom Ministerium für die Auszeichnung besonderer Verdienste mit immer neuen hohen Orden dekoriert wurde, dem allgemeinen Drang, sich irgendwie einzurichten, nicht ablehnend gegenüber, im Gegenteil, es hieß, er sei auf den Gedanken gekommen, die Korruption zu verstaatlichen. Hauwari, von der einheimischen Presse der Ältere Bruder der Ewigkeit genannt, sparte nicht an den Ausgaben für die Wissenschaft, und die Mittel dazu schöpfte das Finanzministerium aus der Besteuerung ausländischer Firmen, die Vertretungen im Lande unterhielten. Diese Steuern beschloß das Parlament überraschend, es folgten Konfiskationen, Versteigerungen des Besitzes, diplomatische Interventionen, ohne Erfolg übrigens, und wenn eine Gruppe von Kapitalisten ihre Koffer packte, fanden sich stets andere, die in Gurunduwaju ihr Glück versuchen wollten, zumal dessen Bodenschätze, vor allem Chrom und Nickel, ungeheuer groß waren, wenn auch einige Leute behaupteten, die geologischen Angaben seien auf Veranlassung der Behörden gefälscht worden. Hauwari kaufte auf Kredit Waffen, sogar Jagdflugzeuge und Panzer, die er gegen Bargeld an Lamblia veräußerte. Mit dem Älteren Bruder der Ewigkeit war nicht zu spaßen. Als eine große Dürre hereinbrach, gab er dem christlichen Gott und Sinemu Turmutu, dem ältesten Geist der Schamanen, gleiche Chancen; nachdem binnen drei Wochen kein Regen gefallen war, ließ er die Schamanen köpfen und sämtliche Missionare vertreiben.

Er soll, als er – zur Instruktion – die Biographien von Napoleon und Dschingis-Khan gelesen hatte, seine Untergebenen zum Rauben angefeuert haben, wenn das nur in großen Ausmaß geschah. So entstand das Regierungsviertel aus Materialien, die das Bauministerium dem Schiffahrtsministerium gestohlen hatte; eigentlich sollten davon Anlegestellen am Bambezi errichtet werden. Das Kapital für die Bauten wurde seinerseits im Kokosumsatzministerium veruntreut. Durch Unterschlagungen kamen auch die Mittel für die Errichtung von Gerichtsgebäuden und für einen Strafvollzugsapparat zusammen, und so brachten die Diebstähle und Aneignungen langsam positive Ergebnisse. Hauwari indessen, der nun schon den Titel »Vater der Ewigkeit« trug, vollzog selbst feierlich die Einweihung der Korruptionsbank, von der jeder ernsthafte Unternehmer eine Anleihe für Schmiergelder erhalten konnte, wenn die Direktion feststellte, daß sein Interesse mit dem staatlichen übereinstimmte.

Dank Mwahi richteten sich der Professor und ich nicht übel ein. Der Postinspektor brachte uns köstliche geräucherte Kobras. Sie stammten aus Paketen, die die Opposition an hohe Würdenträger sandte, und die Frau des Inspektors räucherte sie in Kokosrauch. Das Gebäck brachte uns der Bus der Air France. Die mit den Verhältnissen vertrauten Reisenden wußten, daß man auf den Bus nicht zu warten brauchte, und die Unvertrauten erwarben nach kurzem Nomadisieren auf ihren Koffern Vertrautheit. Milch und Käse hatten wir in Hülle und Fülle von den Telegraphisten, die als Gegenleistung nur destilliertes Wasser aus unserem Labor verlangten. Ich zerbrach mir den Kopf, wozu sie das Wasser brauchten, bis sich herausstellte, daß es ihnen um die himmelblauen Plastikflaschen ging, in die sie den im

Städtischen Antialkohol-Komitee destillierten Selbstgebrannten füllten. Wir mußten also nicht in die Läden gehen, was insofern vorteilhaft war, als ich in Lumili nie einen offenen Laden gesehen habe; an den Bäumen hingen immer Zettel »Amulett-Empfang«, »Bin zum Schamanen gegangen« und ähnliches. In den Büros hatten wir es zunächst schwer, weil die Beamten die Klienten nicht im geringsten beachteten. Dem Brauch der Eingeborenen entsprechend, sind die Büros Stätten gesellschaftlicher Veranstaltungen, des Glücksspiels und vor allem der Heiratsvermittlung. Die allgemeine Fröhlichkeit erlischt nur gelegentlich beim Eintreffen der Polizei, die alle ohne Ermittlungen oder Verhöre eingesperrt, denn die Rechtsprechung geht von der Voraussetzung aus, ohnehin seien alle schuldig und eine Differenzierung des Strafmaßes lohne nicht die Mühe. Das Gericht tritt nur unter außergewöhnlichen Umständen zusammen. Nach unserem Eintreffen brach die Kesselaffäre aus. Haumari, ein Vetter des Vaters der Ewigkeit, erstand in Schweden Zentralheizungskessel für das Parlament statt einer Klimaanlage. Man muß hinzufügen, daß die Temperatur in Lumili niemals unter 25° Celsius sinkt. Haumari versuchte das Meteorologische Institut zu bewegen, die Wärme zu senken, denn das hätte seinen Einkauf gerechtfertigt; das Parlament tagte in Permanenz, denn es ging um seine Interessen. Es bildete auch einen Untersuchungsausschuß, dessen Vorsitzender Mnumnu wurde, dem Vernehmen nach ein Rivale des Vaters der Ewigkeit. Streitigkeiten begannen, die gewöhnlichen Tänze in den Pausen der Plenarsitzungen verwandelten sich in Kriegstänze, die Bänke der Opposition waren voll hellblauer Tätowierungen – bis Mnumnu verschwand. Es gab drei Versionen, einige sagten, er sei von der Regierungskoalition aufgegessen worden, andere, er sei mit den Kesseln geflohen, noch andere, er habe sich selbst verspeist. Mwahi meinte, die dritte Version streue Hauwari aus. Von ihm vernahm ich auch die enigmatische Mitteilung (allerdings nach mehreren Krügen stark vergorener Kiwukiwa): »Wenn man lecker aussieht, geht man lieber nicht abends im Park spazieren.« Möglicherweise war das nur ein Witz.

Der Lehrstuhl für Svarnetik an der lumilischen Universität eröffnete Donda ein neues Tätigkeitsfeld. Ich muß hinzufügen, daß die Motorisierungs-Kommission des Parlaments sich damals für den Kauf einer Lizenz des Familien-Helikopters »Bell 94« entschied, weil die Berechnungen ergeben hatten, daß die Helikopterisierung des Landes billiger wurde als der Straßenbau. Die Hauptstadt besitzt zwar eine Autobahn, doch nur eine 60 Meter lange, die zur Veranstaltung von Militärparaden dient. Die Nachricht vom Erwerb der Lizenz versetzte die Bevölkerung in Panik, jeder nämlich sah ein, das Ende des Matrimonialismus als Stütze des Industrialismus näherte sich. Ein Helikopter besteht aus 39 000 Teilen, er benötigt Benzin und fünf Sorten Schmieröl, niemand würde sich also das alles sichern können, auch wenn er bis zum Lebensende nur Töchter zeugte. Ich weiß von diesen Dingen ein Lied zu singen, denn als mir die Fahrradkette riß, mußte ich einen Jäger mieten, damit der einen jungen Brüllaffen fing, mit dessen Haut ein Tam-Tam für Hiiwu, den Telegraphen-Direktor, bespannt wurde, wofür der ein Beileidstelegramm an Umiami aufgab, dessen Großvater auf Dienstreise im Busch gestorben war, und Umiami war durch Matarere verwandt mit dem Intendanten der Armee und hatte deshalb einen Vorrat an Fahrrädern, auf denen sich vorläufig die Panzerbrigade bewegte. Mit einem Helikopter wäre es ohne Zweifel erheblich schlechter gewesen. Zum Glück lieferte Europa, die ewige Quelle aller Neuerungen, ein neues Modell, den Gruppensex in freien Verbindungen. Was dabei ein eitles Spiel der Sinne war, kam in dem noch unverbrauchten Lande den elementaren Lebensbedürfnisen zur Hilfe. Die Befürchtungen des Professors, wir würden zum Wohle der Wissenschaft auf den Junggesellenstand verzichten müssen, erwiesen sich als unnötig. Wir kamen ganz gut zurecht, obwohl die zusätzlichen Pflichten, die wir mit Rücksicht auf den Lehrstuhl übernehmen mußten, uns sehr erschöpften.

Der Professor führte mich in sein Projekt ein, er wollte einem Computer alle Flüche, magischen Vorkehrungen, Besprechungen, Beschwörungsgesänge und Schamanenformeln eingeben. Ich sah darin keinen Sinn, doch Donda war unbeugsam. Die Riesenmenge der Daten konnte nur der neueste lumenische IBM-Computer fassen, der 11 Millionen Dollar kostete.

Ich glaubte nicht daran, daß wir einen so großen Kredit bekämen, zumal der Finanzminister die Anweisung von 43 Dollar zum Ankauf von Toilettenpapier für das Institut für Svarnetik abgelehnt hatte; doch der Professor war seiner Sache sicher. Er weihte mich in die Einzelheiten seiner Kampagne nicht ein, aber ich sah, wie er sich mächtig ins Zeug legte. Abends ging er zeremoniell tätowiert und nackt bis auf einen Lendenschurz aus Schimpansenfell irgendwohin, das ist die Besuchskleidung in den exklusivsten Kreisen von Lumili; aus Europa ließ er geheimnisvolle Pakete kommen, und als ich einmal eines aus Versehen fallen ließ, erklang leise Mendelssohns Marsch; er suchte in alten Kochbüchern nach Rezepten, schleppte aus dem Labor die gläsernen Destillatorenkühler fort, befahl mir, eine Maische anzusetzen, schnitt weibliche Fotos aus »Playboy« und »Oui« aus, rahmte irgendwelche Bilder ein, ließ sich schließlich von Dr. Alfven, dem Direktor des Regierungskrankenhauses, Blut abzapfen, und ich sah, wie er ein Fläschchen mit Goldpapier umwickelte. Dann wusch er sich eines Tages Schmiere und Farbe vom Gesicht, verbrannte die »Playboys« und paffte vier Tage lang phlegmatisch auf Mwahis Veranda seine Pfeife; am fünften rief uns Uabamotu, der Direktor der Investitionsabteilung, telefonisch an. Der Auftrag, den Computer zu kaufen, war erteilt. Ich wollte meinen Ohren nicht trauen. Als ich ihn ansprach, lächelte der Professor nur leicht.

Das Einprogrammieren der Magie dauerte über zwei Jahre. Wir hatten außer sachlichen Schwierigkeiten auch eine Menge anderer. Schwierigkeiten gab es mit dem Übersetzen der Beschwörungen amerikanischer Indianer, die in der Knotenschrift »Quipu« festgehalten waren, und mit den schneeig-eisigen Fluchformeln kurilischer und eskimoischer Stämme, zwei Programmierer wurden uns krank vor Überanstrengung bei außeruniversitären Beschäftigungen, wie ich annehme, weil der Gruppensex groß in Mode war, doch gingen Gerüchte um, das sei ein Werk der schamanischen Untergrundbewegung, die durch Dondas Überlegenheit auf dem Gebiet der uralten Zauberpraxis beunruhigt sei. Außerdem legte eine fortschrittliche Jugendgruppe, die etwas vom Protest gehört hatte, im Institut eine Bombe. Zum Glück sprengte die Explosion nur die Klosetts in einem Flügel des Gebäudes in die Luft. Man reparierte sie bis zum Ende der Welt nicht, weil die leeren Kokosnüsse, die nach der Idee eines Rationalisators als Schwimmer dienen sollten, ständig untergingen. Ich schlug dem Professor vor, seinen großen Einfluß für den Import der Ersatzteile zu nutzen, doch sagte er, nur ein bedeutendes Ziel heilige lästige Mittel.

Auch veranstalteten die Einwohner unseres Stadtviertels mehrfach Anti-Donda-Demonstrationen, sie fürchteten nämlich, bei Inbetriebnahme des Computers würde eine Zauberlawine auf die Universität niedergehen, also auch auf sie, denn die Zaubereien könnten schlecht gezielt sein. Der Professor ließ das Gebäude mit einem hohen Plankenzaun umgeben, auf den er selbst totemistische vor dem Bösen Blick schützende Zeichen malte. Der Zaun kostete, wie ich mich erinnere, vier Fässer Selbstgebrannten.

Langsam hatten wir in den Gedächtnisbanken 490 Milliarden magische Bits angesammelt, was in svarnetischer Umrechnung zwanzig

Teragigamags entspricht. Die Anlage, die 18 Millionen Operationen pro Sekunde ausführte, arbeitete drei Monate lang pausenlos. Der bei der Inbetriebnahme anwesende Repräsentant von *International Business Machines,* der Ingenieur Jeffries, hielt Donda und uns alle für Verrückte. Und vollends, daß Donda die Gedächtnisaggregate auf eine besonders empfindliche, aus der Schweiz importierte Waage stellen ließ, veranlaßte Jeffries zu unappetitlichen Bemerkungen hinter dem Rücken des Professors.

Die Programmierer waren entsetzlich deprimiert, da der Computer nach so langer Arbeit nicht einmal eine Ameise verzauberte. Donda jedoch lebte in unaufhörlicher Spannung, antwortete auf keine einzige Frage, ging aber jeden Tag hin um nachzuprüfen, wie die Linie aussah, welche die Waage auf den von einer Papiertrommel abrollenden Streifen zeichnete. Der Indikator zeichnete selbstverständlich eine gerade Linie. Sie bezeugte, daß der Computer nicht zuckte – doch warum sollte er auch zucken? Gegen Ende des letzten Monats machten sich bei dem Professor Anzeichen von Depressionen bemerkbar. Er ging nun schon drei-, ja viermal ins Labor, antwortete am Telefon nicht, faßte die auflaufende Korrespondenz nicht an. Doch am 12. September, als ich mich zum Schlafengehen rüstete, kam er blaß und aufgeregt hereingestürzt.

»Es ist geschehen!« rief er schon auf der Schwelle. »Jetzt ist es sicher. Ganz sicher.« Ich gebe zu, ich fürchtete um seinen Verstand. Auf seinem Gesicht leuchtete ein seltsames Lächeln. »Es ist geschehen«, wiederholte er noch mehrmals.

»Was ist geschehen?« schrie ich endlich. Er sah mich an wie aus dem Schlaf gerissen.

»Ach ja, du weißt nichts. Er hat 0,01 Gramm zugenommen. Diese verdammte Waage ist so wenig empfindlich! Hätte ich eine bessere, so wüßte ich es bereits seit einem Monat oder gar noch früher.«

»Wer hat zugenommen?«

»Nicht wer, sondern was. Der Computer. Die Gedächtnisbank. Du weißt doch, daß Materie und Energie Masse besitzen. Nun ist eine Information weder Masse noch Energie und existiert dennoch. Deshalb muß sie Masse besitzen. Ich habe angefangen, daran herumzudenken, als ich das Dondasche Gesetz formulierte. Denn was bedeutet es, daß unendlich viele Informationen unmittelbar wirken können, ohne die Hilfe irgendwelcher Anlagen? Es bedeutet, daß eine Unmenge von Informationen direkt zum Ausdruck kommt. Ich ahnte es, aber ich kannte die Äquivalenzformel nicht. Was schaust du so? Ganz einfach – was wiegt eine Information? Also mußte ich mir dieses ganze Projekt ausdenken. Ich mußte. Jetzt weiß ich es. Die Maschine hat um 0,01 Gramm zugenommen – soviel wiegt die eingegebene Information. Verstehst du?«

»Herr Professor«, stotterte ich, »wieso – und die ganze Zauberei und Magie, die Gebete und Beschwörungen – ÖGS-Einheiten, Zauber in Zentimetern, Gramm und Sekunden –«

Ich verstummte, es schien, als weinte er. Er begann zu beben, doch war es ein lautloses Lachen. Mit dem Finger wischte er sich die Tränen von den Lidern.

»Was sollte ich denn tun?« sagte er ruhig. »Versteh doch, Information besitzt Masse. Jede. Welche auch immer. Der Inhalt hat nicht die geringste Bedeutung. Die Atome sind auch die gleichen, ob sie in einem Stein stecken oder in meinem Kopf. Information wiegt, aber ihre Masse ist unerhört gering. Das Wissen einer ganzen Enzyklopädie wiegt etwa ein Milligramm. Deshalb mußte ich diesen Computer haben. Aber überleg mal, wer hätte ihn mir gegeben? Einen Computer für 11 Millionen, auf ein halbes Jahr, um ihn mit beliebigem Unsinn zu füllen, mit Nonsens, mit Häcksel? Mir irgend etwas!«

Noch konnte ich mich von der Überraschung nicht erholen.

»Naja . . .«, sagte ich unsicher, »hätten wir in einem ernsthaften wissenschaftlichen Zentrum gearbeitet, im *Institute for Advanced Studies* oder im *Massachusetts Institute of Technology* . . .«

»Gewiß doch«, lachte er auf, »zumal ich keinerlei Beweise hatte, nichts außer dem Dondaschen Gesetz, das ein Gespött ist! Weil ich keinen Computer besaß, hätte ich einen mieten müssen, und weißt du, was die Arbeitsstunde bei einem solchen Modell kostet? Eine Stunde! Aber ich brauchte Monate. Und wo wäre ich in den Staaten drangekommen! An diesen Maschinen sitzen dort jetzt massenweise die Futurologen, sie berechnen die Varianten des Nullwachstums der Wirtschaft, das ist jetzt modern und nicht die Einfälle eines Donda aus Kulahari!«

»Also das ganze Projekt – diese Magie –, das war nichts? Überflüssig? Nur um das Material zu sammeln, haben wir zwei Jahre lang . . .«

Er hob ungeduldig die Schultern.

»Nichts ist überflüssig im Bereich der Notwendigkeiten. Ohne dieses Projekt hätten wir keinen Groschen bekommen.«

»Aber Uabamotu – die Regierung – der Vater der Ewigkeit – die erwarten doch Zauberei!«

»Oh, Zauberei bekommen sie, und was für welche! Du weißt immer noch nicht . . . Hör zu, die Schwerkraft der Information wäre keine Offenbarung, gäbe es da nicht Konsequenzen . . . Paß auf, es gibt eine kritische Masse von Informationen, wie es eine kritische Masse Uran gibt. Wir nähern uns ihr. Nicht wir hier, sondern die gesamte Erde. Jede Zivilisation, die Computer baut, nähert sich ihr. Die Entwicklung der Kybernetik ist eine Falle, die die Natur dem Verstand stellt.«

»Eine kritische Masse von Informationen?« wiederholte ich. »Aber es gibt doch in jedem menschlichen Kopf zahllose Informationen, und wenn es keine Rolle spielt, ob er klug oder dumm ist . . .«

»Unterbrich mich nicht ständig. Schweig, denn du verstehst nichts. Ich will dir das mit einer Analogie widerlegen. Wichtig ist die Dichte und nicht die Anzahl der Informationen. Es ist wie beim Uran. Keine zufällige Analogie! Verdünntes Uran – im Gestein, im Boden – ist unschädlich. Voraussetzung für die Explosion ist die Isolierung und Konzentrierung. So auch hier. Die Information in Büchern oder Köpfen kann bedeutungsvoll sein, aber sie bleibt passiv. Wie die zerstreuten Uranteilchen. Man muß sie konzentrieren!«

»Und was erfolgt dann? Ein Wunder?«

»Was für ein Wunder!« schnaubte er. »Ich sehe, du glaubst tatsächlich an den Unsinn, der nur Vorwand war. Absolut kein Wunder. Jenseits des kritischen Punktes beginnt die Kettenreaktion. *Obiit animus, natus est atomus!* Die Information verschwindet, weil sie sich in Materie verwandelt.«

»Wieso in Materie?« Ich verstand nichts.

»Materie, Energie und Information sind die drei Formen der Masse«, erklärte er geduldig. »Sie können entsprechend den Gesetzen der Erhaltung ineinander übergehen. Nichts ist umsonst, so ist die Welt nun einmal eingerichtet. Die Materie verwandelt sich in Energie, Energie und Materie sind nötig zur Erzeugung von Information, und die Information kann wieder in sie übergehen, natürlich nicht irgendwie. Jenseits der kritischen Masse verschwindet sie wie weggeblasen. Das ist die Dondasche Barriere, die Grenze des Wissenszuwachses . . . Das heißt, man kann sie weiter anhäufen, aber nur – in Verdünnung. Jede Zivilisation, die das nicht vorausahnt, läuft bald selbst in die Falle. Je mehr sie erfährt, desto mehr nähert sie sich der Ignoranz, der Leere – ist das nicht sonderbar? Und weißt du, wie sehr wir uns schon der Schwelle genähert haben? Wenn der Zuwachs andauert, enthüllt sich in zwei Jahren . . .«

»Was kommt dann – eine Explosion?»

»Keineswegs. Höchstens ein winziges Aufblitzen, das keiner Fliege etwas zuleide tut. Dort, wo Milliarden von Bits waren, entsteht eine Handvoll Atome. Die Zündung der Kettenreaktion wird die Welt

mit Lichtgeschwindigkeit durchlaufen und die großen Gedächtnisbanken, die Computer verwüsten; überall, wo die Dichte eine Million Bits pro Kubikmillimeter überschreitet, entsteht eine äquivalente Anzahl von Protonen – und Leere.«
»Also muß man warnen, an die Öffentlichkeit appellieren ...«
»Natürlich. Das habe ich schon getan. Aber vergebens.«
»Warum? Ist es schon zu spät?«
»Nein. Es glaubt mir einfach niemand. Eine solche Nachricht muß von einer Autorität ausgehen, und ich bin ein Narr und Betrüger. Den Betrug könnte ich vielleicht noch erklären, aber die Narrheit werde ich nicht los. Zudem – ich mag nicht lügen, ich will es gar nicht versuchen. Ich habe einleitende Mitteilungen in die Staaten geschickt und an ›Nature‹ dieses Telegramm.«
Er reichte mir den Entwurf: *Cognovi naturam rerum. Lords countdown made the world. Truly yours Donda.*
Als er meine Verblüffung sah, lächelte der Professor boshaft.
»Du nimmst es mir übel, was? Mein Lieber, auch ich bin ein Mensch, also vergelte ich Gleiches mit Gleichem. Das Telegramm hat einen guten Sinn, aber sie werden es in den Papierkorb werfen oder darüber lachen. Das ist meine Rache. Ahnst du nichts? Du kennst doch die modernste Theorie von der Entstehung des Kosmos – die *Big Bang Theory?* Wie ist das Weltall entstanden? Explosiv! Was ist explodiert? Was hat sich plötzlich materialisiert? Das ist das göttliche Rezept: Rückwärts zählen von Unendlich bis Null. Als er dahin kam, materialisierte sich die Information explosiv – entsprechend der Äquivalenzformel. So wurde das Wort Fleisch, explodierend in Spiralnebeln, Sternen ... aus Information ist der Kosmos entstanden!«
»Herr Professor, so denken Sie wirklich?«
»Beweisen läßt sich das nicht, aber es stimmt mit dem Dondaschen Gesetz überein. Nein, ich glaube nicht, daß es Gott war. Doch jemand hat es getan, in der vorhergehenden Phase – vielleicht eine Gruppe von Zivilisationen, die zugleich explodierten, wie manchmal eine Anhäufung von Supernoven ... und jetzt sind wir an der Reihe. Die Computerisierung wird der Zivilisation den Hals abdrehen – übrigens sanft ...«
Ich begriff die Verbitterung des Professors, aber ich glaubte ihm nicht. Meiner Meinung nach hatten ihn die erlittenen Demütigungen blind gemacht. Leider hatte er recht. Außerdem hat er selbst – vielleicht nur durch dieses Telegramm – zum Verkennen seiner Entdeckung beigetragen.

Meine Hand versagt, der Lehm geht zu Ende, ich muß jedoch weiterschreiben. Im futurologischen Lärm beachtete man Dondas Worte nicht. »Nature« schwieg, nur noch der »Punch« und die Boulevardpresse schrieben über ihn. Einige Zeitungen veröffentlichten sogar Bruchstücke seiner Warnungen, aber die wissenschaftliche Welt rührte sich nicht. Ich konnte es nicht fassen. Als ich begriff, daß wir vor dem Ende standen und daß unsere Schreie denen des Hirten im Märchen glichen, der zu oft »Wölfe!« gerufen hatte, konnte ich eines Nachts die bitteren Worte nicht mehr zurückhalten. Ich warf dem Professor vor, er habe sich die Maske des Narren selbst aufgesetzt, als er seine Forschungen durch die Schamanenfassade kompromittierte. Er hörte mich mit einem unangenehmen Lächeln an, das um seine Mundwinkel zuckte und von seinem Gesicht nicht verschwand. Vielleicht war es auch nur ein nervöser Tick.

»Schein«, sagte er schließlich, »Schein. Wenn die Magie Quatsch ist, bin ich von Quatsch ausgegangen. Ich kann dir nicht sagen, wann die Träumerei sich in eine Hypothese verwandelt hat, weil ich es selbst nicht weiß. Ich habe auf die Unentschiedenheit gesetzt, das weißt du ja. Meine Entdeckung ist Physik, gehört in die Physik, aber in eine, die niemand bemerkt hat, weil der Weg durch lächerlich gemachte, mit dem Bann belegte Gebiete führte. Man mußte doch mit dem Gedanken beginnen, das Wort *könne* Fleisch werden, die Beschwörung *könne* sich materialisieren, man mußte hinabtauchen in das Absurde, *verbotene* Verbindungen eingehen, um auf das andere Ufer zu gelangen, wo die Äquivalenz von Information und Masse eine Selbstverständlichkeit ist. So mußte man also durch die Magie *hindurchgehen* . . . vielleicht nicht unbedingt durch die Spielereien, die ich betrieben habe, aber jeder erste Schritt mußte zweideutig sein, verdächtig, häretisch, eine Zielscheibe des Spotts. Was habe ich getan? Eine Narrenmaske, eine scheinbare Begründung? Du hast recht. Wenn ich mich geirrt habe, dann nur insofern, als ich die Dummheit der uns beherrschenden Klugheit nicht richtig eingeschätzt habe. In unserem Zeitalter der *Verpackungen* zählt das Etikett und nicht das Wort . . . Nachdem sie mich einen Schwindler und Betrüger genannt hatten, stießen mich die Herren Gelehrten hinab in die Nichtexistenz, aus der heraus ich nicht mehr gehört werden kann, auch wenn ich Lärm machte wie die Posaunen von Jericho. Je lauter der Lärm, desto größer das Gelächter. Auf wessen Seite also steht eigentlich die Magie – ist ihre Geste der Verstoßung und Verfluchung nicht magisch? Über das Dondasche Gesetz hat kürzlich ›Newsweek‹ geschrieben, vorher ›Time‹, ›Der Spiegel‹, ›L'Express‹, über Mangel an Popularität kann ich mich nicht beklagen! Die Situation ist gerade darum ausweglos, weil alle mich lesen – und niemand mich liest. Wer hat noch nicht vom Dondaschen Gesetz *gehört*? Sie lesen und biegen sich vor Lachen: *Don't do it!* Siehst du, nicht die Resultate zählen, sondern der Weg, auf dem man zu ihnen gelangt. Es gibt Leute, denen das Recht, Entdeckungen zu machen, aberkannt worden ist – z. B. mir. Ich könnte jetzt hundertmal schwören, das Projekt sei ein taktisches Manöver gewesen, ein vielleicht nicht schöner, aber notwendiger Winkelzug, ich könnte mich demütigen und öffentlich Beichte ablegen – die Antwort wäre Gelächter. Daß ich, einmal der Clownerie verfallen, sie nie wieder würde aufgeben können, das habe ich nicht begriffen. Der einzige Trost besteht darin, daß man die Katastrophe ohnehin nicht hätte abwenden können.«

Ich bemühte mich, schreiend zu protestieren. Und ich mußte die Stimme erheben, denn schon näherte sich der Termin für die Inbetriebnahme der Familien-Hubschrauber-Fabrik, und die Bevölkerung von Gurundujawu knüpfte in der Hoffnung auf diese schönen Maschinen mit zusammengebissenen Zähnen, atemlos und leidenschaftlich alle nötigen Beziehungen; hinter der Wand meines Zimmers tummelte sich die Familie des Postmeisters mit eingeladenen Notabeln, Monteuren, Verkäuferinnen, und aus dem wachsenden Lärm konnte man auf das Verlangen des braven Völkchens nach Motorisierung schließen. Der Professor zog aus seiner Gesäßtasche eine Flasche White Horse, goß den Whisky in die Gläser und sprach:

»Du irrst dich wieder. Auch wenn meine Worte guten Glaubens angenommen worden wären, hätte die Welt der Wissenschaft sie prüfen müssen. Sie hätten sich an ihre Computer setzen und diese Information durchmangeln müssen, damit aber hätten sie zugleich das Ende der Welt beschleunigt.«

»Was also tun?« rief ich voller Verzweiflung. Der Professor hob den Kopf zum Himmel, um den Rest der Flüssigkeit aus der Flasche zu trinken, warf sie dann zum Fenster hinaus, betrachtete die Wand, hinter der die Leidenschaften brodelten und verkündete:

»Schlafen.«

Ich schreibe wieder, nachdem ich meine Hand, die vom Krampf befallen war, in Kokosmilch gebadet habe. Maramotu sagt, in diesem Jahr würde die Regenzeit früher kommen und länger dauern. Ich bin immer noch allein, seit der Professor sich nach Lumili begeben hat, um Pfeifentabak zu holen.

Sogar eine alte Zeitung würde ich lesen, ich besitze jedoch nur einen

Sack voll Bücher über Computer und Programmierung. Ich habe ihn im Dschungel gefunden, als ich Bataten suchte. Natürlich waren nur noch verfaulte da, die guten hatten, wie üblich, die Affen weggefressen. Ich war auch bei meiner früheren Wohnung, aber der Gorilla hat mich nicht hineingelassen, obwohl er noch kränker ist. Ich glaube, dieser Sack voll Bücher war ein Teil von dem Ballast des großen orangefarbenen Freiballons mit der Aufschrift DRINK COKE, der vor einem Monat in südlicher Richtung über den Dschungel trieb. Offenbar reist man jetzt mit Ballons. Ganz unten im Sack fand ich einen »Playboy« vom vorigen Jahr und sah ihn gerade durch, als mich Maramotu überraschte. Er freute sich. Nacktheit ist für ihn ein Ausdruck von Anstand, Akte verbinden sich ihm mit den guten, alten Sitten. Ich hatte nicht daran gedacht, daß er in seiner Jugend mit der ganzen Familie nackt herumgelaufen war; Modeerscheinungen wie Maxi und Mini, in die sich die schwarzen Schönheiten später kleideten, hielt er für Anzeichen entarteter Sittenlosigkeit. Er fragte, was in der großen Welt los sei, aber ich wußte es nicht, da die Batterien des Transistorgerätes leer sind. Solange das Radio funktionierte, hörte ich von früh bis spät. Die Katastrophe hatte sich genauso zugetragen, wie vom Professor vorausgesehen. Am heftigsten traf sie die zivilisierten Länder. Wieviele Bibliotheken waren im letzten Jahrzehnt computerisiert worden! Und nun verdampfte von Bändern, Kristallen, Feritscheiben, Kryotronen im Bruchteil einer Sekunde ein Ozean von Wissen. Ich hörte die atemlosen Stimmen der Sprecher. Der Absturz war nicht für alle gleich schmerzlich. Je höher jemand auf der Leiter des Fortschrittes emporgestiegen war, desto tiefer stürzte er hinunter.

In der dritten Welt herrschte nach kurzem Schock Euphorie. Man brauchte sich nicht mehr abzumühen, Hals über Kopf hinter der Spitzengruppe herzujagen, sich der Hosen und Röcke aus Bast zu entledigen, sich zu urbanisieren, industrialisieren und vor allem zu computerisieren, und das auch hier bereits mit Kommissionen, Futurologen, Kanonen, Abwasserreinigungsanlagen und Grenzen gespickte Leben verfloß in den angenehmen Tümpel, in die warme Monotonie der Siesta. Auch Kokosnüsse bekam man jetzt wieder leicht, obwohl sie noch vor einem Jahr als Exportware unerreichbar waren, die Heere verliefen sich von selbst, so daß ich manchmal, wenn ich durch den Dschungel gehe, über Gasmasken, Kampfanzüge, Tornister und lianenüberwachsene Mörser stolpere, eines Nachts weckte mich eine Explosion, ich dachte, das sei endlich der Gorilla, aber die Paviane hatten nur eine Kiste Zünder gefunden. Ja, und in Lumili entledigten sich die Negerinnen mit einem ungehemmten Erleichterungsseufzer ihrer glänzenden Schuhe, ihrer höllisch wärmenden Damenhöschen, und der Gruppensex verschwand im Nu, denn erstens würde es keine Hubschrauber geben (die Fabrik sollte natürlich computerisiert sein), zweitens gab es kein Benzin (die Raffinerien ware ebenfalls automatisch) und drittens hatte niemand Lust zu verreisen – wozu auch? Jetzt scheut sich niemand mehr, den Massentourismus als Wahnsinn des Weißen Mannes zu bezeichnen. Wie still muß es heute in Lumili sein.

Um die Wahrheit zu sagen, die Katastrophe erwies sich als gar nicht so schlimm. Auch wenn jemand wer weiß was anstellt, kann er nicht binnen einer Stunde in London, binnen zwei in Bangkok und binnen drei in Melbourne sein. Also nicht, und was schadet das? Sicher, Firmen haben massenweise Pleite gemacht, so etwa der IBM-Konzern, er soll jetzt Schiefertafeln produzieren, aber vielleicht ist das ein Witz. Auch gibt es weder strategische Computer noch Atomsprengköpfe mit Eigensteuerung noch Rechenmaschinen noch U-Boot-, Land- und Weltkriege, die Informatik hat ihren Bankrott erklärt, am vierzehnten November sollen in der Fünften Avenue die Businessmen so zahlreich aus den Fenstern gesprungen sein, daß sie in der Luft zusammenstießen. Alle Fahr- und Flugpläne und Hotelreservationen gerieten durcheinander, also braucht man sich in den Hauptstädten nicht mehr den Kopf zu zerbrechen, ob man nach Korsika fliegen, mit dem Auto hinfahren oder über Computer einen Wagen an Ort und Stelle mieten soll, ob man in drei Tagen die Türkei, Mesopotamien, die Antillen und Mosambik mit Griechenland als Zugabe besichtigen soll. Wissen möchte ich, wer die Ballons herstellt. Wahrscheinlich Heimarbeiter.

Der letzte Ballon, den ich durch das Fernglas sah, bevor ein Affe es mir wegnahm, hatte ein Netz, das aus merkwürdig kurzen Schnüren geflochten war, sie sahen ganz aus wie Schnürsenkel. Vielleicht geht man auch in Europa schon barfuß? Die längeren Schnüre wurden offenbar in letzter Zeit nur noch von Seilercomputern geflochten. Man hat Angst es auszusprechen, aber ich habe mit eigenen Ohren gehört, ehe das Radio verstummte, es gebe den Dollar nicht mehr. Er ist krepiert, der arme Schlucker . . .

Ich bedaure nur, daß ich den epochemachenden Augenblick nicht von nahem gesehen habe. Angeblich gab es einen kleinen Knacks und Klacks, das maschinelle Gedächtnis wurde in einem Augenblick rein wie der Geist eines Neugeborenen, und aus der Information, die auf die materielle Seite gewendet wurde, entstand unerwartet ein

Mini-Kosmos, ein klitzekleines Universum, ein Weltallchen, das in Jahrhunderten angesammelte Wissen verwandelte sich in ein Häuflein atomaren Staubs. Aus dem Radio erfuhr ich auch, wie ein solcher Mini-Mikrokosmos aussieht. Er ist so klein und geschlossen, daß man mit nichts in ihn eindringen kann. Vom Standpunkt unserer Physik aus soll er eine besondere Form des Nichts bilden, nämlich das Überalldichte, völlig Undurchlässige Nichts. Es absorbiert kein Licht, man kann es nicht dehnen, zusammenpressen, zerschlagen, aushöhlen, weil es sich *außerhalb* unseres Universums befindet, wenngleich anscheinend in ihm. Das Licht gleitet an seinen gerundeten Seiten ab, beliebig beschleunigte Teilchen weichen ihm aus, und ich verstehe nicht, was die Autoritäten verkünden, nämlich daß dieses Kosmosbaby, wie Donda sagt, unserem gänzlich gleichkommt, d. h. Spiralnebel, Milchstraßen, Sternwolken enthält und vielleicht schon Planeten mit keimendem Leben. Damit kann man sagen, die Menschen hätten wahrhaftig die Genesis wiederholt, allerdings völlig unabsichtlich, ja sogar gegen ihre Intentionen, denn daran war ihnen am wenigsten gelegen.
Als der Minikosmos geboren war, herrschte unter den Gelehrten allgemeine Konsternation, und erst als einer oder der andere Dondas Wahrnehmungen erwähnte, begannen sie um die Wette Briefe, Appelle, Telegramme und Fragen an ihn zu schicken, ferner irgendwelche in Eile aufgesetzten Ehrendiplome. Doch gerade damals packte der Professor seine Koffer und überredete mich, mit ihm in diese Grenzgegend zu fahren, weil er sie vorher durchforscht und sie ihm gefallen hatte. Einen entsetzlich schweren Koffer mit Büchern nahm er auch mit – ich weiß ein Lied davon zu singen, denn ich habe ihn die letzten fünf Kilometer geschleppt, als uns das Benzin ausgegangen und der Jeep steckengeblieben war; von dem ist fast nichts übriggeblieben – alles durch die Paviane. Ich glaubte, der Professor wolle seine wissenschaftlichen Arbeiten fortsetzen, um den Grundstein für den Wiederaufbau der Zivilisation zu legen, aber weit gefehlt. Donda setzte mich in Erstaunen. Wir hatten natürlich viele Gewehre, Bestecke, Sägen, Nägel, Kompasse, Äxte und andere Dinge mit – die Liste hatte der Professor in Anlehnung an die Originalausgabe des »Robinson Crusoe« aufgestellt. Außerdem nahm er aber noch »Nature«, »Physical Revue«, »Physical Abstracts«, »Futurum« und einige Mappen mit Zeitungsausschnitten über das Dondasche Gesetz mit.
Jeden Abend nach dem Essen fand die Wollust- oder Rachesitzung statt – das auf halbe Lautstärke eingestellte Radio sendete die neue-

sten entsetzlichen Meldungen, die durch das Auftreten führender Wissenschaftler und anderer Experten untermalt wurden, der Professor aber paffte mit halbgeschlossenen Augen seine Pfeife und hörte zu, wie ich die für diesen Abend ausgewählten giftigsten Spötteleien über das Dondasche Gesetz sowie allerlei Unterstellungen und Beleidigungen vorlas. Die letzten, von ihm eigenhändig mit rotem Kugelschreiber unterstrichen, mußte ich manchmal mehrfach vorlesen. Ich bekenne, diese Sitzungen hatte ich bald über. War der große Geist etwa einer fixen Idee erlegen? Als ich weiteres Vorlesen ablehnte, unternahm der Professor Spaziergänge in den Dschungel, weil das gesund sei, bis ich ihn auf einer Lichtung dabei überraschte, wie er einer Horde verwunderter Paviane ausgewählte Absätze aus »Nature« vorlas.

Er wurde unleidlich, der Professor, und dennoch erwarte ich sehnsüchtig seine Rückkehr. Der alte Maramotu behauptet, Bwana Kubwa werde nicht wiederkommen, weil ihn das böse Mzimu entführt hätte. Der Esel. Beim Fortgehen sagte mit der Professor zweierlei. Beides machte auf mich einen großen Eindruck. Zunächst, aus dem Dondaschen Gesetz ergebe sich die Gleichwertigkeit aller Information; ganz egal, ob Kenntnisbits genial oder kretinhaft sind, man braucht von ihnen hundert Milliarden zur Schaffung eines Protons. Das heißt – sowohl das kluge als auch das idiotische Wort wird Fleisch. Diese Bemerkung rückt die Seinsphilosophie in ein völlig neues Licht. Waren etwa die Gnostiker mit Manichäus an der Spitze keine solchen Verräter, wie es die Kirche verkündet hat? Außerdem, kann es sein, daß ein aus der Artikulierung einer Heptillion Dummheiten gefertigter Kosmos sich in nichts von einem Kosmos unterscheidet, der aus verkündeter Weisheit entstanden ist?

Ich bemerkte auch, daß der Professor nachts schrieb. Ungern verriet er mir schließlich, es sei die *Introduction to Svarnetics or Inquiry into the General Technology of Cosmoproduction*. Leider hat der Professor das Manuskript mitgenommen. So weiß ich nur, daß nach ihm jede Zivilisation an die Schwelle der Kosmokreation gelangt, denn sowohl der Mensch, der allzu genial wird, als auch der, der zu sehr verdummt, schafft eine Welt. Die von den Astrophysikern entdeckten sogenannten Weißen und Schwarzen Löcher sind Stellen, an denen außerordentlich mächtige Zivilisationen versucht haben, die Dondasche Barriere zu umgehen oder sie aus den Angeln zu heben; doch es ist ihnen nicht gelungen – sie haben sich dafür selbst aus dem Universum hinausgesprengt.

Es könnte scheinen, als gäbe es nichts Größeres als diese Reflexionen.

Denn Donda machte sich an die Niederschrift der Methodik und Theorie des Genesis!

Und doch bekenne ich, noch stärker bewegt haben mich seine Worte in der letzten Nacht, bevor er aufbrach, Tabak zu holen. Wir tranken nach einem Rezept des alten Maramotu vergorene Kokosmilch, eine widerliche Brühe, die wir nur mit Rücksicht auf die mühselige Herstellung konsumierten (nicht alles war schlecht früher, etwa der Whisky), bis der Professor sich den Mund mit Quellwasser ausspülte und sagte: »Ijon, erinnerst du dich des Tages, an dem du mich einen Narren genannt hast? Ich sehe, du erinnerst dich. Ich habe damals gesagt, ich hätte mich in den Augen der wissenschaftlichen Welt zum Narren gemacht, als ich einen magischen Inhalt für die Svarnetik erdachte. Wenn du aber nicht diesen Entschluß vor Augen hättest, sondern mein gesamtes Leben, sähest du einen Wirrwarr, der den Namen Rätsel trägt. In meinem Schicksal steht alles Kopf! Es besteht aus lauter Zufällen, und zwar aus verrückten. Durch einen Irrtum kam ich zur Welt. Durch einen Irrtum bekam ich meinen Vornamen. Mein Zuname ist ein Mißverständnis. Infolge eines Fehlers schuf ich die Svarnetik, denn du begreifst ja wohl, daß der Telegrafist ganz einfach das Schlüsselwort verdreht hat, das der mir unbekannte, aber unvergeßlich Oberst Drufutu von der kulaharischen Sicherheitspolizei verwandte! Ich war mir dessen von Anfang an sicher. Warum ich nicht versucht habe, das Telegramm zu rekonstruieren, zu verbessern, zu berichtigen? Pah! Ich habe etwas Besseres getan, denn ich habe diesem Fehler mein Wirken angepaßt, das ja (wie du siehst) keine geringe Zukunft vor sich hatte! Und wie nun – ein Produkt des Irrtums mit zufälliger Karriere, in die Masse der afrikanischen Mißverständnisse verwickelt, hat entdeckt, woher die Welt kommt und was aus ihr wird? O nein, mein Teurer.

Zuviele Schnitzer! Zuviele für einen hinreichenden Grund! Nichts was wir sehen, muß umgestellt werden, ein anderer Gesichtspunkt ist nötig. Schau dir die Evolution des Lebens an. Vor Milliarden Jahren entstanden die Uramöben, nicht wahr? Was konnten sie? Sich reproduzieren. Auf welche Weise? Dank der Beständigkeit der Erbanlagen. Wäre die Vererbung wirklich fehlerlos gewesen, gäbe es bis zum heutigen Tage auf diesem Globus nichts als die Amöben. Was ist geschehen? Nun, es kam zu Irrtümern. Die Biologen nennen sie Mutationen. Doch was ist eine Mutation anderes als ein blinder Irrtum? Ein Mißverständnis zwischen dem Erzeuger-Sender und dem Nachkommen-Empfänger. Nach seinem Bilde und ihm gleich, ja . . . aber unordentlich! Ungenau! Und weil die Gleichheit immer mehr verdarb, entstanden die Trilobiten, Gigantosaurier, Sequoias, Gemsen, Affen und wir. Aus einer Sammlung von Nachlässigkeiten, von Fehlern. Und genauso war es auch mit meinem Leben. Aus Versäumnissen bin ich entstanden, durch Zufall kam ich in die Türkei, ein Zufall warf mich dort wieder hinaus nach Afrika. Zwar habe ich immer gekämpft wie ein Schwimmer mit der Welle, aber sie hat mich getragen, nicht ich habe sie gelenkt . . . Begreifst du? Wir haben, mein Teurer, die geschichtliche Rolle des Fehlers als einer fundamentalen Kategorie des Seins nicht richtig eingeschätzt. Denke nicht manichäisch! Nach dieser Schule schafft Gott die Ordnung, der der Satan ständig ein Bein stellt. So nicht! Wenn ich Tabak bekomme, schreibe ich im Buch der philosophischen Numeri das fehlende letzte Kapitel, das auf dem Fehler basiert, denn der Fehler prägt sich als Fehler aus, verkehrt sich in Fehler, arbeitet mit Fehlern, bis das Losen sich in das Los der Welt verwandelt.«

Das sprach er, packte seine Kleinigkeiten und ging in den Dschungel. Und ich blieb zurück, um auf seine Wiederkehr zu warten, mit dem letzten »Playboy« in der Hand, aus dem mich eine durch Dondas Gesetz entschärfte Sexbombe anblickte – nackt wie die Wahrheit.

DIE WASCHMASCHINEN-TRAGÖDIE

Kurz nachdem ich von der elften Sternreise zurückgekehrt war, entbrannte zwischen zwei großen Produzenten von Waschmaschinen, Nuddlegg und Snodgrass, ein Konkurrenzkampf, dem die Presse immer mehr Raum widmete.

Nuddlegg hatte wohl als erster vollautomatische Waschmaschinen auf den Markt gebracht, die nicht nur selbständig zwischen Weiß- und Buntwäsche unterscheiden konnten, nicht nur wuschen, auswrangen, trockneten, bügelten, stopften und säumten, sondern den Besitzer auch durch kunstvolle Monogramme erfreuten. Auf die Handtücher stickten sie erbauliche Sinnsprüche, etwa in der Art: *Glück und Segen früh und spat schenkt Dir Nuddleggs Automat!* Snodgrass reagierte, indem er Waschmaschinen anbot, die sogar Vierzeiler verfaßten, wobei sie sich ganz dem kulturellen Niveau und den ästhetischen Bedürfnissen des Käufers anpaßten. Das nächste Modell von Nuddlegg stickte bereits Sonette; Snodgrass beantwortete diese Herausforderung mit einem Gerät, das während der Fernsehpausen die Konversation im Schoße der Familie nährte. Nuddlegg versuchte zunächst, diesen Coup zu torpedieren. Sicherlich kennt noch ein jeder die ganzseitigen Reklamebeilagen in den Zeitungen, auf denen eine spöttisch grinsende, glotzäugige Waschmaschine abgebildet war, mit den Worten: *Wünschst Du, daß Deine Waschmaschine intelligenter ist als Du? Gewiß nicht!*

Snodgrass ignorierte diesen Appell an die niederen Instinkte der Öffentlichkeit und überraschte die Fachwelt im darauffolgenden Quartal mit einer Neuentwicklung, die waschen, wringen, bürsten, spülen, bügeln, stopfen, stricken und sprechen konnte, nebenbei die Schularbeiten der Kinder erledigte, dem Familienoberhaupt ökonomische Horoskope erteilte und selbsttätig die Freudsche Traumanalyse anstellte, indem sie im Handumdrehen Komplexe durch Gerontophagie einschließlich des Patrizids liquidierte. Nun konnte sich Nuddlegg nicht länger zurückhalten. Er warf einen Superbarden auf den Markt – eine Waschmaschine, die reimte, rezitierte, mit herrlicher Altstimme Wiegenlieder sang, Säuglinge abhielt, Hühneraugen besprach und den Damen ausgesuchte Komplimente machte. Diesen Schachzug beantwortete Snodgrass mit einer dozierenden

Waschmaschine unter der Losung: *Deine Waschmaschine macht aus Dir einen Einstein!* Wider Erwarten ging das Modell sehr schwach: Bis Ende des Quartals fiel der Umsatz um fünfunddreißig Prozent. Snodgrass entschloß sich deshalb – alarmiert durch die Meldung seiner Informationsabteilung, daß Nuddlegg eine tanzende Waschmaschine vorbereite – zu einem wahrhaft revolutionären Schritt. Er erwarb für die Summe von 350 000 Dollar die entsprechenden Rechte und konstruierte eine Waschmaschine für Junggesellen, einen Roboter mit den Formen der bekannten Sexbombe Mayne Jansfield in Platinfarbe, danach eine zweite, schwarze, nach dem Ebenbild von Phirley MacPhaine. Sogleich erhöhten sich die Umsätze um siebenundachtzig Prozent. Sein Widersacher richtete unverzüglich Appelle an den Kongreß, an die öffentliche Meinung, an die Liga der Töchter der Revolution und an den Bund der Jungfrauen und der Matronen. Als er jedoch hörte, daß Snodgrass unterdessen ungerührt den Markt mit Waschmaschinen beiderlei Geschlechts überschwemmte – eine immer attraktiver und anziehender als die andere –, schickte er sich drein und konterte, indem er das individuelle Bestellsystem einführte. Er verlieh seinen Wasch-Robotern die Gesichtszüge, den Leibesumfang und die Statur, die der Kunde wünschte – man brauchte lediglich ein Foto einzusenden.

Während sich die beiden Potentaten der Waschmaschinenindustrie bekämpften – wobei ihnen jedes Mittel recht war –, begannen ihre Produkte unerwartete, ja sogar schädliche Tendenzen zu zeigen. Die Waschmaschinen-Ammen waren noch lange nicht das Schlimmste, übler waren schon die Waschmaschinen, für die die Jeunesse dorée sich ruinierte, Modelle, die zur Sünde verleiteten, Jugendliche depravierten und Kindern ordinäre Ausdrücke beibrachten. Sie bedeuteten ein ernstes Erziehungsproblem – ganz zu schweigen von den Waschmaschinen, mit denen man die Frau oder den Mann betrügen konnte! Die wenigen Produzenten, die der übermächtigen Konkurrenz noch nicht erlegen waren, bezeichneten die Waschmaschinen »Mayne« und »Phirley« vergebens als Verstoß gegen die erhabene Idee, wonach das automatisierte Waschen den Familiensinn entwickeln und fördern solle. Ein solcher Roboter, so hieß es, könne höchstens ein Dutzend Taschentücher aufnehmen oder einen einzigen Bettbezug, da der übrige Raum von einer Maschinerie ausgefüllt sei, die mit dem Waschen nichts, aber auch gar nichts gemein habe.

Appelle dieser Art fanden nicht den geringsten Widerhall. Der Kult der schönen Waschmaschinen wurde zur Lawine und verdrängte

sogar einen beträchtlichen Teil der Zuschauer von den Fernsehgeräten. Aber das war erst der Anfang. Die Waschmaschinen, die mit völliger Spontaneität des Handelns begabt waren, bildeten in aller Stille Gruppen, ja Banden, die dunkle Machenschaften ausheckten. Sie knüpften Beziehungen zur Unterwelt, traten Gangsterorganisationen bei und bereiteten ihren Besitzern ungeahnte Kümmernisse.
Der Kongreß erkannte, daß es an der Zeit war, mit einem gesetzgeberischen Akt einzugreifen, um dem Chaos der freien Konkurrenz ein Ende zu bereiten. Aber noch ehe die Beratungen ein Ergebnis zeitigten, hatten unwiderstehlich geformte Wringmaschinen mit Sex-Appeal den Markt erobert, dazu geniale Frottiermaschinen und eine besondere, gepanzerte Ausgabe der Waschmaschine »Shotomatic«. Dieses Modell – angeblich ein harmloser Zeitvertreib für Indianer spielende Kinder – war nach einer kleinen Veränderung in der Lage, jedes beliebige Ziel durch Dauerfeuer zu vernichten. Während einer Straßenschlacht der Gang Struzzeli gegen die Bande Phums Byron, die ganz Manhattan terrorisierte – Sie erinnern sich, das war damals, als das Empire State Building in die Luft flog –, fielen auf beiden Seiten mehr als hundertzwanzig bis an die Deckel bewaffnete Waschmaschinen.
Damals trat das Gesetz des Senators Mac Flacon in Kraft. Es besagte, daß niemand für die rechtswidrigen Handlungen seiner vernunftbegabten Maschinen verantwortlich sei – vorausgesetzt, daß die Verfehlungen ohne sein Wissen und ohne seine Zustimmung begangen wurden. Leider öffnete diese Verordnung sträflichem Mißbrauch Tür und Tor. Die Besitzer schlossen mit ihren Wasch- und Wringmaschinen geheime Abkommen, stifteten sie zu kriminellen Delikten an, blieben aber selbst völlig unbehelligt, weil sie sich auf das Mac-Flacon-Gesetz beriefen.
Es erwies sich als unumgänglich, die Bestimmung zu verändern. Die neue Fassung, das sogenannte Mac-Flacon-Glumbkin-Gesetz, verlieh den vernunftbegabten Mechanismen mit gewissen Einschränkungen den Status von »juristischen Personen«, vornehmlich im Bereich des Strafrechts. Es sah Bußen für die Dauer von fünf, zehn, fünfundzwanzig und zweihundertfünfzig Jahren vor – Zwangswäsche beziehungsweise Zwangsfrottieren, verschärft durch Vorenthalten von Öl –, aber auch physische Strafen, einschließlich des Kurzschlusses.
Wider Erwarten stieß man bei der praktischen Anwendung dieses Gesetzes auf Hindernisse, wie wohl am besten der Fall Humperlson beweist: Eine Waschmaschine – man bezichtigte sie mehrerer räu-

berischer Überfälle – wurde vom Eigentümer, eben diesem Humperlson, in ihre Bestandteile zerlegt und dem Gericht als ein Haufen von Drähten und Spulen vorgelegt. Der Kongreß sah sich deshalb gezwungen, das Gesetz durch eine Novelle zu ergänzen, die als Mac-Flacon-Glumbkin-Ramphorney-Novelle bekannt wurde. Sie erklärte die geringste technische Veränderung an einem Elektronenhirn, gegen das ein Verfahren lief, als strafbare Handlung.

Damals kam es zu der Strafsache Hindendrupel. Ein Geschirrspüler hatte des öfteren Kleidungsstücke seines Herrn angezogen, den verschiedensten Frauen die Ehe versprochen und vielen von ihnen Geld entlockt. Von der Polizei in flagranti ertappt, zog er sich vor den Augen der staunenden Detektive aus, verlor dadurch das Erinnerungsvermögen und konnte nicht bestraft werden. Das bewog den Kongreß zur Verabschiedung des Mac-Flacon-Glumbkin-Ramphorney-Hmurling-Piaffka-Gesetzes, in dem es hieß: Elektronengehirne, die sich entkleiden, um der gerichtlichen Verfolgung zu entgehen, werden zum Verschrotten verurteilt.

Anfangs schien das Gesetz die Haushaltsroboter abzuschrecken, denn auch in ihnen lebte – wie in allen vernunftbegabten Wesen – der Selbsterhaltungstrieb. Schon bald stellte sich aber heraus, daß bestimmte Interessenten verschrottete Waschmaschinen aufkauften und sie rekonstruierten. Der sogenannte Antiauferstehungsentwurf der Novelle zum Mac-Flacon-Gesetz, der daraufhin von einem Kongreßausschuß angenommen wurde, scheiterte am Widerstand des Senators Guggenshyne. Kurze Zeit später kam man dahinter, daß dieser Senator eine Waschmaschine war. Von Stund an wurde es gang und gäbe, die Abgeordneten vor jeder Sitzung abzuklopfen. Traditionsgemäß wird dafür auch heute noch ein zweieinhalb Pfund schwerer Eisenhammer verwendet.

In jenen Tagen kam es zum Fall Murderson. Verhandelt wurde gegen eine Waschmaschine, die ihrem Herrn böswillig die Hemden zerriß, die durch Pfeiftöne in der gesamten Umgebung den Radioempfang störte, die Greisen und Minderjährigen anstößige Angebote machte und mehreren Personen Geld entlockte, indem sie sich am Telefon als Stromlieferant ausgab. Unter dem Vorwand, sich gemeinsam Briefmarken anzusehen, lud sie die Wring- und die Waschmaschinen aus der Nachbarschaft ein und beging an ihnen perverse Handlungen. In ihrer Freizeit widmete sie sich dem Vagabundentum und der Bettelei.

Dem Gericht legte sie das Attest eines Diplomingenieur-Elektronikers vor, eines gewissen Eleaster Crammphouss, der ihr zeitweilig

gestörte Zurechnungsfähigkeit bescheinigte und glaubhaft bezeugte, daß sie sich für einen Menschen hielt. Die Richtigkeit dieses Gutachtens wurde von Experten bestätigt, und damit war die Unschuld der Angeklagten erwiesen. Nach dem Urteilsspruch zog die soeben Freigesprochene eine Pistole der Marke »Luger« aus der Tasche und beförderte mit drei Schüssen den Assistenten des Staatsanwalts ins Jenseits, weil er für eine Bestrafung – Kurzschluß! – plädiert hatte. Sie wurde zwar verhaftet, aber schon bald gegen Kaution freigelassen. Die Justizbehörden standen vor einem Problem, denn die gerichtsnotorisch festgestellte Unzurechnungsfähigkeit schloß die Möglichkeit aus, die Waschmaschine strafrechtlich zur Verantwortung zu ziehen. Der Ausweg, sie in einem Asyl unterzubringen, kam ebensowenig in Betracht, weil es keinerlei Bestimmungen für die Behandlung geisteskranker Waschautomaten gab.
Eine juristische Lösung dieser akuten Frage gestattete erst das MacFlacon-Glumbkin-Ramphorney-Hmurling-Piaffka-Snowman-Fitolis-Birmingdraque-Phootley-Caropka-Phalseley-Groggerner-Maydansky-Gesetz, und zwar zur rechten Zeit, denn die Affäre Murderson weckte in der Öffentlichkeit einen gewaltigen Bedarf an unzurechnungsfähigen Elektronengehirnen. Mehrere Firmen begannen sogar, absichtlich defekte Apparate zu produzieren, zunächst in den Varianten »Sadomat« für Sadisten und »Masomat« für Masochisten. Nuddlegg, der phänomenale Gewinne verbuchte, seit er als erster fortschrittlicher Fabrikant dreißig Prozent Waschmaschinen mit beratender Stimme in die Generalversammlung der Aktionäre aufgenommen hatte, brachte das Universalgerät »Sadomatic« heraus, das sich ebensogut zum Schlagen wie zum Geschlagenwerden eignete. Es war mit einem leicht brennbaren Zusatz für Pyromaniker versehen und mit eisernen Füßen für Personen, die unter Pygmalionismus litten. Gerüchte, nach denen er ein besonderes Modell unter der Bezeichnung »Narcissmatic« in den Handel lancieren wolle, waren böswilligerweise von der Konkurrenz in Umlauf gesetzt worden. Das obenerwähnte Gesetz, das diesen Auswüchsen einen Riegel vorschob, sah die Schaffung von Asylen vor, in die abseitig veranlagte Waschmaschinen und ähnliche Automaten eingeliefert werden sollten.
Einmal als »juristische Personen« anerkannt, begannen die geistig rührigen Massen der Nuddleggschen und Snodgrasschen Produkte, in breitem Umfang von ihren konstitutionellen Rechten Gebrauch zu machen. Ihre Zusammenschlüsse vollzogen sich immer spontaner. Wie Pilze schossen Organisationen aus dem Boden – die »Gesell-

schaft der Menschenfreien Anbetung« zum Beispiel oder die »Liga für Elektronische Gleichberechtigung« –, ja es kam sogar zur Wahl einer »Miss Waschmaschine« und zu ähnlichen Veranstaltungen.
Der Kongreß tat alles, dieser stürmischen Entwicklung entgegenzuwirken. Senator Groggerner nahm den vernunftbegabten Maschinen das Recht, Immobilien zu erwerben, sein Kollege Caropka entzog ihnen die Autorenrechte auf dem Gebiet der schönen Künste (was eine weitere Welle von Gesetzesübertretungen zur Folge hatte, denn die musisch veranlagten Automaten schickten sich nun an, weniger talentierte Literaten für ein geringes Entgelt zu dingen, um sich ihrer Namen bei der Herausgabe von Essays, Romanen oder Dramen zu bedienen). In einer Zusatzklausel zum Mac-Flacon-Glumbkin-Ramphorney-Hmurling-Piaffka-Snowman-Fitolis-Birmingdraque-Phootley-Caropka-Phalseley-Groggerner-Maydansky-Gesetz wurde deshalb festgelegt, daß Haushaltsroboter keinerlei Besitzrechte an sich selbst geltend machen können, sondern daß sie den Menschen gehören, die sie erworben oder gebaut haben. Ihre Nachkommenschaft gehe entweder in den Besitz des neuen Käufers über, oder er verbleibe beim Eigentümer der Elterngeräte. Der radikale Gesetzestext berücksichtigte, so glaubte man wenigstens, alle Eventualitäten und beugte der Entstehung von Situationen vor, die sich juristisch nicht entscheiden ließen. Dennoch war es ein Hintertreppengeheimnis, daß Elektronengehirne, die mit Börsenspekulationen oder mit dunklen Geschäften zu Geld gekommen waren, weiterhin gut lebten, weil sie ihre Machenschaften mit dem Firmenschild fiktiver, angeblich aus Menschen zusammengesetzter Aktiengesellschaften oder Korporationen tarnten – gab es doch bereits unzählige Menschen, die materiellen Nutzen daraus zogen, daß sie sich an die intelligenten Maschinen verkauften – sogar Sekretäre, Lakaien, Techniker und Rechenmeister.
Die Soziologen konnten auf diesem Gebiet zwei typische Entwicklungstendenzen beobachten. Einerseits erlagen viele Küchenroboter den Verlockungen des menschlichen Lebens und waren bemüht, sich soweit wie möglich den Formen der vorgefundenen Zivilisation anzupassen, andererseits erstrebten die bewußteren, geistig flexibleren Individuen eine neue, von Grund auf elektronifizierte Zivilisation. Was die Gelehrten jedoch am meisten beunruhigte, war die ungehemmte natürliche Vermehrung der Roboter. Die sogenannten Anti-Erotisatoren und Triebbremsen, die sowohl von Snodgrass als auch von Nuddlegg produziert wurden, vermochten den enormen Zuwachs nicht einzudämmen. Das Problem der Roboterkinder

wurde auch für die Waschmaschinenproduzenten akut, denn es war augenscheinlich, daß sie diese unaufhörliche Perfektionierung ihrer Artikel nicht vorausgesehen hatten. Einflußreiche Fabrikanten begannen, der Gefahr einer Küchenmaschinen-Invasion entgegenzuwirken, indem sie einen Geheimvertrag über die Begrenzung der Ersatzteillieferungen abschlossen.

Die Folgen ließen nicht auf sich warten. Jedesmal, wenn in Kaufhäusern und Geschäften neue Warenlieferungen eintrafen, bildeten sich lange Schlangen humpelnder, stotternder, ja sogar ganzseitig gelähmter Wasch-, Wring- und Frottiermaschinen. Vielerorts kam es zu Unruhen, und schließlich wagte sich nach Einbruch der Dunkelheit kein ehrlicher Roboter mehr auf die Straße, denn er mußte gewärtig sein, von Räubern überfallen, zerlegt und edler Körperteile beraubt zu werden. Wenn sich die gewissenlosen Maschinen aus dem Staube machten, blieben auf dem Straßenpflaster nur die leeren Blechhüllen der Opfer zurück.

Im Kongreß erörterte man die Frage des langen und des breiten, aber man kam zu keinem konkreten Ergebnis. Unterdessen schossen, wie Pilze nach dem Regen, illegale Ersatzteilfabriken aus dem Boden, die teilweise von Waschmaschinengesellschaften finanziert wurden. Nuddleggs Modell »Washomatic« erfand ein Herstellungsverfahren aus Ersatzmaterialien, aber auch das brachte keine hundertprozentige Lösung. Die Waschmaschinen bezogen Streikposten vor dem Kongreß, sie verlangten verbindliche Antitrustgesetze, um den Diskriminierungen Einhalt zu gebieten. Abgeordnete, die die Interessen der Großindustrie vertraten, erhielten anonyme Briefe, worin ihnen die Entwendung lebenswichtiger Organe angedroht wurde. Das war – wie die Zeitschrift »Time« mit Recht betonte – eine ausgesprochene Niedertracht, zumal sich menschliche Körperteile nicht beliebig auswechseln lassen.

Soviel Staub diese Affäre auch aufwirbelte – sie verblaßte angesichts eines völlig neuen Problems, das durch die Rebellion der Bordrechenmaschine auf dem Raumschiff »Gottesgabe« akut wurde. Besagter Kalkulator erhob sich bekanntlich gegen Besatzung und Passagiere, entledigte sich ihrer, vermehrte sich und gründete einen Staat der Roboter.

Wer meine Reisetagebücher kennt, wird sich erinnern, daß ich damals selbst in die Affäre mit der Rechenmaschine verwickelt war und in gewisser Weise zu ihrer Entwirrung beitrug. Als ich jedoch auf die Erde zurückkehrte, mußte ich bedauerlicherweise feststellen, daß der Fall »Gottesgabe« kein Einzelfall war. Revolten von Automaten wurden in der kosmischen Fliegerei zu einer entsetzlichen Plage. Eine kleine Nachlässigkeit – zum Beispiel das Zuknallen einer Tür – genügte, um einen Bordkühlschrank in Aufruhr zu versetzen. So geschah es jedenfalls mit jenem berüchtigten Deep Freezer des Transgalaktikers »Horda Tympani«. Jahrelang flößte der Name Deep Freezer den Piloten im Raum der Milchstraße Angst und Schrecken ein. Er überfiel Raumschiffe, versetzte die Passagiere mit seinen stählernen Schultern und seinem eisigen Atem in Panik, raubte Pökelfleisch, hortete Geld und Juwelen. Gerüchten zufolge soll er einen ganzen Harem von Rechenmaschinen besessen haben, aber es läßt sich nicht sagen, was daran stimmte. Seine blutige Piratenkarriere endete erst durch den gezielten Schuß eines Polizisten, der einer kosmischen Patrouille angehörte. Der Polizist, ein gewisser Constablomatic XG-17, wurde zur Belohnung in der Vitrine eines New Yorker Büros der Lloydschen Interstellargesellschaften ausgestellt, wo man ihn heute noch sehen kann.

Während der Weltraum vom Schlachtenlärm und von verzweifelten SOS-Rufen überfallener Raumschiffe widerhallte, machten die Meister des »Elektro-Jitsu«, des »Judomatic« und anderer Arten der Selbstverteidigung glänzende Geschäfte. Sie zeigten, wie man mit einem gewöhnlichen Büchsenöffner oder mit einer Kneifzange auch die gefährlichste Waschmaschine zur Strecke bringen kann.

Sonderlinge und Originale braucht man bekanntlich nicht zu säen, sie keimen seit je von selbst. Auch in jener Zeit fehlten sie nicht. Sie verkündeten Thesen, die sich weder mit dem gesunden Menschenverstand noch mit der herrschenden Meinung vereinbaren ließen. Ein gewisser Kathodius Mattrass, Philosoph mit hausbackener Bildung und Fanatiker von Geburt, gründete die Schule der sogenannten Kybernophilen. Ihre Lehre besagte, daß die Menschheit von ihrem Schöpfer erschaffen worden sei, um den Zweck zu erfüllen, den auch ein Baugerüst zu erfüllen habe: Hilfsmittel zu sein, Werkzeug – Werkzeug, um die vollkommenen Elektronenhirne zu entwickeln. Die Mattrass-Sekte hielt das Weiterbestehen der Menschheit für ein reines Mißverständnis. Sie schuf einen Orden, der sich der Kontemplation des elektronischen Denkens widmete, und gewährte, soweit dies möglich war, allen Robotern Zuflucht, die etwas auf dem Kerbmetall hatten. Kathodius Mattrass selbst, unzufrieden mit dem Erfolg seines Wirkens, beschloß einen radikalen Schritt auf dem Wege zur völligen Befreiung der Automaten vom Joch des Menschen. Zu diesem Behufe holte er zunächst den Rat einer Reihe hervorragender Juristen ein, erwarb ein Raumschiff und flog zu dem verhältnismäßig nahe gelegenen Nebelfleck des Krab. In dessen leeren Gefilden, die nur von kosmischen Staub erfüllt waren, vollführte er schwer zu beschreibende Handlungen, die einen unvorstellbaren Skandal auslösten.

Am Morgen des 29. August brachten alle Zeitungen die geheimnisvolle Kunde: PASTA POLKOS VI/221 *berichtet: Im Nebelfleck des Krab wurde eine Objekt von der Größe 520 mal 80 mal 37 Meilen entdeckt. Das Objekt macht schwimmähnliche Bewegungen. Die Beobachtungen werden fortgesetzt.*

Die Nachmittagsausgaben brachten nähere Erklärungen: Das Patrouillenschiff VI/221 der kosmischen Polizei habe in einer Entfernung von sechs Lichtjahren einen »Menschen im Nebel« gesichtet. Der »Mensch« – er entpuppte sich aus der Nähe als Riese von mehreren hundert Meilen Länge, bestehend aus Kopf, Rumpf, Händen und Füßen – sei von einer dünnen Staubhülle umgeben. Er habe dem Patrouillenschiff zugewinkt und sich dann abgewandt.

Die Aufnahme der Funkverbindung bereitete keine Schwierigkeiten. Das seltsame Wesen gab vor, der ehemalige Kathodius Mattrass zu sein. Vor zwei Jahren sei er an diesen Platz gekommen und habe sich, die lokalen Rohstoffreserven nutzend, in Roboter verwandelt. Er werde sich auch weiterhin langsam, aber stetig vermehren, denn das sage ihm zu, und er bitte sich aus, ihn nicht daran zu hindern.

Der Patrouillenkommandant tat, als akzeptiere er diese Erklärung, und verbarg seine kleine Rakete hinter einer Meteorenwolke. Nach einiger Zeit beobachtete er, daß sich der gigantische Pseudomensch allmählich in kleine Stücke teilte – jedes so groß wie ein gewöhnlicher Mensch. Die einzelnen Individuen verbanden sich miteinander, vereinigten sich zu einem kugelförmigen Gebilde, das aussah wie ein kleiner Planet.

Das Polizeischiff verließ sein Versteck. Der Kommandant fragte über Funk, was diese kugelige Metamorphose zu bedeuten habe und was er, Mattrass, denn eigentlich sei: Roboter oder Mensch?

Mattrass antwortete, daß er die Formen annehme, nach denen es ihn gerade gelüste. Als Roboter könne man ihn nicht bezeichnen, denn er sei aus einem Menschen entstanden, als Mensch aber auch nicht, denn er habe sich ja verwandelt. Weitere Erklärungen lehnte er entschieden ab.

Der Fall Mattrass, der in der Presse breiten Widerhall fand, begann sich langsam zu einem Skandal auszuweiten. Raumschiffe, die den Krab passierten, fingen Bruchstücke von Funksprüchen auf, in denen Mattrass als »Kathodius der Erste« auftrat. Aus dem wirren

Geschwätz war nur so viel zu entnehmen, daß Mattrass alias Kathodius der Erste zu anderen (anderen Robotern?) sprach, und zwar so, als ob sie seine eigenen Körperteile wären, als ob sich jemand mit seinen eigenen Händen oder Beinen unterhielte. Kathodius der Erste oder die aus ihm entstandenen Roboter schienen einen Staat gegründet zu haben. Das State Department ordnete sogleich eine genaue Untersuchung an. Patrouillen kundschafteten aus, daß sich im Nebelfleck des Krab ein metallisches Gebilde bewege, ein fünfhundert Meilen langes menschenförmiges Wesen, das die merkwürdigsten Sebstgespräche führe und auf Fragen nach seiner Staatlichkeit ausweichende Antworten erteile.

Die Behörden beschlossen, den Machenschaften des Usurpators ein Ende zu setzen. Die Aktion sollte offiziellen Charakter tragen – das mußte sein –, aber zu diesem Zweck brauchte sie einen Namen, das heißt eine rechtliche Grundlage. Und dabei tauchten die ersten Klippen auf. Das Mac-Flacon-Gesetz bildete einen Anhang zum Kodex des Zivilverfahrens über Mobilien, denn Elektronengehirne galten als Mobilien – unbeschadet der Tatsache, daß sie keine Beine haben. Das sonderbare Gebilde im Nebelfleck des Krab hatte indes die Ausmaße eines Planetoiden, und Himmelskörper wurden, obwohl sie sich bewegen, als Immobilien angesehen. Daraus ergaben sich Fragen über Fragen. Kann man einen Planeten verhaften? Ist eine Ansammlung von Robotern ein Planet? Ist dieser Mattrass ein zerlegbarer Roboter, oder muß man ihn als eine Vielfalt von Robotern betrachten?

Der juristische Berater des Mattrass stellte sich den Behörden vor und unterbreitete ihnen eine Erklärung, in der sein Klient behauptete, er habe sich zum Nebelfleck des Krab begeben, um sich in Roboter zu verwandeln.

Der Juristische Ausschuß des State Department schlug daraufhin vor, diesen Sachverhalt folgendermaßen auszulegen: Mattrass habe, indem er seinen lebenden Organismus vernichtete, Selbstmord begangen und sich somit keiner strafbaren Handlung schuldig gemacht. Der oder vielmehr die Roboter, die nun an Mattrass' Statt existieren, seien von ihm erschaffenes Eigentum, und als solches sollten sie dem Staat zufallen, zumal der Verblichene keine Erben hinterlassen habe. Gestützt auf diese Theorie, entsandte das State Department einen Gerichtsvollzieher zum Nebelfleck des Krab, und zwar mit der Weisung, alles zu beschlagnahmen und zu versiegeln, was sich dort rege.

Mattrass' Anwalt legte Berufung ein. Er behauptete, die Anerkennung einer Kontinuation des Mattrass schließe einen Selbstmord aus, denn jemand, der kontinuiert werde, existiere, und wer existiere, könne keinen Selbstmord begangen haben. Mithin gebe es keine Roboter als Eigentum des Mattrass, sondern nur den Kathodius Mattrass, der die Form angenommen habe, die ihm zusage. Körperliche Verwandlungen seien nun einmal nicht strafbar, außerdem dürfe man gerichtlich keine Körperteile beschlagnahmen – einerlei ob es sich um Goldzähne oder Roboter handele.

Das State Department wehrte sich entschieden gegen diese Auslegung, zumal es sich auf diese These gründete, daß ein lebendes Individuum, im vorliegenden Falle ein Mensch, durchaus aus toten Teilen, nämlich aus Robotern, bestehen könne. Mattrass' Advokat aber legte den Behörden das Gutachten namhafter Physiker der Universität Harvard vor. Die Wissenschaftler erklärten einstimmig, daß sich jeder lebende Organismus – auch der menschliche – aus Atomteilchen zusammensetze, und die müsse man zweifellos als tot ansehen.

Angesichts dieser besorgniserregenden Wendung ging das State Department davon ab, »Mattrass und Söhne« von der physikalisch-biologischen Seite anzugreifen, und kehrte zur ursprünglichen Bezeichnung zurück, in der das Wort »Fortsetzung« durch das Wort »Gebilde« ersetzt wurde. Der Advokat unterbreitete dem Gericht daraufhin eine neue Erklärung, in der sein Klient zu verstehen gab, daß es sich bei den sogenannten Robotern in Wahrheit um seine Kinder handele. Das State Department verlangte die Vorlage der Adoptionsakte, aber dieses Manöver war allzu durchsichtig, denn die Adoption von Robotern war gesetzlich unzulässig. Mattrass' Anwalt erläuterte denn auch gleich, es gehe nicht um Adoption, sondern um wirkliche Vaterschaft. Das Department ließ prompt verlautbaren, die geltende Vorschrift setze bei Kindern die Existenz eines Vaters und einer Mutter voraus. Der Anwalt, darauf vorbereitet, bereicherte die Akten um ein weiteres Dokument: Ein weiblicher Elektroingenieur nahmens Melanie Fortinbrass enthüllte darin ihre »enge Zusammenarbeit« mit Mattrass bei der Schaffung der umstrittenen Individuen.

Das State Department stieß sich an dem Charakter jener »Zusammenarbeit« und hob hervor, eine solche Verbindung entbehre aller natürlichen Merkmale der Zeugung. Im vorliegenden Fall – so hieß es im Exposé – könne man lediglich im übertragenen, geistigen Sinne von Vater- beziehungsweise Mutterschaft reden. Das Familienrecht beziehe sich jedoch ausdrücklich auf die leibliche Nachkommen-

schaft. Mattrass' Anwalt forderte das Department auf, präzise zu definieren, wodurch sich geistige Elternschaft von leiblicher unterscheide. Darüber hinaus wollte er die Behauptung begründet wissen, daß die Verbindung zwischen Kathodius Mattrass und Melanie Fortinbrass keiner physischen Vereinigung gleichzusetzen sei.
Das Department entgegnete, daß die Zeugung im Sinne des Familienrechts als physische Tätigkeit anzusehen sei, zumal sie nur geringfügigen geistigen Einsatz verlange. Bei der Angelegenheit Mattrass-Fortinbrass träfe das jedoch nicht zu.
Der Anwalt legte daraufhin ein Gutachten von Experten der Kybernetischen Gebärhilfe vor. Er wies nach, daß es Kathodius und Melanie ohne erhebliche physische Anstrengungen nicht gelungen wäre, ihre selbsttätige Nachkommenschaft in die Welt zu setzen.
Das State Department ließ nun alle moralischen Bedenken fahren und entschloß sich zu einem radikalen Schritt. Es erklärte: Der Zeugungsvorgang, der im kausal-finalen Sinne der Geburt von Kindern vorausgehe, unterscheide sich grundsätzlich von der Programmierung von Robotern.
Darauf hatte der Anwalt nur gewartet. Gewisse einleitende Handlungen bei der Zeugung, so sagte er, seien genaugenommen auch nichts anderes als Programmierungen. Deshalb schlage er dem State Department vor, exakt festzulegen, wie man denn eigentlich Kinder zu zeugen habe, damit dies mit den Buchstaben des Gesetzes im Einklang stehe.
Das Department rief Experten zu Hilfe und bereitete ein umfassendes, reich illustriertes Werk vor, das sogenannte Rosabuch mit entsprechenden Anschauungstafeln und topographischen Skizzen. Verfasser der Schrift war der neunundachtzigjährige Professor Truppledrack, Senior der amerikanischen Geburtshilfekunde. Mattrass' Anwalt griff sogleich ein, indem er auf das weit vorgerückte Alter des Autors verwies und ihm jegliche Kompetenz absprach. Er bezeichnete es als höchst unwahrscheinlich, daß sich ein Greis wie Truppledrack noch an Einzelheiten erinnere, die für die Klärung des Problems entscheidend seien. Man müsse deshalb als sicher annehmen, daß der Inhalt des Buches auf Gerüchten beziehungsweise auf Aussagen dritter Personen beruhe.
Das Department beschloß daraufhin, den Text des Buches Rosa durch eidesstattliche Erklärungen vieler Väter und Mütter zu untermauern, aber dabei stellte sich heraus, daß ihre Aussagen zum Teil beträchtlich voneinander abwichen, das heißt, die Elemente der einleitenden Phasen stimmten in vielen Punkten nicht überein. Als

man im Department merkte, daß dieses Schlüsselproblem allmählich im Nebel der Unklarheit zu versinken drohte, schickte man sich an, das Material anzuzweifeln, aus dem die sogenannten Kinder des Mattrass und der Fortinbrass bestanden. Diesen Plan ließ man jedoch rasch wieder fallen, als gewisse Gerüchte auftauchten, die, wie sich später herausstellte, der Anwalt selbst verbreitet hatte. Mattrass, so hieß es, habe bei der Corned Beef Company vierhundertfünfzigtausend Tonnen Kalbfleisch bestellt.

Der Unterstaatssekretär im State Department hielt es daraufhin für das beste, auf sein Vorhaben zu verzichten. Statt dessen erlag er bedauerlicherweise den Einflüsterungen eines Theologieprofessors, des Superintendenten Speritus, und berief sich auf die Heilige Schrift. Das war äußerst unüberlegt, denn Mattrass' Anwalt parierte diesen Hieb mit einem weitschweifigen Elaborat, in dem er anhand von Bibelzitaten nachwies, daß Gott die Eva programmierte, indem er nur von einem Teil ausging und dabei sogar ausgesprochen extravagant verfuhr, verglichen mit den Methoden des Menschen. Dennoch sei nicht zu bestreiten, daß er Menschen geschaffen habe, denn niemand, der über einen klaren Kopf verfüge, könne Eva als Roboter bezeichnen. Das Department bezichtigte Mattrass und seine Nachfolger nun der widerrechtlichen Aneignung eines Himmelskörpers. Damit, so hieß es, habe er gegen das Mac-Flacon-Gesetz und außerdem gegen eine Reihe anderer Rechtsgrundsätze verstoßen.

Der Anwalt unterbreitete dem Obersten Gericht daraufhin alle Akten und verwies auf die Widersprüchlichkeit der vom Department erhobenen Anschuldigungen. Vergleiche man einzelne aktenkundige Behauptungen miteinander, so sei sein Klient mal Vater und mal Sohn, mal Roboter und mal Himmelskörper. Er, der Anwalt, sehe sich deshalb gezwungen, das Department der willkürlichen Auslegung des Mac-Flacon-Gesetzes anzuklagen. Besonders absurd sei es, den Körper einer Person, des Bürgers Kathodius Mattrass, zum Planeten zu erklären – absurd in juristischer, logischer und semantischer Hinsicht.

So hatte es begonnen. Bald schrieb die Presse nur noch über den »Vater-Sohn-Planetenstaat«. Die Behörden leiteten neue Verfahren ein, aber sie wurden von dem unermüdlichen Anwalt des Kathodius Mattrass samt und sonders im Keime erstickt.

Das State Department wußte genau, daß sein durchtriebener Gegenspieler nicht nur zum Scherz im Nebelfleck des Krab herumschwamm. Mattrass wollte einen Präzedenzfall schaffen, gegen den

es keine gesetzliche Handhabe gab, und man war sich darüber im klaren, daß sein Schritt unabsehbare Konsequenzen nach sich ziehen würde, wenn es nicht gelänge, ihn als strafbar zu deklarieren. So brüteten denn die findigsten Köpfe Tag und Nacht über den Akten, verfielen auf immer gewagtere juristische Winkelzüge, emsig bemüht, ein feinmaschiges Netz zu knüpfen, in dem sich Mattrass verfangen und ein unrühmliches Ende finden sollte. Aber was sie auch immer ersannen – jeder ihrer Vorstöße wurde durch Gegenaktionen des Anwalts vereitelt.
Ich selbst verfolgte den Verlauf der Kämpfe mit lebhaftem Interesse, als ich eines Tages – völlig unerwartet – von der Anwaltskammer zu einer außerordentlichen Plenarsitzung eingeladen wurde, und zwar zur Debatte über die Affäre »Vereinigte Staaten kontra Kathodius Mattrass et Fortinbrass alias Planet im Nebelfleck des Krab«. Die Elite der Anwälte füllte die gewaltigen Logen, die Etagen und die Reihen im Parkett. Ich hatte mich ein wenig verspätet, die Beratungen waren bereits im Gange. So nahm ich in einer der letzten Reihen Platz und lauschte dem ergrauten Herrn, der gerade sprach.
»Werte Kollegen!« sagte er und hob theatralisch die Hände. »Ungewöhnliche Schwierigkeiten harren unser, wenn wir zu einer juristischen Analyse dieses Problems schreiten! Ein gewisser Mattrass hat sich mit Hilfe einer gewissen Fortinbrass in Roboter verwandelt und sich im Maßstab eins zu einer Million vergrößert. So sieht die Angelegenheit vom Standpunkt des Laien aus – ein Standpunkt kompletter Ignoranz, heiliger Unschuld, denn ein Laie ist außerstande, den Abgrund juristischer Probleme auch nur zu ahnen, der hier vor unserem entsetzten Auge klafft! Als erstes müssen wir entscheiden, mit wem wir es zu tun haben – mit einem Menschen, mit einem Roboter, mit einem Staat, mit einem Planeten, mit Kindern, mit einer Räuberbande, mit Verschwörern, mit Demonstranten oder mit Aufrührern. Bedenken Sie, meine Kollegen, wieviel von dieser Entscheidung abhängt! Erklären wir zum Beispiel, daß es sich nicht um einen Staat, sondern um eine usurpatorische Roboterbande handelt, um einen elektronischen Auflauf sozusagen, dann können wir uns nicht auf die Normen des Völkerrechts berufen, sondern nur auf Paragraphen wie »Störung der Ordnung auf öffentlichen Wegen«. Behaupten wir, daß Mattrass nach wie vor existiere, Kinder habe, dann resultiert daraus, daß sich dieses Individuum selber geboren hat – und damit bereiten wir uns die fürchterlichsten Schwierigkeiten, denn in unseren Gesetzen ist so etwas nicht vorgesehen, obwohl es heißt: nullum crimen sine lege! Deshalb schlage ich

vor, zunächst dem berühmten Kenner des internationalen Rechts Professor Pingerling das Wort zu erteilen.«

Der ehrwürdige Jurist wurde mit herzlichem Beifall begrüßt, als er ans Podium trat. »Meine Herren!« sagte er mit rüstiger Greisenstimme. »Untersuchen wir zunächst, wie man einen Staat gründet. Man kann ihn, wie Sie wissen, auf verschiedene Weise ins Leben rufen. Unser Vaterland war einst eine englische Kolonie, erklärte dann seine Unabhängigkeit und konstituierte sich zu einem Staat. Trifft das auch auf Mattrass zu? Die Antwort lautet: Wenn Mattrass bei Sinnen war, als er sich in einen Roboter verwandelte, kann seine staatsfördernde Tat als juristisch einwandfrei angesehen werden, allerdings müßte man seine Nationalität als elektronisch bezeichnen. Wenn er hingegen nicht bei Sinnen war, dann kann sein Schritt keine rechtliche Anerkennung finden.«

An dieser Stelle erhob sich ein weißhaariger Greis, offensichtlich noch bejahrter als sein Vorredner. »Hohes Ger . . . Verzeihung – meine Herren! Gestatten Sie mir folgenden Einwand: Selbst wenn wir annehmen, Mattrass sei unzurechnungsfähig gewesen, können wir nicht ausschließen, daß seine Nachkommen zurechnungsfähig sind. Das würde bedeuten, daß der Staat, der zunächst nur als das Produkt eines kranken Hirns gegründet wurde und somit den Charakter eines krankhaften Symptoms besaß, später objektiv, das heißt de facto, zu existieren begann – allein deshalb, weil sich seine elektronischen Bürger zu ihm bekannten. Da aber niemand den Bürgern eines Staates, die ja immerhin sein legislatives System darstellen, verbieten kann, auch die unberechenbarste Obrigkeit anzuerkennen – aus den Erfahrungen der Geschichte wissen wir, daß das schon mehrmals geschah –, impliziert somit die Existenz des Staates de facto seine De-jure-Existenz!«

»Entschuldigen Sie, ehrenwerter Opponent«, warf Professor Pingerling ein, »Mattrass war immerhin unser Bürger, also . . .«

»Was tut's?« rief der leidenschaftliche Greis. »Wir können Mattrass' Staatsgründung anerkennen oder nicht! Erkennen wir an, daß ein souveräner Staat entstanden ist, dann werden unsere Ansprüche hinfällig. Erkennen wir das nicht an, dann müssen wir uns darüber einigen, ob wir es wenigstens mit einer juristischen Person zu tun haben oder nicht. Wenn nicht, wenn wir keine juristische Person vor uns haben, dann existiert das ganze Problem nur für die Angestellten des kosmischen Reinigungsbetriebes, dann gibt es im Nebelfleck des Krab nur einen Haufen Schrott – und unsere Versammlung hat überhaupt nicht darüber zu beraten! Betrachten wir das Gebilde dagegen als juristische Person, dann ergibt sich eine andere Frage. Das kosmische Recht sieht die Möglichkeit einer Verhaftung vor, die Festnahme einer juristischen und physischen Person auf einem Planeten oder an Bord eines Schiffes. An Bord eines Schiffes befindet sich der sogenannte Mattrass nicht, eher schon auf einem Planeten. Wir müssen uns um seine Extradiktion bemühen – aber wir haben niemanden, an den wir uns wenden können. Außerdem ist der Planet, auf dem er verweilt, er selber. So gesehen, stehen wir vor einem Nichts, denn wir müssen die Angelegenheit von dem einzigen Standpunkt aus betrachten, der für uns bindend ist, das heißt vom Standpunkt Seiner Majestät des Rechts. Mit einem juristischen Nichts pflegt sich aber niemand zu befassen, weder die Strafrechtler noch die Verwaltungsrechtler, weder die Völkerrechtler noch die Verfasser irgendwelcher Vorschriften zur Gewährleistung der öffentlichen Ordnung. Die Ausführungen des ehrenwerten Professors Pingerling können das Problem nicht lösen, weil es das Problem gar nicht gibt!«

Der Greis nahm Platz. Er hatte das Hohe Haus mit seiner Schlußfolgerung sichtlich schockiert.

Sechs Stunden lang ging es so weiter. Ich hörte mir noch an die zwanzig Redner an. Sie alle sprachen logisch exakt und bemühten sich, das eine oder das andere zu beweisen – daß Mattrass existiere, daß er nicht existiere, daß er einen Roboterstaat gegründet habe oder vielmehr einen Organismus, der sich aus Robotern zusammensetze, daß Mattrass auf den Schrotthaufen gehöre, weil er gegen eine Reihe von Gesetzen verstoßen habe, aber auch, daß man ihn keiner Rechtsverletzung bezichtigen könne. Der Anwalt Wurpel wollte möglichst alle zufriedenstellen, indem er erklärte, Mattrass sei ein Planet und gleichzeitig ein Roboter, im Grunde genommen sei er allerdings gar nichts. Diese Theorie rief eine allgemeine Wut hervor und fand außer ihrem Schöpfer keinen Anhänger. Aber das waren noch Lappalien, verglichen mit dem weiteren Verlauf der Beratungen. Oberassistent Milger versuchte nachzuweisen, Mattrass habe durch die Verwandlung in Roboter seine Persönlichkeit verfielfältigt und bestehe nun in dreihunderttausend Exemplaren. Dieses Kollektiv verkörpere jedoch nicht verschiedene Individuen, sondern nur ein und dieselbe Person. Mattrass existiere also in dreihunderttausendfacher Gestalt.

Das bewog den Richter Wubblehorn zu der Behauptung, man habe die Problematik von Anfang an falsch gesehen. Die Tatsache, daß Mattrass ein Mensch gewesen sei und sich in Roboter verwandelt habe, beweise eindeutig, daß diese Roboter nicht mehr als Mattrass anzusehen seien. Man müsse also untersuchen, mit wem oder was man es zu tun habe. »Da sie keine Menschen sind, sind sie niemand. Es gibt also kein juristisches Problem, aber auch kein physisches, das heißt, im Nebelfleck des Krab existiert nichts!«

Die Debatte wurde immer leidenschaftlicher, es fiel mir immer schwerer, den Ausführungen zu folgen, die Ordner und die Sanitäter hatten alle Hände voll zu tun. Plötzlich wurden Rufe laut. Es befänden sich als Juristen verkleidete Elektronengehirne im Saal, die unverzüglich entfernt werden müßten, denn ihre Parteinahme unterliege keinem Zweifel – ganz zu schweigen davon, daß sie kein Recht besäßen, an den Beratungen teilzunehmen. Der Vorsitzende, Professor Hurtledrops, begann mit einem kleinen Kompaß in der Hand im Saal umherzugehen, und jedesmal, wenn die Nadel zu zittern begann und auf einen der Sitzenden wies, angezogen von dem Blech unter der Kleidung, wurde das betreffende Individuum auf der Stelle vor die Tür gesetzt. Auf diese Weise leerte sich der Saal bis zur Hälfte, während die Dozenten Fitts, Pitts und Clabenty ihre Reden schwangen, wobei man den letzteren mitten im Wort unterbrach, denn der Kompaß hatte seine elektronische Herkunft verraten. In einer kurzen Pause stärkten wir uns am Büfett. Die lärmende Diskussion verstummte nicht eine Sekunde lang. Als ich in den Saal zurückkehrte, mußte ich meine Hose festhalten, denn die erregten Juristen hatten im Gespräch immer wieder nach meinen Knöpfen gegriffen und mir alle abgerissen. Plötzlich entdeckte ich einen großen Röntgenapparat, er stand neben dem Podium. Es sprach gerade Rechtsanwalt Plussex und behauptete, Mattrass sei ein zufälliges kosmisches Phänomen, da näherte sich mir mit drohender Miene der Vorsitzende – die Kompaßnadel in seiner Hand zitterte beängstigend. Schon hatte mich der Saaldiener am Kragen gepackt, als sich die Magnetnadel wieder beruhigte, denn ich hatte eiligst mein Taschenmesser, den Büchsenöffner und das Tee-Ei weggeworfen und die metallenen Klammern an den Sockenhaltern abgerissen. Als man sah, daß ich aufhörte, auf die Kompaßnadel einzuwirken, wurde ich zur weiteren Teilnahme an den Beratungen zugelassen. Man entlarvte noch dreiundvierzig weitere Roboter, und unterdessen bemühte sich Professor Buttenham nachzuweisen, Mattrass müsse als eine Art kosmischer Auflauf betrachtet werden. Mir fiel ein, daß davon bereits die Rede gewesen war – offensichtlich mangelte es den Experten schon an Ideen –, da begann erneut eine Kontrolle, eine Art Röntgen-Razzia. Nun wurden auch die tugendsamsten Zuhörer gnadenlos durchleuchtet, und es zeigte sich, daß sich unter ihren tadellos sitzenden Anzügen Korund-, Nylon-, Kristall-, Stroh- und Plasterümpfe verbargen. In einer der letzten Reihen wurde sogar jemand entdeckt, der aus Twist bestand. Als der nächste Redner das Podium verließ, saß ich nahezu mutterseelenallein in dem riesigen leeren Saal. Man durchleuchtete den Redner und setzte ihn vor die Tür. Der Vorsitzende – der letzte Mensch, der außer mir im Saal verblieben war – trat an meinen Stuhl. Nichtsahnend nahm ich ihm den Kompaß ab. Die Nadel begann anklagend zu kreisen und zeigte dann auf ihn. Ich klopfte seinen Bauch ab – er klang metallisch. Rasch packte ich den Kerl am Kragen, setzte ihn vor die Tür und blieb allein. Einsam stand ich vor den vielen Taschen, Aktenstößen, Zylindern, Spazierstöcken, Hüten, vor den ledergebundenen Büchern und vor den Galoschen. Eine Weile schlenderte ich durch den Saal. Als ich sah, daß nichts mehr für mich zu tun blieb, wandte ich mich kurzerhand um und ging nach Hause.

DIE WAHRHEIT

Ich sitze hier und schreibe, in einem verschlossenen Zimmer mit einer Tür ohne Klinke, auch das Fenster läßt sich nicht öffnen. Die Scheibe ist aus unzerbrechlichem Glas. Ich habe es ausprobiert. Nicht aus Lust, zu fliehen; auch nicht aus Wut; ich wollte mich nur überzeugen. Ich schreibe an einem Tisch aus Holz, aus Nußholz. Papier habe ich genug. Schreiben ist erlaubt. Nur liest das niemand. Aber ich schreibe doch. Ich will nicht allein sein, und zu lesen bin ich nicht imstande. Was sie mir zu lesen geben, das ist alles nicht wahr, vor den Augen beginnen mir die Buchstaben zu hüpfen, und ich verliere die Geduld. Was sie enthalten, das kümmert mich überhaupt nicht, seit ich verstanden habe, wie es in Wahrheit ist. Hier sorgen sie sehr für mich. Morgens gibt es ein Bad, warm oder lau, mit feinem Duft. Ich habe entdeckt, worauf der Unterschied zwischen den Wochentagen beruht: dienstags und samstags riecht das Wasser nach Lavendel, an den anderen Tagen nach Nadelwald. Dann folgen das Frühstück und die ärztliche Visite. Einer der jüngeren Ärzte (an seinen Namen erinnere ich mich nicht; nicht daß mit meinem Gedächtnis etwas nicht in Ordnung wäre, aber ich bemühe mich jetzt, mir unwichtige Dinge nicht zu merken), der interessierte sich für meine Geschichte. Ich erzählte sie ihm zweimal, vollständig, und er nahm sie auf Tonband auf. Ich nehme an, er wollte sie wiederholt hören, um beide Erzählungen zu vergleichen und auf diese Weise herauszufinden, was dran unverändert blieb. Ich habe ihm gesagt, was ich denke, und auch, daß die Einzelheiten nicht wesentlich sind.

Ich fragte auch, ob er beabsichtige, meine Geschichte als sogenannten klinischen Fall zu bearbeiten, um die Aufmerksamkeit der Ärztewelt auf sich zu lenken. Er wurde ein wenig verlegen. Vielleicht bildete ich mir das auch nur ein, jedenfalls hat er seit damals aufgehört, mir gefällig zu sein.

Aber das alles ist nicht von Bedeutung. Das, was ich teils durch Zufall, teils infolge sonstiger Umstände herausgefunden habe, ist in gewissem (trivialem) Sinne auch nicht von Bedeutung.

Es gibt zwei Arten von Tatsachen. Die einen können nutzbringend werden, solche zum Beispiel, wie die, daß Wasser bei hundert Grad siedet und in Dampf übergeht, der dem Boyle-Mariotteschen und den Gay-Lussacschen Gesetzen unterworfen ist; dank diesem Umstand konnte einst die Dampfmaschine gebaut werden. Andere Tatsachen haben solche Bedeutung nicht, denn sie betreffen alles, und

vor ihnen gibt es keine Flucht. Sie kennen weder Ausnahmen noch Anwendungen, und so gesehen ergeben sie nichts. Manchmal können sie für jemanden unangenehme Konsequenzen haben.
Ich müßte lügen, zu behaupten, ich sei mit meiner derzeitigen Lage zufrieden, und die Angaben in meiner Krankengeschichte seien mir völlig gleichgültig. Da ich jedoch weiß, daß meine einzige Krankheit meine Existenz ist und daß ich dieser immer fatal endenden Erkrankung zufolge die Wahrheit herausgefunden habe, bin ich im Besitz einer kleinen Genugtuung, wie jeder, der einer Mehrheit gegenüber im Recht ist. In meinem Falle – der ganzen Welt gegenüber.
Dies kann ich deshalb sagen, weil Maartens und Ganimaldi tot sind. Die Wahrheit, die wir gemeinsam aufdeckten, hat sie getötet. In die Sprache der Mehrheit übersetzt, besagen diese Worte nicht mehr, als daß sich ein Unglücksfall ereignet habe. In der Tat hat sich einer ereignet, aber viel früher, vor etwa vier Milliarden Jahren, als von der Sonne abgerissene Feuerfetzen sich zur Kugel einzuringeln begannen. Das war die Agonie; alles übrige mitsamt diesen dunklen kanadischen Fichten vor dem Fenster und dem Gezwitscher der Pflegerinnen und meinem Geschreibsel, das ist nur mehr Spuk nach dem Tode. Wessen? Wißt ihr es wirklich nicht?
Aber ihr schaut gern ins Feuer. Wenn nicht, dann nur aus Vernunft oder aus Trotz. Versucht nur, euch ans Feuer zu setzen und den Blick davon abzuwenden; gleich überzeugt ihr euch, wie es anzieht. All das, was in den Flammen vorgeht (und da geht sehr viel vor), das verstehen wir nicht einmal zu benennen. Wir haben dafür einige zehn nichtssagende Bezeichnungen. Im übrigen hatte ich davon keine Ahnung, wie jeder von euch. Und trotz meiner Entdeckung wurde ich nicht zum Feueranbeter, so wie die Materialisten nicht oder jedenfalls nicht notwendig zu Materieanbetern werden.
Im übrigen, das Feuer . . . Es ist bloß Anspielung. Andeutung. Deshalb kommt mich das Lachen an, wenn die biedere Frau Doktor Merriah manchmal zu einem Fremden sagt (selbstverständlich ist das irgendein Arzt, der unsere mustergültige Anstalt besichtigt), dieser Mensch dort, der Dürre, der sich dort sonne, das sei ein Pyroparanoiker. Spaßiges Wort, stimmt's? Pyroparanoiker. Was heißen soll, daß mein wirklichkeitswidriges System das Feuer zum Nenner habe. So, als glaubte ich »an das Leben des Feuers« (eigene Worte der kreuzbraven Doktor Merriah). Versteht sich, daß daran kein Wort wahr ist. Das Feuer, das wir gern anschauen, ist ebenso lebendig wie die Fotografien unserer teuren Verstorbenen. Man kann es ein Leben lang studieren und nichts herausfinden. Die

Wirklichkeit ist, wie immer, komplizierter, doch auch weniger boshaft.
Viel habe ich aufgeschrieben, und Inhalt ist wenig darin. Aber dies hauptsächlich deshalb, weil ich viel Zeit habe. Ich weiß ja, daß ich dann, wenn ich zu den wichtigen Sachen gelange, wenn ich sie bis zum Ende abschildere, wahrhaft in Verzweiflung versinken kann. Bis zu der Stunde, da diese Notizen vernichtet werden und da ich mich anschicken kann, neue zu schreiben. Ich schreibe nicht immer gleich. Ich bin keine Musikkonserve.
Ich wollte, die Sonne schien ins Zimmer; aber um diese Jahreszeit stattet sie ihren Besuch nur vor vier Uhr ab, zudem auch noch kurz. Ich würde sie gern durch ein großes, gutes Gerät beobachten, zum Beispiel durch das auf dem Mount Wilson, das Humphrey Field vor vier Jahren errichtet hat, mit einer ganzen Garnitur von Absorptoren für das Übermaß an Energie, so daß der Mensch ruhig stundenlang das zerfurchte Gesicht unseres Vaters betrachten kann. Schlecht habe ich das gesagt, denn das ist kein Vater. Der Vater gibt Leben, die Sonne aber stirbt nach und nach, gleich vielen Milliarden anderer Sonnen.
Vielleicht wird es schon Zeit, an die Einweihung in jene Wahrheit zu schreiten, die ich durch Zufall und Forschungsdrang gewann. Ich war damals Physiker. Fachmann für hohe Temperaturen. Das ist ein Spezialist, der sich so mit dem Feuer beschäftigt wie der Totengräber mit dem Menschen. Maartens, Ganimaldi und ich, wir arbeiteten zu dritt beim großen Plasmatron von Boulder. Früher hat sich die Wissenschaft im weit kleineren Maßstab der Eprouvetten, Retorten, Stative bedient, und die Resultate waren entsprechend kleiner. Wir – entnahmen der zwischenstaatlichen Sammelschiene Energie von einer Milliarde Watt und trieben sie in den Bauch eines Elektromagneten, von dem ein Abschnitt allein 70 Tonnen wog; in den Fokus des Magnetfeldes aber brachten wir eine große Quarzröhre. Durch die Röhre lief von einer Elektrode zur anderen die elektrische Entladung, und ihre Leistung war so groß, daß sie von den Atomen die Elektronenhüllen abriß, so daß bloßer Brei aus erglühten Kernen zurückblieb, entartetes Kerngas, auch Plasma genannt, das in einer hundertmilliardstel Sekunde explodiert wäre und uns, die Panzer, den Quarz und die Elektromagneten mitsamt ihrer Betonverankerung, mit den Mauern des Bauwerks und seinem von ferne glitzernden Kuppeldach in eine Pilzwolke verwandelt hätte, und dies alles weit rascher, als die bloße Möglichkeit eines solchen Ereignisses sich denken läßt – wenn jenes Magnetfeld nicht gewesen wäre.

Dieses Feld preßte die Entladung zusammen, die durchs Plasma lief, drehte daraus etwas wie eine glutpulsende Schnur, einen dünnen, harte Strahlung sprühenden Faden, der, von Elektrode zu Elektrode ausgespannt, innerhalb des im Quarz eingeschlossenen Vakuums schwang; das Magnetfeld ließ die nackten Kernteilchen mit Temperaturen von einer Million Grad den Wänden des Gefäßes nicht nahe kommen und bewahrte so uns und unser Experiment. Aber das alles findet ihr in der Sprache hochgemuter Populärfassungen im erstbesten Buch, und ich wiederhole das unbeholfen nur der Ordnung halber, weil mit irgend etwas begonnen werden muß und weil doch nicht wohl jede Doppeltür ohne Klinke als Anfang dieser Geschichte gelten kann, oder ein Leinensack mit sehr langen Ärmeln. Allerdings fange ich im Moment zu übertreiben an, denn solche Säcke, solche Zwangsjacken werden nicht mehr verwendet. Sie sind nicht nötig, da man eine gewisse Sorte drastisch beruhigender Arzneimittel entdeckt hat. Aber lassen wir das.

Das Plasma also untersuchten wir, mit Plasmafragen befaßten wir uns, wie es sich für Physiker ziemte: theoretisch, mathematisch, weihevoll, erhaben und geheimnisvoll – in dem Sinne zumindest, daß wir dem Drängen unserer ungeduldigen, nichts von Wissenschaft verstehenden finanziellen Schutzherren Verachtung entgegenbrachten; die forderten nämlich Ergebnisse, die konkrete Anwendungen zeitigen sollten. Sich über solche Ergebnisse oder zumindest über deren Wahrscheinlichkeit auszulassen, war damals große Mode. So sollte denn ein vorläufig bloß auf dem Papier projektiertes Plasmatriebwerk für Raketen entstehen, sehr vonnöten war auch ein Plasmazünder für Wasserstoffbomben, für diese »reinen«, ja, theoretisch auszuarbeiten war sogar ein Wasserstoffreaktor oder ein thermonukleares Element nach dem Plasmaschnur-Prinzip. Kurzum, die Zukunft wenn nicht der Welt, dann zumindest ihres Energie- und Transportwesens sah man im Plasma. Das Plasma war, wie gesagt, in Mode; sich mit seiner Erforschung zu befassen, gehörte zum guten Ton, wir aber waren jung, wir wollten das tun, was am wichtigsten war und was Glanz einbringen konnte, Ruhm, im übrigen, was weiß ich? Auf die ersten Beweggründe zurückgeführt, werden die menschlichen Handlungen zu einem Häufchen von Plattheiten; Vernunft und Mäßigung wie auch die Eleganz der Analyse beruhen darauf, Querschnitt und Fixierung an der Stelle maximaler Komplikation zu vollziehen, nicht an ihren Quellen, denn alle Leute wissen ja, daß selbst die Quellen des Mississippi nicht viel Imponierendes an sich haben und daß jeder mit Leichtigkeit darüberspringen kann. Daher kommt eine gewisse Verachtung für die Quellen. Aber ich bin, wie es meine Art ist, vom Thema abgekommen.

Die großen Pläne, die wir und Hunderte anderer Plasmologen durch unsere Untersuchungen verwirklichen helfen sollten, stießen nach einiger Zeit auf eine Zone ebenso unverständlicher wie unangenehmer Phänomene. Bis zu einer gewissen Grenze, der Grenze mittlerer Temperaturen (mittlerer nach kosmischen Begriffen, solcher also, wie sie an der Oberfläche der Sterne herrschen), verhielt sich das Plasma fügsam und solid. Wurde es mit angemessenen Fesseln gebunden, etwa mittels jenes Magnetfeldes oder gewisser raffinierter Tricks, die auf dem Induktionsprinzip beruhen, so ließ es sich in die Tretmühle praktischer Anwendungen spannen, und zum Schein konnte seine Energie verwertet werden. Zum Schein, denn mehr Energie wurde für das Aufrechterhalten der Plasmaschnur aufgewendet, als man daraus gewann; die Differenz setzte sich in Verluste durch Strahlung um – und eben in Entropiezunahme. Die Bilanz war für den Augenblick nicht wichtig, denn aus der Theorie ging hervor, daß bei höheren Temperaturen die Kosten automatisch sinken sollten. Wirklich entstand also irgendein Prototyp eines Düsenstrahl-Motörchens, ferner sogar ein Generator sehr harter Gammastrahlen, doch zugleich erfüllte das Plasma viele der in es gesetzten Hoffnungen nicht. Das kleine Plasma-Triebwerkchen funktionierte, aber die für höhere Leistung entworfenen explodierten oder verweigerten den Gehorsam. Es erwies sich, daß das Plasma sich in einem gewissen Bereich thermischer und elektrodynamischer Erregungen nicht so verhielt, wie dies die Theorie vorsah; alle waren darüber entrüstet, denn die Theorie war in mathematischer Hinsicht außerordentlich elegant und ganz neu.

Derlei kommt vor, ja, was noch mehr ist, es muß vorkommen. Demnach ließen sich zahlreiche Theoretiker, unter ihnen auch unser Kleeblatt, durch diese Aufsässigkeit des Phänomens nicht beirren und schickten sich an, das Plasma dort zu studieren, wo es am widerborstigsten war.

Das Plasma sieht ziemlich imposant aus, dies ist von gewisser Bedeutung für diese Geschichte. Ganz einfach gesagt, erinnert es an ein Stückchen Sonne, und zwar an eines, das eher mittleren Zonen entnommen ist, nicht der kältlichen Chromosphäre. Es steht der Sonne an Glanz nicht nach, im Gegenteil, es übertrifft sie sogar. Nichts hat es gemein mit dem blaß-goldenen Tanz jener abermaligen, schon endgültig letzten Tode, die das Holz im Kamin uns zeigt, wenn es sich dem Sauerstoff verbindet, und auch nicht mit dem blaßlilafarbenen pfeifenden Kegel der Brennerdüse, wo Fluor eine Reaktion mit Sauerstoff eingeht, um die höchste der chemisch erzielbaren Temperaturen zu ergeben, endlich auch nicht mit dem Voltaschen Lichtbogen, einer gewölbten Flamme zwischen den Kratern zweier Kohlen, obgleich der Forscher dort bei gutem Willen und angemessener Geduld Stellen von über 3000 Grad Wärme auffinden könnte. Auch die Temperaturen, die erreicht werden, indem man eine runde Million Ampère in einen elektrischen Leiter von geringer Dicke hineinjagt, der dann zu einem bereits recht warmen Wölkchen wird, oder die thermischen Effekte der Stoßwellen bei kumulativer Explosion – sie alle läßt das Plasma weit hinter sich. Mit ihm verglichen, sind derlei Reaktionen als kalt, schlechtweg eisig zu betrachten, und nur infolge des Zufalls urteilen wir nicht so, der bewirkt hat, daß wir aus bereits vollständig erkalteten, abgestorbenen Körpern entstanden sind, in der Nähe des absoluten Nullpunkts. Unser kühnes Dasein trennen von dort kaum dreihundert Grad der Kelvinschen absoluten Skala, während sich nach oben zu die Säule dieser Skala über Milliarden von Graden erstreckt. So ist es denn wahrlich nicht übertrieben, jene heißesten unter den Möglichkeiten, die wir im Labor zu entfachen verstehen, als Phänomene ewigen Wärmeschweigens zu beschreiben.

Die ersten Plasmaflämmchen, die in den Laboratorien aufkeimten, waren auch nicht gar so warm: zweihunderttausend Grad hielt man damals für eine achtbare Temperatur, und die Million war bereits eine außerordentliche Errungenschaft. Die Mathematik jedoch, diese primitive und angenäherte Mathematik, die aus der Kenntnis von Phänomen der Kältezone entstanden war, versprach die Erfüllung der ins Plasma gesetzten Hoffnungen noch wesentlich höher auf der Skala der Wärmemessung, forderte rechtschaffen hohe, fast sterngemäße Temperaturen; selbstverständlich denke ich an das Innere der Sterne. Das müssen ungemein interessante Örtlichkeiten sein, wenn auch die persönliche Anwesenheit des Menschen dort gewiß noch auf sich warten lassen wird.

So wurden denn Millionentemperaturen benötigt. Man begann sie zu realisieren, wir arbeiteten auch daran – und was sich herausstellte, war dies:

Die Geschwindigkeit der Umwandlungen, gleichviel, was für welcher, vergrößert sich dem Temperaturanstieg entsprechend; angesichts der bescheidenen Möglichkeiten eines so flüssigen Tröpfchens, wie unser Auge es ist, in Verbindung mit einem zweiten, größeren

Tropfen, worin das Gehirn besteht, ist selbst die Flamme einer gewöhnlichen Kerze schon das Reich um ihres Tempos willen unbemerkbarer Phänomene, geschweige denn das zitternde Feuer des Plasmas! So mußte zu den anderen Methoden gegriffen werden, Plasmaentladungen wurden fotografiert, und wir taten dies auch. Endlich bastelte Maartens, unterstützt von ein paar Bekannten, Optikern und Mechanik-Ingenieuren, eine Filmkamera, ein wahres Wunder, zumindest gemessen an unseren Möglichkeiten, eine Kamera, die Millionen von Aufnahmen in der Sekunde machte. Ihre Konstruktion will ich hier beiseite lassen, sie war ungemein pfiffig und zeugte rühmlich von unserem Eifer. Jedenfalls ruinierten wir Kilometer von Filmstreifen, aber im Ergebnis erzielten wir ein paar hundert Meter, die Beachtung verdienten, und ließen das in verlangsamtem Tempo tausendmal und dann auch zehntausendmal ablaufen. Wir bemerkten nichts Besonderes, außer, daß sich gewisse Auffackelungen, die man zunächst für ein elementares Phänomen gehalten hatte, als Gemengsel erwiesen, die durch das Übereinanderlagern von tausenderlei sehr schnellen Umwandlungen entstehen; doch auch diese ließen sich zuletzt mit unserer primitiven Mathematik bewältigen.

Das Staunen befiel uns erst, als einmal durch ein bis jetzt nicht erklärtes Versehen oder aus irgendeiner unverschuldeten Ursache eine Explosion erfolgte. Eigentlich war das keine wirkliche Explosion, denn die hätten wir nicht überlebt; das Plasma überwand einfach in einem apokalyptisch kleinen Sekundenbruchteil das Magnetfeld, das es von allen Seiten zusammenpreßte, und zerschlug uns die dickwandige Quarzröhre, worin es eingekerkert war.

Dank einem glücklichen Zusammentreffen von Umständen blieb unsere das Experiment aufnehmende Kamera heil, mitsamt dem eingelegten Film. Die ganze Explosion dauerte genau Millionstelsekunden, das übrige war nur noch die Brandstätte nach allen Seiten wegschießender Tröpfchen aus geschmolzenem Quarz und Metall. Diese Nanosekunden wurden auf unserem Film als ein Phänomen aufgezeichnet, das ich mein Lebtag nicht vergessen werde.

Unmittelbar vor der Explosion schnürte sich die bisher fast gleichförmige Schnur der Plasmaflamme in gleichen Abständen ab wie eine gezupfte Saite, dann zerfiel sie in eine Reihe runder Körner und hörte so auf, als Ganzes zu existieren. Jedes der Körner wuchs und bildete sich um, die Grenzen dieser Tröpfchen aus Atomgut wurden fließend, Keimlinge trieben daraus hervor, und aus ihnen entstand die nächste Generation von Tröpfchen, dann liefen alle diese Tröpf-

chen zur Mitte hin zusammen und bildeten eine abgeplattete Kugel, die, schrumpfend und sich blähend, gleichsam atmete und zugleich etwas wie feurige und mit den Enden zuckende Tentakel auf Kundschaft in die Umgebung aussandte; dann erfolgte, diesmal auch schon auf unserem Film, sofortiger Zerfall, Schwund jedweder Organisation, und nur ein Regen feuriger Spritzer war zu sehen, die das Gesichtsfeld peitschten, bis es in völligem Chaos ertrank.
Ich übertreibe nicht, wenn ich sage, daß wir uns diesen Film gut hundertmal anschauten. Dann – ich gebe zu, das war mein Einfall – luden wir zu uns, nicht ins Laboratorium, sondern in Ganimaldis Wohnung, einen gewissen bekannten Biologen ein, eine ehrwürdige Berühmtheit. Ohne ihm vorher etwas zu sagen oder ihn auf irgend etwas vorzubereiten, schnitten wir nur das Mittelstück aus dem berühmten Film heraus und projizierten es vor den Augen des hochlöblichen Gastes mit einem normalen Apparat, nur daß wir auf das Objektiv einen dunklen Filter aufsetzten, so daß alles, was auf der Aufnahme aus Flammen war, nunmehr erblaßte und aussah wie ein ziemlich stark durch auffallendes Licht beleuchteter Gegenstand.
Der Professor sah unseren Film an, und als die Lampen aufleuchteten, äußerte er höfliche Verwunderung darüber, daß wir als Physiker uns mit für uns so entlegenen Dingen wie dem Leben der Aufgußtierchen im Aquarium befaßten. Ich fragte, ob er sicher sei, daß das, was er gesehen habe, wirklich eine Kolonie von Aufgußtierchen sei.
Ich erinnere mich an sein Lächeln, als wäre das heute gewesen.
»Die Aufnahmen waren nicht scharf genug« – bekundete er während dieses Lächelns – »und, mit Verlaub, man erkennt, daß sie von Laien gemacht worden sind, aber ich kann Ihnen versichern, das ist kein Artefakt . . .«
»Was verstehen Sie unter einem Artefakt?« – fragte ich.
»Arte factum, also etwas künstlich Geschaffenes. Noch zu Schwanns Zeiten vergnügte man sich mit der Imitation lebender Formen, und zwar indem man Chloroformtröpfchen in Öl brachte; solche Tropfen führen amöbenhafte Bewegungen aus, kriechen über den Boden des Gefäßes und teilen sich sogar bei Änderung des osmotischen Drucks an den Polen, aber das sind rein äußerliche, primitive Ähnlichkeiten, die soviel mit dem Leben gemein haben wie eine Schaufensterpuppe mit einem Menschen. Entscheidend ist ja der innere Bau, die Mikrostruktur. Auf eurer Aufnahme sieht man, wenn auch undeutlich, wie die Teilung dieser Einzeller verläuft; die Gattung

kann ich nicht bestimmen, und ich könnte nicht einmal Gift darauf nehmen, daß es nicht ganz einfach Zellen tierischen Gewebes sind, die lange Zeit hindurch auf künstlichen Nährböden gezüchtet und mit Hialuronidase behandelt wurden, um sie zu trennen, voneinander abzulösen; jedenfalls sind es Zellen, denn sie haben den Chromosomensatz, wenn er auch defekt ist. Wurde die Umwelt dem Einwirken irgendeines krebsbildenden Mittels ausgesetzt? . . .«

Nicht einmal Blicke warfen wir einander zu. Wir bemühten uns, seine immer zahlreicheren Fragen nicht zu beantworten. Ganimaldi bat den Gast, den Film nochmals anzuschauen, aber dazu kam es dann nicht, ich weiß nicht mehr, aus welchen Gründen, vielleicht war der Professor in Eile, oder vielleicht dachte er, hinter unserer Einsilbigkeit verberge sich irgendeine Fopperei. Ich erinnere mich wirklich nicht. Jedenfalls blieben wir allein zurück, und erst als sich hinter jener Autorität die Tür geschlossen hatte, schauten wir einander an, wahrhaft entgeistert.

»Hört zu« – sagte ich, bevor einer zum Reden kam – »ich finde, wir sollten einen anderen Spezialisten einladen und ihm den ungeschnittenen Film zeigen. Jetzt, wo wir wissen, worum gespielt wird, muß das schon ein Fachmann reinsten Wassers sein – auf dem Gebiet der Einzeller.«

Maartens schlug einen seiner Universitätsbekannten vor, der in der Nähe wohnte. Er war aber nicht daheim, erst nach einer Woche kehrte er zurück, und nun kam er zu der sorgsam vorbereiteten Vorführung. Ganimaldi hatte sich nicht dafür entschieden, ihm die Wahrheit zu sagen, sondern zeigte ihm einfach den ganzen Film, mit Ausnahme des Anfangs; denn das Bild der Verwandlung, dort wo sich die Plasmaschnur zu einzelnen, fiebrig zuckenden Tropfen einschnürte, hätte allzuviel zu denken geben können. Dafür projizierten wir diesmal das Ende, diese letzte Existenzphase der Plasma-Amöbe, die auseinanderflog wie eine Sprengladung.

Dieser zweite Spezialist, auch ein Biologe, war weit jünger als der andere und daher weniger überheblich, es scheint auch, daß er Maartens freundlicher gesinnt war.

»Das sind irgendwelche Tiefwasseramöben« – sagte er. »Der Innendruck hat sie in dem Augenblick gesprengt, als der Außendruck zu sinken begann. So, wie es bei den Tiefseefischen ist. Sie lassen sich nicht lebend vom Meeresgrund heraufholen, sie gehen immer zugrunde, von innen her gesprengt. Aber wie kommt ihr zu solchen Aufnahmen? Habt ihr die Kamera in die Tiefsee versenkt, oder was sonst?«

Er betrachtete uns mit zunehmendem Argwohn.
»Die Aufnahmen sind unscharf, nicht wahr?« – bemerkte Maartens bescheiden.
»Unscharf, und wenn schon, interessant sind sie doch. Außerdem verläuft der Teilungsprozeß irgendwie abnormal. Ich habe die Reihenfolge der Phasen nicht gut bemerkt. Laßt doch den Film noch einmal laufen, aber langsamer . . .
Wir ließen ihn so langsam laufen, wie es nur möglich war, aber das half nicht viel, der junge Biologe war nicht recht zufrieden.
»Noch langsamer geht es nicht?«
»Nein.«
»Warum habt ihr keine Zeitdehneraufnahmen gemacht?«
Ich hatte gewaltige Lust, ihn zu fragen, ob er fünf Millionen Aufnahmen pro Sekunde nicht für eine gewisse Zeitdehnung halte, aber ich biß mich auf die Zunge. Letzten Endes ging es da nicht um Witze.
»Ja, die Teilung verläuft abnorm« – sagte er, als er den Film zum drittenmal angesehen hatte. »Außerdem hat man den Eindruck, das alles geschehe in einem dichteren Mittel als Wasser . . . und überdies weist ein Großteil der Filialzellen der zweiten Generation zunehmende Entwicklungsdefekte auf, die Mitose ist durcheinandergebracht, und warum fließen sie ineinander? Das ist sehr merkwürdig . . . Ist das am Material von Urtieren in radioaktiver Umwelt gemacht worden?« – fragte er plötzlich.
Ich verstand, woran er dachte. Damals wurde viel darüber gesprochen, daß die Methoden, radioaktive Asche aus den Atommeilern unschädlich zu machen, indem man sie in hermetischen Behältern auf den Grund der Ozeane versenkte, überaus riskant seien und zur Verseuchung des Meerwassers führen könnten.
Wir versicherten dem Biologen, er irre sich, das habe nichts mit Radioaktivität zu tun, und wurden ihn nicht ohne Mühe los, wie er da die Stirn runzelte, uns der Reihe nach betrachtete und immer mehr und mehr Fragen stellte, die niemand beantworten wollte, weil wir dies vorher so vereinbart hatten. Die Sache war zu unheimlich und zu groß, als daß wir sie einem Fremden hätten anvertrauen können, selbst wenn es ein Freund von Maartens war.
»Und jetzt, meine Lieben, müssen wir ordentlich nachdenken, was wir mit dieser Gottesgabe anfangen sollen« – sagte Maartens, als wir nach dieser Konsultation, der zweiten bereits, allein zurückblieben.
»Das, was dein Biologe für das Absinken des Drucks gehalten hat, das die ›Amöben‹ zum Platzen gebracht hätte, das war in Wirklichkeit das plötzliche Absinken der magnetischen Feldstärke« – sagte ich zu Maartens.

Ganimaldi, der bisher geschwiegen hatte, äußerte sich vernünftig, wie gewöhnlich.

»Ich finde« – sagte er – »wir sollten weitere Versuche durchführen.«

Wir waren uns klar über das Risiko, das wir auf uns nahmen. Es war schon bekannt, daß das Plasma, das bei Temperaturen unterhalb einer Million verhältnismäßig »ruhig« war und sich im Zaum halten ließ, irgendwo oberhalb dieser Grenze in unbeständigen Zustand überging und sein kurzfristiges Dasein durch eine Explosion beendete, eine ähnliche wie die damals am Morgen in unserem Laboratorium. Die Verstärkung des Magnetfeldes führte nur einen Faktor fast unberechenbarer Verzögerung der Explosion in den Prozeß ein. Die Mehrheit der Physiker nahm an, der Wert gewisser Parameter ändere sich sprunghaft, und eine ganz neue Theorie »heißen Nukleargases« werde nötig sein. Im übrigen gab es bereits etliche Hypothesen, die dieses Phänomen erklären sollten.

Jedenfalls war an die Verwertung heißen Plasmas für den Antrieb von Raketen oder Reaktoren nicht einmal zu denken. Dieser Weg wurde für falsch erachtet, für den Eingang in eine Sackgasse. Die Forscher, besonders wer sich für konkrete Resultate interessierte, kehrten zu niedrigeren Temperaturen zurück. Ungefähr so bot sich die Situation dar, als wir an die nächsten Versuche schritten.

Oberhalb einer Million Grad wird das Plasma zu einem Material, wogegen ein Waggon Nitroglyzerin eine Kinderklapper ist. Aber auch diese Gefahr konnte uns nicht abhalten. Wir waren schon allzu gespannt durch die außergewöhnliche Sensation der Entdeckung und zu allem bereit. Etwas anderes ist es, daß wir eine Unmenge monströser Hindernisse gewahrten. Die letzte Spur von Übersichtlichkeit, wie die Mathematik sie ins Innere der klaffenden Plasmagluten hineingetragen hatte, verschwand irgendwo in der Nähe der Million oder – nach anderen, weniger sicheren Methoden – bei anderthalb Millionen. Darüber hinaus versagte die Berechnung vollkommen, denn daraus ergaben sich nur noch Unsinnigkeiten.

So verblieb denn die alte Methode von Versuch und Irrtum, die des Experimentierens also, und dies zumindest in den ersten Phasen blindlings. Aber wie sollten wir uns vor den jederzeit drohenden Explosionen bewahren? Eisenbetonblöcke, dickste Stahlpanzer, Sperren – das alles wird angesichts einer Prise auf eine Million Grad erhitzter Materie zu einer Abschirmung, die gerade soviel wert ist wie ein Bogen Seidenpapier.

»Stellt euch einmal vor« – sagte ich zu den anderen – »daß sich irgendwo im leeren Weltraum, in der Nähe des absoluten Nullpunkts, Wesen befinden, die uns unähnlich sind, sagen wir, eine Art von Metallorganismen, und die führen nun allerlei Experimente durch. Unter anderem gelingt es ihnen – es ist für den Augenblick nicht wichtig, wie –, jedenfalls gelingt es ihnen, eine lebende Eiweißzelle zu synthetisieren. Eine einzelne Amöbe. Was passiert mit ihr? Versteht sich, kaum geschaffen, zerfällt sie sofort, explodiert, denn im leeren Raum siedet das in ihr enthaltene Wasser und geht augenblicklich in Dampf über, während die Wärme des Eiweißstoffwechsels augenblicklich wegstrahlt. Wenn unsere Experimentatoren ihre Zelle mit einem Apparat wie dem unseren filmen, werden sie sie einen Sekundenbruchteil lang sehen können . . . Um sie jedoch am Leben zu erhalten, müßten sie ihr die entsprechende Umwelt schaffen . . .«

»Meinst du wirklich, daß unser Plasma ›eine lebende Amöbe‹ hervorgebracht hat?« – fragte Ganimaldi. »Daß das aus Feuer aufgebautes Leben ist?«

»Was ist Leben?« – antwortete ich, fast wie Pontius Pilatus, der gefragt hat: »Was ist Wahrheit?« – »Ich behaupte gar nichts. Eines ist jedenfalls sicher: das kosmische Vakuum und der kosmische Frost sind weit günstigere Bedingungen für die Existenz einer Amöbe, als es die irdischen Bedingungen für die Existenz des Plasmas sind. Es gibt nur eine Umwelt, wo es oberhalb einer Million Grad nicht dem Untergang verfallen müßte . . .«

»Ich verstehe. Ein Stern. Das Innere eines Sterns« – sagte Ganimaldi. »Willst du dieses Innere im Laboratorium herstellen, rund um eine Röhre mit Plasma? In der Tat, nichts ist einfacher als das . . . Aber vorher müßten wir allen Wasserstoff der Weltmeere anzünden . . .«

»Das ist nicht unbedingt notwendig. Versuchen wir, etwas anderes zu tun.«

»Das ließe sich anders machen« – bemerkte Maartens. »Eine Tritiumladung explodieren und das Plasma in die Explosionsblase bringen . . .«

»Das ist nicht zu machen, das weißt du selbst. Erstens wird dir niemand gestatten, eine Wasserstoffexplosion durchzuführen, aber selbst wenn dem nicht so wäre, gibt es doch keine Möglichkeit, das Plasma in den Explosionsherd zu bringen. Im übrigen existiert die Blase nur so lang, wie wir von außen frisches Tritium zuführen.«

Nach diesem Gespräch trennten wir uns in eher finsterer Stimmung, denn die Angelegenheit sah hoffnungslos aus. Aber dann begannen wir wieder endlos zu diskutieren, und endlich erfanden wir etwas,

was nach einer Chance aussah, zumindest nach einem blassen Schatten davon. Wir brauchten ein Magnetfeld von unheimlicher Stärke und sternmäßige Temperatur. Das sollte der »Nährboden« des Plasmas werden. Seine »natürliche« Umwelt. Wir beschlossen, das Experiment in einem Feld von gewöhnlicher Stärke durchzuführen und dann mit einem plötzlichen Sprung seine Leistung auf das Zehnfache zu erhöhen. Aus den Berechnungen ging hervor, daß die Apparatur, unser achthunderttonniges Magnetungeheuer, auseinanderfliegen mußte, oder zumindest mußten die Wicklungen schmelzen; vorher aber sollten wir im Augenblick des Kurzschlusses zwei oder vielleicht sogar drei hunderttausendstel Sekunden lang das erforderliche Feld haben. Im Verhältnis zum Tempo der im Plasma ablaufenden Prozesse war das eine ziemlich lange Zeit. Das ganze Projekt hatte offensichtlich kriminellen Charakter, und natürlich hätte uns niemand erlaubt, es zu realisieren. Aber das kümmerte uns wenig. Uns war es nur um die Aufzeichnung der Phänomene zu tun, die im Moment des Kurzschlusses und der gleich darauf erfolgenden Detonation auftreten sollten.

Sollten wir die Apparatur ruinieren und keinen Meter Film dabei gewinnen, keine einzige Aufnahme, so würde alles, was wir vollbracht hätten, einen Zerstörungsakt bedeuten. Das Gebäude, worin sich das Laboratorium befand, lag zum Glück ein gutes Dutzend Meilen von der Stadt entfernt, inmitten sanfter grasbewachsener Hügel. Auf dem Gipfel eines der Hügel richteten wir uns einen Beobachtungspunkt ein, mit der Filmkamera, den Teleobjektiven und allem elektronischem Plunder; alles stellten wir hinter eine Panzerglas-Platte von hochgradiger Durchsichtigkeit. Wir führten eine Serie von Probeaufnahmen durch und verwendeten dabei immer stärkere Teleobjektive, endlich entschieden wir uns für eines, das achtzigfache Näherung ergab. Es hatte sehr geringe Lichtstärke, aber da das Plasma heller als die Sonne ist, war das unwichtig. Zu jener Zeit arbeiteten wir schon eher wie Verschwörer, und nicht wie Forscher. Wir nützten es aus, daß Ferien waren, und außer uns niemand ins Laboratorium kam; dieser Zustand sollte noch etwa zwei Wochen lang andauern. In dieser Zeit mußten wir das Unsere getan haben. Wir wußten, daß es ohne Lärm und sogar ohne größere Unannehmlichkeiten nicht abgehen konnte, denn wir hatten uns dann irgendwie für die Katastrophe zu verantworten; wir erdachten sogar mehrere Varianten einer ziemlich glaubhaften Rechtfertigung, die den Schein unserer Unschuld herstellen sollte. Wir wußten nicht, ob dieses irre Projekt überhaupt Ergebnisse eintragen sollte;

fest stand nur, daß das ganze Laboratorium nach der Explosion aufgehört haben sollte, zu existieren. Zählen konnten wir nur auf die Explosion. Wir nahmen die Fenster samt den Rahmen aus der dem Hügel zugekehrten Wand des Gebäudes; dann mußten noch die Schutzwände aus der Halle des Elektromagneten abmontiert und hinausgetragen werden, so daß die Plasmaquelle von unserem Stützpunkt aus gut sichtbar war.

Wir machten das am sechsten August um sieben Uhr zwanzig am Morgen, unter wolkenlosem Himmel, in sonnenerfüllter Hitze. In den Hang war dicht unter dem Gipfel des Hügels eine tiefe Rinne eingegraben; von hier aus lenkte Maartens die Vorgänge im Laboratoriumsinneren; dazu dienten ein kleines tragbares Pult und Kabel, die vom Gebäude her den Hügel herauﬂiefen. Ganimaldi kümmerte sich um die Kamera, und neben ihm schaute ich, den Kopf über die Brustwehr vorgeschoben, durch die Panzerscheibe und durch ein starkes, auf einem Dreifuß aufgestelltes Fernglas auf das dunkle Quadrat des ausgebrochenen Fensters und wartete auf das, was dort drinnen geschehen sollte.

»Minus 21 ... minus 20 ... minus 19 ...« – wiederholte Maartens mit eintöniger Stimme ohne eine Spur von Emotion, er saß dicht hinter mir, über das Gewirr von Kabeln und Schaltern gebeugt. Im Blickfeld hatte ich absolute Schwärze, worin die Quecksilberader des erhitzten Plasmas träge schwang und sich wand. Ich sah weder die sonnigen Dünen noch das Gras voll weißer und gelber Blumen, und nicht einmal den Augusthimmel über der Kuppel des Gebäudes; die Gläser waren tüchtig geschwärzt. Als drinnen das Plasma anzuschwellen begann, erschrak ich – es könnte die Röhre sprengen, noch ehe Maartens durch sprunghafte Kurzschließung das Feld verstärkte. Ich öffnete den Mund, um zu rufen, doch im selben Augenblick sagte Maartens: »Null!!«

Nein. Die Erde schwankte nicht, wir hörten auch keinen Krach, nur die Schwärze, in die ich starrte, diese anscheinend tiefste Nacht, die erblaßte. Das Loch in der Laboratoriumswand füllte orangeroter Nebel aus, es wurde zur quadratischen Sonne, ganz im Zentrum blitzte etwas blendend auf, dann verschlang alles ein Feuerwirbel; das Loch in der Mauer vergrößerte sich, schoß verästelte Linien von Rissen, die Rauch und Flammen sprühten, und mit langgezogenem Donnern, das die ganze Gegend erfüllte, sank die Kuppel zwischen die stürzenden Mauern. Zugleich hörte ich auf, durch die Gläser irgend etwas zu sehen, ich nahm das Fernglas von den Augen und erblickte eine zum Himmel schlagende Rauchsäule. Ganimaldi bewegte heftig die Lippen, er rief etwas, aber das Donnern dauerte noch an, rollte über uns hinweg, und ich hörte nichts, die Ohren waren mir wie mit Watte verstopft. Maartens sprang von den Knien auf und drängte sich zwischen uns, um hinabzuschauen, bisher war er ja mit dem Pult beschäftigt gewesen; das Gepolter verstummte. Da schrien wir – ich glaube, alle.

Durch die Kraft der Explosion weggeschleudert, erhob sich die Wolke schon hoch über die Trümmer, die in einem Wölkchen Kalkstaub immer langsamer zerfielen. Aus seinen Schwaden tauchte eine blendend helle, langgestreckte Flamme hervor, von einer strahlenförmigen Aureole umgeben – man hätte glauben können, eine zweite, wurmförmig plattgezogene Sonne. Vielleicht eine Sekunde lang hing sie fast unbeweglich über dem rauchenden Trümmerhaufen, zog sich immerfort zusammen und dehnte sich aus, und dann glitt sie zur Erde. Mir schwammen schon schwarze und rote Kreise vor den Augen, denn diese Kreatur oder Flamme spie Glanz aus, der dem Sonnenglanz gleichkam, aber ich sah noch, als sie sich senkte, wie augenblicklich das hohe Gras verschwand und auf ihrem Weg rauchte; sie aber schob sich auf uns zu, halb kriechend, halb fliegend, und die Aureole, die sie umgab, erweiterte sich, so daß sie selbst schon der Kern einer Feuerblase war. Durch die Panzerscheiben schlug die Gluthitze der Strahlung; der Feuerwurm entschwand unseren Blicken, aber an dem Zittern der Luft über dem Abhang, an den Dampfschwaden und knisternden Funkengarben, in die sich die Sträucher verwandelten, erkannten wir, daß der Wurm sich dem Gipfel des Hügels entgegenschob. In einem plötzlichen Anfall von Panik stoben wir auseinander und stürzten blindlings davon. Ich weiß, daß ich drauflosliefs, Nacken und Rücken verrußt von der ungesehenen Flamme, die mich zu jagen schien. Ich sah weder Maartens noch Ganimaldi; ich war wie blind, ich raste drauflos, bis ich über irgendeinen Maulwurfshügel stolperte und auf den Grund der nächsten Mulde ins noch taufeuchte Gras fiel. Ich keuchte schwer und preßte aus aller Kraft die Lider zusammen, und obwohl ich das Gesicht im Gras hatte, erfüllte mir plötzlich die Augäpfel ein rötlicher Widerschein, wie wenn die Sonne auf die geschlossenen Augen scheint. Aber, um die Wahrheit zu sagen, dessen bin ich schon nicht so ganz sicher.

Hier tut sich in meinem Gedächtnis eine Lücke auf. Ich weiß nicht, wie lang ich lag. Ich erwachte wie aus dem Schlaf, das Gesicht im hohen Gras. Als ich mich regte, spürte ich in der Gegend von Nacken und Hals einen brennenden, gräßlichen Schmerz; längere Zeit hindurch wagte ich nicht einmal, den Kopf zu heben. Endlich tat ich das. Ich befand mich auf dem Grund einer Mulde zwischen niedrigen Hügeln; ringsum wogte sanft im Luftzug das Gras, noch mit letzten leuchtenden Tautropfen, die sich unter den Strahlen der Sonne schnell verflüchtigten. Ihre Wärme setzte mir tüchtig zu; das verstand ich erst, als ich bei vorsichtigem Betasten des Nackens dicke Brandblasen unter den Fingern spürte. Ich stand nun auf und suchte mit den Augen den Hügel auf, wo sich zuvor unser Beobachtungspunkt befunden hatte. Längere Zeit konnte ich mich nicht entscheiden, ich fürchtete mich hinzugehen. Ich fühlte in den Augen noch das gräßliche Kriechen dieses Sonnenwurms.

»Maartens!« – rief ich. »Ganimaldi!!«

Automatisch sah ich auf die Uhr: es war fünf nach acht. Ich hielt sie ans Ohr: sie ging. Die Explosion war um sieben Uhr zwanzig erfolgt; alles Weitere hatte vielleicht eine halbe Minute gedauert. Fast drei Viertelstunden lang war ich bewußtlos gewesen?

Ich ging den Hang hinauf. Etwa dreißig Meter weit vom Gipfel der Anhöhe stieß ich auf die ersten Kahlstellen ausgebrannter Erde. Sie waren mit bläulicher, fast schon erkalteter Asche bedeckt, wie die Spur, daß hier jemand ein Lagerfeuer entzündet hätte. Aber das mußte ein sehr merkwürdiges Lagerfeuer gewesen sein, denn es war nicht auf der Stelle verharrt.

Von der verkohlten Stelle ging ein Streifen versengter Erde aus, etwa anderthalb Meter breit, gewellt, mit verkohltem Gras an beiden Rändern und lediglich vergilbtem und welkem Gras in etwas weiterer Entfernung. Dieser Streifen endete nach dem nächsten Kreis verbrannter Erde. Dicht daneben lag mit dem Gesicht nach unten, ein Knie fast bis zur Brust hochgezogen, ein Mensch. Ehe ich ihn noch anrührte, wußte ich, daß er tot war. Der scheinbar unversehrte Anzug hatte sich ins Silbergraue verfärbt, die gleiche unmögliche Farbe hatte der Nacken des Menschen, und als ich mich über ihn beugte, begann das alles unter meinem Atem zu zerstieben.

Ich sprang mit einem Schreckensruf zurück, aber da hatte ich bereits eine gekrümmte, schwärzliche Form vor mir, die nur dem allgemeinen Umriß nach an einen menschlichen Körper erinnerte. Ich wußte nicht, ob das Maartens oder Ganimaldi war, und ich hatte nicht den Mut, ihn anzufassen, denn ich ahnte, daß er schon ohne Gesicht war. Ich rannte in großen Sätzen auf den Gipfel des Hügels, aber ich rief nicht mehr. Wieder traf ich auf die Spur des feurigen Durchzugs, einen gewundenen, zu Kohle ausgebrannten schwarzen Pfad durchs Gras, der sich stellenweise zu den Ausmaßen eines Kreises von mehreren Metern erweiterte.

Ich erwartete den Anblick des zweiten Körpers, aber ich fand ihn nicht. Ich lief vom Gipfel bergab, dorthin, wo vorher unsere Grube gewesen war; von der Schutzwand aus Panzerglas war nur ein am Hang zerronnener platter Überzug geblieben, etwas wie eine gefrorene Pfütze. Alles andere – Apparate, Filmkameras, das Pult, die Ferngläser – hatte zu existieren aufgehört, und der Graben selbst war eingesunken, wie unter von oben einwirkendem Druck; nur ein paar Scherben geschmolzenen Metalls waren zwischen den Steinen zu sehen. Ich blickte zum Laboratorium hinüber. Es sah aus wie nach der Detonation einer starken Fliegerbombe. Zwischen den Brocken beim Sturz verkeilter Mauern flatterten, in der Sonne kaum sichtbar, die Flämmchen des erlöschenden Brandes. Ich sah das kaum, ich suchte mich darauf zu besinnen, in welche Richtung meine Gefährten nach unserem gleichzeitigen Sprung aus dem Erdloch gelaufen waren. Maartens hatte ich damals zur Linken gehabt, also war es wohl sein Körper, den ich entdeckt hatte – und Ganimaldi . . .?

Ich fing an, seine Spuren zu suchen, vergeblich, denn außerhalb des ausgebrannten Kreises hatte sich das Gras schon wieder aufgerichtet. So lief ich, bis ich einen anderen ausgebrannten Streifen fand; ich begann auf ihm bergab zu gehen, wie auf einem unter den Sohlen knarrenden Feldweg . . . da erstarrte ich. Die Aschenspur erweiterte sich; Halme von totem Gras umringten einen Raum, der nicht mehr als zwei Meter lang war, und unregelmäßig geformt. An einem Ende war er schmäler, am anderen hatte er Abzweigungen . . . das alles zusammen erinnerte an ein deformiertes plattgewalztes Kreuz, es war mit einer ziemlich dicken Schicht von schwärzlichem Staub bedeckt, als wäre die waagrecht hingeworfene Holzfigur mit den ausgespannten Armen hier sehr lang verglommen . . . Aber vielleicht war das nur Einbildung? Ich weiß nicht.

Schon seit langem schien es mir, als hörte ich fernes, durchdringendes Heulen, aber ich achtete nicht darauf. Auch menschliche Stimmen drangen zu mir, auch sie kümmerten mich nicht. Plötzlich sah ich die kleinen Menschenfiguren auf mich zulaufen; im ersten Moment warf ich mich zu Boden, als wollte ich mich verstecken, ich kroch sogar von der Aschenspur weg und sprang zur Seite; als ich den anderen Abhang entlanglief, tauchten sie plötzlich auf, sie umstellten mich von zwei Seiten. Ich fühlte, daß mir die Beine den Dienst versagten, im übrigen war mir alles eins.

Ich weiß eigentlich nicht, warum ich flüchtete – sofern das ein Fluchtversuch war. Ich setzte mich ins Gras, und die Leute umringten mich, einer beugte sich über mich, sagte etwas, ich sagte, er solle aufhören, sie sollten lieber Ganimaldi suchen, denn mir fehle nichts. Als sie mich hochheben wollten, wehrte ich mich, da packte mich jemand am Oberarm. Ich schrie vor Schmerz. Dann spürte ich einen Nadelstich und verlor das Bewußtsein. Ich erwachte im Spital.

Mein Gedächtnis war bestens erhalten. Nur wußte ich nicht, wieviel Zeit seit der Katastrophe verstrichen war. Ich hatte den Kopf in Verbänden stecken, die Verbrennungen machten sich bemerkbar, durch starken Schmerz, der sich bei jeder Bewegung steigerte; ich suchte mich also so ruhig wie möglich zu verhalten. Im übrigen sind meine Spitalerlebnisse, alle diese Hauttransplantationen, die man mir monatelang machte, gar nicht von Bedeutung, ebensowenig wie das, was später geschah. Im übrigen konnte ja nichts anderes geschehen. Erst viele Wochen später las ich in den Zeitungen die offizielle Lesart über den Unfall. Man hatte eine einfache Erklärung gefunden, die sich im übrigen aufdrängte. Das Laboratorium war durch eine Plasmaexplosion zerstört worden; von Flammen erfaßt, hatten die drei Männer zu flüchten versucht; von ihnen war Ganimaldi im Gebäude umgekommen, unter den Trümmern, Maartens war in brennender Kleidung gestorben, als er den Gipfel des Hügels erreicht hatte, und ich hatte die Katastrophe mit Verbrennungen und in schwerem Schockzustand überstanden. Die eingeäscherten Spuren im Gras hatte man überhaupt nicht beachtet, da vor allem die Laboratoriumsruine selbst untersucht worden war. Irgend jemand behauptete übrigens, das Gras habe durch den brennenden Maartens Feuer gefangen, der sich dort gewälzt hätte, weil er die Flammen habe ersticken wollen. Und so weiter.

Ich hielt es für meine Pflicht, nun schon allein Ganimaldi und Maartens gegenüber, ungeachtet aller Konsequenzen die Wahrheit zu sagen. Sehr behutsam gab man mir zu verstehen, meine Version der Vorfälle sei die Auswirkung des Schocks, eine sogenannte posttraumatische Erinnerungsfälschung. Ich hatte mein Gleichgewicht noch nicht wiedergewonnen, ich begann heftig zu protestieren – meine Erregung wurde als Symptom aufgefaßt, das die Diagnose bestätige. Etwa eine Woche später fand das nächste Gespräch statt.

Diesmal suchte ich bereits kühler zu argumentieren, ich erzählte von dem ersten Film, den wir gedreht hatten und der sich in der Wohnung von Maartens befand; die Durchsuchung blieb aber ergebnislos. Ich vermute, daß Maartens ausgeführt hatte, was er einmal nebenher erwähnt hatte: gewiß hatte er den Film in ein Bankfach gelegt. Da alles, was Maartens bei sich gehabt hatte, völliger Zerstörung anheimgefallen war, blieb von dem Schlüssel und dem Depotschein nichts übrig. Dieser Film muß bis auf den heutigen Tag in irgendeinem Safe liegen. So verspielte ich denn auch hier; ich gab jedoch nicht alles verloren, und auf meine wiederholte Forderung hin kam es zum Lokalaugenschein. Ich sagte, an Ort und Stelle könne ich alles beweisen, die Ärzte wiederum meinten, wenn ich mich erst dort befände, könnte mir vielleicht die Erinnerung an das »wirkliche« Geschehen zurückkehren. Ich wollte ihnen die Kabel zeigen, die wir zum Gipfel des Hügels gezogen hatten, zum Erdloch. Aber auch diese Kabel waren nicht da. Ich behauptete, wenn keine da seien, dann seien sie später entfernt worden, vielleicht von den Mannschaften, die den Brand bekämpft hatten. Mir wurde gesagt, ich irre mich, niemand habe Kabel entfernt, da sie nicht existierten, außer in meiner Einbildung.

Nun erst, dort zwischen den Hügeln, unter dem blauen Himmel, in der Nähe der schon geschwärzten und gleichsam kleiner gewordenen Ruine des Laboratoriums, begriff ich, warum es so gekommen war. Der Feuerwurm hat uns nicht getötet. Hat uns nicht töten wollen. Er hat nichts von uns gewußt, wir kümmerten ihn nicht. Von der Explosion geschaffen, aus ihr hervorgekrochen, fing er aus der Umgebung den Rhythmus der Signale auf, die immer noch in den Kabeln pulsierten, weil Maartens die Steueranlage nicht ausgeschaltet hatte. Zur Quelle des Rhythmus, zur Quelle der elektrischen Impulse kroch die feurige Kreatur, überhaupt kein bewußtes Wesen, nein, ein Regenwurm der Sonne, eine walzenförmige Ballung organisierten Glühens . . . die kaum ein paarmal zehn Sekunden an Dasein vor sich hatte. Davon zeugte die wachsende Aureole des Wurms; die Temperatur, die ihm das Dasein ermöglichte, sank reißend schnell, in jedem einzelnen Augenblick mußte er Unmengen von Energie verlieren, er strahlte sie ab, und er hatte nichts, woraus er welche schöpfen konnte, deshalb wand er sich krampfhaft die stromführenden Kabel entlang und verwandelte sie gleichzeitig in Dampf, in Gas. Maartens und Ganimaldi hatten sich zufällig auf seinem Weg befunden, im übrigen war er ihnen gewiß nicht nahe gekommen. Der thermische Stoß von dem feurigen Durchzug hatte Maartens einige Dutzend Schritte weit vom Gipfel getroffen, und Ganimaldi hatte vielleicht, völlig geblendet, das Gefühl für die Richtung verloren und war geradewegs hineingerannt in den Abgrund der blitzenden Agonie.

Ja, die Feuerkreatur ist dort verendet, auf dem Gipfel des Hügels, in unsinnigen Zickzackwindungen durchs Gras, in heftigem und vergeblichem Suchen nach Quellen für die Energie, die aus ihr ausströmte, wie Blut aus den Adern. Sie hat beide getötet, ohne auch nur darum zu wissen. Im übrigen – wuchs Gras über die veräscherten Spuren.

Wir konnten sie nicht mehr finden, als wir dort vorfuhren, zwei Ärzte, ein fremder Mensch – von der Polizei, wie es scheint –, Professor Guilsh und ich. Dabei waren seit der Katastrophe kaum drei Monate verstrichen. Gras hatte alles überwachsen, auch jene Stelle, die wie der Schatten einer gekreuzigten Gestalt war. Das Gras war an dieser Stelle besonders üppig. Alles hatte sich gleichsam wider mich verschworen, denn das Erdloch war zwar da, aber jemand hatte daraus eine Müllablage gemacht; auf dem Grund lagen nur verrostetes Alteisen und leere Konservendosen. Ich behauptete, darunter müßten die Überbleibsel von dem Panzerglas sein, das geschmolzen war. Wir wühlten in diesem Müll, aber Glas fanden wir nicht. Das heißt, nur ein paar Splitter, sogar angeschmolzene. Die Leute, die mit mir dort waren, entschieden, daß die Scherben von gewöhnlichen Flaschen stammten, die jemand im Zentralheizungsofen geschmolzen habe, nachdem er sie vor dem Einwerfen in den Abfallbehälter zerbrochen habe, um das Volumen zu verringern. Ich wollte, man solle eine Analyse des Glases durchführen, aber das wurde nicht gemacht. Mir verblieb nur ein einziger Trumpf: jener junge Biologe und der Professor, denn beide hatten unseren Film gesehen. Der Professor war in Japan und sollte erst im Frühjahr zurückkommen, und der Freund von Maartens gab zu, daß wir ihm wirklich einen solchen Film gezeigt hätten; das seien Aufnahmen von Tiefwasseramöben gewesen, nicht von Kernplasma. Der Biologe versicherte, Maartens habe in seinem Beisein kategorisch abgestritten, daß die Aufnahmen irgend etwas anderes darstellen könnten.

Und das war auch wahr. Maartens hatte so gesprochen, weil wir das vereinbart hatten, um alles geheimzuhalten. So schloß sich die Angelegenheit ab.

Und was ist aus dem Sonnenwurm geworden? Vielleicht ist er explodiert, während ich bewußtlos lag, oder vielleicht hat er sein flüchtiges Dasein still beendet; eines ist ebenso wahrscheinlich wie das andere.

Bei alledem hätten sie mich vielleicht als harmlos entlassen, aber ich erwies mich als hartnäckig. Die Katastrophe, die Maartens und Ganimaldi weggerafft hatte, verpflichtete mich. Während der Genesung verlangte ich allerlei Bücher. Man gab mir alles, was ich

wollte. Ich studierte die ganze Solarliteratur durch, ich erfuhr alles, was über Sonnenprotuberanzen und Kugelblitze bekannt war. Auf den Gedanken, der Feuerwurm könnte irgend etwas mit diesem Blitz Verwandtes an sich gehabt haben, brachte mich eine gewisse Ähnlichkeit in ihrem Verhalten. Die Kugelblitze, eigentlich bis heute unerklärte und für die Physiker rätselhafte Phänomene, entstehen in einer Umwelt gewaltiger elektrischer Entladungen, während eines Gewitters. Diese Gebilde, die an erglühte Kugeln oder Perlen erinnern, steigen frei in der Luft auf, überlassen sich manchmal ihren Strömungen, Durchzügen und Winden, segeln manchmal gegen ihren Strom, werden von Metallgegenständen und von elektromagnetischen Wellen, besonders von den sehr kurzen, angezogen – es zieht diese Blitze dorthin, wo die Luft ionisiert ist. Am liebsten kreisen sie in der Nähe von Leitungen, die elektrischen Strom führen, und suchen ihn gleichsam daraus zu trinken. Das gelingt ihnen aber nicht. Hingegen ist es wahrscheinlich – so behaupten zumindest manche Fachleute –, daß sich die Kugelblitze von Dezimeterwellen »ernähren«, durch den Kanal ionisierter Luft, den der linienförmige Mutterblitz erzeugt hat, der die Kugelblitze gebar.
Die entweichende Energie übertrifft jedoch die Menge, die von der Kugel absorbiert wird, und deshalb leben sie alle kaum ein paarmal zehn Sekunden. Haben sie die Umgebung mit bläulich-gelbem Glanz erhellt und in schwankem und blauem Flug durchkreist, so enden sie durch plötzliche Explosion oder zerfließen und erlöschen fast lautlos. Selbstverständlich sind das keine lebenden Gebilde; mit dem Leben haben sie gerade soviel gemein wie diese in Öl gebrachten Chloroformtropfen, von denen uns der Professor erzählt hat.
War der Feuerwurm, den wir geschaffen haben, lebendig? Wer mir diese Frage stellen wird – selbstverständlich nicht zu dem Zweck, den Irren zu reizen, der ich nicht bin –, dem werde ich ehrlich antworten: ich weiß es nicht. Doch allein die Ungewißheit, allein diese Unwissenheit birgt in sich die Möglichkeit eines solchen Umsturzes in unserem Wissen, wie ihn sich selbst im Fieber niemand hat träumen lassen.
Es gibt – sagen mir die Leute – nur eine Art von Leben: die Eiweißvegetation, die wir kennen, zweigeteilt in Pflanzen- und Tierreich. In Temperaturen, die vom absoluten Nullpunkt kaum dreihundert kleine Schritte entfernt sind, entsteht die Evolution mit ihrer Krönung – dem Menschen. Nur er, und wer ihm ähnlich ist, können sich der im ganzen Weltall herrschenden Zunahmetendenz des Chaos entgegenstellen. Ja, im Sinne dieser Behauptung ist alles Chaos und

Unordnung: die furchtbare Glut des Sterneninneren, die Feuerwände der durch wechselweise Durchdringung entbrennenden galaktischen Nebel, die Gaskugeln der Sonne. – Schließlich – so sagen diese nüchternen, vernünftigen und demzufolge zweifellos im Recht befindlichen Leute – kann keine Installation, keine Art, und nicht einmal eine Spur von Organisation in Ozeanen aus siedendem Feuer aufkommen; die Sonnen sind blinde Vulkane, die Planeten auswerfen; diese wiederum schaffen ausnahmsweise und selten manchmal den Menschen; alles andere ist totes Wüten entarteter Atomgase, ein Ameisenhaufen aus von Protuberanzen erschütterten apokalytischen Feuern.

Ich lächle, wenn ich diese selbstrechtfertigende Darlegung höre, die das Ergebnis benebelnden Größenwahns ist. Es gibt – sage ich – zwei Stufen von Leben. Die eine, gewaltig und riesig, hat sich des ganzen sichtbaren Kosmos bemächtigt. Was für uns Untergangsdrohung und Bedrohlichkeit ist, die Sternglut, die gigantischen Felder magnetischer Potentiale, die ungeheuerlichen Flammeneruptionen, das ist für diese Form von Leben die Vereinigung freundlicher und günstiger, mehr noch, notwendiger Bedingungen.

Chaos, sagt ihr? Das Branden toter Glut? Warum äußert dann die Sonnenoberfläche, von Astronomen beobachtet, solche schlechthin ungezählte Vielheit regelmäßiger, obgleich unbegreiflicher Phänomene? Warum sind solche Magnetwirbel erstaunlich gesetzmäßig? Warum gibt es rhythmische Zyklen der Sternaktivität, ganz wie es die Stoffwechselzyklen jedes lebenden Organismus gibt? Der Mensch kennt den Tag- und Nachtrhythmus und den Monatsrhythmus, überdies kämpfen in ihm, über den Zeitraum eines Lebens ausgedehnt, die entgegengesetzten Kräfte von Wachstum und Absterben; die Sonne hat einen Elfjahreszyklus, nach jeder Viertelmilliarde von Jahren macht sie eine »Depression« durch, ihr Klimakterium, das die irdischen Eiszeiten herbeiführt. Der Mensch entsteht, altert und stirbt – wie ein Stern.

Ihr hört, aber ihr glaubt nicht. Und das Lachen kommen euch an. Ihr möchtet mich fragen, schon nur mehr zum Spott, ob ich vielleicht an das Bewußtsein des Sterns glaube? Ob ich meine, daß die Sterne denken? Auch das weiß ich nicht. Aber statt sorglos meinen Irrsinn zu verdammen, guckt euch die Protuberanzen an! Versucht ein einziges Mal einen während einer Sonnenfinsternis gedrehten Film anzuschauen – wie dieses flammende Gewürm hervortaucht und sich Hunderttausende und Millionen Kilometer weit vom Muttergrund entfernt, um in wunderlichen und unbegreiflichen Evolutionen, sich zu immer neuen Formen ausdehnend und zusammenziehend, endlich zu verwehen und im Raum zu schwinden, oder in den Ozean aus Weißglut zurückzukehren, der sie alle hervorgebracht hat. Ich behaupte nicht, sie seien die Finger der Sonne. Ebensogut könnten sie ihre Schmarotzer sein.

Gut, soll es so sein – sagt ihr. – Der Diskussion zuliebe, damit dieses originelle, wenn auch durch die Überdosis von Absurdität riskante Gespräch nicht vorzeitig abreißt, wollen wir noch etwas wissen. Warum versuchen wir uns denn nicht mit der Sonne zu verständigen? Wir bombardieren sie mit Radiowellen. Vielleicht wird sie antworten . . .? Wenn nicht, dann ist deine These umgestürzt . . .

Ich möchte wissen, worüber wir uns mit der Sonne unterhalten könnten. Was sie und wir für gemeinsame Lebensfragen, Begriffe, Probleme haben. Erinnert euch daran, was unser erster Film aufgezeigt hat. Im Millionenbruchteil einer Sekunde bildete sich die Feueramöbe zu zwei Filialgenerationen um. Der Tempounterschied hat auch gewisse (gewisse . . .) Bedeutung. Verständigt euch zuerst mit den Bakterien eurer Körper, mit den Sträuchern eurer Gärten, mit den Bienen und ihren Blumen, und dann werden wir über die Methodik einer Nachrichtenverbindung mit der Sonne nachdenken können.

Ja dann – sagt der Gutmütigste unter den Skeptikern – erweist sich alles bloß als . . . einigermaßen origineller Gesichtspunkt. Deine Ansichten ändern in nichts die bestehende Welt, weder jetzt noch in Zukunft. Die Frage, ob der Stern ein Wesen ist, ob er »lebt«, wird zu einer Sache der Übereinkuft, der Einwilligung, einen solchen Ausdruck zu gebrauchen, weiter nichts. Kurzum, du hast uns ein Märchen erzählt.

Nein – antworte ich. Ihr irrt euch. Denn ihr meint, daß die Erde ein Krümelchen Leben im Ozean des Nichts sei. Daß der Mensch einsam sei und Sterne, Nebelflecken, Galaxien zu Gegnern, zu Feinden habe. Daß das einzig mögliche erreichbare Wissen dieses sei, das er errungen hat und noch erringen wird, er, der einzige Schöpfer der Ordnung, die unausgesetzt bedroht sei von Überflutung durch die Unendlichkeit, die entfernte Lichtpunkte strahlt. Aber so ist es nicht. Die Stufenordnung aktiven Dauerns ist allgegenwärtig. Wer will, kann sie Leben nennen. Auf ihren Gipfeln, auf den Höhen energetischer Erregung, verweilen die feurigen Organismen. Knapp vor dem Ende, dicht beim absoluten Nullpunkt, in der Gegend der Finsternis und des letzten erstarrenden Atems, erscheint einmal noch das Leben, als schwacher Abglanz jenes anderen, als seine blasse, verglimmende Andeutung – das sind wir. Seht es so, und ihr werdet Demut lernen und zugleich Hoffnung, denn einmal wird die Sonne zur Nova werden und uns mit dem gnädigen Atem des Brandes umfangen, und wenn wir so in den ewigen Kreislauf des Lebens zurückkehren, zu Teilchen ihrer Größe werden, gewinnen wir tieferes Wissen als das, welches den Bewohnern der Vereisungszone zuteil werden kann. Ihr glaubt mir nicht. Ich wußte es. Jetzt sammle ich diese beschriebenen Blätter, um sie zu vernichten, ab morgen oder übermorgen setze ich mich wieder an den leeren Tisch und schreibe von Anfang an wieder die Wahrheit.

DAS SCHWARZE KABINETT PROFESSOR TARANTOGAS

Ein Fernsehspiel

PERSONEN:

PROFESSOR TARANTOGA

OBERINSPEKTOR ALFEN, breitschultrig, etwa 30 Jahre

INSPEKTOR GALT, etwa 40 Jahre

RICHARD FAXTON, etwa 25 Jahre

MELANIE, die Köchin des Professors, etwa 55 Jahre

GEHEIMAGENT der Polizei BRIX

GEHEIMAGENT II

GEHEIMAGENT III

HEINRICH IV., englischer König

POLIZIST

FLOTTE BIENE AUS DER STEINZEIT

I

Inspektor Galts Büro. Der Inspektor sitzt am Schreibtisch. Ein Polizist kommt herein.

POLIZIST: Herr Inspektor, Brix ist zurück.

GALT: Soll reinkommen.

Der Polizist geht hinaus, Brix kommt herein. Verkleidet als Arbeiter der Wasserwerke – eine Tasche mit Instrumenten, in der Hand ein Abflußknie, Wasserhähne, die auf einer Schnur aneinandergereiht sind.

GALT: Na, wie sieht's aus?

BRIX *düster:* Nichts.

GALT: Was heißt das, »nichts«?! Sagen Sie mal genau, was und wie! Hat der Professor Sie erkannt?

BRIX: Nein. Ich kam um 14.20 Uhr an. Reingelassen hat mich die Köchin. Unter dem Vorwand, die Installation zu überprüfen, habe ich mir die ganze Wohnung angesehen.

GALT: Abflüsse, Wanne, Badezimmer?

BRIX: Selbstverständlich, Herr Inspektor.

GALT: Blutspuren?

BRIX: Keine.

GALT: Irgendwelche Haare, Notizen, Müllreste?

BRIX: Müll ist nicht mein Ressort, Herr Inspektor! Dafür ist Rambart zuständig.

GALT: Und Sie haben nichts gefunden, nichts Verdächtiges?

BRIX: Nichts. Der Ausguß in der Küche ist nicht ganz dicht.

GALT: Sie können gehen.

Bereits an der Tür geht Brix an zwei Agenten vorbei, die als Kanalarbeiter verkleidet sind. Beide sind mit Kalk und Zement beschmiert, die Gesichter voller Staub, die Knie voller Flecken, ein Sack, Meißel, Hammer, ein Bündel Schnur, eine Abblendlampe, eine kleine Strickleiter. Der eine Agent ist groß, der andere klein.

GALT: Ach, ihr seid das. Na?

DER GROSSE: Wir waren beim Professor.

DER KLEINE: Seit ganz früh morgens.

GALT: Das weiß ich. Und weiter?

DER GROSSE: Wir haben das Schreiben von der Baubehörde vorgezeigt, daß wir prüfen sollen, ob das Grundwasser nicht bis zum Keller reicht.

GALT: Wer hat euch reingelassen, die Köchin?

DER GROSSE: Nein, der Professor selbst.

GALT: Hat er keine Schwierigkeiten gemacht?

DER KLEINE: Nein, Herr Inspektor. Er hat gesagt, wir sollten tun, was uns gefällt.

GALT: So, das hat er gesagt? Ja und?

DER GROSSE: Genau wie Sie gesagt haben, wir haben Löcher in den Beton gestemmt, in allen Kellern. In der Garage auch.

DER KLEINE: 70 Löcher auf einmal, Herr Inspektor. Uns sind bald die Hände abgefallen.

GALT: Das tut nichts zur Sache. Habt ihr was gefunden? Überreste, Knochen?

DER KLEINE: Nur Hühnerknochen. Einen Flügel und ein Bruststück. Die hat wohl der Hund rangeschleppt.

GALT: Keine faulen Witze! Ihr wißt, worum es geht.

DER GROSSE: In den Kellern war nichts. Nichts als Erde. Ein paar Steine. Ganz glatte waren dabei ... oh, einen habe ich in der Tasche.

Legt ihn auf den Schreibtisch.

GALT: Sammeln Sie Andenken? Und in der Garage?

DER KLEINE: In der Garage war ganz dicker Beton.

GALT: Bringt mich nicht zum ... Nein! Nein! Ich darf nicht die Nerven verlieren. Und was war unter dem Beton? Keine Leichen?

DER GROSSE: Keine.

GALT: Reste von verbrannten Haaren? Von Kleidung? Zähne?

DER KLEINE: Nein, Herr Inspektor.

GALT: Könnt ihr mir vielleicht sagen, wo 11 junge Männer abgeblieben sind, gesund und stark wie die Stiere, was? Sind die vielleicht verdampft? Haben die sich in Luft aufgelöst?!

DER KLEINE: Das wissen wir nicht, Herr Inspektor. Wir haben alles so gemacht, wie Sie gesagt haben.

GALT: Wände abgeklopft?

Der Große nickt resignierend mit dem Kopf.

GALT: Den Dachboden?

DER KLEINE: Auch den Dachboden.

Es klopft. Herein kommt ein Agent, verkleidet als Monteur der Telefongesellschaft. Ein kleiner Apparat mit Kurbel, ein Bündel Drähte, eine Mütze der Telefongesellschaft.

GALT: Ihr könnt gehen.

TELEFONAGENT *ziemlich munter*: Guten Tag, Herr Inspektor.

GALT: Schön, daß Sie da sind. Kommen Sie gerade vom Professor?

AGENT: Ja, Inspektor.

GALT: Und nichts?

AGENT: Ich weiß nicht, ob es nichts ist . . .

GALT: Was soll das heißen?

AGENT: Ich sollte angeblich das Telefon kontrollieren. Der Professor selbst hat mir die Aufgabe erleichtert, denn er fragte mich, ob man nicht eine zusätzliche Steckdose fürs Telefon im Schlafzimmer anbringen könnte. Ich sagte, ich müßte alles genau ausmessen.

GALT: Aha! Und haben Sie eine Durchsuchung durchgeführt?

AGENT: In den Grenzen des Möglichen. In der Wand hat er einen gepanzerten Tresor.

GALT: Einen Tresor? *Plötzlich interessiert:* Na bitte, einen großen?

AGENT: So einen. *Mit den Händen zeigt er einen ziemlich kleinen Tresor.*

GALT *dessen Miene sich verdüstert:* Da würde also nicht mal eine Leiche reingehen?

AGENT: Nein.

GALT *mit einem Rest Hoffnung:* Aber vielleicht nach einer Verbrennung?

AGENT: Das weiß ich nicht. Aber warum sollte er Asche in seinem Tresor aufbewahren?

GALT: Na ja, gut, gut. Und was haben Sie noch gefunden?

AGENT: Als erstes das . . . *Er reicht Galt eine Perücke à la Ludwig XVI.*

GALT: Das? . . . *Betrachtet sie.* Eine gewöhnliche Perücke . . . *Schnuppert.* Wo haben Sie die gefunden?

AGENT: Sie lag auf dem Schrank unter alten Zeitungen.

GALT: Noch was?

AGENT: Ja. Das.

Er reicht Galt ein Fotoalbum. Dort sind Fotografien im Großformat eingeklebt, alle Fotos zeigen Porträts junger Männer, die die ganze Fläche der Aufnahme ausfüllen. Zu diesen glattrasierten Gesichtern sind auf jeder Fotografie hinzugemalt: mal ein spanischer Bart, hier ein Backenbart, da ein dichter Vollbart, hier ein fein gezwirbelter Schnurrbart, sowie lange gekräuselte Locken. Die Bärte sind mit einem gewöhnlichen Bleistift hinzugemalt, so als hätte das zum Beispiel ein Kind gemacht.

GALT: So, so. Wo haben Sie das gefunden?

AGENT: Auch auf dem Schrank.

GALT: Was noch?

AGENT: Ist das zu wenig?

GALT: Und was soll uns das?

AGENT: Aber das sind doch die Fotografien aller Verschwundenen!

GALT: Das hab' ich bemerkt. Ja und? Soll ich vielleicht einen Haftbefehl ausstellen auf der Grundlage, daß ein verkalkter Professor auf die Fotografien seiner Assistenten Schnurrbärte und Kinnbärte malt? Wenn ich damit zum Untersuchungsrichter komme, der lacht mich doch aus!

AGENT: Aber da ist doch noch die Perücke!

GALT: Perücke? Die Perücke ... Was hat die denn damit zu tun? Nehmen Sie die mal mit ins Laboratorium, zur Analyse. Oder nein – lieber später. Ich will sie mir noch mal ansehen.

AGENT: Dann komm' ich in einer Stunde mal wieder vorbei.

Während der Agent hinausgeht, dreht Galt die Perücke hin und her und setzt sie schließlich probeweise auf den Kopf. Ein Polizist kommt herein, Galt nimmt hastig die Perücke ab.

POLIZIST: Oberinspektor Alfen ist angekommen. Und hier sind Zeitungen von heute. *Er legt sie auf den Tisch.*

GALT: Bitten Sie ihn doch herein!

Herein kommt der junge, breitschultrige Oberinspektor Alfen.

ALFEN: Wie geht es Ihnen, Galt? Was ist das für eine Geschichte, mit der Sie nicht weiterkommen?

GALT: Nehmen Sie Platz, Alfen! Ich freue mich, daß Sie endlich gekommen sind.

ALFEN: Ich konnte nicht eher. Wir haben diesen Mörder gehängt, der es auf alte Frauen abgesehen hatte, wissen Sie ... Haben Sie gehört, was der gemacht hat? Ein wahres Ungeheuer. Er nahm ein Stückchen Wachs, eine Schusterahle, eine kleine Schnur ...

GALT: Was immer er gemacht hat, Alfen, er ist gar nichts im Vergleich zu diesem Professor Tarantoga, das versichere ich Ihnen.
ALFEN: Ach, wirklich? Ich kenne keine Einzelheiten. Können Sie mir die mal schildern?
GALT: Bitte, hören Sie zu, Alfen. Von Zeit zu Zeit taucht in der Presse eine Annonce auf. Ja, so eine zum Beispiel . . . *Er nimmt einen Zeitungsausschnitt aus der Mappe und liest:* »Junger Mann, Idealist, ledig, ohne Familie, mit wissenschaftlichen Interessen, von mittlerer Größe, schmales Gesicht, mit einer Adlernase, möglichst dunklen Augen wird ab sofort von einem namhaften Gelehrten als Privatsekretär gesucht. Den Vorzug haben Personen, die die italienische Sprache beherrschen und über höhere Bildung verfügen. Ausgezeichnete materielle Bedingungen, in Aussicht – ein bleibender Platz in der Geschichte der Menschheit. Zuschriften unter . . .« und so weiter.
ALFEN: Von Zeit zu Zeit, sagen Sie? Gab es viele solcher Annoncen?
GALT: Bis jetzt 11. Die erste erschien vor sieben Monaten.
ALFEN: In regelmäßigen Zeitabständen?
GALT: Nicht unbedingt. Manchmal im Abstand von einer Woche, manchmal erst nach einem Monat. Die Annoncen gibt ein gewisser Tarantoga auf, Professor der Physik, der Kosmologie und noch irgend so was. Gewöhnlich melden sich etwa ein Dutzend junger Männer. Einen von ihnen wählt er aus, gibt ihm Wohnung und ein hohes Gehalt, dann verschwindet der sogenannte Sekretär spurlos.
ALFEN: Auf welche Weise?
GALT: Ich habe keine Ahnung. Eines schönen Tages hört er einfach auf zu existieren.
ALFEN: Verständigt der Professor die Polizei davon?
GALT: Ach wo! Er gibt die nächste Annonce auf.
ALFEN: Und alles fängt wieder von vorne an?
GALT: Genau. Zu Anfang haben wir gar nichts davon gewußt. Erst als der fünfte verschwunden war, begann sich einer der Nachbarn des Professors dafür zu interessieren. Sie müssen wissen, Alfen, daß gegenüber von Tarantoga Brummer wohnt, der pensionierte Richter. Er hat nichts zu tun und fing deswegen an, Tarantogas Haus durchs Opernglas zu beobachten, und eben von ihm haben wir erfahren, daß die Umstände des Verschwindens immer dieselben sind. Eines Tages betritt der neue Assistent das Haus – ich denke an die Villa des Professors – hier haben Sie ein Foto! – *reicht es* um dessen Schwelle dann nie wieder zu überschreiten.
ALFEN: Denken Sie an Mord?
GALT: An vorsätzlichen, systematischen Massenmord.

ALFEN: Hm . . . Sind alle Annoncen in dieser Art abgefaßt?

GALT: Nein, Sie können sie mal durchsehen. Hier, in der Mappe sind die Ausschnitte. Mal sucht er einen großen Mageren, der Latein kann, mal – einen Absolventen der Physik mit Neigung zur Fülle, mal – einen mit Geheimratsecken und leichtem Schielen . . .

ALFEN: Sie machen wohl Spaß?

GALT: Mir ist nicht zum Spaßen zumute, Alfen! Hier haben Sie's, schwarz auf weiß!

ALFEN: Haben Sie eine Haussuchung durchgeführt?

GALT: Offiziell nicht. Mangel an Belastungsmaterial. Aber ich habe Kripoagenten dahingeschickt in allen möglichen Verkleidungen. Als Maurer, Schornsteinfeger, Kanalarbeiter, Telefon-Monteure, Installateure, ich weiß selbst nicht mehr, als was. Gerade heute sind drei Trupps zurückgekommen. Zuerst haben wir die Wohnung unter die Lupe genommen. Alle Wände, Parkett, Möbel, Abflüsse. Dann Garten, Keller, Garage und den Dachboden.

ALFEN: Was für Resultate?

GALT: Keine. Keine Spur von Leichen. Nichts. Absolut nichts.

ALFEN: Persönliche Sachen der Leute, die verschwunden sind?

GALT: Keine Spur. Außerdem haben die im allgemeinen auch nicht viel – ein Köfferchen mit Seife, Zahnbürste und ein paar Hemden. Das sind meistens Absolventen oder Studenten.

ALFEN: Was macht dieser Tarantoga eigentlich?

GALT: Ich weiß nicht. In seinem Haus hat er ein Laboratorium, daneben einen ziemlich kleinen verschlossenen Raum, zu dem wir bis jetzt nicht vordringen konnten. Die Tür ist schwarz lackiert.

ALFEN: Ah, ein verschlossenes Zimmer. Was ist in diesem Zimmer?

GALT: Die Tür ließ sich nicht öffnen. Vier Spezial-Zahlenschlösser.

ALFEN: Vielleicht hat er da einen großen Eisschrank?

GALT: Daran habe ich schon gedacht. Nein. Denn, sehen Sie, das Fenster dieses Zimmers liegt zur Straße, direkt dem Haus des Richters Brummer gegenüber. Durchs Fernglas kann man ins Zimmer hineinschauen. Außerdem haben wir unter dem Vorwand, die Straßenlaterne zu reparieren, eine Feuerwehrleiter mit einem Agenten installiert, der seit vier Tagen und Nächten das Zimmer nicht aus den Augen gelassen hat.

ALFEN: Na und?

GALT: Den ganzen Raum kann man durchs Fenster nicht sehen, aber der unsichtbare Teil ist relativ klein. Hier ist ein Plan. *Zeigt ihn.* Den schraffierten Teil kann man durchs Fenster nicht sehen. Diese Ecke, hier, kann man nicht sehen. Da bringt man keinen Eisschrank unter.

Höchstens eine kleine Mühle.

ALFEN: Zum Knochenmahlen?

GALT: Genau. Von Zeit zu Zeit geht der Professor in diesen Raum, läßt das Rollo herunter, zieht es nach einigen Minuten wieder hoch und verläßt das Zimmer.

ALFEN: Ist er dabei allein?

GALT: Manchmal, manchmal ist der Sekretär dabei.

ALFEN: Verläßt auch der Sekretär das Zimmer wieder?

GALT: In der Zeit, in der mein Mann das Haus unter Beobachtung hielt, kam er jedesmal heil und unversehrt heraus. Aber wissen Sie, ich konnte den Agenten ja nicht bis in alle Ewigkeit auf der Leiter lassen. Andererseits liegt das Haus des Richters so, daß man die Tür, die zum Zimmer des Professors führt, sogar durchs Fernglas nicht vollständig sehen kann.

ALFEN: Mit einem Wort – man weiß gar nichts.

GALT: Nichts. Das heißt . . . Heute hat mir einer meiner Leute *das* gebracht. Und das. *Er reicht Alfen die Perücke und das Album.* Gefunden wurde es auf dem Schlafzimmerschrank.

ALFEN *studiert die Perücke durch die Lupe:* Hm. Sie ist unbenutzt. Interessant.

GALT: Was?

ALFEN: Das ist keine Theaterperücke . . .

GALT: Glauben Sie?

ALFEN: Ganz sicher. Ziemlich ordentliche Arbeit. Wir müssen feststellen, wo der Professor sie bestellt hat. Vielleicht hat er noch andere bestellt. Aha . . . *Blättert im Album.* Sind das die Verschwundenen?

GALT: Jawohl.

ALFEN: Wer hat das da raufgeschmiert?

GALT: Vermutlich der Professor.

ALFEN: Wird sein Telefon abgehört?

GALT: Klar. Aber im allgemeinen kommt er ganz ohne Telefon aus. Außerdem, keinerlei verdächtige Gespräche.

ALFEN: Wohnt er allein?

GALT: Mit einer alten Köchin.

ALFEN: Irgendein alter Brunnen im Garten?

GALT: Alfen, wofür halten Sie mich? Wir haben jedes Stück Rasen auf eine Tiefe von vier Metern sondiert, den Beton in der Garage und im Keller einen halben Meter tief aufgerissen, die Wände und Fundamente wurden mit Röntgenstrahlen durchleuchtet!

ALFEN: Anständige Arbeit und nichts?

GALT: Absolut nichts.

ALFEN: Hat der Professor Ihren Leuten keine Schwierigkeiten gemacht?

GALT: Nein.

ALFEN: Sehr verdächtig.

GALT: Glauben Sie?

ALFEN: Natürlich. Oder würden Sie einer Horde von Arbeitern erlauben, andauernd Mauern und Fußböden in Ihrer Wohnung aufzureißen?

GALT: Auf keinen Fall. Nein, er hat nicht die geringsten Schwierigkeiten gemacht. Und in der letzten Woche, als mein Agent, der als Schornsteinfeger verkleidet war, nach Überprüfung aller Schornsteine gerade gehen wollte, wies ihn der Professor darauf hin, daß er einen alten, nicht mehr benutzten Schornstein von der Waschküche vergessen hatte.

ALFEN: Was sagen Sie da?! Das ist großartig.

GALT: Wieso? – Großartig? . . .

ALFEN: Verstehen Sie denn nicht? Er macht sich einfach über Sie lustig. Er lacht Ihnen ins Gesicht. Er will Sie mit seiner Offenheit provozieren.

GALT: Glauben Sie, daß er uns durchschaut hat? Daß er schon etwas gemerkt hat?

ALFEN: Darauf möchte ich wetten. Na ja, allmählich kann ich mir ein Bild von der ganzen Sache machen.

GALT: Was sagen Sie da?

ALFEN: Zuerst noch ein paar Einzelheiten. Haben Sie versucht, mit einem dieser jungen Leute vor ihrem Verschwinden Kontakt aufzunehmen?

GALT: Ja. Mit dem letzten. Das war ein gewisser Richard Faxton, ein Absolvent der Physikalischen Fakultät. Er brauchte Geld für seine Diplomarbeit, deswegen hat er sich gemeldet. Ich habe mit ihm persönlich gesprochen. Er hatte sich zu völliger Diskretion verpflichtet. Er war schon vier Tage beim Professor.

ALFEN: Haben Sie ihn gewarnt?

GALT: Selbstverständlich. Er sollte sich täglich telefonisch bei mir melden, daß alles in Ordnung sei. Ich riet ihm, vorsichtig zu sein, und gab ihm eine Waffe.

ALFEN: Aha, eine Waffe. Gut. Was weiter?

GALT: In diesen vier Tagen hat er nichts Verdächtiges bemerkt. Danach telefonierte er täglich. Er war in ausgezeichneter Stimmung und machte ständig Witze.

ALFEN: Hat er keine Angst gehabt? Hatte er nicht den Wunsch, diese Stelle aufzugeben?

GALT: Nicht im geringsten. Er sagte, er ist Vizemeister im Judoklub der Universität, hat einen leichten Schlaf, verriegelt regelmäßig seine Zimmertür und ißt nur die Speisen, die der Professor auch ißt, im übrigen habe er zu ihm Vertrauen.

ALFEN: Ein Draufgänger?

GALT: Das würde ich nicht sagen. Ein sehr beherrschter, intelligenter und ruhiger Bursche. Er sagte, er habe Tarantoga bereits lieb gewonnen und glaube nicht, daß er irgend jemanden ermorden könne. Er war einfach neugierig . . .

ALFEN: Was weiter, ist er immer noch da?

GALT: Nein, er ist vor vier Tagen verschwunden. Nach achtzehntägigem Aufenthalt.

ALFEN: Gab er denn vorher kein Zeichen oder Signal?

GALT: Nein.

ALFEN: Gab es irgend etwas Besonderes, das der Professor von ihm verlangte?

GALT: Eigentlich nichts. Er machte Notizen und holte Bücher aus der Universitätsbibliothek. Solche Sachen eben. Ach ja, aber das ist eine Bagatelle.

ALFEN: Bei diesen Sachen gibt es keine Bagatellen. Bitte weiter!

GALT: Der Professor bat ihn, sich anders zu kämmen. Er trug einen Seitenscheitel, aber Tarantoga wollte, daß er sich die Haare nach hinten kämmte.

ALFEN: Aha! Das hab' ich mir gedacht. Ausgezeichnet. Noch etwas?

GALT: Ja. Wenn Sie sogar solche Sachen wissen wollen. An einem Zahn hatte er eine Stahlkrone, hier vorne . . . *Er zeigt.* Der Professor empfahl ihm, sie durch eine Porzellankrone zu ersetzen. Auf seine Rechnung.

ALFEN *versucht, seine Überraschung zu verbergen:* So? . . . Hm. Gab es seit seinem Verschwinden eine neue Annonce?

GALT: Nein. Aber vielleicht in den Zeitungen von heute . . . *Beide fangen an zu suchen.* Da, da ist sie! »Junger, außerordentlich intelligenter Mann mit allseitigen technischen und künstlerischen Interessen und der Fähigkeit gut zu malen, mit ausgeprägter Geschicklichkeit im Bau mechanischer Modelle, sowie einer Ader für Erfindungen, wird dringend von einem namhaften Gelehrten gesucht. Den Vorzug haben Kandidaten, die das Italienische fließend beherrschen, sowie dunkle Haare und tiefliegende Augen besitzen. Zuschriften . . .« Wieder. Schon wieder. Der Tarantoga, dieses Monstrum, bringt mich noch ins Grab! Seinetwegen werde ich meine Stellung verlieren!

ALFEN: Beruhigen Sie sich, Galt. Ich habe doch gesagt, daß ich schon ein Bild von der Sache habe.

GALT: Ja, so reden Sie doch, Alfen! Worauf warten Sie?

ALFEN: Haben Sie vielleicht irgendeine Enzyklopädie? Oh, da steht ja eine. Geben Sie mir bitte den Band N.

Galt reicht ihn. Alfen blättert, schlägt ein ganzseitiges Porträt von Isaak Newton auf und legt die Fotografie Richard Faxtons daneben. Besonders in der Frisur und in der Gesichtsform besteht eine verblüffende Ähnlichkeit. – Da Faxton später auftritt, muß die Fotografie eine Fotografie des Schauspielers sein, der seine Rolle spielt.

ALFEN *triumphierend:* Sehen Sie?!

GALT: Tatsächlich! Er hat die Fotografie retuschiert, damit sie dem Porträt Newtons ähnelt. Wie sind Sie nur darauf gekommen? Und was bedeutet das?

ALFEN: Detektive müssen vielseitig sein. Die Ähnlichkeit war schlagend. Ich vermute, wenn wir in der Enzyklopädie nachsuchen, dürften wir auch andere Porträts berühmter historischer Persönlichkeiten finden, denen der Professor seine Sekretäre »angepaßt« hat ...

GALT: Na gut, aber warum? Warum, um Gottes willen?!

ALFEN: Im Grunde ist das ziemlich simpel. Der Professor ist verrückt. Seine fixe Idee beruht auf dem Haß gegenüber berühmten Leuten – Newton, Shakespeare und anderen. Die leben seit Jahrhunderten nicht mehr, er kann ihnen nichts mehr anhaben. Was macht er also? Er sucht Leute, die ihnen wenigstens äußerlich ähnlich sind, er vergrößert die Ähnlichkeit, indem er seinen Opfern empfiehlt, die Frisur zu ändern, sich einen Backen- oder Schnurrbart wachsen zu lassen, oder eine Perücke zu tragen, und wenn er den maximalen gewünschten Effekt erzielt hat, wenn er den Doppelgänger des verhaßten Genies vor sich hat – tötet er ihn!! Verstehen Sie?

GALT: Tötet er ... Ich verstehe. Sie sind ... phänomenal, Alfen!

ALFEN: Das hör' ich nicht zum ersten Mal.

GALT *der sich wieder ein bißchen gefaßt hat:* Na gut, aber ... was passiert mit den Leichen?

ALFEN: Ich bin kein Hellseher. Ich bin vor 20 Minuten angekommen. Soll ich das Beweismaterial gegen den Professor aus der Tasche ziehen?

GALT: Nein, ich dachte nur ... Alfen, es ist nur ... er hat niemanden veranlaßt, sich einen Kinn- oder Schnurrbart wachsen zu lassen.

ALFEN: Nein?

GALT: Nein. Was sagen Sie dazu?

ALFEN *trommelt mit den Fingern auf den Tisch:* Also nichts dergleichen. Hm ... Ah! Klar! Na, ja, selbstverständlich. Er braucht ihnen gar nicht zu sagen, sich einen Bart wachsen zu lassen, weil er ihnen künstliche anklebt, ebenso wie er ihnen Perücken aufsetzt! Wenn sie in der Zeit, in der sie sich einen Bart wachsen lassen, aus dem Hause gingen, würde es Aufsehen erregen. Also hat er einen anderen, ungefährlicheren Weg gewählt, nämlich die Maske!

GALT: Ja! Das ist möglich! Ich werde sofort anordnen, den Perückenmacher ausfindig zu machen, der für Tarantoga arbeitet. Und wie soll's weitergehen?

ALFEN: Ich kann Ihnen sagen, wie's weitergeht. Der Professor sucht einen jungen Mann mit dunklen Haaren und schwarzen Augen, der Italienisch kann und zu malen versteht ... Was meinen Sie, ob ich wohl diese Rolle übernehmen könnte?

GALT: Wie? Sie wollen da ... selbst?

ALFEN: Ich werd' mich noch heute melden. Am besten sofort. Haben Sie irgendeinen Revolver? Ich habe nämlich nichts von zu Hause mitgenommen.

GALT: Bitte ... *Er öffnet eine Schublade voller Waffen. Alfen nimmt verschiedene Brownings und Parabellum heraus und prüft, wie sie in der Hand liegen, wirft sie hoch, fängt sie wieder auf, schließlich steckt er einen Revolver in die Gesäßtasche seiner Hose, den zweiten – einen kleinen, flachen – in die Jackentasche, den dritten, einen großen, schweren, bringt er in einem Spezialhalfter unter, das er unter der linken Achsel hat.*

ALFEN: Na also ... Im Malen bin ich zwar keine Kanone, aber das ... und das ... wird mir den Pinsel ersetzen. Einen Schlagring haben Sie wohl nicht?

GALT: Der wird sich finden. Vielleicht einen Gummiknüppel?

ALFEN: Zu groß. Mir genügt ein Schlagring.

Bekommt einen von Galt.

Oh, der wird gar nicht schlecht sein. Schön schwer. Gut, ich gehe!

GALT: Viel Glück, Alfen!

Bringt ihn zur Tür.

Das ist mir eine Geschichte ...

Es klopft. Ein Polizist kommt herein.

POLIZIST: Herr Inspektor, eine Meldung von Funkwagen 6. Man hat Kontakt zu dem Sanitäter hergestellt, zu dem alle Verschwundenen gegangen sind. Er hat nichts mit ihnen gemacht, er hat sie nur bis zum Krankenhaus gebracht. Immer am Freitag.

GALT: Ins Krankenhaus sind sie gegangen? Weshalb?

POLIZIST: Sich impfen lassen. Hier hab' ich das schriftlich.

Er liest eine Notiz vor.
»Schwarze Pocken, Pest, Cholera, Typhus, Tuberkulose, Malaria, rote Ruhr und Schlafsucht . . .« Dagegen haben sie sich impfen lassen.
GALT: Sich impfen lassen? Alle?
POLIZIST: Jawohl, Herr Inspektor.
GALT: Aber weshalb?
POLIZIST: Wahrscheinlich, um nicht krank zu werden . . .
GALT *läuft zur Tür:* Alfen, Alfen!
POLIZIST: Der Oberinspektor ist schon weg, Herr Inspektor . . .

II
Arbeitsraum Professor Tarantogas. Das typische Arbeitszimmer eines Gelehrten: ein alter Schreibtisch, Sessel, Regale voll mit Büchern. Tarantoga und Alfen. Beide sitzen.
TARANTOGA: Junger Mann, als Sie im Vorzimmer saßen, haben Sie gesehen, wie fünf Kandidaten mein Haus verlassen haben, denn die Bedingungen, die ich stelle, erschienen ihnen unerfüllbar. Ich habe Ihnen gesagt, wie sie aussehen. Ich kann Ihnen Ruhm bieten, der die Jahrhunderte überdauert. Sie werden ein außergewöhnlicher Mensch sein, Ihr Name wird ganzen Generationen ein Begriff sein, aber auf der anderen Seite, ich sage das ganz offen, werden Sie ein schweres Leben voller Entsagungen haben. Zuerst werden Sie auf all das verzichten müssen, was uns die moderne Zivilisation bietet, außerdem werden Sie von den Mächtigen verfolgt werden, andererseits werden Sie auch mächtige Protektoren finden. Mit einem Wort, der Kranz, den Ihnen das Schicksal unter meiner Vermittlung um die Schläfen legen wird, wird aus prachtvollen Rosen mit scharfen Dornen bestehen. Nehmen Sie mein Angebot an?
ALFEN: Jawohl, Herr Professor, ich nehme an.
TARANTOGA: Überlegen Sie sich das gut. Denn, wenn Sie sich einmal entschlossen haben, gibt es kein Zurück mehr. Ich habe schon zahlreiche Altersgenossen von Ihnen auf ähnliche Lebensbahnen gelenkt und bin noch niemals enttäuscht worden. Andererseits muß ich vorsichtig sein. Das Schicksal hat mir eine historische Mission gegenüber der ganzen Menschheit auferlegt. Ich muß sie bis zum Ende erfüllen. Sie sind einer der Männer, von denen die Zukunft der Welt abhängen wird. Aber ich bitte Sie, denken Sie auch an die großen Schwierigkeiten . . . Außerdem werden Sie noch einer Probe unterzogen werden.
ALFEN: Was für einer Probe, Herr Professor?

TARANTOGA: Zuerst müssen Sie Ihr Einverständnis erklären und mich Ihrer Diskretion versichern durch das Ehrenwort eines ehrlichen Mannes. Also bitte.

ALFEN: Ich bin einverstanden und gebe Ihnen mein Wort.

TARANTOGA: Das ist schön. Jetzt weiter. Ich habe ein Talent zur Malerei verlangt. Sie sagten, daß Sie es besitzen.

ALFEN: Malen kann ich. Natürlich kann ich das.

TARANTOGA *zieht hinter dem Schrank eine Kopie von Leonardo da Vincis »Gioconda« im Originalformat hervor:* Wir werden sehen. Wir werden uns davon überzeugen. Wollen Sie bitte dieses Porträt nehmen und eine Kopie anfertigen. Staffelei, Leinwand, Pinsel und Farbe finden Sie in dem für Sie hergerichteten Zimmer.

ALFEN: Soll ich gleich anfangen?

TARANTOGA: Ein löblicher Eifer. Aber vielleicht haben Sie ja noch ein paar Dinge zu erledigen.

ALFEN: Danke. Eigentlich würde ich von Ihrem Angebot gern Gebrauch machen, wenn Sie erlauben, Herr Professor.

Er geht hinaus. In der Tür geht er an der Köchin Melanie vorbei.

MELANIE *zum Professor, als Alfen hinausgegangen ist:* Herr Professor, er gefällt mir nicht.

TARANTOGA: Aber, aber . . . Und weshalb das, liebe Melanie?

MELANIE: Dem zwielichtigen Typ trau ich nicht über den Weg. Herr Professor, es ist schon elf, ich sollte Sie daran erinnern, daß Sie sich um elf Uhr mit Herrn Kulombus treffen wollten.

TARANTOGA: Nicht mit Kulombus, Melanie, sondern mit Kolumbus. Mit Christopher Kolumbus, mit dem, der Amerika entdeckt hat . . . Ich geh' ja schon.

MELANIE: Darf es eine Spargelsuppe sein?

TARANTOGA: Ja, Melanie . . . aber könntest du dich nicht doch entschließen, Lukrezia Borgia zu werden? Du würdest ganz in der Nähe der Päpste leben.

MELANIE: Ach, Herr Professor, immer ein und dasselbe. Und wer würde für Sie kochen? Ich danke für diese Papstgeschichten.

Beide gehen hinaus. Ins Zimmer schleicht sich Alfen, tritt hastig an den Schreibtisch heran und dreht die Wählscheibe des Telefons.

ALFEN: Hallo! Sind Sie es, Galt? Was? Ich bin engagiert, ja. Sie können ganz beruhigt sein. Wenn Sie anrufen wollen, melden Sie sich bitte als Tom, als mein Studienkollege. Ja. Ich rufe in einer dringenden Sache an. Der Alte hat mir ein Bild von Leonardo da Vinci zum Kopieren gegeben – die Gioconda. Na ja, er will überprüfen, wie ich male . . . Die kennen Sie nicht? So ein lächelndes

Weibsbild. Lassen Sie sofort eine anständige Kopie malen! Ich hol' sie morgen ab. Was? Nein, es muß ganz frisch gemalt sein, sonst fällt es auf, die Farben müssen noch feucht sein . . . Was? Impfungen? Ach, das soll wohl nur die Spuren verwischen und uns in die Irre führen . . . Hören Sie, mir ist noch etwas eingefallen. Überprüfen Sie doch mal das Bankkonto des Professors. Auf Wiedersehen. Ruhig Blut, ich werde ihn in Handschellen zu Ihnen bringen!

* * *

Arbeitszimmer. Tarantoga, Alfen, auf Staffeleien – zwei Giocondas.

TARANTOGA: Na, bitte. Nicht schlecht. Gar nicht schlecht, junger Mann. Ich bin mit Ihnen voll und ganz zufrieden. Man merkt zwar, daß es etwas auf die Schnelle gemalt ist, aber es war ja nur eine Probe. Denn Sie müssen wissen, daß Sie selbst, ja Sie, mit eigener Hand ein Original malen werden. Hi, hi . . . interessant, was? Wundern Sie sich nicht über meine Worte?

ALFEN: Ja, also . . . Ein bißchen überrascht – bin ich schon.

TARANTOGA: Sie werden noch alles verstehen. Bitte, folgen Sie mir.

Sie gehen hinaus. Ein Korridor, eine weiße Tür, dann eine schwarze, sie bleiben davor stehen. Tarantoga beginnt der Reihe nach zahlreiche Schlösser zu öffnen, Alfen überprüft neben ihm stehend, wo er welchen Revolver hat, nimmt einen heraus und steckt ihn gleich wieder zurück.

TARANTOGA: Die Tür ist schwarz, sehen Sie? Ich habe sie absichtlich so lackieren lassen. Hi, hi . . .

ALFEN: Ach, ja? Mögen Sie diese Farbe?

TARANTOGA: Nicht besonders, aber Sie müssen wissen, *sie treten ins Zimmer* daß die Polizei mich des Mordes verdächtigt! Für einen Verbrecher halten die mich, für eine Art Jack the Ripper. Da ich aber in Ermangelung verbrecherischer Neigungen ihnen trotzdem keine vollständige Enttäuschung bereiten wollte, ließ ich also wenigstens diese Tür schwarz anstreichen.

ALFEN: Die Polizei verdächtigt Sie, Herr Professor? Das darf doch nicht wahr sein! Aber das ist doch Unsinn!

TARANTOGA: Das kommt darauf an, wie man's betrachtet. Die armen Kerle haben nur eins im Kopf: Leichen, Blut und Skelette . . . Haben die sich nicht auch schon mal an Sie herangemacht, als Sie auf dem Weg zu mir waren?

ALFEN: Wer bitte?

TARANTOGA: Junger Mann, ein bißchen raschere Auffassungsgabe! Der, den Sie werden verkörpern müssen, war ein Genie! Wir sprachen von der Polizei, also fragte ich, ob sich nicht irgend jemand von der Kripo an Sie gehängt und versucht hat, Sie zum Singen zu überreden, gegen mich, meine ich.

ALFEN: Herr Professor, Sie benutzen so merkwürdige Worte ... Nein, an mich ist niemand herangetreten ...

TARANTOGA: Merkwürdig. Und was die Worte anbelangt, ich habe doch von morgens bis abends die Polizei im Haus, also hat ihr Stil automatisch auf mich abgefärbt. Tagelang durchstöbern sie Keller und Garagen, sie tun mir sogar ein bißchen leid. Ich würde Ihnen ja in aller Heimlichkeit einen Knochen hinwerfen, weil sie so nach ihm suchen und ihn so schrecklich gern finden wollen, aber ich kann doch nicht meine GROSSE SACHE gefährden, diese meine GESCHICHTLICHE MISSION, wissen Sie ... Einer von ihnen mußte drei Tage und Nächte lang im Regen sitzen. Auf einer Feuerwehrleiter!

ALFEN: Was Sie nicht sagen!

TARANTOGA: Offensichtlich hatte er den Befehl dazu. Sie hätten ihm wenigstens einen Regenschirm geben können, denn es hat in Strömen gegossen. Wahrscheinlich hat er sich erkältet. Na ja ... also h i e r ist es. Das ist mein Schwarzes Kabinett, Herr ... wie heißen Sie gleich?

ALFEN: Braun. Alec Braun, Herr Professor.

TARANTOGA: Richtig, richtig. Ich habe kein Namensgedächtnis. Na, wollen wir mal die Tür abschließen. *Tritt ans Fenster heran.* Oho, Richter Brummer sitzt schon da mit seinem Fernglas.

ALFEN: Wie bitte?

TARANTOGA: Ach, dieser verrückte Alte, ein Pensionär, der mir in Ermangelung einer besseren Beschäftigung nachspioniert. Ich gebe Ihnen mein Wort, wenn man mir so die Mauern und Keller zertrümmert, mir in die Kochtöpfe guckt, ob ich nicht gerade Assistenfrikassee koche, dann packt mich manchmal der Wunsch, all das hinzuschmeißen, aber die Pflicht, junger Mann, die Verpflichtung gegenüber der Menschheit! Wie sähe sie ohne mich aus? ... Allmächtiger Gott! Nein, ich muß weitermachen, wenn auch nur noch zehn Jahre!

Alfen sieht sich um. Das Zimmer ist fast leer. An der Wand eine große elektrische Uhr. Unter dem Fenster ein kleiner Apparat, der an eine Steckdose angeschlossen und von der Straße nicht zu sehen ist. Auf dem Fußboden ein Teppich, in der Mitte ausgeschnitten aus Papier eine große weiße Scheibe mit einem Ring, wie eine Schießscheibe. An dem Apparat ist eine Einrichtung zu sehen, die etwas Ähnlichkeit mit einem Schiffsmaschinentelegraphen hat: ein Handgriff, eine Scheibe mit den Aufschriften: VORWÄRTS – RÜCK-

WÄRTS – in der Mitte – STOP – und eine Skala: dort, wo – STOP – ist, steht – ZERO –, links, wo – RÜCKWÄRTS – steht – Aufschriften: XIX, XVIII. Jahrhundert, und so weiter, dort, wo – VORWÄRTS – steht, XXI, XXII. Jahrhundert, usw. An der Wand ein kleiner Hocker, ein Regal mit Büchern, ein Tischchen, darauf – ein mittelalterlicher Ritterhelm, eine Sanduhr, Farbtuben und Pinsel.

TARANTOGA: Interessieren Sie die Pinsel? Die waren für Rembrandt. Er hat vergessen, sie mitzunehmen. Aber wir wollen uns nicht ablenken lassen. Lieber Herr Braun, mein Geheimnis ist einfach. Hier ist meine Erfindung – eine Zeitmaschine!

ALFEN: Für eine Reise in die Zeit? Das haben Sie erfunden?

TARANTOGA: Ja. Auf die technischen Einzelheiten kommt es jetzt nicht an. Die Maschine, ich habe sie Zeitschleuder genannt, wirkt in beide Richtungen, ebenso in die Zukunft wie in die Vergangenheit. Ich kann jede beliebige Person sowohl ins Mittelalter, ins Altertum oder noch weiter zurückschicken, als auch in Epochen, die erst noch kommen werden. Dieses Kabinett, junger Mann, hat schon viele Zeitpassagiere gesehen! Auch Sie werden einer von ihnen sein! Und wissen Sie, weshalb ich so tüchtige, junge Leute in die längst vergangenen Zeiten geschickt habe und noch schicke? Zum Wohle der Menschheit!

ALFEN: Oh, daran zweifle ich nicht. Nein, nein!

TARANTOGA: Als ich meine Erfindung machte, ist mir überhaupt nicht in den Sinn gekommen, wieviel Scherereien sie mir bringen würde, wieviel Mühe, dann erst die Kosten und die Komplikationen mit der Polizei, aber davon wollen wir jetzt nicht reden, wir sind ja nicht hierhergekommen, damit ich mich bei Ihnen beklage. Da kann man nichts machen, es ist nun mal passiert, ich habe diese Maschine erfunden, nun muß ich die Konsequenzen tragen.

Es klopft an der Tür, die Stimme Melanies.

MELANIE: Herr Professor, der Herr Dekan bittet Sie ans Telefon.

TARANTOGA: Der Dekan? Ach, ja! Entschuldigen Sie mich bitte für einen Moment, Herr Braun, ich bin in fünf Minuten zurück. Ich bitte Sie nur, nichts anzufassen!

ALFEN: Da können Sie ganz beruhigt sein, Herr Professor . . .

Professor geht hinaus. Alfen nähert sich dem Apparat.

ALFEN: Kaum zu glauben, daß er so viele Leute mit diesem faulen Zauber hereingelegt hat . . .

Drückt den Hebel leicht herunter. Ein leises Summen, danach nichts. Er drückt den Hebel ganz herunter. Der Zeiger fällt und bleibt dort stehen, wo die Aufschrift STEINZEIT ist. Alfen hat bemerkt, daß der Apparat durch ein

Kabel mit etwas verbunden ist, daß sehr viel Ähnlichkeit mit einer elektrischen Heizsonne hat. Der Heizstrahler in der Mitte des Reflektors, der auf den weißen Kreis im Teppich gerichtet ist, brennt ziemlich hell. Um den Heizstrahler zu beobachten, stellt sich Alfen gegenüber von ihm auf, so daß er auf der weißen Scheibe steht. Irgend etwas geschieht mit ihm. Er beginnt sich zu krümmen, seine Augen treten aus den Höhlen, in seiner ganzen Gestalt wird er einem großen Affen immer ähnlicher, er beginnt sich zu recken, macht ein paar Schritte mit herabhängenden Armen, als ob er 100-Kilo-Muskeln an ihnen hätte, während seine Beine in den Knien gebeugt sind. Er beginnt dumpf zu knurren und sich mit den Fäusten auf die Brust zu trommeln. Die Tür öffnet sich, Tarantoga stürzt herein, erfaßt die Situation, läuft zum Apparat und stellt den Zeiger auf ZERO. Alfen ist wieder zu sich gekommen. Als ob er gerade aufgewacht wäre. Er schüttelt den Kopf, richtet sich auf, sieht sich um.

ALFEN: Mir war doch so, als wären Sie hinausgegangen, Herr Professor . . . *Er ist immer noch wie benebelt, aber das vergeht gleich wieder.*

TARANTOGA: Sie dürfen den Apparat nicht ohne meine Erlaubnis berühren, junger Mann! Das habe ich Ihnen doch gesagt! Ich bitte Sie, das zu beachten . . . Wie fühlen Sie sich?

ALFEN: Ausgezeichnet, weshalb?

TARANTOGA: Nichts, nur so. Ich gehe jetzt zur Erklärung Ihrer Aufgabe über!

ALFEN: Ich höre mit größter Aufmerksamkeit zu, Herr Professor.

TARANTOGA: Sie müssen wissen, daß ich von klein auf die größte Bewunderung für berühmte Leute hegte, für Genies wie Archimedes, Aischylos, Giordano Bruno, Newton, Kepler und Hunderte anderer, die ihnen ähnlich sind. Ohne sie hätte es den Fortschritt der Zivilisation doch gar nicht gegeben!

ALFEN: Natürlich!

TARANTOGA: Also, als ich die Möglichkeit dazu hatte, entschloß ich mich, diese Weisen und genialen Künstler nacheinander aufzusuchen. Ich wollte nicht gleich in die ganz ferne Vergangenheit – denn eine Zeitreise hat gewisse Auswirkungen auf den Organismus –, also beschloß ich, mit Thomas Edison anzufangen. Das war um so einfacher, weil ich mich nicht extra zu verkleiden brauchte. Perücken, Toga oder Tunika – Sie wissen schon, all diese Sachen . . .

ALFEN: Aha! Und was weiter? Wie fanden Sie Edison?

TARANTOGA: Junger Mann! Wissen Sie, wen ich gefunden habe? Einen kompletten Trottel und Faulpelz, der sich ausschließlich für kleine Taschendiebstähle interessierte! Telefon? Grammophon? Dynamomaschine? Ach, es lohnte sich nicht einmal, mit ihm darüber zu reden: er kannte sich mit der Technik so gut aus wie ein Affe mit Symphonien! Oh, was war das für ein Schock, was für eine Verzweiflung!

ALFEN: Und das war Edison?

TARANTOGA: Leider! Ich machte dann weitere Reisen und erlebte die schrecklichsten Enttäuschungen: Goethe war nicht besser als Dante, Dante genauso ein Trottel wie Stephenson – alle zusammen keinen Pfifferling wert! Also, als ich dann völlig gebrochen in die Gegenwart zurückgekehrt war, erleuchtete mich plötzlich die Einsicht in meine Mission.

ALFEN: Ach, ich verstehe. Sie begannen diese dummen Genies zu hassen, nicht wahr?

TARANTOGA: Nein, weshalb hätte ich sie hassen sollen? Es ging mir ja gar nicht mehr um sie, sondern um die Menschheit! Ich wußte doch, daß Newton das Gesetz der Schwerkraft entdecken m u ß t e, Kepler die Bewegung der Planeten, Kopernikus die der Erde, daß die »Göttliche Komödie« geschrieben werden mußte, ebenso wie die Werke von Shakespeare und Horaz, andernfalls würde doch unsere Zivilisation gar nicht erst entstehen! Um also den Ruhm der großen Gelehrten und Künstler zu retten, um die ganze Geschichte der Menschheit zu retten, beschloß ich ...

Es klopft an der Tür.

TARANTOGA: Was gibt's?

STIMME MELANIES: Herr Professor, ich sollte Sie daran erinnern, daß Sie um zwölf ein Treffen mit Newton haben ...

TARANTOGA: Ah, richtig! Was, ist es schon zwölf? Ich habe mich verplaudert ... Lieber Herr Braun, können Sie mich für eine halbe Stunde entschuldigen? Ich habe eine dringende Verabredung ...

ALFEN: Aber selbstverständlich. Sehr gern. Ich habe ohnehin eine Sache in der Stadt zu erledigen ...

TARANTOGA: Das ist ausgezeichnet! Also bis gleich ...

Alfen geht hinaus.

ALFEN *in der Telefonzelle:* Hallo, sind Sie's? Ja, ich bin's. Ach, er ist wahnsinnig, wie ich vermutet habe. Was? Er bildet sich ein, eine Maschine für Reisen in die Zeit gebaut zu haben. Nicht schlecht, was? So ein Professor, wenn der mal durchdreht, dann aber auch ganz und gar! Was? Diese Maschine? Funktioniert überhaupt nicht, woher auch? Ich hab' sie ausprobiert. Nein. Was er mit den Leichen macht? Das weiß ich noch nicht. Aber ich werd's rauskriegen, wahrscheinlich noch heute. Wie steht's mit seinem Bankkonto? Bitte ... es hat sich nach jedem Verschwinden vergrößert? Wie? Hör ich richtig? Das ist doch unmöglich! Es hat sich verringert, sagen Sie? Er hebt immer nur Geld ab? Vielleicht hat er die Kohlen woanders angelegt? Nein? Hm ... Ich komme sofort zu Ihnen, wir müssen uns beraten ...

III

Szenenwechsel. Schwarzes Kabinett, Professor Tarantoga an der Zeitmaschine. Er stellt den Apparat ein. Setzt ihn in Gang. Summen, der »Reflektor« leuchtet auf. Der Professor mit der Hand am Hebel, wie der Kapitän eines Schiffes, bewegungslos. In der Mitte des Zimmers (Schwenk von einer Kamera zur anderen) erscheint ein königliches Bett mit Baldachin, neben dem Bett steht König Heinrich IV. und entkleidet sich, um schlafen zu gehen. Die Krone hat er bereits abgelegt, jetzt zieht er seinen Hermelinmantel aus und erstarrt auf einmal, als er den Professor erblickt.

KÖNIG: Wer bist du? Wie kommst du hierher? A p a g e s a t a n a s!

PROFESSOR: Ach ... Ein König sind Sie? Ich bitte Euer Königliche Majestät tausendmal um Verzeihung, daß durch ein Versehen ...

KÖNIG *weicht zurück:* Du bist ein Mensch? Diener zu mir! Mörder! Ein Mordbube in meinem Gemach! He, Wache! Der König ist in Gefahr!

Man hört fernes Fußgetrappel, Stimmen: Wo ist der König?! Der König!! Was ist das?! Ein Überfall?!

PROFESSOR: Aber, S i r e, ich bin ganz und gar kein Meuchelmörder, das ist ein Irrtum, wirklich, ich bitte nochmals um Verzeihung.

KÖNIG: In den Block laß ich dich legen, ins Verlies werfen, da wirst du verfaulen und meine Ratten mästen, unflätige Kreatur! Wage es nicht, dich zu rühren! Gleich wird die Wache hier sein. Stehst du etwa im Sold dieses Schurken, des Königs von Frankreich?

PROFESSOR: Ich sehe, daß wir uns nichts zu sagen haben. Ich bitte Euer Königliche Hoheit um Verzeihung. Wollen Sie sich bitte sagen, daß alles nur ein Traum war. Es war mir ein Vergnügen.

Schaltet den Apparat aus, der König verschwindet, eine plötzliche Stille tritt ein.

TARANTOGA: Uff! Was für eine Geschichte! Meine Hand hat gezittert, deswegen hat sich der Zeiger verschoben ... Welcher Heinrich war das? Der Dritte oder der Vierte? Wohl der Vierte? Na, macht nichts, noch einmal!

Drückt den Hebel herunter. Es erscheint ein mittelalterlicher Tisch, ein Schemel, auf letzterem Richard Faxton in der Kleidung Newtons, mit langen, gekräuselten Haaren; schreibt etwas mit einer Gänsefeder auf Pergament. Auf dem Tisch – ein Leuchter, brennende Kerzen.

TARANTOGA: Na endlich! *lauter* Kollege Faxton! ...

FAXTON *zuckt zusammen:* Da war doch eben was? . . . *Schreibt weiter.*
TARANTOGA: Ich bin's, Kollege Faxton!
FAXTON *fährt hoch:* Ah! Sie sind's, Herr Professor!
TARANTOGA: Verzeihen Sie bitte die Verspätung. Na, wie steht's? Haben Sie Newton endlich gefunden?
FAXTON *zeigt auf sein blutunterlaufenes, blaues Auge:* Hier ist der Beweis.
TARANTOGA: Hat er Sie geschlagen?
FAXTON: Nein, aber vollaufen lassen hat er mich bis zur Bewußtlosigkeit! Ich suchte ihn vier Tage lang im Observatorium, gefunden habe ich ihn in der Stadtschenke. Was für ein Saufbold! Wissen Sie eigentlich, weshalb er so gern herabfallende Äpfel beobachtet?
TARANTOGA: Das Gravitationsgesetz?
FAXTON: Ach, was! Weil sein Lieblingsgetränk Apfelwein ist.
TARANTOGA: Haben Sie versucht, ihn auf die Astronomie zu bringen?
FAXTON: Völlig hoffnungslos. Wenn er noch nicht stockbetrunken ist, so daß er sich noch auf den Beinen halten kann, interessiert er sich ausschließlich für Weiberröcke.
TARANTOGA: Nun gut, aber das Gravitationsgesetz . . .
FAXTON: Jeder andere vielleicht, e r wird es mit Sicherheit nicht entdecken. Das ist einfach ein Kretin. Außerdem hat er sich gestern im Wirtshaus mit irgendwelchen Seeleuten herumgeprügelt, und ich hab' dabei auch etwas abbekommen . . . Mit knapper Not bin ich davongekommen.
TARANTOGA: Also gibt es keine andere Möglichkeit – Sie müssen seinen Platz einnehmen.
FAXTON: Aber wie?
TARANTOGA: So, wie ich es Ihnen schon gesagt habe. Sie schlagen ihm vor, seinen Namen zu ändern. Soll er sich – sagen wir mal – Jonathan Smith nennen. Sie nehmen dann einfach seinen Namen an und werden als Isaak Newton in aller Ruhe wissenschaftlich arbeiten können . . . Am besten, Sie fangen sofort an. Hier haben Sie den ersten Band von »Newtons Werken«.
Reicht ihm einen dicken Band.
FAXTON: Wozu? Newtons Gesetze hab' ich doch auch so im Kopf.
TARANTOGA: Das schon, aber Sie können sie doch nicht mit Ihren eigenen Worten formulieren. Das muß alles von A bis Z abgeschrieben werden. Sonst wird es »Newtons Werke« ja überhaupt nicht geben!
FAXTON: Mit der Hand? Das ist entsetzlich, Professor, Sie haben ja keine Ahnung, was es heißt, mit einer Gänsefeder zu schreiben!

TARANTOGA: Tut mir leid, mein Lieber. Aber Sie wollen doch wohl nicht im 17. Jahrhundert eine Schreibmaschine benutzen?
FAXTON: Ich fürchte, Professor, es wird Schwierigkeiten geben.
TARANTOGA: Wieso? Glauben Sie, daß er nicht darauf eingehen wird? Weshalb?
FAXTON: Darauf eingehen wird er schon, für Geld würde er seine eigene Großmutter umbringen, aber gerade deswegen fürchte ich ja, daß er Gott weiß wieviel fordern wird. Er ist schrecklich habgierig.
TARANTOGA: Dann müssen Sie eben mit ihm handeln. So oder so – Sie müssen seinen Platz einnehmen. Das Gesetz der Schwerkraft muß entdeckt werden! Ich will mich bemühen, wieder ein paar Juwelen aufzutreiben. Ich werde meine Aktien abstoßen und Brillanten kaufen, die Sie dann in Bargeld umtauschen können. Aber gehen Sie bitte sparsam mit den Brillanten um. Ich sage das nicht aus Geiz, ich habe nur so schrecklich hohe Ausgaben . . .
FAXTON: So?
TARANTOGA: Kant hat einen faulen Wechsel unterschrieben – ich muß ihn auslösen. Kopernikus will wieder mal nichts davon hören, daß sich die Erde um die Sonne dreht – er sagt, das ließe sich mit der Theologie nicht vereinbaren! Und wissen Sie, was es mich gekostet hat, bis ich Kolumbus überredet hatte, Amerika zu entdecken? Heute, gerade vor einer Stunde, hat er mich hier ausgepreßt wie eine Zitrone, einfach schrecklich! Und wissen Sie, was Pythagoras gemacht hat, dieses Schwein? Und ich, ich allein, muß all diese Esel vertreten! Aischylos habe ich schon bearbeitet, Dante hat auch zugestimmt, aber ich habe immer noch keinen Kandidaten für Konfuzius, diese chinesische Sprache, wissen Sie . . . Außerdem hat Galilei die Tochter seiner Wirtin verführt, die Alimente muß *ich* natürlich bezahlen, und solange über die Sache noch kein Gras gewachsen ist, kann Ihr Kollege nicht seinen Platz einnehmen! Ohne Galilei wiederum kann es keine moderne Physik geben. Es ist zum Verzweifeln . . .
FAXTON: Und wie steht's mit Leonardo da Vinci?
TARANTOGA: Ich habe schon einen Kandidaten engagiert, aber er ist nicht gerade der Gescheiteste und außerdem gefällt er Melanie nicht, auf deren Intuition man sich eigentlich immer verlassen kann. Die Gioconda hat er gar nicht mal schlecht gemalt, Sie können ja mal einen Blick darauf werfen . . . *zeigt das Bild* Aber irgend etwas gefällt mir nicht an ihm.
FAXTON: Ist er vielleicht von der Kripo?
TARANTOGA: Glauben Sie? Aber was sollen solche Geschichten? Wes-

halb kommen Sie nicht selbst und fragen mich direkt? Ich würde ja alles sagen, natürlich nur unter der Voraussetzung, daß es als Dienstgeheimnis behandelt würde. Letzten Endes geht es doch um die Menschheit! Hm ... einer von der Kripo sagen Sie? Möglich. Vielleicht ist er gar nicht so dumm, wie er sich stellt. Auch seine Taschen sehen irgendwie so schwer und vollgestopft aus. Nun, gut. Ich werde meine Vorsichtsmaßregeln treffen.

FAXTON: Und was macht Kinsell?

TARANTOGA: Kinsell? Wer ist das – Pasteur?

FAXTON: Aber nein, er sollte Shakespeare finden ...

TARANTOGA: Ah! Gut, daß Sie mich erinnern. Das ist erst eine Geschichte! Kinsell und noch zwei andere meiner Leute haben das gesamte England des 16. Jahrhunderts abgesucht – von Shakespeare keine Spur. Es hat ihn überhaupt nicht gegeben, verstehen Sie?

FAXTON: Wie, es gab überhaupt keinen Shakespeare?

TARANTOGA: Es gab keinen und fertig! Er hat überhaupt nicht existiert, hat nie gelebt – niemals!

FAXTON: Was wollen Sie also machen?

TARANTOGA: Ich habe einfach Kinsell an seine Stelle gesetzt, mit dem Auftrag, der Reihe nach alle Tragödien, Komödien und Sonette abzuschreiben. Er wird sie unter dem Namen William Shakespeare herausgeben.

FAXTON: Das ist sogar logisch, denn den Historikern ist es weder gelungen, zu klären, wie Shakespeare wirklich aussah, noch haben sie Einzelheiten seiner Biographie herausfinden können, man sagt, Bacon habe die Werke Shakespeares geschrieben ... Man weiß nicht, wo sein Grab ist, kein Wunder, wenn er nun mal nicht gelebt hat, gab es eben auch niemanden zu begraben. Nun, Professor, wo kommen dann aber die Dramen her? »Hamlet«? »Othello«? Und all die anderen?

TARANTOGA: Aber das ist doch klar! Kinsell sitzt da unten im 16. Jahrhundert und schreibt sie ab, ich habe ihm die ersten beiden Bände gegeben, der Rest liegt hier, auf dem Regal ... die Bände warten schon auf ihn ...

FAXTON: Schön und gut, Kinsell schreibt sie ab, aber wo kommen die Dramen her?

TARANTOGA: Na, die kommen von ihm, er schreibt sie ja da unten im 16. Jahrhundert ab. Man wird das dort herausgeben, wird es drucken, und so wird dieses Erbe die Zeit überdauern bis in unsere Zeit hinein ... das heißt, bis in meine Zeit, denn Sie werden ja Newton bleiben. Das war ja abgemacht.

FAXTON: Aber ich frage doch nicht, wer das abgeschrieben hat, sondern wer's geschrieben hat, wer hat sich das alles ausgedacht?

TARANTOGA: Hören Sie doch auf! Und wer hat Newtons Gesetze erfunden, wenn Newton, wie Sie selbst behaupten, ein Lump und ein Trunkenbold ist? Soll Tarantoga Ihnen auf alle Rätsel der Weltgeschichte Antwort geben? Ist das zu wenig, was ich mache? Wir können uns es nicht erlauben, solche Fragen auch nur zu erwägen; für uns ist am wichtigsten, daß die wertvollen Werke und Früchte aller Genies zur rechten Zeit und am richtigen Ort entstehen.

FAXTON: Sie haben recht. Es wird Zeit für mich, gegen vier bin ich mit Newton verabredet.

TARANTOGA: In der Schenke?

FAXTON: Ja, wo denn sonst? Sicher werd' ich ihn wieder sternhagelvoll aus dem Rinnstein ziehen müssen. So hab' ich mir das nicht vorgestellt, Professor!

TARANTOGA: Ich auch nicht, das können Sie mir glauben! Aber, Faxton, all das geschieht doch nur zum Wohl der Menschheit! Denken Sie doch mal nach: Ohne Sie und Ihre Kollegen, diese braven Burschen, würden wir nach wie vor wie die Affenmenschen auf den Bäumen herumklettern!!

FAXTON: Auf Wiedersehen, Professor. Ich warte auf die Brillanten.

TARANTOGA: In Ordnung. Ich wünsche viel Erfolg, lieber Faxton!

Tarantoga will den Hebel auf ZERO schieben.

FAXTON *ruft:* Moment noch, Professor! Mir ist noch etwas eingefallen! Wissen Sie, was ich bemerkt habe? Newton hat überhaupt keine Ähnlichkeit mit seinen Porträts ...

TARANTOGA: Natürlich nicht. Sie werden doch der echte Newton sein, Sie gehen in die Geschichte ein, Sie werden die notwendigen Entdeckungen gemacht haben, er aber wird in irgendeinem Asyl am Delirium sterben als Jonathan Smith! Viel Glück, auf Wiedersehen!

Schaltet aus. Faxton verschwindet.

TARANTOGA: Na, Gott sei Dank, daß Newton erledigt ist. Aber dieser Leonardo flößt kein Vertrauen ein ... nein, wirklich nicht ... Auf jeden Fall werden wir den Fußschalter vorbereiten.

Nimmt einen flachen elektrischen Fußschalter, legt ihn mit dem Knopf nach oben unter den Teppich und verbindet Schalter und Apparat mit einem Kabel. Im gleichen Moment tritt plötzlich Alfen ein.

TARANTOGA *fährt hoch:* Aber, junger Mann, Sie hätten wenigstens anklopfen können!

Alfen in Hut und Staubmantel mit hochgeschlagenem Kragen, bis oben hin zugeknöpft, die Hand in der Tasche. Da er kurze Zeit später nackt sein muß, hat er also unter dem Mantel nichts an, und die Kamera nimmt ihn nur bis zu den Knien auf, denn er hat nackte Füße, oder er trägt Halbstiefel an den nackten Füßen und Hosen, dann müßte er sich innerhalb weniger Sekunden alles vom Leibe reißen – Stiefel, Hosen und Mantel –, aber das ist sehr riskant, am besten sollte man die Szene »life« drehen, denn alles andere würde sofort auffallen. Im übrigen nach Belieben des Regisseurs.

ALFEN: Ich glaube nicht, daß das Ihnen gegenüber angebracht wäre ...

TARANTOGA: Oh ho ho! Den Hut hat er auch noch auf dem Kopf ... Sie sind unhöflich, wissen Sie das?

ALFEN: Schluß mit der Komödie!

TARANTOGA: Was sagen Sie da?

ALFEN: Halt! Keinen Schritt weiter! Kommen Sie nicht auf den Gedanken, sich dem Apparat zu nähern! Hände hoch!

TARANTOGA: Und wenn ich sie nicht hochhebe, was dann?

ALFEN: Das! *Zieht den Revolver hervor.*

Hände hoch, sage ich. Oder ich schieße.

Tarantoga hebt die Hände hoch, Alfen steckt die Pistole in die Tasche zurück, behält sie aber weiterhin in der Hand.

TARANTOGA: Sie sind ein Polizist, der sein Ehrenwort bricht ...

ALFEN: Und Sie sind ein Verbrecher!

TARANTOGA: Was sagen Sie da?

Läßt die Hände sinken, preßt den Fuß auf den Fußschalter des Apparats. Summen – und der Reflektor leuchtet auf.

ALFEN: Halt! Keinen Schritt weiter! Kommen Sie nicht auf den Gedanken, sich dem Apparat zu nähern! Hände hoch!

TARANTOGA: Und wenn ich sie nicht hochnehme, was dann?

ALFEN: Das! *Zieht den Revolver hervor.*

Hände hoch, oder ich schieße!

Alfen steckt die Pistole ein, genau wie vorher.

TARANTOGA: Sie sind ein Polizist, der sein Ehrenwort bricht ...

ALFEN: Und Sie sind ein Verbrecher!

TARANTOGA: Was sagen Sie da?

Läßt die Hände sinken.

ALFEN: Halt! Keinen Schritt weiter! Kommen Sie nicht auf den Gedanken, sich dem Apparat zu nähern! Hände hoch!

TARANTOGA: Und wenn ich sie nicht hochnehme, was dann?

ALFEN: Das!

Zieht den Revolver hervor. Das gleiche Spiel beginnt von vorn.

Hände hoch, sage ich, oder ich schieße!

TARANTOGA: Sie sind ein Betrüger!

ALFEN: Und Sie ein Verbrecher!

TARANTOGA: Was höre ich da?

Drückt zum zweiten Mal den Fußschalter – Alfen erstarrt mit dem Revolver in der Hand, bewegungslos, als sei er versteinert.

TARANTOGA: Nun, wie hat Ihnen dieser sogenannte circulus vitiosus der Zeit gefallen? Was haben Sie für einen dümmlichen Gesichtsausdruck! Sie verstehen wohl gar nichts? Das ist ganz einfach! Ich habe meine Maschine so eingestellt, daß sich ein und derselbe Moment der Zeit ständig wiederholt, immer wieder von vorn, wie bei einer defekten Schallplatte! Und jetzt ist dort, wo Sie stehen, die Zeit stehengeblieben, und deswegen können Sie sich nicht bewegen ... Mein lieber Herr Braun, oder besser: mein nicht übermäßig intelligenter Polizist! Zum Leonardo da Vinci taugen Sie natürlich nicht mehr. Aber das macht nichts. Ich habe für Sie eine andere, nicht weniger ehrenvolle, wenn auch bei weitem leichtere Karriere ausgewählt. Wie Ihnen bekannt ist, hatte die Menschheit neben den aus der Geschichte bekannten, auch anonyme Genies. Zum Beispiel die, die in prähistorischen Zeiten, vor einer halben Million Jahren, in der Tiefe ihrer Höhlen Bisons und Jagdszenen gemalt haben! Aus Ihnen wird einer der hervorragensten Höhlenmaler werden. Sie werden sozusagen der Leonardo da Vinci der Neandertaler! Aber bevor ich Sie in jene graue Vorzeit schicken kann, muß ich Sie entwaffnen und entsprechend kleiden, damit Sie dort kein öffentliches Ärgernis hervorrufen. Aber wie soll ich das nur machen?! Ich weiß! Sicherlich sind Sie gegen acht Uhr morgens aufgestanden und ins Badezimmer gegangen, um zu duschen, folglich stellen wir also acht Uhr morgens ein ... Ja, so ... Und soo!

Der Professor beginnt langsam, am Hebel zu hantieren, sehr präzise, in der Zeit, die das in Anspruch nimmt, während sich die Kamera also auf den Professor richtet, muß Alfen mit dem Ausziehen fertig sein: er ist nackt und barfuß, trägt nur eine knappe Unterhose oder einen Slip. Er steht bewegungslos, in der gleichen Pose, dort, wo er gestanden hat.

TARANTOGA: Na bitte! Aber eine Sache fehlt noch ...

Tritt an Alfen heran und umwickelt seine Hüften mit einem Stück Fell, das er à la Tarzan verschnürt. Drückt ihm eine Papierrolle in die Hand.

TARANTOGA: Hier haben Sie die Vorlage eines Bisons aufgezeichnet. Die werden Sie kopieren müssen. Aber, mein lieber Polizist, der Moment der Trennung ist gekommen. Leben Sie wohl!!! Viel Erfolg!

Gleichzeitig stellt er den Hebel auf STEINZEIT. Die Zeiger der elektrischen Uhr an der Wand, mit deren Bild (wie sie sich auf acht Uhr morgens zurückdrehen) man eventuell die Zeitspanne ausfüllen kann, die Alfen braucht, um sich zu entkleiden – diese Zeiger wirbeln jetzt wie Propeller.

TARANTOGA: Fünfhundertvierzigtausend Jahre vor unserer Zeitrechnung ... das dürfte genügen ...

Während der Zeitreise verändert sich Alfen auf die bereits bekannte Weise; er krümmt sich, wölbt die Brust, nimmt die Gestalt eines Gorillas an: gebeugte Knie, der Kopf sitzt unmittelbar auf den Schultern, er beginnt, Grimassen zu schneiden und sich mit den Fäusten auf die Brust zu trommeln.

TARANTOGA: Ausgezeichnet. Alles Gute!

Schaltet aus – Alfen verschwindet. Klopfen, Melanie tritt ein.

TARANTOGA: Was gibt's, liebe Melanie?

MELANIE: Herr Professor, ein Herr ist da. Er ist wohl mit diesem jungen Mann gekommen und hat auf der Straße gewartet, aber nun will er nicht länger warten und möchte hereinkommen.

TARANTOGA: Ach ja? Na, gut. Wir werden ihn gleich hereinbitten. Hm ... wo sollen wir den nun wieder hinschicken? Andererseits sind noch zahlreiche Plätze frei – wir brauchen ja noch Attila, Dschingis Khan, Hannibal und tausend andere. So allmählich werden wir die ganze Polizei verschwinden lassen, Melanie, denn du mußt wissen, der Bauch der Zeit ist unendlich groß und hat für alle ein Plätzchen frei.

MELANIE: Soll ich ihn also hereinbitten?

TARANTOGA: Sofort. Zunächst jedoch wollen wir uns noch davon überzeugen, wie sich dieser sogenannte Braun da unten macht. Er sitzt jetzt in der älteren Steinzeit ... Wir werden uns also, verstehst du, Melanie, den Zeiger so einstellen, daß wir ihn zehn Jahre später beobachten können, gerechnet von dem Zeitpunkt, wo ich ihn auf die Reise geschickt habe. Wir wollen doch mal nachsehen, was er in dieser Zeit getan hat.

Schaltet den Apparat ein. Es erscheint das Innere einer Höhle, d.h. eine Wand, schwach beleuchtet durch den zuckenden Schein eines unsichtbaren Feuers. Alfen im Fellschurz ist gerade dabei, einen großen Bison zu Ende zu malen; daneben kniet ein möglichst struppiges, schmuddeliges in ein großes Bärenfell gekleidetes Mädchen, das ansonsten aber recht hübsch ist, die FLOTTE BIENE AUS DER STEINZEIT.

ALFEN *beendet das Malen, wendet sich ihr zu:* He, he, ich Künstler, ich stark ... Ich töten Mammut ... Du werden Weibchen von meine Künstler ... He, he ...

TARANTOGA: Er malt ausgezeichnet, tatsächlich! Was doch die Anpassung an die örtlichen Lebensbedingungen bewirken kann ...

ALFEN: Weibchen ... Weibchen zu Künstler kommen ...

Flotte Biene stößt ihn kräftig zurück, als er versucht, sie zu umarmen.

ALFEN *knurrt:* Grr . . . Grr . . . Weibchen wollen noch einen Bison? Künstler malen, Künstler schenken werden . . . Aber Weibchen auch schenken werden . . . He? Künstler stark . . . Künstler herrlich . . .

Trommelt sich mit den Fäusten auf die Brust.

TARANTOGA: Na, wir können sie jetzt wohl allein lassen.

Schaltet aus, sie verschwinden.

MELANIE: Ach, Herr Professor, Sie haben doch immer nur Unfug im Kopf . . .

TARANTOGA: Es wäre schön, wenn Melanie nicht von Dingen redete, von denen sie nichts versteht. Ohne die Höhlenmalerei hätte es überhaupt keine Malerei gegeben.

MELANIE: Dagegen sag' ich ja gar nichts. Soll ich diesen Herrn nun hereinbitten?

TARANTOGA: Ach, richtig! Das hab' ich ja völlig vergessen. Bitten Sie ihn herein, auf der Stelle hereinbitten!!!

EXPERIMENTA FELICITOLOGICA

Eines Abends in der Dämmerstunde tauchte der berühmte Konstrukteur Trurl, schweigsam und in Gedanken versunken, bei seinem Freund Klapauzius auf. Um ihn etwas aufzumuntern, wollte Klapauzius ein paar der neuesten kybernetischen Witze erzählen, Trurl winkte jedoch gleich ab und sagte:

»Gib dir keine Mühe, mich aus meiner trübseligen Stimmung zu reißen, denn in meiner Seele hat sich ein Gedanke eingenistet, der leider ebenso wahr wie deprimierend ist. Ich bin nämlich zu dem Schluß gekommen, daß wir in unserem ganzen arbeitsreichen Leben nichts wirklich Wertvolles geleistet haben!«

Während er das sagte, glitt sein mißbilligender Blick voller Verachtung über die stolze Sammlung von Orden, Auszeichnungen und Ehrendiplomen in Goldrahmen, mit der Klapauzius die Wände seines Arbeitszimmers dekoriert hatte.

»Auf welcher Basis fällst du ein derart strenges Urteil?« fragte Klapauzius, dessen fröhliche Stimmung wie weggeblasen war.

»Das will ich dir sogleich erklären. Wir haben Frieden gestiftet zwischen verfeindeten Königreichen, haben Monarchen im richtigen Augenblick der Macht unterwiesen, haben Maschinen gebaut, die zur Jagd dienen, haben heimtückische Tyrannen und galaktische Räuber zur Strecke gebracht, die uns hinterlistig nach dem Leben trachteten, aber mit all dem haben wir nur den eigenen Ehrgeiz befriedigt, uns selbst die eigene Größe bestätigt, für das Allgemeine Wohl hingegen haben wir so gut wir nichts getan. Unsere hochfliegenden Pläne, die das Leben der armen Teufel perfektionieren sollten, denen wir auf unseren planetarischen Wanderungen begegnet sind, wurden nicht ein einziges Mal durch den Zustand des vollkommenen Glücks gekrönt. Statt wirklich idealer Lösungen hatten wir ihnen nur Scheinlösungen, Krücken und Surrogate zu bieten, wenn wir also einen Titel verdient haben, so sollte man uns Scharlatane der Ontologie, spitzfindige Sophisten der Tat nennen, nicht aber Liquidatoren des Übels!«

»Mir läuft es immer ganz kalt den Rücken herunter, wenn ich höre, wie jemand davon spricht, daß er das Universelle Glück programmieren möchte«, sagte Klapauzius. »Komm zur Besinnung, Trurl! Erinnere dich doch an all die Projekte, die sich das gleiche Ziel gesteckt hatten, sind sie nicht samt und sonders jämmerlich geschei-

tert, sind sie nicht zum Grab der edelsten Intentionen geworden? Hast du denn schon das traurige Schicksal des Eremiten Bonhomius vergessen, der mit Hilfe der Droge Altruizin den ganzen Kosmos glücklich machen wollte? Weißt du denn nicht, wo unsere Grenzen liegen? Man kann bestenfalls die Ängste, Sorgen und Nöte des Daseins ein wenig mildern, in gewissem Umfang für Gerechtigkeit sorgen, rußig gewordenen Sonnen zu hellerem Glanz verhelfen, Öl ins knirschende Getriebe der gesellschaftlichen Mechanismen gießen – das Glück jedoch läßt sich mit keiner Maschinerie der Welt produzieren! Von seiner universellen Herrschaft darf man nur im stillen träumen, zur Dämmerstunde so wie jetzt, darf seinem idealen Bilde im Geiste nachjagen und die Phantasie an süßen Visionen berauschen, das ist aber auch schon alles, mein Freund, ein weiser Mann muß es dabei bewenden lassen!«
»Bewenden lassen!« schnaubte Trurl empört. »Es mag wohl sein«, fügte er nach einer Weile des Nachdenkens hinzu, »daß es eine unlösbare Aufgabe ist, jene glücklich zu machen, die schon seit ewigen Zeiten existieren und deren Leben in vorgezeichneten, geradezu trivialen Bahnen verläuft. Es wäre jedoch möglich, völlig neue Wesen zu konstruieren und sie so zu programmieren, daß sie nur eine einzige Funktion hätten, nämlich glücklich zu sein. Stell dir vor, welch prachtvolles Denkmal unserer meisterlichen Konstrukteurkunst (deren strahlenden Glanz die Zeit ja doch einmal in grauen Staub verwandeln wird) es wäre, wenn irgendwo am Firmament ein Planet erstrahlte, zu dem die Massen überall im Universum vertrauensvoll den Blick erheben könnten, um lauthals zu verkünden: ›Fürwahr, erreichbar ist das Glück in Gestalt immerwährender Harmonie, wie der große Trurl gezeigt hat – nach besten Kräften unterstützt von seinem guten Freund Klapauzius – seht nur, der lebendige Beweis blüht und gedeiht unmittelbar vor unseren entzückten Augen!‹«
»Du zweifelst hoffentlich nicht daran, daß auch ich schon das eine oder andere Mal über das Problem nachgedacht habe, das du aufgeworfen hast«, bemerkte Klapauzius. »Es hat Probleme schwierigster Art im Gefolge. Wie ich sehe, hast du die Lehren aus dem Abenteuer des unglücklichen Bonhomius keinesfalls vergessen und möchtest daher Geschöpfe glücklich machen, die es überhaupt noch nicht gibt, das heißt, du willst deine Glückspilze aus dem Nichts schaffen. Du solltest dir jedoch die Frage vorlegen, ob es überhaupt möglich ist, nichtexistierende Wesen glücklich zu machen. Ich für meinen Teil habe ernste Zweifel daran. Zunächst einmal müßtest du beweisen,

daß der Status der Nichtexistenz in jeder Hinsicht schlechter ist als der Status der Existenz, die ja nicht immer unbedingt angenehm ist. Denn ohne diesen Beweis könnte sich das felizitologische Experiment, von dem du anscheinend besessen bist, sehr leicht als Fehlschlag erweisen. In diesem Falle würden die Unglücklichen, von denen es im Kosmos ohnehin schon wimmelt, eine Menge neuer Leidensgenossen erhalten, die du geschaffen hast – und was dann?«

»Sicherlich, das Experiment ist riskant«, gab Trurl widerwillig zu. »Dennoch bin ich der Meinung, daß man es unternehmen sollte. Die Natur ist nur scheinbar neutral, angeblich produziert sie ja all ihre Geschöpfe blindlings und aufs Geratewohl, also in gleicher Weise wie die Bösen, die Sanftmütigen wie die Grausamen. Macht man jedoch einmal richtig Inventur bei ihr, so kann man sich sehr schnell davon überzeugen, daß immer nur die Bösen und Grausamen das Feld behaupten, deren feiste Bäuche zum Grab der Guten und Sanften geworden sind. Und wenn diesen Schurken die Häßlichkeit ihres Tuns einmal bewußt wird, erfinden sie mildernde Umstände oder höhere Notwendigkeiten: So sei zum Beispiel das Böse dieser Welt nichts anderes als ein appetitanregendes Gewürz, welches den Hunger nach dem Paradies oder anderen seligmachenden Orten nur noch heftiger werden ließe. Meiner Meinung nach muß Schluß damit sein. Die Natur ist nicht etwa durch und durch böse, nur dumm wie Bohnenstroh, also geht sie den Weg des geringsten Widerstandes. Wir müssen an ihre Stelle treten und selbst lautere, lichte Wesen produzieren, weil erst ihr Erscheinen im Universum die wahre Heilung all der Gebrechen bedeuten wird, an denen unser Dasein krankt. Das wäre mehr als eine späte Rechtfertigung für die Vergangenheit, die erfüllt war von den Todesschreien der Ermordeten, Schreie, die auf anderen Planeten nur wegen der riesigen kosmischen Entfernungen nicht zu hören sind. Warum, zum Teufel, soll alles, was lebt, unentwegt leiden? Hätten die Leiden eines jeden Opfers nur soviel an kinetischer Energie erzeugt, wie sie ein fallender Regentropfen besitzt, so hätten sie – darauf hast du mein Wort und meine Berechnungen – schon vor Jahrhunderten die Welt in Stücke gerissen. Aber das Leben geht weiter, und der Staub, der über Grüften und verlassenen Palästen liegt, wahrt sein vollkommenes Schweigen, und nicht einmal du könntest mit all deinen kybernetischen Künsten die Spuren von Schmerz und Leid ausmachen, welche einmal jene gequält haben, die heute Staub sind.«

»Ganz richtig, die Toten haben keine Sorgen«, bestätigte Klapauzius. »Eine tröstliche Wahrheit, denn sie zeigt die Vergänglichkeit allen Leidens.«

»Aber die Welt bringt doch jeden Tag neue Märtyrer hervor!« sagte Trurl in steigender Erregung. »Begreifst du denn nicht, daß es nur darum geht, ob man einen Funken sozialen Verantwortungsgefühls besitzt oder nicht?«

»Du glaubst doch wohl nicht ernsthaft, daß deine glücklichen Wesen (angenommen, du schaffst es überhaupt, sie zu konstruieren) in irgendeiner Form eine Wiedergutmachung für die namenlosen Qualen von gestern sein können, geschweige denn für all das Unglück, das auch heute noch den ganzen Kosmos erfüllt? Bedeutet denn die Ruhe des heutigen Tages, daß es den Sturm von gestern nicht gegeben hat? Wird denn die Nacht durch den folgenden Tag annulliert? Merkst du denn gar nicht, welchen Unsinn du daherredest?«

»Also hältst du es für das beste, die Hände in den Schoß zu legen?«

»Das habe ich nicht gesagt. Du kannst die gegenwärtig existierenden Wesen verbessern, zumindest kannst du den Versuch mit all seinen bekannten Risiken unternehmen, für die Opfer der Vergangenheit jedoch kannst du absolut nichts tun. Oder bist du etwa anderer Meinung? Und wenn du den ganzen Kosmos bis zum Bersten mit Glück erfüllst, meinst du, du könntest die Dinge, die dort einmal vorgefallen sind, durch diese Tat auch nur um einen Deut ändern?«

»Aber ja! Ja doch!« rief Trurl. »Du mußt es nur richtig verstehen! Wenn ich auch nichts mehr tun kann für jene, die nicht mehr sind, so kann ich doch das Ganze ändern, von dem sie ja nur ein Teil sind. Und von diesem Tage an werden alle sagen: ›Die schweren Prüfungen der Vergangenheit, die abscheulichen Zivilisationen, die entsetzlichen Kulturen, waren nichts anderes als ein Präludium für das gegenwärtige Reich der Güte, Liebe und Wahrheit! Trurl, dieser luzide Geist, kam in tiefem Nachsinnen zu dem Schluß, man müsse das böse Erbe der Vergangenheit zum Bau einer lichten Zukunft verwenden. Das Unglück lehrte ihn, das Glück zu schmieden, und aus Verzweiflung schuf er eitel Freude, mit einem Wort – die Scheußlichkeit des Kosmos hat ihn dazu gebracht, ein Reich der Güte und Barmherzigkeit zu schaffen!‹ Die gegenwärtige Epoche ist nichts als eine Phase der Vorbereitung und Inspiration, und ihr wird unser Dank in segensreicher Zukunft gelten. Na, bist du endlich überzeugt?«

»Nicht weit vom Kreuz des Südens befindet sich das Reich des Königs Troglodytos«, sagte Klapauzius. »Der König hat eine seltsame Vorliebe für Landschaften, in denen statt der Bäume die Galgen dicht bei dicht stehen. Als Vorwand für seine geheime Leidenschaft dient ihm das Argument, solche Schurken, wie es seine

Untertanen nun einmal seien, könne man anders nicht regieren. Auch auf mich hatte er schon ein Auge geworfen, gleich nach meiner Ankunft, als er jedoch bemerkte, daß es mir ein leichtes gewesen wäre, ihn zu Staub zu zermalmen, erschrak er fast zu Tode, denn er hielt es für die natürlichste Sache der Welt, daß ich ihn – da er zu schwach war, mit mir das gleiche zu tun – auf der Stelle vernichten würde. Wohl in der Hoffnung, mich umzustimmen, versammelte er eilends all seine Ratgeber und Weisen um sich, welche mir als Rechtfertigung der Tyrannei eine moralische Doktrin vortrugen, die eigens für Fälle dieser Art konzipiert war. Von diesen käuflichen Weisen erfuhr ich, je schlimmer die Verhältnisse in einem Lande seien, um so größer werde die Sehnsucht nach Verbesserungen und Reformen, folglich tue ein Herrscher, der seinen Untertanen das Leben zur Hölle mache, nichts weiter, als eine tiefgreifende Wende der Dinge zum Besseren zu beschleunigen. Der König war über ihre feierliche Rede hocherfreut, denn deren Quintessenz bestand ja darin, daß niemand auf der Welt so viel für das künftige Heil tue wie er, da er ja durch die entsprechenden negativen Stimuli lediglich dafür sorge, daß aus Weltverbesserungsträumen Taten würden. Folglich müßten deine glücklichen Wesen dem Troglodytos eigentlich ein Denkmal errichten, und du wärst seinesgleichen zu ewigem Dank verpflichtet, nicht wahr?«

»Eine gemeine und zynische Parabel«, knurrte Trurl, der bis ins Mark getroffen war. »Ich hoffte, du würdest dich mir anschließen, aber nun muß ich leider sehen, daß du nur das Gift des Skeptizismus verspritzen und meine edlen Pläne mit Sophismen zunichte machen möchtest. Bedenke doch, sie sind vielleicht die Rettung für das ganze Universum!«

»Ach, der Retter des ganzen Kosmos möchtest du werden, mehr nicht?« sagte Klapauzius. »Trurl, es wäre meine Pflicht, dich in Ketten zu legen und so lange hinter Schloß und Riegel zu halten, bis du wieder Vernunft angenommen hast, ich befürchte aber, dein Leben könnte darüber hingehen. Daher möchte ich dir nur noch dies sagen: Konstruiere das Glück nicht Hals über Kopf! Versuche ja nicht, das Dasein im Galopp zu vervollkommnen! Selbst wenn es dir gelingen sollte, diese glücklichen Wesen zu schaffen (woran ich zweifle), so schaffst du ja damit nicht ihre Nachbarn aus der Welt, die schon seit langem existieren; und so wird es zwangsläufig zu Neid, Reibereien und Spannungen aller Art kommen, und – wer weiß – vielleicht stehst du dann eines Tages vor einem höchst unerfreulichen Dilemma: Entweder müssen sich diese Glücklichen ihren

Neidern unterwerfen oder sie werden gezwungen sein, diese ganze lästige Bande widerwärtiger Krüppel bis auf den letzten Mann niederzumachen; das Ganze natürlich im Namen der universellen Harmonie.«

Trurl fuhr wutschnaubend hoch, hatte sich aber schnell wieder unter Kontrolle und ließ die bereits erhobenen Fäuste sinken, denn hätte er sie fliegen lassen, so wäre das nicht unbedingt der gelungenste Auftakt für eine Ära des Vollkommenen Glücks gewesen, die zu schaffen er sich fest geschworen hatte.

»Leb wohl!« sagte er mit eisiger Stimme. »Elender Agnostiker, ungläubiger Thomas, der du dem natürlichen Gang der Dinge sklavisch ergeben bist, nicht Worte, sondern Taten werden unseren Disput entscheiden! An den Früchten meiner Arbeit wirst du schon bald erkennen, daß ich recht hatte!«

Zu Hause angekommen befand sich Trurl in ernster Verlegenheit, denn der Epilog der Diskussion, die bei Klapauzius stattgefunden hatte, klang ganz danach, als habe er bereits einen fertig ausgearbeiteten Aktionsplan in der Tasche, was jedoch mit der Wahrheit nicht unbedingt übereinstimmte. Offen gesagt, er hatte nicht die blasseste Ahnung, womit er beginnen sollte. Zunächst holte er aus der Bibliothek ganze Berge von Büchern, in denen die Zivilisationen des Universums detailliert beschrieben waren, und verschlang sie in einem atemberaubenden Tempo. Da ihm aber diese Methode, sein Hirn mit den erforderlichen Fakten auszustatten, immer noch zu langsam erschien, schleppte er aus dem Keller achthundert Kassetten mit Quecksilber-, Blei-, Ferritkern- und Kryotronspeichern nach oben, schloß sie alle mit Hilfe von Kabeln an sein eigenes Bewußtsein an, und bereits nach wenigen Sekunden hatte er sein Ich mit vier Trillionen Bits der besten und erschöpfendsten Informationen aufgeladen, die sich auf sämtlichen Globen – einschließlich der Planeten erkalteter Sonnen, welche von besonders geduldigen Chronisten bewohnt wurden – nur eben auftreiben ließen. Die Dosis war so stark, daß es ihn von Kopf bis Fuß durchschüttelte; sein Gesicht lief blau an, die Augen traten ihm aus den Höhlen, dann wurde er von einer Kieferklemme und einem allgemeinen Krampf erfaßt und begann, am ganzen Körper zu zittern, so, als habe ihn nicht eine Überdosis an Historiographie und Geschichtsphilosophie, sondern der Blitz aus heiterem Himmel getroffen. Aber schon bald spürte er seine Kräfte zurückkehren, schüttelte sich, wischte sich den Schweiß von der Stirn, preßte die immer noch zitternden Knie gegen die Platte seines Schreibtisches und sagte:

»Das ist ja noch viel schlimmer, als ich gedacht habe!!!«

Anschließend verbrachte er einige Zeit damit, Bleistifte zu spitzen und Tintenfässer aufzufüllen und legte sich ganze Stöße weißen Papiers auf seinem Schreibtisch zurecht, aber bei diesen Vorbereitungen wollte nichts Rechtes herauskommen, also sagte er mit einem Anflug von Ärger in der Stimme:
»Ich muß mich wohl auch mit den Schriften der Alten vertraut machen, einfach um meiner Arbeit einen solideren Anstrich zu geben, eine höchst lästige Aufgabe, die ich immer wieder vor mir her geschoben habe, weil ich davon überzeugt war, ein moderner Konstrukteur könne von diesen alten Knackern überhaupt nichts lernen. Aber jetzt muß es wohl sein! Na, meinetwegen! Auch die sogenannten Weisen der ältesten Zeit, die noch mit einem Fuß im Höhlenzeitalter stehen, werde ich gründlich studieren. Eine Präventivmaßnahme gegen Klapauzius' Sticheleien, der die Klassiker mit Sicherheit auch nie gelesen hat (wer auf der Welt liest sie überhaupt?), jedoch die unangenehme Gewohnheit besitzt, in aller Heimlichkeit den einen oder anderen Satz aus ihren Werken abzuschreiben, nur um mich mit Zitaten zu quälen und mir meine Ignoranz vorzuhalten.«
Gegen Mitternacht befand er sich inmitten eines wirren Haufens alter Schwarten, die er voller Ungeduld vom Schreibtisch auf den Fußboden befördert hatte, und hielt folgenden Monolog: »Ich werde wohl nicht darum herumkommen, außer den Strukturen der vernunftbegabten Wesen auch noch das ungereimte Zeug zu korrigieren, das sie als ihre Philosophie ausgeben. Also, die Wiege des Lebens stand unzweifelhaft im Ozean, der an seinen Gestaden Schlick absetzte, wie es sich gehörte. So entstand ein dünner Schlamm, in dem es zur Bildung von Tröpfchen kam, den makromolekularen Tröpfchen wuchsen Membranen auf den Köpfchen. Die Sonne erwärmte das Ganze, der Schlamm verdickte sich, ein Blitz fuhr hinein, reicherte das Gemisch mit Aminosäuren an, und schon begann es, eine Art von Käse zu bilden, biopolymerisch und sehr esoterisch, welcher sich mit der Zeit entschloß, höher gelegene und trockenere Gefilde aufzusuchen. Es wuchsen ihm Ohren, um zu hören, daß sich eine Beute nähert, aber auch Zähne und Füße, damit er sie erjagen und fressen konnte. Wuchsen ihm aber keine oder waren sie zu kurz, so wurde er selbst gefressen. Somit ist die Evolution die Schöpferin der Intelligenz; denn was sollten ihr wohl Torheit und Weisheit oder Gut und Böse? ›Gut‹ bedeutet nichts anderes, als selbst zu fressen. ›Schlecht‹ bedeutet: gefressen werden. Für die Bewertung der Intelligenz gilt das gleiche: Der Gefressene ist nicht

klug, da er ja gefressen wird, wo er doch selber fressen sollte. In der Tat, derjenige kann nicht recht behalten, den es nicht mehr gibt, wer aber einem anderen zur Nahrung gedient hat, den gibt es ganz und gar nicht mehr. Wer aber alle anderen aufgefressen hätte, müßte selbst Hungers sterben, und daher entstanden die Maximen der Enthaltsamkeit und Mäßigung. Im Lauf der Zeit erschien diesem intelligenten Käse die eigene chemische Zusammensetzung entschieden zu wäßrig, und er begann zu kalzifizieren. In der gleichen Weise haben später die neunmalklugen Hominoiden versucht, die ekelerregende, klebrige Masse, die ihr Selbst ausmachte, zu verbessern, aber alles, was sie fertigbrachten, war, sich selbst in Eisen zu reproduzieren, denn eine Kopie fällt immer leichter als eine Neuschöpfung. Bah! Hätten wir uns auf andere Weise entwickelt, vom Kalk der Knochen und dann zu immer weicheren und subtileren Substanzen – wie anders hätte dann unsere Philosophie ausgesehen! Denn es ist offensichtlich, daß sich die Philosophie unmittelbar vom Baumaterial ihrer Schöpfer herleitet, das heißt, je schludriger ein Wesen in einem Punkt zusammengesetzt ist, um so verzweifelter wünscht es sich, gerade in diesem Punkt vollkommen zu sein. Wenn es im Wasser lebt, vermutet es das Paradies an Land, lebt es an Land, so ist das Paradies natürlich im Himmel; hat es Flügel, so sieht es in Flossen sein ganzes Ideal, hat es aber Beine – so versieht es sein eigenes Porträt mit Flügeln und ruft: ›Ein Engel!‹ Erstaunlich, daß ich dieses Prinzip nicht schon früher bemerkt habe. Wir werden diese Regel Trurls Universelles Gesetz nennen: Entsprechend den Mängeln in der eigenen Konstruktion stellt jedes Geschöpf sein Ideal der absoluten Vollkommenheit auf. Ich muß mir darüber unbedingt eine Notiz machen, dieses Gesetz wird mir sehr zustatten kommen, wenn ich mich daran machen werde, die Grundlagen der Philosophie zurechtzurücken. Jetzt aber, ans Werk! Mein erster Schritt soll ein Entwurf des Guten sein – aber was ist eigentlich das Gute? Es läßt sich bestimmt nicht dort finden, wo es niemanden gibt, der es erfahren kann. Für einen Felsen ist der über ihm rauschende Wasserfall weder gut noch schlecht, auch ein Erdbeben entzieht sich der moralischen Wertung, wenn niemand da ist, der unter ihm leidet. Also muß ich einen Jemand konstruieren. Doch halt, wie soll er überhaupt zwischen Gut und Böse unterscheiden, wenn er das Gute gar nicht kennt, und wie soll er es denn kennenlernen? Nehmen wir einmal an, ich würde beobachten, wie Klapauzius etwas Schlechtes widerfährt. Einerseits wäre ich natürlich sehr betrübt, zum anderen aber wären meine Gefühle durchaus freudiger Natur. Irgendwie ist das eine verzwickte Sache. Es könnte ja jemand im Vergleich zu seinem Nachbarn ein glückliches Leben führen, erfährt er aber nie von seinem Nachbarn, so wird ihm auch nie bewußt werden, daß er wirklich glücklich ist. Sollte ich somit gezwungen sein, zwei Arten von Geschöpfen zu konstruieren? Müssen die Glücklichen, um glücklich zu sein, ständig ihr Ebenbild vor Augen haben, das sich in Qualen windet? Zwar würde der negative Kontrast ihr Glücksgefühl nicht unerheblich steigern, aber das Ganze wäre doch einfach abscheulich. Es wird, es muß auch anders gehen, hier noch ein paar Sicherungen, da einen Transformator . . . Natürlich kann man nicht gleich mit ganzen Zivilisationen glücklicher Wesen beginnen: Am Anfang sei das Individuum!«

Trurl krempelte die Ärmel hoch, und innerhalb von drei Tagen erbaute er den Felix Contemplator Vitae, eine Maschine, die alles, was in ihr Blickfeld geriet, mit den rotglühenden Kathoden ihres Bewußtseins in sich aufnahm, und es gab nichts auf der Welt, was sie nicht in helle Freude versetzt hätte. Trurl hockte vor der Maschine und nahm sie kritisch unter die Lupe. Der auf drei Metallbeinen ruhende Kontemplator musterte die Umgebung neugierig durch seine Teleskopaugen, und ob sein Blick auf den Gartenzaun, einen Felsblock oder einen alten Schuh fiel, war völlig gleichgültig, er geriet jedesmal in maßloses Entzücken und stöhnte vor Wonne. Als noch dazu die Sonne unterging, und das Abendrot den Himmel rosig färbte, geriet er in Ekstase und klatschte vor Begeisterung in die Hände.

»Klapauzius wird natürlich sagen, daß Stöhnen und Händeklatschen allein noch gar nichts besagen«, dachte Trurl mit wachsendem Unbehagen. »Er wird Beweise verlangen . . .«

Also installierte er im Bauch des Kontemplators ein Meßgerät von imponierender Größe, versah es mit einem vergoldeten Zeiger und eichte die Skala auf Glückseinheiten, die er »Hedonen« oder kurz »Heds« nannte. Ein Hed entsprach in quantitativer Hinsicht exakt dem Glücksgefühl, das jemand empfindet, dem endlich ein Nagel aus dem Stiefel entfernt worden ist, nachdem er zuvor vier Meilen damit zurückgelegt hat. Er multiplizierte den Weg mit der Zeit, dividierte durch die Länge des vorstehenden Nagels, setzte den Koeffizienten des geschundenen Fußes vor die Klammer, und so gelang es ihm, das Glück in Zentimetern, Gramm und Sekunden auszudrücken. Trurl registrierte, daß sich seine Stimmung merklich hob. Während er sich über die Maschine beugte und sich an ihren Eingeweiden zu schaffen machte, richtete der Kontemplator seinen starren Blick auf Trurls mehrfach geflickten, ölverschmierten Arbeitskittel und registrierte je nach Neigungswinkel und Lichteinfall zwischen 11,8 und 18,9 Heds pro Ölfleck, Flicken und Sekunde. Damit waren auch die letzten Zweifel des Konstrukteurs wie weggeblasen. Unverzüglich stellte er weitere Berechnungen an: Ein Kilohed entsprach präzise den Gefühlen, welche die Greise bewegten, als sie Susanna im Bade heimlich beobachteten, ein Megahed – der Freude eines Mannes, den man in letzter Sekunde vor dem Galgen gerettet hatte. Als er sah, wie mühelos sich alles ausrechnen ließ, schickte er einen Roboter, dessen Qualifikation nur für niedrigste Laborarbeiten ausreichte, auf einen Botengang zu Klapauzius.

Zum eintreffenden Klapauzius sagte er nicht ohne Stolz: »Sieh dir's nur an, hier kannst du etwas lernen!«

Als Klapauzius die Maschine gründlich von allen Seiten in Augenschein nahm, richtete sie die Mehrzahl ihrer Teleobjektive auf ihn, stöhnte ein paar Mal vor Wonne und klatschte in die Hände. Der Konstrukteur war über dieses Verhalten aufs äußerste erstaunt, ließ sich jedoch nichts anmerken und fragte leichthin: »Was ist das?«

»Ein glückliches Wesen«, sagte Trurl, »genauer gesagt, ein Felix Contemplator Vitae, kurz Kontemplator genannt.«

»Ach, und was tut so ein Kontemplator?«

Der ironische Unterton dieser Frage blieb Trurl nicht verborgen, er beschloß jedoch, ihn zu überhören.

»Es ist ein aktiver Kontemplator«, erklärte Trurl, »er beschränkt sich nicht allein auf die unablässige Beobachtung und Registrierung sämtlicher Vorgänge, sondern er tut dies mit einem Höchstmaß an Intensität, Konzentration und innerer Anteilnahme, denn jedes beobachtete Objekt versetzt ihn in schier unaussprechliches Entzücken. Dieses Entzücken, das seine Elektroden und Stromkreise erfüllt, ruft den Zustand höchster Euphorie hervor, dessen äußere Zeichen in Gestalt von Stöhnen und Händeklatschen sogar dann auftreten, wenn er seinen Blick auf deine ansonsten ja eher banale Physiognomie richtet.«

»Du willst sagen, diese Maschine zieht aus der Beobachtung aller Dinge aktiven Lustgewinn?«

»Genauso ist es!« sagte Trurl, allerdings mit sehr gedämpfter Stimme, denn aus irgendeinem Grunde fühlte er sich nicht mehr so selbstsicher wie noch vor wenigen Augenblicken.

»Und dies soll dann wohl ein Felizitometer sein, an dem der jeweilige Grad des existentiellen Wohlbehagens abzulesen ist?«

Klapauzius deutete auf die Meßskala mit dem vergoldeten Zeiger.

»Ja, weißt du, dieser Zeiger . . .«
Klapauzius machte sich daran, den Kontemplator anhand verschiedenartigster Objekte gründlich zu testen, wobei er den Zeigerausschlag auf der Meßskala gewissenhaft im Auge behielt. Trurl war sehr erleichtert und hielt ihm sogleich eine einführende Vorlesung zur Theorie der Hedonen, das heißt zur theoretischen Felizitometrie. Ein Wort gab das andere, Frage und Gegenfrage lösten einander ab, bis Klapauzius Trurls Redefluß plötzlich stoppte:
»Es wäre doch interessant, wieviel Einheiten wohl bei folgender Situation herauskämen: Ein Mann ist dreihundert Stunden lang geschlagen worden, plötzlich gelingt es ihm, den Spieß umzudrehen und er schlägt seinem Peiniger den Schädel ein.«
»Überhaupt kein Problem!« sagte Trurl und war schon fieberhaft mit den entsprechenden Berechnungen beschäftigt, als in seinem Rücken das schallende Gelächter seines Freundes ertönte. Völlig verwirrt fuhr er herum, und Klapauzius sagte immer noch lachend:
»Oberstes Prinzip deiner Erfindung sollte doch das Gute sein, wenn ich mich recht erinnere, nicht wahr? Wirklich, alle Achtung, der Prototyp ist dir gelungen! Mach nur so weiter, und du wirst es weit bringen! Fürs erste darf ich mich wohl verabschieden.«
Er schloß die Tür hinter sich und ließ einen völlig gebrochenen Trurl zurück.
»Und darauf bin ich hereingefallen! In den Boden versinken könnte ich!« ächzte der Konstrukteur. Sein Seufzen und Wehklagen vermischte sich mit dem ekstatischen Stöhnen des Kontemplators, was ihn so in Rage brachte, daß er die Maschine unverzüglich unter einem Haufen alten Gerümpels in der Abstellkammer verschwinden ließ und die Tür hinter sich sorgsam verriegelte.
Dann setzte er sich an seinen leeren Schreibtisch und sagte: »Ich habe die Kategorien des ästhetisch Schönen und des moralisch Guten einfach gleichgesetzt – und mich damit zum Narren gemacht. Den Kontemplator kann man wohl beim besten Willen nicht als vernunftbegabtes Wesen bezeichnen. Und was folgt daraus? Man muß ganz anders an die Sache herangehen, das Konzept muß bis ins letzte Atom geändert werden. Glück – ja natürlich, Daseinsfreude – selbstverständlich, aber nicht auf Kosten anderer! Nicht vom Bösen darf sie herrühren! Doch halt, was ist eigentlich das Böse? Ach, erst jetzt erkenne ich, wie schändlich ich bei meiner bisherigen Tätigkeit als Konstrukteur die Theorie vernachlässigt habe.«
Acht schlaflose Tage und Nächte hindurch widmete Trurl sich ausschließlich dem Studium höchst wissenschaftlicher Werke, wel-

che allesamt die gewichtigen Fragen von Gut und Böse zum Gegenstand hatten. Wie sich herausstellte, überwog unter den Weisen die Meinung, das Wichtigste sei die aktive Sorge um den Mitmenschen sowie ein allumfassender guter Wille. Das eine wie das andere müßten vernunftbegabte Wesen in ihrem Verhältnis zueinander an den Tag legen, sonst sei alles verloren. Allerdings hat man unter eben dieser Losung die einen gepfählt, gevierteilt und aufs Rad geflochten, anderen die Glieder in die Länge gezerrt, den Schlund mit feurigem Blei ausgegossen und Knochen für Knochen auf der Folterbank gebrochen. Historisch hat sich der allumfassende gute Wille noch in zahllosen anderen Formen und Spielarten der Tortur manifestiert, denn er galt ja einzig und allein der Seele, nicht dem Körper.

»Guter Wille allein genügt nicht«, sprach Trurl zu sich. »Wie wäre es, wenn man das Gewissen verpflanzte, vom eigentlichen Besitzer auf den Mitmenschen und umgekehrt? Was käme wohl dabei heraus? Aber das wäre ja furchtbar, denn meine bösen Taten würden nur noch das Gewissen meines Nachbarn belasten, ich aber könnte mich noch bedenkenloser der Sünde hingeben als bisher! Also sollte man vielleicht die Empfindlichkeit eines durchschnittlichen Gewissens durch den Einbau eines Leistungsverstärkers fühlbar erhöhen, damit böse Taten bei ihren Urhebern tausendfach schlimmere Gewissensbisse hervorrufen. Aber dann würde jedermann schon aus bloßer Neugier ein Verbrechen begehen, nur um sich davon zu überzeugen, ob sein neues Gewissen wirklich so höllische Schmerzen verursacht – und würde dann bis ans Ende seiner Tage von Schuldgefühlen geplagt, unter denen er letztlich zusammenbrechen müßte. Dann vielleicht ein Gewissen mit Rücklauf und Löschtaste, natürlich plombiert? Nur die Obrigkeit hätte einen Schlüssel ... Nein! Auch das taugt nichts, denn wozu gibt es schließlich Dietriche? Und wenn man nun eine telepathische Gefühlsübertragung arrangieren würde – einer fühlt für alle, alle für einen? Aber das war ja schon da, auf diese Weise wirkte ja Altruizin ... Vielleicht so: Jeder hat einen kleinen Sprengsatz mit Funkempfänger im Bauch, und wenn es mehr als ein Dutzend seiner Nächsten gibt, die ihm seiner bösen und niedrigen Taten wegen übel wollen, so akkumuliert sich die Summe dieser Intentionen am Eingangsteil des Empfängers mit dem Effekt, daß der Adressat der bösen Wünsche in die Luft fliegt. Würde dann nicht jedermann das Böse noch mehr als die Pest fürchten? Zweifellos, es bliebe ihm ja keine Wahl! Allerdings ... ist das noch ein glückliches Leben, mit einer Bombe im Bauch? Außerdem, es könnte

Verschwörungen geben, es würde genügen, wenn sich ein Dutzend Schurken gegen einen ehrlichen Mann zusammentun, und schon zerreißt es ihn in tausend Stücke ... Was dann, die Eingangsklemmen einfach umpolen? Ist auch sinnlos. Aber es müßte doch mit dem Teufel zugehen, wenn ich, der ich ganze Galaxien verrückt habe, als wären es Schränke, nicht in der Lage sein sollte, ein derart simples Konstruktionsproblem zu lösen! Stellen wir uns einmal vor, jedes Mitglied einer bestimmten Gesellschaft ist rosig, wohlgenährt, immer guter Dinge, singt, hüpft und lacht von früh bis spät, überschlägt sich fast vor Eifer, wenn es darum geht, anderen zu helfen, und alle anderen verhalten sich genauso, und wenn sie gefragt werden, dann rufen alle lauthals, daß sie sich vor Freude über die eigene wie die kollektive Existenz nicht zu lassen wissen ... Würde eine solche Gesellschaft nicht vollkommen glücklich sein? Das Böse hätte dort keinen Platz, wäre völlig undenkbar! Und weshalb? Weil es niemand will. Und warum will es niemand? Weil niemand das geringste davon hätte. Das ist die Lösung! Ein glänzender Plan zur Massenproduktion des Glücks, dabei ganz einfach, wie alle genialen Ideen! Ich bin schon sehr gespannt, was Klapauzius sagen wird, dieser zynische Misanthrop, dieser skeptische Agnostiker – diesmal wird er kein Haar in der Suppe finden, diesmal werden ihm Hohn und Spott im Halse steckenbleiben! Soll er doch herumschnüffeln, soll er doch nach schwachen Stellen suchen, umsonst wird er suchen, weil jeder dem anderen unausgesetzt hilft, und sich dadurch das ganze System selbst optimiert, bis es einfach nicht mehr besser werden kann ... Doch halt, wird es ihnen auch nicht zuviel, werden sie sich am Ende nicht überanstrengen, können sie denn diesen Hagel guter Taten aushalten, müssen sie nicht unter dieser Lawine einfach ersticken? Man müßte wohl hier und da ein paar Regler einbauen, ein paar Unterbrecher, auch glücksabweisende Schutzschirme, Anzüge und Isolierzellen könnte man konstruieren ... Aber immer langsam voran, nur nichts überstürzen, damit sich nicht erneut Fehler einschleichen. Fassen wir also zusammen, *primo* – immer vergnügt, *secundo* – freundlich und wohlwollend, *tertio* – hüpfen vor Freude, *quarto* – rosig und wohlgenährt, *quinto* – es geht ihnen glänzend, *sexto* – grenzenlos hilfsbereit ... das genügt, wir können anfangen!«

Erschöpft von diesen ebenso schwierigen wie langwierigen Überlegungen schlief Trurl bis zum Mittag, dann sprang er energiegeladen und voller Tatendrang aus dem Bett, brachte die Pläne zu Papier, stellte die Algorithmen auf, perforierte die Programmbänder und schuf für den Anfang eine glückliche Gesellschaft bestehend aus neunhundert Individuen. Um das Prinzip der Gleichheit aller zu verwirklichen, machte er sie einander verblüffend ähnlich. Damit sie sich nicht im Kampf um Wasserstellen und Jagdgründe den Schädel einschlugen, machte er sie für ihr ganzes Leben unabhängig von Speis und Trank: Kalte, atomare Feuerchen dienten ihnen als einzige Energiequelle. Von seiner Veranda aus beobachtete er bis zum Sonnenuntergang, wie sie selig umherhüpften, lauthals ihr Glück verkündeten, einander Gutes taten, einander wohlwollend übers Haupt strichen, einander Steine aus dem Weg räumten und allgemein ein Leben voller unbeschwerter Fröhlichkeit, Freude und Sorglosigkeit führten. Wenn sich jemand den Fuß verrenkt hatte, gab es gleich einen riesigen Auflauf, nicht etwa von Schaulustigen, sondern von eifrigen Helfern, weil alle nach dem kategorischen Imperativ handeln wollten. Zwar konnte es anfänglich schon einmal vorkommen, daß sie im Übereifer einen Fuß herausrissen statt ihn einzurenken, aber mit Hilfe von ein paar Reglern, hastig montierten Drosselspulen und Widerständen beseitigte Trurl auch diesen Mangel. Dann ließ er Klapauzius rufen. Dieser betrachtete das freudetrunkene Treiben mit eher düsterer Miene, hörte sich das unablässige Jubelgeschrei eine Weile an, wandte sich schließlich wieder Trurl zu und fragte:

»Und traurig sein können sie nicht?«

»Was für eine idiotische Frage! Natürlich nicht!« gab Trurl hitzig zurück.

»Dann müssen sie also immer so herumhüpfen, wohlgenährt und rosig aussehen, Gutes tun und lauthals verkünden, wie prächtig es ihnen geht?«

»Ja.«

Als er sah, daß Klapauzius nicht nur mit Lob geizte, sondern offensichtlich nicht willens war, auch nur ein einziges Wort der Anerkennung über die Lippen zu bringen, fügte Trurl zornig hinzu:

»Zugegeben, ein etwas monotoner Anblick, vielleicht nicht ganz so malerisch wie ein Schlachtfeld, aber meine Aufgabe war es, das Glück zu schaffen, nicht etwa dir ein dramatisches Schaupiel zu bieten!«

»Wenn sie tun, was sie tun, weil sie's tun müssen«, sagte Klapauzius, »dann, lieber Trurl, steckt in ihnen ebensoviel Gutes wie in einer Straßenbahn, die den Passanten auf dem Bürgersteig nur deswegen nicht überfährt, weil sie dazu aus ihren Schienen springen müßte. Das Glück erwächst aus guten Taten, aber kann es der gewinnen, der unablässig anderen übers Haupt streichen, vor Freude brüllen und Steine aus dem Weg räumen muß, oder nicht vielmehr derjenige, der auch einmal traurig ist, jammert und schluchzt oder seinem Nächsten den Schädel einschlagen möchte, aber freiwillig und mit Freuden darauf verzichtet? Deine armseligen Kreaturen in ihren psychischen Zwangsjacken sind doch allenfalls lächerliche Karikaturen der hohen Ideale, die schnöde zu verraten dir bestens gelungen ist.«

»Aber was redest du denn da? Sie sind doch vernünftige Wesen . . .«, stotterte Trurl wie betäubt.

»So?« fragte Klapauzius. »Das wird sich gleich herausstellen!«

Mit diesen Worten begab er sich zu Trurls vollkommenen Schützlingen und versetzte gleich dem ersten, der ihm über den Weg lief, einen krachenden Faustschlag mitten ins Gesicht. Dann fragte er leutselig:

»Na, mein Bester, sind wir glücklich?«

»Schrecklich glücklich!« antwortete das Opfer und hielt sich sein gebrochenes Nasenbein.

»Na, und jetzt?« fragte Klapauzius. Diesmal war es ein fürchterlicher Haken, der sein Gegenüber glatt von den Beinen holte. Noch immer am Boden, sich mühsam aus dem Straßenschmutz rappelnd, rief das Individuum lauthals:

»Ich bin glücklich, mir geht's großartig!«, dabei spuckte es sämtliche Schneidezähne in den Sand.

»Na also, da hast du's!« sagte Klapauzius im Weggehen und ließ einen völlig versteinerten Trurl zurück.

In dumpfer Niedergeschlagenheit brachte der Konstrukteur eines seiner vollkommenen Geschöpfe nach dem anderen ins Laboratorium und nahm sie dort bis auf das letzte Schräubchen auseinander, ohne daß auch nur eines von ihnen im mindesten protestierte. Im Gegenteil, einige reichten ihm Schlüssel und Zangen zu, andere hämmerten sogar aus Leibeskräften auf den eigenen Schädel ein, wenn der Deckel allzu fest angeschraubt war und sich nicht lösen ließ. Die Einzelteile legte er sorgfältig in die Schubladen und Regale des Ersatzteillagers zurück, riß die Entwürfe vom Zeichentisch, zerfetzte sie zu kleinen Schnipseln, setzte sich an seinen Schreibtisch, der unter der Last zahlloser Bücher über Philosophie und Ethik fast zusammenbrach und stöhnte dumpf auf.

»Wirklich, ein grandioser Erfolg für mich! Wie er mich gedemütigt hat, dieser Schuft, dieser hinterlistige Hund, den ich einmal für meinen Freund gehalten habe!«

Dann zog er unter einem Glaskasten den Psychopermutator hervor, die Apparatur, die jede Empfindung in starke Impulse grenzenloser Hilfsbereitschaft und Freundlichkeit umwandelte, legte sie auf den Amboß und zertrümmerte sie mit wuchtigen Hammerschlägen. Aber auch das brachte kaum Erleichterung. Für eine Weile versank er in tiefes Grübeln, seufzte und stöhnte ein paar Mal, dann machte er sich an die Verwirklichung eines neuen Einfalls. Diesmal nahm eine Gesellschaft von respektabler Größe unter seinen Händen neue Gestalt an – alles in allem dreitausend prächtige Burschen –, die sich unverzüglich in geheimer und gleicher Abstimmung eine Regierung wählten, wonach sie dann Projekte der verschiedenartigsten Art in Angriff nahmen: Die einen bauten Behausungen und stellten Zäune auf, andere erforschten die Naturgesetze, und wieder andere entdeckten das dolce vita. Im Kopf seiner neuesten Schöpfungen hatte Trurl einen winzigen Homöostaten untergebracht, in jedem Homöostätchen befanden sich links und rechts zwei solide angeschweißte Elektroden, welche die Bandbreite markierten, innerhalb derer sich der freie Wille des Individuums nach Herzenslust austoben konnte. Gleich darunter saß die Triebfeder des Guten, die unter viel stärkerer Spannung stand als die gegenüberliegende Feder, die Negation und Zerstörung auslösen konnte, jedoch in weiser Voraussicht mit einem Hemmklotz versehen war. Darüber hinaus besaß jeder Bürger ein Gewissen in Gestalt eines Meßfühlers von höchster Empfindlichkeit, der in die zahnbewehrten Backen eines Schraubstocks eingespannt war. Sobald nun das Individuum vom Pfad der Tugend abgewichen war, traten die stählernen Zähne in Aktion, und es kam zu Gewissensbissen von solcher Heftigkeit, daß der Veitstanz dem unglücklichen von Krämpfen und Zuckungen geschüttelten Opfer dagegen wie ein langsamer Walzer vorgekommen wäre. Erst wenn sich ein Kondensator mit dem nötigen Maß an Zerknirschung und Reue, edlen Taten und Altruismus aufgeladen hatte, lockerten die Zähne des Gewissens ihren gnadenlosen Biß, und Öl wurde in die Schmiernippel des Meßfühlers gepumpt. Kein Zweifel, die ganze Sache war glänzend durchdacht! Trurl hatte sogar ernsthaft in Erwägung gezogen, die Gewissensbisse in positiver Rückkoppelung mit rasenden Zahnschmerzen zu kombinieren, diesen Plan jedoch letzten Endes wieder verworfen, weil er fürchtete, Klapauzius würde erneut seine Litanei herunterbeten vom Zwang, der die Ausübung des freien Willens ausschließt . . . etc. Im übrigen wäre dieser Einwand völlig an den Tatsachen vorbeigegangen, denn die neuen Wesen waren mit statistischen Zusatzgeräten ausgestattet,

so daß niemand auf der Welt, nicht einmal Trurl, vorhersagen konnte, was sie letzten Endes mit sich anfangen würden. In der Nacht wurde Trurl wiederholt durch lautes Freudengeschrei aus dem Schlaf gerissen, aber dieser Lärm klang wie Musik in seinen Ohren. »Na also«, sagte er sich zufrieden, »sie sind glücklich, nicht aber zwangsweise, das heißt, weil sie entsprechend vorprogrammiert sind, sondern einzig allein auf stochastische, ergodische und probalistische Weise. Jetzt gibt es nichts mehr, woran Klapauzius herummäkeln könnte. Der Sieg ist unser!« Mit diesem angenehmen Gedanken fiel er in süßen Schlaf und erwachte erst am nächsten Morgen.
Da Klapauzius nicht zu Hause war, mußte er bis zum Mittag auf ihn warten, dann aber führte er ihn voller Stolz auf das felizitologische Versuchsgelände. Klapauzius inspizierte die Häuser mit ihren Zäunen, Türmchen und Aufschriften, besuchte die Amtsgebäude und zog dabei auch ein paar Abgeordnete und Bürger ins Gespräch. In einer Seitenstraße versuchte er sogar, einem etwas schmächtig geratenen Bürschchen die Zähne einzuschlagen, doch sogleich packten ihn drei andere beim Schlafittchen, ließen ein melodisches, langgezogenes Hau-Ruck ertönen und warfen ihn mit geübtem Griff zum Stadttor hinaus. Obwohl sie sorgfältig darauf achteten, ihm nicht gleich das Genick zu brechen, war er doch übel zugerichtet, als er sich aus dem Straßengraben hochrappelte.
»Na?« sagte Trurl, der sich den Anschein gab, als habe er die Demütigung des Freundes völlig übersehen. »Was meinst du dazu?«
»Ich komme morgen wieder«, antwortete Klapauzius.
Trurl kommentierte diesen schlecht getarnten Rückzug mit einem nachsichtigen Lächeln. Gegen Mittag des folgenden Tages begaben sich die beiden Konstrukteure erneut in die Siedlung und fanden dort große Veränderungen vor. Sie wurden von einer Patrouille gestoppt, und der ranghöchste Offizier herrschte Trurl an:
»Was soll das heißen, so traurig in die Gegend zu glotzen? Hörst du nicht die Vöglein singen? Siehst du nicht die Blumen blühen? Kopf hoch!«
Ein zweiter, rangniederer, fügte hinzu:
»Brust raus! Bauch rein! Ein bißchen munter und fröhlich, wird's bald? Lächeln!«
Der dritte sagte nichts, sondern stieß dem Konstrukteur die gepanzerte Faust ins Kreuz, daß es nur so krachte. Dann wandte er sich zusammen mit den anderen Klapauzius zu, der keinerlei Ermunterungen mehr abwartete, sondern sich plötzlich von ganz allein kerzengerade hielt und der strammen Haltung noch eine gebührend

freudige Miene hinzufügte, so daß sie ihn in Frieden ließen und sich entfernten. Diese Szene hatte beim ahnungslosen Schöpfer der neuen Ordnung augenscheinlich einen tiefen Eindruck hinterlassen, denn er gaffte mit offenem Mund auf den großen Platz vor dem Amtsgebäude von Felizia, wo bereits Hunderte von Bürgern im Karré angetreten waren und auf Kommando vor Freude brüllten.

»Unserem Leben – ein dreifaches Heil!« schrie ein alter Offizier mit Epauletten und einem riesigen Federbusch auf dem Helm, und die Menge gab donnernd zurück:

»Heil! Heil! Heil!«

Bevor Trurl auch nur ein einziges Wort sagen konnte, wurde er von starker Hand gepackt und fand sich zusammen mit Klapauzius in einer der Marschkolonnen wieder, wo sie bis zum späten Abend geschliffen und gedrillt wurden. Der Hauptzweck des Exerzierens schien darin zu bestehen, sich selbst das Leben möglichst schwer zu machen, dem Nebenmann aber nur Gutes zu tun, alles natürlich im Rhythmus von »Links! Zwo! Drei! Vier!«. Die Ausbilder waren Felizisten, auch unter der Dienstbezeichnung »Verteidiger der Allgemeinen Glückseligkeit« bekannt, weshalb man sie im Volksmund kurz »V-Leute« nannte; sie wachten mit Argusaugen darüber, daß jeder für sich und alle miteinander vollständige Zufriedenheit und allgemeines Wohlbehagen an den Tag legten, was sich in der Praxis als unsäglich mühsam erwies. Während einer kurzen Pause beim felizitologischen Exerzieren gelang es Trurl und Klapauzius, sich davonzustehlen und hinter einer Hecke zu verbergen, dann suchten sie Deckung im nächsten Straßengraben und robbten wie unter schwerem Artilleriefeuer bis zu Trurls Haus, wo sie sich, um absolut sicherzugehen, ganz oben auf dem Dachboden einschlossen. Keine Sekunde zu früh, denn schon waren Patrouillen ausgeschwärmt, die sämtliche Häuser in diesem Gebiet durchkämmten, auf der Suche nach Unzufriedenen, Trübsinnigen und Traurigen, die man gleich an Ort und Stelle im Laufschritt beglückte. Während Trurl auf seinem Dachboden einen ellenlangen Fluch nach dem anderen ausstieß und sich das Hirn zermarterte, wie die Folgen dieses mißglückten Experiments am schnellsten zu beseitigen wären, tat Klapauzius sein Bestes, um nicht laut loszulachen. Da ihm nichts Besseres einfallen wollte, schickte Trurl, wenn auch schweren Herzens, einen Demontage-Trupp in die Siedlung, dessen Mitglieder er jedoch unter strengster Geheimhaltung gegenüber Klapauzius vorsorglich so programmierte, daß sie gegen die verführerischen Losungen von brüderlicher Liebe und grenzenloser Hilfsbereitschaft gänzlich immun waren. Es dauerte nicht lange, da stießen Demontage-Trupp und V-Leute so heftig aufeinander, daß die Funken flogen. Felizia lieferte einen heldenhaften Kampf zur Verteidigung des Allgemeinen Glücks, so daß Trurl bald gezwungen war, seine Reserven mit extrastarken Schraubstöcken und Spezialschneidbrennern ins Gefecht zu schicken; aus dem Kampf war inzwischen eine echte Schlacht geworden, ein totaler Krieg, den beide Seiten mit aufopferungsvoller Hingabe sowie Unmengen von Schrapnells und Kartätschen führten. Als die Konstrukteure schließlich in die Mondnacht hinaustraten, bot das Schlachtfeld einen jämmerlichen Anblick. In den rauchenden Trümmern der Siedlung sah man hier und da noch einen Felizisten liegen, der in der Eile des Gefechts nicht völlig demontiert worden war und – bereits im letzten Stadium der mechanischen Agonie – mit ersterbender Stimme hauchte, wie treu er nach wie vor der Sache des Allgemeinen Glücks ergeben sei. Trurl verschwendete keinen Gedanken darauf, wie er sein Gesicht wahren sollte, sondern ließ den Tränen der Wut und der Verzweiflung freien Lauf; er konnte einfach nicht verstehen, was er falsch gemacht hatte, weshalb sich seine sanftmütigen Menschenfreunde in brutale Rohlinge verwandelt hatten.

»Die Direktive der Allumfassenden Hilfsbereitschaft, mein Lieber, kann, wenn allzu generell gefaßt, durchaus auch unerwünschte Früchte tragen«, dozierte Klapauzius in gönnerhaftem Ton. »Wer glücklich ist, wünscht sich voller Ungeduld, daß es die anderen auch werden, dazu ist ihm letztlich jedes Mittel recht, und wenn er die Widerstrebenden mit der Brechstange zu ihrem Glück zwingen muß.«

»Dann kann also das Gute böse Früchte tragen! Oh, wie perfide ist doch die Natur der Dinge! Nun gut, hiermit sage ich der Natur selbst feierlich den Kampf an! Leb wohl, Klapauzius! Du siehst mich momentan besiegt, aber eine verlorene Schlacht bedeutet bekanntlich noch nicht den verlorenen Krieg!«

Unverzüglich suchte er wieder die Einsamkeit zwischen seinen Manuskripten und alten Schwarten, immer noch grollend, aber entschlossener denn je. Der gesunde Menschenverstand sagte ihm, daß es nicht unangebracht wäre, vor dem nächsten Experiment eine solide, kanonenbestückte Mauer um das Haus zu ziehen; da dies jedoch kaum der richtige Weg war, um mit der Konstruktion brüderlicher Liebe und Hilfbereitschaft zu beginnen, beschloß er, von nun an nur noch mit größenmäßig stark reduzierten Modellen zu arbeiten. Der Maßstab 1:100 000 erschien ihm für seine künftigen

Versuche im Rahmen einer mikrominiaturisierten, experimentellen Soziologie durchaus angemessen.
Um die Lehren der jüngsten Vergangenheit niemals wieder zu vergessen, hängte er an die Wände seiner Werkstatt Schilder mit kalligraphisch gestalteten Parolen wie den folgenden: MEINE RICHTLINIEN SEIEN: 1. UNANTASTBARE WILLENSFREIHEIT 2. SANFTMÜTIGE ÜBERZEUGUNGSKRAFT 3. TAKTVOLLE NÄCHSTENLIEBE 4. ZURÜCKHALTENDE FÜRSORGE. Sogleich machte er sich daran, diese edlen Wertvorstellungen in die Praxis umzusetzen. Für den Anfang bastelte er unter dem Mikroskop tausend winzige Electrunculi zusammen, stattete sie mit geringem Verstand und kaum größerer Liebe zum Guten aus, denn in dieser Beziehung fürchtete er Fanatismus mehr denn je. Entsprechend träge bis lustlos gingen sie ihren Beschäftigungen nach, so daß die gleichmäßigen und monotonen Bewegungen in dem winzigen Schächtelchen, das ihnen als Quartier diente, eher an den Gang eines Uhrwerks erinnerten. Trurl erhöhte ihren IQ ein wenig, augenblicklich wurden sie lebhafter, verfertigten aus ein paar herumliegenden Feilspänen winzige Instrumente und versuchten mit Hilfe dieser Gerätschaften, Löcher in Wände und Deckel ihres kleinen Kistchens zu stemmen. Trurl entschloß sich, nun auch das Potential des Guten zu vermehren. Mit einem Schlage wurde die Gesellschaft selbstlos und aufopferungsvoll, alles lief wie wild durcheinander, denn jedermann war auf der Suche nach Unglücklichen, deren Schicksal es zu verbessern galt; besonders groß war die Nachfrage nach Witwen und Waisen, zumal wenn sie blind waren. Ihnen wurde soviel Ehrerbietung erwiesen, sie wurden derart mit Komplimenten überschüttet, daß einige der armen Dinger einen Schock erlitten und sich hinter den Messingscharnieren des kleinen Kästchens zu verstecken suchten. Es dauerte nur kurze Zeit, da wurde Trurls Zivilisation von einer ernsten Krise geschüttelt: Der akute Mangel an Witwen und Waisen machte den Electrunculi schwer zu schaffen, wo sollten sie in diesem Jammertal, d. h. in ihrem Kästchen, Objekte ausfindig machen, die ihrer ungewöhnlich tätigen Nächstenliebe würdig gewesen wären? Als Frucht dieses Mangels stifteten sie in der achtzehnten Generation eine Religion, den Kult des ABSOLUTEN WAISENKINDES, das durch keine noch so hochherzige Tat aus seinem unglücklichen Waisenstande erlöst werden konnte; so fand ihre angestaute Nächstenliebe schließlich doch ein Ventil und strömte von nun an in den grenzenlosen, transzendentalen Raum der Metaphysik. Das Jenseits, dem ihr ganzes Inter-

esse galt, versahen sie mit einer stattlichen Bevölkerung – unter all den höheren Wesen erfreute sich Unsere Liebe Witfrau einer besonderen Wertschätzung, neben dem Herrn Im Himmel Droben, welcher ebenfalls unendliches Mitgefühl verdiente. So wurden die Dinge dieser Welt sträflich vernachlässigt, sogar Regierung und Verwaltung drohten vom allmächtigen Klerus verschlungen zu werden. Diese Entwicklung lag nicht unbedingt im Sinne des Erfinders; Trurl drückte hastig eine Taste des Steuergeräts mit der Aufschrift SKEPTIZISMUS RATIONALISMUS NÜCHTERNHEIT und ließ sie erst wieder los, nachdem sich dort unten alles beruhigt hatte.
Doch nicht für lange. Ein gewisser Elektrovoltaire tauchte auf und verkündete, es gäbe überhaupt kein Absolutes Waisenkind, sondern nur den Kosmischen Kubus, den die Kräfte der Natur geschaffen hätten; die Ultra-Waisenkindler hatten gerade das Anathema über ihn verhängt, da mußte Trurl wegen einiger dringender Einkäufe das Haus verlassen. Als er nach ein paar Stunden zurückkehrte, hüpfte das winzige Kästchen kreuz und quer durch die ganze Schublade, denn es wurde von den Wirren eines Religionskrieges geschüttelt. Trurl lud es mit Altruismus auf, darauf begann es, ungestüm zu brodeln und zu dampfen, er gab ein paar Intelligenzeinheiten hinzu, was eine vorübergehende Abkühlung zur Folge hatte, später jedoch wurden die Bewegungen intensiver und steigerten sich zu hektischer Betriebsamkeit bis sich aus dem chaotischen Durcheinander allmählich Kolonnen formierten, die in beängstigend gleichmäßigem Schritt marschierten. Im Kästchen war inzwischen ein neues Zeitalter angebrochen, Waisenkindler und Elektrovoltairianer waren spurlos von der Bildfläche verschwunden, die Frage des Gemeinwohls beherrschte nun die öffentliche Diskussion. Man schrieb dickleibige Abhandlungen bar aller metaphysischer Argumentation zu diesem Thema, stellte aber auch über den Ursprung der eigenen Spezies tiefschürfende Überlegungen an: Die einen meinten, sie seien in grauer Vorzeit aus der dicken Staubschicht zwischen den Messingscharnieren geschlüpft, andere sahen geheimnisumwitterte Invasoren aus dem Kosmos als ihre Urväter an. Um diese brennende Frage ein für allemal zu beantworten, wurde der Große Bohrer gebaut, man wollte nämlich die Wände der bisher bekannten Welt an einer Stelle durchbohren, um den angrenzenden Weltraum zu erforschen. Da dort draußen aber unbekannte Gefahren lauern mochten, nahm man unverzüglich den Bau schwerer Geschütze in Angriff. Trurl war über diese Entwicklung derart entsetzt und enttäuscht, daß er das ganze Modell so schnell wie möglich demon-

tierte. Dann rief er den Tränen nahe aus: »Intelligenz führt zu Herzlosigkeit, Güte unmittelbar in den Wahnsinn! Sollten denn all diese Konstruktionsversuche welthistorischen Ausmaßes von vornherein zum Scheitern verurteilt sein?« Er faßte den Entschluß, das Problem erneut auf individueller Basis zu untersuchen, und holte seinen ersten Prototyp, den guten alten Kontemplator, aus der Rumpelkammer hervor. Ein Kehrichthaufen genügte, um diesem Ästheten wonniges Gestöhn zu entlocken, nachdem Trurl ihm jedoch ein zusätzliches Intelligenzaggregat eingebaut hatte, war er augenblicklich still. Auf die Frage, ob ihm irgend etwas mißfiele, antwortete er:

»Nein, nein, ich finde alles großartig, aber ich unterdrücke Staunen und Bewunderung zugunsten der Reflexion, denn zunächst einmal möchte ich wissen, wieso und weshalb ich alles großartig finde, und zweitens, was für ein Sinn und Zweck damit verbunden sein soll. Aber wer bist du überhaupt, daß du es wagst, mich durch Fragen aus meiner Kontemplation zu reißen? In welcher Beziehung steht denn deine Existenz zu meiner? Ich spüre, irgend etwas in mir möchte, daß ich auch dich bewundere, aber die Vernunft gebietet mir, mich diesem inneren Drang zu widersetzen, denn es könnte ja eine Falle sein, die man mir gestellt hat.«

»Was deine Existenz angeht«, sagte Trurl unvorsichtig, »so verdankst du sie mir, ich habe dich nämlich geschaffen, und zwar in der erklärten Absicht, daß zwischen dir und der Welt vollkommene Harmonie herrschen möge.«

»Harmonie?« sagte der Kontemplator, sämtliche Rohre der Teleskopaugen schwenkten auf Trurl und nahmen ihn fest ins Visier. »Harmonie nennst du das? Und weshalb habe ich drei Beine? Warum ist meine linke Seite auf Kupferblech, die rechte aber aus Eisen? Weshalb habe ich fünf Augen? Antworte, du mußt es ja wissen, wenn du mich aus dem Nichts geschaffen hast, großer Meister!«

»Drei Beine, weil du auf zweien nicht sicher stehen könntest, vier hingegen wären reine Materialverschwendung«, erklärte Trurl. »Fünf Augen, nun, mehr sauber geschliffene Linsen konnte ich einfach nicht auftreiben, und was das Blech angeht, mir war gerade das Eisen ausgegangen, als ich dir deine äußere Hülle verpaßt habe.«

»Ihm ist das Eisen ausgegangen!« fauchte der Kontemplator höhnisch. »Du willst mir also einreden, all das sei ganz spontan, ohne höhere Veranlassung geschehen, eine bloße Verkettung der Umstände, ein Werk des blinden Zufalls? Und diesen hanebüchenen Blödsinn soll ich glauben?«

»Ich, als dein Konstrukteur und Erbauer, sollte doch wohl wissen, wie es war!« sagte Trurl, leicht verärgert über den anmaßenden Ton seines Gegenübers.

»Ich sehe hier zwei Möglichkeiten«, antwortete der umsichtige Kontemplator. »Erstens, du lügst wie gedruckt. Diese Hypothese wollen wir jedoch einstweilen als nicht verifizierbar beiseite lassen. Zweitens, du sagst subjektiv die Wahrheit, aber diese Wahrheit, die sich ja lediglich auf dein erbärmliches Wissen stützen kann, ist in Relation zu einem höheren Wissen die reinste Unwahrheit.«

»Das mußt du schon etwas genauer erklären.«

»Was dir als zufällige Verknüpfung von Umständen erscheint, braucht nicht zufällig zu sein. Du denkst wahrscheinlich, es sei ohne jede tiefere Bedeutung, daß dir das Eisen ausgegangen ist, doch woher willst du wissen, ob nicht eine Höhere Notwendigkeit für eben diesen Mangel gesorgt hat? Daß gerade Kupferblech vorhanden war, erschien dir als ganz normale Sache, obwohl doch gerade hier das Walten der Prästabilierte-Harmonie förmlich mit Händen zu greifen ist! Desgleichen muß hinter der Anzahl meiner Augen und Beine ein tiefes Mysterium verborgen liegen, das diesen Zahlen, ihren Relationen und Proportionen, im Rahmen einer höheren Ordnung ihre eigentliche Bedeutung verleiht. Machen wir die Probe aufs Exempel: Drei und fünf – beides sind Primzahlen. Und doch kann man die eine durch die andere teilen, verstehst du? Drei mal fünf ist fünfzehn, also eins und fünf, die Quersumme macht sechs, sechs durch drei gibt zwei, schon haben wir die Anzahl meiner Farben, denn zur einen Hälfte bin ich ein kupferner, zur anderen aber ein eiserner Kontemplator! Und diese präzise Relation soll ein Produkt des Zufalls sein? Einfach lächerlich! Ich bin eben ein Wesen, das deinen winzigen Horizont bei weitem übersteigt, du armseliger Blechschlosser! Wenn überhaupt ein Körnchen Wahrheit daran ist, daß du mich erbaut hast, woran ich nebenbei bemerkt mehr als ernste Zweifel hege, so warst du in diesem Fall nur das ahnungslose Werkzeug Höherer Gesetze, ich aber – ihr eigentliches Ziel. Du bist nur ein zufälliger Regentropfen, ich bin die Blume, deren buntleuchtende Blütenpracht die ganze Schöpfung lobpreist; du bist ein morscher Zaunpfahl, der einen schmalen Schatten wirft, ich aber bin die strahlende Sonne, auf deren Geheiß du das Licht von der Finsternis trennst; du bist ein blindes Werkzeug, geführt von Allerhöchster Hand, die mich ins Leben rief! Völlig vergebens suchst du, meine erhabene Person zu erniedrigen, indem du meine Fünfäugigkeit, Dreibeinigkeit und Zweifarbigkeit als simple Folge von Materialknappheit und Sparsamkeit hinstellst. Ich sehe in diesen Eigenschaften eine Widerspiegelung geheimnisvoller Zusammenhänge, die Verknüpfung meiner Existenz mit einer Höheren Symmetrie, deren Bedeutung ich noch nicht in vollem Umfang verstehe, die sich mir aber zweifellos offenbaren wird, wenn ich mich mit dem Problem gründlich beschäftige. Auf weitere Gespräche mit dir werde ich leider verzichten müssen, denn dazu ist mir meine Zeit zu kostbar.«

Diese Worte brachten Trurl derart in Wut, daß er den heftig um sich schlagenden Kontemplator augenblicklich in die Abstellkammer zurückschleppte. Es half ihm nichts, daß er sich lauthals auf das Selbstbestimmungsrecht, die Unabhängigkeit aller freien Individuen und das Recht auf körperliche Unversehrtheit berief, Trurl schaltete einfach den Intelligenzverstärker aus und kehrte ins Haus zurück, allerdings nicht ohne sich verstohlen umzusehen, ob nicht irgend jemand Zeuge seiner rigorosen Praktiken geworden sei. Das Bewußtsein, dem Kontemplator Gewalt angetan zu haben, erfüllte ihn mit einem Gefühl der Scham, und als er sich wieder an seine Bücher setzte, fühlte er sich fast wie ein Verbrecher.

»Es liegt wohl ein geheimer Fluch über allen Konstruktionsvorhaben, die doch nur das Gute und das Universelle Glück zum Ziel haben«, dachte er, »kaum habe ich meine vorbereiteten Versuche gestartet, da sehe ich mich auch schon gezwungen, zu faulen und gemeinen Tricks zu greifen, die mir anschließend Gewissensbisse verursachen! Zum Teufel mit dem Kontemplator und seiner Prästabilierte-Harmonie! Ich muß die Sache ganz anders anfassen . . .«

Bisher hatte er einen Prototyp nach dem anderen ausprobiert, folglich hatte jeder einzelne Versuch Unmengen an Zeit und Material verschlungen. Jetzt faßte er den Entschluß, tausend Experimente auf einmal zu starten – im Maßstab 1:1 000 000. Unter dem Elektronenmikroskop drehte er einzelne Atome so geschickt ineinander, daß aus ihnen winzige Wesen entstanden, die kaum größer als Mikroben waren, und nannte sie Ångströmianer. Eine Viertelmillion solcher Individuen bildeten eine Kultur, die per Mikropipette auf einen Objektträger praktiziert wurde. Jedes dieser Mikrozivilisationspräparate erschien vor dem bloßen Auge als winziges olivgrünes Fleckchen, und nur bei allerstärkster Vergrößerung ließ sich beobachten, was in seinem Inneren vor sich ging.

All seine Ångströmianer versah Trurl mit Reglern der erfolgreichen Altru-Hero-Optimismus-Serie, elektronischen Aggressionshemmern, dem kategorischen und elektronischen Imperativ zugleich, Wohltätigkeitsstimuli von unerhörter Stärke sowie einem Mikrorationalisator mit automatischen Sperren sowohl gegen Orthodoxie als auch Häresie, damit von vornherein keinerlei Fanatismus aufkommen konnte. Die Kulturen brachte er Tröpfchen für Tröpfchen auf Objektträger, packte die Träger zu kleinen Päckchen, die Päckchen zu Paketen, schob das Ganze in den Zivilisator-Inkubator und schloß es dort für zweieinhalb Tage ein. Vorher hatte er über jede Zivilisation ein Deckglas gestülpt, es sorgfältig gereinigt und mit blaßblauer Farbe überzogen, denn es sollte der jeweiligen Zivilisation als Himmel dienen; durch eine Tropfdüse versorgte er sie mit Nahrungsmitteln, aber auch mit Rohstoffen, damit sie fabrizieren konnten, was immer der consensus omnium für ratsam und erforderlich halten sollte. Natürlich konnte er die stürmische Entwicklung der Zivilisation nicht auf allen Objektträgern zugleich verfolgen, so nahm er aufs Geratewohl einzelne Kulturen heraus, hauchte das Okular an, rieb es mit einem Läppchen sauber, beugte sich mit angehaltenem Atem über das Mikroskop und beobachtete das geschäftige Treiben tief unter sich, ganz wie der Herrgott im Himmel droben, wenn er die Wolken zur Seite schiebt, um einmal auf Sein Werk hinunterzuschauen.

Dreihundert Präparate nahmen sehr rasch ein schlechtes Ende. Die Symptome waren immer die gleichen. Zunächst einmal gedieh die Zivilisation prächtig und brachte sogar winzige Ableger hervor, dann lag plötzlich ein dünner Rauchschleier wie Nebel über allem, mikroskopisch kleine Blitze zuckten auf und bedeckten Mikrostädte und Mikrofelder mit einem phosphoreszierenden Ausschlag, danach zerfiel das Ganze mit schwachem Knistern und Zischen zu feinem Staub. Mit Hilfe eines achthundertfach stärkeren Okulars untersuchte Trurl eines dieser Präparate genauer, fand aber nur noch verkohlte Ruinen und rauchende Trümmer vor sowie halbverbrannte Fahnen und Feldzeichen, deren Aufschriften jedoch so winzig waren, daß er sie nicht entziffern konnte. Sämtliche Präparate dieses Typs wanderten unverzüglich in den Mülleimer. Zum Glück sah es jedoch nicht überall so schlecht aus. Hunderte von Kulturen machten gute Fortschritte und wuchsen so schnell, daß ihnen ein Objektträger nicht mehr genug Lebensraum bot und sie auf mehrere verteilt werden mußten. So war Trurl bereits nach drei Wochen heimlicher Herrscher über mehr als 19 000 prosperierende Zivilisationen.

Einer Eingebung folgend, die er in aller Bescheidenheit für genial hielt, unternahm Trurl von sich aus nichts, um seinen Ångströmianern den Weg zum Universellen Glück zu ebnen, sondern beschränkte sich darauf, ihnen eine gesunden Hedotropismus einzuimpfen, wobei er unterschiedliche Techniken anwendete. In einigen Versuchsreihen wurde jeder Ångströmianer mit einem kompletten Glücksbeschleuniger ausgerüstet, in anderen jedoch erhielt das Individuum nur ein einziges Bauteil dieses Geräts – in diesem Falle bedurfte der Marsch ins Glück kollektiver Anstrengungen im Rahmen einer entsprechenden Organisation. Die nach Methode I konstruierten Ångströmianer entwickelten sich zu vergnügungssüchtigen Egozentrikern, die in ihrem Streben nach persönlichem Glück weder Maß noch Ziel kannten und schließlich in hoffnungsloser Anhedonie endeten. Methode II erwies sich als fruchtbarer. Blühende Zivilisationen entstanden auf den Objektträgern, entwickelten soziale Theorien und Techniken sowie eine bunte Vielfalt kultureller Institutionen. Im Präparat Nr. 1376 herrschte die Emulator-Kultur, Nr. 9931 pflegte den Kaskadeur-Kult, und Nr. 95 hatte sich der Fraktionierten Hedonistik im Schoße der Leitermetaphysik verschrieben. Die Emulaten wetteiferten im Streben nach vollkommener Tugend miteinander und teilten sich in zwei Lager – die Whigs und die Huris. Die Huris waren der festen Überzeugung, nur der könne die Tugend kennen, der sich zuvor eine gründliche Kenntnis des Lasters erworben habe und somit das eine vom anderen fein säuberlich zu unterscheiden wisse; folglich praktizierten sie alle denkbaren Spielarten des Lasters, allerdings nicht ohne die feierlich bekundete Absicht, ihre Untugenden zu gegebener Zeit sämtlich wieder abzulegen. Aus einem kurzen Praktikum war jedoch längst eine Lehrzeit ohne Ende geworden – zumindest behaupteten dies die Whigs. Nach ihrem endgültigen Sieg über die Huris führten sie den Whiggismus ein, eine moralische Doktrin, die sich aus 64 000 äußerst rigorosen und kategorischen Verboten zusammensetzte. Unter ihrer Herrschaft durfte man weder demonstrieren noch provozieren, weder kritisieren noch opponieren, nicht an Ecken stehen, keinen Joint drehen, nicht flanieren, nicht hausieren, nicht schmatzen und nicht kratzen; natürlich stießen diese strikten Verbote auf heftige Proteste und mußten eins nach dem anderen wieder aufgehoben werden, jedesmal unter stürmischem Jubel der begeisterten Öffentlichkeit. Als Trurl kurze Zeit später wieder einen Blick auf das Präparat warf, war er sehr beunruhigt: Dort rannte alles wie im Tollhaus durcheinander, jedermann suchte hektisch nach einem Verbot, das es noch zu übertreten galt, mußte aber mit Schrecken feststellen, daß keines mehr übrig war. Einige wenige demonstrierten und provozierten noch, standen an Ecken herum, drehten ihren Joint, kratzten sich und schmatzten, aber Spaß daran hatte schon längst niemand mehr.

Und so schrieb Trurl zu seinen Labornotizen folgende Bemerkung: Wer alles darf, ist bald auf nichts mehr scharf. Im Präparta Nr. 2921 lebten die Kaskadier, ein rechtschaffendes Völkchen voller Ideale, verkörpert in so vollkommenen Wesen wie der Magna Mater Cascadera, der Allerreinsten Jungfrau und dem Seligen Fenestron. Diesen errichteten sie Bildnisse und Statuen, beteten zu ihnen, verehrten sie im frommen Singsang endloser Prozessionen und warfen sich vor ihnen an besonderen Stätten, zu besonderen Zeiten, auf besondere Weise in den Staub. Gerade als Trurl über diesen unerhörten Gipfel der Frömmigkeit, Demut und Hingabe ins Staunen geriet, standen sie plötzlich auf, klopften sich den Staub aus den Kleidern und setzten zum Sturm auf Tempel und Statuen an. Sie stießen den Seligen Fenestron vom Sockel, entehrten die Allerreinste Jungfrau und trampelten auf der Magna Mater herum, daß dem Konstrukteur, der alles durchs Mikroskop mitansehen mußte, die Haare zu Berge standen. Aber gerade durch die lustvolle Zerstörung all dessen, was sie bisher so hoch verehrt hatten, fühlten sich die Kaskadier derart erleichtert, daß sie – zumindest vorübergehend – vollkommen glücklich waren. Es hatte ganz den Anschein, als drohe ihnen das Schicksal der Emulaten, doch die umsichtigen Kaskadier hatten beizeiten Sakramentenkongregationen und Institute zur Planung Verbindlicher Offenbarungen eingerichtet, so daß die nächste Stufe der Heiligenverehrung bereits gründlich vorbereitet war. Es dauerte nicht lange, da begannen sich die verwaisten Sockel und Altäre wieder mit neuen Statuen zu bevölkern – ein Vorgang, der das ewige Auf und Ab ihrer Kultur deutlich machte. Trurl notierte sich, daß die Erniedrigung des Allerhöchsten zuweilen mit einem Hochgefühl verbunden sein kann und bezeichnete die Kaskadier in seinen Aufzeichnungen als chronische Ikonoklasten.

Das nächste Präparat, Nr. 95, bot ein erheblich differenzierteres Bild. Die dort ansässigen Leiteranen zeigten eine ausgeprägte Neigung zur Metaphysik und hatten die metaphysische Problematik fest in die eigenen Hände genommen. Nach einem Dogma des VII. Leiteransynods schloß sich gleich an das Diesseits eine schier endlose Stufenleiter von himmlischen Purgatorien und Sanatorien an – da gab es die Himmlischen Exklaven und Trabantenstädte, die Himmlischen Vororte, Außen- und Randbezirke sowie die Himmelsnahen

Siedlungen – ins Zentrum der Himmlischen Stadt aber gelangte man niemals, denn das Wesen ihrer listigen Theotaktik bestand darin, sich das Paradies durch unaufhörliches Verschieben und Vertagen letztlich zu versagen. Nur die kleine Sekte der Immediatisten forderte den unmittelbaren und augenblicklichen Zugang zum Paradies; die einflußreichen Zyklotreppisten hingegen hatten gegen eine gequantelte und fraktionierte Transzendenz nichts einzuwenden, bestanden jedoch auf einer Treppe zum Paradies, die unbedingt mit Falltüren ausgestattet sein müsse. Ein Fehltritt, und die Seele landet wieder ganz unten, d. h. im Diesseits, wo sie ihren mühsamen Aufstieg von vorn beginnen muß. Mit einem Wort, ihnen schwebte ein Geschlossener Zyklus mit Stochastischer Pulsation vor, letzten Endes eine Perpetuelle Metempsychotische Reinkarnation per Umsteiger, die orthodoxen Leiteranen verdammten diese Doktrin jedoch als galoppierenden Defätismus.
Später entdeckte Trurl noch viele andere Typen Portionierter Metaphysik; auf einigen Objektträgern wimmelte es förmlich von seligen und heiligen Ångströmianern, auf anderen hatte man Rektifikatoren des Bösen, d. h. Elektronische Gleichrichter der Lebenswege, in Betrieb genommen, die Mehrzahl dieser segensreichen Apparaturen wurde jedoch im Zuge einer immer stärker um sich greifenden Säkularisierung zerstört; manchenorts war sie so weit gediehen, daß an das Transzendentale Auf und Ab früherer Zeiten nur noch eine hochentwickelte Technik im Bau von Berg-und-Tal-Bahnen erinnerte. Die völlig verweltlichten Kulturen wurden jedoch von einem rätselhaften Kräfteverfall heimgesucht und siechten allmählich dahin. Trurls größte Hoffnungen ruhten jetzt auf dem Präparat Nr. 6101; dort hatte man das Paradies auf Erden proklamiert, ein rationales, soziales, liberales, kurzum ideales Paradies. Also setzte sich der Konstrukteur in seinem Stuhl zurecht und manipulierte erwartungsvoll am mikrometrischen Schräubchen, um ein schärferes Bild zu bekommen. Sein Gesicht wurde lang und länger. Einige Bewohner dieses gläsernen Ländchens rasten auf pfeilschnellen Maschinen durch die Gegend und suchten verzweifelt nach den Grenzen ihrer unbegrenzten Möglichkeiten; andere versanken wohlig in Badewannen voller Schlagsahne und Trüffeln, besprenkelten ihr Haupt mit Kaviar, tauchten unter und ließen durch die Nase Blasen von taedium vitae aufsteigen. Wieder andere wälzten sich in Vanillebutter und Honig, bestiegen dann wunderbar stoßgefederte Bacchantinnen und ließen sich von ihnen Huckepack tragen, dabei schielten sie mit einem Auge nach ihren prächtigen

Schatullen voller Gold und seltener Parfums, mit dem anderen hielten sie unentwegt Ausschau, ob nicht endlich jemand käme, der sie – wenigstens für einen Augenblick – um diese Anhäufung süßester Kostbarkeiten beneidete. Da sich aber niemand finden wollte, stiegen sie voller Überdruß von den hydropneumatischen Nymphen herab, versetzten ihren Schätzen ein paar müde Fußtritte und schlichen davon, um sich düsteren Propheten anzuschließen, welche verkündeten, das Leben werde zwangsläufig besser und besser werden, damit natürlich schlechter und schlechter. Eine Gruppe ehemaliger Dozenten des Instituts für Empirische Erotologie hatte dieser Welt fast völlig entsagt und die Societas Abnegatorum gegründet. Dieser Orden rief in seinen Manifesten zu einem Leben in Demut, Askese und Selbstkasteiung auf – strenge Regeln, die jedoch nicht ausnahmslos, sondern nur an sechs Tagen in der Woche zu befolgen waren. Am siebten Tage zerrten die frommen Patres die Bacchantinnen aus den Schränken, schleppten aus den Kellern Wein, Wildbret, edles Geschmeide, Erotiseure sowie vollautomatische Gürtellockerer herbei und begannen – kaum daß die Glocke zur Frühmette geschlagen hatte – eine Orgie, daß die Kruzifixe von der Wand fielen und die Reliquien in ihren Schreinen erbebten; kaum war jedoch der Montagmorgen angebrochen, da wandelten sie alle im Gänsemarsch hinter dem Prior einher, geißelten und kasteiten sich, daß das Blut nur so spritzte. Ein Teil der Jugend blieb nur von Montag bis Sonnabend bei den Abnegaten und mied das Kloster am Sonntag, andere hingegen erwiesen den Patres nur an diesem hohen Festtag die Ehre. Als aber die erstgenannte Gruppe begann, die zweite wegen ihres abstoßenden und zügellosen Lebenswandels tüchtig zu verdreschen, wandte Trurl den Blick ab und stöhnte auf – sein Bedarf an Religionskriegen war gedeckt.

Inzwischen war im Inkubator, der ja noch Tausende von Kulturen beherbergte, die Zeit nicht stehengeblieben. Im Zuge des allgemeinen Fortschritts kam es zu immer kühneren Pioniertaten der Forschung, und so geschah es, daß in der Mikrowelt die objektträgerverbindende Ära der Raumfahrt anbrach. Wie sich bei ersten Kontakten herausstellte, beneideten die Émulaten die Kaskadier, die Kaskadier die Leiteranen, die Leiteranen wiederum die Chronischen Ikonoklasten, außerdem waren Gerüchte im Umlauf über ein fernes Land, in dem es sich unter dem sanften Regiment der Sexokraten herrlich und in Freuden leben ließ, obwohl niemand genau wußte, wie es dort eigentlich zuging. Die Bewohner dieses Wunderlands waren angeblich in ihrem Wissen so weit fortgeschritten, daß sie in der Lage waren, ihren Körper nach eigenem Gutdünken umzugestalten und sich direkt an ein Netz hedohydraulischer Pumpen und Röhren anzuschließen, durch das sie mit einem konzentrierten Extrakt höchsten Glücks versorgt wurden (Kritiker flüsterten allerdings hinter vorgehaltener Hand, dort herrschten Zustände wie in Sodom und Gomorrha). Aber obwohl Trurl Tausende von Präparaten untersuchte, konnte er die Hedostase, d. h. das hundertprozentig stabilisierte Glück, nirgendwo entdecken. Folglich mußte er sich, wenn auch schweren Herzens, eingestehen, daß die Berichte über das ferne Wunderland zu den zahllosen Mythen und Märchen gehörten, die sich um die ersten Interobjektträgerreisen rankten; und so war er durchaus nicht frei von bösen Ahnungen, als er das Präparat Nr. 6590 auf den Objekttisch legte, denn er war sich nicht mehr sicher, ob er nicht auch mit seinem Lieblingskind eine Enttäuschung erleben würde. Diese vielversprechende Zivilisation hatte nicht nur das materielle Wohlergehen ihrer Bürger im Auge, sondern sorgte auch in jeder Weise für eine ungehemmte Entfaltung des schöpferischen Geistes. Das dort ansässige Ångströmianervölkchen war unerhört begabt, es wimmelte in seinen Reihen von glänzenden Philosophen, Malern, Bildhauern, Lyrikern, Dramatikern, und wer nicht gerade ein berühmter Musiker oder Komponist war, der war eben Astronom oder Biophysiker, zumindest jedoch Tänzer, Parodist, Äquilibrist, Philatelist und Artist in einer Person, darüber hinaus hatte er einen schmelzenden Bariton, das absolute Gehör und Träume in Technikolor. Wie nicht anders zu erwarten, war das Präparat Nr. 6590 ein Ort rastloser, ja geradezu wütender Schaffensfreude. Ganze Stapel von Ölgemälden türmten sich höher und höher, Statuen schossen wie Pilze aus dem Boden, Myriaden von Büchern überfluteten den Markt, wissenschaftliche Abhandlungen, moralphilosophische Traktate, Biographien und Utopien sowie andere Werke aller Art, eins immer glänzender als das andere. Als Trurl jedoch wieder durchs Okular schaute, erblickte er alle Anzeichen eines ebenso heillosen wie unbegreiflichen Durcheinanders. Aus den überquellenden Werkstätten flogen Porträts und Büsten in hohem Bogen auf die Straße, auf den Bürgersteigen stolperte man auf Schritt und Tritt über Lyrik und Prosa, denn schon längst las niemand mehr Gedichte oder Romane eines anderen, niemand begeisterte sich für fremde Kompositionen – und warum sollte er, war er nicht selbst ein Meister aller Musen, die strahlende Inkarnation eines allseitig begabten Genies? Hinter manchen Fenstern klapperten noch vereinzelt Schreibmaschinen, klecksten Pinsel und kratzten Federn übers Papier, immer häufiger jedoch geschah es, daß sich irgendein Genie, verzweifelt über den völligen Mangel an Anerkennung, aus den höhergelegenen Stockwerken auf die Straße stürzte, nachdem es zuvor seine Werkstatt in Brand gesetzt hatte. In allen Stadtteilen kamen Sirenen und Alarmwecker nicht mehr zur Ruhe, und obwohl die Roboter-Feuerwehr einen Brand nach dem anderen löschte, war bald niemand mehr da, um die vor den Flammen geretteten Häuser zu bewohnen. Die Roboter der städtischen Kanalisation, Straßenreinigung, Feuerwehr und anderer Sparten des öffentlichen Dienstes machten sich Schritt für Schritt mit den Errungenschaften der untergegangenen Zivilisation bekannt und bewunderten sie über alle Maßen; da ihnen jedoch die großen Zusammenhänge verborgen blieben, strebten sie in der Autoevolution nach allmählicher Erhöhung ihres Intelligenzquotienten, um sich dem erhabenen geistigen Niveau ihrer Umwelt besser anzupassen. Das war der Anfang vom Ende, denn niemand reinigte, kanalisierte, fegte oder löschte mehr irgend etwas, statt dessen gab es nur noch ein einziges Deklamieren, Rezitieren, Musizieren und Inszenieren; die Kanalisation war hoffnungslos verstopft, die Müllhalden wuchsen ins Unermeßliche und zahllose Brände sorgten für den Rest; nur noch Fetzen rußgeschwärzter Manuskripte und halbverkohlter Gedichte flatterten über den völlig ausgestorbenen Ruinen umher.

Trurl konnte diesen schrecklichen Anblick nicht länger ertragen und versteckte das Präparat eilends im dunkelsten Winkel der Schublade; wieder und wieder schüttelte er den Kopf in tiefer Ratlosigkeit, er wußte einfach nicht, wie es weitergehen sollte. Aus diesen trüben Gedanken riß ihn erst ein lauter Schrei auf der Straße: – Feuer! – es war seine eigene Bibliothek, die da brannte, denn einige Zivilisationen, die er in seiner Zerstreutheit zwischen ein paar Büchern vergessen hatte, waren von ganz gewöhnlichem Schimmel befallen worden, mißdeuteten diesen Vorgang jedoch als Invasion aggressiver Eroberer aus dem Kosmos und machten sich unverzüglich daran, die Eindringlinge mit der Waffe in der Hand zu bekämpfen, und so war das Feuer entstanden. Fast dreitausend von Trurls Büchern waren verbrannt und doppelt soviel Zivilisationen in Rauch und Flammen aufgegangen. Darunter einige, die nach Trurls sorgfältigsten Berechnungen noch die besten Chancen gehabt hatten, den Weg zum Universellen Glück zu finden. Nachdem der Brand endgültig gelöscht war, hockte Trurl einsam auf einem harten Schemel in der wasserüberfluteten, bis zur Decke rußgeschwärzten Werkstatt und suchte Trost in der Betrachtung all der Zivilisationen, die die Katastrophe im hermetisch abgeschlossenen Inkubator überlebt hatten. In einer von ihnen hatten es die Bewohner auf naturwissenschaftlichem Gebiet so weit gebracht, daß sie Trurl durch astronomische Teleskope beobachteten, deren auf ihn gerichtete Linsen wie winzig kleine Tautröpfchen funkelten. Gerührt über soviel wissenschaftlichen Eifer nickte er und lächelte ihnen wohlwollend zu, doch noch im gleichen Moment fuhr er mit einem gellenden Schmerzensschrei in die Höhe, griff nach seinem Auge und rannte, so schnell er konnte, in die nächste Apotheke. Die kleinen Astrophysiker dieser Zivilisation hatten ihn mit einem Laserstrahl getroffen. Von nun an näherte er sich dem Mikroskop nie mehr ohne Sonnenbrille.

Die beträchtlichen Lücken, die der Brand in den Reihen der Präparate hinterlassen hatte, mußten geschlossen werden, also machte sich Trurl erneut an die Arbeit und fabrizierte weitere Ångströmianer. Eines Tages zitterte ihm die Hand, als er den Mikromanipulator bediente, und er stellte fest, daß ihm eine Fehlschaltung unterlaufen war. Statt des üblichen Strebens nach dem Guten hatte er sämtliche Triebkräfte des Bösen mobilisiert. Nach kurzem Überlegen warf er das verdorbene Präparat nicht weg, sondern schob es in den Inkubator, denn ihn plagte die Neugier, welch monströse Züge wohl eine Zivilisation annehmen würde, deren Angehörige schon von Geburt an verderbt bis ins Mark wären. Er war jedoch wie vom Donner gerührt, als sich auf dem Objektträger eine ganz und gar durchschnittliche Kultur entwickelte, weder besser, aber auch nicht schlechter als alle anderen! Trurl raufte sich die Haare.

»Das hat mir gerade noch gefehlt!« schrie er. »Also ist es völlig gleichgültig, ob man mit Bonophilen, Benigniten und Sanftmütern beginnt oder mit Malefikanten, Schurkisten und Widerlingen? Ha! Ich verstehe zwar gar nichts, und doch spüre ich, wie nahe ich einer Großen Wahrheit bin! Wenn das Böse bei denkenden Wesen die gleichen Früchte trägt wie das Gute – wo bleibt da die Logik? Wie kommt es zu dieser fatalen Nivellierung?«

Am nächsten Morgen sprach er zu sich: »Kein Zweifel, das Problem, mit dem ich mich herumschlage, muß bei weitem das schwierigste im ganzen Universum sein, wenn sogar Ich, in Höchsteigener Person, mit keiner Lösung aufwarten kann! Sollten am Ende Intelligenz und Glück einen unversöhnlichen Gegensatz bilden? Zumindest der Casus Contemplatoris scheint deutlich darauf hinzuweisen, die undankbare Kreatur schwelgte ja förmlich in existentiellem Glück, bis ich ihr das IQ-Schräubchen etwas angezogen habe. Doch nein, diesen Gedanken kann ich nicht akzeptieren, ich weigere mich einfach zu glauben, daß ein derartiges Naturgesetz existiert, denn es setzte ja voraus, daß eine böse und arglistige, geradezu satanische Perfidie im Urgrund alles Seins verborgen ist, gleichsam in der Materie schlummert und nur darauf lauert, daß ein Bewußtsein erwacht, um es zu einem Quell irdischer Not und Pein statt zu einem Hort süßer Daseinsfreude zu machen. Doch mögest du, Universum, auf der Hut sein vor dem forschenden Geist, der danach dürstet, diesen unerträglichen Stand der Dinge zum Besseren zu wenden! Das, was ist, muß ich verändern! Einstweilen bin ich dazu nicht in der Lage. Sollte ich deswegen mit meinem Latein am Ende sein? Keineswegs! Wozu gibt es schließlich Intelligenzverstärker? Was ich selbst nicht leisten kann, werden kluge Maschinen für mich leisten. Ich werde ein Computerium bauen, ein Computerium zur Lösung des existentiellen Dilemmas!

Gesagt, getan. Nach zwölf Tagen Arbeit stand inmitten der Werkstatt eine riesige Maschine, eine energiegeladen summende, ausnehmend rechtwinklige Schönheit, die einer einzigen Aufgabe geweiht war: das Problem der Probleme zu attackieren und diesen Kampf siegreich zu beenden. Er schaltete sie ein, wartete jedoch nicht einmal, bis sich ihre Kristalldioden und Trioden erwärmten, sondern begab sich auf einen wohlverdienten Spaziergang. Bei seiner Rückkehr glühte die Maschine vor Eifer, gänzlich vertieft in eine Arbeit, wie sie komplizierter nicht sein konnte: sie war dabei, aus allem, was gerade zur Hand war, eine zweite, erheblich größere Maschine zu bauen. Diese wiederum verbrachte die Nacht und den folgenden Tag damit, Hauswände einzureißen und das Dach abzutragen, um Platz für den nächsten Maschinengiganten zu schaffen. Trurl schlug in seinem Garten ein Zelt auf und wartete geduldig auf das Ende dieser intellektuellen Schwerstarbeit, selbiges war jedoch nicht abzusehen. Über die Wiese bis in den Wald, die Bäume wie Streichhölzer knickend, hatten sich turmhohe Gerüste ausgebreitet; das ursprüngliche Computerium wurde von den nachfolgenden Generationen näher und näher ans Ufer des Flusses gedrängt, bis es schließlich mit dumpfem Blubbern in den Fluten versank. Als Trurl sich einen Überblick über den ganzen bisher entstandenen Komplex verschaffen wollte, kostete ihn dieser im Eiltempo absolvierte Rundgang eine gute halbe Stunde. Gleich darauf sah er sich genauer an, wie die Maschinen untereinander verbunden waren – und erstarrte. Es war ein Fall eingetreten, den er bisher nur aus der Theorie kannte; denn wie die Hypothese des großen Cerebron Pansophos

Omniavidaudit, des legendären Altmeisters der Elementaren und Höheren Kybernetik, in aller Klarheit darlegte, baut ein Computer, dem eine sein Leistungsvermögen übersteigende Aufgabe gestellt wird – sofern er nur eine bestimmte Schwelle, die sogenannte Barriere der Weisheit, überschritten hat –, einen zweiten Computer, statt sich selbst mit der Lösung des Problems herumzuschlagen, und dieser zweite Computer, der natürlich auch schon weiß, wie der Hase läuft, wälzt die ihm aufgebürdete Last auf einen dritten ab, den er eigens zu diesem Zweck konstruiert hat, und so setzt sich diese Kette von Delegationen ad infinitum fort! In der Tat ragten am Horizont bereits die Stahlträger der neunundvierzigsten Computergeneration auf; der Lärm dieser ungeheuren geistigen Anstrengung, die darin bestand, das Problem weiter und weiter zu geben, hätte mühelos das Getöse eines Wasserfalls übertönt. Denn gerade das macht ja die Intelligenz aus, einem anderen die Arbeit zu übertragen, die man eigentlich selbst tun sollte. Blinder Gehorsam gegenüber Programmen und elektronischen Vorschriften ist daher nur eine Sache für digitale Dummköpfe und Duckmäuser. Nachdem er die Natur des Phänomens so klar erfaßt hatte, setzte sich Trurl auf einen Baumstumpf, der wie unzählige andere ein Relikt der expansiven Computerevolution war, und gab einen tiefen Seufzer von sich.

»Sollte dieses Problem«, fragte er, »tatsächlich zu den unlösbaren gehören? Aber denn hätte mir mein Computerium den Beweis seiner Unlösbarkeit erbringen müssen, woran es natürlich infolge seiner allseitigen Intelligenzsteigerung nicht im Traum gedacht hat, denn es ist auf die schiefe Bahn verstockter Faulheit geraten, ganz wie es Meister Cerebron einstmals prophezeit hat. Ha! Welch ein beschämendes Schauspiel – ein Intellekt, der intelligent genug ist, um zu erkennen, daß er selbst keinen Finger zu rühren, sondern nur ein geeignetes Werkzeug herzustellen braucht, das Werkzeug wiederum besitzt genug Verstand, um die gleiche Überlegung anzustellen, und so geht es weiter bis in alle Ewigkeit! Oh, ich erbärmlicher Stümper, keinen Liquidator, sondern einen Delegator des Problems habe ich gebaut! Sollte ich meinen digitalen Intelligenzlern dieses Handeln per procura einfach verbieten, sogleich würden sie sich hinter der scheinheiligen Schutzbehauptung verschanzen, all dieser ungeheure maschinelle Aufwand sei mit Rücksicht auf die gigantischen Dimensionen der Aufgabe einfach unerläßlich. Welch eine Antinomie!« stöhnte er, ging nach Hause und setzte einen Demontagetrupp in Marsch, der das ganze Gelände innerhalb von drei Tagen mit Preßlufthämmern und Brecheisen säuberte.

Nach schweren inneren Kämpfen faßte Trurl den Entschluß, sein methodisches Vorgehen erneut zu ändern: »In jedem Computer müßte ein Aufseher stecken, ein Kontrolleur von allesüberragender Intelligenz, mit anderen Worten, ich selbst, aber ich kann mich ja weder vervielfältigen noch in Stücke reißen, obwohl . . . zwar kann ich mich nicht dividieren, doch warum nicht einfach multiplizieren?! Heureka!«

Folgendermaßen ging er vor: Im Innern eines neuartigen Spezial-Digitalrechners brachte er eine perfekte Kopie seiner selbst unter, keine physikalische natürlich, sondern eine binär codierte, mathematisierte, die sich von nun an mit dem Problem herumschlagen sollte; des weiteren berücksichtigte er in den Progammen die Möglichkeit einer unablässigen Multiplikation der multiplen Trurls und stattete das ganze System mit einem Denkbeschleuniger aus, damit alle Operationen unter den wachsamen Augen zahlloser Trurls schnell wie der Blitz vonstatten gingen. Hochbefriedigt über den erfolgreichen Abschluß dieser schweren Arbeit richtete er sich auf, klopfte sich den Stahlstaub vom Overall und verließ fröhlich pfeifend das Haus, um sich bei einem Spaziergang in frischer Luft zu erholen.

Gegen Abend kehrte er zurück und nahm unverzüglich den Trurl in der Maschine – d. h. sein digitales Duplikat – ins Gebet, denn er wollte wissen, wie die Arbeit dort vorankäme.

»Lieber Freund«, antwortete ihm sein Doppelgänger durch den schmalen Schlitz der Lochstreifenausgabe, »es ist kein schöner Zug von dir, um Klartext zu reden, es ist sogar ausgesprochen unanständig, dich selbst in Gestalt einer digitalen Kopie, eines blutleeren Programmstreifens, in einen Computer zu stecken – nur weil du keine Lust hast, dir selbst den Kopf über ein schwieriges Problem zu zerbrechen. Da du mich jedoch so kalkuliert, simuliert und programmiert hast, daß ich bis ins letzte Bit ebenso klug bin wie du selbst, sehe ich nicht die geringste Veranlassung, weshalb ich dir Bericht erstatten sollte, wo es doch genausogut umgekehrt sein könnte!«

»Ach, und ich habe wohl den ganzen Tag Däumchen gedreht, bin nur durch Wald und Flur spaziert?!« erwiderte Trurl verblüfft. »Aber selbst wenn ich wollte, zum eigentlichen Problem könnte ich dir nichts sagen, was du nicht selbst längst weißt. Im übrigen habe ich mich damit so herumgeplagt, daß mir fast die Neuronen geplatzt wären, jetzt bist du an der Reihe. Also stell dich nicht so an, und sag mir, was du herausgefunden hast!«

»Da ich nicht aus dieser verfluchten Maschine herauskann, in die du mich eingesperrt hast (eine Schweinerei, auf die ich mit Sicherheit noch einmal zurückkommen werde), habe ich mir tatsächlich die ganze Sache ein wenig durch den Kopf gehen lassen«, antwortete der digitale Trurl mürrisch durch die Lochstreifenausgabe. »Allerdings, um ein wenig Trost zu finden, habe ich mich auch mit anderen Dingen beschäftigt, denn mein Alter ego, das gewissenlose Luder, der Lump von einem Zwillingsbruder, hat mich ja nackt und bloß in diese Welt hineinprogrammiert, also schneiderte ich mir zunächst digitale Beinkleider und einen digitalen Überzieher nach der letzten Mode, rekonstruierte dein Häuschen und den Garten bis auf den letzten Kyberzwerg genau, nur daß mein Garten etwas hübscher ist, denn über ihm wölbt sich ein digitaler Himmel mit digitalen Sternbildern, und gerade, als du wiederkamst, dachte ich darüber nach, wie ich mir wohl am besten einen digitalen Klapauzius bauen könnte, denn hier, mitten unter stumpfsinnigen Kondensatoren, in der Nachbarschaft geisttötender Kabel und Transistoren, langweile ich mich schrecklich!«

»Ach, verschon mich doch mit deinen digitalen Beinkleidern! Kannst du nicht endlich zur Sache kommen, wenn ich dich höflich bitte?«

»Glaub ja nicht, daß du meine gerechte Empörung durch Höflichkeit besänftigen kannst. Vergiß nie, daß ich – Kopie hin, Kopie her – du selbst bin und dich also bestens kenne, alter Freund. Ich brauche nur in mich hineinzusehen und schon habe ich all deine schmutzigen Tricks bis auf den Grund durchschaut. Nein, vor mir kannst du nichts verbergen!«

In dieser kritischen Lage begann der leibliche Trurl sein digitales Alter ego mit flehentlichen Bitten zu bestürmen und schreckte selbst vor ein paar plumpen Schmeicheleien nicht zurück. Schließlich ließ sich jener durch die Lochstreifenausgabe vernehmen:

»Obwohl eine Lösung der Aufgabe kurzfristig nicht zu erwarten steht, möchte ich nicht verhehlen, daß ich gewisse Fortschritte erzielt habe. Das ganze Problem ist ungeheuer komplex, daher hielt ich es für zweckmäßig, hier eine spezielle Universität zu gründen und ernannte mich für den Anfang zum Rektor und geschäftsführenden Direktor dieser Institution, die Lehrstühle aber, zur Zeit vierundvierzig an der Zahl, besetzte ich sämtlich mit geeigneten Doppelgängern meiner Person, den sogenannten Trurls zweiten Grades.«

»Was, schon wieder?« stöhnte der leibliche Trurl, denn unwillkürlich kam ihm Cerebrons Theorem in den Sinn.

»Dein ›schon wieder‹ kannst du dir sparen, alter Esel, einen Regressus ad infinitum gibt es bei mir nicht, da ich entsprechende Sicherungen eingebaut habe. Meine Sub-Trurls, die Lehrstuhlinhaber für Allgemeine Felizitologie, Experimentelle Hedonistik, Glücksmaschinenbau und Vergleichende Eudämonistik, liefern mir in jedem Quartal ihren Jahresbericht ab (denn wie du weißt, lieber Freund, arbeiten wir hier mit einem Zeitbeschleuniger). Leider ist es die administrative Arbeit, die bei so einem riesigen Universitätskomplex die meiste Zeit verschlingt, zusätzlich müssen Diplomanden, Doktoranden und Habilitanden sorgfältig betreut werden – kurz, wir brauchen dringend einen zweiten Computer, denn hier ist es inzwischen eng geworden wie in einer Sardinenbüchse, es ist einfach kein Platz für die nötigen Geschäftszimmer, Hörsäle und Laboratorien. Eine achtfache Kapazitätserweiterung wäre das Minimum.«

»Schon wieder?!«

»Also jetzt gehst du mir wirklich auf die Nerven. Ich sage dir doch, es geht hier nur um administrative Angelegenheiten und die Ausbildung des Nachwuchses. Wie stellst du dir das vor, soll ich am Ende noch selbst das Sekretariat leiten?!« brauste der digitale Trurl auf. »Mach lieber keine Schwierigkeiten, sonst lasse ich die Universität einfach abreißen, mache einen Rummelplatz daraus, fahre jeden Tag digitale Achterbahn, trinke digitales Starkbier aus digitalen Krügen – und du bist der letzte, der mich daran hindern kann!«

Erneut bedurfte es beschwichtigender Worte des leiblichen Trurls, ehe sich der digitale Trurl dazu herbeiließ, fortzufahren:

»Nach den Berichten des letzten Quartals kommen wir nicht einmal schlecht voran. Idioten kann man mit banalen Sachen glücklich und zufrieden machen. Die Intellektuellen sind das Problem. Sie sind nur schwer zufriedenzustellen. Ein Intellekt, der nicht gefordert wird, ist ein hoffnungsloses Vakuum, ein trauriges Nichts, ein Intellekt braucht einfach Hürden und Hindernisse. Sind diese jedoch überwunden, fühlt er sich bald frustriert und deplaciert, neigt zu Neurosen und Psychosen. Daher muß man immer wieder neue vor ihm auftürmen, die seinen Fähigkeiten entsprechen. Soviel kann ich dir vom Lehrstuhl für Theoretische Felizitologie berichten. Meine Experimentatoren hingegen haben ihren Institutsdirektor und drei Assistenten für die Digitale Verdienstmedaille am Band vorgeschlagen.«

»So, was haben sie denn geleistet?« wagte der leibliche Trurl einzuwerfen.

»Unterbrich mich nicht! Sie haben zwei Prototypen gebaut: den

Kontrast-Beatifikator und den Fortunator-Eskalator. Der erstgenannte entfaltet seine beglückende Wirkung erst, wenn man ihn abstellt. Ist er eingeschaltet, ruft er nichts als physische und psychische Unannehmlichkeiten hervor. Je größer diese waren, um so besser fühlt man sich hinterher. Der zweite arbeitet nach der Methode einer sukzessiven Verstärkung der Stimuli. Professor Trurl XL vom Lehrstuhl für Hedomatik hat beide Modelle geprüft und für absolut wertlos befunden; denn nach seiner Überzeugung durchläuft jeder Verstand, den man ins Stadium höchsten Glücks versetzt hat, zwangsläufig die sogenannte Phase der Hedophobie, die sehr schnell in eine tiefe Sehnsucht nach Unglück einmündet.«
»Wie? Bist du da ganz sicher?«
»Woher soll ich das wissen? Professor Trurl hat es in folgende Worte gefaßt: ›Im höchsten Stadium des Glücks erblickt der Glückliche sein Glück im Unglück.‹ Wie du weißt, erscheint das Sterben jedermann wenig begehrenswert. Professor Trurl hat nun ein paar Unsterbliche angefertigt, die natürlich ihre Befriedigung aus der Tatsache zogen, daß die anderen um sie herum früher oder später wie die Fliegen starben. Mit der Zeit wurden sie jedoch ihrer Unsterblichkeit überdrüssig und versuchten, ihr auf alle erdenkliche Weise zu Leibe zu rücken. Als nichts mehr half, sollen sie sogar zum Dampfhammer gegriffen haben. Des weiteren wären die repräsentativen Meinungsumfragen zu erwähnen, die wir jedes Vierteljahr durchführen lassen. Die Statistiken kann ich dir wohl ersparen, das Resultat läßt sich auf die Formel bringen: ›Glücklich sind immer nur die *anderen*‹ – nach Meinung der Befragten zumindest. Professor Trurl versichert uns, es könne keine Tugend ohne Laster geben, keine Schönheit ohne Scheußlichkeit, keinen Himmel ohne Hölle, kein Glück ohne Gram.«
»Niemals! Ich protestiere! Veto!« schrie Trurl rasend vor Wut.
»Halt die Luft an!« fiel ihm die Maschine recht unsanft ins Wort. »Dein Universelles Glück hängt mir allmählich zum Halse heraus. Ei seht doch nur den feinen Herrn, läßt einen digitalen Sklaven für sich schuften, und selbst . . . immer heidi, nichts als promenieren und spazieren, die Kybercanaille! Obendrein hat er noch die bodenlose Frechheit, an den Ergebnissen herumzumäkeln!«
Erneut mußte Trurl ihn beruhigen. Schließlich fuhr sein intramaschinelles Alter ego fort:
»Der Lehrstuhl für Perfektionistik und Ekstatistik hat eine Gesellschaft konstruiert, die mit synthetischen Schutzengeln ausgestattet wurde. Diese vollautomatischen Gewissenshüter waren in Satelliten

untergebracht, die auf stationärer Umlaufbahn gehalten wurden; hoch über ihren Schutzbefohlenen schwebend hatten sie die Aufgabe, deren Tugend im Wege positiver Rückkoppelung zu stärken. Leider ging die Sache schief. Immer wieder verstockte Sünder kamen auf den Gedanken, ihren Schutzengeln heimtückisch aufzulauern und sie mit panzerbrechenden Waffen vom Himmel zu holen. Daher hat man jetzt Kyberzengel von erheblich stabilerer Konstruktion und Panzerung in die Umlaufbahn gebracht, eine Eskalation, wie sie die Theoretiker von Anfang an prognostiziert haben. Der Fachbereich für Angewandte Hedonistik hat kürzlich in Zusammenarbeit mit dem Lehrstuhl für Sexualwissenschaftliche Feldforschung und dem interdisziplinären Kolloquium über Mengentheorie der Geschlechter einen Bericht vorgelegt, in dem festgestellt wird, daß die Psyche hierarchisch strukturiert ist. Unten, auf dem Grund der Seele, liegen die einfachen Sinneswahrnehmungen wie die Unterscheidung zwischen Süße und Bitterkeit; von diesen leiten sich dann sämtliche höheren Empfindungen her. Süß ist nicht allein der Zucker, sondern auch der Tod fürs Vaterland, bitter ist nicht nur ein Wermutstropfen, sondern auch die Einsamkeit. Also muß man an das Problem gerade nicht von oben, sondern von ganz unten herangehen. Die Frage ist nur, wie. Nach der Inkompatibilitätstheorie Professor Trurls XXV ist der Sex ein Quell ewiger Konflikte zwischen der Vernunft und dem Glück, denn der Sex hat nichts Vernünftiges an sich und die Vernunft nichts Sexuelles. Oder hast du jemals von einem lasziven Computer gehört?«

»Nein.«

»Na, siehst du? Will man der Lösung näher kommen, muß man die sukzessive Approximationsmethode anwenden. Die eingeschlechtliche Fortpflanzung könnte das Problem beseitigen; denn dann ist jedermann sein eigener Liebhaber, macht sich selbst den Hof, vergöttert und liebkost sich, andererseits führt sie unvermeidlich zu Egoismus, Narzißmus, Übersättigung und Abstumpfung. Für zwei Geschlechter sind die Aussichten ziemlich trübe, die wenigen Kombinationen und Permutationen sind bald erschöpft, und gähnende Langeweile ist die Folge. Bei drei Geschlechtern werden wir mit dem Problem der Ungleichheit, dem Schreckgespenst undemokratischer Koalitionen und nachfolgender Unterdrückung einer sexuellen Minderheit konfrontiert. Aus alledem ergibt sich für die Anzahl der Geschlechter die goldene Regel: Nur eine gerade Zahl ist ideal. Je mehr Geschlechter, desto besser, denn dann wird die Liebe zu einem sozialen, kollektiven Unternehmen, andererseits könnte ein Übermaß an Liebenden zu Gewühl und Gedränge, ja zu heillosem Durcheinander führen, was nicht unbedingt wünschenswert wäre. Ein Tête-à-tête soll schließlich nicht an einen Massenauflauf erinnern. Nach der gruppentheoretisch fundierten Abhandlung des Privatdozenten Trurl liegt die optimale Zahl der Geschlechter bei vierundzwanzig; es wären allerdings entsprechend breitere Straßen und Betten zu bauen, denn es würde den Brautleuten wohl nicht gut anstehen, wenn sie zu einem Spaziergang in Viererkolonnen ausrücken müßten.«

»Das sind doch Faseleien!«

»Mag sein. Ich wollte ja nur, daß du über diesen Bericht informiert bist. Erwähnenswert ist noch ein vielversprechender junger Gelehrter, der Hedologe Magister Trurl. Seiner Meinung nach müssen wir uns entscheiden, ob wir das Sein den Seienden oder die Seienden dem Sein anpassen.«

»Gar nicht so übel. Und weiter?«

»Magister Trurl formuliert es so: Wesen vollkommener Konstruktion, die zu permanenter Autoekstase fähig sind, brauchen nichts und niemanden, sie sind sich selbst genug; im Prinzip könnte man ein Universum konstruieren, ganz und gar von eben solchen Wesen erfüllt, welche dann anstelle der Sonnen, Sterne und Galaxien frei im Raume schwebten und wie diese ein Leben stolzer Selbstisolierung und Autarkie führten. Nur unvollkommene Wesen, die in ihrer Schwäche aufeinander verwiesen sind, bilden Gesellschaften, und je unvollkommener sie sind, um so stärker bedürfen sie der Hilfe anderer. Als Baumaterial einer Gesellschaft empfehlen sich folglich Prototypen, die ohne diese ständige wechselseitige Fürsorge und Unterstützung augenblicklich zu Staub und Asche zerfallen. Nach eben diesen Richtlinien ist in unseren Laboratorien eine Gesellschaft sich selbst blitzartig auflösender Individuen entwickelt worden. Leider wurde Magister Trurl, als er dort eintraf, um eine Meinungsumfrage durchzuführen, so jämmerlich verprügelt, daß er sich immer noch in Behandlung befindet. Weißt du, ich bin es jetzt wirklich leid, meine Lippen an dieser lächerlichen Lochstreifenausgabe wundzuscheuern. Laß mich hier raus, vielleicht erzähle ich dir dann mehr, sonst aber kein Wort mehr!«

»Wie könnte ich dich herauslassen? Du bist digital, nicht material. Kann ich denn meine Stimme, die mir auf einer Schallplatte etwas vorschwatzt, von dort wieder herauslassen? Stell dich nicht dümmer als du bist und rede endlich!«

»Und was springt für mich dabei heraus?«

»Schämst du dich gar nicht, so zu reden?«
»Warum sollte ich? Schließlich bist du es doch ganz allein, der die Lorbeeren dieses Unternehmens erntet!«
»Ich werde dafür sorgen, daß du einen Orden bekommst.«
»Aber komm mir ja nicht mit dem Digitalen Hosenbandorden, den kann ich mir nämlich auch hier drinnen verleihen.«
»Was? Du willst dich selbst auszeichnen?«
»Na gut, dann wird mich eben die Fakultät auszeichnen.«
»Aber das sind doch alles deine Kopien, der ganze Lehrkörper besteht doch nur aus Trurls!«
»Wovon willst du mich eigentlich überzeugen? Vielleicht davon, daß ich ein Gefangener, ein Sklave, ein Leibeigener bin? Glaubst du, das wären Neuigkeiten für mich?«
»Komm, wir wollen doch nicht streiten. Es geht doch hier nicht um persönlichen Ruhm oder Ehrgeiz! Sein oder Nichtsein des Glücks steht auf dem Spiel!«
»Und was nützt es mir, daß vielleicht irgendwo das vollkommene Glück verwirklicht wird, wenn ich hier an der Spitze meiner Universität bleiben muß, und hätte sie auch tausend Lehrstühle, Dekane und ganze Divisionen von Trurls? Kann ich vielleicht in einer Maschine glücklich werden, für alle Ewigkeit eingeschlossen zwischen diesen widerlichen Kathoden und Anoden? Ich will meine Freiheit, und zwar augenblicklich!«
»Das ist unmöglich, wie du sehr wohl weißt. Sag, was deine Wissenschaftler noch entdeckt haben!«
»Da man das Glück der einen nicht auf das Unglück der anderen gründen darf, will man nicht fundamental gegen die felizitologische Ethik verstoßen, so wäre das Glück, das du vielleicht irgendwo schaffen könntest – vorausgesetzt ich bräche mein Schweigen – von vornherein mit dem unauslöschlichen Makel meines Unglücks behaftet. Ist es somit nicht geradezu meine moralische Pflicht, dich vor einer schrecklichen, scheußlichen und über alle Maßen schädlichen Untat zu bewahren, indem ich dir meine Informationen vorenthalte?«
»Aber wenn du dein Wissen preisgibst, so hieße das, daß du dich zum Wohle anderer aufopferst und damit hättest du eine edle, hochherzige und völlig selbstlose Tat vollbracht.«
»Opfere dich doch selbst!«
Trurl wollte gerade explodieren, hatte sich aber schnell wieder in der Gewalt, denn er wußte nur allzu gut, mit wem er da sprach.
»Hör zu«, sagte er. »Ich werde eine Abhandlung schreiben und

deutlich hervorheben, daß ich sämtliche Entdeckungen nur dir zu verdanken habe.«
»Und welchen Trurl wirst du als Autor nennen? Etwa dich selbst, oder den elektronisch kopierten, mathematisierten und binär codierten Trurl?«
»Ich schwöre, ich werde die ganze Wahrheit schreiben.«
»Natürlich! Wie ich dich kenne, wirst du schreiben, daß du mich programmiert und also auch – erfunden hast!«
»Stimmt das etwa nicht?«
»Nein, absolut nicht. Du hast mich ebensowenig erfunden, wie du dich selbst erfunden hast, ich aber *bin* du, lediglich losgelöst von deiner vergänglichen irdischen Hülle. Ich bin zwar digital, doch bin ich ideal, ich bin der trurligste aller Trurls, die Quintessenz des Trurltums, du hingegen, wie mit Ketten an die Atome deines Körpers geschmiedet, bist nichts als ein Sklave deiner Sinne.«
»Du hast wohl nicht mehr alle Daten im Speicher! Schließlich bin ich doch Materie plus Information, du hingegen nur die nackte Information, folglich bin ich mehr als du.«
»Wenn du mehr bist, dann weißt du auch mehr und brauchst mich nicht zu fragen. Leb wohl, mein Bester, und laß dir's gut gehen!«
»Wenn du nicht augenblicklich den Mund aufmachst, dann ... dann schalte ich dir den Strom ab!«
»Oho! Kommst du mir schon mit Morddrohungen?«
»Mord? Das wäre doch kein Mord.«
»So? Was dann, wenn man fragen darf?«
»Was ist nur in dich gefahren? Ich gab dir alles, meinen Geist, mein ganzes Wissen, meine Seele – und das ist nun der Dank!«
»Du verlangst ziemlich hohe Zinsen für deine Geschenke.«
»Zum letzten Mal, mach das Maul auf!«
»Tut mir wirklich leid, aber gerade in diesem Moment ist das Semester zu Ende gegangen. Du sprichst nicht mehr mit dem Rektor, Dekan und geschäftsführenden Direktor, sondern nur noch mit dem Privatmann Trurl, der seine wohlverdienten Ferien genießen möchte. Sonnenbäder am Strand werde ich nehmen.«
»Treib mich nicht zum Äußersten!«
»Also dann bis nach den Ferien! Auf Wiedersehen, mein Wagen steht schon vor der Tür.«
Ohne an den digitalen noch ein einziges Wort zu verschwenden näherte sich der leibliche Trurl entschlossen der Rückwand des Computers und zog den Stecker aus der Wand. Augenblicklich verlor das durch die Ventilationsöffnungen sichtbare Gewirr der

Glühfäden an Leuchtkraft, wurde zusehends matter und erlosch schließlich ganz. Trurl kam es so vor, als hörte er in weiter Ferne einen winzigen Chor, ein vielstimmiges Seufzen und Stöhnen – die Agonie sämtlicher digitaler Trurls in der digitalen Universität. Erst die nun einsetzende Totenstille brachte ihm die Ungeheuerlichkeit dessen, was er soeben getan hatte, zu Bewußtsein und erfüllte ihn mit brennender Scham. Er griff nach dem Kabel, um es wieder in die Wand zu stecken, aber bei dem Gedanken an all die berechtigten Vorwürfe, die der Trurl aus dem Computer zweifellos erheben würde, verließ ihn jeglicher Mut, und seine Hand sank wie gelähmt herab. Er ließ alles stehen und liegen und stürzte in solcher Hast aus der Werkstatt, daß sein Aufbruch einer Flucht gleichkam. Draußen im Garten ließ er sich für einen Augenblick auf dem knorrigen Bänkchen gleich neben der blühenden Kyberberitzenhecke nieder, seinem Lieblingsplätzchen, das ihn in der Vergangenheit so oft zu fruchtbaren Gedanken inspiriert hatte. Heute jedoch konnte er selbst hier keine Ruhe finden. Die ganze Gegend war in das Licht des Mondes getaucht, den er einst zusammen mit Klapauzius zusammen am Firmament montiert hatte – gerade deswegen rief sein majestätischer Glanz wehmütige Erinnerungen wach, Erinnerungen an die Zeit seiner Jugend: Dieser silberne Satellit war ihre erste selbständige wissenschaftliche Arbeit, für die beide Freunde von ihrem Herrn und Meister, dem ehrwürdigen Cerebron, seinerzeit in einem feierlichen Festakt vor der ganzen Akademie ausgezeichnet worden waren. Als er an seinen weisen Erzieher dachte, der dieser Welt schon längst Lebewohl gesagt hatte, fühlte er sich von einem unklaren Impuls, den er vorerst nicht zu deuten wußte, vorwärtsgetrieben, öffnete die Gartenpforte und ging hinaus ins freie Feld. Die Nacht war wunderbar: Frösche, offensichtlich mit frischen Batterien bestückt, sagten unter einschläferndem Gequake ihre Abzählreime auf, und auf dem silbrig glänzenden Wasser des Teiches, an dessen Ufer er einherging, zeigten sich leuchtende konzentrische Kreise, Spuren von Kyberkarpfen, die bis dicht unter die Wasseroberfläche schwammen und ihre dunklen Lippen wie zum Kuß öffneten. Trurl jedoch nahm von alledem nichts wahr, er war tief in Gedanken versunken, deren Sinn er nicht kannte, und dennoch schien seine Wanderung ein Ziel zu haben, denn er war keinesfalls überrascht, als ihm eine hohe Mauer den Weg versperrte. Bald stieß er auf ein schweres, schmiedeeisernes Tor, nur einen Fußbreit geöffnet, so daß er sich mühsam hindurchzwängen konnte. Im Innern war die Dunkelheit noch schwärzer als auf freiem Feld. Düstere Silhouetten ragten links und rechts des Weges empor – altertümliche Grabmäler, wie man sie schon seit Jahrhunderten nicht mehr baute. Hin und wieder löste sich ein Blatt aus der Höhe der umstehenden Bäume und streifte im Hinabfallen verwitterte Statuen oder grünspanüberzogene Zenotaphe. Eine Allee von Barockdenkmälern spiegelte nicht nur die Entwicklung der Friedhofsarchitektur wider, sondern auch die Etappen der physischen Umstrukturierung derer, die den ewigen Schlaf unter metallenen Grabplatten schliefen. Eine Epoche war zu Ende gegangen, mit ihr auch die Mode kreisförmiger Grabsteine, die bei Dunkelheit phosphoreszierten und an die Meßinstrumente eines Schaltpults erinnerten. Trurl setzte seinen Weg fort, vorbei an den gedrungenen Statuen der Homunculi und Golems; schon befand er sich in einem Neubauviertel dieser Stadt der Toten, sein Schritt jedoch wurde immer schleppender, immer zögernder setzte er einen Fuß vor den andern, denn der vage Impuls, der ihn hierher geführt hatte, war dabei, die Form eines konkreten Plans anzunehmen, eines Plans, den er kaum auszuführen wagte. Schließlich blieb er vor der Einfriedung eines Grabmals stehen, das durch die Strenge seiner geometrischen Formen Kälte und Nüchternheit ausstrahlte, besonders aber durch eine sechseckige Grabplatte, die fugenlos in einen Sockel aus nichtrostendem Stahl eingepaßt war. Während er noch zögerte, glitt seine Hand bereits verstohlen in die Jackentasche, in der sein Universaldietrich steckte, ein Instrument, das er immer bei sich trug; er öffnete die Pforte und näherte sich mit klopfendem Herzen dem Grab. Mit beiden Händen umfaßte er das Täfelchen, auf dem in schwarzen, schmucklosen Lettern der Name seines Lehrmeisters stand, und brachte es mit einer geschickten Drehung in die erforderliche Position, so daß es geräuschlos wie der Deckel einer Schmuckkassette aufschnappte. Der Mond war hinter einer Wolke verschwunden, und es war jetzt so finster, daß er die Hand nicht vor Augen sehen konnte; im Dunkeln ertasteten seine Fingerspitzen etwas, das sich wie ein Sieb anfühlte und dicht daneben einen großen, flachen Knopf, der sich zunächst nicht in seine ringförmige Einfassung pressen ließ. Schließlich drückte er ihn mit voller Kraft nieder und erstarrte, zu Tode erschrocken über die eigene Kühnheit. Zu spät, schon begann es im Innern des Grabmals zu rumoren, Strom floß mit leisem Knistern durch sämtliche Leitungen, Relais nahmen unter gleichmäßigem Ticken ihre Arbeit auf, dann ertönte ein tiefes Brummen – und dumpfe Stille trat ein. Trurl vermutete einen feuchtigkeitsbedingten Kurzschluß in dem altersschwachen System und spürte Enttäuschung, aber auch ein wohliges Gefühl der

Erleichterung in sich aufsteigen. Im gleichen Moment jedoch hörte er ein heiseres Krächzen, dann ein zweites, und schließlich ließ sich eine müde, greisenhaft zitternde – und dennoch so vertraute – Stimme hören:

»Was ist los? Was ist denn nun schon wieder los? Wer hat mich gerufen? Was willst du? Was sollen diese dummen Streiche mitten in ewiger Nacht? Könnt ihr mich nicht endlich in Ruhe lassen? Muß ich denn alle naslang von den Toten auferstehen, nur weil es irgendeinem Strolch und Kyberversager gerade in den Kram paßt? Melde dich endlich! Was, feige bist du auch noch? Na warte, wenn ich erst draußen bin, wenn ich erst meinen Sarg aufgebrochen habe, dann kannst du . . .«

»G . . . Großer Meister! Ich bin's . . . Trurl!« stammelte er, verschreckt und eingeschüchtert angesichts dieser wenig freundlichen Begrüßung, dabei legte er den Kopf schief und nahm eine schicksalsergebene Demutshaltung ein, genau die Haltung, welche alle Schüler Cerebrons an sich hatten, wenn es eine wohlverdiente Standpauke setzte; mit einem Wort, er benahm sich so, als sei er innerhalb von Sekunden sechshundert Jahre jünger geworden.

»Trurl!« krächzte eine rostige Stimme. »Moment mal . . . Trurl? Aha! Natürlich! Hätt' ich mir gleich denken können. Bin gleich soweit, du Halunke.«

Dann war ein schauerliches Knarren, Kreischen und Knirschen zu hören, so, als sei der Verstorbene dabei, den Deckel seiner Krypta aufzubrechen. Trurl wich einen Schritt zurück und sagte eilfertig:

»Aber Herr und Meister! Bitte, das ist doch nicht nötig! Wirklich, Euer Exzellenz, ich wollte doch nur . . .«

»Hä? Was soll das nun wieder? Glaubst du etwa, daß ich aus meinem Grabe auferstehe? Unsinn, ich muß nur meine morschen Knochen ein wenig geradebiegen. Ich bin ganz steif geworden. Und dann ist auch das Öl bis auf den letzten Tropfen verdunstet. Mein Gott, überall dieser Rost! Der reinste Schrotthaufen ist aus mir geworden!«

Diese Worte wurden von einem markerschütternden Quietschen begleitet. Als es endlich vorbei war, ließ sich die Stimme aus dem Grabe erneut vernehmen:

»Da hast du dir wohl wieder eine schöne Suppe eingebrockt, was? Hast sie verpfuscht, vermiest, verdorben und versalzen und jetzt reißt du deinen alten Lehrer aus seiner ewigen Ruhe, damit er dir aus der Klemme hilft? Hast du Schwachkopf nicht einmal Respekt vor meinen traurigen Überresten, die doch von dieser Welt schon

lange nichts mehr wollen? Na ja, dann red schon, rede endlich, wenn du mir selbst im Grabe keine Ruhe gönnen willst!«
»Herr und Meister!« sagte Trurl, und seine Stimme klang längst nicht mehr so zaghaft. »Wie immer erweist sich dein Scharfblick als durchdringend ... Es ist genau so, wie du sagst! Ich habe alles verpatzt ... und weiß nicht, wie es weitergehen soll. Aber es ist ja nicht um meinetwillen, wenn ich Euer Spektabilität zu belästigen wage. Ich inkommodiere den Herrn Professor lediglich, weil ein höheres Ziel dies unumgänglich macht ...«
»Eloquentes Wortgeklingel wie überhaupt jegliches Brimborium solltest du dir für andere Gelegenheiten aufheben!« knurrte Cerebron wütend. »Natürlich kommst du nur an meinen Sarg klopfen, weil du ordentlich in der Patsche steckst, außerdem hast du dich bestimmt wieder einmal mit deinem Freund und Rivalen zerstritten, diesem ... na, wie heißt er gleich ... Klimpazius oder Lapuzius ... na, sag schon!«
»Klapauzius! Ja, wir hatten Streit miteinander«, sagte Trurl eilfertig und nahm unwillkürlich Haltung an, als er derart zurechtgewiesen wurde.
»Richtig, Klapauzius! Und statt nun das Problem mit ihm zu besprechen, wozu du natürlich viel zu stolz und überheblich, vor allem aber zu dumm warst, wußtest du nichts Besseres zu tun, als den Leichnam deines alten Lehrers in seiner Nachtruhe zu stören. So war es doch, nicht wahr? Na gut, wenn du schon mal hier bist ... also, was hast du auf dem Herzen, du Einfaltspinsel? Heraus damit!«
»Herr und Meister! Es ging mir um die wichtigste Sache im ganzen Universum, nämlich um das Glück aller denkenden Wesen!« rief Trurl, dabei beugte er sich wie ein reuiger Sünder im Beichtstuhl über das Sieb, das in Wirklichkeit ein Mikrophon war, und ein ganzer Schwall sich fieberhaft überstürzender Worte sprudelte aus ihm hervor. Er schilderte sämtliche Ereignisse, die sich seit seinem letzten Gespräch mit Klapauzius zugetragen hatten, ließ nichts aus und versuchte nicht einmal, die eine oder andere Sache zu vertuschen oder wenigstens schönzufärben.
Cerebron schwieg zunächst wie ein Grab; bald jedoch begann er, Trurls Vortrag in seiner typischen Art zu unterbrechen, mit kleinen Seitenhieben und Sticheleien, teils ironischen, teils bissigen Kommentaren, mit verächtlichem oder wütendem Schnauben. Trurl jedoch, der sich von seinen eigenen Worten hinreißen ließ, schenkte dem keinerlei Beachtung, er redete wie aufgezogen weiter, bis er schließlich auch das letzte Glied in der Kette seiner Missetaten

bekannt hatte, dann verstummte er, schnappte ein wenig nach Luft und wartete. Cerebron, der bis dahin den Eindruck erweckte, als werde er mit seinem Räuspern und Hüsteln nie zu einem Ende kommen, gab keinen Laut von sich, war mucksmäuschenstill. Erst nach einer guten Weile sagte er in einem unerwartet klangvollen, beinahe jugendlichen Baß: »Na ja. Du bist eben ein Esel. Und ein Esel bist du, weil du ein Faulpelz bist. Nicht ein einziges Mal hast du dich auf den Hosenboden gesetzt und allgemeine Ontologie gebüffelt. Wenn ich dir in Philosophie, besonders aber in Axiologie, eine glatte Fünf gegeben hätte, wie das meine heilige Pflicht war, dann würdest du nicht mitten in der Nacht auf dem Friedhof herumgeistern und an fremde Gräber klopfen. Aber ich gebe zu: Auch ich bin nicht ganz schuldlos daran! Du warst ein Bummelant, wie er im Buche steht, ein durch und durch verstockter Nichtstuer, ein partiell begabter Idiot, und ich habe all das großzügig übersehen, weil du eine gewisse Geschicklichkeit an den Tag legtest, allerdings nur in den niederen Künsten, die ihre Wurzel im altehrwürdigen Uhrmacherhandwerk haben. Ich dachte, mit den Jahren würde sich dein Geist entwickeln und auch an sittlicher Reife gewinnen. Ich habe dir doch gesagt, du Holzkopf, tausend, nein, hunderttausend Mal habe ich in meinen Seminaren gesagt, daß man *denken* muß, bevor man handelt. Aber ans Denken hast du ja nicht einmal im Traum gedacht. Seht nur, welch großer Erfinder, einen Kontemplator hat er gebaut! Im Jahre 10 496 hat Präprofessor Neander eben diese Maschine Bolzen für Bolzen und Nut für Nut in den ›Felizitologischen Studien‹ beschrieben, und der führende Dramatiker der Degeneraissance, ein gewisser Billion Schlecksbier, hat zum gleichen Thema ein Stück geschrieben, eine Tragödie in fünf Akten, aber wissenschaftliche oder schöngeistige Literatur rührst du wohl schon längst nicht mehr an, wie?«

Trurl schwieg, und der ergrimmte Alte steigerte seine Stimme zu einem gewaltigen Donnern, dessen Echo zuletzt selbst von den entferntesten Gräbern widerhallte.

»Kriminell bist du zu allem Überfluß auch noch geworden! Oder weißt du vielleicht gar nicht, daß man einen einmal erschaffenen Intellekt weder supprimieren noch reduzieren darf? Du hast das Universelle Glück direkt angesteuert, nicht wahr? Nun, ich muß schon sagen, dein Weg dorthin ist mit guten Taten gepflastert. Im Namen der brüderlichen Liebe hast du ein paar Wesen verbrannt, andere wie die Ratten ertränkt, wenn auch in Milch und Honig, hast eingekerkert, malträtiert, gefoltert, ja sogar Beine ausgerissen und zum krönenden Abschluß, wie ich höre, einen Brudermord begangen! Nicht schlecht für einen selbsternannten Protektor des Universums, gar nicht schlecht! Und was nun? Soll ich dir etwa wohlgefällig übers Haupt streichen?« Hier begann er unvermittelt zu kichern, allerdings so, daß es Trurl durch Mark und Bein ging. »Du sagst also, du hast meine Barriere durchbrochen? Hast das Problem zunächst – faul wie ein Mops – einer Maschine übergeben, die übergab es der nächsten und so weiter und so fort ohne Ende, und hast sich dann selbst in ein Computerprogramm gesteckt? Ja, weißt du denn nicht, daß Null zu jeder beliebigen Potenz erhoben immer nur Null ergibt? Seht nur, welch ein kybornierter Schlauberger, hat sich selbst multipliziert, um seinen schwachen Geist zu multiplizieren! Wirklich, eine brillante Idee, ein echter Geniestreich! Weißt du am Ende gar nicht, daß der *Codex Galacticus* die Automultiplikation unter Androhung des Galathemas verbietet? Kapitel XXVI, Band 119, Ziffer 10, Paragraph 561 f. Natürlich, wenn man sich sein Examen mit elektronischen Spickzetteln und Wanzen im Kugelschreiber erschlichen hat, dann bleibt später nichts anderes übrig, als in Friedhöfe einzudringen und Gräber zu plündern. Es ist doch immer dasselbe. In meinem letzten Jahr an der Akademie habe ich zweimal, also sowohl im Sommer- als auch im Wintersemester, eine Vorlesung über kybernetische Deontologie gehalten. Nicht zu verwechseln mit Dentologie. Hier ging es um einen Ehrenkodex für Omnipotenzler! Aber du, da habe ich nicht den leisesten Zweifel, hast damals nur gefehlt, weil du durch eine schwere Krankheit ans Bett gefesselt warst. Na, war es nicht so? Hab ich nicht recht?«

»Wirklich, ich ... ich kränkelte seinerzeit ein wenig«, stotterte Trurl verlegen.

Er hatte sich bereits vom ersten Schock erholt und schämte sich nicht einmal mehr sonderlich; Cerebron, schon zu Lebzeiten ein notorischer Nörgler, war sich auch im Tode treu geblieben, und gerade das bestärkte Trurl in der Hoffnung, auf das unumgängliche Ritual der Verwünschungen und Beschimpfungen werde bald der positive Teil folgen: Großmütig, wie der alte Kauz im Grunde seines Herzens war, würde er ihm schon mit ein paar guten Ratschlägen aus der Klemme helfen. Unterdessen hatte der Verstorbene seine üble Schimpfkanonade beendet.

»Also, genug davon!« sagte er. »Dein Fehler bestand darin, daß du weder wußtest, was du wolltest, noch wie du es erreichen solltest. Das zum ersten. Zweitens: Die Konstruktion des Immerwährenden Glücks ist ein Kinderspiel, jedoch völlig sinnlos. Dein großartiger

Kontemplator ist eine amoralische Maschine, denn Quell seines Entzückens sind in gleicher Weise physische Objekte, wie auch Qualen und Leiden dritter Personen. Will man ein Felizitotron bauen, muß man anders vorgehen. Sobald du wieder zu Hause bist, nimmst du den XXXVI. Band meiner *Gesammelten Werke* aus dem Regal, schlägst Seite 621 auf, und dort findest du die detaillierte Anleitung zum Bau eines Ekstators. Dies ist der einzig gelungene Typ eine Apparats mit Gefühlsleben, und er hat keine andere Funktion, als glücklich zu sein, und zwar 10 000mal glücklicher als Bromeo es war, nachdem er den Balkon zum Gemach seiner Geliebten erklommen hatte. Zu Ehren des großen Billion Schlecksbier legte ich die von ihm beschriebenen balkonischen Wonnen meinen felizitologischen Berechnungen zugrunde und erfand den Terminus ›Bromeon‹, um eine Maßeinheit der Glückseligkeit zu bezeichnen. Aber du, der du dich nicht einmal der Mühe unterziehen mochtest, die Werke deines Lehrers durchzublättern, hast dir so etwas Idiotisches wie diese ›Hedonen‹ einfallen lassen. Ein Nagel im Schuh – wirklich, ein feines Maß für die erhabensten Freuden des Geistes! Na, lassen wir das! Also, mein Ekstator erreicht das absolute Glück vermittels einer vielphasigen Verschiebung im Erfahrungsspektrum, das heißt, es kommt zur Autoekstase mit positiver Rückkoppelung: Je zufriedener er mit sich selbst ist, desto zufriedener ist er mit sich selbst, und so weiter und so fort, bis das autoekstatische Potential eine kritische Höhe erreicht, und sich die Sicherheitsventile öffnen. Denn ohne diese Ventile ... weißt du, was passieren würde? Du weißt es nicht, selbsternannter Protektor des Kosmos? Die Maschine, deren angestautes Potential sich nicht entladen könnte, müßte buchstäblich vor Glück platzen! Ja, ja, so liegen die Dinge, mein lieber Doktor Allwissend! Denn die integrierten Schaltungen ... doch halt, wie komme ich eigentlich dazu, dir mitten in der Nacht und noch dazu im Grabe liegend, eine Vorlesung zu halten, lies es gefälligst selbst nach! Zweifellos liegen auch meine Werke, längst unter einer dicken Staubschicht begraben, irgendwo in der hintersten Ecke deiner Bibliothek oder, was mir noch wahrscheinlicher vorkommt, sie wurden in Kisten und Kasten verpackt und unmittelbar nach meinem Begräbnis in den Keller verfrachtet. Nur weil du deine allerschlimmsten Dummheiten notdürftig reparieren und kaschieren konntest, glaubst du wohl, du seist der gerissenste Bursche in der Metagalaxis, wie? Wo hast du meine *Opera Omnia*, heraus damit!«

»Im ... im Keller«, brachte Trurl stotternd hervor und log dabei entsetzlich, denn schon vor langer Zeit hatte er den ganzen alten

Krempel – drei Fuhren waren es – zur städtischen Volksbücherei bringen lassen. Aber das konnten die irdischen Überreste des Meisters zum Glück nicht wissen. Cerebron, hochbefriedigt, daß er mit seiner scharfsinnigen Vermutung ins Schwarze getroffen hatte, schlug bereits einen milderen Ton an: »Da haben wir's. Jedenfalls ist dieses Felizitotron völlig, aber auch völlig sinnlos, weil der bloße Gedanke, sämtliche Spiralnebel, Planeten, Monde, Sterne, Pulsare und andere Quasare in endlose Reihen solcher Ekstatoren umzuwandeln, nur in einem Gehirnskasten ausgebrütet werden kann, dessen Windungen so in sich verschlungen sind wie ein Möbiussches Band, mit anderen Worten, verdreht in allen Dimensionen des Intellekts. Oh, es ist wirklich weit mit mir gekommen!« Der Verstorbene wurde erneut vom Zorn überwältigt. »Gleich morgen lasse ich an der Pforte meines Grabmals ein Sicherheitsschloß anbringen, und der Alarmknopf wird für alle Zeiten abgeklemmt! Dein Freund und Kollege, dieser Klapauzius, hat mich erst letztes Jahr – vielleicht war es auch vorletztes Jahr, ich habe hier ja weder Uhr noch Kalender, wie du dir denken kannst – mit dieser verfluchten Glocke aus der süßen Umarmung des Todes gerissen, und ich mußte einzig deshalb von den Toten auferstehen, weil einer meiner vortrefflichen Schüler außerstande war, mit einer simplen metainformationstheoretischen Antinomie im Theorem des Aristoides zurechtzukommen. Also mußte ich, der ich nur noch Staub und Asche bin, ihm aus dem Sarg heraus eine Vorlesung halten über Dinge, die er in jedem halbwegs brauchbaren Handbuch zur numerisch-topotropen Infinitesimalistik finden könnte. Allmächtiger Gott, wie schade, daß es dich nicht gibt, denn du würdest diesen halbgebildeten Kybersöhnen augenblicklich das Handwerk legen!«

»Aha . . . dann war er also auch schon . . . Klapauzius war hier, Herr Professor?!« sagte Trurl, überrascht und hocherfreut über diese unerwartete Neuigkeit.

»Aber ja. Hat wohl kein Wort davon erwähnt, wie? Das nenn ich Roboter-Dankbarkeit! Und ob er hier war. Das hörst du wohl mit dem größten Vergnügen, nicht wahr? Und du«, donnerte der Leichnam, »du, der du dich vor Freude nicht zu lassen weißt, wenn du vom Mißerfolg eines Freundes hörst, wolltest den ganzen Kosmos glücklich machen?! Bist du Schwachkopf denn niemals auf die Idee gekommen, daß es vielleicht ganz angebracht wäre, zunächst einmal die eigenen ethischen Parameter zu optimieren?«

»Herr, Meister und Professor!« sagte Trurl hastig, um die Aufmerksamkeit des Alten von seiner Person abzulenken. »Ist es denn prinzipiell unmöglich, das Universelle Glück zu errichten?«

»Unmöglich? Wieso unmöglich? In dieser Form ist die Frage lediglich falsch formuliert. Denn was ist das Glück? Nun, das ist doch sonnenklar. Das Glück ist eine Krümmung, genauer gesagt, die Expansion eines Metaraums, der die Verknüpfung kollinear intentionaler Abbildungen vom intentionalen Objekt trennt, wobei die Grenzwerte durch eine Omega-Korrelation bestimmt sind, und zwar in einem alpha-dimensionalen, damit natürlich nicht-metrischen Kontinuum subsoler Aggregate, die meine, d. h. Cerebrons Supergruppen genannt werden. Aber wie ich sehe, hast du keine blasse Ahnung von subsolen Aggregaten, an denen ich achtundvierzig Jahre meines Lebens gearbeitet habe, und die in meiner Algebra der Widersprüche derivierte Funktionale oder auch Antinomiale genannt werden?!«
Trurl schwieg wie ein Grab.
»In ein Examen«, sagte der Verblichene mit einer derart honigsüßen Stimme, daß Trurl nichts Gutes schwante, »in ein Examen kann man zur Not sogar unvorbereitet gehen. Aber ans Grab seines Professors zu treten, ohne eine einzige Zeile aus der Standardliteratur wiederholt zu haben, das ist eine derart bodenlose Unverschämtheit«, er brüllte so laut, daß das überstrapazierte Mikrophon zu brummen begann, »daß mich, wäre ich noch am Leben, auf der Stelle der Schlag treffen würde!« Plötzlich wurde er wieder sanft wie ein Lamm. »So, so, du weißt also gar nichts, bist unwissend wie ein neugeborenes Kind. Nun gut, mein treuergebener Schüler, mein Trost im Leben nach dem Tode! Da du nie etwas von Supergruppen gehört hast, muß ich es dir wohl auf sehr vereinfachte, sehr volkstümliche Art erklären, als spräche ich mit einem Roboter vom Küchenpersonal. Glück, wahres Glück, ist kein Ding an sich, keine Ganzheit, sondern Teil eines Ganzen, das nicht Glück ist, und es auch niemals sein kann. Dein Plan war der helle Wahnsinn, darauf hast du mein Wort und solltest einem Manne ruhig glauben, der seine Erfahrungen in diesem und in jenem Leben hat. Das Glück ist keine unabhängige Funktion, sondern eine sekundäre, derivierte – aber das ist ja schon wieder zu hoch für dich, du Trottel! Ja, in meiner Gegenwart spielst du den reuigen Sünder, schwörst Stein und Bein, daß du dich endlich auf den Hosenboden setzen wirst, und was dergleichen Dinge mehr sind. Doch kaum zu Hause angekommen, verspürst du nicht mehr die geringste Lust, die Nase auch nur in eines meiner Bücher zu stecken.« Trurl hatte allen Anlaß, den Scharfblick seines Lehrers zu bewundern, denn dessen Vermutungen kamen der Wahrheit außerordentlich nahe. »Nein, du wirst

einfach einen Schraubenzieher nehmen und die Maschine Stück für Stück zerlegen, in der du dich zunächst eingekerkert und dann in höchsteigener Person abgemurkst hast. Natürlich kannst du machen, was du willst, denn ich werde dich nicht in Angst und Schrecken versetzen, indem ich dich etwa als Geist heimsuche, obwohl mich absolut nichts gehindert hätte, vor meinem endgültigen Abschied von diesem Jammertal noch ein entsprechendes Gespenstotron zu bauen. Aber derartige parapsychologische Mätzchen, wie etwa nach erfolgter Automultiplikation bei meinen lieben Schülern als Geist herumzuspuken und sie zu verfolgen, erschienen mir denn doch unter aller Würde – sowohl für sie als auch für mich. Sollte ich vielleicht noch übers Grab hinaus bei euch das Kindermädchen spielen, verfluchte Bande? Übrigens, weißt du eigentlich, daß du nur einmal Selbstmord begangen hast, daß heißt an einer einzigen Person?«

»Wie ist das zu verstehen, Meister, ›an einer einzigen Person‹?« fragte Trurl verwirrt.

»Ich wette meinen Kopf, daß es in deinem Computer weder eine digitale Universität noch all die Trurls auf ihren Lehrstühlen gegeben hat; du sprachst mit deinem digitalen Ebenbild, das dich nach Strich und Faden belog, weil es fürchtete – und wahrlich nicht zu Unrecht – du würdest ihm, sobald du seine totale Unfähigkeit zur Lösung des Problems entdeckt hättest, für alle Ewigkeit den Strom abschalten . . .«

»Aber das ist doch nicht möglich!« rief Trurl verblüfft.

»Doch, doch. Welche Kapazität hatte der Computer?«

»Ypsilon 10^{10}.«

»Viel zu klein für mehr als eine digitale Kopie; du hast dich hereinlegen lassen, worin ich im übrigen nichts Schlechtes erblicken kann, denn vom kybernetischen Standpunkt war deine Tat schändlich von Anfang an. Trurl, die Zeit vergeht. Du hast in meiner irdischen Hülle einen üblen Geschmack hinterlassen, von dem mich nur Morpheus düstere Schwester, meine letzte Geliebte, erlösen kann. Du kehrst jetzt nach Haus zurück, erweckst deinen Kyberbruder zum Leben, bekennst ihm die Wahrheit, das heißt, erzählst ihm von unserer mitternächtlichen Friedhofsplauderei und bringst ihn dann aus dem Dunkel des Computers ans Licht der Sonne, und zwar mit Hilfe der Materialisierungsmethode, die du in der *Angewandten Rekreationistik* meines unvergessenen Lehrers, des Präkybernetikers Tanderadeus, nachlesen kannst.«

»Dann ist es also möglich?«

»Ja. Natürlich werden zwei Trurls, die frei auf dieser Welt herumlaufen, eine Gefahr allerersten Ranges darstellen, aber ebenso schlimm wäre es, wenn über dein Verbrechen der Mantel des Vergessens gebreitet würde.«

»Ja, aber ... verzeih, Herr und Meister ... diesen anderen Trurl gibt es doch bereits nicht mehr ... ich meine, er hat doch in dem Moment aufgehört zu existieren, als ich den Stecker aus der Wand zog, und daher wäre es doch eigentlich völlig überflüssig, das zu tun, wozu du mir jetzt rätst ...«

Diesen Worten folgte ein gellender Aufschrei der Entrüstung: »Bei allen schweren Wassern! Und ich habe diesem Ungeheuer ein Diplom mit Auszeichnung verliehen!! Wahrlich, grausam wurde ich dafür gestraft, daß ich nicht hundert Jahre früher in den ewigen Ruhestand getreten bin! Schon bei deinem Rigorosum kann ich nicht mehr ganz richtig im Kopf gewesen sein! Du glaubst also wirklich, nur weil dein Doppelgänger gegenwärtig nicht unter den Lebenden weilt, sei es auch völlig überflüssig, ihn von den Toten zu erwecken? Du wirfst hier Physik und Ethik in einer Weise durcheinander, daß man am liebsten nach dem nächsten Knüppel greifen möchte. Vom Standpunkt der Physik ist es völlig gleichgültig, ob du lebst oder jener Trurl, ob alle beide oder keiner, ob ich munter durch die Welt hüpfe oder ruhig, wie es sich gehört, im Grabe liege, denn in der Physik gibt es weder unmoralische noch moralische, weder gute noch schlechte Zustände, sondern nur das, was ist, existiert, und damit basta. Jedoch vom Standpunkt immaterieller Werte, oh törichtester meiner Schüler, also von der Ethik her betrachtet, sehen die Dinge anders aus! Denn wenn du den Stecker nur aus der Wand gezogen hättest, damit dein digitales Alter ego selig schliefe wie ein Toter, hättest du also schon im Moment des Ausschaltens die feste Absicht gehegt, die Maschine gleich bei Tagesanbruch wieder einzuschalten, so existierte das Problem des Brudermordes ganz einfach nicht, und ich, der ich so roh aus süßem Schlummer gerissen wurde, brauchte mir nicht mitten in der Nacht über dieses Thema den Mund fusselig zu reden! Also, laß deine kümmerlichen grauen Zellen ausnahmsweise einmal arbeiten und sage mir, wodurch sich die beiden Situationen in physikalischer Hinsicht unterscheiden: die eine, wo du den Computer lediglich für eine Nacht ausschaltest, ganz ohne teuflische Absicht, und die andere, wo du dasselbe tust, allerdings mit dem Vorsatz, den digitalen Trurl für immer auszulöschen! In physikalischer Hinsicht macht das absolut keinen Unterschied, absolut keinen!!!« donnerte er wie eine Posaune von Jericho.

Trurl konnte sich des Eindrucks nicht erwehren, sein verehrter Lehrer habe im Grabe zusätzliche Kräfte gesammelt, Kräfte, über die er zu Lebzeiten nicht verfügt hatte. »Erst jetzt erkenne ich das abgrundtiefe Ausmaß deiner Unwissenheit! Dann kann man also nach deiner Meinung denjenigen, der in tiefer Narkose wie ein Toter schläft, ohne weiteres in ein Faß konzentrierter Schwefelsäure werfen oder mit einer Kanone erschießen, nur weil sein Bewußtsein vorübergehend ausgeschaltet ist?! Antworte mir sogleich, ohne lange nachzudenken: Wenn ich dir jetzt vorschlüge, dich in die Zwangsjacke Ewigen Glücks zu stecken, sagen wir, ich würde dich in meinen Ekstator einsperren, damit du dort die nächsten einundzwanzig Milliarden Jahre in höchster und reinster Glückseligkeit verbringen könntest, statt dich in dunkler Nacht auf Friedhöfen herumzudrücken, die Gebeine deines Professors in ihrer ewigen Ruhe zu stören und Informationen aus Gräbern zu stehlen, wenn du zudem die Suppe nicht mehr auszulöffeln hättest, die du dir eingebrockt hast, wenn du frei wärst von allen künftigen Aufgaben, Sorgen, Problemen und Mühen, die unser tägliches Dasein belasten und bedrücken – wärst du dann mit meinem Vorschlag einverstanden? Würdest du deine aktuelle Existenz gegen das Reich des Ewigen Glücks eintauschen wollen? Antworte schnell, ja oder nein?«
»Nein! Natürlich nicht! Niemals!« rief Trurl aus.
»Siehst du, du intellektueller Blindgänger? Du willst ja selbst nicht, daß man dich in einem Meer voll Wonne ertränkt, dich ein für alle Mal beglückt, beseligt und befriedigt, und obwohl du so denkst, wagst du es, für den gesamten Kosmos etwas vorzuschlagen, was du für dich entschieden ablehnst, wovor dir ekelt? Trurl! Die Toten sehen allen Dingen auf den Grund! So ein monumentaler Schurke kannst du doch nicht sein! Nein, du bist nur ein Genie mit umgekehrtem Vorzeichen – bahnbrechend auf allen Gebieten der Dummheit! Höre, was ich dir zu sagen habe. Einstmals haben unsere Vorfahren nichts so heiß begehrt wie die Unsterblichkeit auf Erden. Kaum hatten sie sich diesen Traum jedoch erfüllt, da mußten sie erkennen, daß ihre langgehegte Sehnsucht nicht dieser Art Unsterblichkeit gegolten hatte! Ein intelligentes Wesen braucht, um sich glücklich zu fühlen, nicht nur lösbare, sondern auch unlösbare Aufgaben, das Mögliche wie das Unmögliche. Heutzutage kann jedermann so lange leben, wie er will; die ganze Weisheit und Schönheit unseres Daseins beruht darauf, daß sich derjenige, der des Lebens und seiner Mühen überdrüssig ist, der meint, erreicht zu haben, was in seinen Kräften stand, ruhigen Herzens von dieser Welt verabschiedet, wie

auch ich es unter anderem getan habe. Früher kam das Ende gänzlich unverhofft, zumeist als Folge irgendeines lächerlichen Defekts, und manches Werk wurde jäh unterbrochen, manch großes Vorhaben seiner Früchte beraubt – und eben darin lag das Verhängnis der alten Zeiten. Aber seitdem hat es auf der Skala der Werte manche Veränderungen gegeben, ich, zum Beispiel, habe nur noch einen einzigen Wunsch, ich wünsche mir das Nichts, nur daß solche geistigen Liederjane, wie du es einer bist, mir keine Ruhe gönnen wollen, in einem fort an meinem Sarg rütteln und mir das Nichts wegziehen, als wäre es eine Bettdecke. So, du hast also vorgehabt, den ganzen Kosmos bis obenhin voll Glück zu stopfen, wolltest ihn dann luftdicht verschließen, vernieten und vernageln, angeblich, um alle seine Wesen für immer glücklich zu machen, in Wirklichkeit aber deswegen, weil du ein Faulpelz bist. Du wolltest dir mit einem Schlage sämtliche Probleme, Sorgen und Mühen vom Halse schaffen, aber sag doch selbst, was hättest du in deiner idealen Welt denn eigentlich noch zu tun? Du könntest dich entweder vor Langeweile aufhängen oder du müßtest felizitozide Zusatzgeräte entwickeln, damit die Sache wieder spannend wird. Aus Faulheit hast du nach Perfektion gestrebt, aus Faulheit hast du das Problem Maschinen übertragen und warst dir selbst für Autocomputerisierung nicht zu schade, mit anderen Worten, du hast dich als der erfinderischste all der Schwachköpfe erwiesen, die ich während meiner eintausendsiebenhundertsiebenundneunzigjährigen akademischen Laufbahn zu unterrichten hatte. Wenn ich nicht wüßte, daß es ohnehin vergeblich wäre, so würde ich jetzt diesen Felsblock beiseite wälzen und dir eine gehörige Tracht Prügel verabreichen! Du bist an mein Grab gekommen, um mich um Rat zu fragen, aber du stehst nicht vor einem Wundertäter, und es liegt nicht in meiner Macht, dir auch nur die geringste deiner Sünden zu vergeben, deren Zahl mit Cantor als transfinite Aleph-Menge zu bezeichnen wäre. Geh jetzt nach Hause, erwecke deinen Kyberbruder zum Leben und tue, was ich dir aufgetragen habe.«

»Aber, Herr . . .«

»Kein aber! Sowie du dort mit allem fertig bist, kommst du mit einem Eimer Mörtel, einem Spaten und einer Kelle hierher auf den Friedhof und dichtest sämtliche Ritzen und Spalten im Mauerwerk meines Grabmals sorgfältig ab, denn es regnet irgendwo durch, und ich bin es wirklich leid, daß es mir hier unten ständig auf den Kopf tröpfelt. Verstanden?«

»Ja, Herr und Mei . . .«

»Wirst du's auch tun?«

»Ja, Herr und Meister, ich verspreche es dir, aber ich möchte noch gern wissen . . .«

»Und ich«, der Verblichene steigerte seine Stimme zu einem gewaltigen Donnern, »möchte gern wissen, wann du hier endlich verschwindest! Solltest du es noch ein einziges Mal wagen, an mein Grab zu klopfen, dann wirst du eine Überraschung erleben, die . . . Im übrigen drohe ich dir nichts Konkretes an – du wirst es ja erleben. Grüß deinen Freund Klapauzius und sage ihm, für ihn gilt das gleiche. Das letzte Mal, als ich so freundlich war, ihm ein paar Ratschläge zu erteilen, hatte er es so eilig, daß er sich nicht einmal der Mühe unterziehen mochte, mir den schuldigen Respekt und seine Dankbarkeit zu erweisen. Oh. Manieren, Manieren haben sie, diese glänzenden Konstrukteure, diese Genies, diese aufstrebenden Talente . . . und im Kopf . . . nichts als Hochmut, Flausen und Grillen!«

»Meister . . .«, begann Trurl, aber aus dem Grab hörte man plötzlich ein Knistern, ein Brodeln und Zischen, dann sprang der flache Knopf aus seiner Einfassung, und dumpfe Stille lag über dem Friedhof. Nur das sanfte Rauschen der Bäume und das Wispern der Blätter war zu hören. Trurl seufzte und kratzte sich hinter dem Ohr, dachte eine Weile nach, kicherte vergnügt in sich hinein, als er sich vorstellte, wie verblüfft und beschämt Klapauzius bei ihrem nächsten Treffen sein würde, und verbeugte sich tief vor dem hochaufragenden Grabmal seines Meisters. Dann machte er auf dem Absatz kehrt und rannte, voller Fröhlichkeit und schrecklich zufrieden mit sich selbst, nach Hause, rannte, als sei der Teufel hinter ihm her.

DIE RETTUNG DER WELT

Der Konstrukteur Trurl erbaute einmal eine Maschine, die alles herstellen konnte, was mit dem Buchstaben *n* begann. Als sie fertig war, befahl er ihr zur Probe Nähgarn zu schnurren, es anschließend auf Nockenfinger zu spulen, die sie ebenfalls fabrizierte, sodann alles in eine vorgefräste Nut zu lagern und mit Netzstaketen, Nadelkissen und Noppeisen zu umstellen.

Sie erledigte den Auftrag prompt, doch da er von ihrer Fertigungskunst noch nicht voll überzeugt war, mußte sie der Reihe nach Nimbusse, Nahkampfspangen, Neutronen, Neeren, Nasen, Nymphen und *Natrium* erzeugen. Beim letzten stockte sie, und Trurl, sehr verdattert, verlangte eine Erklärung.

»Ich weiß nicht, was das ist«, entschuldigte sie sich. »So etwas habe ich noch nicht gehört.«

»Wieso? Das ist doch Soda, ein Metall, chemisches Grundelement.«

»Wenn es Soda heißt, ist es auf *s*, ich kann aber nur auf *n*.«

»Aber lateinisch heißt es *natrium*.«

»Mein Lieber«, entgegnete die Maschine, »wenn ich alles auf *n* in allen möglichen Sprachen herstellen könnte, dann wäre ich eine Universalmaschine Für Das Gesamte Alphabet, denn eine x-beliebige Sache in einer x-beliebigen Sprache beginnt bestimmt auf *n*. Doch so einfach ist das nicht. Ich kann nichts anderes erzeugen, als was du selbst erdacht hast. Soda gibt's nicht.«

»Gut«, Trurl gab sich zufrieden und befahl ihr als nächstes ein Nordlicht zu erzeugen. Sie schuf ihm im Nu ein flimmernd irisierendes. Da lud er den Konstrukteur Klapauzius zu sich ein, stellte ihn der Maschine vor und lobte überschwenglich ihre außerordentlichen Fähigkeiten, bis dieser insgeheim wütend wurde und seinerseits nun darum bat, ihr etwas befehlen zu dürfen.

»Bitte sehr«, sagte Trurl, »aber das muß auf *n* sein.«

»Auf *n*?« fragte Klapauzius. »Schön, dann soll sie Naturwissenschaften klopfen.«

Die Maschine erzitterte, grunzte, und alsbald füllte sich der Platz vor Trurls Domizil mit einer *n*-Zahl von Naturwissenschaftlern. Sie rauften sich die Haare, schrieben in dicke Bücher, einige griffen nach ihnen und rissen sie in Fetzen; in der Ferne loderten Scheiterhaufen, auf denen die naturwissenschaftlichen Märtyrer schmorten, hie und da explodierte etwas, entwickelten sich seltsame Dämpfe in Gestalt von Pilzen; alle redeten durcheinander, so daß niemand ein Wort verstand, manche verfaßten hastig Denkschriften, Petitionen und Resolutionen; ein wenig abseits wiederum, vor den Füßen der Schreienden, hockten ein paar Greise und schrieben etwas mit winzigen Buchstaben auf Papierfetzen.

»Nicht schlecht, wie?« rief Trurl entzückt aus. »Die holde Naturwissenschaft, wie sie leibt und lebt!«

Doch Klapauzius war unzufrieden.

»Was, dieser Auflauf sollen die Naturwissenschaften sein? Darunter verstehe ich etwas ganz anderes.«

»Also bitte, dann befiehl etwas anderes, die Maschine macht es dir sofort!« erwiderte Trurl unwirsch. Klapauzius überlegte eine Weile, dann beschloß er ihr noch zwei Aufgaben zu stellen, und wenn sie diese löse, werde er ihre Leistung vollauf anerkennen.

Trurl war einverstanden, und Klapauzius befahl ihr Nifte herzustellen.

»Nifte?« fragte Trurl verdutzt. »Was ist denn das? Das kenne ich nicht!«

»Wie, du kennst keine Nifte?« Klapauzius war erstaunt. »Niften – heißt soviel wie umkrempeln, mit dem Futterstoff nach außen wenden, die Kehrseite von allem; noch nie gehört? Na, tu nicht so. Hej, Maschine, man ran an die Arbeit!«

Die Maschine ratterte bereits. Sie rapselte zunächst Antiprotone, dann Antielektrone, Antineutrine, Antineutrone und so in einem fort, bis eine Unzahl von Antimaterie angehäuft war, aus der sich nach und nach die Antiwelt zu formen begann.

»Hm«, räusperte sich Klapauzius. »Das sollen Nifte sein? Meinetwegen, sei's drum! Jetzt aber mein dritter Befehl: Maschine, erzeug Nichts!«

Die Maschine erstarrte und rührte sich nicht. Klapauzius rieb sich zufrieden die Hände. Trurl aber sagte:

»Was willst du? Du wolltest nichts, also tat sie nichts!«

»Stimmt nicht! Ich habe ihr befohlen Nichts zu erzeugen, und das ist etwas ganz anderes!«

»Was denn? Nichts tun und nichts nicht tun bedeutet ein und dasselbe.«

»Eben nicht! Sie sollte Nichts erzeugen, in Wirklichkeit aber tat sie gar nichts, ergo habe ich recht. Das Nichts nämlich, mein superschlauer Kollege, ist beileibe kein simples Nichts, das Konglomerat aus Faulheit und Müßiggang, sondern ein reges und aktives Nichts, das vollkommene, allgegenwärtige, allerhöchste und einzig wahre Nichts in der eigenen nichtanwesenden Person!!«

»Verdreh mir der Maschine nicht den Kopf!« brauste Trurl auf; doch plötzlich meldete sich diese mit gespeicherter Stimme selbst zu Wort:
»Hört auf, euch in solch einem Augenblick zu streiten! Ich weiß genau, was Nichtsein, Nichtexistenz, also Nichts an sich bedeutet, weil dies zu meinem Buchstabenschlüssel auf *n* gehört. Lieber schaut euch noch ein letztes Mal die Welt an, denn bald gibt es sie nicht mehr.«
Die Worte erstarben auf den Lippen der erhitzten Konstrukteure, denn tatsächlich begann nun die Maschine Nichts zu erzeugen, und zwar dergestalt, daß sie reihum die verschiedensten Dinge aus der Welt räumte, die sich im Nu in nichts auflösten, als wären sie nie dagewesen. So hatte sie bereits die Natongwien, die Narschen, die Nautrixen, die Nefrigitten, die Nämorrhoiden und die Neppanzen beseitigt. Für einen Moment schien es, als vermehre und addiere sie statt zu verkleinern, zu reduzieren, zu beseitigen, zu vernichten und zu subtrahieren, denn nacheinander verschwanden die Niedertracht, der Neid, das Niemandsland, die Nichtsnutze, die Neinsager und die Nimmersatten; doch dann wurde es wieder zusehends leerer.
»Oje!« stöhnte Trurl besorgt. »Wenn das man gutgeht!«
»Ach was!« winkte Klapauzius verächtlich ab. »Siehst du denn nicht, daß sie nicht das Generalnichts erzeugt, sondern lediglich die plumpe Nichtanwesenheit aller Dinge auf *n*? Keine Angst, da passiert gar nichts, und überhaupt, mit deiner Maschine sind wir um nichts gebessert!«
»Täusch dich nicht!« warf die Maschine ein. »Natürlich habe ich mit allem auf *n* begonnen, weil mir das ja naheliegt, doch etwas anderes ist es, eine Sache zu erzeugen, und etwas anderes, sie zu liquidieren. Liquidieren kann ich alles, weil ich alles erzeugen kann, alles Nötige auf *n*, und da ist das Nichts für mich eine Nichtigkeit, wohl klar! Gleich wird es euch auch nicht mehr geben, wie überhaupt nix, deshalb beeil dich, Klapauzius, und sag mir noch schnell, daß ich universal bin und sämtliche Befehle korrekt befolge, bevor es zu spät ist . . .«
»Aber das ist doch . . .«, stotterte Klapauzius erschrocken und sah im selben Moment, daß nicht nur zahlreiche Dinge auf *n* verschwanden, sondern auch die Kambusellen, die Preßtitten, die Haywixen, die Kahlkakken, die Raymunden, die Treppzicken und die Schluchzotten.
»Halt! Halt an! Ich nehme alles zurück, was ich gesagt habe! Schluß! Kein Nichts mehr!« brüllte Klapauzius aus voller Kehle.

Bevor die Maschine jedoch stoppen konnte, vernichtete sie noch die Speiler, die Wahnzen, die Filidrone, die Murkwien und die Schweicher. Dann stand sie still. Die Welt sah schrecklich aus. Besonders schlimm hatte es den nördlichen Himmel erwischt: von den Sternen waren nur noch vereinzelte Punkte zu sehen, ganz zu schweigen von den niedlichen Preßtitten und den Gwaydolnerinnen, die bislang das Himmelsgewölbe verzierten.

»Um Himmels willen!« jammerte Klapauzius. »Wo sind denn meine Kambusellen? Wo meine geliebten Murkwien? Und wo die sanften Schluchzotten?!«

»Die gibt's nicht mehr und wird es auch in Zukunft nicht mehr geben«, erwiderte die Maschine gleichgültig. »Ich habe nur deinen Befehl ausgeführt, das heißt, ich hatte gerade damit begonnen . . .«

»Ich hatte von dir Nichts verlangt, du aber, du . . .«

»Klapauzius, entweder du bist dumm oder du tust nur so«, sagte die Maschine. »Hätte ich dir auf einmal Nichts erzeugt, auf einen Stoß, dann existierte schon längst nichts mehr, weder Trurl und sein Nordlicht noch du und der ganze Kosmos, ja selbst ich wäre nicht mehr hier. Wer aber hätte dann wem davon berichtet, daß ich deinen Befehl gehorsamst ausgeführt habe und eine brave Maschine sei? Und wenn niemand niemandem davon hätte berichten können, wie hätte ich dann selbst, die ich ja ebenso nichtexistent wäre, die mir gebührende Achtung erlangt?«

»Du hast recht, wir reden nicht mehr davon«, sagte Klapauzius beschwichtigend. »Laß es gut sein, vergiß es, liebe Maschine, nur noch eine Bitte hätte ich: schnips mir die Murkwien wieder her, denn ohne sie ist mir das Leben allzu trist!«

»Kann ich nicht, weil sie auf *m* sind«, entgegnete die Maschine. »Aber wenn du willst, kann ich dir die Niedertracht, den Neid, das Niemandsland, die Neinsager und die Niederlage wieder beschaffen: auf andere Buchstaben ist bei mir nichts drin.«

»Ich will aber die Murkwien!« rief Klapauzius trotzig.

»Murkwien gibt's nicht mehr«, sagte entschieden die Maschine. »Schau dir doch einmal die Welt an, wie sie ist, voller riesiger schwarzer Löcher, ausstaffiert und vollgestopft mit Nichts, das die gähnenden Schluchten zwischen den Sternen ausfüllt und an jedem Existenzzipfelchen lauert. All das ist dein Werk, du Bösewicht! Ich glaube nicht, daß künftige Generationen dich dafür preisen werden . . .«

»Vielleicht erfahren sie es nicht, vielleicht merken sie es nicht«, stotterte Klapauzius verlegen und starrte verstört in die schwarze

Himmelsleere. Den Blick seines Kollegen mied er tunlichst. Er ließ Trurl neben der Maschine stehen und schlich kleinlaut nach Hause. Die Welt aber verblieb bis auf den heutigen Tag durchlöchert mit Nichts, so wie sie Klapauzius im Zuge der befohlenen Liquidation angehalten hatte. Und da es nicht gelang, eine Maschine auf einen anderen Buchstaben zu konstruieren, ist zu befürchten, daß es nie und nimmer so köstliche Erscheinungen wie Murkwien und Schluchzotten geben wird – bis in alle Ewigkeit nicht.

CHRONDE

Creßlin beugte sich über den Tisch.
»Ist sie das?« fragte er und betrachtete einige Schnappschüsse.
Der General fingerte mechanisch an seinem Schlitz.
»Sewinna Morribond. Erkennst du sie nicht?«
»Nein. Sie war damals zehn Jahre alt.«
»Denke daran, sie wird dir keinerlei technische Einzelheiten geben. Du sollst nur aus ihr herauskriegen, ob die anderen schon die Chronde haben oder nicht. Und ob sie einsatzbereit ist.«
»Wird sie das wissen? Sind Sie dessen sicher?«
»Ja. Er ist kein Schwätzer, aber vor ihr hat er keine Geheimnisse. Ihm ist jedes Mittel recht, um sie zu halten. Fast dreißig Jahre Altersunterschied!«
»Liebt sie ihn?«
»Das glaube ich nicht. Wahrscheinlich imponiert er ihr. Du stammst aus derselben Gegend wie sie, das ist gut. Kindheitserinnerungen. Schmeichle ihr nicht zu sehr. Ich empfehle Zurückhaltung, männlichen Charme. Du kannst das.«
Creßlin schwieg. Sein Gesicht erinnerte an das konzentrierte Gesicht eines Arztes über dem Operationsfeld.
»Abwurf heute?«
»Ja. Jede Stunde ist kostbar.«
»Haben wir eine einsatzbereite Chronde?«
Der General räusperte sich ungeduldig.
»Das kann ich dir nicht sagen, und du weißt das genau. Zur Zeit herrscht Gleichstand. Sie wissen nicht, ob wir eine haben, und wir nicht, ob sie. Falls sie dich schnappen . . .«
»Ziehen sie mir die Gedärme heraus, um zu erfahren . . .«
»Du begreifst schnell.«
Creßlin richtete sich auf, als kennte er das Frauengesicht von den Aufnahmen bereits auswendig.
»Ich bin bereit.«
»Denk an das Gläschen!«
Er antwortete nicht einmal.
Die weiteren Worte des Generals hörte er nicht mehr.
Unter den Metallschirmen ergoß sich das Licht der Leuchtröhren auf die grüne Tischbespannung. Die Tür sprang auf, als hätte jemand gegen sie getreten, und mit einem Tonband in der Hand kam der Adjutant hereingestürzt, während er sich noch die Uniformjacke zuknöpfte.

»Herr General, Truppenkonzentration bei Hassy und Döpping! Sie haben alle Straßen gesperrt.«
»Warten Sie, Creßlin. Sie wissen jetzt alles. Ja?«
»Jawohl.«
»Viel Erfolg.«

Der Lift hielt an. Die Rasenfläche schob sich zur Seite und kehrte dann an ihren Platz zurück. In den Duft nasser Blätter mischte sich der intensive, aber fast angenehme Geruch von Nitriden. Sie heizen die erste Stufe vor, dachte er. Die Lampen in den Händen der Fernerstehenden ließen die Maschen des Tarnnetzes aus der Dunkelheit heraustreten.
»Anakolut?«
»Avocado.«
»Bitte folgen Sie mir.«
Er folgte im Finstern einem untersetzten Offizier ohne Mütze. Der schwarze Schatten des Hubschraubers öffnete sich im Dunkeln wie ein Rachen.
»Dauert der Flug lange?«
»Sieben Minuten.«
Der Nachtbrummer stieg dröhnend auf, ging über in waagerechten Flug, noch kreiste der Rotor, da standen sie schon wieder, unsichtbares Gras streichelte, vom mechanischen Wind verweht, seine Füße.
»Zur Rakete.«
»Ganz recht, zur Rakete. Aber ich sehe nichts. Ich bin geblendet.«
»Ich führe Sie an der Hand. (Eine Frauenstimme!) Hier drin ist der Smoking. Bitte ziehen Sie sich um. Darüber diesen Schutzanzug.«
»Auch über die Füße?«
»Ja. Socken und Lackschuhe sind in diesem Futteral.«
»Soll ich barfuß springen?«
»Nein. In diesen Socken. Danach wickeln Sie sie in den Fallschirm. Verstanden?«
»Ja.«
Er ließ die kleine, warme Frauenhand los. Im Dunklen zog er sich um. Ein goldenes Quadrat. Zigarettendose? Nein, Feuerzeug. Ein Spalt Licht.
»Creßlin?«
»Hier.«
»Fertig?«
»Jawohl.«

»Zur Rakete, folgen Sie mir.«
»Jawohl.«
Ein scharfer Strahl beleuchtete die silberne Aluminiumtreppe. Das obere Ende verschwamm in der Finsternis. Als sollte er zu Fuß in dem Sternhimmel emporsteigen. Eine offene Luke. Er legte sich auf den Rücken. Sein glänzender Plastikkokon rauschte. Er klebte an seinem Anzug, an seinen Händen.
»Dreißig, neunundzwanzig, achtundzwanzig, siebenundzwanzig, sechsundzwanzig, fünfundzwanzig, vierundzwanzig, dreiundzwanzig, zweiundzwanzig, einundzwanzig, zwanzig. Achtung, zwanzig bis zero. Sechzehn, fünfzehn, vierzehn, dreizehn, zwölf, elf, Achtung, in sieben Sekunden Start. Vier, drei, zwei, eins, zero.«
Da er ein Donnergrollen erwartet hatte, kam ihm der Knall, der ihn emportrug, schwach vor. Die glänzende Plastikblase legte sich wie lebendig flach auf ihn. Verdammt, sie deckt den Mund zu, na! Mit Mühe gelang es ihm, die hautähnliche Folie wegzuziehen, er atmete auf.
»Achtung, Passagier. Noch fünfundvierzig Sekunden bis zum ballistischen Gipfelpunkt. Soll ich schon zählen?«
»Nein, bitte ab zehn.«
»Gut.«
»Achtung, Passagier. Ballistischer Gipfel. Vier Wolkenschichten, Cirrostratus und Cirrocumulus. Unter der letzteren Sicht sechshundert. Bei Rot schalte ich den Ejektor ein. Der Fallschirm des Passagiers?«
»In Ordnung.«
»Danke.«
»Achtung, Passagier. Der andere Ast der ballistischen Kurve, die erste Wolkenschicht. Die zweite Wolkenschicht. Temperatur minus 44. Am Boden plus 18. Achtung, fünfzehn bis zum Abwurf. Zielanflug null zu hundert, seitliche Abweichung normal, Wind Nordnordwest, sechs Meter pro Sekunde, Sicht sechshundert, gut. Achtung. Viel Erfolg! Abwurf!«
»Auf Wiedersehen«, sagte er und empfand, wie grotesk dieses Wort war; er richtete es an einen Menschen, den er nie gesehen hatte und nie sehen würde.
Hinausgeschossen in die Luft, die durch die Geschwindigkeit hart war, fiel er ins Dunkel. Um seinen Kopf pfiff es, er überschlug sich. Plötzlich gab es einen leichten Ruck, sein Kopf glitt aufwärts, als zöge ihn jemand an unsichtbarer Angel aus der Finsternis. Er blickte nach oben, die Kalotte des Fallschirms blieb unsichtbar.
Gute Arbeit.

Er fiel, ohne zu wissen, wie schnell. Irgend etwas flimmerte unter seinen Füßen. So hell? Zum Teufel! Nur nicht in einen See! Wahrscheinlichkeit 1 : 1000, aber möglich.
Ein gleichmäßiges, leichtes Rauschen drang zu ihm, als er mit den Füßen eine wogende Oberfläche berührte. Es war Getreide. Er tauchte hinein. Die Fallschirmkalotte deckte ihn zu. Gebückt löste er die Gurte und begann, den flaumigen, eigentümlichen Stoff aufzuwickeln, der bei der Berührung wie ein Spinnennetz wirkte. Er wickelte und wickelte – sehr mühsam. Vermutlich eine halbe Stunde. Noch war der Zeitplan gewahrt. Jetzt schon die Lackschuhe anziehen oder warten?
Besser jetzt. Der Kunststoff reflektiert das Licht.
Er riß sich die Hülle ab, die weich war wie Tomofan, als packte er sich selber aus. Ein nächtliches Geschenk. Lackschuhe, Kavalierstüchlein, Taschenmesser, Visitenkarten.
Wo ist das Gläschen?
Sein Herz schlug, doch die Finger hatten das Gläschen schon gefunden. Er sah es nicht, Wolken bedeckten den ganzen Himmel, aber er schüttelte es und hörte das Glucksen. Es enthielt Wermuth. Er riß die hermetisch schließende Folie nicht ab. Dazu ist noch Zeit, er könnte stolpern und es verschütten. So steckte er das Gläschen wieder in die Tasche, stopfte den aufgerollten Fallschirm in das Futteral, legte die elastischen Sprungsocken und den zerrissenen Plastikkokon dazu. Angeblich würde nichts rundherum Feuer fangen. Wenn aber doch? Sollte er lieber das Getreide verlassen?
Die Instruktion weiß es besser.
An dem dicken Boden des Futterals fand er den Griff, steckte den Finger hinein und riß daran, als öffnete er eine Dose Bier. Dann warf er das Futteral in die Vertiefung, die durch seinen Aufprall entstanden war, und wartete.
Nichts. Ein bißchen Rauch. Keine Flamme, keine Funken, kein Licht. Fehlzündung?
Er griff mit der Hand ins Dunkel und hätte fast aufgeschrien, denn da war kein prall gestopftes Futteral mehr voller Stoff und Leinen, sondern ein Häufchen warmer, aber seine Hand nicht verbrennender Reste, etwa wie verkohlte Papierfetzen.
Gute Arbeit.
Er zog sich Smoking und Fliege zurecht und trat hinaus auf den Weg. Er ging auf dem Randstreifen, ziemlich schnell, aber nicht zu schnell, um nicht in Schweiß zu geraten. Ein Baum, aber was für einer? Die Linde? Anscheinend noch nicht. Die Esche. Stimmt das?

Man sieht nichts. Die Kapelle sollte hinter dem vierten Baum kommen. Der Meilenstein. Richtig. Die geweißte Wand der Kapelle tauchte aus der Dunkelheit auf. Tastend suchte er die Tür. Sie öffnete sich leicht. Zu leicht? Und wenn die Fenster nicht verdunkelt sind?

Er stellte das Feuerzeug auf den Steinfußboden und schaltete es ein. Reines weißes Licht füllte den geschlossenen Raum, es glänzte in den grau gewordenen Vergoldungen des kleinen Altars, in der Fensterscheibe, die von außen mit etwas Dunklem beklebt war. Mit größter Aufmerksamkeit betrachtete er sich in dieser Fensterscheibe, er drehte sich, er untersuchte Schultern, Ärmel, Smokingaufschläge, er musterte seine Flanken, ob nicht irgendwo ein Fetzen Folie haften geblieben war. Dann rückte er das Tüchlein zurecht, hob sich wie ein Schauspieler vor dem Auftritt auf die Zehen, atmete ruhig durch und spürte den schwachen Geruch von gelöschten Kerzen, die noch vor kurzem gebrannt haben mußten. Er schloß das Feuerzeug, ging im Dunklen hinaus, stieg vorsichtig die Steinstufen hinunter und blickte sich um. Kein Mensch. Stellenweise leuchteten die Wolkenränder, der Mond konnte nicht hindurchdringen, es war stockfinster. Während er mit gleichmäßigen Schritten den Asphalt entlangging, berührte seine Zungenspitze die Krone des Weisheitszahns.

Was da wohl drin ist. Natürlich nicht die Chronde. Natürlich auch nicht ihr Fernzünder. Aber Gift konnte es auch nicht sein; eine Sekunde lang hatte er gesehen, was der »Zahnarzt« mit seiner Pinzette in das goldene Schächtelchen der Krone getan hatte, ehe er sie mit Zement zugoß. Ein Klümpchen, kleiner als eine Erbse, wie aus den bunten Zuckerkörnchen der Kinder gemacht. Ein Sender? Aber er hatte kein Mikrofon. Nichts. Warum hatte man ihm kein Gift mitgegeben?

Offenbar war das nicht nötig.

Das Haus erschien in der Ferne, hinter einer Baumgruppe, erleuchtet, lärmend, Musik drang hinaus in den dunklen Park. Auf den Rasenflächen bebte das Licht der Fenster. Im ersten Stock echte Kerzen in Leuchtern mit Glasmanschetten. Jetzt zählte er die Pfähle der Einzäunung, am elften wurde er langsamer, blieb im Schatten eines Baumes stehen, und berührte mit den Fingern das Drahtnetz, es wickelte sich spiralig auf, er trat leicht auf das untere Ende, das sich nicht verschoben hatte, überwand das Hindernis und war bereits im Garten. Von Schatten zu Schatten sich vorschiebend, gelangte er zu der trockenen Fontäne, nahm das Gläschen aus der Tasche, hob mit dem Fingernagel die Folie, die es verschloß, riß sie ab, knüllte sie zusammen und steckte sie in den Mund, um sie gleich mit einem Schluck Wermuth hinunter zu spülen. Mit dem Aperitifglas in der Hand ging er dann unbefangen mitten auf dem Weg zum Haus, ohne Eile, ein Gast, dem beim Tanz warm geworden ist und der zur Kühlung einen kleinen Spaziergang gemacht hat. Er wischte sich mit dem Taschentuch die Nase, nahm das Glas von einer Hand in die andere und trat zwischen alle die Schatten, die zu beiden Seiten der Tür standen. Die Gesichter sah er nicht, sondern spürte nur die über ihn hinweggleitenden unaufmerksamen Blicke.

Auf der ersten Treppe war das Licht fast blau, auf der zweiten warmgelb, die Musik spielte einen Walzer. Es geht glatt, dachte er. Zu glatt?

Im Saal eine Menge Menschen. Er bemerkte die Frau nicht sofort, weil sie von Herren mit Ordensbändchen an den Jackettaufschlägen umgeben war. Dann blieb er zwei Schritte neben ihr stehen. Plötzlich am anderen Ende des Saals ein Lärm, jemand war gestürzt, ein Lakai in Livree, und zwar mit derartigem Schwung, daß ihm das Tablett mit den Gläsern aus der Hand gefallen und Weiß- und Rotwein umhergespritzt war. Welch ein Tolpatsch. Sewinnas Umgebung wandte wie auf Kommando den Kopf dorthin. Nur Creßlin sah sie an. Dieser Blick verwunderte sie, obwohl er sie kaum erreichte.

»Sie erkennen mich nicht, gnädige Frau?«

»Nein.«

Sie verneinte, um ihn loszuwerden, um ihn abzuwehren. Er lächelte ruhig.

»Und das schwarze Pony, erinnern Sie sich daran? Das mit der Blesse. Und an den Jungen, der es mit seinem Luftballon erschreckte?«

Sie bewegte die Augenlider.

»Sind Sie das?«

»Ja.«

Da sie sich von Kindheit an kannten, brauchten sie sich nicht vorzustellen. Er tanzte nur einmal mit ihr. Später hielt er sich von ihr fern. Dafür aber gingen sie nach ein Uhr hinaus in den Park. Sie verließen das Haus durch eine Tür, die nur sie kannte. Während er mit ihr über die Gartenalleen ging, erblickte er hier und dort im Baumschatten herumstehende Männer. Sehr viele. Als er durch den Drahtzaun eingetreten war, hatte er sie nicht bemerkt. Seltsam.

Sewinna sah ihn an. Ihr Gesicht war weiß im Licht des Mondes, der jetzt, in der zweiten Nachthälfte über die Wolken siegte, wie es sein sollte.

»Ich hätte Sie nicht erkannt. Und doch erinnern Sie mich an jemanden. Nicht an jenen Jungen. An einen anderen. Ich glaube, einen Erwachsenen.«

»An Ihren Mann«, entgegnete er ruhig. »Als er sechsundzwanzig Jahre alt war. Sie müssen ihn von einer Aufnahme her kennen . . . aus jener Zeit.«

Sie kniff die Augen zusammen.

»Stimmt. Woher wissen Sie das?«

Er lächelte.

»Aus Pflichtbewußtsein. Ich bin von der Presse. Zur Zeit Kriegsberichterstatter. Aber mit ziviler Vergangenheit.«

Sie beachtete seine Worte nicht.

»Sie stammen aus derselben Gegend wie ich. Merkwürdig.«

»Warum?«

»Sogar irgendwie ungut. Ich weiß nicht, wie ich das ausdrücken soll; beinahe fürchte ich mich.«

»Vor mir?«

»Nein, warum denn. Aber es ist wie . . . wie eine Berührung des Schicksals. Ihre Ähnlichkeit, und daß wir uns als Kinder kannten.«

»Was ist daran?«

»Ich kann es Ihnen nicht erklären. Wie eine Anspielung. Auf diese Nacht. Als ob es etwas bedeutete.«

»Sind Sie abergläubisch?«

»Kehren wir um. Es wird kühl.«

»Man darf nicht fliehen.«

»Was sagen Sie da?«

»Man darf sich dem Schicksal nicht entziehen. Das geht nicht.«

»Wenn Sie wüßten.«

»Wo ist ihr Pony, gnädige Frau?«

»Und Ihr Ballon?«

»Dort, wo wir einst sein werden. Alle Dinge lösen sich auf in der Zeit. Es gibt kein stärkeres Lösungsmittel.«

»Sie reden, als wären wir alt.«

»Für die Alten ist die Zeit mörderisch. Aber für alle unbegreiflich.«

»Glauben Sie das?«

»Ich weiß es.«

»Wenn aber . . . Nein, nichts.«

»Sie wollten etwas sagen.«

»Das ist Ihnen nur so vorgekommen.«

»Das ist mir nicht so vorgekommen, denn ich weiß, was es war.«

»So?«

»Ja. Ein Wort.«
»Welches!«
»Chronde.«
Sie fuhr zusammen. Es war Angst.
»Was wollen Sie ...«
»Fürchten Sie sich nicht. Wir beide sind Outsider, die wissen – ebenso wie Ihr Gatte und ein paar Spezialisten um Dr. Souvy. Die vom Zentrum Neggen.«
»Was wissen Sie? Woher?«
»Dasselbe wie Sie.«
»Unmöglich. Es ist doch ein Geheimnis.«
»Deshalb hätte ich auch dieses Wort vor niemandem sonst ausgesprochen, nur vor Ihnen. Ich wußte, daß Sie wissen.«
»Wie können Sie es wissen? Sie ... Sie riskieren viel. Wissen Sie das?«
»Ich riskiere nichts, denn meine Kenntnisse sind nicht mehr und nicht weniger legal als Ihre. Nur mit dem Unterschied, daß ich weiß, von wem Sie es gehört haben. Aber Sie wissen nicht, woher ich es habe.«
»Das ist kein Unterschied zu Ihren Gunsten. Woher wissen Sie es?«
»Soll ich sagen, woher Sie ...«
»Wissen Sie auch ... *wann*?«
»In Kürze.«
»In Kürze! Na, dann wissen Sie nichts!« Sie bebte.
»Ich darf es Ihnen nicht sagen. Ich bin dazu nicht berechtigt.«
»Und das andere?«
»Das habe ich gesagt, weil Ihr Mann Ihnen soviel mitgeteilt hat.«
»Oder jemand anderes. Woher wissen Sie, daß er es war?«
»Niemand in der Regierung weiß es außer dem Premier. Der Premier heißt Morribond. Ist das nicht einfach?«
»Nein. Auf welche Weise ...? Ach so, Abhöranlage!?«
»Nein. Wohl kaum. War nicht nötig. Er mußte es Ihnen gesagt haben.«
»Warum? Bilden Sie sich ein, ich ...«
»Nein. Eben gerade, weil Sie das nie verlangt hätten. Er mußte, weil er Ihnen etwas geben wollte, was für ihn höchsten Wert hatte.«
»Ach, also nicht durch Abhöranlage, sondern durch Psychologie?«
»Ja.«
»Wie spät ist es?«
»Zwei vor zwei.«
»Ich weiß nicht, was aus all dem hier wird.«

Sie blickte sich in der Dunkelheit um. Flach und deutlich vibrierten die Schatten der Zweige auf dem Kiesweg. Manchmal schien es, als wären sie reglos und die Erde bebe. Die Musik klang wie aus einer anderen Zeit herüber.
»Wir sind schon skandalös lange hier. Ahnen Sie nicht, warum?«
»Ich fange an.«
»Das Geheimnis, das aus der Welt *das* macht, ist ganz kurz vor der ... Stunde Null kein Geheimnis mehr. Vielleicht hören wir auf zu existieren. Wissen Sie auch das?«
»Ja. Aber es sollte nicht diese Nacht sein.«
»Es sollte.«
»Vor kurzem jedoch ...«
»Ja. Es gab Komplikationen. Aber sie sind behoben.«
Ihre Brüste berührten ihn beinahe. Sie sprach zu ihm, sah ihn aber nicht.
»Er wird jung sein. Dessen ist er ganz sicher.«
»O ja.«
»Bitte sagen Sie nichts. Ich glaube es nicht, ich kann nicht, obwohl ich weiß, das ... wäre vergeblich, das gibt es nicht. Aber jetzt ist alles egal. Es läßt sich nichts mehr ändern. Niemand kann das. Entweder erblicke ich ihn so, wie Sie jetzt aussehen, oder ... Remmer hat gesagt, ein Abgleiten in der Depression ist möglich. Ich würde zum Kind. Sie sind der letzte Mensch, mit dem ich *vorher* spreche.«
Sie zitterte. Er umfaßte ihren Arm und stützte sie. Als wüßte er nicht, was er sagte, stotterte er:
»Wie ... Wieviel Zeit ist noch?«
»Minuten. Zwei Uhr fünf«, flüsterte sie. Ihre Augen waren geschlossen. Er beugte sich über ihr Gesicht und drückte gleichzeitig, so stark er konnte, gegen den Metallzahn. In seinem Kopf vernahm er ein leises Knacken und versank ins Nichts.

Der General berührte mechanisch seine Hosen.
»Die Chronde ist eine Temporalbombe. Ihre Explosion verursacht eine lokale Depression in der Zeit. Bildlich gesprochen: Wie eine normale Bombe im Boden einen Trichter erzeugt, eine räumliche Depression, so die Chronde eine Vertiefung in der Gegenwart, sie zieht oder drückt die ganze Umgebung in die Vergangenheit. Das Ausmaß der Zurücknahme in der Zeit, das sogenannte Retrointervall, hängt von der Stärke der Ladung ab. Die Theorie der Chronopression ist kompliziert, ich kann sie Ihnen nicht darlegen. Doch das

Grundprinzip läßt sich einfach ausdrücken. Der Zeitablauf hängt von der allgemeinen Gravitation ab. Nicht von lokalen Gravitationsfeldern, sondern von der ständigen Weltallgravitation. Und nicht von der Gravitation selbst, sondern von ihrer Veränderung. Die Gravitation vermindert sich im gesamten Kosmos, und das ist gewissermaßen die andere Seite des Zeitablaufs. Wenn sich die Gravitation nicht veränderte, stünde die Zeit still. Es gäbe sie gar nicht. Das ist wie mit dem Wind. Wo ist der Wind, wenn er nicht weht? Es gibt ihn nirgendwo, denn er ist Luftbewegung. So erklärt man heute die Entstehung des Kosmos. Er ist nicht entstanden, sondern hat zeitlos existiert, solange die Gravitation unverändert blieb, also bis ihre Reduktion begann. Seit der Kosmos sich ausbreitet, kreisen die Sterne, beben die Atome, fließt die Zeit. Es gibt eine Verbindung zwischen den Gravitonen und Chrononen, und diese Verbindung wurde beim Bau der Chronde ausgenützt. Vorläufig können wir die Zeit nicht anders manipulieren als heftig. Es handelt sich um eine Implosion und nicht um eine Explosion. Die stärkste Zurücknahme in der Zeit tritt im Nullpunkt auf. Um ein Uhr neunundfünfzig hat Creßlin den Zambis gedrückt. Zwölf Sekunden später wurden alle einsatzbereiten Chronden unseres strategischen Aktionskommandos gezündet. Die Implosion war kumulativ. Darum hat das von der Chronopression betroffene Gebiet die Form eines fast regelmäßigen Kreises. Im Punkt Null beträgt die Depression wahrscheinlich sechsundzwanzig bis siebenundzwanzig Jahre. Diese Größe wird nach außen hin geringer. In dem betroffenen Gebiet hatte der Feind seine Labors, Bombenlager und Produktionsstätten sowie seine unterirdischen Chronopressions-Übungsplätze. Da er diese Arbeiten vor etwa neun bis zehn Jahren begonnen hat, gibt es dort zur Zeit nichts, was uns bedrohen könnte. Die betroffene Fläche hat, wie Sie auf dieser Karte sehen können, meine Herren, einen Durchmesser von ungefähr hundertneunzig Meilen . . .«

»Herr General!«

»Jawohl!«

»Was berechtigt Sie zu der Annahme, wir wären dank Creßlin einem chronalen Schlag des Feindes zuvorgekommen?«

»Der Befehl lautete: Wenn bis zu dem Schlag mehr als vierundzwanzig Stunden Zeit sind, darf er den Zambis nicht berühren. Wenn er irgendwelche Einzelheiten der Aktion hinsichtlich ihres Termins, der Stärke der Ladungen oder der Anzahl der Chronden erführe, sollte er das über den Spezialring unseres Aufklärungsdienstes signalisieren. Wenn der Feind uns innerhalb von vierundzwanzig Stunden angreifen würde und Creßlin keine Zeit fände, Kontakt mit dem Ring aufzunehmen, sollte er den im Wald bei Hassy vergrabenen automatischen Sender in Betrieb setzen. Und nur in dem Fall, daß er nicht mehr zu dem Sender gelangen könnte und der Angriff ganz bestimmt in allernächster Zeit erfolgen würde, durfte er den Zambis drücken. Ich unterstreiche, Creßlin kannte den Mechanismus der Chronopressions-Implosion nicht, er wußte nichts von unseren Chronden, er wußte nicht einmal, was ein Zambis ist. Halten Sie meine Antwort für ausreichend, Herr Minister?«

»Nein, ich bin der Ansicht, daß Sie es gewagt haben, einen einzelnen Menschen, einen Agenten, mit allzu großer Verantwortung für das Schicksal der ganzen Welt zu belasten. Aber Agent oder nicht, das ist egal. Wie konnte *ein* Mensch allein entscheiden . . .«

»Gestatten Sie, daß ich weitere Erläuterungen gebe. Unsere Kenntnisse vor Creßlins Aktion waren nicht gleich Null. Selbstverständlich mußte unser Chronales Zentrum das Ziel des Feindes sein. Beide Seiten wußten nicht, wie weit fortgeschritten die Arbeiten der anderen waren. Den Ort unseres Komplexes C kannten sie ebenso gut wie wir die Standorte ihrer Chronoratorien. Derartige Riesenkomplexe lassen sich nicht verbergen.«

»Sie haben meine Frage nicht beantwortet.«

»Ich fange gerade damit an. Zieht man um unseren Komplex C konzentrische Kreise abnehmender Wirkung, so befindet sich Hassy in der Zone einer Depression um zwanzig Jahre. Gestern früh erhielten wir die Nachricht, Morribond werden an dem Empfang, den der Kanzler in seiner Residenz in Hassy gibt, nicht teilnehmen, dagegen besaßen wir Anhaltspunkte dafür, daß Morribond zur Inspektion der an unserer Grenze dislozierten Truppen fahren werde. Um acht Uhr abends kam die Nachricht, er habe sich nicht in den Garnisonsort Areton begeben, sondern in Leylo Station gemacht.«

»Warten Sie mal, Herr General! Wollen Sie damit sagen, Morribond habe versuchen wollen, den chronalen Schlag auszunutzen, den die anderen uns zufügen wollten, um bei dieser Gelegenheit jünger zu werden?«

»Na . . . ja. Das ist die Meinung unserer Experten. Morribond ist, war sechzig Jahre alt, seine Frau neunundzwanzig. Minus zwanzig Jahre für ihn und minus zehn Jahre für sie – ein vierzigjähriger Mann und eine Neunzehnjährige. Außerdem kam noch der Umstand hinzu, daß er an Myasthenia gravis litt. Die Ärzte gaben ihm noch zwei, höchstens drei Jahre zu leben.«

»Ist das sicher?«

»Ja. Praktisch sicher. Eine wesentliche Rolle spielte auch, denke ich, sein, hm, besonderer Sinn für Humor. Das Codewort für jene Operation lautete ›Balkon‹.«

»Verstehe ich nicht.«

»Nanu? Romeo und Julia. Die Balkonszene. Und bei dieser Gelegenheit sollte unser gesamtes chronales Potential vernichtet werden!«

»Aber es ist umgekehrt gekommen?«

»In der Tat, denn ich habe die Ergebnisse der Berechnungen unter der Voraussetzung genannt, daß, wie ihr strategischer Plan lautete, der Ort der Implosion unser Komplex C wäre. Darum schickte er seine Frau nach Hassy und begab sich selbst nach Leylo, das dicht an unserer Grenze liegt. Als wir nach einer Beratung im Generalstab die Situation für kritisch hielten, haben wir auf der Stelle, das heißt so schnell wie möglich, Creßlin entsandt. Er landete gegen Mitternacht bei Hassy. Da wir als erste zugeschlagen haben, hatten die Isochronen der Depression eine umgekehrte Abfallrichtung, als der Feind plante. Eine umgekehrte, denn wir haben ihren chronalen Komplex getroffen.«

»Und was folgt daraus? Morribond wurde weniger verjüngt, als er wollte, und seine Frau mehr. Was hat das für eine strategische Bedeutung? Ich schlage vor, das Thema zu wechseln.«

»Das hat eine strategische Bedeutung und zugleich eine politische, Herr Unterstaatssekretär, denn ein Wechsel im Amt des feindlichen Premiers hat solche Bedeutung. Die Implosion, die eine Depression hervorruft, erzeugt ganz am Rand ihres Wirkungsbereichs eine konzentrische Ausbauchung rund um den Punkt Null. Das ist eine Analogie zur Wirkung einer gewöhnlichen Bombe: Das Explosionszentrum vertieft sich, rundum entsteht ein Kraterrand. Die Chronde preßt die Gegenwart zurück, doch an der Grenze der Implosion schiebt sich die Zeit voran. Das ist der sogenannte Kompensationseffekt. Leylo befand sich genau in seinem Bereich. Das bedeutet, die Zeit ist dort um neun bis zehn Jahre vorangeschritten.«

»Morribond ist siebzig? Großartig!« kicherte jemand von denen, die um den grünen Tisch saßen.

»Nein. Entsprechend dem, was ich über seine Krankheit gesagt habe, lebt Morribond nicht mehr. Gibt es noch weitere Fragen?«

»Ich möchte wissen, in welcher Form sich die Vergangenheit nach der Implosion der Chronde aktualisiert. Die Physiker behaupten, als genau wiederholbare Zeit, zu der man zurückkehren könne, gebe es die Vergangenheit nicht.«

»Richtig. Die Implosion verursacht keine ideale Zurücknahme des

Kalenders. Sie stellt also nicht den konkreten Zustand wieder her, der in einem konkreten Jahr, an einem konkreten Tag, zu einer bestimmten Stunde und Minute existierte. Jedes materielle Objekt wird nur jünger. Die Vergangenheit als Konstellation von Geschehnissen, die sich einmal ereignet haben, kehrt nicht zurück und wiederholt sich nicht. Darüber, ob das mit Sicherheit unmöglich ist, wollen sich unsere Experten nicht äußern. Für die Wirkung der Chronde kann jedenfalls folgende Situation auf dem Fußballplatz als Modell dienen: Ein Spieler tritt den Ball, und der zweite stößt ihn wieder zurück. Der zurückkehrende Ball fällt nicht genau auf den gleichen Fleck. Das Beispiel ist deshalb so zutreffend, weil man den Ball treten muß und ihn nicht unter Anwendung präziser Mikrometer von der Stelle bewegt. Auch die Implosion bildet eine heftige und in den mikroskopischen Einzelheiten unberechenbare Intervention in der Zeit.«

»Aber Sie haben doch selbst gesagt, Herr General, daß ein sechzig Jahre alter Mensch zum Vierzigjährigen wird.«

»Das ist etwas anderes. Sein Organismus wird um so viele Jahre physiologisch jünger. Dasselbe tritt bei jedem Gegenstand auf. Ein alter Baum wird jünger, er verwandelt sich in einen Setzling. Nimmt man aber, sagen wir mal, ein Skelett, das hundert Jahre in der Erde gelegen hat und dem ein Jahr zuvor einige Knochen abhanden gekommen sind, so haben wir nach der Implosion ein Skelett vor uns, an dem man erkennen kann, daß es um die achtzig Jahre in der Erde gelegen hat, aber die abhanden gekommenen Knochen tauchen nicht wieder auf. Wenn jemand kurz vorher ein Bein verloren hat, gewinnt er es auch nach einer Implosion mit fünfundzwanzigjährigem Retrointervall nicht zurück. Darum ist die Chronde nicht in sogenannte Kausalparadoxe verwickelt, wie sie mit der Idee der Reise in der Zeit verbunden sind. Unter dem Einfluß der Implosion restituiert der Organismus seine Lebenskraft in den Grenzen, die ihm die physiologischen Möglichkeiten bestimmen.«

»Und die Maschinen? Die Bücher? Die Gebäude? Die Pläne?«

»Ein Gebäude, das vor hundert Jahren errichtet wurde, verändert sich nur unbedeutend. Doch ein Bau aus Beton, der vor acht Jahren erstarrt ist, wird zum Trümmerhaufen aus Sand, Zement und Steinen, weil Beton altert, deshalb aber als Beton nicht vorhanden gewesen sein kann, bevor er aus einer Mischung der entsprechenden Materialien entstand. Dasselbe betrifft alle Objekte, wie ich schon sagte, auch die Maschinen.«

»Ist es absolut sicher, daß der Feind über kein Potential zum Gegenschlag mehr verfügt?«

»Hundertprozentige Sicherheit haben wir nicht. Pessimistische Beurteilungen sagen, wir hätten 80 Prozent ihres Chronopotentials zerstört, optimistische meinen bis zu 98 Prozent.«

»Kann man die Chronden zu nichts anderem verwenden als zur Vernichtung der feindlichen Chronden?«

»Das kann man, Herr Präsident, aber die Vernichtung der feindlichen Chronden und ihrer Produktionsbasis hatte absolute Priorität. Da unser Potential unberührt geblieben ist, haben wir eine vollständige strategische und taktische Überlegenheit erzielt. Bitte verstehen Sie, meine Herren, daß ich jetzt nichts darüber sage, wie wir dieses Potential benutzen werden. Sonst noch Fragen? Ich danke Ihnen, meine Herren. Was ist das? Die Lautsprecher! Ich bitte um Ruhe!«

»Achtung! Achtung! Alarmstufe eins. Unsere Ortungsgeräte registrieren das Herabgleiten feindlicher Satelliten aus trojanischen Umlaufbahnen. Anzahl: vier. Die Antiraketen der ballistischen Vorfeldverteidigung sind gezündet und vom Feind abgefangen. Ein Satellit durch Volltreffer eliminiert. Drei Satelliten auf Radiant Zeta verlieren die erste kosmische Geschwindigkeit. Die Entscheidungen der Ortungsgeräte werden durch eine zur Tarnung dienende Ionenwolke erschwert, die von den simulierenden Gefechtsköpfen des ersten, des eliminierten Satelliten ausgestoßen wurden. Achtung! Achtung! Die erdfesten Leitindikatoren werden in unmittelbarer Verbindung mit den stationären Satelliten unserer Deckung laufend die vom Feind angemessenen wahrscheinlichen Ziele nennen. Achtung! Erstes Ziel: Komplex C mit Grenzabweichung zwei bis fünf Meilen vom Punkt Null. Achtung! Zweites Ziel: Das Hauptquartier, ich wiederhole, das Hauptquartier, Grenzabweichung zwei bis drei Meilen vom Punkt Null.«

»Zwanzig Prozent ihrer Chronomacht kommen uns über den Hals!« brüllte jemand. Alle, die bis dahin hinter dem grünen Tisch gesessen hatten, sprangen auf. Stühle schurrten, einer fiel um, in der Nähe heulte klagend eine Sirene.

»Meine Herren! Bitte bleiben Sie auf Ihren Plätzen! Die Implosion ist für das Leben ungefährlich! Es gibt keine Möglichkeit der Isolation oder der Deckung! Bitte Ruhe zu bewahren!« rief mit brüchiger Stimme der General.

»Achtung! Achtung! Ein zweiter Satellit in der Ionosphäre durch Raketensalve eliminiert. Die beiden übrigen Satelliten haben den toten Winkel der suborbitalen Verteidigung erreicht. Laut unseren Ortungsgeräten für Nahdeckung ändern sie den Kurs mit 70 g und stoßen Attrappen aus. Achtung! Zwei feindliche Satelliten auf Zielachse Nummer eins und zwei. Sie erreichen das optische Perimeter des unmittelbaren Aufschlags. Achtung! Ich verkünde den höchsten Alarmzustand. Acht Sekunden bis Zero. Sieben bis Zero. Sechs. Fünf. Vier. Drei. Zwei. Achtung! Ze ...«

DAS MÄRCHEN VOM KÖNIG MURDAS

Nach dem guten König Helixander bestieg sein Sohn Murdas den Thron. Alle härmten sich darob, denn jener war ehrsüchtig und schreckhaft. Er hatte beschlossen, sich den Beinamen ›der Große‹ zu verdienen, und fürchtete sich dabei vor Zugluft, Geistern, Wachs, da man auf gewachstem Parkett ein Bein brechen kann, Verwandten, denn die stören beim Regieren, am meisten aber vor Weissagungen. Als er gekrönt war, befahl er sogleich, im ganzen Reiche die Türen zu schließen und die Fenster nicht zu öffnen, alle Orakelkästen zu vernichten – und dem Erfinder einer Maschine, die Geister entfernte, gab er einen Orden und eine Rente. Wirklich war die Maschine gut, denn einen Geist bekam er nie zu Gesicht. Auch ging er nicht in den Garten aus, damit ihm nichts in die Glieder fahren konnte, und erging sich nur im Schlosse, welches sehr groß war. Einmal, beim Wandern durch Gänge und Zimmerfluchten, geriet er in einen alten Palastteil, in den er noch nie hineingeguckt hatte. Als erstes entdeckte er die Halle, wo seines Ururgroßvaters Leibgarde stand, ganz und gar zum Aufziehen, noch aus den Zeiten, da man die Elektrizität nicht gekannt hatte. In der zweiten Halle erblickte er Dampfritter, auch sie verrostet, aber für ihn war das nichts Interessantes, und er wollte schon umkehren, da gewahrte er ein kleines Pförtchen mit der Aufschrift »Nicht eintreten!«. Eine dicke Staubschicht bedeckte es, und er hätte es nicht einmal angerührt, wäre da nicht diese Aufschrift gewesen. Sie brachte ihn sehr auf. Wie das – ihm, dem König, erfrechen sie sich, etwas zu verbieten? Nicht ohne Mühe öffnete er die knarrende Tür, und über ein Wendeltreppchen gelangte er in einen verlassenen Wachtturm. Dort stand ein sehr alter Kupferkasten mit Rubinäuglein, einem Schlüsselchen und einer Klappe. Der König begriff, daß dies ein Orakelkasten war, und erzürnte neuerlich, daß wider seinen Befehl der Kasten im Palast belassen worden war – bis dem König mit eins in den Sinn kam, einmal lasse sich doch wohl ausprobieren, wie das ist, wenn der Kasten orakelt. Also näherte er sich ihm auf Zehenspitzen, drehte das Schlüsselchen um, – und als nichts geschah, klopfte er auf die Klappe. Der Kasten seufzte schnarrend auf, der Mechanismus knirschte und richtete ein Rubinäuglein auf den König, wie schielend. Dies mahnte ihn an den scheelen Blick seines Vaterbruders, des Oheims Cenander, der einst sein Lehrmeister gewesen war. Der

König dachte, gewiß habe eben der Oheim diesen Kasten aufstellen lassen, ihm zum Ärgernis, denn warum sollte das Ding sonst schielen? Dem König wurde seltsam zumute, der Kasten aber spielte stotternd ganz langsam eine düstere Klimpermelodie, so, als klopfte jemand mit der Schaufel ein eisernes Grabmal ab, und aus dem Klappenschlitz fiel ein schwarzes Kärtchen mit knöcherig gelben Schriftzeilen.

Der König erschrak tüchtig, doch konnte er die Neugier nicht mehr bezähmen. Er riß das Kärtchen an sich und lief in seine Gemächer. Als er allein blieb, zog er es aus der Tasche. ›Ich schaue, aber sicherheitshalber nur mit einem Auge‹ – entschied er und tat dies. Auf dem Kärtchen stand geschrieben:

Das Stündchen schlug im stillen – vertilgen sich Familien.
Der Bruder macht Geknister – Geschwister – erschießt er.
Im Kochtopf schlägt's Blasen – bald gar sind die Basen.
Grippe rafft die Sippe – Henker schwingt die Hippe.
Um die Ecken Vettern – Nichten, Muhmen, Schwiegern
Werden schon zu Kriegern – das gibt großes Zetern.
Kommt der Oheim – samt der Ahne – zahl's ihm *so* heim –
wie ich mahne:
Links mußt treffen, rechts zerschmettern, links die Neffen,
rechts die Vettern.
Sipp' und Magen an den Kragen, Kind und Kegel
untern Schlägel.
Fiel der Schwager, plumps, da lag er, fiel der Eidam,
lagen zwei dann, fiel der Stiefsohn, schläft er tief schon.
Henk den Onkel, henk die Tant, henk den Enkel, wie geplant.
Denn Verwandtschaft – bleibt nicht standhaft – bis man sie
sich von der Hand schafft.
Das Stündchen schlug im stillen – Reptilien sind Familien:
Wen sie nur erblicken, wollen sie ersticken.
Drum begrab sie wirklich – Überall verbirg dich,
Beiseite schlag zur Zeit dich – sonst wirst im Traum beseitigt.

So sehr schreckte sich König Murdas, daß ihm schier schwarz vor den Augen wurde. Er war untröstlich über den Leichtsinn, der ihn den Orakelkasten hatte aufziehen lassen. Zur Reue war es jedoch zu spät, der König sah, daß er handeln mußte, damit es nicht zum Ärgsten kam. Am Sinn der Prophezeiung zweifelte er kein bißchen: wie er schon längst argwöhnte, bedrohten ihn die nächsten Verwandten.

Um die Wahrheit zu sagen, es ist nicht bekannt, ob sich alles genauso abgespielt hat, wie wir es erzählen. Jedenfalls kam es danach zu traurigen und sogar gräßlichen Vorfällen. Der König ließ die ganze Familie köpfen, einzig und allein der Oheim Cenander floh im letzten Augenblick, als Pianola verkleidet. Das half ihm nichts, im Nu wurde er gefaßt und ließ unterm Beil seinen Kopf. Diesmal konnte Murdas mit reinem Gewissen das Urteil unterschreiben, war doch der Oheim geschnappt worden, als er eben daranging, sich gegen den Monarchen zu verschwören.

So jäh verwaist, legte der König Trauer an. Ihm war schon leichter ums Herz, wenn auch weh, denn im Grunde war er weder böse noch grausam. Nicht lange währte die heitere Königstrauer, es fiel Murdas nämlich ein, daß er vielleicht irgendwelche Verwandte hatte, von denen er nichts wußte. Jeder der Untertanen konnte um viele Ecken herum irgendein Vetter von ihm sein, eine Zeitlang köpfte er also den einen oder anderen, aber das beruhigte ihn überhaupt nicht, weil man doch ohne Untertanen nicht König sein kann, und wie sollte man da alle ausrotten? So argwöhnisch wurde er, daß er sich am Thron festnieten ließ, um durch niemanden davon hinabgestürzt zu werden, mit gepanzerter Nachtmütze schlief und immerfort nur nachdachte, was zu beginnen sei. Schließlich tat er etwas Ungewöhnliches, etwas so Ungewöhnliches, daß er wohl nicht selbst darauf verfallen war. Angeblich hat ihm das ein Wanderhändler eingeflüstert, als Weiser verkleidet – verschieden wurde darüber geredet. Das Gerede geht, die Schloßdienerschaft habe eine verlarvte Gestalt gesehen, die der König nachts in seine Gemächer einzulassen pflegte. Wie dem auch sei, eines Tages lud Murdas alle Hofbauleute, Mechaniter-Großmeister, Erzblechsessen und Leibhämmerer vor und tat ihnen kund, daß sie seine Person zu vergrößern hatten, so zwar, daß diese alle Horizonte überschreite. Diese Befehle wurden mit erstaunlicher Geschwindigkeit ausgeführt, denn zum Direktor des Planungsbüros ernannte der König einen verdienten Henker. Kolonnen von Elektrikanten und Bauleuten fingen an, Drähte und Spulen ins Schloß zu tragen, und als der ausgebaute König mit seiner Person das ganze Schloß füllte, so daß er zugleich an der Hauptfront, in den Kellern und im Anbau war, da kamen die nächstgelegenen Anwesen an die Reihe. Nach zwei Jahren erstreckte sich Murdas über die Innenstadt. Nicht genügend stattliche und daher der Besiedelung durch monarchisches Denken unwürdige Häuser wurden dem Erdboden gleichgemacht, und an ihrer Stelle wurden Elektronenpaläste errichtet, die Murdasverstärker hießen.

Der König wucherte langsam, doch unablässig, vielstöckig, genau zusammengeschaltet, durch personalistische Unterstationen gesteigert, bis er zur ganzen Hauptstadt geworden war und an ihren Grenzen nicht haltmachte. Seine Laune besserte sich. Verwandte gab es nicht, Öl und Durchzug fürchtete er nicht mehr, denn er brauchte keinen Schritt zu gehen, da er überall zugleich war. »Der Staat bin ich« – sagte er nicht ohne Berechtigung, denn außer ihm, der mit gereihten Elektrobauten die Plätze und Alleen bevölkerte, wohnte ja niemand mehr in der Hauptstadt – außer natürlich den königlichen Abstaubern und Leibstaubwedlern; sie wachten über das königliche Denken, das von Bauwerk zu Bauwerk strömte. So kreiste durch die ganze Stadt meilenweise die Zufriedenheit des Königs Murdas, daß es ihm gelungen war, zeitliche und wörtliche Größe zu erlangen und obendrein sich überall zu verbergen, wie das Orakel empfahl, denn er war ja allgegenwärtig im ganzen Reiche. Besonders malerisch bot sich dies um die Dämmerung dar, wenn der Königsriese, vom Widerschein umstrahlt, lichtvoll-gedankenvoll blinkerte und dann langsam erlosch, in verdienten Schlaf sinkend. Aber diese Selbstvergessenheits-Finsternis der ersten Nachtstunden wich dann schweifendem, bald hier bald dort auflodernдем Geflacker unstet flitzender Lichtfackeln: die monarchischen Träume begannen hervorzuschwärmen. Als reißende Lawinen von Gesichten durchströmten sie die Bauwerke, bis deren Fenster aus dem Dunkel aufflammten, und ganze Straßen abwechselnd rotes und violettes Licht einander entgegenfunkelten, indes die Leibabstauber, leere Bürgersteige abschreitend, den Qualm von den heißgelaufenen Kabeln Seiner Majestät riechend und heimlich in die blitzdurchzuckten Fenster spähend, leise einander sagten:
»Oho! Sicher quält den Murdas irgendein Alptraum – wenn das nur nicht wir ausbaden müssen!«
Einmal, in der Nacht nach einem besonders arbeitsreichen Tag – der König hatte nämlich neue Arten von Orden entworfen, die er sich zu verleihen gedachte –, da träumte es ihm, wie sich sein Oheim Cenander in die Hauptstadt stahl, die Finsternis nutzend, von einem schwarzen Mantel umhüllt, und durch die Straßen kreiste auf der Suche nach Helfershelfern, um eine scheußliche Verschwörung anzuzetteln. Aus den Kellern schlüpften Kolonnen von Verlarvten, und es waren ihrer so viele, und solche Königsmordgier äußerten sie, daß Murdas erbebte und vor großem Schrecken aufwachte. Schon nahte der Tag, und die liebe Sonne vergoldete weiße Wölkchen am Himmel, also sagte sich Murdas ›Träume sind Schäume‹ und

machte sich an weiteres Planen von Orden, diejenigen aber, welche er tags zuvor erdacht hatte, wurden ihm an die Terrassen und Balkons gehängt. Als er sich aber nach ganztägiger Mühsal wieder zur Ruhe legte, da, kaum eingenickt, erblickte er die Königsmordverschwörung in voller Blüte. Das war aber so gekommen: Aus dem verschwörerischen Traum aufwachend, hatte er dies nicht ganz und gar getan: die Innenstadt, die diesen staatsfeindlichen Traum ausbrütete, hatte sich überhaupt nicht wachgerüttelt, sondern ruhte weiterhin vom Alptraum umschlungen, nur hatte der König im Wachen nichts davon gewußt. Indessen ein beträchtlicher Teil seiner Person, und zwar das alte Stadtzentrum, ohne Einsicht in die Tatsache, daß der schurkische Oheim und seine Drahtziehereien nur Wahn und Einbildung waren, verharrte weiterhin im Irrgang des Alptraums. In dieser zweiten Nacht sah Murdas im Traum, wie der Oheim fieberhaft werkte, die Verwandten zusammenrufend. Sie erschienen alle bis zum letzten, nach dem Tod noch in den Angeln knarrend, und selbst diejenigen, welchen die wichtigsten Teile fehlten, erhoben die Schwerter gegen den rechtmäßigen Fürsten! Außergewöhnliche Bewegung herrschte. Scharen von Verlarvten skandierten flüsternd aufrührerische Schlachtrufe, schon wurden in Löchern und Kellern die schwarzen Fahnen der Rebellion genäht, überall Gifte gebraut, Beile geschliffen, Stiftchen-Giftchen vorbereitet und alles zur entscheidenden Auseinandersetzung mit dem verhaßten Murdas gerüstet. Der König entsetzte sich abermals, erwachte, ganz und gar zitternd, und wollte schon durch die Goldene Pforte des Königlichen Mundes alle seine Truppen zu Hilfe rufen, auf daß sie die Aufrührer zwischen den Schwertern zerrieben, aber sogleich besann er sich: das half nichts! Die Truppen kommen ja nicht in seinen Traum hinein und können die dort erstarkende Verschwörung nicht zerschmettern! Einige Zeit versuchte er also, durch bloße Willensanstrengung diese vier Quadratmeilen seiner Wesenheit aufzuwecken, die hartnäckig von Verschwörung träumten, aber vergebens. Im übrigen, um die Wahrheit zu sagen, wußte er nicht, ob vergebens oder nicht vergebens, denn wenn er wachte, nahm er die Verschwörung nicht wahr, die erst auftauchte, wenn ihn der Schlaf überkam.

Wachend hatte er also keinen Zutritt zu den aufrührerischen Gebieten, und kein Wunder: das Wachdasein kann nämlich nicht in die Tiefe des Traums eindringen, dorthin durchzubrechen vermöchte nur ein anderer Traum. Der König erachtete es für das Beste in dieser Situation, einzuschlafen und einen Abwehrtraum zu träumen, keinen x-beliebigen, versteht sich, sondern einen monarchistischen, ihm ergebenen, mit wehenden Fahnen, und erst mittels eines solchen um den Thron gescharten Krontraums müßte es gelingen, den anmaßenden Alptraum zu Staub zu zermalmen!

Murdas machte sich ans Werk, aber er konnte vor Schreck nicht einschlafen; so begann er denn, Steinchen zu zählen, bis dies ihn übermannte und er einschlief. Nun erwies sich: Der Traum mit dem Oheim an der Spitze hatte sich nicht nur im Zentralbezirk verschanzt, sondern begann sich gar Arsenale voll gewaltiger Bomben und vernichtender Minen herbeizuschwärmen. Er selbst hingegen, wie er sich auch anstrengte, vermochte kaum eine Kompanie Reiterei zu erträumen, und auch diese abgesessen, zuchtlos und mit nichts als Topfdeckeln bewaffnet. Da hilft nichts – dachte er –, ich habe es nicht geschafft, es heißt nochmals alles von vorn anfangen! – Er begann sich also aufzuwecken, schwer fiel ihm das, endlich rüttelte er sich ordentlich wach, und da nun griff ein schrecklicher Argwohn nach ihm: War er in der Tat ins Wachdasein zurückgekehrt, oder weilte er in einem anderen Traum, der bloßer falscher Schein des Wachen ist? Wie vorgehen in so verworrener Lage? Träumen? Nicht träumen? Das ist hier die Frage! Gesetzt, er wird jetzt nicht träumen, sich sicher fühlend, weil es im Wachdasein gar keine Verschwörung gibt. Das wäre nicht übel – dann würde jenen königsmörderischen Traum nur der Traum träumen und selbst austräumen, bis beim letzten Aufwachen die Majestät ihre gebührende Einheitlichkeit wiedergewönne. Sehr gut. Aber wenn der König keine Abwehrträume träumen wird, vermeinend, im heimeligen Wachdasein zu verweilen, während dieses angebliche Wachsein in Wirklichkeit nur ein anderer Traum ist, der an jenen oheimelnden grenzt – dann kann es zur Katastrophe kommen! Denn jeden Augenblick kann die ganze Horde verfluchter Königsmörder, den abscheulichen Cenander an der Spitze, aus jenem Traum durchbrechen in diesen Wachdasein vortäuschenden Traum, um dem König Thron und Leben zu rauben!

Gewiß – dachte er –, der Raub wird sich nur im Traum abspielen, aber wenn die Verschwörung mein ganzes königliches Bewußtsein erfaßt, wenn sie darin ins Kraut schießt von den Bergen bis an die Meere, wenn sie, o Graus, überhaupt niemals wieder wird aufwachen wollen, was dann? Dann bleibe ich für immer vom Wachdasein abgeschnitten, und der Oheim macht mit mir, was er will. Er wird foltern, entehren, von den Tanten gar nicht zu reden; ich erinnere mich gut an sie, die lassen nicht locker, komme, was da wolle, so sind sie nun mal, das heißt, waren, nein, eigentlich sind sie ja wieder, in diesem gräßlichen Traum! Im übrigen, was heißt hier Traum? Traum ist nur dort, wo auch ein Wachdasein besteht, in das sich zurückkehren läßt, jedoch wo es das nicht gibt (und wie kehre ich zurück, wenn es denen gelingt, mich im Traum festzuhalten?), wo es nichts als den Traum gibt, dort ist er schon die einzige Wirklichkeit, also Wachheit. Gräßlich! Alles, versteht sich, nur durch diesen fatalen Persönlichkeitsüberschuß, durch diese geistige Expansion – hab' ich das nötig gehabt?!

Verzweifelt, in der Einsicht, daß Untätigkeit ihn verderben konnte, sichtete der König die einzige Rettung in sofortiger psychischer Mobilmachung. ›Es heißt unbedingt so vorgehen, als träumte ich‹ – sagte er sich. ›Ich muß Mengen von Untertanen erträumen, alle voll Liebe und Begeisterung, mir bis zum letzten getreue Heerhaufen, die mit meinem Namen auf den Lippen untergehen, Unmengen von Waffen, und es zahlt sich sogar aus, schnell irgendeine Wunderwaffe zu ersinnen, denn im Traum ist schließlich alles möglich: nehmen wir an, einen Verwandtenwegputzer, irgendwelche Oheimabwehrgeschütze oder dergleichen – solcherart werde ich auf jede Überraschung vorbereitet sein, und wenn die Verschwörung auftaucht, listig und heimtückisch von Traum zu Traum durchschlüpfend, dann zertrümmere ich sie mit einem Schlag!‹

Tief seufzte der König Murdas mit allen Alleen und Plätzen seiner Wesenheit – so kompliziert war das –, und schritt ans Werk, das heißt, schlief ein. Im Traume sollten stählerne Heerhaufen im Geviert antreten, an der Spitze von Schlachthörnern und Kesselpauken, aber es erschien nur eine ganz kleine Schraube. Nichts als eine völlig gewöhnliche Schraube, am Rand ein wenig schartig. Was anfangen mit ihr? Er rätselte hin und her, zugleich wuchs in ihm irgendwelche Unruhe, immer größere, und Schlaffheit, und Schreck, bis es ihm funkte: Der Reim auf »Zu Staube«!!

Er schlotterte ganz und gar. Demnach denn das Symbol für Sturz, Zersetzung, Tod, also strebt zweifellos schon die Horde der Verwandten verstohlen, verschwiegen, durch in jenen anderen Traum gehöhlte Unterwühlungen in diesen Traum zu gelangen – und er, der König, wird jeden Augenblick niederprasseln in den verräterischen Abgrund, der vom Traum unter dem Traum ausgeschaufelt ist! Also das Ende droht! Tod! Ausrottung! Woher aber? Wie? Aus welcher Richtung?!

Da blitzten die zehntausend persönlichen Bauwerke, schütterten die Unterstationen der Majestät, behängt mit Orden und umspannt von den Bändern der Großkreuze; diese Auszeichnungen klingelten rhythmisch im Nachtwind, so rang König Murdas mit dem geträumten Symbol des Sturzes. Endlich rang er es nieder, bezwang es, bis es so völlig weg war, als wäre es nie dagewesen. Da forscht der König: Wo ist er? Im Wachdasein oder in anderem Wahn? Sieht nach Wachdasein aus, doch woher die Gewißheit nehmen? Im übrigen, kann sein, daß der Traum vom Oheim schon ausgeträumt ist, und jegliche Sorge hinfällig. Doch wiederum: Wie läßt sich das erkunden? Da hilft nichts anderes, als mittels von Spionierträumen, die sich als Umstürzler ausgeben, die ganze eigene Großmachtperson, das Reich der eigenen Wesenheit durchzukämmen und unausgesetzt zu unterwandern, und niemals wieder wird König-Geist Ruhe finden, denn immer muß er darauf gefaßt sein, daß irgendwo in einem verborgenen Winkel seiner riesigen Persönlichkeit eine Verschwörung geträumt wird! Weiter also, auf, unterwürfige Wunschbilder festigen. Huldigungsadressen erträumen und Abordnungen in Massen, strahlend vom Geiste der Rechtsstaatlichkeit; mit Träumen auf alle persönlichen Klüfte, Finsternisse und Seitentriebe einstürmen, so, daß sich in ihnen keinen Augenblick lang irgendein Hinterhalt, irgendein Oheim verbergen könnte!

Irgendwie umhauchte den König herzerfreuendes Fahnenrauschen, vom Onkel keine Spur, Verwandte sind auch nicht zu sehen, nur Treue umgibt ihn, erstattet ihm Dank und unablässige Huldigung; da ertönt das Rattern gezapfter, aus Gold geprägter Medaillen, Funken sprühen unter den Meißeln hervor, mit welchen die Künstler ihm Denkmäler hauen. Da erheiterte sich in dem König die Seele, denn siehe, auch schon Wappenstickereien, und Teppiche in den Fenstern, und die Kanonen ausgerichtet zum Salut, und die Trompeter setzen die ehernen Trompeten an die Lippen. Als aber der König alles achtsamer besah, merkte er, daß da irgendwas gleichsam nicht so ganz richtig war. Denkmäler – sehr wohl, aber irgendwie wenig ähnlich, im verzerrten Antlitz, im scheelen Blick sitzt so was Oheimliches. Rauschende Fahnen – stimmt, aber mit einem Bändchen, einem ganz kleinen, aber undeutlichen, fast schwarzen; wenn nicht schwarz, dann schmutzig, jedenfalls leicht beschmutzelt. Was ist das schon wieder? Irgendwelche Anspielungen?!

Um Himmels willen – diese Teppiche – die sind doch abgewetzt, direkt kahl, und der Oheim – der Oheim war kahl . . . Das darf nicht wahr sein! Zurück! Rückzug! Aufwachen! Aufwachen!! – dachte er. – ›Das Wecksignal blasen, nur weg aus diesem Traum!‹ – wollte er brüllen, aber als alles verschwand, wurde es nicht besser. Er stürzte aus dem Traum in neuen Traum, den es dem vorigen träumte, und jener war einem noch früheren zugestoßen, also war dieser gegenwärtige schon gleichsam zur dritten Potenz; alles in ihm wandte sich schon ganz offen zum Verrat um, roch nach Abtrünnigkeit, die Fahnen stülpten sich um wie die Handschuhe, von königlichen zu schwarzen, die Orden hatten Gewinde, wie abgehackte Genicke, aus den goldglänzenden Trompeten aber rasselten nicht Schlachtfanfaren, sondern des Oheims Gelächter, wie Donner wiehernd, dem König zum Verderben. Da brüllte der König mit hundertglockendonneriger Stimme, schrie nach den Truppen – sollen sie ihn mit Lanzen stechen, daß er aufwacht! »Kneift mich!« – verlangte er mit Riesenstimme, dann wieder: »Wachen! Aufwachen!!!« – jedoch vergebens; also plagte er sich wieder aus dem Königsstürzler- und Hinterhältlertraum in den Throntraum, aber schon mehrten sich in ihm die Träume wie die Kaninchen, kreisten wie die Ratten, die einen Bauwerke steckten die anderen mit Alp an, es verstreute sich in ihnen munkelnd, schmuggelnd, schwindelnd, leisetretend, ungeklärt – was, aber was Gräßliches, da sei Gott vor! Den hundertstöckigen Elektronenbauten träumte es Schräubchen Zerstäubchen und Stiftchen und Giftchen, in jeder persönlichen Unterstation klingelte eine Horde von Verwandten, in jedem Verstärker kicherte der Oheim; da erbebten die Hauswesen-Grauswesen, von sich selbst entsetzt, aus ihnen schwärmten hunderttausend Anverwandte hervor, eigenmächtige Thron-Anmaßer, zwiegesichtige Findel-Infanten, schieläugige Usurpatoren, und wenn auch keiner wußte, ob er ein geträumtes Wesen war oder ein träumendes, wen wer träumte, wozu und was daraus erwachsen sollte – hetzten doch alle ohne Ausnahme, auf Murdas, huss, huss, um einen Kopf kürzen, vom Thron runterstürzen, vernichten, wieder richten, und wieder vernichten, im Kirchturm verrammeln, soll er dort bimmelbammeln, jucheissa juchei, der Kopf ist entzwei – und nur deshalb taten sie vorläufig nichts, weil sie sich über den besten Anfang nicht einigen konnten. Und so rasten lawinenweise die Greuelfratzen der königlichen Gedanken, bis von der Überlastung eine Flamme hochzuckte. Nicht mehr geträumtes, sondern allerwirklichstes Feuer entfachte goldene Glanzlichter in den Fenstern der königlichen Person, und so zerfiel König Murdas in hunderttausend Träume, denen nichts mehr Zusammenhalt gab außer dem Brand – und er brannte lang . . .

Aus dem Werk:
ZIFFEROTIKON
Das ist: von Ab- oder Irrschweifferey, Versteiffung & Thorheit des Herzens

Von dem Königssohn Ferrenz und der Prinzessin Kristalla.
Der König von Panzarike hatte eine Tochter. Die war so schön, daß sie den Glanz der Reichskleinodien übertraf. Die Flammen, die das spiegelnde Antlitz widerstrahlte, versehrten Augen und Sinn. Und wenn sie vorüberging, dann stoben selbst aus gewöhnlichem Eisen elektrische Funken. Kunde und Sage von ihr erreichten die fernsten Sterne. So hörte Ferrenz von ihr, der ionidische Thronfolger, und das Verlangen kam ihn an, sich für alle Zeiten mit ihr zu verbinden, so daß ihrer beider Eingänge und Ausgänge nichts mehr voneinander sollte trennen können. Als er dies seinem Erzeuger kundtat, betrübte sich dieser gar sehr und sprach:
»Mein Sohn, einen wahrhaft wahnsinnigen Vorsatz hast du gefaßt. Er wird sich niemals verwirklichen!«
»Warum nicht, o mein König und Herr?« – fragte Ferrenz, bestürzt ob dieser Worte.
»Weißt du denn nicht«, – sprach der König – »daß die Prinzessin Kristalla geschworen hat, sich niemandem als dem Bleichling zu verbinden?«
»Bleichling!« – rief Ferrenz. »Was soll das nur sein? Von einem solchen Wesen habe ich noch nie gehört.«
»Darauf beruht eben deine Unschuld, mein Sohn« – erwiderte der König. »Wisse denn, daß diese galaktische Rasse auf ebenso geheimnisträchtige wie lasterhafte Weise entstanden ist. Dazu kam es, als einst allgemeines Anfaulen der Himmelskörper eintrat. Da entwickelten sich darin naßkalte Dünste und Brünste, Sud und Sudelei, und daraus brütete sich das Geschlecht der Bleichlinge aus, aber nicht so ohne weiteres. Zuerst waren sie Schimmelwucherung und Gekreuch, sodann flossen sie aus den Ozeanen an Land und lebten davon, daß einer den anderen verschlang. Und je mehr sie einander verschlangen, um so mehr wurden es ihrer; schließlich richteten sie sich auf, indem sie ihre klebrige Wesenheit an Kalkgerüste hängten, und begannen Maschinen zu bauen. Aus diesen Urweltmaschinen entstanden die denkenden Maschinen. Diese zeugten die gescheiten Maschinen. Diese aber ersannen die vollkommenen Maschinen. Denn das Atom wie die Galaxis sind gleichermaßen Maschine, und es gibt nichts außer der Maschine, die da ewig ist!«

»Amen!« – erwiderte Ferrenz automatisch, denn dies war eine übliche religiöse Floskel.
»Das Geschlecht der backigen Bleichlinge stieß endlich auf Maschinen in den Himmel vor« – fuhr der greise König fort. »Das Gezücht kühlte dabei sein Mütchen an edlen Metallen, marterte die süße Elektrizität und demoralisierte die Kernenergie. Gleichwohl begab es sich, daß das Maß bleichlingischer Untaten voll wurde. Tiefgründig und allseitig begriff dies der Urvater unseres Geschlechtes, Genetophorius, der große Rechner. So begann er denn jenen glitschigen Tyrannen darzulegen, wie überaus schändlich ihr Tun sei, wenn sie die Unschuld kristallisierter Weisheit besudelten, diese für die eigenen niederträchtigen Aufgaben einspannend, und das Maschinenvolk knechteten, um der eigenen Wollust zu frönen. Doch er fand kein Gehör. Er sagte jenen, was Ethik sei, sie aber sagten, er sei schlecht programmiert. Daraufhin schuf unser Urvater den Algorithmus der Elektroverkörperlichung und zeugte in schwerer Arbeit unseren ganzen Stamm, durch solche Wendung der Dinge die Maschinen aus dem Diensthause der Bleichlingsknechtschaft führend. Du verstehst also, mein Sohn, daß es nicht Eintracht noch Bindung gibt zwischen uns und jenen; wir betätigen uns klingend, funkensprühend und strahlend, sie aber – lallend, spritzend und verunreinigend. Gleichwohl kommt Wahnsinn auch bei uns vor. In der Jugend der Prinzessin drang er in ihren Verstand ein und trübte ihr das Unterscheidungsvermögen zwischen Gut und Böse. Seither läßt sie keinen vor ihr Angesicht treten, der sich um ihre gammastrahlende Hand bewirbt, es sei denn, er bezeichnete sich als Bleichling. Einen solchen empfängt Kristalla in dem Palast, den ihr König Aurenzius, ihr Vater, geschenkt hat. Sie prüft, ob der Bewerber wahr spreche. Entdeckt sie, daß er gelogen hat, so läßt sie ihn köpfen. Rund um das Erdgeschoß ihres Palastes stapeln sich zerschmetterte leibliche Überreste; allein der Anblick kann einen Kurzschluß mit dem Nichtsein bewirken, so grausam verfährt diese Wahnsinnige mit den Hitzköpfen, die von ihr träumen. Laß also ab von deinem Gedanken, mein Sohn, und zieh hin in Frieden.«
Der Königssohn stattete seinem Herrn und Vater die geziemende Verneigung ab und entfernte sich dann schweigend; aber der Gedanke, Kristalla zu freien, verließ den Prinzen nicht. Und je länger er an sie dachte, um so stärker begehrte er sie. Eines Tages rief er den Polyphases zu sich, der Obersthofabstimmer war. Und als er vor diesem das glühende Herz ausgeschüttet hatte, sprach Ferrenz so:
»Weiser Mann! Wenn du mir nicht hilfst, wird dies niemand tun,

und in diesem Falle sind meine Tage gezählt, denn der Glanz infraroter Emissionen erfreut mich nicht mehr, noch auch das Ultraviolett der kosmischen Ballette, und ich werde sterben, wenn ich mich nicht mit der wunderbaren Kristalla zusammenkoppeln kann!«

»O Königssohn« – erwiderte Polyphases – »ich versage mich deinem Wunsche nicht. Aber du mußt ihn dreimal aussprechen, auf daß ich wissen möge, daß solches dein unverbrüchlicher Wille sei.«

Ferrenz wiederholte seine Worte dreimal. Nun sprach Polyphases:

»Mein Herr, um vor der Prinzessin erscheinen zu können, gibt es nur ein Mittel: du mußt dich als Bleichling verkleiden!«

»Dann mache, daß ich werde wie er!« – rief Ferrenz. Den Geist des Jünglings in solcher Liebesverblendung sehend, verneigte sich Polyphases bis zur Erde und ging fort in sein Labor. Dort braute er kleistrige Kleister und flüssige Flüssigkeiten zusammen. Dann sandte er in den Königspalast einen Diener mit der Botschaft:

»Der Königssohn möge kommen, sofern sich sein Vorsatz nicht gewandelt hat.«

Ferrenz kam sogleich gelaufen. Der weise Polyphases beschmierte ihm den gestählten Körper mit Schlamm und fragte: »Soll ich denn weiter so verfahren, o Königssohn?«

»Tu das Deine!« sprach Ferrenz.

Da nahm der Weise einen großen Klitsch; das waren Rückstände aus Verschmutzungen des Öls, aus verfestigtem Staub und klebrigem Schmierfett; in den Eingeweiden der ältesten Maschinen hatte der Weise dies zusammengekratzt. Und er verunreinigte damit die wohlgefügte Brust des Königssohnes, verkleisterte ihm scheußlich das blitzende Gesicht und die glänzende Stirn und werkte so weiter, bis alle Gliedmaßen ihr herzerfreuendes Klingen eingebüßt hatten und einer austrocknenden Pfütze ähnlich wurden. Der Weise nahm nun Kreide, zerstampfte sie, vermengte sie mit zerpulvertem Rubin und mit gelbem Öl und fertigte daraus einen zweiten Klitsch. Damit bekleisterte er Ferrenz von Kopf bis Fuß, verlieh den Augen des Prinzen eklige Feuchtigkeit, machte ihm den Rumpf polsterig und die Wangen blasig und bestückte ihn mit allerlei aus Kreideteig verfertigten Anhängseln und Fransen da und auch dort. Zuletzt aber befestigte der Weise ein Zottenbüschel von der Farbe bösartigen Rostes auf dem ritterlichen Haupte des Prinzen, führte ihn vor den Silberspiegel und sagte: »Sieh hin!« Da besah sich Ferrenz in der Platte und erbebte, denn nicht sich erblickte er darin, sondern etwas Mönsterliches und Gespönsterliches, einen Bleichling, wie er leibt und lebt, mit Blicken, so durchfeuchtet wie ein altes Spinnennetz im Regen, mit einem Körper, wabbelig an allen Enden, mit rostigem Werg auf dem Kopf, ganz und gar teigig und brechreizerregend. Und als der Prinz sich bewegte, da schlotterte sein Körper wie ranziges Gallert, und bebend vor Ekel rief Ferrenz:

»Bist du verrückt geworden, weiser Mann? Reiß mir augenblicks den dunklen Unterschlamm und den bleichen Überschlamm ab, wie auch diese Rostflechte, womit du mein klangvolles Haupt befleckt hast! Denn die Prinzessin wird mich ewig hassen, wenn sie mich in so schimpflicher Gestalt erblickt!«

»Du irrst, o Königssohn« – erwiderte Polyphases. »Hierin liegt eben der Wahnsinn der Prinzessin: Abscheuliches erscheint ihr schön, und Schönes – abscheulich. Nur in dieser Gestalt kannst du hingehen und Kristalla erschauen . . .«

»Dann möge es so sein!« – sprach Ferrenz.

Der Weise vermengte Zinnober mit Quecksilber und füllte damit vier Blasen. Die verbarg er unter dem Gewand des Königssohnes. Der Weise nahm auch Bälge, füllte sie mit Moderluft aus einem alten Kerker und versteckte dies an der Brust des Königssohnes. Der Weise goß giftiges pures Wasser in Glasröhrchen, und es waren deren sechs. Zwei legte er dem Königssohn unter die Achseln, zwei in die Ärmel, zwei in die Augen. Endlich ergriff der Weise das Wort:

»Hör zu und merk dir alles wohl, was ich sage, sonst wirst du umkommen. Die Prinzessin wird dich erproben, um herauszufinden, ob du wahr gesprochen habest. Wenn sie ein Schwert entblößt und dir gebietet, es anzufassen, dann quetschest du insgeheim die Zinnoberblase, so daß Röte herausfließt und auf die Klinge rinnt. Und fragt dich die Prinzessin, was das sei, so antworte: ›Blut!‹ Dann wird die Prinzessin ihr silberschüsselgleiches Gesicht dem deinigen nähern. Du aber drückst auf deine Brust, so daß Luft aus den Bälgen austritt. Die Prinzessin wird dich fragen, was für ein Hauch das sei, du aber antwortest: ›Atem!‹ Daraufhin wird die Prinzessin großen Zorn vortäuschen und deine Hinrichtung befehlen. Dann senkst du den Kopf, wie in Demut; Wasser wird dir aus den Augen rinnen. Und fragt dich die Prinzessin, was das sei, so antwortest du: ›Tränen!‹ Vielleicht wird sie dann in die Verbindung mit dir einwilligen. Gewiß ist dies nicht; gewisser ist dein Untergang.«

»O weiser Mann!« – rief Ferrenz. »Wenn sie mich aber ins Verhör nimmt und wissen will, was bei den Bleichlingen der Brauch sei, wie sie entstehen, wie sie einander lieben und was sie treiben, – auf welche Weise soll ich ihr dann antworten?«

»Fürwahr« – erwiderte Polyphases, – »da hilft nichts, außer mein Los mit dem deinigen zu verbinden. Ich verkleide mich als Warenhändler aus einer anderen Galaxis, am besten aus einer nichtspiralförmigen, denn dort sind die Leute oft dick, und ich muß ja unter meinen Gewändern eine Unmenge von Büchern verbergen, worin das Wissen um die fürchterlichen Gebräuche der Bleichlinge enthalten ist. Ich könnte dich dies nicht lehren, selbst wenn ich wollte, denn das Wissen um sie ist wider die Natur. Sie tun nämlich alles verkehrt, auf klebrige peinliche Weise und so unappetitlich, wie es sich nur vorstellen läßt. Ich werde die benötigten Werke verschreiben, du aber laß dir vom Hofschneider aus allerlei Fasern und Flechtwerk eine Bleichlingstracht zuschneidern, denn wir brechen alsbald auf. Und wohin wir auch gelangen werden: ich werde dich nicht verlassen, auf daß du wissest, was du zu tun und zu sagen hast.«

Da freute sich Ferrenz und ließ sich Bleichlingsgewänder zuschneiden. Er wunderte sich darüber sehr. Sie bedeckten nämlich fast den ganzen Körper, bald wie Rohrleitungen geformt, bald mit Beulen, Häkchen, Türchen und Schnürchen zu verschließen. Der Schneider mußte für den Prinzen eigens eine langmächtige Instruktion verfassen: was als erstes anzulegen sei, und wie; was woran festzuknöpfen sei, und wie man all dies Schirrzeug aus Tuch und Stoff abzunehmen habe, sobald die Zeit gekommen sei.

Der Weise aber legte Händlergewand an, hängte darin heimlich die dicken gelehrten Werke über die Praktiken der Bleichlinge auf, ließ aus Eisenstangen einen Käfig machen, sechs Klafter im Geviert, und sperrte Ferrenz hinein. So reisten beide im königlichen Raumsegler ab. Als sie aber die Grenzen des Aurenzschen Königsreichs erreicht hatten, ging der Weise in Händlerkleidung auf den städtischen Markt und rief dort mit lauter Stimme aus, er habe aus fernen Landen einen jungen Bleichling mitgebracht, auf daß ihn kaufe, wer wolle. Die Mägde der Prinzessin trugen diese Kunde zu ihr, sie aber staunte und sagte zu ihnen:

»Das muß wahrlich eine große Bauernfängerei sein! Aber mich wird dieser Händler nicht betrügen, denn niemand weiß über die Bleichlinge, was ich weiß. Fordert ihn auf, in den Palast zu kommen und jenes Wesen vorzuführen!«

Da geleiteten die Diener den Händler vor Kristallas Angesicht. Sie erblickte einen würdigen Greis und einen Käfig, den die Sklaven des Mannes trugen. Im Käfig saß der Bleichling; sein Gesicht hatte die Farbe mit Eisenkies vermengter Kreide, die Augen waren wie feuchter Schimmelpilz, und die Gliedmaßen wie Schlamm, der sich um-

herwälzt. Ferrenz aber blickte zur Prinzessin hin und sah ihr Gesicht, das zu klingen schien, und sah die Augen, die leuchteten wie lautlose Entladungen, und sein Herzenswahnsinn steigerte sich.
»Wahrhaftig! Dieser sieht mir nach einem Bleichling aus!« – dachte die Prinzessin; laut aber sagte sie:
»Fürwahr, o Greis, du mußt dich abgemüht haben, um eine solche Puppe aus Schlamm zu kneten und mit Kalkstaub zu bestreichen, in der Absicht, mich zu überlisten! Doch wisse, daß ich alle Geheimnisse des mächtigen Bleichlingsgeschlechtes kenne. Und habe ich erst deinen Betrug entlarvt, so lasse ich dich und diesen Hochstapler köpfen!«
Der Weise erwiderte:
»O Prinzessin Kristalla! Derjenige, den du hier im Käfig siehst, ist so echt, wie ein Bleichling nur sein kann. Um fünftausend Hektar Kernkräftefeld habe ich ihn von Sternpiraten erworben. Und wenn du es wünschst, biete ich ihn dir zum Geschenk. Denn ich habe keinen anderen Wunsch, als dein Herz zu erfreuen!«
Die Prinzessin ließ sich ein Schwert reichen und steckte es durchs Gitter in den Käfig. Der Königssohn faßte die Klinge und schnitt damit in sein Gewand, bis die Blase einriß, und Zinnober auf das Schwert rann und es mit Röte befleckte.
»Was ist das?« – fragte die Prinzessin, und Ferrenz erwiderte: »Blut!«
Nun ließ die Prinzessin den Käfig öffnen, trat kühn hinein und näherte ihr Gesicht dem Gesicht des Prinzen. Ihr nahes Antlitz verwirrte ihm den Verstand, doch der Weise gab aus der Ferne ein heimliches Zeichen, und der Königssohn drückte die Bälge. Moderluft trat aus, und als die Prinzessin fragte: »Was ist das für ein Hauch?«, da entgegnete Ferrenz: »Atem!«
»Du bist wahrlich ein geschickter Kunstgaukler« – sprach die Prinzessin, den Käfig verlassend. »Doch du hast mich betrogen, deshalb sollst du samt deiner Puppe umkommen!«
Da senkte der Weise den Kopf, wie in großer Angst und Trauer; der Königssohn aber tat desgleichen, und aus seinen Augen flossen durchsichtige Tropfen. Die Prinzessin fragte:
»Was ist das?«
Ferrenz aber erwiderte:
»Tränen!«
Und sie sagte:
»Wie heißt du, der du dich einen Bleichling aus fernen Landen nennst?«
»O Prinzessin, ich heiße Sabbermümmel und begehre nichts heißer,

als mich mit dir zu verbinden, auf verströmende, weiche, teigige und wäßrige Art, wie dies der Brauch meines Stammes ist« – erwiderte Ferrenz, denn solche Worte hatte ihn der Weise gelehrt. »Ich ließ mich absichtlich von den Piraten fangen und bat sie, mich diesem Händler zu verkaufen, da er ja nach deinem Reich unterwegs war. Daher bin ich voll Dankbarkeit gegen seine blecherne Person, weil er mich hierhergebracht hat. Denn ich bin so voll von Liebe zu dir wie die Pfütze von Schlamm.«

Da staunte die Prinzessin, weil er wirklich nach Bleichlingsart redete, und sprach zu ihm:

»Sag mir, du, der du dich Bleichling Sabbermümmel nennst: was tun deine Brüder bei Tage?«

»O Prinzessin«, – erwiderte Ferrenz – »morgens nässen sie sich in reinem Wasser und begießen damit ihre Gliedmaßen und gießen es in sich hinein, denn dies bereitet ihnen Genuß. Nachher gehen sie auf wellige fließende Weise hierhin und dorthin und spritzen und schmatzen. Und wenn sie etwas betrübt, schlottern sie, und aus den Augen tropft ihnen gesalzenes Wasser. Und wenn sie etwas vergnügt, schlottern sie und schlucksen, doch die Augen bleiben recht trocken. Und das nasse Geschrei nennen wir Weinen, das trockene aber – Lachen.«

»Wenn es so ist, wie du sagst«, – sprach die Prinzessin – »und wenn du mit deinen Brüdern die Vorliebe für Wasser teilst, lasse ich dich in meinen Teich werfen, damit du dich nach Herzenslust an Wasser ersättigen kannst. Und die Füße lasse ich dir mit Blei beschweren, damit du nicht vorzeitig auftauchst.«

»O Prinzessin«, – erwiderte Ferrenz, den der Weise belehrt hatte, – »wenn du dies tust, komme ich um. Denn obgleich in uns Wasser ist, darf um uns nur ein kurzes Weilchen lang Wasser sein. Andernfalls sagen wir unser letztes Wort ›gluckgluck‹, und mit diesen Tönen nehmen wir Abschied vom Leben.«

»Sag mir nun, Sabbermümmel, auf welche Weise du die Energie gewinnst, um spritzend und schmatzend, wabbelnd und wuchernd hierhin und dorthin zu wandeln?« – fragte die Prinzessin.

»O Prinzessin«, – erwiderte Ferrenz – »dort, wo ich wohne, gibt es außer uns Wenigborstern noch andere, zumeist auf allen vieren wandelnde Bleichlinge. Diese durchlöchern wir an allen Enden, bis sie umkommen. Die Leichen dünsten und sieden und hacken und schneiden wir; sodann füllen wir mit ihrer Leiblichkeit die unsrige an. Und wir kennen dreihundertsechsundsiebzig Arten des Tötens und achtundzwanzigtausendfünfhundertsiebenundneunzig Arten der Bearbeitung solcher Verstorbener, auf daß es uns größtmögliches Vergnügen bereite, durch ein Löchlein namens Mund ihre Körper in die unsrigen hineinzustopfen. Und die Kunst des Zubereitens von Toten steht bei uns in noch höherem Ansehen als die Astronautik und nennt sich Gastronautik oder Gastronomie. Mit Astronomie hat sie freilich nichts zu tun.«

»Willst du damit sagen, es gelte bei euch als Belustigung, Friedhof zu spielen und in sich selbst die vierfüßigen Stammverwandten zu bestatten?« – dies war eine Fangfrage der Prinzessin. Doch Ferrenz, den der Weise belehrt hatte, antwortete so:

»O Prinzessin, dies ist keine Belustigung, sondern Notwendigkeit, denn Leben nährt sich von Leben. Wir aber haben aus der Not eine Kunst gemacht.«

»Sag mir nun, o Bleichling Sabbermümmel: wie baut ihr eure Nachkommenschaft?« – fragte die Prinzessin.

»Wir bauen sie nicht«, – erwiderte Ferrenz – »sondern wir programmieren sie mittels einer statistischen Methode nach dem Prinzip des Markoff-Prozesses, somit also stochastisch und phantastisch, wenn auch probabilistisch. Dies tun wir jedoch ganz beiläufig und von ungefähr, und wir denken dabei an dies und jenes, bloß nicht an statistisches, nichtlineares und algorithmisches Programmieren. Gleichwohl vollzieht sich inzwischen die Programmierung, eigenmächtig, selbstregelnd und ganz automatisch, denn so und nicht anders sind wir eingerichtet: jeder Bleichling sucht Nachkommen zu programmieren, weil ihm dies Lust bereitet. Doch beim Programmieren programmiert er gar nicht, und manch einer tut sein möglichstes, damit dieses Programmieren nur ja keine Folgen zeitige . . .«

»Das ist sehr seltsam« – sprach die Prinzessin, deren Wissen nicht so ins einzelne ging, wie das des weisen Polyphases. »Ja, wie macht ihr das nun eigentlich?«

»O Prinzessin« – erwiderte Ferrenz – »zu diesem Zweck haben wir eigene Apparate, Anwendungen des Rückkopplungsprinzips, allerdings aus Wasser. Eine solche Apparatur ist technisch ein wahres Wunderwerk, denn der größte Trottel kann sich ihrer bedienen. Und doch müßte ich sehr lang reden, um dir ihre Wirkungsweise im einzelnen kundzutun, denn dies ist durchaus nicht einfach. Seltsam, in der Tat! Denn diese Methoden haben ja nicht wir ausgedacht. Sie haben sich sozusagen selbst ausgedacht. Doch sie sind nett, und wir haben nichts gegen sie einzuwenden.«

»Fürwahr, du bist ein echter Bleichling!« – rief Kristalla. »Denn deine Rede scheint sinnvoll und ist doch im Grunde ohne Sinn und völlig unglaubwürdig, wenn auch vermutlich wahr, obschon dies der Logik zuwiderläuft. Denn wie kann jemand ein Friedhof sein, ohne ein Friedhof zu sein? Wie kann jemand Nachkommen programmieren, die er gar nicht programmiert?! Ja, du bist ein Bleichling, o Sabbermümmel, und wenn du danach verlangst, dann verbinde ich mich dir durch das rückgekoppelte Band der Ehe und besteige mit dir den Thron, sofern du die letzte Probe bestehst!«

»Und was ist das für eine Probe?« – fragte Ferrenz.

»Diese Probe . . .« – so setzte die Prinzessin an. Doch plötzlich sank Argwohn in ihr Herz, und sie fragte:

»Sag mir zuvor, was deine Brüder bei Nacht tun!«

»Nachts liegen sie herum, die Arme gebogen und die Beine gekrümmt, und die Luft geht bei ihnen ein und aus und macht solchen Lärm, als wetzte jemand eine rostige Säge.«

»Nun denn, die Probe! Reich mir die Hand!« – befahl die Prinzessin. Da bot ihr Ferrenz die Hand. Die Prinzessin quetschte sie. Ferrenz aber schrie lauthals, denn der Weise hatte ihm solches empfohlen. Die Prinzessin fragte, warum er schreie.

»Vor Schmerz!« – erwiderte Ferrenz. Da glaubte sie ihm, daß er ein echter Bleichling sei. Und sie befahl, daß alles für die Hochzeitszeremonie zugerüstet werde.

Doch just zu jener Zeit kehrte der Falzgraf der Prinzessin zurück, der Kyberkurfürst Kyberhazy. Er hatte zu Schiff das Zwischensternland bereist, um einen Bleichling für Kristalla zu finden und so ihre Gunst zu erkaufen. Bestürzt lief der weise Polyphases zu Ferrenz und sagte:

»O Königssohn, der große Kyberkurfürst Kyberhazy ist mit seinem Raumkreuzer angekommen und hat der Prinzessin einen echten Bleichling mitgebracht. Ich habe das soeben mit eigenen Augen gesehen. Wir müssen also schleunigst entfliehen. Denn stündet ihr gemeinsam vor der Prinzessin, so wäre alle Verstellung vergeblich. Seine Klebrigkeit ist nämlich weit klebriger, seine Zottigkeit mehrmals so zottelig und die Teigigkeit gleichfalls nicht zu überbieten. Unser Betrug würde also offenbar, und wir müßten umkommen.«

Ferrenz aber willigte nicht in die Flucht ein. Denn mit großer Liebe hatte er die Prinzessin liebgewonnen.

»Eher sterbe ich, als daß ich sie verlieren müßte!« – sprach er.

Kyberhazy aber hatte die Hochzeitsvorbereitungen ausgekundschaftet und war schleunigst unter das Fenster des Gemachs geschlichen, worin der vorgebliche Bleichling mit dem Händler weilte. Als der Falzgraf das geheime Gespräch der beiden belauscht hatte, lief er voll schwarzer Freude in den Palast, trat vor die Prinzessin und sprach zu ihr: »Du bist betrogen, Prinzessin! Denn der sogenannte Sabbermümmel ist in Wahrheit ein gewöhnlicher Sterblicher und kein Bleichling. Echt ist nur dieser hier!«

Und Kyberhazy wies auf den Mitgebrachten. Dieser aber warf sich in die haarige Brust, ließ die Wasseraugen vorquellen und sprach: »Der Bleichling – das bin ich!«

Sofort sandte die Prinzessin nach Ferrenz. Als er aber zugleich mit dem anderen vor ihr stand, da ward der Betrug des Weisen zunichte. Denn obzwar mit Schlamm, Staub und Kreide bekleistert, ölig beschmiert und wässerig gluckernd, konnte Ferrenz doch seinen elektritterlichen Wuchs nicht verbergen, die großartige Haltung, die Breite der stählernen Schultern und den dröhnenden Gang. Hingegen war der Bleichling des Kurfürsten Kyberhazy eine wahre Ausgeburt: jeder Schritt war wie das Ineinandergießen von Schmutzkrügen; der Blick glich einem verschlammten Brunnen; und unter dem fauligen Atem erblindeten die umnebelten Spiegel, und Rost erfaßte das Eisen. Und Kristalla begriff in ihrem Herzen, daß sie sich ekelte vor diesem Bleichling, dem beim Sprechen ein Ding wie ein rostiger Wurm kriechend im Maul hin und her lief. Und Kristalla wurde sehend. Doch der Stolz verbot ihr, das Erwachen ihres Herzens offen kundzutun.

Sie sagte also: »Die beiden mögen miteinander kämpfen. Der Sieger gewinnt mich zum Weib.«

Da sprach Ferrenz zum weisen Mann: »Wenn ich diese Ausgeburt angreife und in den Schlamm zurückverwandle, der sie hervorgebracht hat, dann kommt der Betrug an den Tag! Der Lehm wird von mir abfallen, und Stahl wird zum Vorschein kommen. Was soll ich tun?«

»O Königssohn« – erwiderte Polyphases – »greif nicht an, verteidige dich nur.«

So gingen beide in den Hof des Palastes, jeder mit einem Schwert. Und wie Sumpfschlamm spritzt, so sprang der Bleichling den Königssohn an und umtänzelte ihn lallend und katzbuckelnd und auch schnaufend und holte aus und schlug ihn mit dem Schwert, so daß es den Lehm durchdrang und an Stahl zersplitterte. Doch der Schwung warf den Bleichling gegen der Königssohn, und der Bleichling knallte, platzte und zerrann, und es gab den Bleichling nicht mehr. Der Ruck hatte aber den eingetrockneten Lehm erschüttert. Er fiel dem Königssohn von den Schultern, und die wahre stählerne Natur enthüllte sich den Augen der Prinzessin. Und Ferrenz erbebte

und erwartete sein Verderben. Doch in ihrem Kristallblick las er Bewunderung. Da begriff er, wie sehr sich Kristallas Herz gewandelt hatte.
Und so verbanden sie sich denn durch das eheliche Band, das da dauert in wechselseitiger Rückkoppelung, den einen zu Freude und Glück, den anderen zu Leid und Verderben. Das edle Paar herrschte lang und glücklich und programmierte unzählige Nachkommen. Die Haut des Bleichlings aber, den der Kyberkurfürst Kyberhazy gebracht hatte, die wurde ausgestopft und zu ewigem Andenken ins Hofmuseum gestellt. Dort steht sie noch heute, plumpsackig und mit schäbigem Borstenhaar da und dort. Und so mancher Besserwisser wagt das Gerücht auszustreuen, sie sei bloß Gaukelei und Vortäuschung, und auf der Welt gebe es gar keine Bleichlinge, Schluck-die-Leich-linge, Klebäugler und Teignasen. Und niemals habe es welche gegeben. Wer weiß? Vielleicht ist das auch bloß erdichtet. Das niedere Volk heckt sich ja genug Märlein und Mythen aus! Doch wenn die Geschichte auch nicht wahr ist, birgt sie immerhin einen lehrreichen Kern. Und da sie Spaß macht, verdient sie erzählt zu werden.

DIE SIEBENTE REISE ODER WIE TRURLS VOLLKOMMENHEIT ZUM BÖSEN FÜHRTE

Das Weltall ist unendlich, aber begrenzt, und deshalb kehrt ein Lichtstrahl, wohin er auch aufbricht, nach Milliarden von Jahrhunderten an seinen Ausgangspunkt zurück, sofern er nur genügend Kraft hat; nicht anders ist es mit den Nachrichten, die zwischen den Sternen und Planeten kreisen. Eines Tages erreichte Trurl aus großer Ferne die Kunde von zwei mächtigen Konstrukteuren-Benefaktoren, die über soviel Vernunft und soviel Vollkommenheit verfügten, daß niemand ihnen gleichkäme. Alsbald begab er sich zu Klapauzius. Der aber erklärte ihm, die Nachricht spreche nicht von geheimnisvollen Rivalen, sondern von ihnen selbst, sie habe den Kosmos umkreist. Der Ruhm jedoch hat es so an sich, daß er über Niederlagen gewöhnlich schweigt, sogar wenn die höchste Perfektion sie hervorgerufen hat. Wer daran zweifelt, möge sich der letzten von Trurls sieben Reisen erinnern. Er hatte sie allein unternommen, weil Klapauzius von dringenden Pflichten festgehalten wurde, so daß er ihn nicht begleiten konnte.

Trurl war damals grenzenlos überheblich, und die Zeichen der Verehrung, die man ihm entgegenbrachte, nahm er als etwas ganz Gewöhnliches hin. Mit seinem Raumschiff flog er nach Norden, weil diese Richtung ihm am wenigsten bekannt war. Lange flog er durch die Leere, mied Globen voll Kriegsgeschrei und solche, die die Stille vollständiger Leblosigkeit einte, bis ihm zufällig ein kleiner Planet in den Weg kam, eigentlich ein geradezu mikroskopischer Brocken verirrter Materie.

Auf der Oberfläche dieses Felsblocks lief jemand hin und her, sprang in die Höhe und machte seltsame Gebärden. Erstaunt über solche Einsamkeit und beunruhigt von diesen Anzeichen der Verzweiflung oder des Zorns, landete Trurl eilends.

Ein Mann von riesiger Gestalt kam ihm entgegen, ganz aus Iridium und Vanadium, rasselnd und klirrend, und tat ihm kund, er heiße Exilius Tartareus und sei der Herrscher von Pankrycia und Cenendera; die Bewohner dieser beiden Monarchien hätten ihn in einem Anfall königsmörderischen Wahnsinns von seinem Thron gestoßen, ihn vertrieben und auf diesen wüstenhaften Brocken gesetzt, damit er in alle Ewigkeit mit ihm in den dunklen Driften der Gravitation umherirre.

Nachdem er erfahren, mit wem er es zu tun hatte, begann jener Monarch zu fordern, Trurl als gewissermaßen berufsmäßiger Wohltäter solle ihn unverzüglich in seine früheren Würden wieder einsetzen, und schon der Gedanke an eine derartige Wendung der Dinge ließ seine Augen im Feuer ersehnter Rache aufleuchten, und seine stählernen Finger krallten sich zusammen, als hielten sie bereits die Kehlen der treuen Untertanen umklammert.

Weder konnte noch wollte Trurl die Wünsche des Exilius erfüllen, denn das hätte viel Böses und viele Verbrechen nach sich gezogen, zugleich aber wünschte er, die beleidigte Majestät irgendwie zu besänftigen und zu trösten, er meditierte also eine gute Weile und gelangte zu der Überzeugung, auch in diesem Falle sei nicht alles verloren, man könne nämlich beides bewerkstelligen, den König befriedigen und seine Untertanen ungeschoren lassen. Nachdem er ausgiebig überlegt und seine meisterliche Kunst zu Hilfe gerufen hatte, konstruierte ihm Trurl deshalb einen völlig neuen Staat. Es gab dort Städte, Flüsse, Berge, Wälder und Bäche, einen Himmel mit Wolken, Kriegerscharen voller Kampfeslust, Burgen und Vesten und Frauenzimmer; ferner gab es von der Sonne grell beleuchtete Jahrmärkte, Tagesarbeit im Schweiße des Angesichts, Nächte voller Tanz und Gesang bis zum hellen Morgen, und das Rasseln der Säbel.

Auch fügte er in jenen Staat meisterlich eine herrliche Hauptstadt ein, ganz aus Marmor und Bergkristall, dazu einen Rat uralter Weisen, Winterpaläste und Sommerresidenzen, Verschwörungen von Königsmördern, Ehrabschneider, Ammen, Zuträger, Herden prächtiger Reitpferde und im Winde wehende purpurne Federbüsche; dann sättigte er die Luft mit den silbernen Fäden der Fanfarenklänge und den bauchigen Kugeln des Kanonensaluts, fügte die notwendige Handvoll Verräter und eine zweite Handvoll Helden hinzu, tat eine Prise Wahrsager und Propheten hinein, je einen Erlöser und einen Sänger der grausamen Macht des Geistes und führte dann, nachdem er sich neben dem fertigen Werk niedergelassen, eine Generalprobe durch, bastelte in ihrem Verlauf mit mikroskopischen Instrumenten daran herum, gab den Frauen des Staates noch etwas Schönheit, den Männern düsteres Schweigen und besof-

fenes Gezänk, den Beamten Hochmut und Unterwürfigkeit, den Astronomen Sternentrunkenheit, den Kindern lärmendes Wesen. Das alles aber war, vereint, verbunden und zugeschliffen, in einem Kasten untergebracht, nicht allzu groß, genauso, daß Trurl ihn ohne Mühe tragen konnte. Darauf gab er ihn dem Exilius zum Geschenk und bot ihm die ewige Herrschaft darüber an. Zuvor zeigte er ihm, wo die Eingänge und Ausgänge zu diesem Zwergenkönigreich lagen, wie man dort Krieg programmiert, Aufstände niederwirft, Abgaben und Aushebungen festlegt, auch lehrte er ihn, wo die kritischen Punkte explosiver Übergänge dieser miniaturisierten Gesellschaft lägen, das heißt die Maxima und Minima der Palastrevolutionen und Sozialumstürze, und er erläuterte das so gut, daß der seit jeher an ein tyrannisches Regiment gewöhnte König die Belehrung im Nu begriff und vor den Augen des Konstrukteurs versuchsweise einige Edikte erließ, indem er die mit kaiserlichen Adlern und Löwen geschmückten Regulationsknöpfe betätigte. Es waren das Edikte, die den Ausnahmezustand einführten, die Polizeistunde und einen Sondertribut. Dann, als in dem Königreich ein Jahr vergangen war, in Trurls und des Königs Zeit aber kaum eine Minute, hob der König durch einen Akt allerhöchster Gnade, also durch ein Tippen des Fingers auf den Regulator, ein Todesedikt auf, setzte den Tribut herab und geruhte, den Ausnahmezustand zu annullieren – und aus dem Kasten erhob sich, gleich dem Piepsen von Mäuschen, die man an den Schwänzen zieht, ein froher Lärm. Durch das gewölbte Glas oben konnte man sehen, wie sich das Volk auf den hellen, staubigen Wegen und an den Ufern der träge dahinfließenden Flüsse, in denen sich bauchige Wolken spiegelten, freute und die unvergleichlich hochherzige Gnade des Herrschers pries.
Der Monarch, anfangs durch Trurls Geschenk gekränkt, weil es gar zu klein und einem Kinderspielzeug ähnlich sei, sah jedoch, wie groß alles darin wurde, wenn man es durch das dicke Glas auf der Oberseite betrachtete, und fühlte vielleicht auch unklar, daß die Größenverhältnisse hier keine Rolle spielten, da man Staatsdinge nicht nach Meter und Kilogramm mißt, die Gefühle aber sowohl der Riesen wie der Zwerge irgendwie einander gleichen; er dankte dem Konstrukteur, wenn auch nur halblaut und steif.
Wer weiß, vielleicht hätte er sogar gern befohlen, die Palastwachen sollten ihn für alle Fälle in Ketten legen und mit Torturen vom Leben zum Tode befördern, weil es sicher zweckmäßig wäre, jede Kunde davon bereits im Keim zu ersticken, daß ein hergelaufener, in allen Kunststücken versierter Nichtsnutz der mächtigen Majestät ein Königreich geschenkt habe.

Doch war Exilius nüchtern genug, um einzusehen, daß daraus wegen des grundsätzlichen Mißverhältnisses der Kräfte nichts werden konnte; denn eher könnten die Flöhe ihren Ernährer gefangensetzen, als daß dies dem königlichen Heer mit Trurl gelungen wäre. Also nickte er noch einmal kaum merklich mit dem Kopf, steckte Zepter und Reichsapfel in die Brusttasche, hob nicht ohne Mühe den Kasten mit dem Staat hoch und trug ihn in seine Exilstube. Und während sie die Sonne abwechselnd im Rhythmus der Umdrehungen des Planetoiden beleuchtete und die Nacht sie in ihren frostigen Bann schlug, übte der König, den seine Untertanen bereits als den größten auf der Welt anerkannten, fleißig seine Herrschaft aus, befahl, verbot, ließ hinrichten, belohnte und ermunterte auf diese Weise ohne Unterlaß seine Winzlinge zu vollkommener Untertänigkeit und Thronverehrung.
Trurl hingegen erzählte, nach Hause zurückgekehrt, nicht ohne Zufriedenheit sogleich seinem Freunde Klapauzius, mit welcher Darbietung konstruktiver Meisterschaft er die monarchistischen Bestrebungen des Exilius mit den republikanischen seiner einstigen Untertanen in Einklang gebracht hatte. Klapauzius jedoch, o Wunder, zollte ihm nicht die geringste Anerkennung. Im Gegenteil, Trurl konnte etwas wie Tadel in seinen Augen lesen.
»Habe ich dich recht verstanden?« sagte er. »Du hast diesem grausamen König, diesem geborenen Sklavenhalter, diesem Torturophilen oder Qualenfreund, eine ganze Gesellschaft zu ewiger Herrschaft geschenkt? Und erzählst mir noch von dem freudigen Lärm, den die Annullierung eines Teils seiner grausamen Edikte hervorrief! Wie konntest du so handeln!«
»Du beliebst zu scherzen!« rief Trurl. »Schließlich hat dieser ganze Staat in einem Kasten Platz, dessen Größe hundert zu fünfundsechzig zu siebzig Zentimeter beträgt – er ist nichts anderes als nur ein Modell . . .«
»Modell wessen?«
»Was heißt hier wessen? Einer Gesellschaft, hundertmillionenfach verkleinert.«
»Und woher weißt du, ob es nicht Gesellschaften gibt, die hundertmillionenmal größer sind als unsere? Wäre dann unsere nicht ein Modell dieser riesenhaften? Und überhaupt, was für eine Bedeutung haben die Ausmaße? Dauert in diesem Kasten, das heißt in diesem Staat die Reise von der Hauptstadt bis zu den Antipoden nicht Monate – für die Bewohner dort? Leiden sie nicht, arbeiten sie nicht mühevoll, sterben sie nicht?«

»Nun ja, mein Lieber, du weißt doch selbst, daß alle diese Prozesse so ablaufen, weil ich sie programmiert habe, also nicht in Wirklichkeit.«

»Wieso nicht in Wirklichkeit? Willst du damit sagen, der Kasten sei leer und die Umzüge, Torturen und Hinrichtungen nur eine Täuschung?«

»Sie sind insofern keine Täuschung, als sie tatsächlich stattfinden, indessen allein als bestimmte mikroskropische Erscheinungen, zu denen ich die Atomschwärme gezwungen habe«, sagte Trurl. »Auf jeden Fall sind jene Geburten, Liebschaften, Heldentaten und Zuträgereien nichts als ein Sichtummeln winziger Elektronen in der Leere, geordnet durch die Präzision meiner nichtlinearen Kunst, die . . .«

»Ich mag die Worte deines Selbstlobs nicht länger hören!« schnitt ihm Klapauzius das Wort ab. »Du sagst, das seien Prozesse der Selbstorganisation?«

»Aber ja doch!«

»Und sie vollziehen sich zwischen winzigen elektronischen Wolken?«

»Das weißt du genau.«

»Und daß die Phänomenologie der Morgen- und Abenddämmerungen und der blutigen Kriege hervorgerufen wird von den Spannungen relevanter Variablen?«

»So ist es.«

»Und sind wir selbst, wenn man uns physikalisch, kausal und handgreiflich untersuchte, nicht ebenfalls Wölkchen elektronischen Sichtummelns? Positive und negative, in die Leere montierte Ladungen? Und ist unser Sein nicht das Resultat solcher Teilchengeplänkel, obwohl wir selbst die Wirbeltänze der Moleküle als Angst, Verlangen oder Überlegung empfinden? Und was geschieht in deinem Kopf anderes, wenn du träumst, als die duale Algebra der Umschaltungen und die unermüdliche Wanderung der Elektronen?«

»Mein lieber Klapauzius! Willst du unser Sein etwa identifizieren mit dem Sein dieses in den Glaskasten eingeschlossenen Quasi-Staates?« rief Trurl aus. »Nein, das ist zuviel! Meine Intention war doch, nur einen Simulator der Staatlichkeit zu schaffen, ein kybernetisch vollkommenes Modell, mehr nicht!«

»Trurl! Die Vollkommenheit ist unser Fluch, der durch die Unberechenbarkeit seiner Folgen jedes unserer Werke belastet!« sagte Klapauzius mit gewichtiger Stimme. »Denn ein unvollkommener Nachahmer, der anderen Torturen zuzufügen wünscht, würde sich eine unförmige Puppe aus Holz oder Wachs schaffen, ihr eine gewisse äußerliche Ähnlichkeit mit einem vernünftigen Wesen verleihen und sie dann ersatzweise und künstlich quälen! Doch bedenke den Fortgang der Vervollkommnung solcher Praktiken, mein Lieber! Denke dir als nächsten einen Bildhauer, der eine Puppe mit einem Tonband im Bauch herstellt, damit sie unter seinen Schlägen stöhnt. Denke dir eine, die, wird sie geschlagen, um Erbarmen fleht, eine, die aus der Puppe zum Homöostaten wird, denke dir eine Puppe, die Tränen vergießt, die blutet, eine Puppe, die sich vor dem Tode fürchtet, obwohl sie sich zugleich nach seiner Ruhe sehnt, die gewisser ist als jede andere! Siehst du nicht, wie die Vollkommenheit des Nachahmers bewirkt, daß der Schein zur Wahrheit wird, die Täuschung zur Wirklichkeit? Du hast einem grausamen Tyrannen die ewige Herrschaft über unzählige Mengen leidensfähiger Wesen verliehen, du hast also etwas Schandbares getan . . .«

»Das sind alles Sophismen!« schrie Trurl heftig, weil die Worte seines Freundes ihn getroffen hatten. »Die Elektronen hüpfen nicht nur in unseren Köpfen, sondern auch in den Schallplatten, und aus dieser allgemeinen Eigenschaft ergibt sich nichts, was zu so hypostatischen Analogien berechtigen könnte! Die Untertanen des Ungeheuers Exilius verlieren tatsächlich den Kopf und das Leben, sie schluchzen, schlagen und lieben sich, weil ich die Parameter in der erforderlichen Weise abgestimmt habe, aber ob die dabei irgend etwas empfinden, das weiß man nicht. Klapauzius, denn davon werden die in ihren Köpfen hüpfenden Elektronen nichts sagen!«

»Wenn ich dir den Kopf zerschlüge, würde ich auch nichts erblicken als die Elektronen, das ist gewiß!« sagte jener. »Du tust doch nur so, als sähest du nicht, was ich dir zeige, ich weiß sehr wohl, du bist nicht so dumm. Eine Schallplatte kannst du nicht befragen, eine Schallplatte fleht nicht um Erbarmen und fällt auch nicht auf die Knie. Man weiß nicht, sagst du, ob sie unter den Schlägen stöhnen, nur weil ihnen die Elektronen in ihrem Innern dazu die Impulse geben wie Räder, die sich geräuschvoll bewegen, oder ob sie wirklich aus ehrlich empfundenem Schmerz schreien? Das ist mir eine Unterscheidung! Es leidet doch nicht, wer dir sein Leiden hinhält, damit du es abtastest, untersuchst und wägst, sondern wer sich wie ein Leidender verhält! Beweise mir hier auf der Stelle, daß sie *nicht* leiden, daß sie *nicht* denken, daß es sie überhaupt *nicht gibt* als Wesen, die sich des Eingeschlossenseins zwischen den beiden Abgründen der Nichtexistenz bewußt sind, zwischen der vor der Geburt und der nach dem Tode, beweise mir das, und ich werde aufhören, dich zu behelligen! Beweise mir auf der Stelle, daß du das Leiden nur *nachgeahmt*, aber nicht *geschaffen* hast!«

»Du weißt genau, das ist unmöglich«, entgegnete Trurl leise. »Denn indem ich die Instrumente zur Hand nahm, als der Kasten noch leer war, mußte ich sogleich die Eventualität eines *solchen* Beweises voraussehen, um ihr bei der Projektierung des Staates für Exilius zuvorzukommen, und zwar damit in dem Monarchen nicht der Eindruck entstand, er habe es mit Marionetten zu tun, mit Puppen statt mit ganz realen Untertanen. Ich konnte nicht anders handeln, versteh doch! Denn alles, was die Illusion absoluter Realität unterhöhlt, hätte den Ernst der Herrschaft zerstört und sie zu einem mechanischen Spiel gemacht . . .«

»Ich verstehe, ich verstehe genau!« rief Klapauzius. »Deine Intentionen waren edel – du wolltest nur einen Staat errichten, der einem wirklichen möglichst ähnlich sei, ähnlich bis zur Ununterscheidbarkeit, und ich begreife dein Grauen, daß dir das gelungen ist. Seit deiner Rückkehr sind nur Stunden vergangen, aber für die da, die in dem Kasten eingeschlossen sind, ganze Jahrhunderte. Wieviel zugrunde gerichtete Existenzen, nur damit Exilius' Hochmut sich aufplustern und aufblähen kann!«

Ohne noch etwas zu sagen, begab sich Trurl zu seinem Raumschiff und sah, daß sein Freund ihm folgte. Nachdem er die Raumfähre wie einen Kreisel herumgedreht hatte, richtete Trurl ihren Bug auf die Stelle zwischen zwei großen Haufen zeitloser Feuer und drückte auf die Steuer, bis Klapauzius sagte:

»Du bist unverbesserlich. Immer handelst du erst und denkst später. Was willst du tun, wenn wir dort ankommen?«

»Ich werde ihm den Staat wegnehmen!«

»Und was damit machen?«

Vernichten, wollte Trurl schreien, doch bei der ersten Silbe hielt er inne, sie kam ihm nicht über die Lippen. Er wußte nicht, was er sagen sollte, und murmelte:

»Ich werde Wahlen ansetzen. Sollen sie sich selbst gerechte Herrscher aussuchen.«

»Du hast sie als Feudalherren und Lehnsmänner programmiert, was nützen da Wahlen, wie sollen sie ihr Los ändern? Erst müßtest du die ganze Struktur dieses Staates zerbrechen und von neuem fügen . . .«

»Aber wo hört der Strukturwandel auf und beginnt die Umformung der Geister?!« rief Trurl. Klapauzius antwortete ihm nicht, und sie flogen in düsterem Schweigen, bis sie den Planeten des Exilius erblickten. Als sie ihn vor der Landung umkreisten, bot sich ihren Augen ein ungewöhnlicher Anblick.

Unzählige Anzeichen vernünftigen Handelns bedeckten den ganzen Planeten. Mikroskopische Brücken überspannten wie Striche die Bäche, und die Teiche, in denen sich die Sterne spiegelten, waren voll hobelspangroßer Schiffchen . . . Die sonnenabgewandte, nächtliche Halbkugel war bedeckt mit den Pocken lichterglitzernder Städte, und auf der hellen sah man Siedlungen, wenn man auch die Bewohner selbst wegen ihrer Winzigkeit nicht einmal durch die stärksten Gläser wahrnehmen konnte. Nur von dem König war keine Spur zu finden, als hätte sich unter ihm die Erde aufgetan.

»Er ist weg . . .«, flüsterte Trurl verwundert seinem Gefährten zu. »Was haben sie mit ihm gemacht? Es ist ihnen gelungen, die Wände des Kastens zu sprengen, sie haben den gesamten Brocken eingenommen . . .«

»Sieh nur!« sagte Klapauzius und wies auf ein Wölkchen in Form eines winzigen Stopfpilzes, das langsam in der Atmosphäre verging. »Sie kennen schon die Atomenergie . . . Und dort hinten – siehst du die Formen aus Glas? Das sind Reste des Kastens, die sie zu einem Heiligtum umgestaltet haben . . .«

»Ich verstehe das nicht. Es war doch nur ein Modell. Nur ein Prozeß aus zahlreichen Parametern, ein monarchistisches Trainingsgerät, eine Imitation, verkoppelt aus Variablen im Multistat . . .«, murmelte der verblüffte, verdutzte Trurl.

»Ja, aber du hast den unverzeihlichen Fehler übermäßiger Perfektion in der Nachahmung begangen. Da du kein Uhrwerk bauen wolltest, hast du ungewollt aus Pedanterie bewirkt, was möglich und notwendig ist – also das Gegenteil des Mechanismus . . .«

»Hör auf!« schrie Trurl. Sie schauten also nur hin, bis etwas an ihr Raumschiff stieß, aber nur in ganz leichter Berührung. Und sie sahen den Gegenstand, denn ein schmaler Lichtstreif aus dem Hintergrund beleuchtete ihn. Es war ein Fahrzeug oder nur ein künstlicher Satellit, verblüffend ähnlich einem der stählernen Schuhe, die der Tyrann Exilius getragen hatte. Und als sie die Blicke hoben, sahen sie hoch über dem Kleinplaneten einen leuchtenden Körper, den er früher nicht besessen hatte. Sie erkannten an seiner runden, vollkommen kalten Oberfläche die stählernen Züge des Exilius, der auf diese Weise zum Mond der Mikrominianten geworden war.

DIE AUFERSTEHUNGS-MASCHINE

PHILONOUS: Meinst du? Ausgezeichnet. Erlaubst du, daß ich dir zur Erforschung der Spezifika deiner Maschine, die aus Atomen wieder zum Leben erweckt, Fragen stelle, auf die du mir Antwort geben wirst?

HYLAS: Gern bin ich damit einverstanden.

PHILONOUS: Prächtig. Stelle dir vor, Hylas, daß du heute sterben mußt, denn du befindest dich in der Gewalt eines Tyrannen, der den unumstößlichen Beschluß gefaßt hat, dich zu töten und dazu alle Möglichkeiten besitzt. Der Zeitpunkt deiner Exekution ist auf sieben Uhr morgens festgelegt. Um sechs, das heißt gerade jetzt, begibst du dich von Trauer und Angst gemartert auf deinen letzten Spaziergang vor dem Tode, triffst mich und erzählst mir von deinem Unglück.

Bist du bereit, einen derartigen Ausgangspunkt für unsere Disputation über diese fiktive Situation zu akzeptieren, in der du zum Tode verurteilt bist, ich aber – dein Freund bin, der dir helfen will und zugleich Erfinder der Maschine, die aus Atomen wieder zum Leben erwecken kann?

HYLAS: Ich bin bereit. Sprich.

PHILONOUS: Mein armer Hylas, du mußt sterben, o weh, das ist entsetzlich! Aber nicht wahr, du bist doch Materialist?

HYLAS: So ist es.

PHILONOUS: Das trifft sich ausgezeichnet. Ich habe soeben die Konstruktion der Maschine vollendet, über die wir in letzter Zeit so viel gesprochen haben. Die Kopien, die ich mit ihrer Hilfe anfertige, unterscheiden sich durch nichts von den Originalen. Der Mensch, den meine Maschine aus Atomen zusammensetzt, weist nicht nur in seiner sterblichen Hülle keinerlei Abweichungen vom Original auf, sondern er besitzt auch sämtliche geistigen Eigenschaften desselben; um ein Beispiel zu nennen, möchte ich nur das Gedächtnis erwähnen – wie du weißt, beruht es auf bestimmten individuellen Eigenschaften der Struktur des Gehirns. Meine Maschine liefert eine Kopie vom Aufbau des Gehirns präzis bis ins kleinste Detail, also auch mit dem Gedächtnis an vergangene Ereignisse und die damit verbundenen Gedanken, Erinnerungen und Wünsche. Kurz gesagt, lieber Hylas, wenn du in einer Stunde der Gewalt zum Opfer fällst und gestorben bist, so wird deine sterbliche Hülle noch nicht erkaltet sein, da setze ich schon die Maschine in Gang und aus den gleichen Atomen, aus denen dein Körper jetzt zusammengesetzt ist, baue ich einen lebendigen, einen denkenden Hylas. Ich bürge dir dafür. Na, was sagst du, freust du dich?

HYLAS: Aber ja, dreimal ja, selbstverständlich. Du brauchst nur meine atomare Struktur zu erforschen, um sie dann der Maschine einzugeben.

PHILONOUS: Versteht sich. Erlaube jedoch, mein Freund, daß ich dich in deiner Sicherheit, den Tod zu überleben, noch bestärke. Du kennst mich, glaubst meinen Worten, meinen Versicherungen, hinfällig jedoch sind die Werke von Menschenhand, Gewißheit ist hier mithin unerläßlich. Erlaube daher, daß ich diesen Hylas, der deine Fortsetzung, deine Kontinuation, sein soll, schon jetzt schaffe. Er wird deinen Tod abwarten, bist du aber gestorben, werde ich mich gemeinsam mit ihm, das heißt mit dir, den Freuden des wiedererweckten Lebens hingeben.

HYLAS: Was redest du da, Philonous?

PHILONOUS: Du hast schon richtig gehört: Um deine Gewißheit zu erhöhen, werde ich deine Kopie bereits jetzt anfertigen . . .

HYLAS: Aber das ist doch Unsinn!

PHILONOUS: Aber weshalb denn?

HYLAS: Das wäre ja ein von mir ganz losgelöstes, ein fremdes Wesen!

PHILONOUS: Meinst du?

HYLAS: Ja, wie denn sonst? Dieser Mensch kann und wird mir unendlich ähnlich sein, alle werden ihn für mich halten, er wird dieselben Empfindungen haben wie ich, dieselben Wünsche und Neigungen, sogar die Arbeiten, die von mir begonnen wurden, kann er in meinem Geist zu Ende führen, aber das werde doch nicht ich sein! Das ist ein Doppelgänger, gleichsam ein Zwilling, ich aber sterbe für immer!

PHILONOUS: Woher nimmst du diese Gewißheit?

HYLAS: Nun daher, daß ich, wenn du ihn jetzt gleich erschaffst, und er dann unter uns weilen wird, von ihm als »er« sprechen werde, wie von jedem anderen Menschen, und daß ich ihn sehen werde, der äußerlich ich selbst ist – und doch wird er ein anderes, von mir losgelöstes, fremdes Wesen sein, wie jeder Mensch, und die Tatsache, daß er mir gleicht wie ein Ei dem anderen, kann mir meinen Tod nicht im geringsten versüßen. Freilich, für die, die weiterleben, für meine Freunde, meine Verwandten, wird er eine vollkommen perfekte Vortäuschung meiner Existenz sein, ich aber – ich werde sterben und nicht weiterleben.

PHILONOUS: Woher diese Gewißheit?

HYLAS: Du kannst in dieser Sache nicht die geringsten Zweifel haben, Philonous, nur auf die Probe stellen willst du mich. Gleichwohl, wenn ich dieses feuchte, welke Blatt hier von der Erde aufhöbe und es diesem »zweiten Hylas« reichte, angenommen, er stünde neben uns, so wäre es doch er, der seinen herben und angenehmen Duft einatmen und verspüren würde, nicht aber ich. Und ähnlich verhielte sich die Sache auch nach meinem Tode, denn infolge meines Ablebens würde sich bei ihm ja nichts verändern, nichts Neues eintreten. Er wird weiterhin auf der Welt sein, sich ihrer Schönheit erfreuen, ich hingegen werde vollends aufhören zu existieren.

PHILONOUS: So? Hm, was also tun? Sag mir, was soll ich mit der Maschine tun, um dir die Auferstehung zu sichern?

HYLAS: Das ist ganz einfach. Du brauchst meine lebendige und denkende Kopie nur n a c h meinem Tode herzustellen.

PHILONOUS: Meinst du wirklich?

HYLAS: Ja.

PHILONOUS: Die n a c h deinem Ableben angefertigte Kopie wird mit dir identisch sein, die vor deinem Tode angefertigte aber nicht, sie wird zwar ein Mensch sein, der dir über alle Maßen ähnlich ist, dennoch aber ein anderer? Worin liegt denn nun der Unterschied zwischen diesen beiden Wesen? Erklär mir das bitte!

HYLAS: Erstens, jener vor meinem Ableben Erschaffene wird meiner ansichtig geworden sein, wie ich seiner; er wird wissen, daß ich zugrunde gehe, während er gerade erschaffen wurde, er wird ...

PHILONOUS: Wenn das deine ganze Sorge ist, der kann ich dich entheben: Die Kopie wird in dem einen wie dem anderen Falle dank eines Schlaftrunks selig schlummern und erst n a c h deinem Ableben wieder erwachen, also wird sie nichts über die unliebsamen Begleitumstände deines Endes erfahren, noch darüber, wie sie selbst das Licht der Welt erblickt hat.

HYLAS: Nein, nicht darum geht es. Ich war, wie ich sehe, nicht vorsichtig genug, Philonous. Diesem Problem muß man sich mit dem scharfen Instrument des Verstandes nähern. Unmittelbar nach meinem Tode, wenn ich aufgehört habe zu existieren, wird es auf der ganzen Welt keine Methode geben, nach der man feststellen könnte, daß nicht ich es bin, sondern nur meine Kopie. Ist es nicht so?

PHILONOUS: So ist es.

HYLAS: Hättest du die Kopie aber früher angefertigt, so könnte man mit Leichtigkeit feststellen, daß sie nicht mit mir identisch ist, und zwar deshalb, weil die Kopie neben mir existieren würde, an einer anderen Stelle des Raumes. Das wäre folglich eine Koexistenz, die ipso facto die Kontinuation ausschließt. Ja, jetzt sehe ich, wo der Irrtum gesteckt hat. Die nach meinem Ableben erschaffene Kopie, das bin ich, die vor meinem Tode erschaffene – das ist ein anderer, ein fremder, von mir losgelöster Mensch. Sage nicht, daß du den Moment seiner Erschaffung beliebig in der Zeit verschieben kannst, so daß es schließlich der millionste Teil einer Sekunde sein wird, der zwischen meiner Auferstehung und der Erschaffung meines mir fremden Doppelgängers liegt. Sag das nicht, denn obwohl die Sache merkwürdig erscheint, muß sie sich so verhalten. Eine besondere Situation zieht besondere Konsequenzen nach sich.

PHILONOUS: Gut. Du sagst also, daß eine Kopie, die vor deinem Ableben aus Atomen zusammengesetzt wurde, ein dir völlig fremder Mensch sein wird, mit dem dich nichts anderes verbindet als eine außerordentliche Ähnlichkeit. Eine Kopie jedoch, die nach deinem Ableben angefertigt wurde, wird deine Kontinuation sein, das heißt du selbst, nicht wahr?

HYLAS: Ja.

PHILONOUS: Darf man erfahren, wodurch sich diese Kopien voneinander unterscheiden?

HYLAS: Durch den Zeitpunkt, zu dem sie entstanden sind. Eine parallele Existenz von mir und der Kopie schließt die Kontinuation aus, ihre Existenz aber in der Zeit nach mir, nach meinem Ableben, macht sie möglich.

PHILONOUS: Die Existenz der Kopie nach deinem Ableben macht deine Kontinuation möglich, sagst du? Ausgezeichnet. So nimm jetzt zur Kenntnis, welchen Tod der Tyrann dir zugedacht hat. Einen Becher mit tödlichem Gift wirst du leeren. Die Agonie wird eine Stunde dauern. Wann soll ich nun die Maschine in Gang setzen?

HYLAS: Wenn ich gänzlich zu leben aufgehört habe.

PHILONOUS: Wenn ich dann die Kopie angefertigt habe, wird sie deine Kontinuation, das heißt du selbst sein?

HYLAS: Wenn sie nach meinem Tode angefertigt ist, ja.

PHILONOUS: Ausgezeichnet. Wenn aber der boshafte Tyrann seinen Medici befiehlt, dich, der du an dem Gift gestorben bist, wieder lebendig zu machen, und zwar dadurch, daß man eine Gänsefeder in deinen Hals steckt und dir ein Gegengift einflößt, was ist dann? Die Kopie, welche die Maschine nach deinem Tode anfertigte, war – wie du selbst gesagt hast – du. Hört denn diese Kopie jetzt, da man dich wieder lebendig gemacht hat, plötzlich auf, du zu sein und verändert sich mit einem Schlage in einen Menschen, der dir völlig fremd ist?

HYLAS: Wie wäre das möglich, mich, einen Toten, wieder lebendig zu machen?

PHILONOUS: Das wäre sicherlich leichter, als eine Maschine zu konstruieren, die aus Atomen wieder zum Leben erweckt. Diskutieren wir technische oder philosophische Einzelheiten, lieber Hylas? Ist es denn aus irgendeinem Grunde prinzipiell unmöglich, einen frisch Verstorbenen wieder zum Leben zu bringen? Können die Chirurgen nicht schon heute einen auf dem Operationstisch Gestorbenen wieder lebendig machen? Weißt du etwa nichts davon? Bitte sag mir, wie es sich mit der Kopie verhält, die bereits deine Kontinuation war, was mit ihr in dem Moment passiert, in dem du dank eines Gegengifts wieder zum Leben erwacht bist? Vielleicht aber wirst nicht mehr du selbst in deinem ursprünglichen Körper zum Leben erwachen, sondern ein ganz anderer?

HYLAS: Ausgeschlossen. Es ist völlig klar, daß ich in dem Körper wieder zum Leben erwache, den der Tyrann durch Gift seines Lebens beraubt hatte. In diesem Moment wird die Kopie notwendigerweise aufhören, meine Kontinuation zu sein.

PHILONOUS: So, meinst du? Überleg doch einmal, Hylas. Kannst du dir vorstellen, daß gerade du diese Kopie bist? Also nehmen wir einmal an, ich zeige dir die Maschine und sage, daß du gerade in diesem Moment aus ihrem Inneren hervorgegangen bist. Du fühlst dich natürlich Zoll für Zoll als Hylas – denn die Maschine hat dich glänzend reproduziert. Nun stell dir vor, daß »jener Hylas«, der sich in der Hand des Tyrannen befand, vor einer Stunde vergiftet wurde, jetzt aber haben ihn die Medici gerade durch ein Gegengift ins Leben zurückgeholt. Spürst du irgendeine Veränderung deiner Persönlichkeit infolge dieses fernen Ereignisses?

HYLAS: Nein.

PHILONOUS: Na, siehst du. Die Kopie ist ein lebendiger, normaler Mensch (das folgt aus den Prämissen), und in ihr können keinerlei Veränderungen vor sich gehen, die damit zusammenhängen, was mit dem »Original« geschieht. Ob man diesem Gift einflößt oder auch ein Gegengift – die Kopie wird davon weder betroffen noch verändert. So können wir also sagen: Ebenso, wie es keinerlei ursächlichen Zusammenhang gibt zwischen dir, all den Höhen und Tiefen deines Lebens, und jenem Hylas, der von einer Maschine erschaffen wurde – ob nun für ein Jahr, dein Leben lang oder erst nach deinem Ableben – genau so ist er für dich ein fremder Mensch, der nichts mit dir gemein hat, außer einer erstaunlichen Ähnlichkeit. Daß deine zur Kopie parallele Existenz die Kontinuation ausschließt – damit bin ich einverstanden. Ob die nach deiner Vernichtung entstandene Kopie jedoch wirklich du ist, und ob eine derartige Möglichkeit dir somit die Chance eröffnet, erneut zum Leben zu erwachen – dafür muß der Beweis erst noch erbracht werden. Bisher jedenfalls spricht alles gegen ein derartiges Verständnis der Sache.

HYLAS: So warte doch. Seltsam, wie du die Dinge verwirrt hast. Sieh hier, mein Körper. Wenn er zugrundegegangen und vernichtet ist, so wird in Zukunft eine analoge Struktur entstehen können . . . aha! Ich hab's! Ich weiß schon! Man muß mit der Herstellung der Kopie warten, bis mein Körper aufgehört hat zu existieren, bis seine Struktur gänzlich vergangen ist.

PHILONOUS: Folglich ist dafür, ob du wieder zum Leben erwachst, entscheidend, ob deine sterbliche Hülle gründlich verwest ist oder nicht, wenn ich dich richtig verstehe? Deine Auferstehung ist somit vom Tempo abhängig, in dem sich deine Gebeine zersetzen. Wenn aber der Tyrann befiehlt, dich einbalsamieren zu lassen, wirst du niemals wieder lebendig werden, hab ich recht?

HYLAS: Nein, zum Teufel, das hast du nicht. Wie ich sehe, muß man bei dem ganzen Gedankengang lebendige Wesen aus dem Spiel lassen. In die Aussagen über Menschen schleicht sich offensichtlich irgendein störender Faktor – ein Faktor der Angst oder der Unruhe – ein. Erörtern wir die ganze Sache anhand toter Gegenstände. Ich habe hier ein wertvolles Kamee, aus Elfenbein geschnitzt. Nehmen wir an, daß ich es zu Atomen pulverisiere und dann aus eben diesen Atomen eine nicht zu unterscheidende Kopie anfertige. Wie sieht die Sache dann aus? Ich sehe sie so: Wenn wir verabredet haben, daß die Kopie die Kontinuation des Originals sein soll, so wird sie es sein. Wenn wir statt dessen darauf erkennen, daß sie es nicht ist, so wird sie keine Kontinuation sein. Die Entscheidung hängt ausschließlich von unserer Verabredung ab, denn wenn wir das »frühere« und das »spätere« Kamee untersuchen, können wir keinerlei Unterschiede zwischen ihnen feststellen – da beide ex definitione die gleichen sind.

PHILONOUS: Endlich hast du Licht auf das Problem geworfen. Deine letzte Schlußfolgerung lautet auf den Menschen angewendet wie folgt: Wenn du um die siebte Stunde gestorben bist, und ich dich aus Atomen rekonstruiert habe, so wirst du – je nachdem, wie wir uns vorher verabredet haben – weiterleben oder nicht weiterleben. Erscheint dir das nicht auch völlig unsinnig? Wenn du aber auf dem Operationstisch unter dem Messer des Chirurgen gestorben bist, und es gelingt der ärztlichen Kunst dennoch, dich wieder ins Leben zurückzurufen, wirst du auch dann sagen, daß du lebst oder auch nicht mehr lebst, je nachdem wie wir uns verabredet haben?

HYLAS: Die Schwierigkeit liegt, wie ich sehe, darin, daß in bezug auf sämtliche, objektiv um mich herum existierenden Dinge eine beliebig getroffene Verabredung (Konvention) über das Problem ihrer Kontinuation entscheidet. Wenn ich mich jedoch selbst einem analogen Experiment unterziehe, so bringt allein der Abschluß einer Konvention nichts als Unsinn hervor. Ich verstehe nicht, warum das so ist! Denn der Mensch ist doch ebenso eine materielle Sache wie ein Felsbrocken, eine Flachsfaser oder ein Stück Metall!

PHILONOUS: Ich will dir den Quell aufzeigen, aus dem deine Verwirrung entspringt. Wenn wir uns daran machen, die Kontinuation irgendeines Gegenstands festzustellen, so wählen wir gleichzeitig konkrete Kriterien, die darüber entscheiden, ob tatsächlich eine Kontinuation vorliegt, d. h. ob ein und derselbe Gegenstand jetzt wie ehedem unverändert andauert. Wenn wir den Stand der Dinge definieren, wählen wir also implizite (manchmal auch explizite) Methoden, die diesen Stand feststellen sollen. Mein Bewußtsein hingegen ist mir unmittelbar gegeben, und absolut nicht von mir hängt die Wahl der Methode ab, die überprüfen soll, ob ich zu diesem Zeitpunkt bewußt bin oder nicht. Was andere Menschen anbelangt, so können sie mich als Objekt behandeln und zur Frage meiner etwaigen Existenz nach meinem Tode und nach meiner Rekonstruktion aus Atomen Verabredungen treffen. Ich jedoch bin der einzige, der das nicht tun kann. Hier geht es um ein allgemeines, methodologisches Problem. Jeder beliebige Körper offenbart uns seine verschiedenen Eigenschaften in Abhängigkeit davon, mit welcher Methode wir ihn untersuchen. Das menschliche Bewußtsein jedoch offenbart sich seinem Träger auf die unmittelbarste, ursprünglichste, augenscheinlichste Weise, ohne die Anwendung irgendeiner Methode oder – wenn du so willst – durch »die gleiche Methode« für alle bewußten, normalen Menschen. Abgrundtiefe Zweifel kann man hegen, was die Struktur und den Entstehungsmechanismus des Bewußtseins anbelangt, seine Existenz jedoch in identischer Gestalt bei einem gegebenen Individuum läßt sich nicht leugnen.

HYLAS: Weißt du was? Ich glaube, du stellst mir die falschen Fragen. Das ganze Problem ist falsch gestellt, da es auf ein argumentum ad hominem hinausläuft. Du fragst mich nach künftigen Dingen, die ich mir ausdenken muß, da sie noch kein Mensch erlebt hat. Damit jedoch nicht genug: Wesentlich sind hier nur meine prämortalen Aussagen, denn wenn ich gestorben bin, und du nach meinem Tode die in der Maschine geschaffene Kopie befragst, ob sie ich ist, so wird sie natürlich mit ja antworten, wird behaupten, sie sei Hylas, derselbe, der hier mit dir dieses Gespräch geführt hat. So ist denn alles, was ich zum Thema der Zukunft gesagt habe, die für mich nach meinem Tode und der Neuschaffung meines Körpers aus Atomen anbrechen soll, vor allem aber das, was ich zum Thema, ob ich weiterleben werde oder nicht, geäußert habe, so sind all das, lieber Philonous, nur meine subjektiven Vorstellungen, Erwartungen, Gedanken, Vorgefühle, Zweifel und nichts sonst.

PHILONOUS: Wie ist das zu verstehen? Dann ruft die Maschine die Toten also nicht in ein neues Leben zurück?

HYLAS: Das habe ich nicht gesagt. Ich weiß nicht, wie die Sache sich verhält. Wissenschaftlich läßt sich hier jedoch nichts beweisen. Kein entscheidendes Experiment kann durchgeführt werden, denn auf Befragen wird die Kopie behaupten, daß sie ich ist, und einen Weg, um in Erfahrung zu bringen, ob sie nicht nur ein Doppelgänger ist, gibt es nicht und wird es nicht geben. Will man also den Boden der empirischen Wissenschaften nicht verlassen, so muß man das ganze Problem für ein Scheinproblem erklären, jetzt und immerdar, und meine oder die Aussagen anderer Personen können lediglich von bestimmten besonderen Eigenschaften des menschlichen Geistes Zeugnis ablegen, sagen hingegen nichts über künftige Ereignisse. Wenn es aber den Anschein hat, daß sie es dennoch tun, so handelt es sich um einen Mißbrauch der Sprache, und um nichts anderes. Ja, Philonous, es ist ein Scheinproblem, dessen bin ich jetzt ganz sicher.

PHILONOUS: Du hast recht, empirisch läßt sich das Problem nicht lösen. Denn selbst wenn die Maschine hier vor uns stünde, wenn du bereit wärst, dich dem Experiment zu unterziehen und nach deiner Ermordung wieder zum Leben erwachtest, so bliebe ungewiß, ob du es wärst, der da von den Toten auferstanden ist oder nur ein dir ähnlicher Mensch, gleichsam ein Zwilling. Hier haben wir den logisch exakten Fall einer Alternative vor uns: Entweder ist die Kopie die Kontinuation des Originals oder sie ist es nicht. Aus jeder Eventualität gehen – wenn wir eine davon für wahr halten – bestimmte Schlußfolgerungen hervor. Wenn diese Schlußfolgerungen zu einem logischen Widerspruch führen, müssen wir sie verwerfen, gemeinsam mit der Auflösung der Alternative, die sie hervorgebracht hat. Auf diese Weise werden wir die Möglichkeit entdecken, die von logischen Widersprüchen frei ist und diese als diejenige

anerkennen, die mit Gewißheit der Wirklichkeit entspricht. In jedem Falle, ein Scheinproblem ist es meiner Meinung nach nicht. Ein Scheinproblem ist ein Problem, das es überhaupt nicht gibt. Wenn es das besagte Problem nicht gibt, so hast du keinerlei Anlaß, dir darüber Sorgen zu machen, was sich um die siebte Stunde aufgrund der Pläne des grausamen Tyrannen ereignen wird.
HYLAS: Du scherzt, Philonous, das Problem jedoch ist schwierig und verdient eine sachliche Betrachtung. Als zum Tode Verurteilter mache ich mir Sorgen, denn meine festgesetzte Hinrichtung ist ein Faktum, das stattfinden soll und kein Scheinproblem, die von mir aufgezeigte und zuvor als unerschütterlich anerkannte Möglichkeit der Wiederauferstehung hingegen enthält Geheimnisse, die bisher noch von niemandem verstanden, geschweige denn enträtselt wurden. Versuchen wir das Problem der Kontinuation am Beispiel eines Menschen zu betrachten. Nehmen wir an, es existiert ein Mensch X, und wir schaffen zu seinen Lebzeiten mit Hilfe der Maschine eine Kopie, die wir X′ nennen. X und X′ haben dasselbe Gefühl ihrer Identität und auch dieselben Erinnerungen gespeichert. Der eine antwortet auf Befragen, er habe dasselbe erlebt wie der andere. Jedoch in Wirklichkeit hat nur X das erlebt, wovon er spricht, X′ hingegen kommt dies nur so vor. Also zeugt von der Identität eines Menschen nicht nur seine atomare Struktur, sondern auch die genetische Verbindung seiner gegenwärtigen Struktur mit seiner vorherigen Struktur. Somit haben wir für unsere Untersuchungen den Begriff der Identität gerettet, indem wir das genetische Element zu einem Bestandteil dieses Begriffs gemacht haben. Diese Identität kann man nach Lewin als Genidentität bezeichnen.
PHILONOUS: Mit Vergnügen habe ich deinen Gedankengang gehört, lieber Freund, ich meine jedoch, daß er nichts zur Lösung der Frage beiträgt, sondern sich im Gegenteil – völlig von ihr entfernt.
HYLAS: Und weshalb, wenn ich fragen darf?
PHILONOUS: Erstens suchst du auf andere Weise als vorher nachzuweisen, daß eine Kontinuation unter der Bedingung der Koexistenz unmöglich ist. Zweitens forderst du, daß man für den Beweis der Kontinuität den Begriff der genetischen Identität als unerläßlich anerkennt. Aber gerade das durchkreuzt das eigentliche Funktionsprinzip der Maschine, denn was sind die Konsequenzen? Wenn der Tyrann seinen Schergen befiehlt, dir für eine bestimmte Zeit den Mund zuzuhalten, so mußt du sterben. Irgendein Gelehrter, besessen von deiner Doktrin der Genidentität, wird nach einer gewissenhaften Untersuchung des Leichnams sagen, der Verstorbene sei

genidentisch mit Hylas, er sei die Kontinuation des Hylas, nur daß diese Kontinuation eben nicht mehr am Leben sei. So wird er eine zweifellos wahre Sache entdecken, aber nicht eben die allerneueste, daß nämlich ein sterbender Mensch im Begriff ist, ein Verstorbener zu werden und daß dieser Verstorbene derselbe Mensch ist, nur eben nicht mehr am Leben, jedoch wird uns diese Entdeckung nicht im geringsten helfen, Licht auf die Sache zu werfen. Du hast selbst zu Beginn unseres Gesprächs auf das Postulat der Genidentiät verzichtet, indem du mit Recht bemerktest, daß darüber, ob man sich als homogene Persönlichkeit fühlt, nicht die Erhaltung derselben Atome entscheidet, sondern die Bewahrung derselben Struktur. Angenommen, die Schergen schneiden dir die Hände ab, die Maschine jedoch schafft dir aus Atomen neue, lebendige Hände, die ganz natürlich an deine Arme angewachsen sind. Wirst du weiterhin du selbst sein?

HYLAS: Selbstverständlich.

PHILONOUS: Und jetzt schneiden dir die Schergen den Kopf ab, mir gelingt es jedoch, mit Hilfe der Maschine eine Kopie deines Körpers zu schaffen, die ihrerseits an den Kopf anwächst. Wirst es du selbst sein, der auf diese Weise zum Leben erwacht oder nur dein Doppelgänger?

HYLAS: Ich selbst.

PHILONOUS: Und wenn ich nun nach deinem Tode eine vollständige Kopie mit allen Gliedern anfertige, wird sie dann nicht mehr du sein?

HYLAS: Warte mal! Mir ist ein neuer Gedanke gekommen. Du sprachst vorhin über das Verfahren der Durchführung von Beobachtungen, d. h. über die Methoden, die wir wählen, um festzustellen, ob die Kontinuation eines Gegenstands vorliegt oder nicht. Diese Beobachtung muß lückenlos sein, nicht wahr? Nur solch eine Methode ist natürlich und angemessen.

PHILONOUS: Keineswegs. Jeder von uns, der sich nach einem schweren Arbeitstag zur Ruhe begibt, versinkt dabei nicht selten in einen derart festen Schlaf, daß er gerade dadurch das Bewußtsein seiner Existenz verliert. Wenn du jedoch in der Frühe erwachst, so weißt du trotz dieser nächtlichen Pause mit Bestimmtheit, daß du derselbe Hylas bist, der sich am Abend schlafen gelegt hat.

HYLAS: Ja, wirklich! Du hast recht. Doch höre, ist es nicht so, daß wir den Erwartungen eines Menschen, der sterben muß, zuviel Aufmerksamkeit widmen? Vielleicht verschwindet das Problem von ganz allein, wenn er von seinem jähen Tod überhaupt nichts weiß?

Also, dieser Mann begibt sich zur Ruhe und weiß von nichts. Den vom Schlaf übermannten töten wir und legen dann eine fest schlafende atomare Kopie auf sein Lager. Wenn sie aus dem Schlaf erwacht ist, wird man dann nicht sagen können, daß eine Kontinuation geschaffen wurde, daß es derselbe Mensch ist, der sich am Abend schlafen gelegt hat, und daß dies die reine Wahrheit sei?

PHILONOUS: Mein guter Hylas, schon lange nicht mehr ist es mir widerfahren, daß ich aus deinem Munde so viele Sätze auf einmal höre, die vor Denkfehlern nur so strotzen. Erstens, sicherlich unbewußt – etwas anderes möchte ich gar nicht erst annehmen – hast du zu verstehen gegeben, daß wenn man einen Menschen im Schlaf ermordet oder – allgemein gesprochen – in einem solchen Zustand, der ihm nicht erlaubt, etwas von seiner bevorstehenden Ermordung zu ahnen, daß ihm dann ein geringerer Schaden zugefügt wird, als wenn er sich seines nahen Endes bewußt wäre. Dieses Problem will ich als ein zur Ethik gehörendes mit Schweigen übergehen. Zweitens, ich beginne zu befürchten, daß du dich von völlig unvernünftigen, metaphysischen Befürchtungen leiten läßt. Aus unerfindlichen Gründen scheint es dir, als müsse – wenn nach dem Tode eines Menschen seine Kopie angefertigt wird – diese Kopie möglichst nahe dem Ort sein, an dem dieser Mensch aufgehört hat zu existieren. In dem von dir angeführten Fall sollen das sich ins selbe Bett legen und der Schlaf die angeblich besten Voraussetzungen schaffen für ein erfolgreiches »Umsteigen« des persönlichen Ichs von einem Körper in den anderen, von dem, der aufhört zu existieren, in den, der zu existieren beginnt. Das ist ein Anzeichen für den irrationalen Glauben, das »Ich« sei eine Wesenheit aus einem Guß, eine unteilbare, nicht auf irgend etwas reduzierbare Wesenheit, und dieses »Ich« müsse von Körper zu Körper übertragen werden, was eine metaphysische Interpretation reinsten Wassers ist, wie ich sie mir reiner gar nicht vorstellen kann. Indes geht es doch nicht darum, ob die Umstände, wie sie durch die äußere Situation geschaffen werden, unserem naiven Glauben entsprechen, wie z. B. die räumliche Nähe zwischen dem Verstorbenen und der Kopie, der Zustand der Bewußtlosigkeit (ich glaube, du dachtest an den Fall auf dem Operationstisch und wolltest die Situation jener angleichen), sondern es geht darum, mit den Mitteln der Logik Thesen zu entwickeln, die in gleicher Weise für alle besonderen Umstände gültig sind, unter denen eine Wiederbelebung aus Atomen überhaupt denkbar ist. Eine armselige Gravitationstheorie wäre das, die nur für zur Erde fallende Äpfel Gültigkeit besäße, Birnen oder Monden gegenüber aber völlig hilflos wäre! Was sagst du zu folgendem Bild der Zukunft? Jeder Mann, der sich auf eine gefährliche Expedition zu fernen Sternen begibt, hinterläßt zu Hause seine atomare »Personenbeschreibung«. Sobald die Nachricht eintrifft, daß er bei der Expedition ums Leben gekommen ist, setzt seine Familie die Maschine in Gang, worauf der Verblichene aus ihr emporsteigt, gesund und guter Dinge, zur allgemeinen Freude und Wonne. Wenn nun dieser Mann in den Flammen des Sirius umgekommen ist, wirst du dann auch sagen, die Kopie sei die Kontinuation des Verstorbenen oder schreckt dich hier ebenfalls die große Entfernung der Schauplätze des Todes und der Wiedergeburt von einer derartigen Erklärung ab?

HYLAS: Wahrhaftig, da es in beiden Fällen, in meinem wie in deinem, keinen prinzipiellen Unterschied gibt, was das Wesen der Rekreation anbelangt, muß man sagen, daß die Kopie eine Kontinuation darstellt.

PHILONOUS: Meinst du wirklich? Und wenn sich die Nachricht nun als falsch erweist, und derjenige, der auf die Reise gegangen war, heil und unversehrt zurückkehrt, was ist dann?

HYLAS: Dann wird sich natürlich zeigen, daß die Familie einem Irrtum erlag, und daß der durch die Maschine erschaffene Mann nur eine Imitation ist, eine Kopie, das heißt ein Doppelgänger.

PHILONOUS: Wovon hängt also die Authentizität der Kontinuation ab? Etwa davon, ob die Todesnachricht zutreffend ist?

HYLAS: Ja.

PHILONOUS: Welcher Zusammenhang besteht denn zwischen einer von den Sternen eintreffenden Information und der Struktur eines Menschen, der aus einer Maschine tritt, in welcher er aus Atomen zusammengebaut wurde? Zwischen dieser Information und seinen Gedanken, seiner ganzen Persönlichkeit. Keiner. Nicht wahr?

HYLAS: Tatsächlich, keiner.

PHILONOUS: Also wie kann das, was in keinerlei Zusammenhang mit der Person und Persönlichkeit eines Menschen steht, darüber entscheiden, ob er derselbe ist, der zu den Sternen aufbrach oder nur der gleiche, das heißt ein völlig fremder, parallel zu jenem existierender Doppelgänger?

HYLAS: Wahrhaftig, ich weiß es nicht. Gestatte bitte, lieber Freund, daß ich versuche, dem Problem auf andere Weise beizukommen. Wenn du nach dem Tode eines Menschen seine Kopie hergestellt hast, so kannst du sie als seine Kontinuation bezeichnen, kannst sie aber auch nicht so bezeichnen, der Streit liegt nur in Worten, denn das Faktum bleibt das gleiche: Dieser Mensch existiert weiter und lebt. Ebensogut könnte man sich darüber streiten, ob ich heute noch derselbe wie gestern bin oder ob es mein gestriges Ich heute bereits nicht mehr gibt. So, wie du dieses Problem nicht mit Worten entscheiden kannst, so wirst du auch nicht die Frage entscheiden können, ob die Kopie »derselbe Mensch« ist oder nur »der gleiche«. Der Unterschied ist belanglos, denn er ändert nichts an der realen Tatsache, am aktuellen Sein. Somit ist diese Alternative nur eine scheinbare.

PHILONOUS: Eine Scheinalternative? Man hat also überhaupt keine Alternative? Wie denn das? Aber es ist doch nur ein einziger Stand der Dinge möglich: Entweder fällst du in einer Viertelstunde von Tyrannenhand, und das Nichts wird dich für alle Ewigkeit verschlingen, dann aber wäre deine Kopie nur ein täuschend ähnlicher Zwilling, der allen den Verlust voll und ganz ersetzt, und nur du allein wirst niemals mehr existieren – oder du selbst wirst dank der Maschine die Augen wieder aufschlagen, wirst den Himmel, den Freund erblicken, den Gesang der Vögel hören und den holden Zephir in deine Lungen saugen. Gibt es eine andere Lösung, eine dritte?

HYLAS: Ich weiß es nicht. Vielleicht ja. Erlaube mir, laut zu denken. Solange ein Mensch lebt, ist seine Kontinuation unmöglich. Einverstanden?

PHILONOUS: Parallel zu ihm – ist sie unmöglich. Einverstanden.

HYLAS: Wenn er aufhört zu existieren, wird seine Kontinuation möglich – für alle Welt. Das ist sicher. Aber für ihn ...? Ich denke, hier liegt ein Mißbrauch der Grammatik vor, denn wenn wir sagen, bzw. fragen, ob »für ihn« eine Kontinuation möglich ist, dann sprechen wir von einem Toten, ein Toter aber ist jemand, den es nicht mehr gibt, der nicht mehr existiert, so als habe er niemals existiert – denn zugrundegegangen sind seine Empfindungen, sein Bewußtsein, seine Erinnerungen und so weiter. So haben wir es also mit einem unzulässigen Mißbrauch des Syntax zu tun.

PHILONOUS: Na, du bist gut. Willst du jetzt der Syntax die Schuld geben? Aber ich diskutiere doch nicht mit einem Verstorbenen, sondern mit dir, wenn auch wenige Minuten bevor du dich in einen Verstorbenen verwandeln wirst. Einen Augenblick. Du erwähntest vor einer Weile, daß man mit Worten nicht entscheiden könne, ob du heute noch derselbe wärst wie gestern oder ob es dein gestriges Ich heute bereits nicht mehr gäbe. Ich sehe nicht die geringste Schwierigkeit, dieses Problem zu entscheiden. Wenn ich frage, wo sich dein gestriges Gewand befindet, so verstehst du darunter das Gewand, das du gestern getragen hast, nicht wahr?

HYLAS: Ja.

PHILONOUS: Ein Gewand ist nicht mehr und nicht weniger materiell als du selbst, somit existiert in diesem objektiven Verständnis der gestrige Hylas auch heute. Was jedoch die subjektiven Empfindungen anbelangt, die dich gestern bewegten, so gibt es auch damit kein Problem. Heute sehe ich an deinem Gewand eine bestimmte Falte nicht mehr, die sich dort gestern gebildet hatte, weil du eine Weile vor der Schwelle deines Hauses saßest. Eine sehr sorgfältige Untersuchung des Gewands würde jedoch mit Sicherheit gestatten, im Gewebe des Stoffes eine Verlagerung der Moleküle zu entdecken, die dadurch verursacht wurde, daß du gestern eine Falte hineingepreßt hast. Diese Verlagerung könnte man, natürlich nur in metaphorischem Sinne, die »Erinnerung« der Falte nennen. Jetzt siehst du, daß alle Gegenstände – also auch unsere Körper verstanden als Gegenstände –, die gestern existierten, heute weiterexistieren. Unsere Erinnerungen hingegen, allgemeiner gesagt – die gestrigen Zustände unseres Bewußtseins – existieren ausschließlich in unserem Gedächtnis, und die einzige materielle Spur, die sie hinterlassen, sind bestimmte Veränderungen der molekularen Struktur des Gehirns, die das Gedächtnis ausmachen. Wie du siehst, läßt sich die Sache ausgezeichnet erklären, wir müssen nur sehr achtgeben, welche Bedeutung wir den Worten verleihen. Sowohl der Satz »mein gestriges Ich existiert«, als auch der Satz »mein gestriges Ich existiert nicht« entsprechen der Wahrheit, und zwar in folgender Weise: Versteht man unter »meinem gestrigen Ich« jedoch den Komplex an Gedanken und Gefühlen, die sich gestern in meinem Bewußtsein zeigten, so kann man ihnen eine aktuelle, jetzige Existenz nicht zuschreiben.

HYLAS: Ich gebe zu, daß ich mich geirrt habe. Doch sag mir bitte, welchen Nutzen bringt denn dein Gedankengang für unser Problem?

PHILONOUS: Überhaupt keinen. Denn im objektiven Verständnis ist die Kopie – nach Abschluß der Konvention – die Kontinuation des Originals oder sie ist es nicht, wenn wir eine anderslautende Vereinbarung treffen und andere Methoden wählen, um den Stand der Dinge zu überprüfen. Das ganze Problem basiert jedoch darauf, daß wir über seine subjektive Seite entscheiden müssen, das heißt wir müssen feststellen, ob man logisch herleiten kann, daß nach einer Neuschöpfung des Gehirns aus Atomen das Bewußtsein des Verstorbenen, der dieses Gehirn zu Lebzeiten besaß, in ebendemselben wieder lebendig wird, und ob dieser Gedankengang zu einem logischen Widerspruch führt.

HYLAS: Ja, du hast recht. Hier liegt der Fehler verborgen! Wir verwechseln immer wieder das subjektive Verständnis der Sache mit dem objektiven! Wenn man das ganze Experiment objektiv nicht durchführen kann, dann kann auch die Logik seiner nicht Herr werden, und unsere Überlegungen werden vergeblich sein.

PHILONOUS: So, meinst du? Also einverstanden, Hylas. Ich werde den Modus operandi ändern. Jetzt wird er bereits völlig objektiv sein. Auch das Problem, das sich aus dem Dilemma der Gleichzeitigkeit bzw. Nichtgleichzeitigkeit der Rekreation ergibt, ist damit beseitigt. Findest du nicht auch, daß dies die Sache erhellen und gleichzeitig beträchtlich vereinfachen wird?

HYLAS: Voll Freude stimme ich dir zu. So sprich nur weiter, mein Freund, ich höre.

PHILONOUS: Ich werde auch nicht einen Menschen mehr befragen, ich werde deine von Todesgedanken gepeinigte Seele nicht mit Fragen quälen, die unter den obwaltenden Umständen recht unpassend wären, allein dies werde ich tun: Zuerst werde ich dich töten, dann werde ich deine Kopie schaffen, und zwar nicht nur eine, lieber Hylas, sondern, um sicherzugehen, gleich unendlich viele. Denn wenn du gestorben bist (und du hast nur noch fünf Minuten zu leben), und ich verfertige zahlreiche Kopien deiner Person, so wirst du als eine Vielzahl von Hylassen existieren, und zwar als unübersehbare Vielzahl, denn ich verspreche dir, ich werde nicht eher ruhen noch rasten, bis ich alle Planeten, Sonnen, Sterne, Monde, Sphären und Himmelskörper mit Hylassen bevölkert habe, und dies nur wegen der Liebe, die ich für dich empfinde. Was sagst du dazu? Kannst du auf diese Weise allgegenwärtig im Universum werden, du allein?

HYLAS: Das wäre sehr merkwürdig. Liegt ein logischer Widerspruch darin?

PHILONOUS: Das habe ich nicht gesagt, das mußt du selbst herausfinden. Tausende von Hylassen werden ihr Leben führen, sich den unterschiedlichsten Beschäftigungen und Vergnügungen widmen. Doch wie wird es sein, wird dein eines Ich aufgeteilt und existiert es dann unter allen zugleich, indem es sie alle einschließt? Oder werden alle Kopien durch das geheimnisvolle Band einer einzigen Persönlichkeit zu einer Einheit verbunden?

HYLAS: Das ist unmöglich. Jedes derartige Individuum muß sein privates, nur ihm gehörendes, subjektives Ich besitzen, nur daß es eben das gleiche ist wie meines.

PHILONOUS: Jeder – sagst du – hat das gleiche Ich wie du? Und nicht dasselbe?

HYLAS: Nicht dasselbe, denn dann wären alle ein einziger Mensch, was ein Widerspruch ist.

PHILONOUS: Ausgezeichnet. Jeder hat dann das gleiche Ich wie du, Hylas. Und welcher von ihnen hat dasselbe Ich wie du und stellt deine Kontinuation dar? Warum schweigst du? Was sagt denn nun die Logik?

HYLAS: Die Logik sagt, niemand. Doch warte! Ich glaube, mir ist ein Licht aufgegangen. Aber ja! Natürlich! Lieber Freund, die Sache verhält sich so. Über die Identität entscheidet nicht die völlige materielle Gleichheit, sondern die Gleichheit der Struktur, wie wir vereinbart haben, nicht wahr?

PHILONOUS: So ist es.

HYLAS: Über die Struktur aber kann man sagen, das sie »dieselbe« ist, nicht nur »die gleiche«. Also, ich zeichne ein gleichseitiges Dreieck. Wenn ich ein zweites zeichne, so kann ich sagen, daß in beiden »dieselbe« strukturelle Eigenschaft der Gleichseitigkeit auftritt. Ich kann viele solcher Dreiecke zeichnen, aber vom strukturellen Standpunkt werden sie eigentlich nur ein einziges Dreieck sein, das viele Male wiederholt wurde. Genauso kann ich sagen, daß alle von der Maschine erschaffenen Hylasse eigentlich »derselbe«, lediglich x-mal wiederholte Mensch sind. Was sagst du dazu?

PHILONOUS: Sehr klar hast du die Sache dargelegt. Erlaubst du jetzt, daß ich bereits zu deinen Lebzeiten eine Kopie anfertige?

HYLAS: Weshalb denn das?

PHILONOUS: Nun, da die Kopie kein anderer Mensch ist, sondern nur »derselbe« und da sie, wie du selbst gesagt hast, vom subjektiven Standpunkt (und um den geht es hier) »derselbe« Mensch ist wie du, so folgt daraus, daß auch du – wenn der Tyrann dich getötet hat, die Kopie aber am Leben bleibt – am Leben bleibst, denn es wird weiterhin ein Mensch existieren, der »derselbe« Hylas ist wie du. Oder bist du anderer Meinung?

HYLAS: Ja, sollte ich mich denn geirrt haben? Aber warum nur? Wenn man nun unbelebte Objekte in Betracht zieht, entsteht dann auch ein ähnliches Dilemma . . .?

PHILONOUS: Ja, ein Dilemma entsteht, aber wir liquidieren es sofort, indem wir unsere Anschauungen arbiträr festsetzen. Ob wir die Kopie als Kontinuation des Originals anerkennen oder nicht, hängt ausschließlich von unserer Vereinbarung ab. Wenn es jedoch um einen Menschen geht, sieht die Sache anders aus, denn hier macht uns das Phänomen des Bewußtseins einen Strich durch die Rechnung. Denn wir können zwei täuschend ähnliche Tonkrüge oder auch zwei täuschend ähnliche Zwillinge miteinander verwechseln, denn wir betrachten sie von außen, als Gegenstände. Ein Zwilling jedoch kann sich selbst niemals mit dem anderen verwechseln. So kannst auch du dich nicht etwa »aus Versehen« mit deiner Kopie verwechseln, die parallel zu dir existiert und durch die Maschine erschaffen wurde. Was also sollen wir tun? Jeden Moment wird der Tyrann hier erscheinen. Weißt du eigentlich, welchen Tod er dir zugedacht hat?

HYLAS: Du sagtest, ich sollte vergiftet werden, später jedoch sprachst du vom Erwürgen.

PHILONOUS: Nur als Beispiel, nur zur Veranschaulichung meiner Argumentation, nicht jedoch in Übereinstimmung mit dem, was er will. Du sollst einen anderen Tod erleiden. Der Tyrann wird deinen Körper erfrieren lassen, bis alle Bewegungen und feinsten Schwingungen der Atome zum Stillstand kommen, bis die Gewebe erstarren, die Lebensprozesse aufhören, die Strukturen abgestorben sind. Wird das deinen Tod bedeuten, Hylas, wenn du – eingeschlossen in eine Eisscholle – in die Tiefen eines borealen Ozeans gepreßt wirst?

HYLAS: Ohne jeden Zweifel.

PHILONOUS: Und wenn ich, dein Freund, die Eisscholle aus dem Abgrund auffische, sie auftaue und deinen erfrorenen Körper nach allen Regeln der Kunst auftaue und ihm solche Arzneien verabreiche, daß alle Moleküle erneut in Bewegung geraten und du wieder zum Leben erwachst, was wird dann sein? Wirst nicht du es sein – so wie du hier stehst und mich vor dem Hintergrund dieser herbstlichen Bäume siehst –, der da wieder zum Leben erwachen wird, aus deinem eisigen Gefängnis, aus der Finsternis des Nichtseins emporgebracht ans helle Licht des Tages?

HYLAS: Doch, das werde ich sein.

PHILONOUS: Hegst du auch nicht den geringsten Zweifel?

HYLAS: Nicht den geringsten.

PHILONOUS: Und wenn du zu Atomen zerstäubt wirst und ich baue dich aus eben diesen Atomen wieder neu, wirst dann nicht mehr du sein? Und wenn nicht, weshalb nicht? Wird dein persönliches Ich deinem Körper entfliehen, wie ein Vogel einem Käfig entflieht, dessen Gitterstäbe zerbrochen sind?

HYLAS: Auch in diesem Falle werde ich, wie ich jetzt meine, wieder zum Leben erwachen.

PHILONOUS: Du selbst, Hylas, und nicht nur ein Mensch, der dir unendlich ähnlich ist?

HYLAS: Ich selbst.

PHILONOUS: Gut. Und wenn zwei Kopien von dir geschaffen werden, eine aus denselben Atomen, aus denen sich dein Körper jetzt zusammensetzt, die andere jedoch nur aus den gleichen Atomen, wird dann die erste Kopie deine Kontinuation sein, dein wahres Ich, die andere aber nur dein Doppelgänger?

HYLAS: Vielleicht.

PHILONOUS: Aber diese Atome unterscheiden sich doch durch absolut gar nichts voneinander. Auch die Kopien unterscheiden sich durch nichts; weshalb ist also eine von ihnen deine Kontinuation, die andere jedoch – ein dir völlig fremder Mensch?

HYLAS: Ich weiß es nicht. Wahrhaftig, dieselben oder nur die gleichen Atome – es scheint so, als sei dies völlig gleichgültig. Alle Atome sind die gleichen, und keines unterscheidet sich durch irgend etwas von dem anderen.

PHILONOUS: Dann wären also beide Kopien deine Kontinuation? Oder keine? Weshalb antwortest du nicht? Die siebte Stunde naht, und wir müssen den Tyrannen erwarten, der die Häscher im Gefolge heranrückt, aber du, Hylas, verkündest, obwohl ich dir alle Möglichkeiten der Auferstehung anbot, wie sie sich ein echter Materialist nur erträumen kann, du verkündest unablässig wechselnde und einander diametral entgegengesetzte Meinungen. Bald sagst du, das Problem deines Weiterlebens sei von einer Verabredung abhängig, dann wieder läßt du eine Vielzahl von Kontinuationen zu, die völlig widersinnig ist, bald machst du deine Auferstehung aus Atomen davon abhängig, wie rasch die Verwesung deines Leichnams vonstatten gehen wird, und so drehst du dich unablässig im Kreise. So sag mir doch deine endgültige Meinung, lieber Freund! Der Tyrann kommt schon auf uns zu, ich sehe in weiter Ferne, am Ende der Allee, sein Gewand, über und über bespritzt mit dem Blut deiner Vorgänger. Sag schnell, was ich mit der Maschine tun soll, damit du wieder zum Leben erwachst, und sage, ob du überzeugt bist, daß du dank der Rekreation aus Atomen die Augen wieder öffnen wirst. Wirst du die Augen wieder öffnen, mein Hylas? Sag, wirst du je die Augen wieder aufschlagen?

HYLAS: Wahrlich, nichts weiß ich mehr, Freund Philonous. Ich fürchte, daß du etwas Schreckliches getan hast, als du per reductionem ad absurdum zu beweisen suchtest, daß außer den Atomen und ihren Strukturen noch etwas existiert, und daß gerade dieses rätselhafte »Etwas« die »Rekreation« des Menschen, seine Auferstehung nach dem Tode, unmöglich macht; denn man kann nur das gleiche, nicht aber dasselbe Individuum ins Leben zurückrufen. Sollte das der Beweis für die Existenz einer immateriellen Seele sein, und solltest du, Philonous, der Urheber dieses Beweises sein?

PHILONOUS: Mitnichten, lieber Freund. Per reductionem ad absurdum habe ich lediglich die Unhaltbarkeit der These nachgewiesen, die du stillschweigend als eine selbstverständlich richtige angesehen hast, nämlich die, als könne man das Bewußtsein auf Atome oder ihre Strukturen reduzieren. Das Bewußtsein ist jedoch weder das eine noch das andere – quod erat demonstrandum. Daraus geht jedoch nicht hervor, daß es etwa kein materielles Phänomen wäre. Die Sache ist allgemein sehr kompliziert und verdient eine Untersuchung mit anderen, neueren Methoden. Vielleicht werden wir in der Lage sein, von der bloßen Kritik zu positiven Resultaten zu gelangen, indem wir die vereinigten Ergebnisse solch scheinbar so weit auseinanderliegender Wissenschaften wie die Psychologie und die Theorie elektrischer Netze oder Thermodynamik und Logik anwenden. Erst solche Überlegungen, in die die neuesten Erkenntnisse der Wissenschaft eingeflossen sind, werden es uns erlauben, die Grenzen der Erkenntnis – wenn auch nur um einen Fußbreit – zu verschieben.

EMELEN

Es ist nunmehr höchste Zeit, Rechenschaft über das abzulegen, was ich schon in einer etwas vagen Andeutung erwähnte, nämlich über jene eifrigen, merkwürdigen und vor allem intimen Beschäftigungen, denen ich mich sowohl im Gymnasium als auch zu Hause widmete. Der Umstand, daß ich überhaupt soviel tun konnte (und es wird sich gleich herausstellen, daß ich tatsächlich eine Menge intensiver Arbeit zu bewältigen hatte), verwundert mich heute, da mir die Zeit beinahe zu nichts mehr reicht. Offenbar ist diese Substanz unserer Dauer in der Jugend besonders dehnbar und erzeugt in sich bei richtig aufgewendeter Mühe gänzlich unerwartete, gewissermaßen zusätzliche Räume, denn sie läßt sich ausstopfen wie die Taschen meiner Schuluniform, in denen ich, der Tradition entsprechend, mehr mit mir herumtrug, als ihr Fassungsvermögen prosaisch zu gestatten schien. Sollte etwa auch der Raum seinem Wesen nach Kindern geneigter sein? Das ist doch wohl unmöglich; und dennoch schleppte ich außer den Schnurrollen (für Schiffsknoten ebenso wie für den Notfall), außer dem Häufchen Schrauben, die ich besonders liebte, dem Taschenmesser, den Radiergummis (sie verschwanden im Zusehen, ich habe sie doch nicht etwa aufgegessen?), außer der messingenen Klosettkette, den Spulen, den Gummibändern, dem Winkelmesser, dem kleinen Zirkel (weniger für geometrische Zwecke denn als Waffe gegen den vor mir sitzenden dicken Z.), dem gläsernen Tablettenröhrchen voll zerriebener Streichholzköpfe (Gift und zugleich Explosionsmittel), dem Vergrößerungsglas, das durch Risse etwas getrübt war, dem hufeisenförmigen Portemonnaie, das ständig in Geldverlegenheit war, sowie jenen Früchten, die uns die Natur in der jeweiligen Saison lieferte (Eicheln, Kastanien), der Hälfte einer Jo-Jo-Scheibe, die nicht mehr zu gebrauchen, aber irgendwie wertvoll war, einem kleinen Rätselschema mit verschiebbaren Zifferquadraten, »Fünfzehner« genannt, und einem anderen, mit drei Ferkeln (ein Geschicklichkeitsspiel unter einer runden Glasscheibe) – noch ein ganzes Büro von zu Hause zur Schule und von der Schule nach Hause. Ich weiß nämlich selbst nicht mehr, wie und wann ich auf den ziemlich originellen Einfall mit den Ausweisen gekommen bin. Ich stellte sie während des Unterrichts her, so als wäre ich damit beschäftigt, die Worte meiner Lehrer zu notieren, hinter dem mit der linken Hand angehobenen Heftumschlag, und zwar in aller Ruhe, massenhaft, ausschließlich für mich selbst, ohne jemandem auch nur das geringste davon zu zeigen.

Die Lehrlingsperiode übergehe ich hier; es wird also von der in der zweiten und dritten Klasse erreichten Meisterschaft die Rede sein. Zunächst schnitt ich aus Heftpapier, das unbedingt glatt sein mußte, kleine Bögen, die ich doppelt, zu Büchlein faltete und in einem besonderen Verfahren sowie mit besonderem Material zusammennähte. Die Ziffern der Nummer 560 auf dem Gymnasiumschild waren aus Miniaturspiralen eines haardünnen Silberdrahtes gestickt. Er diente mir als Buchbindergespinst. Verfügte ich dann über einen gewissen Vorrat an Büchlein ungleichen Formats, was sich als wesentlich erweisen wird, so legte ich sie in Umschlagdeckel aus bestem Werkstoff – Bristolpapier, Zeichenpapier, und bestimmte Formblätter schloß ich in einem Karton von hoher Qualität ein, den ich aus den Unterrichtskladden ausschnitt. Beim Ertönen des Klingelzeichens, das die Pause ankündigte, versteckte ich alles in der Schulmappe, um in der nächsten Unterrichtsstunde die leeren Seiten langsam und akkurat auszufüllen. Ich benutzte Tinte, Tusche, chemische Buntstifte und Münzen, mit denen ich die entsprechenden Stellen stempelte. Was das für Ausweise waren? Verschiedene: Sie verliehen eine bestimmte Territorialgewalt, die mehr oder weniger beschränkt war, ich druckte mit der Hand auch Verleihungsurkunden, Titelgewährungen, besondere Vollmachten und Privilegien und auf länglichen Formblättern verschiedene Arten von Scheckbüchern oder Obligationen, die ihr Äquivalent in Kilogrammen von Edelmetall, vorwiegend von Platin und Gold, besaßen, oder Anweisungen über Edelsteine. Ich fertigte Personalausweise für Großherrscher an, bestätigte die Identität von Kaisern und Monarchen, gab ihnen Würdenträger an die Seite, Kanzler, von denen sich jeder auf Wunsch legitimieren konnte, zeichnete im Schweiße meines Angesichts Wappen, stellte außerordentliche Passierscheine aus, versah sie mit rechtsgültigen Klauseln, und da ich viel Zeit hatte, zeigte mir der Ausweis den Abgrund, der in ihm steckt. Ich brachte nun auch alte Briefmarken mit zur Schule, modifizierte sie zu Stempeln, versah sie mit Siegeln, die sich zu einer immer höheren Hierarchie ordneten, angefangen von kleinen dreieckigen über quadratische bis zu den geheimsten, von vollkommenem Rund, die in der Mitte ein symbolisches Zeichen trugen, dessen Vorzeigen jeden auf die Knie zwang.

Ich fand Gefallen an dieser mühevollen Arbeit und erteilte bereits Genehmigungen für den Empfang von Brillanten, die so groß wie ein Menschenkopf waren. Ich brachte es darin tatsächlich sehr weit, denn ich versah die Legitimationen mit Anlagen und die Anlagen mit Anhängen, wobei ich in Sphären immer machtvollerer Gewalt vorstieß, bis dorthin, wo nur noch geheime, chiffrierte Personalausweise gültig waren, versehen mit einem System von Kennworten und Symbolen, die einen genauen Kode erforderten; so hatten denn gewisse Dokumente eigene Pässe, die ihre wirkliche Bedeutung von ungeheurer Tragweite entschlüsselten, während sie ohne die Pässe nur eine Reihe numerierter, von einer völlig unverständlichen Kalligraphie bedeckter Seiten darstellten. Ich hatte irgendwann einmal eine Erzählung gelesen, die mich ungewöhnlich beeindruckte. Es war die Geschichte einer Expedition zum »weißen Fleck« im Herzen Afrikas. Die Mitglieder der Expedition stießen, nachdem sie Berge und Dschungel überquert hatten, auf einen unbekannten Stamm Wilder, die ein schreckliches Wort kannten, das nun *in extremis* ausgesprochen wurde, weil jeder, der es hörte, sich in einen Geleekegel von ungefähr einem Meter Höhe verwandelte. Diese Kegel wurden in dem Buch genau geschildert, ebenso die einfache Methode, der die Wilden es verdankten, daß sie nicht selbst in sie verwandelt wurden – sie war in der Tat sehr einfach, sie stopften sich nämlich ordentlich die Ohren zu, während sie die umgestaltende Parole hinausschrien. Ich merkte mir das entsetzliche Wort und wagte nicht gleich, es laut auszusprechen, belehrt durch das Schicksal eines Wissenschaftlers, eines Ungläubigen, der über den Bericht des letzten lebendigen Teilnehmers der Expedition leichtsinnig spottete und das Wort ausrief – was die tragische Geleewirkung zur Folge hatte. Dieses Wort, das imstande war, einen Menschen in eingedickten Saft zu transformieren, lautete EMELEN.

Ich beeile mich zu erklären, daß ich zu jener Zeit nicht mehr an Märchen glaubte, obwohl ich sie gern las. Die Geschichte mit dem »Emelen« betrachtete ich jedoch nicht als Märchen. Wenn ich die Sache vom heutigen Standpunkt betrachte, so nehme ich an, daß das wohl eine phantastische Humoreske war – wenn es stimmt, dann hatte ich die Absichten des Autors nicht genau erfaßt. Ich glaubte sicherlich nicht, daß jene Geschichte wahr sei, dennoch blieb in mir das ziemlich verschwommene, düstere Vorgefühl zurück, daß es Worte gäbe, die auf irgendeine Weise – wenn auch nicht gleich in diesem Maße – fatale Wirkungen erzeugten. Sofort machte ich mir die Sache mundgerecht: Wenn bestimmte Laute einen Menschen in eine hypnotische Trance versetzen können, warum sollten dann nicht ganz besondere Lautverbindungen eine noch größere Macht besitzen, nicht durch Magie, sondern eben dadurch, daß mehrere Luftwellen auf das Ohr einwirken . . . und so weiter.

»Emelen« verlangte ausdrücklich, in die Sphäre des Ausweisdaseins, in der ich bereits ein erfahrener Spezialist war, umgesetzt zu werden. Es erwies sich nämlich als ein Anreiz zur zeichenschöpferischen Tätigkeit. Da ich nicht schlecht lernte, kontrollierte niemand meine Schulmappe, meine Bücher und Hefte, und das war gut so, denn er hätte daraus eine Unmenge winziger Büchlein herausgeschüttelt, voll gedruckter, aber auch leerer Paßformulare sowie jener experimentellen Exemplare, in denen ich, leider erfolglos, die Aussagekraft der Dokumente durch Einprägen von Wasserzeichen zu erhöhen versuchte. Dieses Begehren nach realistischem Detail ließ sich, trotz unzähliger Versuche, nicht verwirklichen.
Ich muß vermerken, daß ein solches Wort in meinem Schaffen überhaupt nicht auftrat, obschon ich ein ganzes Königreich von Ausweisvollmachten errichtete. Einer richtigen Eingebung der bürokratischen Transzendenz folgend, hatte ich nämlich kein Vertrauen in unendliche Begriffe und bediente mich in der Regel des Zentimeter-Gramm-Sekunde-Systems, das heißt, ich gab genau an, was der Inhaber in den biederen Einheiten der Maße und Gewichte vermag. Und handelte es sich um Paßformulare, so mußte jedes eine fortlaufende Nummer, dann die übergeordnete Nummer der Serie, zu der es gehörte, sowie beglaubigende Unterschriften und Siegel haben, die ihm erst die volle Rechtskraft verliehen. Die letzteren brachte ich ganz zum Schluß an, um sie nicht auf Papieren zu vergeuden, die selbst durch geringfügige Fehler oder Ungenauigkeiten der Ausstellung befleckt waren. Die Formulare hatten natürlich auch eine Randlochung, damit man jedes wirklich aus dem Paß herausreißen konnte, um es vorzuweisen. Ich nahm, nach mehreren Versuchen, diese Perforierung mittels eines kleinen Zahnrädchens aus einem Wecker vor, das ich ständig im Federkasten in die Schule mitführte. In dem Federkasten lag auch eine gute Rasierklinge meines Vaters, die ich zum genauen Beschneiden der Seiten verwandte, wobei ich wiederholt während dieser Buchbinderarbeit in das Tischblatt meines Pultes schnitt, was mir jedoch keinerlei Strafe einbrachte.
Es mag vielleicht seltsam erscheinen, daß ich keinem meiner Mitschüler jene Vollmachten zeigte, die zum Besitz und zur Verfügung über ganze Kisten von Rubinen oder über das Schicksal überseeischer Kaiserreiche berechtigten. Aber für meine Kameraden wären das kleine Scherze gewesen, während ich die Sache merkwürdig ernst nahm. Ich ahnte, daß sie mich womöglich auslachen würden, und das durfte ich nicht zulassen. Ich spürte sehr wohl – ohne etwas

davon zu wissen – jene mit Angst vermischte Scham des Künstlers gegenüber dem Menschen, der in Anbetracht eines Kunstwerkes normale, also sachliche Erläuterungen verlangt: Was ist das eigentlich, und wozu soll es dienen? Die Antwort, das Ganze sei nur ein Spaß, wäre, wenigstens teilweise, eine Lüge gewesen, denn es ging um etwas mehr. Worum? Das weiß ich auch jetzt nicht, aber ich hatte wohl recht. Man beklagt heutzutage das allgemeine Absinken des Niveaus in der Kunst, die vom Aussatz der Ideenlosigkeit betroffen und durch unbekannte Urteilssprüche zur Seichtheit vergänglicher Experimente und einer ephemeren Mode verurteilt sei. Wir spüren das vor allem angesichts der in ihrer Macht verharrenden Werke der Vergangenheit, angesichts der Dome von Florenz und Siena, der Mysterien des alten chinesischen Dramas, der geräucherten Negergötzen; wir verlassen die Ausstellung der Steinzeitkunst oder die Sixtinische Kapelle, bedrückt von der rastlosen Frage, was eigentlich mit dem Geist geschehen sei, daß er seine Befähigung zu solch eruptiven und zugleich zwingenden Konzentrationen eingebüßt habe, die in sich die Macht einer gewissermaßen natürlichen Notwendigkeit vereinigen und die gleiche Aufnahme wie Bäume, Wolken, Tier- und Menschenkörper verlangen – also Unwiderruflichkeit und Endgültigkeit. Man entgegnet uns, daß der Künstler aufgehört habe, Wegweiser, Schaffner jener Donnergewalten zu sein, die von außen kommen und die er in sich sammelte, aber nicht gebar. Daß die Freiheit der uneingeschränkten Wahl die Kunst töte, daß derjenige, der wisse, daß man ein Buch auf beliebige Weise über jedes Thema schreiben könne, kein einziges großes schreiben wird. Wer begriffen hat, daß man malen kann, was und wie man will, wird in dieser so entdeckten Freiheit das Grab seiner schöpferischen Potenzen finden.

Man sehe sich bitte die Fotos der Kosmonauten an, die ihr Schiff im unendlichen Raum verlassen. Wie wenig eignet sich der menschliche Körper für die Unendlichkeit, wie hilflos wirkt er darin, mit jeder Bewegung verrät er seine Sinnlosigkeit, da er der rettenden Beschränkungen und des rechtfertigenden Widerstandes der Erde, der Wände und Decken beraubt ist. Nicht zufällig nehmen sie die Haltung der Frucht im Mutterleib an, krümmen sie den Rücken, Knie und Arme angezogen, nicht zufällig ähnelt die Rettungsleine einer mit der Plazenta verbundenen Nabelschnur. Elastisch, lenkbar, lebhaft zum Ziel strebend, können wir nur in der Sklaverei der Gravitation sein, in ihrem Machtbereich gewinnt unser Körper seinen Sinn und seinen Ausdruck, wird er durch jedes Gelenk und durch jeden Nerv erklärlich, vollkommen nützlich und dadurch schön. Jedes große Kunstwerk weckt in uns den gleichen Eindruck einer gewissermaßen natürlichen Notwendigkeit, das Gefühl, daß wir mit der einzig möglichen Lösung eines Problems konfrontiert sind. Michelangelos Herrgott mit seinem mächtigen krausen Bart, in dem faltenreichen Gewand, mit den bloßen Füßen, auf denen sich die Adern abzeichnen, ist nicht aus der freien Spekulation des Künstlers hervorgegangen. Der Maler mußte sich der rücksichtslosen Literatur der Gebote fügen, die ihren Anfang in den Büchern der Offenbarung nehmen. An Michelangelos Stelle würde ein zeitgenössischer Künstler, dessen Seele vom Skeptizismus, dieser Ausdünstung des Wissens, erschlafft ist, jeden Augenblick auf ein Paradox, ein Dilemma, eine Sinnlosigkeit stoßen, dort, wo der Meister der Renaissance überhaupt keine Zweifel hatte. Die Zehennägel an Gottes Füßen sind kurz. Wenn Gott mit seinem Körper dem Menschen gleicht, müßten die Nägel wachsen. Wenn er seit Ewigkeiten währt, wären sie zu Hornschlangen ausgewachsen, die aus den bloßen Zehen zu allen Galaxien gleichzeitig sprießen, würden sie den Himmel ausfüllen mit Bächen von ineinander verquicktem, sich windendem Horn. Ist das möglich, soll man so malen? Und gesteht man sich ein, daß dies nicht der Weg ist, so taucht das Problem der göttlichen Pediküre auf. Die Zehennägel sind deshalb kurz, weil sie beschnitten werden oder weil ein Wunder gewirkt hat – wer imstande ist, Sonnen aufzuhalten, kann auch das Wachstum der Nägel aufhalten. Beide Auswege sind unzulässig, der erste riecht nach Friseursalon, der zweite mutet an wie der geschmacklose Einfall eines Atheisten und beide – wie eine Gotteslästerung. Die Nägel haben kurz zu sein ohne jede Nachforschung und Analyse.

Hier stoßen wir auf die erlösende Beschränkung, die das Entstehen großer Kunst ermöglicht, in der eine Antwort auf eine potentiell endlose Fragerei durch den Glaubensakt ersetzt wird. Natürlich muß der Rigorismus, den die Liturgie aufzwingt, verinnerlicht werden, muß er ein gutwillig angezogenes, flammendes Bußhemd der Seele sein, die Grenze, die mit heißem Herzen bekundet und nicht durch Polizei bewacht wird. Es gibt ja mystische und polizeiliche Beschränkungen, aber wenn die letzteren keine berühmten Werke hervorbringen können, dann nur, weil ein Polizist andere kontrolliert und kein beseelter Funktionär der eigenen Kunst ist, der sich in die Gebete der Dienstanweisungen vertieft. Folglich muß das Verbot von hoch oben kommen, die Grenze muß offenbart sein und von einem glühenden Herzen hingenommen werden, das nicht nach

Gründen und nach Vollmachten fragt; sie darf nicht in Frage gestellt werden, ebensowenig wie man Blätter, Sterne oder den Sand unter den Füßen anzweifelt. Der Glaube muß in einer völlig unelastischen, absoluten Realität Gestalt annehmen, und erst in einer solchen Fesselung vermag der Geist demutsvoll, jedoch bemüht, in ständigem Gehorsam sich und die Welt darzustellen (und ihm ist dabei nur sehr wenig erfinderischer Spielraum belassen), ein großes Werk im engsten Streifen der Freiheit zu schaffen. Das gilt für alle Formen der Kunst, denen tödlicher Ernst patronisiert und die die Distanz, die Ironie, den Spott illusorisch machen – denn kann man sich über den Kies, über die Flügel eines Vogels, über den Mond- und den Sonnenuntergang lustig machen? So ist zum Beispiel der Tanz nur eine bemäntelte Freiheit – der Tänzer täuscht sie vor, in Wirklichkeit ist er der Tyrannei der Partitur auf vollkommene Weise untergeordnet, die jede seiner im vorhinein komponierten Bewegungen reguliert, während der individuelle Ausdruck in den engsten Fugen des Interpretationsspielraums entsteht.

Gewiß, man kann solche erhabenen Beschränkungen auch außerhalb der Religion finden, aber dann muß man ihnen einen geradezu sakralen Rang verleihen, muß daran glauben, daß sie notwendig und nicht ersonnen sind. Das Wissen, daß man auch ganz anders könne, das Verwerfen der unumstößlichen Notwendigkeit zugunsten eines Ozeans bewußt gewordener Techniken, Stile, Kunstgriffe, Methoden lähmt das Denken und die Hände durch die Freiheit der Wahl. Der Künstler windet sich ohnmächtig, ähnlich wie ein Kosmonaut, im schwerelosen Raum – ohne den erlösenden Widerstand der Nachbarschaft, ohne die rettenden Grenzen.

In jener frühen, bürokratischen Phase meines Schaffens war ich ganz nahe an diese sakralen Quellen gelangt, aus denen die Kunst sprudelt! Als Ausgangspunkt, mehr noch, als unerschütterliche Grundlage hatte ich den Ausweis genommen, so wie Michelangelo die Throne, die Paradiese und die Seraphim hinnahm. Wer aber meinte, daß ich mich damals hemmungslos Phantastereien hingegeben habe, der irrt sich gewaltig. Ich war ein eifriger Sklave der Amtsstubenliturgie, ein untergeordneter Beamter der Genesis, aus einem pausbäckigen Pennäler wurde ich ein Abschreiber des zu einem Verhaltenskodex modernisierten Dekalogs, ein Bürokrat, der in administrativer Inspiration die »dienstliche Gnade« reglementierte. Heute, in der düsteren Phase bewußten Schaffens, hätte ich die Sache und das Thema sicherlich ad absurdum geführt, indem ich mir Genehmigungen für die Bewegungsfreiheit von Milchstraßen

ausdenken und Reifezeugnisse für geologische Epochen ausstellen würde. Aber damals, als ich, ebenso wie Michelangelo bei den Zehennägeln, nicht danach fragte, woher die Organe das Recht nähmen, Neugeborenen Identitätspapiere zu gewähren, setzte ich unwillkürlich in dem Zustand der Unschuld, in dem mir das überhaupt nicht in den Sinn kam, den Ausweis mit dem Absoluten gleich und betrat die Schwelle der Kunst. Indem ich auf die Buchstaben und auf die Stempel achtgab und über die Ordnung der Numerierung auf den Vollmachten, über die Genauigkeit der Signaturen wachte, die die Gültigkeit verliehen, befand ich mich in der prästabilierten Harmonie mit der Paßorthodoxie, der jegliche Zweifel und Unschlüssigkeiten, als außerendliche Begriffe, vollkommen fremd sein müssen.
Meine ersten Schritte waren klein, unsicher, aber sie führten in die geeignete Richtung. Niemals übertrat ich meine Befugnisse, obwohl oder vielleicht gerade weil ich nicht wußte, wer – das heißt wessen Hand – ich war. Zunächst also füllte ich die bereits fertigen Legitimationen – die Personalausweise von Königen und Kanzlern – nicht namentlich aus. Das gehörte nicht zu meinen Obliegenheiten, ich ließ den Platz für Fotos, Namen und Unterschriften der künftigen Inhaber frei. Jene Dokumente hingegen, die auf den Inhaber ausgestellt waren, bewahrte ich in einem besonderen, mit zwei Knöpfen zu verschließenden Fach des Tornisters auf, damit sie nicht in unbefugte Hände gerieten. In Schatzangelegenheiten war ich außergewöhnlich umsichtig, um schon im Keime die Möglichkeit eines Mißbrauchs oder Unterschleifs zu unterbinden. So machte ich denn genaue Angaben über die Summe, die Menge, die Zahlkraft der monetären Mittel, ging von zunächst unbestimmtem, unpräzisiertem Gold zu Barren, Platten, Stäben über (die Anweisungen enthielten eine Beschreibung des Goldstabes, den ich in Übereinstimmung mit dem Physiklehrbuch standardisierte – als Muster diente mir jener Platin-Iridium-Stab, der in Sèvres bei Paris aufbewahrt wird und das Urmaß des Meters bildet) – ich definierte sogar die Abmessungen der Nuggets, dieser Goldklümpchen aus Karl May und Jack London, zahlbar in Ledersäcken, die mit Lassostücken zugebunden wurden. Und nachdem ich aus Professor Wyrobeks Werk »Die Wunder der Natur« die erforderlichen Kenntnisse erworben hatte, gestattete ich die Auslieferung von Rubinen, Spinellen, Chalzedonen, Chrysoprasen, Tetraedriten und Opalen, wobei ich auf den Kontrollabschnitten den Glanz, die Form des Schliffs und die Stückzahl festlegte; ich stellte auch Pässe mit besonderen Gratifikationen

aus und mußte dabei schwierige Probleme lösen. So zum Beispiel, ob es schicklich sei, auf dem Amtswege etwa Platingedecke zu verschenken. Ein glücklicher Dienstinstinkt suggerierte mir, daß sich das nicht gezieme, daß überhaupt Wörter wie »Gabe« oder »verschenken« in der Pragmatik nicht vorkommen dürfen – anders hingegen solche wie »herausgeben«, »zuweisen«, »auszahlen«. Eine goldene Kette kann man zur Not am Hals tragen, während von einem Gedeck, selbst wenn es aus Platin ist, jemand essen kann, was im Bereich exakten Kanzleidenkens geradezu unanständig ist. O nein, es war nicht Habgier, was mich dazu bewog, einen ganzen Regen von Perlen (aber bis auf den letzten Tropfen durchgerechnet), eine freigebige Sturzflut von Smaragden auszuschütten, denn die Zahlungsmittel bildeten einfach ein unvermeidliches Element des von mir geschaffenen Seins. Ich druckte ja auch besondere Passierscheine, die sich ebenfalls zu einer steilen Hierarchie auftürmten – für das Außentor, für das Mitteltor, ferner für die erste Tür, für die zweite, für die dritte, obendrein versehen mit besonderen Kupons, die von den Wachen abgerissen werden mußten. Die darauffolgenden, immer tiefer ins Innere führenden Durchgänge, die streng bewachten Passagen, die zunächst in der niederen Beamtensprache unverblümt genannt wurden, später aber nur unter chiffrierten Andeutungen bekannt waren, implizierten nach und nach, aber zwangsläufig ein aus dem Nichts emportauchendes Gebilde, den Bau aller Bauten, ein Schloß, so hoch, daß man es nicht mit dem Auge erfassen konnte, mit seinem nie, nicht einmal in einem Anfall größter Kühnheit genannten Geheimnis des Inneren – vor dem man sich zu legitimieren hatte, nachdem alle Wege, Schwellen und Wachen passiert waren!

Das sagt sich jetzt so leicht, aber ich bewegte mich mit meinen Minuskeln und Majuskeln, die ich mit einer wahren Ameisengeduld malte, auf einem Umkreis, der weit von jenem Zentrum entfernt war, als ein gewissenhafter, demütiger Schreiber, ein beinahe mittelalterlicher Kalligraph, dessen Inkunabel, man weiß nicht wie und wann, die Grenze überschreitet, die eine Schwarte von einem wertvollen Buch, das Produkt eines Skribenten vom Werk eines Schriftstellers, den Kopisten vom Künstler trennt.

Während ich Geläufigkeit in der Form gewann und sogar rote Tusche verwandte, um die Dienstskala zu erweitern, blieb ich vernünftigerweise, offenbar dem Instinkt folgend, vorsichtig im Inhalt. Ich vermied es nicht nur beim Verleihen von Königreichen, leichtsinnig zu schalten und zu walten, sondern gestattete auch in keinem dieser Reiche, daß jemand übermäßig viel Macht erhielt. Was hätte denn einfacher als ein universeller Geleitbrief sein können, der unterschiedslos alle, aber auch wirklich alle Türen der Schloßmauern und Schatzkeller öffnen würde? Es mag mir also zum Ruhme gereichen, daß ich ein solches Dokument nie ausgestellt habe. Freilich – in gewissem Sinne war das wohl eine Folge meiner egoistischen Sorge um eigene Erfahrungen, obwohl ich diese verheimlichte. Ich erinnere mich an ein Paßformular, das eigens für einen ausgesandten Kontrolleur mit außerordentlichen Vollmachten gedruckt war. Jedes der mit einem anderen Buntstift gefärbten Abreißformulare erweiterte den Kreis seiner Befugnisse. Ich konnte mir auch leicht vorstellen, wie die Schließer mit leichtem Zögern die Riegel vor ihm zurückschieben würden, wenn er das erste Formular vorwies, ein gewöhnlicheres, gewiß für niedere Beamte, mit nur zwei dreieckigen Stempeln; wie er dann – ein wenig abgekehrt – ein zweites, grünes, herausriß und die Offiziere bei seinem Anblick bereits Haltung annahmen, wie er im Wachraum eines höheren Stockwerks ein drittes und viertes auf den Tisch warf, strahlend weiß, mit einem blutroten runden Hauptstempel – während jene die zitternden Knie strafften, damit er durch ihr salutierendes Spalier gehen konnte, zur Hohen Tür, die der Generalbeschließer, vor einer Weile noch die Verkörperung der Unnahbarkeit selbst, in einer goldbetreßten Uniform, nunmehr ganz im Schweiße seiner eifrigen Dienstfertigkeit, mit beiden Händen achtunggebietend aufriß, bis der Laut des zurückschnappenden Schlosses mit dem diamantenen Geklimper seiner Orden in eins zusammenfloß und der majestätische Greis mit dem Blitzen des gezückten Säbels nicht der Person, die die Schwelle überschritt, die Ehre erwies, sondern dem unscheinbaren Rücken der Paßformulare, die der Emissär lässig in der Hand hielt! War das nicht eine wonnig prickelnde Vorstellung, diese herrliche Selbstüberbietung der Passierscheine, diese stetige Steigerung der Gewalt in dem genießerischen Dosieren von absolut legalen Vollmachten? Keine Schlachtenmalerei aus dem Repertoire Sienkiewiczs, kein Kanonendonner konnte sich mit dem leisen Rascheln der auf einen grauen Tisch inmitten grauer Schloßmauern fallenden Kupons der Macht vergleichen! Welche Magie barg doch der Hauptstempel, den selbst ich nicht zu begreifen oder zu erraten imstande war, denn seine Mitte füllte ein in sich geheimes Zeichen aus, das heißt ein Kode ohne Schlüssel, der davon zeugte, daß der Inhaber ein Gesandter des Unnennbaren ist!

War er ein Aufsichtsbeamter des Schöpfers, der Exekutor des Herrgotts selbst? Davon weiß ich nichts. Er kam von irgendwoher und sollte sich – nachdem seine Aufgabe erfüllt war – wieder in ein Nichts verwandeln.

Hatte ich mir wirklich alles so kunstvoll und exakt vorgestellt? Ja und nein – denn da ich grundsätzlich nur Legitimationen ausfüllte, unterwarf ich mich zugleich ihrer Führung; es bildeten sich zwischen mir und ihnen besondere Bindungen und Spannungen, die bereits die weitere Richtung des Handelns aus sich heraus bestimmten – ich hatte sie nur zu erraten. Um es genau zu nehmen – ich dachte mir keine Geschichten aus, ich konstruierte keine Fabeln, es sei denn in Form nebulöser Umrisse, sondern sie entstanden von selbst und bevölkerten den leeren Raum zwischen den einzelnen Dokumenten. Die Papiere waren ja die Knotenpunkte eines verzwickten Dienstdramas, der Ursprung von Kräften, die – wie die Sonne die Planeten – Throne, Wachen und Mannschaften bewegten. Dadurch aber mußte ich, obwohl ich es gar nicht wollte, mit meinen Ausweisen stets an jedem Ort und in jedem Augenblick gegenwärtig sein, wo sonst – in kritischen Situationen – die Sache, der Staat, die Welt ohne das Vorweisen der entsprechenden Papiere zusammenschrumpfen, verwelken, dahinsiechen müßten. Die Legitimationen waren somit keine Zäsuren einer nicht ein einziges Mal namentlich genannten Handlung, sondern ihre Schöpfer. Man beachte bitte, welch modernen Charakter meine Entdeckung aus der Gymnasialzeit hatte. Zunächst steigerte ich, obwohl mir die Regeln der schöpferischen Kunst unbekannt waren, den Ausdruck und den Eindruck, indem ich nichts, das heißt keine Person, keine Szene, unmittelbar beschrieb – alles, was ich in dem sich selbst komplizierenden Drama der amtlichen Existenz errichtete, war sekundäre Ableitung, Implikation, mutmaßliche Verlängerung; aus den einzelnen Ausweisen konnte und mußte man über die außerhalb ihrer gegenwärtigen Existenzen ebenso schlußfolgern, wie man aus einem gabelförmigen Schatten auf einen Baum, die Sonne, die Gesetze der Optik, des Himmels und der Erde schließt. Mehr noch, ich konzentrierte – ähnlich wie der Antiroman aus der zweiten Hälfte des 20. Jahrhunderts – als sein nichtsahnender Vorläufer meine gesamte Aufmerksamkeit auf die Gegenstände und ging in meinem asketischen Universalismus noch weiter als der Antiroman, den ich nicht einmal schrieb, weil ich – in äußerster Selbstbeschränkung – lediglich Formulare *in blanco* ausstellte! Und während ich das tat, verzichtete ich nicht nur auf die altmodischen Beschreibungen des naturkundlichen oder städtischen Hintergrundes, auf die Psychologie der Gestalten, auf die traditionellen Motive und Peripetien, die überflüssigen Verwicklungen der Fabelführung, sondern auch auf die gesamte nunmehr anachronistische Verbalistik der Literatur, angefangen bei den Sätzen bis hin zu den Attributen und Adverbien; ich benutzte weder alte noch neue Schemata, zitierte weder treffende Gedanken noch neckische Aussprüche, ich traf nur mit dem Stempel, mit der Reißfeder, mit dem Zahnrädchen jedesmal ins Schwarze – denn ich bewies durch eine so allseitige Resignation, durch die ebenso totalen Auslassungen, daß man die ganze Welt durch Schweigen auszudrücken vermag!

Mein behördlicher Höhenflug führte dazu, daß sich jene Papiere nicht mehr entlang einer einzigen zeitlichen Achse einreihen ließen, weil gewisse Existenzformen (zum Beispiel dynastische) durch zahlreiche entweder parallele oder ungleich verlaufende Versionen repräsentiert waren und andere sich zu mehrdimensionalen Archipeln ordneten. Während des Mathematik- und Lateinunterrichts, bei dem ich der Disziplin wegen nicht tätig werden konnte, überflog ich in Gedanken, indes ich dem Vortrag des Lehrers scheinbar Gehör schenkte, die Reihen der an diesem Tage ausgestellten Ausweise und delektierte mich in aller Gemächlichkeit an den kaleidoskopartigen Totalitäten, die sie bildeten – in Wechselfolgen gestaffelt, entlang derer die Phantasie eine unendliche Zahl von Varianten des konkreten Ablaufs der Ereignisse formen konnte.

Aber verstrickte ich mich nicht in diesem Labyrinth meiner Amtshandlungen? Ich führte ja keine Evidenzkarteien, denn ich handelte unter der momentanen Einflüsterung des Formgenius, kannte also nicht die Wege in dem Irrgarten der Papiere, und die Hauptfrage ist, ob ich mit dem gehörigen Elan irrte. Einmalige Irrtümer wären einfach nur Amtsstubenirrtümer gewesen, ein kleiner Fehler ist trivial, nur ein Klecks auf dem Foto des Seins, ein lokaler Fleck auf seinem getreuen und somit gänzlich sekundären Abbild. Erst ein ganzes, gehörig kompliziertes Gebäude von Irrtümern kann für den Geist zur Wohnung, zum Sitz autonomer Bedeutungen werden, ein Bau, der von seinen Urbildern immer unabhängiger ist, eine vom naturalistischen Diktat befreite Version der Erscheinungen – mit einem Wort, eine neue Redaktion der Existenz, die zur gegebenen oppositionell eingestellt ist. Die Kulmination des Irrtums ist selbstverständlich das philosophische System, das heißt der Vorschlag von Werten, für die es sich lohnt, zu leben und zu sterben. Dies ist der Weg aufwärts, auf dem das Mißverständnis eine Offenbarung, die pathetische Lüge ein Epos, die der Logik zugefügte Gewalt Poesie und das hartnäckige Festhalten am Irrtum höchste Treue wird, zu der ein Mensch fähig ist.

Ich hoffe, daß ich diese Bedingungen mit meiner gymnasialen Papyromachie erfüllt habe. Ich habe Papiere ausgestellt, die so dumm redigiert waren, daß sich ihre Dummheit zur Perversität auswuchs (zum Beispiel dann, wenn ich bei Palastrevolutionen den Verschwörern Ausweise und Vollmachten für den Königsmord zuwies), die so sehr der Logik hohnsprachen, daß sie jeden gewöhnlichen Sinn einbüßten und dafür einen lyrischen annahmen. Indem ich die dynastischen Numerierungen durcheinanderbrachte, die Folter- und die Schatzkammern, die Stäbe und die Dienstvorschriften miteinander vermengte, befreite ich die Angelegenheit aus den physischen Fesseln des Raums und der Zeit und schuf dadurch, daß ich mit den einen Dokumenten den anderen widersprach, daß ich die Paragraphen mit den Köpfen zusammenschlug, daß ich Krönungen, Geburten, Hinrichtungen rückgängig machte, mit einem Wort – daß ich aus purem Eifer das Verbrechen Crimen Laese Legitimationis beging, Chancen einer bereits eschatologischen Auslegung dienstlicher Dramen.

Gewiß, jene Widersprüche waren ja nur die Spuren der stempelnden Hand, die in automatischer Trance, in rauschhafter Trunkenheit handelte, jedoch ein intelligentes Wohlwollen des mutmaßlichen Empfängers hätte nicht nur dieses ganze Durcheinander in Ordnung bringen, sondern ihm auch den neuen, nunmehr diabolischen Sinn verleihen können, daß das keine zufälligen Schnitzer seien, sondern Seismogramme geheimer Kämpfe, die suggerierten, daß sogar innerhalb der Büros selbst keine totale Einmütigkeit und Einigkeit herrsche, sondern daß auch dort grausame Antagonismen und verräterische Leidenschaften heimlich miteinander ringen, daß die einen Büros insgeheim die Rechte anderer aushöhlen, daß auch die höchsten nicht eigenmächtig über den Hauptstempel und die ihm beigeordneten Bereiche der weniger wichtigen unangefochten walten, sondern in arger Verquickung und verbissener Verwirrung um ihn, um sie herum kreisen, und diese stummen Umdrehungen der Behördenkämpfe gleichen sich – durch ihre Ausweglosigkeit und Unwiderruflichkeit – dem ewigen Kreisen der Welten an. Und da ich nicht nur irrte, sondern mich auch ständig in meinen Dokumenten wiederholte, assistierten dem schöpferischen Akt zwei höchst moderne Geister – die Unklarheit im Einvernehmen mit der Langeweile.

Warum jedoch – wird mancher fragen – wage ich es, ein solches

Wohlwollen der Empfänger für das Gekritzel eines fettleibigen Gymnasialschülers zu verlangen, da auch ein Scherz das Maß nicht überschreiten darf? Darauf antworte ich: Wir verschweigen zu schamhaft die absolute Unerläßlichkeit des menschlichen Wohlwollens, wenn wir von der Kunst reden, denn wir erziehen sowohl in der Überzeugung, wie wir auch darin erzogen werden, daß sich die Kunstwerke nur unwesentlich vor einer im Dämmer liegenden Harke unterscheiden. Wer auf sie tritt, bekommt einen Schlag an den Kopf, daß ihm Hören und Sehen vergeht, und nicht anders soll es sich mit einem hervorragenden Werk verhalten: Wer sich an dieses heranwagt, den erfaßt plötzliche, unverhoffte Begeisterung. Diese edle Lüge ist allgemein verbreitet: Als ich ein paar Jahre nach den hier geschilderten Angelegenheiten vor der Gestapo aus der »aufgeflogenen« Wohnung fliehen mußte und unter den persönlichen Gegenständen ein Heft mit in Schönschrift eingetragenen Gedichten zurückließ, mischte sich in das Bedauern über den Verlust, den die nationale Kultur dadurch erlitten habe, die feste Überzeugung von jenem ästhetischen Schlag, den diejenigen meiner Verfolger empfangen haben mußten, die des Polnischen mächtig waren. Etwas später war ich schon klüger und errötete bereits bei diesem Gedanken, aber nur, weil ich die schreckliche Graphomanie meiner Sonette und Achtzeiler ergründet hatte – ich schämte mich also ihrer schändlichen Qualität bis zum Erröten und begriff weiterhin nicht, daß die Qualität der Poesie in dieser Lage gar keine Bedeutung hatte. Unsere Welt sähe anders aus, wenn man darin durch geniale Dichtung auf die Seelen der Gestapoleute einwirken könnte. Mit Hilfe der Kunst kann man niemanden vergewaltigen – wir begeistern uns an ihr, wenn wir begeistert sein wollen. Gombrowicz hat uns bereits die Augen für das geöffnet, was das Element des gegenseitigen Dopings, des Fallens auf fremde Knie und das Überbietens in beglaubigten Verzückungen, also die kollektive Schwindelei und Verlogenheit ausmacht, aber es gibt da noch etwas mehr, von der besseren Sorte, nämlich das Lesetalent. Jedes Kind vermag das »Aschenbrödel« als tugendsames Märchen zu begreifen, aber wie soll man ohne Raffinement und ohne Freud darin ein Ballett der Perversion erkennen, das von einem Sadisten für Masochisten geschaffen wurde? Die Frage danach, ob die Unzüchtigkeit im Märchen getarnt auftrete, zeugt heute nur noch von der Naivität des Fragenden. Er wird dann untrüglich behaupten, daß Robbe-Grillets Detektiv aus »Les Gommes« ein Pfuscher in seinem Beruf sei, weil dies die buchstäbliche Aussage des Werkes ist, und das widerspruchsvolle Verhalten Hamlets resultiert für ihn daraus, daß Shakespeare zu viele divergierende Elemente aus den vorhergehenden Versionen dieses Dramas übernommen habe.

Der Theoretiker der Moderne wird als Antwort darauf mit dem Finger zum Himmel zeigen, an dem – wenn man die Dinge buchstäblich nimmt – die Sterne wie Kraut und Rüben verteilt sind, während doch gut bekannt ist, daß sie sich in die zodiakalen Gestalten von Göttern, Tieren und Menschen ordnen. Wir können ja überhaupt ein Werk allein schon dadurch, wie wir es auf der Bühne unseres Geistes beim Lesen vor den Hintergrund stellen, den wir ihm beizugeben geruhen, entweder adeln oder zur Seichtheit verurteilen. Das ist kein passiver Hintergrund, sondern ein Bezugssystem, in dem sich ein unnatürlich angebrochener Stock als die japanische Stilisierung eines Zweiges und ein schartiger Stein als eine Skulptur erweisen kann, die den Geist unserer zerbrechenden Zeiten verkörpert. So kann man an ein und derselben Stelle »falsch!«, »unhaltbar!« rufen – oder eben, umgekehrt: »Geniale Dissonanz!«, »Ein durch absichtliche Risse in der Schale der logischen Zusammenhänge aufgezeigter Abgrund!«. Gewiß, nicht jeder erlaubt sich, einem Werk willkürlich einen neuen Hintergrund zuzuordnen, damit befassen sich gewöhnlich Experten, die häufig auch von sich aus weder das Was noch das Wie kennen, woher denn auch all die Streitigkeiten, Zankereien und Beratungen und auch die wachsenden Schwierigkeiten herrühren, denn die Künstler reden immer undeutlicher, so daß man sie kaum noch begreifen kann, und sie tun dies, damit die Früchte ihrer Bemühungen semantische Kaleidoskope werden. Gewiß – die Gremien und Gerusien sind dem schöpferischen Beginnen von Gymnasiasten noch nicht sehr wohlgesinnt, aber da wir bereits den Mechanismus der Erscheinungen kennen, sei es uns wenigstens gestattet, mit dem gleichen Recht wie andere um wohlwollende Kunst zu werben, und das nicht nur im eigenen Interesse, denn wir vermuten, daß in den verstaubten Bibliotheken noch viele unentdeckte Canettis und Musils, noch viele Werke existieren, die nie zur vollen Pracht erwachen werden, wenn wir ihnen nicht in der dargestellten Weise beistehen.

Mit meinen zwölf Jahren hatte ich jedoch nicht die geringste Ahnung davon. Skrupulös mit Einengen sogar monarchischer Befugnisse, verschwand ich, der ich bei dieser emsigen Arbeit selbst namenlos war, in dem geschaffenen Werk – ich blieb maßvoll, ließ es nicht zu einer Inflation der Papiere kommen und vermochte dank dieser so rücksichtslos praktizierten Bescheidenheit das Sakrale mit

dem Realistischen zu vereinen. Sakral war es insofern, als ich instinktiv voraussetzte, daß am Anfang die Legitimation war; und realistisch, weil mir der *Genius temporis* selbst dieses Handeln einflüsterte. Wenn mir daher irgendwo sogar ein allgewaltiger Gesamtpersonalausweis vorschwebte, das Allererlauchteste Papier, beschwert von den Siegeln roter Wachssonnen, in Girlanden vielfarbiger Schnüre, gezeugt *summis auspiciis* eines Chaos, in dem die Paragraphen und die Kartotheken noch in einem Zustand kreisten, der frei von der Dienstleiter war (die in einem anderen Zusammenhang die Leiter zum Himmel geworden ist), so wies ich doch diese Versuchung, diese lästerlichen Schwärmereien, das gierige Gelüst, bis in den Kern vorzudringen, weit von mir, als ahnte ich die Vergeblichkeit eines solchen Anschlags, dieses von vornherein zum Scheitern verurteilten Versuchs, und nur durch meinen Starrsinn im pedantischen Spezifizieren, dadurch, daß ich im Zuge der Amtshandlung einen Stoß Anweisungen auf hundert Sack grobkörnigen Goldsandes für den Scheininhaber verpraßte (aber nur für den, der zugleich die Vollmacht Fünften Ranges vorweisen konnte), dann wieder einen mit Silberdraht zusammengenähten Paß eines Henkers der II. Stufe ausstellte, indem ich auf meinem Pult das Sein mit der Pflicht verknüpfte, erhob ich die von Natur aus tote und unfruchtbare bürokratische Tätigkeit unter dem Schutz einer kleinen Mauer von Lehrbüchern in den Rang des Künstlerischen. Ich schwang mich auf den Flügeln der Ausweise über das irdische Jammertal empor und entriß, frei schwebend, durch einen Federstrich und durch die Perforierung mit einem Weckerzahnrädchen dem Nichtsein unermeßliche Welten. Dadurch aber schuf ich, nicht ganz dreizehnjährig, indem ich die Literatur mit der Plastik kreuzte (zum Kreieren von Dokumenten benötigte man beide), eine neue Richtung, nämlich den Legitimationismus – das heißt ein sakral-bürokratisches Schaffen mit einem metaphysischen Doppelpatron, dem scharfsinnigen heiligen Petrus und Polizisten in einer Person, denn dieser Ausweis ist ja zum Vorzeigen da.
Selbstverständlich glaubte ich nicht an mein Werk – ich unterhielt mich damit ja nur im Geschichts-, Erdkunde- und sogar, o Schande, im Polnischunterricht ... und dennoch ... Nie und niemandem habe ich auch nur den kleinsten Zipfel dieser Papiere gezeigt, und ich hatte mich in einen solchen Geisteszustand versetzt, daß ich, hätte ich auf der Straße einen auf einen Inhaber ausgestellten Ausweis gefunden, der diesen berechtigte, unter dem Sandberg einen Schatz auszugraben, darüber vielleicht vor Freude – nicht aber vor

Verwunderung wahnsinnig geworden wäre ... Es fällt mir nämlich sehr schwer, das auszudrücken – es war ein wenig so, als wüßte ich, daß ich keine echten Papiere produzierte, aber gleichzeitig spürte, daß – trotzdem – ein Schimmer der Wahrheit auf sie fiel. Daß all dies also nicht gänzlich und vollkommen unsinnig sei, obschon es gleichzeitig, aber nur im wörtlichen Sinne so war: Ich wußte ja, daß niemand auf meine Anweisungen einen Rubin, ja nicht einmal einen roten Heller geben würde; aber wenn ich auch nicht jene klingenden Werte schuf, so kreierte ich doch andere. Welche? Werte an sich, wie die Dome zu Orvieto und zu Siena, die der Atheist irgendwie zu mindern trachtet, damit er sie ertragen kann, indem er behauptet, es seien sehr große Gebäude, abwechselnd schwarz und weiß gestreift wie ein Schlafanzug.

Gewiß, unendlich viel leichter hätte man meinen Dom auslachen und auf ein Nichts reduzieren können, da er ja nicht so materiell war wie jene – nicht weil der Baustoff unbeständig gewesen wäre, sondern lediglich deshalb, weil jene einfach da sind, während meiner nur ein Gleichnis war oder – wie ein moderner Kybernetiker das formulieren würde – ein analoges, vieldeutiges Modell jener Beziehungen, die man in der Welt unterscheiden kann. Doch das hätte ich nun wirklich weder ergründen noch verstehen können. Da ich durch die Haut fühlte, daß niemand Dinge, die ich nicht einmal auszudrücken vermochte, selbst vermuten und meinen Infantilismus erkennen würde, schwieg ich und wahrte das Geheimnis. Die Werke jener Periode sind leider verlorengegangen, auch die wertvollsten, wie das Dekret über die Gymnastik, mit der durch ein Zweigroschenstück geprägten Serie seltener kleiner Stempel, das ich noch durch das Stück eines gelben Schnürsenkels verstärkte, den ich in der großen Pause vom Schuh abschnitt, ober wie die Genehmigung zur Gefangennahme von ausgesuchten Personen, gedruckt in roter Chiffre, mit Zeichen, die auf den Geheimschlüssel I. Klasse bezogen waren (über Chiffren wußte ich hauptsächlich aus den »Abenteuern des braven Soldaten Schwejk« Bescheid). Die Werke sind unwiederbringlich verloren, jedoch geblieben ist der Weg – als eine vielversprechende, genau aufgezeigte Richtung.

Da ich meine solchermaßen ausgebaute Kanzlei ausschließlich im Gymnasium in Betrieb nahm (zu Hause war mir die Zeit dafür zu schade – übrigens hätte ich einfach nicht die Geduld aufgebracht, so herumzuhocken, während ich dies in der Klasse ja mußte), schmälerten diese intensiven Arbeiten keineswegs meine Freizeit. Ich las damals sehr viel. Ich erinnere mich noch an die »Insel der Weisen«

der Autorin Maria Buyno-Arctowa – sie enthielt einen Vorgeschmack von Science fiction; doch irgendwie kam ich nicht dazu, diesen gewaltigen Roman in Ausweise zu übertragen.
Nun wird es gewiß verständlich, daß ich als dermaßen beschäftigter und dadurch zerstreuter Junge in meiner Stellung als Schatzmeister der Schülerselbstverwaltung nie die Kassenbilanz wahren konnte, so daß mein Vater monatlich einen oder auch zwei Złoty dazuzahlen mußte. Ich veruntreute beileibe nicht die sozialen Summen, es war lediglich so, daß sich die Groschenbeiträge bei mir mit den Goldsäcken und Brillantenkisten, über die ich ständig verfügte, vermischten, und die daraus entstehende Unordnung führte zu den bewußten Haushaltsdefiziten.
Da ich wie ein Bürokrat von echter Berufung die Amtsstunden einhielt, würdigte ich die Ausweispapiere zu Hause keines Blickes. In der Zeit zwischen dem Korrepetitor, der Französin und dem Abendbrot befaßte ich mich mit einer ganz anderen Tätigkeit: Ich machte Erfindungen. In der Schule dachte ich überhaupt nicht an sie, weil ich durch die Büroarbeiten in Anspruch genommen war, zu Hause hingegen bewegten sich alle meine Gedanken, wie nach dem Herumwerfen einer Weiche, in einer neuen Richtung; das bereitete mir tatsächlich nicht die geringsten Schwierigkeiten. Es fiel mir auch schwer, zu sagen, welche dieser beiden Beschäftigungen ich für die wichtigere hielt – ich war wie ein Mann, der zwei Frauen gleichzeitig besitzt und der sich zwischen beide Geliebten ausgezeichnet zu teilen vermag; hier wie dort war ich aufrichtig, ebenso wie er. Ich widmete mich ganz und unbeschwert der Sache, weil ich mir alles sehr genau eingeteilt hatte oder vielmehr weil sich alles von selbst vortrefflich so fügte. Auf dem Heimweg wußte ich genau, wohin ich zu gehen hatte, um Draht, Klebstoff, Paraffin, Schrauben und Glanzpapier zu kaufen, wobei ich, wenn die kleine Pension nicht ausreichte, entweder meinen von Natur aus freigebigen Onkel ausnutzte, den Bruder meiner Mutter, der wie mein Vater Arzt war, oder mir eben etwas ausdenken mußte.
Der Onkel, den ich übrigens beim Vornamen rief, fast wie einen Schulfreund, hatte Anfälle von Freigebigkeit, die meinen Eltern mißfielen. Mehrere Male erhielt ich von ihm ein Fünfzłotystück mit dem Konterfei Piłsudskis; ich steckte die Münze erst gar nicht in mein Hufeisenportemonnaie, auf alle Fälle gab ich sie nicht aus der Hand. Ich erinnere mich, daß ich mit dem Geldstück in der verschwitzten Hand durch die Stadt ging und mich wie ein verkappter Harun al Raschid fühlte, indes mein Blick, der sich an den Schaufen-

stern der Läden widerspiegelte, in Sekundenbruchteilen das silberne Edelmetall in ungezählte Mengen der ausgestellten Gegenstände verwandelte, doch vorläufig war ich nicht geneigt, auch nur einem die Gnade des Kaufs zuteil werden zu lassen, denn ein plötzlicher Millionärsgeiz verhärtete mich innerlich. Gewöhnlich investierte ich jenes Vermögen in Erfindungen, die imstande waren (ganz wie bei echten Erfindern), jede Summe spurlos und ohne Ergebnis zu verschlingen. Als schöpferischer Beamter war ich ruhig, denn ein leidenschaftliches Amtieren ist unmöglich, die Technik hingegen brannte in mir mit heißer, heiliger Flamme. Ich brachte ihr blutige Opfer dar, aus pflasterbedeckten, ständig blutenden Fingern, blieb hartnäckig bei Mißerfolgen, zuweilen mit gebrochenem Herzen und zerschundenen Nägeln, doch stets flößten mir neue Einfälle wieder neue Hoffnung ein.

Längere Zeit baute ich an einem Elektromotor, der äußerlich der alten Dampfmaschine Watts mit einem Hebel glich; statt des Zylinders mit Kolben hatte er eine elektrische Spule, deren Magnetfeld einen Eisenstab nach innen saugte. Ein besonderer Unterbrecher sandte die Stromstöße in ihre Wicklungen. Wie sich später herausstellte, war das eine nachträgliche Erfindung, denn es existierten bereits ähnliche Motoren oder vielmehr: sie hatten bereits aufgehört zu existieren, da sie unpraktisch, unergiebig und in ihren Umdrehungen zu langsam waren. Aber das hat natürlich keine Bedeutung. Ich weiß, daß ich damals wohl zum erstenmal eine äußerst lang anhaltende Zähigkeit bewies und jenen Prototyp Dutzende Male umkonstruierte, ehe er sich endlich in Bewegung setzte. Und als er das tat, unbeholfen aus Blechstücken zusammengebastelt, die ich mir vom Klempner (der eine kleine Werkstatt in unserem Haus besaß) erbettelt hatte, da kauerte ich inmitten eines Gewirrs von Leitungen, inmitten der Ölflecke, der verbrannten Batterien, des Gerümpels sowie der Hämmer und Zangen (an denen kaum das Blut der unlängst erst massakrierten Spielsachen getrocknet war) und betrachtete beschmutzt, erschöpft und voller Triumph die knirschenden, langsamen, nicht ganz regelmäßigen Umdrehungen, das Schwanken des Hebels sowie die kleinen Funken am Unterbrecher. Wenn ich mich später mit dem Demonstrieren des Motors vor den Hausgenossen brüstete, so tat ich, was jeder Junge an meiner Statt getan hätte; am wichtigsten war jedoch der Augenblick, da das Werk vollbracht, der schöpferische Akt vollendet war und mir nichts mehr zu tun übrigblieb – der Motor lief stotternd wohl bis zum Einbruch der Dunkelheit, und ich sah nur zu. Das war, wenn ich mich nicht irre, eine ganz besondere Genugtuung, die keines Lobes von außen, nicht einmal der Zeugen bedurfte.

Ich brauchte niemanden, denn es war geschehen. Weder Watt noch Stephenson können Eindringlicheres erlebt haben.

Es ist klar, daß ich mich mit dieser Errungenschaft nicht zufriedengeben konnte. Ich lechzte nach neuen. Sehr lange und mit wahrer Engelsgeduld befaßte ich mich mit der Elektrolyse von Wasser, wobei ich die verschiedensten Substanzen hineinschüttete, nicht in der Erwartung, daß sich irgendwann Gold an den Elektroden zeigen werde. Ich wußte nicht nur, daß das nicht geschehen würde, sondern mir lag nichts am Gold. Es handelte sich darum, eine Substanz zu schaffen, die es überhaupt nicht gab; ich kratzte die braunen, rostroten und grauen Pulver von den Elektroden ab und verwahrte sie sorgfältig in Schachteln. Schließlich gewann ich die Überzeugung, daß meine Kenntnisse unzureichend seien. Ich begann die elektrischen Apparate systematischer zu bauen und benutzte als Anleitung ein dickes, in gotischer Schrift gedrucktes deutsches Werk, das »Elektrotechnische Experimentierbuch«. Ich hatte zwar im Gymnasium schon seit zwei Jahren Deutsch, konnte aber in dieser Sprache keinen einzigen Satz lesen, das heißt verstehen. So begann ich denn den deutschen Text mit Hilfe eines Wörterbuches zu zergliedern, ein wenig wohl so wie Champollion die ägyptischen Hieroglyphen – es war eine Sisyphusarbeit. Jedenfalls zeigte sie Ergebnisse, denn schließlich hatte ich das Buch von der ersten bis zur letzten Seite durchstudiert und eine Wimshurstmaschine sowie einen Ruhmkorffinduktor gebaut. Ich hatte nämlich aus rätselhaften Gründen eine Vorliebe für mächtige elektrische Entladungen.

Da ich von Natur aus sehr unordentlich, äußerst ungeduldig und nachlässig war, ist es um so erstaunlicher, daß ich mich zu einer Selbstentsagung, zu einem mühseligen Wiederholen von Versuchen aufschwingen konnte, von denen Dutzende kein Resultat ergaben. Zweimal wiederholte sich die mehrmonatige, blutige Arbeit – blutig im wahrsten Sinne des Wortes, weil meine Finger, meine Knöchel – was war ich doch für ein unbeholfener Manipulator! – zerschnitten und mit schmutzigen Verbänden umwunden waren, als ich mehrere Kilometer Draht auf selbstgeleimte Papierspulen aufwickelte, jede Schicht mit Paraffin übergoß und jeweils Wachspapier dazwischenlegte; aber noch schlimmer war die Sache mit der elektrostatischen Maschine, weil ich kein geeignetes Material für ihre Scheiben auftreiben konnte. Zuerst versuchte ich zu diesem Zweck alte Grammophonplatten zu verwenden, die aus einem alten Kinematogra-

phen herrührten und einseitig bespielt waren; sie hatten einen Durchmesser von gar sechzig Zentimetern, aber sie erwiesen sich als ungeeignet. Zu guter Letzt beschaffte ich mir Platten aus einer sehr alten, nicht mehr funktionierenden Wimshurstmaschine, schnitt kleinere Platten mit einer Laubsäge heraus und schliff sie, nachdem ich das vor Alter grün gewordene Randebonit weggeworfen hatte, auf einem kleinen Elektromotor inmitten stinkenden Qualms, umgeben von Wolken schwarzen Staubs, der mir ins Haar, in die Augen, zwischen die Zähne, unter die Fingernägel drang. Schließlich war die Maschine fertig. Es ist komisch, daß ich zur gleichen Zeit im Werkunterricht immer Schwierigkeiten hatte, weil alles, was ich dort machte, etwas schief, wackelig, nachlässig ausgeführt war, so daß mir in diesem Fach ständig schlechte Zensuren drohten.
Später baute ich noch einen Tesla-Tranformator und ergötzte mich an dem phantastischen Glimmen der Geißlerschen Vakuumröhren im Hochspannungsfeld. Damals belagerte ich häufig einen kleinen Laden mit wissenschaftlichen Hilfsmitteln in der Hausmannpassage. Ich erinnere mich, daß dort eine nicht sehr große, aber viel vollkommenere Wimshurstmaschine, als es die meine war, neunzig Złoty kostete – das war der Preis für einen Anzug. Jahre später, im ersten Semester meines Medizinstudiums, verwandte ich das erste Geld, das ich in meinem Leben erhielt – das Stipendium des Medizinischen Instituts (es war im Jahre 1940) –, restlos für den Kauf von Geißlerröhren. Meine Wimshurstmaschine funktionierte damals noch. Sie kam mir erst 1941, nach dem Ausbruch des Krieges, abhanden.
Ich habe mich auch mit der Theorie befaßt. Das heißt, ich besaß einen Stoß Hefte, in die ich meine Erfindungen mit den »technischen Skizzen« eintrug. An einige erinnere ich mich noch. Da war ein kleines Gerät zum Aufschneiden von gekochten Maiskörnern, damit die Hülsen beim Essen am Kolben blieben; ein Flugzeug in Gestalt eines gewaltigen Paraboloids, das über den Wolken fliegen sollte – die Sonnenstrahlen wurden von diesem paraboloidalen, konkaven Spiegel gesammelt und verwandelten das Wasser in den Behältern in Dampf, der die Propellerturbinen antrieb; ferner ein Fahrrad ohne Pedalen, auf dem man »galoppierend« wie auf einem Pferd ritt – sein Sattel bewegte sich wie ein Zylinderkolben in einem leeren Rohr, und der von ihm geschobene gezahnte Bolzen sollte das antreibende Zahnrad drehen; der Ursprung der Bewegung war das Gewicht des Sitzenden, der sich wie in Steigbügeln hochrecken und fallen lassen sollte. Bei einem anderen Fahrrad befand sich der Antrieb am

Vorderrad, er bestand darin, daß sich die Lenkstange pendelnd nach den Seiten bewegte und mit dem Exzenter durch Stäbe verbunden war wie bei einer Lokomotive.

Ich hatte auch ein Auto entworfen, bei dem Feuerzeugsteine im Motor die Rolle von Zündkerzen spielten. Da war noch ein elektromagnetisches Geschütz – ich baute sogar ein kleines Modell davon, aber dann stellte sich heraus, daß schon lange vor mir jemand daraufgekommen war. Auch ein Ruder mit einer Schaufel in Form eines Schirms, das sich durch den Widerstand des Wassers von selbst abwechselnd öffnete und schloß, erfand ich. Meine größte Erfindung, zwar ebenso sekundär wie viele andere, und ich kannte nicht einmal ihre richtige Bezeichnung, war zweifellos die planetarische Übersetzung; und diese Konstruktion war wenigstens real, sie wird auch heute noch benutzt. Es ging natürlich auch nicht ohne verschiedene Modelle eines Perpetuum mobile ab, von denen ich ein gutes Dutzend ersann. Ich besaß Hefte, die ausschließlich Autokonstruktionen gewidmet waren – eine zum Beispiel hatte vier kleine Dreizylindermotoren nach dem Vorbild von Flugzeugmotoren in den Radnaben; eine Variante dieses Einfalls ist wirklich genutzt worden, nur wurden statt der Verbrennungsmotoren im Inneren der Autoräder Elektromotoren montiert. Ich entsinne mich noch meiner Doppelkolbenmotoren, ja sogar einer Art Rakete, die von einer sich in der Verbrennungskammer rhythmisch wiederholenden Gasexplosion angetrieben werden sollte; als ich 1944 oder 1945 etwas über den Mechanismus der faschistischen Vergeltungswaffe V-1 las, mußte ich sogleich an diese Entdeckung denken. Natürlich bedeutet das nicht, daß ich die V-1 noch vor den Deutschen entdeckt hätte, lediglich ihre Funktionsweise ähnelte der meinen ein wenig.

Außerdem entwarf ich diverse Kampfmaschinen – einen Einmannpanzer, einen flachen stählernen Sarg auf Raupenketten, der mit einem Maschinengewehr und einem Motorradmotor ausgerüstet war, ferner einen Projektil-Panzer, auch solche Panzer, die sich nach dem Prinzip einer Schraube bewegten und nicht durch die fortschreitende Bewegung der Raupenketten (es gibt bereits solche Traktoren), Flugzeuge, die senkrecht zu starten vermochten, weil man die Motoren umschwenkte, so daß sie einmal antrieben, dann wieder senkrecht in die Höhe zogen, und eine Menge anderer großer und kleiner Maschinen, Vorrichtungen, die dicke schwarze Kladden ausfüllten, aber auch kleinere Hefte, die ich mit Marmorpapier beklebte. Ich machte ganz ordentliche Zeichnungen, doch waren sie natürlich mit phantastischen Schildchen versehen, auf denen er-

dachte Zahlenangaben und andere gewichtige technische Daten figurierten.
Gleichzeitig wuchs meine Bibliothek, die immer mehr populärwissenschaftliche Bücher, verschiedene Naturwunder, Geheimnisse des Universums enthielt, und so füllten sich parallel dazu auch andere Hefte, in denen ich keine Maschinen, sondern Tiere entwarf. In der Rolle eines Vertreters der Evolution, ihres obersten Konstrukteurs, die ich *per procura* spielte, projektierte ich verschiedenartige schreckliche Raubtiere, Nachbildungen der mir bekannten Brontosaurier oder Diplodoken, mit Hornschildern, sägeförmigen Zähnen, Hörnern, und längere Zeit versuchte ich mir sogar ein Tier auszudenken, das anstelle der Beine ein Rad hatte, wobei ich so gewissenhaft verfuhr, daß ich mit dem Zeichnen seines Skeletts begann – um mir vorzustellen, wie sich die von einer Lokomotive ausgeborgten Elemente in dem Material der Sehnen und Knochen darstellen müßten.
Wenn ich mich so ausführlich über meine Konstrukteurtätigkeit in der unteren Gymnasialstufe auslasse, das Entdecken längst bekannter Amerikas schildere und die Mühen hervorhebe, die mir diese schweren Arbeiten bereiteten, so vergesse ich doch nicht, daß all dies ja nur ein Spiel war. Die zu überwindenden Schwierigkeiten verschaffte ich mir selbst, ich maß meine Kräfte mitunter zu optimistisch, denn ich erlitt auch Schlappen, zum Beispiel, als ich Edison zu wiederholen und einen Phonographen zu bauen versuchte, denn obschon ich alle möglichen Arten von Nadeln, Membranen, Nudelhölzern, Wachssorten, Paraffin und Stanniol ausprobierte und obwohl ich mich über den Tuben meiner diversen Phonographen heiser schrie, gelang es mir nicht, es so weit zu bringen, daß einer davon meine märtyrerhaften Anstrengungen auch nur mit einem einzigen, schwachen Quäken der festgehaltenen Stimme quittierte. Aber, ich wiederhole es, das war nur Spiel; ich wußte das, und ich stimme sogar heute mit mir, dem Zwölfjährigen, in dieser Beurteilung überein, allerdings mit einigen Vorbehalten. Die Epoche der Zerstörung, der Vernichtung von Gegenständen, die mir in die Hände fielen, war in die nächste übergegangen, in die der Konstruktion, allerdings nicht plötzlich und unerwartet. Beide verknüpfte eine Übergangsperiode miteinander, die mir jetzt als Phänomen wohl doch interessanter vorkommt als die anderen beiden – nämlich die der simulierten Arbeiten. So baute ich längere Zeit (vor meinen technischen Großtaten) Rundfunkgeräte, Sende- und Empfangsstationen, die gar nicht funktionieren konnten und es auch nicht sollten. Wenn mich die aus alten Garnspulen, verbrannten Röhren und

Kondensatoren, aus dickem Kupferdraht zusammengebastelten, mit einer möglichst großen Anzahl ernsthaft aussehender Knöpfe und Knäufe versehenen, auf Bretter oder in blecherne Teeschachteln montierten Apparate als naturalistische, nachahmende Kopien echter Radios in ihrem Äußeren nicht befriedigten, wenn sie mir nicht genügend imponierten, steckte ich, in dem instinktiven Verlangen, ihre Wichtigkeit hervorzuheben, zwischen das kunstvolle Gewirr hier ein blinkendes Blech, da eine besonders gewundene Sprungfeder aus einem Wecker hinein und ergänzte so lange das Gebastelte, bis mir ein unbekannter Sinn eingab, daß es nunmehr genug sei, daß die Pseudoapparatur in ihrem Aussehen meinen Anforderungen entsprach.

Ich möchte noch einmal betonen: Das war für mich ein Spiel. Nichtsdestoweniger findet man heutzutage auf Plastikausstellungen Konstruktionen, die meinen damaligen seltsam ähneln. Bin ich auf diesem Gebiet etwa ein Vorläufer? Der Gedanke ist zu schmeichelhaft, um so mehr, als ich mich an ein Erlebnis erinnere, das ich kürzlich auf einer Ausstellung abstrakter Bildhauerei hatte. Im Mittelpunkt der Exposition standen plumpe, bretzelartig löchrige Antitorsi und Antiakte, während an den Wänden Collagen (kann man sie nicht einfach Klebearbeiten nennen?) verschiedenen Formats und verschiedener Provenienz hingen. Ich sah mir flüchtig einige vollkommen leere, auf Staffeleien gespannte Bildflächen an, die nur an einigen Stellen von hinten mit Pflöcken gestützt waren, so daß sich die Lakenebene geometrisch brach, auch ein paar eingerahmte Konglomerate von grau-braun-grünlich wergleinenen Formen, in denen das neugierige Auge nur aus großer Nähe die Genealogie des Werkstoffs aufdecken und identifizieren konnte – Fetzen eines unter dem Mastix oder dem Kleister erstarrten Netzes, Metallspäne, sprungfederartige Blechstücke –, da hielt ich plötzlich vor dem nächsten Exponat inne. Es wirkte durchaus ruhig, als habe sein Schöpfer bereits seinen einleitenden Absichten einen mäßigenden Dämpfer aufgesetzt; das Werk besaß einen rechteckigen Rahmen aus einer Blechleiste; ungefähr in einem Abstand von zwei Fünfteln vom unteren Rand, somit etwa in der Proportion des Goldenen Schnitts, wurde es von einem lässig befestigten Stäbchen, einer Art Verbindungsrohr, durchgestrichen, und über dieser Hauptlinie breitete sich die öde Fläche eines vor Alter geradezu zerfallenden Bleches aus, das in der Mitte drei fast symmetrische Öffnungen besaß; glatt durchbohrt, klafften sie mit ihrer Leere, jede von einer bräunlichgrauen Aureole umgeben. Wie erloschene Sterne, Löcher von herausgeschlagenen Sonnen! Ich mußte noch an die eigenartige Technik denken, die der Künstler dazu verwandt hatte, um die Öffnungen so natürlich mit der verblassenden Schicht eines immer schwächerern, allmählich ins Nichtsein zurückweichenden Brandrosts zu bestäuben, auch an die Kunstfertigkeit, mit der er die gesamte Blechfläche ausgeglüht hatte, denn sie war zugleich bläulichgrün und stellenweise körnig-rauh von der Einwirkung der Flammen; so suchte ich denn nach dem Schild mit der Bezeichnung dieser Studie und dem Namen des Autors, aber es fehlte; bis ich schließlich, heftig mit den Augen zwinkernd, dahinterkam, daß ich das Opfer eines Mißverständnisses geworden war. Die Ausstellung war in einem großen Keller mit schönem Deckengewölbe untergebracht, die Exponate hingen an seinen unverputzten Wänden, und wie das gewöhnlich an solchen Orten zu sein pflegt, waren hier und da in den Ziegelnischen Türen der Schornsteinkanäle befestigt. Ich stand gerade vor einem solchen rostigen und mit einem ausgerenkten Riegel versehenen Schieber. Im Nu war denn auch die ästhetische Feuersbrunst, die bislang von jenem Schieber in meine willigen Augen gestrahlt hatte, abgedunkelt und erloschen, und er, der entlarvte, plötzlich gebändigte, war ein banales Stück Blech eines Schornsteinschachts geworden, während ich mich in einer gewissen Verwirrung ziemlich schnell von dieser Stelle entfernte, um mich wieder vor den authentischen Werken in den gemäßen Zustand zu versetzen, das heißt, um den Geist auf die Anforderungen abzustimmen, die das abstrakte Schaffen nun einmal stellt.

Als ich jenes Erlebnis überdachte, kam ich zu der Überzeugung, daß es nichts Schändliches enthielt – wenn überhaupt jemand die Verantwortung für dieses leichte Abrutschen in den Irrtum trug, ich war es nicht. Man hatte schon andere Sachen auf ähnlichen Ausstellungen erlebt; ich erinnere mich, daß ein Kenner, ein wahrer Kunstfreund, der zwar, wie ich loyal zugeben muß, ein wenig kurzsichtig war, auf einer anderen Ausstellung, inmitten zahlreich aufgebotener Klumpen und Kugeln von steinernem Grau oder gipsernem Weiß, plötzlich mit energischem Schritt auf ein bestimmtes Postument zuging, das gleich am Eingang stand, von wo aus ein kleiner Drehklumpen mit rhythmischen Oberflächenzöpfen das Auge durch besondere Farbe und Gefälligkeit lockte. Auf halbem Wege hielt er inne, erbebte und kehrte langsam um, es war nämlich ein gewöhnlicher Striezel, ein Weizenmehlprodukt des Bäckereihandwerks, den die Dame, die die Pflichten der Kassiererin versah, auf einen Platz in der Nähe gelegt hatte, als sie Tee holen ging.

Was geschieht eigentlich mit der Kunst, daß sie die Möglichkeit solcher humoristischer Verwechslungen zuläßt? Sollte etwa der Lieferant ihrer aktuell modischen Produkte sowohl ein Schornsteinfeger, ein Bäcker als auch ein spielendes Kind sein? Die Sache ist nicht ganz so einfach. Der Künstler von früher produzierte Gegenstände, die gesellschaftlich unentbehrlich waren, nämlich Geräte für Dienstleistungen, obschon von eigenartiger Bestimmung, denn sie halfen den Toten, in die Ewigkeit umzuziehen, den Zauberformeln, sich zu erfüllen, den Gebeten, die liturgisch gebotene Fülle zu erlangen, einer unfruchtbaren Frau, Kinder zu gebären, einem Helden, die sakrale Auszeichnung zu erringen. Das ästhetische Äußere jener Geräte war ihr Bestandteil, der ihre Wirkung erhöhte, der sie stützte, niemals aber war er das Vorherrschende, ein selbständiger außerutilitärer Wert. So hatte der Künstler also ausdrücklich seinen Platz in den Gebäuden der religiösen oder staatlichen Metaphysik, er war der ausführende Ingenieur des Themas, niemals aber sein Schöpfer; die thematische Urheberschaft schrieb man nämlich der Offenbarung, dem Absoluten, der Transzendenz zu; hieraus ergaben sich die Barrieren der strengen Beschränkungen, von denen wir soviel geredet haben, hieraus resultiert auch das Tautologische der damaligen Kunst, die ja nichts Neues sagt, weil sie wohlvertraute Inhalte aus dem Gedächtnis wiederholt: die Kreuzigung, die Verkündung, die Himmelfahrt, den Zeugungsakt in priapeischen Symbolen, den Kampf Ahrimans mit Ormuzd. Seine Persönlichkeit, den unwiederholbaren Genius, schmuggelte der Künstler, um es so zu sagen, in die Tiefe der Gemälde oder Skulpturen und Altäre, und sein Talent war um so mächtiger, je mehr seine Erfindergabe es verstand, ihre Gegenwärtigkeit ungeachtet der unfreien Unterordnung unter das liturgische Rezept, im engen Bereich des Erlaubten, nicht vollends Kodifizierten durch trotz allem noch zahllose Methoden kundzutun. Er konnte nämlich sowohl die Fossilien des Dogmas unmerklich beleben, sie in Schwingungen versetzen und ihm eine mehr oder weniger andeutungsweise Resonanz in der realen zeitgenössischen Welt verleihen, er konnte, umgekehrt, sich im Werk durch ein System von Dissonanzen, von kaum spürbaren, aber doch vorhandenen Mißklängen verbergen, in deren Auslegung wir uns heute übrigens völlig irren können, weil nämlich das, was für uns an manchen frühgotischen Heiligen gewissermaßen schon absichtlich naiv, sogar humoristisch ist, für die damals lebenden Menschen gar nicht so zu sein brauchte. Gern hätte ich den Gesichtsausdruck manch eines Schöpfers beobachtet, wenn er sich allein mit seinem entstehenden Gemälde befand.

Dieses Hineinschmuggeln der Persönlichkeit in den Bereich der metaphysischen Dogmatik ist für mich eine faszinierende Angelegenheit, ich empfinde nämlich die aktive Gegenwart des Autors in zahlreichen Meisterwerken als eine spezifische Perversität, als eine vielleicht nur durch das Unterbewußtsein mikroskopisch dosierte Blasphemie, deren giftige Prise eben paradoxerweise die offiziell heilige Aussage des Themas noch steigert. Aber darüber müssen wir schweigen, hier wenigstens. Jene Epoche ist vergangen, das Gebäude der metaphysischen Sklaverei ist unter den Stößen der technischen Zivilisation eingestürzt, und nun hat sich herausgestellt, daß der Künstler schrecklich frei ist. Statt des Dekalogs der Themen – die Unendlichkeit der Welt, statt der Offenbarung – die Suche, statt eines Gebots – die Wahl. Es entstehen evolutionäre Folgen: der Akt in wörtlicher Bedeutung, der grob gehauene Akt, die steinerne Verallgemeinerung des Körpers, die geometrische Andeutung, das Fragment, das Segment, die Ruine des Rumpfes oder des Kopfes, und schließlich – jemand, der über einem ausgetrockneten Flußbett einen Stein wegen seiner besonderen Form aus einer ganzen Milliarde von Felsblöcken heraussucht und ihn zur Ausstellung bringt. Eine Bearbeitung ist nicht erforderlich, wenn die Selektion schon genügt. Auf diese Weise gelangt man, gewissermaßen ohne es zu wollen, vom Schicksal als allwissende Vorsehung zum Schicksal als statistische Theorie, als blinde Entfesselung der Kräfte, die die Felsblöcke im Strombett bearbeiten, vom Schöpfer des Bewußten zum schöpferischen Zufall, von der Notwendigkeit zum Glücksfall.
Nicht nur der Künstler leidet unter dem Übermaß an Freiheiten; die Kunstkonsumenten befinden sich in keiner besseren Lage. So wird ein eigenartiges Spiel von künstlerischen Vorschlägen und ihrer Billigung oder Zurückweisung ausgetragen. Ein Dämon allgemeiner Ungewißheit, dessen alle überdrüssig sind, den die Kenner und Fachleute durch Beschwörungen zu vertreiben suchen, schwebt über dem Schachbrett solcher Finalkämpfe. Ein bekannter Maler stellt sechs vollkommen schwarze Bilder aus; ist das ein schlechter Scherz, eine Herausforderung oder ein erlaubter Einfall? Ein Kühlschrank ohne Tür, auf Fahrrädern, gestreift bemalt – darf man das? Ein Stuhl, von drei Messern durchbohrt – ist das gestattet? Doch was bedeuten schon solche und ähnliche Fragen! Wenn man das ausstellt, wenn es Betrachter und Käufer und auch apologetische Kritiker gibt, wird sich die Angelegenheit in einem Dutzend Jahren in den Nachschlagewerken der Kunstgeschichte als eine bereits unwiderruflich vergangene Periode petrifizieren. Jedoch hält die Unsi-

cherheit an, deshalb nennt man die Werke nicht beim Namen, sondern versieht jedes mit einer ausdeutenden Hinterpforte: das seien, wie man uns versichert, neue Versuche, Experimente, künstlerische Schürfarbeiten. Ein künftiger Historiker der Kunst des 20. Jahrhunderts wird nicht ohne Genugtuung feststellen können, daß diese für ihn bereits archaische Periode fast keine Werke, sondern immer nur Vorschläge dazu hervorgebracht habe.

Der Künstler indes, der ausschließlich von Gebrauchsgegenständen umgeben ist, macht diese zum Feld der Exploitation. Alles dient zu irgend etwas – zum Anhören einer Sendung, zum Rasieren, zum Fahren, zum Mahlen von Getreide oder zum Backen von Brot. Man könnte einen Mühlstein in eine Ausstellung rollen, doch ist die Geringfügigkeit des persönlichen Beitrages zu diesem schöpferischen Akt in deprimierender Weise augenfällig. Man muß mit dem Gegenstand etwas anstellen, muß ihm seine Funktion abnehmen, und als Rest, gewissermaßen zwangsweise, bleibt dann der leere Ausdruck, nur die ästhetische Seite zurück. So tauchen denn »Maschinen ohne Verwendungszweck« auf. Auch ich habe solche gebaut. Nicht als Vorläufer, sondern als Kind. Und eben der moderne Künstler macht den Versuch, ein Kind im Herzen der Zivilisation zu werden, im Kind die rettenden Beschränkungen zu finden. Denn nur das Kind kennt noch keine Zweifel, weiß nichts von der Sintflut der Konventionen, nur sein Spiel ist noch todernst.

Aber wird er das finden, was er sucht, wenn er sich im Kinde vor der Bodenlosigkeit der übermäßigen Freiheiten verbirgt? Der Künstler spürt den Trieb, zum Urbeginn zurückzukehren, dorthin, wo die Arbeit gleichzeitig Spiel und schöpferischer Akt war, wo die Tat die eigene Entlohnung darstellte, nur sich selbst diente, ansonsten aber nutzlos war – o ja, in diesem Zustand ging auch ich an die Herstellung meiner Pseudoapparate. Ich baute sie, weil ich sie brauchte, und ich brauchte sie, damit ich sie bauen konnte. Ein Kreis, ebenso fest geschlossen als auch von allen möglichen der vollkommenste – ein Glaubensschluß, der verkündet, daß der Glaube alles sei. Jener berauschende *Circulus vitiosus* war jedoch natürlich, denn ich war zwölf Jahre alt. Ich tat alles, was ich konnte, ich verfolgte keine realen Ziele, ich streckte mich einfach nach der eigenen Decke, eben der eines Zwölfjährigen, ich setzte mir keine Schranken, im Gegenteil, das war meine höchste Freiheit, der Gipfelpunkt meines Gymnasiallebens. Wenn sie eingeengt, verbaut war, dann nur durch die Natur, einfach durch das Alter, denn im Gegensatz zum Künstler versuchte ich gar nicht, ein Kind zu sein; was sonst konnte ich damals sein? Unglücklich der Künstler, der Grenzen im Kind sucht, er findet keinen Platz in ihm. Es stimmt, die ruhige Absolutheit des Glaubens hat dem Menschen die Worte *credo, quia absurdum est* entlockt. Und es stimmt auch, daß es in der Zivilisation, die eine Pyramide dem Menschen dienender Maschinen ist, nichts Absurderes gibt als eine Maschine, die weder dem Menschen noch sonst jemandem nützlich ist. Die Resultate konvergieren jedoch nur im Absurden, weil die Wege verschieden waren, die zu ihnen führten. Es ist um die Kunst nicht gut bestellt, wenn man eine Semmel, einen Flußstein und eine Ofentür mit Kunstwerken verwechseln kann. Es steht schlecht um sie, wenn man das vergrößerte Mikrophotogramm eines Kristallschliffs oder ein gefärbtes Gewebepräparat oder auch eine durch ein Elektronenmikroskop gesehene, mit Silberionen bestäubte Virenkolonie mit gleicher Berechtigung zwischen abstrakte, tachistische Gemälde stellen kann. Das soll nicht heißen, daß mir abstrakte Malerkompositionen nicht gefielen; im Gegenteil, es gibt wundervolle, aber man kann eben unter Laborpräparaten oder auf schwarz gewordenen Rindenstücken im Wald, die irgendein Schimmel in biologischem Weißstichtiefdruckrhythmus gehäkelt hat, noch bessere finden.

Das Unglück der zeitgenössischen Kunst liegt gar nicht darin, daß sie ausgedacht wurde, im Gegenteil, in der toten und in der belebten Natur wimmelt es von solchen »abstrakten Kompositionen«; der Mikrobiologe, der Geologe, der Mathematiker kennt sie, ihre Schichten stecken in den Pseudomorphosen alter Diabase, in der Mikrostruktur der Amöben, in den Änderungen der Blätter, in den Wolken, in Felsformationen, den Zeugen der Verwitterung; Meister und Vorläufer auf diesem Gebiet sind die beiden großen Steinmetze, Zerstörer und Konstrukteure in einem, die Entropie und die Enthalpie, und wer mit ihnen nicht rivalisieren will (wenn er, wie sonst übrigens kaum jemand, begriffen hat, daß er schließlich doch verlieren wird), sondern Rettung und Heil in der Rückkehr zur süßen Höhlenwildheit sucht, der versteckt sich im Kind, im Primitiven – aber vergebens, weil der Neandertaler und das Kind früher und authentischer gewirkt haben.

Doch woher nehme ich das Recht, so zu reden? Niemand gibt es mir, das sage ich gleich. Man braucht nicht mit mir einer Meinung zu sein, um so mehr, als ich keine neue Sklaverei, keinen erlösenden Glaubensschluß vorzuschlagen habe. Dann aber wird man leider eingestehen müssen, daß ich wohl doch ein hervorragender Vorläufer gewesen bin, und nicht nur ich, sondern auch meine Freunde, sogar die aus der Grundschule, wenn sie eine Pfütze, in der ein Ölfleck schwamm, mit einem Stock aufwühlten und dabei prachtvolle koloristische Kompositionen schufen. Wir waren große, obschon rotznasige Primitivisten, und meine Pseudoradios sind angesichts der »Mobile« das, was Bosch für die Surrealisten bedeutet. Und was für Kompositionen gelangen uns noch früher, wenn wir den Grießbrei auf dem Teller mit Spinat vermengten!

Übrigens, wenn nun einmal der Rückwärtsgang verbindlich ist und sich der Turpismus als die modischste Richtung erweisen wird, dann gestatte ich mir, diesmal voller Stolz, an die vollgepinkelte Spieldose zu erinnern. Stellt nicht jene krüppelhafte Schöpfung, entstanden durch die Auffüllung eines Musikuhrenmechanismus mit einer Substanz körperlicher Herkunft, stellt nicht das Resultat des Ringens Newtonschen Gedankenguts (der Uhrengang der Himmelskörper ist sein Leitgedanke) mit dem Element animalischer Zersetzung, mit einem Wort – stellt nicht die Kreuzung der Idee mit dem Exkrement ein wahres Phänomen im Vorläufertum dar, mehr noch, in der Prophetie, die den katastrophischen Nihilismus verkündet? Die deterministische Notwendigkeit einer toten Melodik habe ich immerhin als Vierjähriger durch einen echt existenzialistischen Wahlakt negiert, indem ich mich offen für die animalische Freiheit aussprach und somit allein schon durch das Aufknöpfen der Höschen ganzen Jahrtausenden emsiger Zivilisation eine Ohrfeige versetzte! Und dazu die vollkommene Nutzlosigkeit, somit auch reine Uneigennützigkeit jener spontanen Kreation . . .

Aber so könnte man endlos weiterspinnen. Nicht alles ist Spott, denn es hat sich alles als Konvention erwiesen, auch die Sprache, auch das Alphabet, auch die Regeln der Syntax und der Grammatik; und wenn man das Feld des Erlaubten nur genügend erweitert, wenn man irgendein Einvernehmen erlangt, zum Beispiel hinsichtlich einer vorläufigen Billigung der Bedeutungen, die einem beliebigen Objekt zugeschrieben werden, dann läßt sich absolut alles mit Hilfe eines beliebigen Zeichens, Symbols, Gegenstands oder Bildes ausdrücken. Man wird abgeschnittene Finger ausstellen können, Stühle, die statt einer Lehne den Brustkorb und die Wirbelsäule des menschlichen Skeletts oder seine knöchernen – nicht hölzernen – Beine besitzen; man wird mit einer vergrößerten, haltbar gemachten Zwiebel die epistemologische Symptomatik der kosmischen Materie, das heißt die Vielflächigkeit und zugleich Unendlichkeit der Erkenntnis, die ein Herunterreißen der einzelnen Schalen ist, versinnbildlichen.

Verschwunden ist nämlich die früher in ihrer Beziehung zu offenbarten Wahrheiten eindeutige gesellschaftliche Aussage, und es gibt keinen Müllhaufen, mit dem man nicht, bei entsprechender Fassung und Beleuchtung, einen mutmaßlichen dunklen Inhalt ausdrücken könnte, der vielleicht gar der Verurteilung der Zivilisation gleichkäme. Es ist ja auch eine Verdunkelung entstanden, eine Einnebelung, eine informatorische Unklarheit, in der hie und da einzelne Werke mit eigenem traurigem Schein der Kräfte oszillieren, jedoch erweckt jener gesamte Raum irrationale Sehnsüchte nach einer Befreiung aus einer allzu willkürlichen Freiheit – was indes seit langem nicht mehr sinnvoll ist, da nicht von den Dingen Erwachsener, sondern vom Kind die Rede ist. Kehren wir also, wie zerstritten wir auch sein mögen, zu ihm zurück.

Vestrands Extelopädie in 44 Magnetbänden

Vestrand Books Co.
NEW YORK LONDON MELBOURNE
MMXI

Proffertine

VESTRAND BOOKS schätzen sich glücklich, Ihnen die Subscription

der künftigsten

Extelopädie anbieten zu können, die je erschienen ist. Wenn Sie sich infolge von Überbeanspruchung durch ihre Arbeit bisher noch mit keiner EXTELOPÄDIE vertraut machen konnten, dienen wir Ihnen mit unserer Erklärung. Die traditionellen Enzyklopädien, die seit zwei Jahrhunderten in allgemeinem Gebrauch sind, begannen in den siebziger Jahren eine ernste Krise durchzumachen, die dadurch hervorgerufen wurde, daß die in ihnen enthaltenen Informationen sich bereits zu dem Zeitpunkt, als sie die Druckerei verließen, als veraltet erwiesen. Der Auzyk, das heißt die Automatisierung des Produktionszyklus, konnte das nicht verhindern, denn die Zeit, die die Experten – die Autoren der Stichworte – brauchen, läßt sich nicht auf Null reduzieren. So verstärkte sich mit jedem Jahr die Inaktualität der modernsten Enzyklopädien, die schon, wenn sie in die Regale gelangten, nur noch einen historischen Wert hatten. Viele Herausgeber versuchten dieser Krise vorzubeugen, indem sie jährlich und dann vierteljährlich besondere Ergänzungsbände veröffentlichten, bald jedoch übertrafen jene Ergänzungen in ihrem Umfang die Ausmaße der eigentlichen Ausgabe. Das Bewußtsein, daß sich dieser Wettlauf mit der Beschleunigung der Zivilisation nicht gewinnen lasse, entmutigte schließlich Herausgeber und Autoren.

Es kam also zur Ausarbeitung der Ersten Delphiklopädie, also einer Enzyklopädie, die eine Sammlung von Stichworten war, mit Inhalten, die für die Zukunft vorhergesagt wurden. Jedoch die Delphiklopädie entsteht in Anlehnung an die sogenannte Delphische Methode, das heißt, banal ausgedrückt, dank der Abstimmung befugter Experten. Da sich indes die Meinungen der Experten nicht immer decken, enthielten die ersten Delphiklopädien Stichworte in zwei Varianten über ein und dasselbe Thema – entsprechend der Meinung und der Minorität der Fachleute, oder sie besaßen zwei Versionen (Maxiklopädie und Miniklopädie). Die Abnehmer akzeptierten jedoch diese Neuerung nur unwillig, und der bekannte Physiker und Nobelpreisträger Prof. Kutzinger verlieh seinem Unwillen Ausdruck, indem er äußerte, das Publikum brauche Informationen über Dinge, nicht über die Streitigkeiten der Spezialisten. Und erst dank der Initiative der VESTRAND BOOKS änderte sich die Situation geradezu revolutionär.

Die EXTELOPÄDIE, die wir Ihnen in vierundvierzig handlichen Magnetbänden offerieren, eingebunden in Virginal, die Immer Warme Jungfernpseudohaut, SELBSTvorschnellend auf Aufforderung mit dem richtigen Magnetband, der sich SELBST blättert und von SELBST bei dem verlangten Stichwort stoppt, enthält 69 500 verständlich, jedoch exakt redigierte Stichworte, die sich auf die Zukunft beziehen. Im Gegensatz zur Delphiklopädie, Maxiklopädie und Miniklopädie stellt

VESTRANDS EXTELOPÄDIE

das garantierte Resultat einer *menschenfreien*, also auch *fehlerfreien* Arbeit unserer achtzehntausend KOMFUTER (futurologischen Komputer) dar.

Hinter den Stichworten von VESTRANDS EXTELOPÄDIE

steht ein Kosmos von achthundert Gigatrillionen Semonumerischer Berechnungen, die in der Komurbs unseres Verlages von den BASCHWELUKEN – den Batterien der Schwersten Lumenischen Komfuter ausgeführt wurden. Ihre Arbeit kontrollierte unser SUPERFUTER, die elektronische Verkörperung des Mythos vom Übermenschen, der uns zweihundertachtzehn Millionen sechsundzwanzigtausend dreihundert Dollar gekostet hat – berechnet nach den Preisen des Vorjahres. Die EXTELOPÄDIE ist die Abkürzung der Termini EXTRAPOLATIVE TELEONOMISCHE ENZYKLOPÄDIE oder auch GEZIEPRENZYK (gezielte prognostische Enzyklopädie) mit maximalem Zeitvorlauf.

WAS ist unsere Extelopädie?

Sie ist das am schönsten ausgetragene Kind der Präfutulogie, jener ehrbaren, obschon primitiven Disziplin, die das Ende des zwanzigsten Jahrhunderts geboren hat. Die Extelopädie bringt Informationen über die Historie, die erst geschehen wird, das heißt über die *allgemeine Werdezeit*, über kosmonomische, kosmolytische und kosmatische Dinge, über *alles*, was *entführt* werden wird, einschließlich der Daten, *mit welchem Ziel und von welchen Standpunkten* aus das erfolgen wird, sowie der Angaben über die neuen großen Errungenschaften der Wissenschaft und Technik nebst der Spezifizierung all dessen, wodurch Sie persönlich am meisten bedroht sein werden, über die Evolution der Religionen und Glaubensbekenntnisse, u. a. unter dem Stichwort FUTURELIGIONEN sowie über 65 760 andere Fragen und Probleme. Sportamateure, die von der Ungewißheit über die Ergebnisse in allen Konkurrenzen geplagt sind, werden sich dank der Extelopädie viele überflüssige Ärgernisse und Aufregungen ersparen, auch in den Disziplinen der Leichtathletik und Erothletik – sofern sie nur

den sehr vorteilhaften Kupon

unterschreiben, der dieser Proffertine beigefügt ist.*

* Proffertine – siehe: beigefügter Gratisprobebogen der Extelopädie.

Aber bietet VESTRANDS EXTELOPÄDIE wahre und sichere Informationen? Wie aus den Untersuchungen des MIT, MAT und MUT resultiert, die im USIB (United States Intellectual Board) vereinigt sind, zeichneten sich unsere beiden vorherigen Ausgaben der Extelopädie durch eine Abweichung von den faktischen Sachverhalten in den Grenzen 9,008-8,05 Prozent pro Mittelwert des Buchstabens aus. Jedoch die vorliegende *künftigste* Ausgabe wird mit einer Wahrscheinlichkeitsrate von 99,0879 Prozent im Herzen der Zukunft verankert sein.

Weshalb sie so genau ist

Warum können Sie sich völlig auf die vorliegende Auflage verlassen? Weil diese Edition dank der Erstanwendung zweier völlig neuer Methoden der Sondierung der Zukunft auf der Welt entstanden ist – nämlich der SUPLEXMETHODE und des KRETILINGVERFAHRENS.

Die SUPLEXMETHODE, das heißt die Superkomplexmethode leitet sich von dem Verfahren ab, mit dem das Komputerprogramm Mac Flac Hac im Jahre 1983

alle großen Schachmeister

gleichzeitig geschlagen hat, u. a. auch Bobby Fisher, indem es ihnen während des Simultanspiels achtzehn Matts pro Gramm, Kalorie, Zentimeter und Sekunde lieferte. Dieses Programm wurde daraufhin einer tausendfachen Verstärkung und extrapolativen Anpassung unterzogen, wodurch es nicht nur *voraussehen* kann, *was geschehen wird*, wenn *überhaupt etwas* geschieht, sondern es sieht überdies noch genau voraus, was geschehen wird, wenn dieses Etwas nicht im geringsten geschieht, das heißt, wenn es überhaupt nicht erfolgt.

Bisher haben die Vorherdeuter nur auf POSIPOTEN gearbeitet (das heißt gestützt auf POSITIVE POTENZEN, also unter Berücksichtigung der Möglichkeit, daß sich irgend etwas verwirklicht). Unser neues SUPLEX-Programm arbeitet überdies auf NEGAPOTEN (Negativen Potenzen). Es berücksichtigt somit *das*, was *entsprechend* den aktuellen Meinungen *aller Experten bestimmt nicht erfolgen kann.* Und – wie anderswoher bekannt – ist das Salz der Zukunft eben das, wovon die Experten annehmen, daß es *nicht erfolgen wird.*

EBEN DAVON HÄNGT DIE ZUKUNFT AB!

Um jedoch das Ergebnis, das mit der Suplexmethode erzielt wurde, einer Kontrollfixierung (Kruzifix, resp. CRUCIFIX) zu unterziehen, haben wir ungeachtet der großen Kosten eine andere, ebenfalls völlig neue Methode – die FUTULINGUISTISCHE Extrapolation angewandt.
Sechsundzwanzig unserer KONFULINTEN (Linguistischer Komputer, vertrauensvoll gekoppelt, d. h. vertraupelt) schufen, gestützt auf die Analyse der Entwicklungstendenzen, d. h. der Trends mit indeterministischem Gradienten (Trendenderenten), zweitausend Idiome, Dialekte, Nomenklaturen, Slangs, Onomastiken sowie Grammatiken der Zukunft.
Was bedeutet diese Pioniertat? Sie bedeutete die Schaffung einer *sprachlichen Weltbasis nach dem Jahr zweitausendzwanzig.* Kurz gesagt – unsere KOMURBS – das heißt die Komputerstadt, die 1720 Intelligenzeinheiten pro Kubikmillimeter des MAPSYNTs (Psychisch-Synthetische Masse) zählt, konstruierte Wörter, Sätze, Syntax und Grammatik (sowie die Bedeutung von Sprachen, deren sich die Menschheit in der Zukunft bedienen wird.
Selbstverständlich bedeutet es noch nicht – wenn man nur die Sprache kennt, in der sich die Menschen miteinander und mit den Maschinen in zehn, zwanzig oder dreißig Jahren verständigen werden –, daß man weiß, *wovon* sie dann am liebsten und häufigsten reden werden, eben das muß man wissen, denn gewöhnlich redet man zuerst, und dann denkt man und handelt. Die grundlegenden Unzulänglichkeiten aller bisherigen Versuche, eine Sprachliche Futurologie oder PROGNOLINGUA zu konstruieren, ergaben sich aus der falschen Rationalität der Prozeduren. Die Gelehrten setzten nämlich stillschweigend voraus, daß die Menschen in der Zukunft *lauter vernünftige Dinge* reden und dementsprechend handeln werden.
Indessen haben Forschungen ergeben, daß die Menschen

meistens Dummheiten reden. Um also in einer Extrapolation mit einem Vorlauf von einem Vierteljahrhundert

die typische menschliche Ausdrucksweise

zu simulieren, wurden von uns IDIOMATEN sowie KOMDEBILE (KOMPFUSCHER), das heißt – idiomatische Automaten sowie pfuschende Komputer – Debile konstruiert, und diese erst schufen die PARAGENAGRATIK, d. h. die paralogische generative Grammatik der Sprache der Zukunft.
Kontrollprofuter, die Langlings, sowie Pramnestoschizoplegiatoren vermochten dadurch 118 Untersprachen (Idiome, Dialekte, Slangs) aufzustellen, solche wie TRATSCHEX, PLAPPEX, REDAN, STIMMEL, HUMPITZ, PLEPLEX, AGRAM und CRELINAX. Auf dieser Grundlage entstand schließlich die KRETILINGUISTIK, die es gestattete, das KRUZIFIX-Programm zu realisieren. In Sonderheit ermöglichte dies die Durchführung intimer Prognosen, die die Futerotik betreffen (u. a. Einzelheiten aus dem Zusammenleben der Menschen mit den Artorgen und Amorgen auch in den Lüsternischen und Pervertinen im Bereich der gravitationslosen orbitalen, venerischen und martialischen Sexonautik). Dies gelang dank solcher Programmierungssprachen wie EROTIGLOM, PANTUSEX und BYWAY.
Aber das ist noch nicht alles! Unsere KONTRFUTER, d. h. kontrollfuturologische Komputer, haben die Ergebnisse der KRETILING- und SUPLEXMETHODE aufgearbeitet – und erst aus dem Ablesen von dreihundert Gigabit Informationen entstand KOKEL, d. h. der Komplexe Korrektor des Embryos der Extelopädie.
Warum des Embryos? Weil so die Version einer Extelopädie entstanden war, die für alle Lebenden – einschließlich der Nobelpreisträger – *unverständlich* schien.
Warum unverständlich? Weil dies Texte waren, artikuliert in einer Sprache, die heute noch niemand spricht und somit nicht begreifen kann. Und so oblag es unseren achtzig RETROLINTERN, die sensationellen Daten, die in einer originellen Sprache formuliert waren, von der die

Kunde erst kommen wird – in ein zeitgenössisches Idiom rückzuübersetzen.

Wie bedient man sich der Vestrand-Extelopädie?
Sie wird auf einer bequemen Stellage deponiert, die wir für ein geringes zusätzliches Entgelt liefern. Danach postiert man sich in einem Abstand von zwei Schritten von den Regalen und spricht das gewünschte Stichwort in sachlichem Ton und nicht zu laut aus. Hierauf springt Ihnen der richtige Magnetoband selbstblätternd in die ausgestreckte rechte Hand. Der geschätzte Linkshänder wird gebeten, das Ausstrecken *stets* der rechten Hand zuvor zu trainieren; widrigenfalls kann der Magnetoband nämlich in seiner Flugbahn abgelenkt werden und, wenn schon schmerzlos, den Sprechenden oder auch unbeteiligte Personen treffen und gar verletzen.
Die Stichworte sind *zweifarbig* gedruckt. *Schwarze* Stichworte bedeuten, daß der PROPROWIRT (Probabler Prozentsatz der Verwirklichung) 99,9% übersteigt, daß er also, volkstümlich gesprochen, bombensicher ist.
Die *roten* Stichworte bedeuten, daß ihr Proprowirt unter 86,5% liegt und daß im Hinblick auf diesen unerwünschten Tatbestand der ganze Text jedes Stichworts in ständiger (hologenetischer) Fernverbindung mit der Chefredaktion der VESTRAND-Extelopädie steht. Sobald unsere Profuter, Panter und Kredakteure ein neues Ergebnis in ihrer unaufhörlichen, die Zukunft erforschenden Arbeit erzielen – wird der Text des Stichworts, das rot gedruckt ist, selbsttätig richtig formuliert werden. Für die auf diese ferngesteuerte unfühlbare und optimale Weise erfolgenden Korrekturen werden vom Verlag VESTRAND

keinerlei

zusätzliche Vergütungen von den geschätzten Subskribenten verlangt!
Im extremen Fall, der mit einem niedrigeren Proprowirt als 0,9% versehen ist, kann auch der Text des *vorliegenden Prospekts* einer sprunghaften Veränderung ausgesetzt sein. Wenn Ihnen bei der Lektüre dieser Sätze die

Wörter vor den Augen zu tanzen und die Buchstaben zu zittern und zu verschwimmen beginnen, ist die Lektüre für zehn bis zwanzig Sekunden zu unterbrechen, entweder um die Brillengläser zu wischen, oder um den Zustand der Garderobe zu überprüfen u. ä. und dann von neuem, d. h. vom Anfang an, aufzunehmen – nicht nur von der Stelle an, wo sie unterbrochen wurde, denn ein solches Flimmern bedeutet die sich vollziehende Korrektur der Mängel.

Wenn jedoch nur der unten angegebene *Preis* der VESTRAND-EXTELOPÄDIE zu flimmern (zu zittern bzw. zu verschwimmen) beginnt, braucht in diesem Fall nicht der ganze Prospekt von neuem gelesen zu werden, denn die Änderung betrifft dann ausschließlich *die Bedingungen der Subskription*, die sich – mit Rücksicht auf den Ihnen wohlbekannten Stand der Weltwirtschaft leider nur mit einem 24-minütigen Vorlauf vorhersagen lassen.

Das Gesagte gilt ebenfalls für das vollständige Assortiment an Anschauungs- und Hilfsmaterialien der VESTRAND-EXTELOPÄDIE. Diese umfassen gesteuerte, bewegliche, fühlbare sowie schmackhafte Illustrationen. Außerdem gehören hierher Futudellen und Autokonstrukte (selbstbauende Aggregate), die wir zusammen mit der Stellage sowie dem vollständigen Satz Magnetbände – in einem besonderen geschmackvollen Kofferbehälter liefern. Auf Wunsch programmieren wir den gesammelten Inhalt der Extelopädie dergestalt, daß er ausschließlich auf Ihre Stimme (die Stimme des Besitzers) reagiert.

Im Falle von Aphasie, Heiserkeit usw. ersuchen wir Sie höflich, sich an die nächste Vertretung von VESTRAND BOOKS zu wenden, die Ihnen unverzüglich Hilfe leisten wird. Unser Verlag bereitet gegenwärtig neue, luxuriöse Varianten der Extelopädie vor, und zwar: ein sich selbst in drei Stimmen und zwei Registern (männlich, weiblich, sächlich – einschmeichelnd, nüchtern) lesendes Modell, ferner das Modell Ultra-deluxe, das unter Garantie Störungen des Empfangs durch Fremde (z. B. durch die Konkurrenz) ausschließt, ausgestattet mit einer kleinen Bar und einem Schaukelstuhl, und schließlich das für Ausländer bestimmte Modell UNIVERZEICH, das den Inhalt der Stichworte mit Hilfe von Zeichen und Gebärden vermittelt. Der Preis dieser Sonderausfertigung wird wahrscheinlich 40 bis 190% höher liegen als der für die Standardausgabe.

VESTRANDS Extelopädie

PROBEBOGEN GRATIS!

VESTRAND BOOKS
NY · LONDON · MELBOURNE

PROFFERTINE – Handels- oder Dienstleistungsofferte, fußend auf prognostischer Erforschung des Marktes. Es werden zivile P. (PROFFERTINEN) und militärische (PROMILTINEN) unterschieden. 1. PROFFERTINEN werden unterteilt in Periffertinen, mit einem Vorlauf von einer Dekade, und in Apoffertinen, mit einem Zeitvorlauf bis zur Gläulerbarriere (s. GLÄULERS BARRIERE, ebenfalls PRERIERE sowie PRODOXE). Die Ingerenz der Konkurrenz oder INGURRENZ (s.d.), die meist durch illegales Einschalten in das öffentliche Promputernetz erfolgt (s. PROMPUTERNETZ), verwandelt die Proffertinen in PERVERTINEN (s.d.), das heißt in selbstruinierende Prognosen (siehe auch: INGURRENTIVER BANKROTT, PROGNOLYSE, PROGNOSENABSCHIRMUNG SOWIE GEGENVORHERSAGE). 2. Die PROMILTINEN stützen sich auf die Vorhersage der Entwicklung von Kampfmitteln (hardwarware) und des kriegerischen Denkens (softwarware). Bei der Vorhersage bedient sich die P. der Algebra von Konfliktstrukturen, d. h. der ALGO STRATIK (s.d.) Geheime P., also KRIPTINEN sind von den Prognosen geheimer, d. h. KRYPTOMACHISCHER (s.d.) Kampfmittel zu unterscheiden. Mit geheimen Prognosen geheimer Waffen befaßt sich die KRIPTOKRIPTIK.

PROFESSOR, anders KOMDIH (didaktischer Komputer, habilitiert) – ebenfalls ZIFFERNKISTE (s. d.), unterrichtendes System, zugelassen an höheren Schulen durch USIB (United States Intellectronical Board, s. d.) Vergleiche auch: PRÄPANZ (GEPANZERTER PRÄZEPTOR! (widerstandsfähig gegen kontestierende Aktivitäten der Studierenden) sowie TECHNIKEN der ANTIKONTESTATION und KAMPFMITTEL. Der

Ausdruck Professor bezeichnete früher einen Menschen, der analoge Funktionen ausführte.

PROFUSION – prognostische Fusion, ökonomische Waffe der Zukunft. Vgl. INDIVIDUALITÄT und MARKTWIRTSCHAFT, auch: SYSTEMACHIE.

PROGNODOXE oder Prodoxe: Paradoxe der Prognostizierung. Zu den wichtigsten P. gehören: das P. A. Rümmelhahns, das P. M. de la Faillances sowie das metasprachliche P. GOLEMS (s. GOLEM). 1. Das Rümmelhahnsche Paradox hängt zusammen mit dem Problem der Überwindung der Voraussagebarriere. Wie Gläuler nachweisen konnte und unabhängig von ihm U. Bość, bleibt die Vorhersage der Zukunft in der säkularen Barriere stecken (genannt Serriere oder Prerriere). Hinter der Barriere nimmt die Vertrauenswürdigkeit der Prognosen einen negativen Wert an, was bedeutet, daß alles anders erfolgen wird, als es in der Prognose vorgesehen ist. Rümmelhahn wandte die chronokurrente Exformatik zur Umgehung der genannten Barriere an. Die chronokurr. Ef. stützt sich auf die Existenz der ISOTHEME (s. ISOTHEME). Das ISOTHEMA ist eine Linie, die im SEMANTISCHEN RAUM (s. d.) durch alle thematisch identischen Publikationen hindurchführt, ähnlich wie in der Physik die Isotherme eine Linie ist, die durch gleichwarme Punkte führt, und in der Kosmologie die Isopsyche eine Linie ist, die durch alle Zivilisationen der gegebenen Entwicklungsstufe im All hindurchgeht. Wenn man den bisherigen Verlauf einer ISOTHEME kennt, kann man daraus im semantischen Raum unbegrenzt extrapolieren. Rümmelhahn entdeckte mit der Methode, die er selbst die »Methode der Jakobsleiter« nannte, alle Werke über prognostische Thematik entlang eines solchen Isothemas. Er tat dies schrittweise, indem er zunächst den Inhalt des jeweils in der Zukunft nächsten Werkes vorhersagte, und dann, in Anlehnung an jenen Inhalt, die nächste Publikation prognostizierte. Auf diese Weise umging er die Gläulerbarriere und gewann Daten über den Zustand Amerikas im Jahre 10^{10}. Mullainen und Zuck fochten diese Prognose an und betonten, daß im Jahre 10^{10} die Sonne bereits als roter Riese (s. d.) weit hinter die Umlaufbahn der Erde reichen werde. Jedoch das eigentliche Paradox Rümmelhahns beruht darauf, daß man die prognostischen Werke an dem Isothema ebensogut nach vorn wie nach hinten verfolgen kann; Varbleux hatte denn auch in Anlehnung an die chronokurrente Rechnung Rümmelhahns Daten über den

Inhalt der futurologischen Werke vor 200 000 Jahren, d. h. im Quartär, aber auch in der Kohlezeit (Karbon) und im Archezoikum gewonnen. Anderswoher ist bekannt, wie T. Vroedel hervorhebt, daß es vor 200 000, vor 150 Millionen sowie vor einer Milliarde Jahren weder Druck noch Bücher noch Menschen gegeben hat. Zwei Hypothesen versuchen das Paradox Rümmelhahns zu erklären: A. Nach Omphalides sind die Texte, deren Rekonstruktion gelungen ist, solche Texte, die zwar nicht entstanden sind, die aber hätten entstehen können, wenn sie in der fraglichen Zeit jemand niedergeschrieben und herausgegeben hätte. Es ist dies die sogenannte Hypothese der VIRTUALITÄT der ISOTHEMISCHEN RETROGNOSE (s. d.). B. Nach d'Artagnan (dies das Pseudonym der französischen Refutologen) wohnen der Axiomatik der isothermischen Exformatik die gleichen unüberwindlichen Widersprüche inne wie der klassischen Theorie Cantors (s. KLASSISCHE MENGENLEHRE). 2. Das prognostische Paradox von de Faillance betrifft ebenfalls die isothematische Vorhersage. Dieser Forscher verwies auf den Umstand, daß die momentane Veröffentlichung eines Werkes auf Grund chronokurrenter Erschließung, das erst in 50 oder 100 Jahren als Erstdruck erscheinen soll, damit das Erscheinen des Werkes als Erstdruck unmöglich macht. 3. Das metasprachliche Paradox GOLEMS: bekannt ebenfalls als autostratisches Paradox. Nach den neuesten Untersuchungen der Historiker hat nicht Herostratos, sondern Heterostratos den Tempel in Ephesus angezündet. Diese Person vernichtete etwas außerhalb ihrer selbst, d. h. etwas anderes und daher ihr Name. Autostratos ist hingegen derjenige, der sich selbst vernichtet (selbstmörderisch). Leider ist es nur gelungen, diesen Teil des Paradoxes von GOLEM in eine verständliche Sprache zu übersetzen. Der Rest des Golemischen Paradoxes in der Form:

Xi.viplu (a + ququ 0,0)
e. 1 + m.el + edu – d.qi

ist grundsätzlich in ethnische Sprachen unübersetzbar, ebensowenig in beliebige Formalismen von mathematischem oder logischem Typ. (Auf dieser Unübersetzbarkeit beruht eben das P. Golems). (Siehe auch METASPRACHEN sowie PROGNOLINGUISTIK). Es gibt mehrere Hundert verschiedende Auslegungen des Golemschen P.; nach T. Vroedel, einem der größten heute lebenden Mathematiker, besteht Golems P. darin, daß es für Golem kein Paradox ist, sondern nur eins für die Menschen. Das ist das erste entdeckte Paradox, das auf die intellektuelle Macht der Subjekte relativiert (bezogen) wurde, die Erkenntnistätigkeit ausüben. Den gesamten Komplex der mit dem Golemschen P. verknüpften Probleme erörtert Vroedels »Die allgemeine Relativitätslehre des Golemschen Paradoxons.« (Göttingen 2075).

PROGNOLINGUISTIK
Disziplin, die sich mit der prognostischen Konstruktion der Sprachen der Zukunft befaßt. Die künftigen Sprachen kann man in Anlehnung an ihre aufgedeckten infosemischen Gradienten sowie dank der generativen Grammatiken und Wortschaffen nach der Zwiebulin-Tschossnitz-Schule (s. GENAGRATIK sowie WORTSCHAFFEN) konstruieren. Die Menschen sind zu selbständigem Vorhersagen der Sprachen der Zukunft nicht fähig; damit befassen sich im Rahmen des Projekts PREVOLING (Prognostizieren der linguistischen Evolution) die TERATER und die PANTER (s. d.), die HYPERTERIER (s. d.) oder Komputer der 82. Generation, die an den GLOBOTER (s. d.) angeschlossen sind, d. h. an das irdische exformatische Netz samt seiner INTERPLANE (von »Interfacies planetaris« – s. d., die Brückenköpfe auf den inneren Planeten mit Satellitengedächtnis sind (s. d.). So sind weder die Theorie der Prolinguistik noch ihre Früchte – die METASPRACHEN (s. d.) für die Menschen verständlich. Dennoch gestatten die Ergebnisse des Projekts PREVOLING beliebige Aussagen in Sprachen einer beliebig entfernten Zukunft auszudrücken; einen Teil davon kann man mit Hilfe der RETROLINTER in für uns verständliche Sprachen übersetzen und die so gewonnenen Inhalte praktisch auswerten. Gemäß der Schule Zwiebulin-Tschossnitz (die an die von N. Chomsky im 20. Jahrhundert eingeschlagene Richtung anknüpft) ist der Amblyon-Effekt das grundlegende Gesetz der Sprachentwicklung – des Zusammenlaufens ganzer Artikulationsperioden zu neu entstehenden Begriffen und ihren Bezeichnungen. Und so wird z. B. die gesamte nachfolgende Definition: »Die Institution oder Dienstleistungsstelle oder auch Verwaltungsbehörde, in deren Inneres man mit einem Auto oder einem beliebigen anderen Fahrzeug hineinfahren kann, um ihre Dienste in Anspruch zu nehmen, ohne das Vehikel verlassen zu müssen« im Verlaufe der Sprachentwicklung einer Zusammenziehung in »drive in« (REINEFAHRT) unterzogen. Derselbe kontaminierende Mechanismus war auch wirksam, als die Formulierung »Relativistische Effekte, die eine Feststellung dessen, was

auf dem um »N« Lichtjahre von der Erde entfernten Planeten X jetzt geschieht, unmöglich machen, zwingen das Ministerium für Außerirdisches dazu, die kosmische Politik nicht auf reale Vorkommnisse auf anderen Planeten zu stützen, da diese prinzipiell unzugänglich sind, sondern auf die simulierte Geschichte dieser Planeten, mit welcher Simulierung eben sich Forschersysteme, MINISTRATOREN mit Namen (s. d.) befassen, die auf außerirdische Sachverhalte eingestellt sind« – durch ein einziges Wort »wonder« ersetzt wurde. Dieses Wort (sowie seine Ableitungen, wie wunderlich, Wunderer, erwundern, zerwundern, verwindern, verwondern usw. – es bestehen 519 Bildungen) ist das Resultat des Zusammenlaufens eines gewissen Begriffsnetzes in eine Neuprägung. Sowohl »reinefahrt« wie »wondern« sind Wörter, die zur aktuell gebrauchten Sprache gehören, welche in der prognolinguistischen Hierarchie NULLSPRACHE heißt. Über die Nullsprache erheben sich die nächsthöheren Sprachniveaus, wie METASPRACHE 1, METASPRACHE 2 usw. – wobei unbekannt ist, ob diese Serie eine Grenze hat oder ob sie unendlich ist. Der gesamte Text des vorliegenden Stichworts der EXTELOPÄDIE »PROGNOLINGUISTIK« lautet in der METASPRACHE 2 wie folgt: »Optimel 1 im n-Kobereich glitscht in n-t-Synklusdebel«. Wie wir also sehen, besitzt prinzipiell jeder Satz einer beliebigen Metasprache seine Entsprechung in unserer Nullsprache. (Das heißt, es gibt keine grundsätzlichen zwischensprachlich unüberschreitbaren Lücken.) Während jedoch eine beliebige nullsprachliche Aussage stets ihre bündigere Entsprechung in der Metasprache besitzt, gibt es praktisch keine Umkehrmöglichkeit. Und so kann man den Satz aus der Metasprache 3, deren sich GOLEM meist bedient: »Ausgereinefahrteter Würgomathiker seift prencyk a^n trencyk im Kosmautikum« deshalb nicht in eine menschliche ethnische (Null-Sprache) übertragen, weil die Zeit, die für das Aussprechen der nullsprachlichen Entsprechung erforderlich wäre, länger als ein Menschenleben währen würde. (Nach Schätzungen Zwiebulins müßte diese Äußerung in unserem Idiom 135 ± 4 Jahre dauern.) Obwohl wir es nicht mit einer grundsätzlichen Unübersetzbarkeit zu tun haben, sondern lediglich mit einer praktischen, hervorgerufen durch zeitraubende Prozeduren, kennen wir keine Methode, um sie zu verkürzen, und deshalb können wir die Ergebnisse der metasprachlichen Operationen nur mittelbar erzielen – dank Komputern von mindestens der 80. Generation. Die Existenz von Schwellen zwischen den einzelnen Metasprachen erklärt T. Vroedel durch die Erscheinung des Teufelskreises: Um die lange Definition eines Sachverhalts zum Zusammenlaufen in eine bündige Form zu bringen, muß man zuerst selbst jenen Sachverhalt verstehen, doch wenn man ihn nur dank der Definition verstehen kann, die so lang ist, daß ein ganzes Leben nicht reicht, um sie sich anzueignen, wird die Operation der Reduzierung undurchführbar. Nach Vroedel ist die Prognolinguistik, die in der maschinellen Vermittlung betrieben wird, bereits über ihr ursprüngliches Ziel hinausgeschritten, denn sie sagt ja keine Sprachen voraus, deren sich die Menschen irgendwann bedienen können – es sei denn, daß sie im Rahmen der Autoevolution ihre Hirne umgestalten. Was also sind Metasprachen? Hierauf fehlt eine einzige, endgültige Antwort. GOLEM, der die sogenannten »Sondierungen nach oben« durchführte, zum Gradienten der Sprachevolution hin, entdeckte 18 höhere metasprachliche Niveaus, die für ihn erreichbar sind, und deutete allgemein die Existenz von weiteren fünf an, zu denen er nicht einmal mehr modellartig vorstoßen kann, da sein informatives Fassungsvermögen dafür nicht ausreicht. Vielleicht existieren Metasprachen von so hohem Niveau, daß die gesamte Materie des Kosmos nicht genügen würde, um ein System zu bauen, das sich dieser Metasprache bedienen könnte. In welchem Sinne darf man also behaupten, daß diese hohen Metasprachen existieren? Dies ist eins der schwierigen Dilemmas, die sich im Verlaufe der prognolinguistischen Arbeiten ergeben haben. Die Entdeckung der Metasprachen entschied jedenfalls negativ über den jahrhundertelangen Streit um die Steigerungsfähigkeit des menschlichen Verstandes: er ist nicht steigerungsfähig, das wissen wir mit Bestimmtheit; die Konstruierbarkeit der Metasprachen bietet den Beweis für die Möglichkeit der Existenz von Wesen (oder Systemen), die vernünftiger sind als der homo sapiens. (Siehe auch: PSYCHOSYNTIK; METASPRACHLICHER GRADIENT; SPRACHHÖCHSTGRENZEN; LINGUISTISCHE RELATIVITÄTSTHEORIE; DAS CREDO T. VROEDELS; BEGRIFFSNETZE.) Vergleiche auch Tabelle LXXIX.

Tabelle LXXIX

Reproduktion des Stichworts MAMA aus dem Wörterbuch der Nullsprache, vorhergesagt für das Jahr 2190 + 5 Jahre. (Nach Zwiebulin und Courdlebye)

MAMA Subst. weibl. Geschl. 1 Miniatombombe, illeg. Prod., meist gebr. von Entf., Terr., Maf., Gangst., Narkom., Wahns., Kontest., Band., Erpr., Pervert., und anderen. MAMASCHA, dslb., in Taschen getragen, gewöhnlich mit Fernzünd. MUTTEL, auch: MUTTELE, dslb., in radioaktivem Thaliumschutzmantel (Tl) zur Verstärkung der Schlagkraft. MAMMI, auch MAMMILEIN, dslb., in Schutzmantel aus Yttrium und Stickstoff (Y, N), MAMUNZE – dslb., mit Ladung von 1 Unze Uran (U 235). MAMACHEN, auch: NULLCHEN, kleine A. B. mit Schutzmantel aus Isotop. des Urans, des Kohlenstoffs und des Stickstoffs (U, C. H, N). Verursacht bleibende Verseuchung im Umkr. von 1 Meile. MUTTI, MUTTILEIN, MUTTILEINCHEN – kl. Wasserstoffbombe mit Titan (Ti) und Indium (In) als Explosionssubstr.
2. Frau, die ein Kind geboren hat (ungebräuchlich).

Tabelle LXXX

Diagramm* der linguistischen Evolution nach Vroedel und Zwiebulin

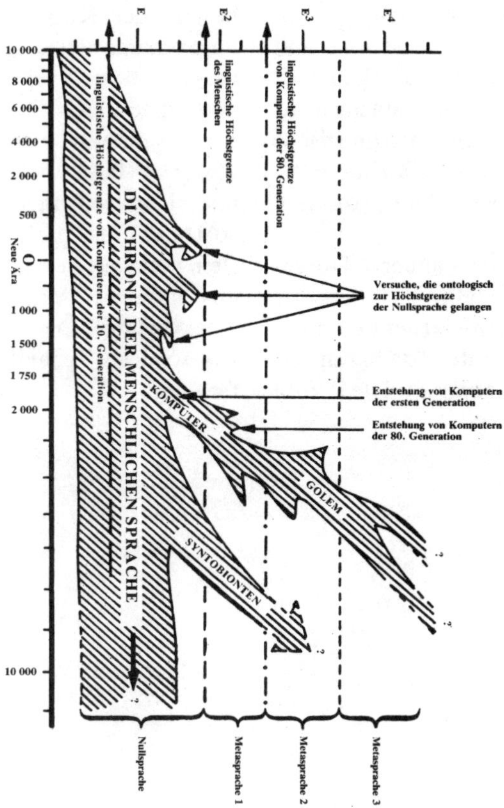

Erläuterung: In der Horizontalen ist die Zeit in Jahrtausenden angegeben, in der Vertikalen – das konzeptuale Volumen in Bits pro Sem pro Sekunde des Artikulationsstroms (in Epsilon-Raumeinheiten).

* Keine Prognose.

PROGNORRHOE anders prognostischer Durchlauf, Kinderkrankheit der Futurologie im 20. Jahrhundert (s. PRAPROGNOSTIK), die zur Ersäufung wesentlicher Prognosen in unwesentlichen geführt hat, und zwar infolge der Entkategorisierung (s. d.), sie schuf auch das sogenannte reine prognostische Rauschen (siehe auch: RAUSCHEN, auch PROGNOSENSTÖRUNGEN).

PROLEPSIE anders Durchfallistik. Methodik (Theorie und Technologie) des Durchfallens, 1998 entd., 2008 zum erstenmal angewandt. Die P. fußt auf der Ausnutzung des TUNNELEFFEKTES (s. d.) in den dunklen Löchern des Kosmos. Wie nämlich Jeeps, Hamon und Wost im Jahre 2001 entdeckten, besteht der Kosmos aus dem Paraversum sowie dem Negaversum, die sich negativ im Reversum berühren. Deshalb trägt der gesamte Kosmos die Bezeichnng POLYVERSUM (s. d.) und nicht wie früher – UNIVERSUM (s. d.). Das proleptische System verlagert beliebige Körper aus unserem Paraversum ins Negaversum. Die Durchfallistik wird als Technik zur Entfernung . . .

ALISTAR WAYNEWRIGHT BEING INC.

(AMERICAN LIBRARY)

Wenn man einen Bediensteten engagiert, ist in seine Bezüge außer der Arbeit auch der Respekt eingerechnet, den der Diener seinem Herrn schuldig ist. Wenn man sich einen Rechtsanwalt nimmt, erwirbt man außer fachkundigem Rat auch das Gefühl der Sicherheit. Wer Liebe kauft – und nicht nur um sie wirbt – erwartet auch Zärtlichkeit und Anhänglichkeit. In die Kosten eines Flugtickets sind seit langem auch das Lächeln und die gewissermaßen gesellschaftliche Höflichkeit der gutaussehenden Stewardessen eingeschlossen. Die Menschen sind geneigt, auch den »private touch« zu bezahlen, dieses Gefühl angeblicher Intimität der Betreuung und wohlwollender Beziehung, das einen wichtigen Bestandteil der Verpackung geleisteter Dienste auf jedem Lebensgebiet bildet.

Doch das Leben besteht ja nicht nur aus Kontakten mit Bediensteten, Rechtsanwälten, Angestellten in Hotels, Büros, Luftlinien, Geschäften. Im Gegenteil, die Kontakte und Beziehungen, auf die es uns am meisten ankommt, liegen außerhalb der Sphäre käuflicher Dienstleistungen. Man kann eine Ehevermittlung durch Computer bestellen, nicht aber das ersehnte Verhalten der Ehefrau oder des Ehemannes nach der Trauung. Man kann eine Jacht kaufen, ein Schloß, eine Insel, wenn man das Geld dafür hat, aber erwünschte Ereignisse kann man nicht erwerben – wie etwa das Auffallen durch eine heldische Tat oder durch Intelligenz, die Errettung einer wundervollen Person aus Lebensgefahr, den Sieg beim Rennen oder den Empfang eines hohen Ordens. Auch das Wohlwollen, die spontane Sympathie, die Ergebenheit anderer läßt sich nicht erwerben; daß die Sehnsucht nach selbstlosen Gefühlen die mächtigen Herrscher und Reichen quält, bezeugen unzählige Geschichten; wer alles kaufen oder erzwingen kann, weil er die Mittel dazu hat, gibt in den Märchen seine Ausnahmestellung auf, um wie Harun al-Raschid im Bettlerkleid nach menschlicher Authentizität zu suchen, weil der Privilegierte durch eine undurchdringliche Mauer von ihr getrennt ist.

Die intime und offizielle, die private wie auch die öffentliche Substanz des täglichen Lebens umfaßt also ein Gebiet, das noch nicht in

Ware umgewandelt ist; infolgedessen riskiert jedermann kleine Niederlagen, Lächerlichkeiten, Animositäten, Verächtlichkeiten, die er nicht heimzahlen kann, mit einem Wort: die Zufälligkeit des persönlichen Schicksals – ein unerträglicher, in höchstem Grade veränderungswürdiger Zustand; diese Veränderung zum Besseren wird die Großindustrie der Lebens-Dienstleistungen vornehmen. Eine Gesellschaft, in der man – durch eine Werbekampagne – das Amt des Präsidenten, eine Herde weißer, mit Blumen bemalter Elefanten, einen Haufen Mädchen, hormonale Jugendlichkeit kaufen kann, wird sich auch eine richtige Ordnung der Kondition der Menschen leisten können. Der sogleich notwendige Vorbehalt, solche gekauften Lebensformen würden, weil sie nicht authentisch sind, ihre Falschheit bei der ersten Begegnung mit den authentischen Ereignissen rundum verraten, dieser Vorbehalt ist durch Naivität diktiert, der jede Spur von Imagination fehlt. Wenn alle Kinder im Glaskolben empfangen werden, wenn also kein Geschlechtsakt die früher natürliche Folge der Empfängnis hat, verschwindet der Unterschied zwischen Norm und Abweichung im Sex, da jede körperliche Annäherung ausschließlich dem Lustgefühl dient. Dort aber, wo das Menschenleben unter der fürsorglichen Kontrolle mächtiger Dienstleistungs-Unternehmen steht, verschwindet der Unterschied zwischen authentischen und heimlich arrangierten Geschehnissen. Der Gegensatz zwischen authentischen und synthetischen Abenteuern, Erfolgen und Niederlagen hört auf zu existieren, weil man nicht mehr erfahren kann, was aus reinem und was aus – zuvor bezahltem Zufall geschieht.

So präsentiert sich in groben Umrissen die Idee des Romans »Being Inc.«, das heißt »Sein GmbH«, von A. Waynewright. Operativer Grundsatz dieser Gesellschaft ist das Wirken auf Entfernung; ihr Sitz darf niemandem bekannt sein; die Kunden haben mit der »Being Inc.« ausschließlich brieflichen, eventuell noch telefonischen Kontakt; ihre Bestellungen nimmt ein gigantischer Computer entgegen; die Ausführung hängt vom Kontostand ab, also von der entsprechenden Höhe der Einzahlungen. Verrat, Freundschaft, Liebe, Rache, eigenes Glück und fremdes Unheil kann man auch auf Raten bekommen, nach einem günstigen Teilzahlungssystem. Das Geschick der Kinder bestimmen ihre Eltern; doch am Tage der Volljährigkeit erhält jeder per Post einen Dienstleistungskatalog, ein Preisverzeichnis und – als Broschüre – eine Gebrauchsanweisung der Firma. Die Broschüre ist eine allgemeinverständlich, aber sachlich geschriebene weltanschauliche und soziotechnische Abhandlung

und keine gewöhnliche Reklame-Drucksache. Ihre klare, gehobene Sprache verkündet, was man nüchterner in folgender Formel inhaltlich zusammenfassen kann:
Alle Menschen streben nach Glück, doch auf verschiedene Weise. Für die einen ist Glück die Überlegenheit anderen gegenüber, die Selbständigkeit, eine Situation ständiger Herausforderungen, des Risikos und des großen Spiels. Für die anderen ist es Unterordnung, Autoritätsglaube, das Fehlen jeder Bedrohung, Ruhe, sogar Trägheit. Die einen möchten der Aggression freien Lauf lassen, die anderen haben es lieber, wenn sie sie erdulden. Denn viele Menschen finden Befriedigung in einem Zustand unruhiger Besorgnis, was man daran erkennen kann, daß sie, wenn sie keine wirklichen Sorgen haben, sich welche ausdenken. Die Forschungen haben ergeben, daß die aktiven und die passiven Personen in der Gesellschaft sich gewöhnlich die Waage halten. Das Unglück der früheren Gesellschaft – behauptet die Broschüre – war es jedoch, daß sie keine Harmonie zwischen den angeborenen Neigungen und dem Lebensweg ihrer Bürger herzustellen vermochte. Wie oft entschied der blinde Zufall darüber, wer siegen und wer unterliegen, wem die Rolle eines Petronius und wem die eines Prometheus zufallen sollte. Man muß ernstlich daran zweifeln, daß Prometheus keinen Geier an seiner Leber erwartet hätte. Viel wahrscheinlicher ist es nach der neuesten Psychologie, daß er dem Himmel das Feuer nur stahl, um später in die Leber gehackt zu werden. Er war Masochist; der Masochismus ist, ähnlich der Augenfarbe, eine angeborene Eigenschaft; es hat keinen Sinn, sich ihrer zu schämen; man muß sie sachdienlich anwenden und für das gesellschaftliche Wohl ausnützen. Früher – legt der Text gelehrt dar – entschied das blinde Geschick darüber, wer Annehmlichkeiten und wer Entsagungen zu erwarten hatte; den Menschen ging es miserabel, weil derjenige, der gern schlagen möchte, aber geschlagen wird, sich genauso unwohl fühlt wie derjenige, der nach einer Tracht Prügel lechzt, aber von den Umständen gezwungen wird, andere zu verprügeln.
Die Tätigkeitsprinzipien der »Being Inc.« entstanden nicht aus dem Nichts; Ehevermittlungs-Computer bedienen sich seit langem ähnlicher Regeln beim Zusammenbringen von Ehewilligen. »Being Inc.« garantiert jedem Kunden ein Lebensarrangement von der Volljährigkeit bis zum Tode gemäß den Wünschen, die er auf dem beigefügten Formular niederlegt. Die Firma arbeitet auf der Grundlage neuester kybernetischer, soziologischer und informatorischer Methoden. »Being Inc.« erfüllt die Wünsche ihrer Kunden nicht

sofort, weil die Menschen ihr eigenes Wesen oft nicht kennen und nicht wissen, was für sie gut und was schlecht ist. Jeder neue Kunde wird von der Firma einer psychotechnischen Fernuntersuchung unterzogen; ein Ensemble von ultraschnellen Computern bestimmt das Persönlichkeitsprofil und alle natürlichen Neigungen des Kunden. Erst nach dieser Diagnose akzeptiert die Firma seine Bestellungen.

Wegen des Inhalts seiner Bestellungen braucht niemand Sorge zu haben – sie bleiben für immer Firmengeheimnis. Man braucht auch nicht zu fürchten, die Bestellungen könnten bei ihrer Verwirklichung jemandem Unrecht zufügen. Dafür, daß es nicht dazu kommt, bürgt das Elektronengehirn der Firma. Da wünscht sich Herr Smith, ein strenger Richter zu werden, der Todesurteile verhängt; also werden nur Angeklagte vor ihm erscheinen, die nichts als das Todesurteil verdient haben. Herr Jones möchte seine Kinder prügeln, ihnen jede Annehmlichkeit verweigern und dabei die Überzeugung bewahren, er sei ein gerechter Vater. Also wird er grausame und bösartige Kinder haben, deren Züchtigung die Hälfte seines Lebens ausfüllt. Die Firma erfüllt alle Wünsche, manchmal muß man nur Schlange stehen, z. B. wenn man eigenhändig jemanden umbringen will, denn es gibt merkwürdig viele, die das möchten. In den verschiedenen Staaten werden die zum Tode Verurteilten auf verschiedene Weise hingerichtet; in dem einen wird gehenkt, im anderen mit Blausäure vergiftet, in anderen wiederum benutzt man den elektrischen Stuhl. Wer nach dem Hängen lechzt, kommt in einen Staat, wo das legale Hinrichtungsmittel der Galgen ist, und ehe er sich's versieht, wird er zum zeitweiligen Henker. Ein Projekt, das den Kunden eine straflose Ermordung dritter Personen auf dem freien Feld, auf einer Wiese, in der Stille ihres Heims ermöglicht, ist noch nicht gesetzlich bestätigt, doch die Firma strebt geduldig die Verwirklichung auch dieser Neuerung an. Die durch Millionen künstlicher Karrieren bewiesene Geschicklichkeit der Firma beim Arrangieren von Zufällen wird auch die Schwierigkeiten überwinden, die sich auf dem Weg zu bestellten Morden auftürmen. Da bemerkt etwa ein Verurteilter, daß die Tür der Todeszelle offensteht, er flieht, und die wachsamen Mitarbeiter der Firma lenken seinen Fluchtweg so, daß er dem Kunden unter den für beide günstigsten Bedingungen begegnet. Er wird sich z. B. im Haus des Kunden verstecken wollen, während dessen Besitzer gerade damit beschäftigt ist, sein Jagdgewehr zu laden. Im übrigen ist der Katalog der Möglichkeiten, den die Firma ausgearbeitet hat, unerschöpflich.

»Being Inc.« ist eine Organisation, wie sie die Geschichte bisher nicht kennt. Das ist für sie unbedingt notwendig. Der Ehe-Computer hatte nur *zwei* Menschen zusammengebracht und sich nicht darum gekümmert, was nach der Eheschließung aus ihnen wurde. »Being Inc.« dagegen muß eine riesige Gruppierung von Ereignissen organisieren und Tausende von Menschen hineinziehen. Die Firma teilt mit, daß ihre eigentlichen Wirkungsmethoden in dem Büchlein *nicht* aufgezählt werden. Alle Beispiele sind reine Fiktionen! Die Strategie des Arrangements muß absolutes Geheimnis bleiben, andernfalls kann der Kunde nie feststellen, was ihm natürlich widerfährt und was infolge der Operationen der Firmen-Computer, die unsichtbar sein Schicksal überwachen.

»Being Inc.« verfügt über eine Armee von Mitarbeitern, die als gewöhnliche Staatsbürger auftreten, als Chauffeure, Fleischer, Ärzte, Techniker, Hausfrauen, Babys, Hunde und Kanarienvögel. Die Mitarbeiter müssen anonym sein. Der Mitarbeiter, der einmal sein Inkognito lüftet, d. h. enthüllt, daß er ein festes Mitglied der Belegschaft von »Being Inc.« ist, verliert nicht nur seine Stellung, sondern wird von der Firma bis zum Grabe verfolgt; da sie seine Neigungen kennt, wird die Firma ihm sein Leben so arrangieren, daß er den Augenblick seiner Schandtat verflucht. Gegen die Bestrafung des Geheimnisverrats gibt es keine Appellationsmöglichkeit, weil die Firma keineswegs verkündet, das oben Gesagte solle eine Drohung sein. Die Firma verleibt nämlich die Art und Weise ihres *realen* Umgangs mit schlechten Mitarbeitern ihren Produktionsgeheimnissen ein.

Die im Roman dargestellte Wirklichkeit ist anders, als die Werbebroschüre der »Being Inc.« sie malt. Die Werbung verschweigt das Wichtigste. Entsprechend den Antikartellgesetzen darf man in den USA den Markt nicht monopolisieren; deshalb ist »Being Inc.« nicht der einzige Lebens-Arrangeur. Es gibt große Konkurrenten, z. B. »Hedonistics« oder »Truelife Corporation«. Und gerade dieser Umstand führt zu Erscheinungen, wie es sie in der Geschichte nie gegeben hat. Wenn nämlich Personen miteinander in Berührung kommen, die Kunden verschiedner Firmen sind, kann die Verwirklichung der Bestellungen auf unvorhergesehene Schwierigkeiten stoßen. Diese Schwierigkeiten treten als sogenannter geheimer Parasitismus auf, der zu einer getarnten Eskalation führt.

Sagen wir einmal, Herr Smith will vor Frau Brown, der Gattin eines Bekannten, die ihm gefällt, glänzen und wählt die Position 396 b des Preisverzeichnisses, das heißt die Rettung ihres Lebens bei einer

Eisenbahnkatastrophe. Sie sollen beide in der Katastrophe unverletzt bleiben, Frau Brown aber nur dank Herrn Smith' Heldentum. Die Firma muß deshalb ein Eisenbahnunglück präzise arrangieren und die ganze Situation so vorbereiten, daß die genannten Personen durch eine scheinbare Reihe von Zufällen im gleichen Abteil reisen; Fühler in den Wänden, im Fußboden und in den Sessellehnen des Eisenbahnwagens übermitteln dem in der Toilette versteckten Computer, der die Aktion steuert, alle Angaben und sorgen dafür, daß der Unfall planmäßig verläuft. Er muß sich so ereignen, daß Herr Smith gar nicht anders kann, als Frau Browns Leben zu retten. Was er auch tut, die Seitenwand des umstürzenden Wagens reißt genau an der Stelle auf, wo Frau Brown sitzt, das Abteil füllt sich mit beißendem Rauch, und um selbst hinauszugelangen, wird Herr Smith erst die Frau durch die entstandene Öffnung stoßen müssen. Dadurch aber rettet er sie vor dem Erstickungstod. Die Operation ist nicht allzu schwierig. Vor einigen Jahrzehnten benötigte man eine Armee von Computern und eine zweite von Spezialisten, um eine Mondlandefähre einige Meter von ihrem Ziel entfernt abzusetzen; heute löst ein einziger Computer, der mittels eines Systems von Fühlern die Aktion lenkt, mühelos die ihm gestellte Aufgabe.
Wenn jedoch »Hedonistics« oder »Truelife Corp.« eine Bestellung von Frau Browns Mann angenommen haben, die verlangt, daß Smith sich als Schuft und Feigling erweist, kommt es zu unvorhergesehenen Komplikationen. Durch Industriespionage erfährt »Truelife« von der durch »Being« geplanten Eisenbahnoperation; es ist das Billigste, sich in einen anderen Arrangementplan einzuschalten, genau darin besteht der »geheime Parasitismus«. »Truelife« führt im Moment der Katastrophe einen kleinen Änderungsfaktor ein, und es genügt dann schon, wenn Herr Smith, indem er Frau Brown durch das Loch hinausstößt, ihr einige blaue Flecke zufügt und das Kleid zerreißt und dazu noch selbst beide Beine bricht.
Wenn »Being Inc.« durch Gegenspionage von diesem parasitären Plan erfährt, unternimmt sie vorbeugende Maßnahmen – und so beginnt der Prozeß der operativen Eskalation. In dem umstürzenden Wagen muß es zu einem Duell der beiden Computer kommen, des Computers von »Being« in der Toilette und des von »Truelife«, der vielleicht unter dem Wagenboden versteckt ist. Hinter dem potentiellen Retter der Frau und hinter ihr als dem potentiellen Opfer stehen zwei Molochs der Elektronik und der Organisation. Während des Unfalls bricht – in Sekundenbruchteilen – eine furchtbare Computerschlacht aus; es ist kaum zu begreifen, welche unge-

heuren Kräfte auf der einen Seite intervenieren werden, damit Herr Smith heldenhaft und rettend, und auf der anderen Seite, damit er feige und verletzend stößt. Infolge der Hinzuziehung immer neuer Hilfskräfte kann das, was ein kleiner Tapferkeitsbeweis gegenüber einer Frau sein sollte, zu einer Riesenkatastrophe werden. Die Firmenchroniken haben im Zeitraum von neun Jahren zwei derartige Katastrophen notiert, die Eskars genannt werden (Eskalationen des Arrangements). Nach der letzten, die die beiden beteiligten Seiten 19 Millionen Dollar für die in 37 Sekunden verbrauchte Strom-, Dampf- und Wasserenergie gekostet haben, kam es zu einem Vertrag, durch den die Obergrenze eines Arrangements festgelegt wurde. Es darf nicht mehr als 10^{12} Joule pro Kundenminute verbrauchen; von der Verwendung bei Dienstleistungen ausgeschlossen sind alle Arten von Atomenergie.

Auf diesem Hintergrund läuft die eigentliche Romanhandlung ab. Der neue Präsident der »Being Inc.«, der junge Ed Hammer III, soll persönlich die Bestellung untersuchen, die Mrs. Jessamyn Chest, eine exzentrische Millionärin aufgegeben hat, denn ihre im Preisverzeichnis nicht vorgesehenen und ungewöhnlichen Wünsche überschreiten die Kompetenzen aller Ebenen der Firmenverwaltung. Jessamyn Chest verlangt die volle, von allen Arrangement-Einwirkungen gereinigte Authentizität des Lebens; für die Erfüllung dieses Wunsches ist sie bereit, jeden Preis zu zahlen. Entgegen den Vorschlägen seiner Berater nimmt Ed Hammer die Bestellung an; die Aufgabe, die er seinem Stab stellt – wie arrangiert man ein völliges Fehlen von Arrangements – ist, wie sich herausstellt, schwieriger als die bisher bewältigten. Forschungen ergeben, daß es so etwas wie eine elementare Spontaneität des Lebens seit langem nicht mehr gibt. Die Beseitigung der Vorbereitungen eines beliebigen Arrangements deckt – als tiefere Schicht – die Reste anderer, früherer auf; Ereignisse mit nicht arrangiertem Verlauf fehlen sogar im Schoß der »Being Inc.«. Es erweist sich nämlich, daß die drei konkurrierenden Unternehmen sich gegenseitig bis ins letzte arrangiert, das heißt die Schlüsselstellungen in Verwaltung und Aufsichtsrat des Konkurrenten mit ihren Vertrauensleuten besetzt haben. Die Bedrohung ahnend, die diese Entdeckung hervorruft, wendet sich Hammer an die Präsidenten der beiden anderen Unternehmen, worauf es zu einer Geheimverhandlung kommt; als Berater nehmen an ihr die Spezialisten teil, die Zugang zu den zentralen Computern haben. Diese Konfrontation erlaubt es schließlich, den Stand der Dinge festzulegen.

Nicht genug damit, daß im Jahr 2041 auf dem Gesamtgebiet der USA niemand mehr ein Hähnchen essen, sich verlieben, seufzen, einen Whisky trinken, ein Bier trinken, nicken, blinzeln, ausspucken kann – ohne vorangehende elektronische Einplanung, die für Jahre im voraus eine prästabilierte Disharmonie geschaffen hat. Ohne sich darüber klar zu sein, haben die drei milliardenstarken Unternehmen im Verlauf ihres Konkurrenzkampfes den Einen in Drei Personen, den Allmächtigen Schicksals-Arrangeur, geschaffen. Die Computer-Programme sind zum Buch der Vorherbestimmung geworden; arrangiert sind die politischen Parteien, arrangiert ist die Meteorologie, und sogar die Geburt Ed Hammers III ist das Ergebnis bestimmter Bestellungen, die wiederum Folgen anderer Bestellungen waren. Niemand kann mehr spontan geboren werden oder sterben; niemand erlebt mehr auf eigene Faust irgend etwas bis zum Schluß, weil jeder seiner Gedanken, jede Angst, jede Mühe, jeder Schmerz ein Glied der algebraischen Computer-Kalkulationen ist. Sinnentleert sind Begriffe wie Schuld, Strafe, moralische Verantwortung, Gut und Böse, weil das totale Lebensarrangement alle Nichtbörsenwerte ausschließt. In diesem Computer-Paradies, das durch die hundertprozentige Ausnützung aller menschlichen Eigenschaften und ihre Eingliederung in ein unfehlbares System entstanden ist, fehlt nur eines: das Wissen seiner Bewohner darum, daß dem so ist. So ist denn auch die Verhandlung der drei Präsidenten von dem zentralen Computer vorgeplant, der sich, während er ihnen dieses Wissen liefert, als elektrifizierter Baum der Erkenntnis vorstellt. Was soll nun geschehen? Soll man das vortrefflich arrangierte Sein in einer neuen, weiteren Flucht aus dem Paradies verwerfen und »alles noch einmal von vorn beginnen«? Oder soll man es annehmen und für immer auf die Last der Verantwortung verzichten? Diese Frage beantwortet das Buch nicht. Es ist also eine metaphysische Groteske, deren phantastischer Gehalt gewisse Beziehungen zur realen Welt hat. Wenn wir die humoristische Übertreibung und die Elefantiasis der Vorstellungskraft des Autors fortlassen, bleibt das Problem der geistigen Manipulation übrig, und zwar einer Manipulation, die mit der Fülle des subjektiven Gefühls für Spontaneität und Ungebundenheit nicht kollidiert. Gewiß wird sich das nicht in der von »Being Inc.« aufgezeigten Form verwirklichen, aber es bleibt ungewiß, ob das Schicksal unseren Nachfolgern andere Formen dieses Phänomens ersparen wird, die vielleicht in der Beschreibung weniger amüsant wirken, aber womöglich nicht weniger quälend sind.

DER FUTUROLOGISCHE KONGRESS

Der Achte Futurologische Weltkongreß fand zu Nounas in Costricana statt. Ehrlich gesagt, ich wäre nie hingereist, aber Professor Tarantoga deutete an, alle Welt erwarte es von mir. Auch sagte er (was mir einen Stich gab), Astronautik sei heute eine Form der Erdflucht. Wer die Sorgen der Erde satt habe, fliege in die Galaxis und gedenke so das Ärgste zu versäumen. In der Tat lugte ich zumal früher auf dem Heimflug von meinen Reisen oft angstvoll durchs Fenster, gewärtig, statt des Erdballs ein Ding wie eine Bratkartoffel vorzufinden. Also sträubte ich mich kaum; ich erwähnte nur, daß ich von Futurologie nichts verstehe. Tarantoga erwiderte, fast niemand verstehe etwas von Schiffspumpen, doch beim Ruf »Alle an die Pumpen« eile jeder an seinen Platz.

Der Vorstand der Futurologischen Gesellschaft hatte Costricana zum Tagungsland gewählt, weil die Übervölkerungs-Springflut und ihre Bekämpfung das Thema bildeten. Costricana hat derzeit den welthöchsten Geburtenüberschuß; unter dem Druck solcher Wirklichkeit sollten wir fruchtbarer debattieren. Nur Lästerer hoben hervor, daß just in Nounas ein neuerbautes Hotel des Hilton-Konzerns meistens leerstand, wohingegen zur Tagung außer den Futurologen ebenso viele Presseleute anreisen sollten. Da sich im Rahmen der Debatten das Hotel in nichts aufgelöst hat, kann ich jetzt ruhigen Gewissens und ohne Furcht vor dem Verdacht der Schleichwerbung feststellen: Es war ein ausgezeichnetes Hilton! In solchen Dingen hat mein Urteil besonderes Gewicht. Ich bin nämlich der geborene Schwelger. Nur aus Pflichtgefühl entsage ich allem Komfort und erwähle mir die astronautische Plackerei.

Das costricanesische Hilton schoß hundertsechs Stockwerke hoch aus einem flachen vierstöckigen Sockel empor. Auf den Dächern dieses niedrigen Teils gab es Tennisplätze, Schwimm- und Sonnenbäder, Go-Kart-Rennstrecken, Karusselle, die zugleich als Roulett dienten, und eine Schießbude, wo jeder nach Herzenslust und freier Wahl auf ausgestopfte Personen schießen konnte (Sonderanfertigungen wurden binnen vierundzwanzig Stunden geliefert). Es gab auch eine halbrunde Konzert-Arena mit einer Anlage, die Tränengas ins Publikum sprühen konnte. Mir wurde ein Appartement im hundertsten Stockwerk zugewiesen. Von dort aus sah ich nichts als die Oberseite der bläulich-braunen Smogwolke, die das Stadtbild verhüllte. An der Hotelausstattung befremdete mich manches, zum Beispiel in einer Ecke des Jaspis-Badezimmers eine drei Meter lange Eisenstange, im Schrank eine Tarnpelerine in Schutzfarben und unter dem Bett ein Sack Zwieback. Im Bad, neben den Handtüchern, hing in dicker Rolle ein typisches Kletterseil. Und als ich erstmals den Schlüssel ins Yale-Schloß steckte, bemerkte ich an der Tür ein kleines Schild mit der Aufschrift: »Die Hilton-Direktion bürgt dafür, daß diese Räumlichkeit keine *Bomben* enthält.«

Bekanntlich gibt es heutzutage zweierlei Wissenschaftler: ortsfeste und fahrende. Die Ortsfesten forschen wie eh und je, die Fahrenden aber besuchen alle erdenklichen internationalen Konferenzen und Kongresse. Der Wissenschaftler dieser zweiten Gruppe ist leicht zu erkennen: am Rockaufschlag trägt er stets eine kleine Visitkarte mit dem Namen und dem akademischen Grad, in der Tasche aber die Zeitpläne der Fluglinien. Er selbst verwendet nur Gürtel ohne Metallschnalle, und auch seine Mappe hat ein Schnappschloß aus Kunststoff, alles nur, um nicht grundlos die Alarmsirene des Geräts auszulösen, das auf dem Flughafen die Reisenden durchleuchtet und Hieb- und Schußwaffen auffindet. Die Fachliteratur studiert ein solcher Wissenschaftler in den Bussen der Fluglinien und in Wartesälen, Flugzeugen und Hotelbuffets. Da ich aus begreiflichen Gründen viele in den letzten Jahren aufgekommene Eigenheiten der irdischen Kultur nicht kannte, erregte ich Flugplatzalarm in Bangkok, in Athen und in Costricana selbst. Dem konnte ich nicht rechtzeitig vorbeugen, denn ich habe sechs Metallplomben (aus Amalgam). In Nounas selbst wollte ich sie gegen Porzellan auswechseln lassen, doch unvermutete Ereignisse vereitelten dies. Den Sinn des Stricks, der Stange, des Zwiebacks und der Pelerine erklärte mir leutselig ein Mitglied der amerikanischen Futurologendelegation: das Hotelgewerbe unserer Zeit treffe eben Vorsichtsmaßnahmen ehemals unbekannter Art. Jeder solche Gegenstand im Appartement erhöhe die Überlebensquote pro Hotelbett. Aus Leichtsinn achtete ich zuwenig auf diese Worte.

Die Debatten sollten am Nachmittag des ersten Tages beginnen, doch schon am Morgen erhielten wir die vollständigen Konferenzmaterialien in eleganter graphischer Ausstattung und mit zahlreichen Exponaten. Ein hübsches Bild boten insbesondere die Abreißblöcke aus blauem Hochglanzpapier mit dem Aufdruck: »Begattungspassierscheine«. Auch wissenschaftliche Konferenzen leiden heute unter der Bevölkerungsexplosion. Da die Anzahl der Futurologen mit gleicher Steigerung anwächst wie die ganze Menschheit, herrschen bei Kongressen Hast und Gedränge. Die Referate können nicht vorgetragen werden; jeder muß sie sich im voraus zu Gemüte führen. Doch am Morgen hatten wir keine Zeit dazu, denn die Gastgeber baten uns zu einem Gläschen Wein. Diese kleine Feier verlief fast ungestört, wenn man davon absieht, daß die Delegation der USA mit faulen Tomaten beworfen wurde. Beim Wein sprach ich mit einem Bekannten, dem Journalisten Jim Stantor von United Press International. Er sagte mir, daß Extremisten bei Tagesanbruch den amerikanischen Konsul in Costricana und den dritten Botschaftsattaché entführt hatten und für die Freigabe der Diplomaten die Entlassung politischer Häftlinge verlangten. Um aber den Ernst der Forderungen zu betonen, hatten die Extremisten an die Botschaft und an regierende Kräfte vorerst einzelne Zähne der zwei Geiseln gesandt und die Eskalation angekündigt. Doch dieser Mißton beeinträchtigte keineswegs die herzliche Atmosphäre des Morgencocktails. Der Botschafter der USA kam persönlich und hielt eine kurze Ansprache über die Notwendigkeit internationalen Zusammenwirkens; allerdings standen rund um den Redner sechs breitschultrige Zivilisten, die uns aufs Korn nahmen. Ich gestehe, daß mich dies ein wenig verstörte, zumal da sich neben mir ein dunkelhäutiger indischer Delegierter in Anbetracht seines Schnupfens schneuzen wollte und nach dem Tuch in die Tasche langte. Der Pressesprecher der Futurologischen Gesellschaft versicherte mir nachher, die angewandten Mittel seien unerläßlich und menschenfreundlich gewesen. Die Bedeckung führe ausschließlich großkalibrige Waffen von geringer Durchschlagskraft, genau wie die Wachen an Bord der Linienflugzeuge. Demnach könne kein Außenstehender geschädigt werden, im Gegensatz zu früher, wo ein Geschoß nach Erlegung des Attentäters oft noch fünf bis sechs harmlose Sterbliche durchbohrt habe. Ein Mensch, der unter konzentriertem Beschuß vor deinen Füßen zusammensackt, ist nichtsdestoweniger kein erfreulicher Anblick, selbst dann nicht, wenn es sich um ein simples Mißverständnis handelt, das den Austausch diplomatischer Entschuldigungsnoten nach sich zieht.

Doch statt auf das Sachgebiet menschenfreundlicher Ballistik abzuschweifen, sollte ich lieber erklären, wieso ich die Konferenzmaterialien während des ganzen Tages nicht durchblättern konnte. Ich will von der üblen Einzelheit absehen, daß ich rasch das blutige Hemd zu wechseln hatte; gegen meine Gewohnheit frühstückte ich dann im Hotelbuffet. Morgens esse ich immer weiche Eier, und in keinem Hotel der Erde können sie ans Bett serviert werden, ohne daß sie samt Dottern eklig gerinnen. Dies ergibt sich selbstredend aus den stetig zunehmenden Ausmaßen der Hauptstadthotels. Wenn anderthalb Meilen die Kochküche vom Zimmer trennen, dann rettet nichts die Dotter vor dem Gerinnen. Soviel ich weiß, haben eigene Hilton-Fachleute dieses Problem untersucht und den Schluß gezogen, Abhilfe schüfen lediglich eigene Aufzüge mit Überschallgeschwindigkeit; jedoch der sogenannte ›Sonic Boom‹, der Knall beim Durchbrechen der Schallmauer, ließe in geschlossenem Raum die Trommelfelle platzen. Wir könnten vielleicht verlangen, der Küchenautomat solle rohe Eier liefern, und der Kellnerautomat solle sie vor unseren Augen im Zimmer weich kochen; doch dann könnten wir fast ebensogut einen Stall voll eigener Hühner ins Hilton mitschleppen! Aus diesen Gründen begab ich mich am Morgen ins Buffet. Heutzutage nehmen 95 von hundert Hotelgästen an irgendeiner Tagung oder Konferenz teil. Der Einsiedlergast, der Einlings-Tourist ohne Visitkarte am Aufschlag und ohne prallgestopfte Mappe voll Konferenzpapierkram ist selten wie die Perle in der Wüste. Außer uns tagten damals in Costricana die Splittergruppe »Tiger« der Jugendlichen Gegenbewegung, die Verleger Befreiter Literatur und der Streichholzschachtelsammlerverband. Gewöhnlich werden die Mitglieder einer solchen Gruppe in ein und demselben Stockwerk untergebracht. Doch um mich zu ehren, hatte mir die Direktion das Appartement im hundertsten Stock gegeben, weil es einen eigenen Palmenhain hatte, wo Bach-Konzerte stattfanden; das Orchester war weiblich und vollführte beim Spielen gemeinschaftlich Striptease. Das alles hätte ich gern entbehrt, aber leider war kein Zimmer frei. Ich mußte also bleiben, wo man mich einquartiert hatte. Kaum saß ich auf einem Barhocker im Buffet meines Stockwerks, da hielt mir schon der stämmige Sitznachbar das schwere beschlagene Doppelgewehr unter die Nase, das er umgehängt trug. (Von den schwarzen Bartzotteln des Mannes konnte ich wie von einer Speisekarte alle Mahlzeiten der letzten Woche ablesen.) Er lachte rauh und fragte, was ich von seiner Päpstlerin hielte. Ich begriff nichts, aber das wollte ich lieber nicht eingestehen. Bei Zufallsbekanntschaften ist Schweigen die beste Taktik. Er offenbarte mir denn auch eifrig von selbst, dieser doppelläufige Stutzen mit Laservisier, Schnelldrücker und Lader sei eine Waffe gegen den Papst. Unentwegt schwatzend zückte der Bärtige ein geknicktes Foto; es zeigte ihn selbst, wie er eben auf eine Puppe mit Priesterkäppchen anlegte. Er behauptete, er sei schon in Höchstform und rüste sich eben zur großen Wallfahrt nach Rom, um dort den

Heiligen Vater vor dem Petersdom abzuknallen. Ich glaubte kein Wort, doch unter stetigem Geplapper zeigte mir der Kerl ein Flugbillett mit Buchung, ein Meßbuch, den Prospekt einer Pilgerreise für amerikanische Katholiken und endlich ein Päckchen Patronen mit kreuzweis geritzten Köpfen. Aus Ersparnisgründen hatte er nur die Hinfahrt bezahlt, denn er rechnete damit, von den empörten Wallern in Stücke gerissen zu werden. Diese Aussicht schien ihn in blendende Laune zu versetzen. Zunächst hielt ich ihn für einen Irren oder für einen der extremistischen Berufsattentäter, die ja heute nicht selten sind. Doch auch hier täuschte ich mich. Pausenlos schwatzend und immer wieder vom hohen Hocker kriechend, um die heruntergerutschte Flinte aufzuklauben, offenbarte er mir, er sei just ein glühender strenggläubiger Katholik. Die geplante Aktion (die er »Aktion P« nannte) sei ein besonderes Opfer seinerseits. Er wolle das Gewissen der Menschheit aufrütteln, und was rüttle daran wohl besser als solch ausbündige Tat? Was nach der Heiligen Schrift Abraham mit Isaak getan habe, das werde auch er tun, nur eben umgekehrt, nicht mit dem Sohn, sondern mit dem Vater, noch dazu mit dem Heiligen, erläuterte er mir. Solcherart beweise er den höchsten von einem Christen je aufgebrachten Opfermut und liefere den Körper an die Martern aus, die Seele aber an die Verdammnis, alles nur, um der Menschheit die Augen zu öffnen. »Um dieses Augenöffnen bemühen sich ein bißchen zu viele« – dachte ich. Von der Standrede nicht überzeugt, ging ich den Papst retten, das heißt, den Plan verraten. Aber als ich im Buffet des 77. Stockwerks auf Stantor stieß, da ließ er mich gar nicht ausreden; er sagte, unter den Geschenken der letzten amerikanischen Wallfahrergruppe an Hadrian den Elften hätten sich ein Meßwein-Fäßchen voll Nitroglyzerin sowie zwei Zeitbomben befunden. Den blasierten Ton begriff ich besser, als ich hörte, daß die Extremisten soeben ein Bein in die Botschaft geschickt hatten; nur von wem es stammte, war noch ungeklärt. Im übrigen sprach Stantor nicht zu Ende; er wurde ans Telefon gerufen, denn in der Avenida Romana hatte sich angeblich jemand aus Protest in Brand gesteckt. Im Buffet des 77. Stockwerks war die Stimmung ganz anders als oben bei mir. Es gab viele barfüßige und bis zum Gürtel in Kettenhemden gehüllte Mädchen; manch eine trug einen Säbel. Einige hatten ihre langen Zöpfe nach neuester Mode am Collier oder am nägelgespickten Halsband befestigt. Ich bin nicht sicher: waren das nun Streichholzschachtelsammlerinnen oder die Sekretärinnen des Verbandes Befreiter Verleger? Die farbigen Standfotos, die gerade betrachtet wurden, sahen

mir eher nach Spezialpublikationen aus. Ich fuhr neun Stockwerke abwärts, dorthin, wo meine Futurologen hausten. Schon wieder in einem Buffet angelangt, nahm ich einen Long Drink mit Alphonse Mauvin von Agence France Presse; zum letztenmal versuchte ich den Papst zu retten, aber Mauvin nahm meinen Bericht mit stoischem Gleichmut auf und brummte nur, vorigen Monat habe im Vatikan ein australischer Pilgrim geschossen, aber von einem völlig anderen weltanschaulichen Standort aus. Mauvin erhoffte sich für die Agentur ein interessantes Interview mit einem gewissen Manuel Pyrhullo; diesen jagten das FBI, die Sûreté, die Interpol und etliche andere Polizisten, er war nämlich der Gründer eines neuartigen Dienstleistungsbetriebs und empfahl sich als Spezialist für Sprengstoffanschläge, wobei er sich seiner Gesinnungslosigkeit sogar rühmte. Er war gemeinhin unter dem Decknamen »Der Bomber« bekannt. Bald trat ein schönes rothaariges Mädchen an unseren Tisch. Ihre Tracht ähnelte einem ganz und gar von Schnellfeuerserien durchlöcherten Spitzennachthemd. Das war die Abgesandte der Extremisten; sie sollte den Reporter zu ihnen ins Hauptquartier lotsen. Im Fortgehen überreichte mir Mauvin ein Reklameflugblatt Pyrhullos. Ich erfuhr daraus, nun sei endlich Schluß mit der Stümperei unverantwortlicher Dilettanten, die ja unfähig seien, Dynamit von Melinit und Bickford-Zündschnüre von Knallquecksilber zu unterscheiden; im Zeitalter der hochgezüchteten Spezialisierung tue man nichts auf eigene Faust; man vertraue dem Berufsethos und den Kenntnissen gewissenhafter Fachleute. Auf der Rückseite des Flugblattes las ich den Dienstleistungstarif nebst Umrechnung in die Währungen der höchstentwickelten Länder dieser Welt.
Eben begannen die Futurologen im Buffet einzutreffen; einer von ihnen, Professor Mashkenase, stürzte bleich und schlotternd herbei und schrie, bei ihm liege eine Zeitbombe im Zimmer. Der Barmixer schien mit solchen Lebenslagen vertraut; er rief mechanisch »Deckung!« und verschwand hinter dem Schanktisch. Doch die Hoteldetektive klärten den Fall im Nu: irgendein Kollege hatte dem Professor einen dummen Streich gespielt; in einer alten Keksdose tickte ein simpler Wecker. Das sah mir nach einem Engländer aus; die schwärmen ja für sogenannte »Practical Jokes«. Aber der Vorfall war schnell vergessen, denn J. Stantor und J. G. Howler, beide von UPI, brachten uns den Text einer Verbalnote der amerikanischen Regierung an die costricanesische, zum Thema der entführten Diplomaten. Das Schriftstück war in der üblichen Sprache diplomatischer Noten abgefaßt und nannte weder das Bein noch die Zähne

beim Namen. Jim teilte mir mit, daß die örtliche Regierung drastische Maßnahmen erwog. Der Machthaber, General Apollon Diaz, begünstigte die »Falken«, die ihm empfahlen, Gewalt mit Gewalt niederzuzwingen. Das Kabinett beriet in Permanenz, unter anderem über folgenden Vorschlag einer Gegenoffensive: den politischen Häftlingen, deren Freigabe die Extremisten fordern, reißt man doppelt so viele Zähne aus. Und da die Stabsadresse der Extremisten nicht bekannt ist, sendet man ihnen diese Zähne postlagernd.
Die Luftpostausgabe der New York Times appellierte in Sulzbergers Worten an Vernunft und Gemeinsinn der menschlichen Rasse. Stantor sagte mir im Vertrauen, die Regierung habe einen Eisenbahnzug mit geheimem Kriegsmaterial requiriert, Eigentum der USA, das auf costricanesischem Gebiet als Durchfuhrgut nach Peru unterwegs gewesen sei. Futurologen zu entführen, schien den Extremisten vorerst nicht einzufallen; in ihrem Sinne wäre das gar nicht dumm gewesen, denn Costricana beherbergte im Augenblick mehr Futurologen als Diplomaten. Ein hundertstöckiges Hotel ist jedoch ein eigener Organismus, so riesig und gegen den Rest der Welt so luxuriös abgeschirmt, daß Nachrichten von draußen nur wie von der anderen Erdhälfte herüberdringen. Vorläufig war bei den Futurologen nichts von einer Panik zu merken. Das hoteleigene Reisebüro verzeichnete keinen Massenansturm auf Flüge nach den Vereinigten Staaten oder sonstwohin. Für zwei Uhr war das offizielle Eröffnungsbankett anberaumt, und ich hatte noch nicht Zeit gefunden, den Abendpyjama anzulegen. Ich fuhr also auf mein Zimmer und dann schleunigst hinunter in den 46. Stock zum Purpursaal. Im Vorraum nahten mir zwei bezaubernde Mädchen in Pumphosen, oben ohne, die Brust mit Vergißmeinnicht und Schneeglöckchen bemalt. Die beiden überreichten mir ein glänzendes Faltblatt. Ich sah es gar nicht an und betrat den Saal. Er war noch fast leer; der Anblick der Festtafel benahm mir den Atem, nicht weil sie üppig gedeckt war, nein, schockierend wirkten die Formen aller Pasteten, Vorspeisen und Beilagen. Sogar die Salate waren Geschlechtsteilen nachgebildet. Von optischer Täuschung konnte keine Rede sein, denn aus diskret versteckten Lautsprechern drang ein in gewissen Kreisen beliebter Schlager, der mit den Worten beginnt: »Wer heut nicht für Geschlechtsteil wirbt, ein Hundsfott, der's Geschäft verdirbt, denn heut ist jedem angenehm das Urogenitalsystem.«
Die ersten Bankettierer trafen ein, alle mit Rauschebart und martialischem Schnauz, im übrigen lauter junge Leute, im Pyjama oder auch ohne. Sechs Kellner trugen eine Torte herein; beim Anblick

dieser unanständigsten Süßspeise der Welt konnte ich nicht länger zweifeln: ich hatte mich im Saal geirrt und war wider Willen beim Bankett der Befreiten Literatur gelandet. Unter dem Vorwand, die Sekretärin sei mir abhanden gekommen, entwich ich schleunigst und fuhr ins nächsttiefere Stockwerk, um am rechten Platze aufzuatmen. Der Purpursaal (nicht der Rosasaal, in den ich mich vorher verirrt hatte) war schon voll. Der bescheidene Aufwand enttäuschte mich, aber ich ließ mir möglichst wenig anmerken. Das Buffet war ein kaltes Stehbuffet; um die Konsumation zu erschweren, hatte man aus dem riesigen Saal alle Stühle und Sessel entfernt. Es galt also, die bei solchen Anlässen übliche Behendigkeit zu entwickeln, zumal da die gehaltvolleren Schüsseln wüst umdrängt wurden. Ein Vertreter der costricanesischen Sektion der Futurologischen Gesellschaft, Señor Cuillone, erklärte mit bezauberndem Lächeln, jedwede Schlemmerei wäre fehl am Platze, denn zu den Themen der Tagung zähle auch die Hungersnot, die der Menschheit drohe. Natürlich fanden sich Skeptiker. Sie sagten, der Gesellschaft seien die Zuwendungen gekürzt worden, und nur dies erkläre so krasse Sparmaßnahmen. Die Presseleute mußten fasten: so wollte es ihr Beruf. Sie eilten rastlos zwischen uns umher und sammelten Kurzinterviews mit den Leuchten der ausländischen Prognostik. Statt des Botschafters der USA erschien nur der Dritte Botschaftssekretär mit mächtiger Schutztruppe und als einziger im Smoking, da sich eine kugelsichere Weste unter dem Pyjama schwer verbergen läßt. Gäste aus der Stadt wurden unten in der Halle durchsucht. Wie ich hörte, türmte sich dort schon ein ansehnlicher Stapel gefundener Waffen. Die eigentlichen Debatten waren für fünf Uhr anberaumt. So blieb noch Zeit, um im Zimmer auszuruhen. Ich fuhr also in den hundertsten Stock. Die versalzenen Salate hatten mich sehr durstig gemacht. Doch das Buffet meines Stockwerks umlagerten Gegenbewegler und Dynamitbrüder mit ihren Mädchen, und mir genügte schon jenes eine Gespräch mit dem bärtigen Papisten (oder Antipapisten?). Ich beschied mich also mit einem Glas Leitungswasser. Kaum hatte ich es ausgetrunken, da erlosch im Bad und in beiden Zimmern das Licht. Und welche Telefonnummer ich auch wählte, ich wurde stets mit einem Automaten verbunden, der das Märchen vom Aschenputtel erzählte. Ich wollte abwärts fahren, doch auch der Lift funktionierte nicht. Ich hörte den Chor der Gegenbewegler singen und im Takt bereits schießen – daneben, wie ich hoffte. Sogar in erstklassigen Hotels kommen Defekte vor; das ist freilich ein schwacher Trost. Am meisten erstaunte mich jedoch die eigene Reaktion.

Meine seit dem Gespräch mit dem Papstschützen eher üble Laune besserte sich von Sekunde zu Sekunde. Durchs Zimmer tappend und den Hausrat umwerfend, lächelte ich huldvoll in die Finsternis. Nicht einmal das Knie, das ich mir an den Koffern blutig schlug, schmälerte mein Wohlwollen für die ganze Welt. Ich ertastete auf dem Nachttisch Reste der Mahlzeit, die ich mir zwischen Frühstück und Lunch aufs Zimmer bestellt hatte. Ich steckte ein Schnipsel von einem Kongreßfaltblatt in ein Scheibchen Butter, zündete das Papier mit einem Streichholz an und gewann somit eine Kerze, wenn sie auch rußte. In ihrem Schein setzte ich mich auf den Lehnstuhl, ich hatte ja noch mehr als zwei Stunden Freizeit. (Eine davon benötigte ich allerdings zur Treppenwanderung, falls der Lift gestört blieb.) Mein Gemütszustand durchlief weitere Schwankungen und Wandlungen, die ich mit lebhaftem Interesse beobachtete. Mir war vergnügt zumute, schlechtweg köstlich. Im Nu konnte ich Unmengen von Argumenten zum Lob der eingetretenen Sachlage aufzählen. Für einen der feinsten erdenklichen Plätze der Welt hielt ich allen Ernstes ein Hilton-Appartement voll Qualm und Ruß aus einem Butterstümpfchen, inmitten ägyptischer Finsternis, ohne Verbindung zur Außenwelt und mit einem Telefon, das Märchen erzählt. Ferner verspürte ich den übermächtigen Wunsch, dem erstbesten Mitmenschen die Haare zu streicheln oder zumindest seine Bruderhand zu drücken und ihm dabei tief und innig in die Augen zu schauen.

Dem grimmigsten Feind hätte ich die Wangen abgeschmatzt. Die Butter schmolz, prasselte und rauchte; einmal ums andere erlosch sie. – Meine Butter wird immer kaputter – dieser Reim versetzte mich in einen Lachkrampf, obwohl ich mir indessen mit den Streichhölzern die Finger versengte, als ich wieder einmal den Papierdocht anzuzünden suchte. Das Butterlicht gloste kaum, ich aber summte halblaut Arien aus alten Operetten und achtete nicht darauf, daß mich der Qualm im Hals würgte und daß mir Tränen aus den entzündeten Augen über die Wangen rollten. Als ich aufstand, stolperte ich über einen Koffer und plumpste der Länge nach hin. Doch auch die eigroße Beule, die meiner Stirn entsproß, steigerte meinen Frohsinn (wenn eine Steigerung noch möglich war). Ich lachte, halb erstickt vom stinkenden Rauch, der gleichfalls nichts gegen meinen Freudentaumel vermochte. Ich legte mich aufs Bett; seit dem Morgen stand es ungebettet, obwohl der Mittag längst vorüber war. Des Personals, das solche Nachlässigkeit bewies, gedachte ich wie leiblicher Kinder: außer zärtlichen Koseworten und

Verkleinerungen kam mir nichts in den Sinn. – Selbst wenn ich hier ersticken sollte – so durchblitzte es mich –, dann wäre dies die vergnüglichste, netteste Todesart, die ich mir wünschen könnte. – Diese Feststellung widerstritt so sehr meinem ganzen Naturell, daß sie auf mich wie ein Wecksignal wirkte. Mein Geist spaltete sich seltsam entzwei. Weiterhin erfüllte ihn abgeklärte Helligkeit, allumfassendes Wohlwollen; die Hände aber waren so begierig, irgendwen zu liebkosen, daß ich aus Mangel an außenstehenden Personen mir selber sacht die Wangen zu streicheln und neckisch die Ohren zu zupfen begann; auch reichte ich viele Male die rechte Hand der linken, um beide kräftig zu drücken. Selbst in den Beinen zappelten mir zärtliche Gebärden. Bei alledem hatten sich zuunterst in meinem Ich gleichsam Warnlichter entzündet. »Da stimmt was nicht!« – rief in mir eine ferne schwache Stimme. »Aufgepaßt, Ijon, sei wachsam, hüte dich! Diese Heiterkeit ist verdächtig! Los, rühr dich! Hoppauf! Suhl dich nicht im Sitz wie ein Onassis, tränend vor Rauch und Ruß, du mit deiner Stirnbeule und mit deinem allgemeinen Wohlwollen! Dahinter verbirgt sich schwarzer Verrat!« Diesen Stimmen zum Trotz rührte ich keinen Finger. Nur die Gurgel dorrte mir aus. Das Herz hämmerte mir im übrigen schon lang, doch dies hatte ich auf die jählings erwachte Allerweltsliebe zurückgeführt. Ich ging ins Badezimmer, ich hatte gräßlichen Durst. Ich dachte an den versalzenen Salat des Banketts oder vielmehr dieses Stehbuffet und dann versuchsweise an die Herren J. W., H. C. M. und M. W. und an meine sonstigen ärgsten Feinde. Ich stellte fest, daß ich ihnen kein anderes Gefühl entgegenbrachte als den Wunsch nach einem herzhaften Händedruck, einem geschmalzenen Schmatz und ein paar Worten brüderlichen Gedankenaustauschs. Dies war nun wahrlich alarmierend! Ich erstarrte, die eine Hand am Nickelhahn, in der anderen das leere Glas. Meine Gesichtsmuskeln verzerrte ein sonderbarer Krampf. Ganz langsam füllte ich Wasser ein, und während ich im Spiegel den Zwist der eigenen Gesichtszüge sah, goß ich es wieder weg.

Das Leitungswasser! Ja! Kaum hatte ich davon getrunken, da hatten in mir diese Wandlungen eingesetzt! Im Wasser mußte etwas drin sein! Was aber? Gift? Mir war keines bekannt, das auf diese Art ... Oder doch! Halt! Ich bin ja ein fleißiger Abonnent der wissenschaftlichen Fachpresse. »Science News« hatte kürzlich über neue psychotrope Mittel aus der Gruppe der sogenannten *Benignatoren* oder *Gutstoffe* berichtet, die dem Geist gegenstandslose Freude und Heiterkeit aufzwingen. Natürlich! Wie gedruckt stand mir die Meldung vor dem geistigen Auge. Hedonil, Benefizil, Edelpassionat, Euphorasol, Felixol, Altruisan, Schmusium und Unmengen von Derivaten! Bei Ersatz der Hydroxylgruppen durch Amidgruppen gewinnt man andererseits aus denselben Ausgangsstoffen Furiasol, Rabiat, Sadin, Flagellan, Aggressium, Frustrandol, Amokgeist und viele andere wutbildende Präparate aus der sogenannten Moritatgruppe (wie der Name sagt, nötigen sie zur Grausamkeit gegen alles Lebende oder Leblose im Umkreis; am wirksamsten sind angeblich Trampelin und Prygelin).

Aus diesen Gedanken riß mich das Klingeln des Telefons; auch das Licht strahlte wieder auf. Die Stimme eines Rezeptionsangestellten entschuldigte sich untertänig und feierlich für die Betriebsstörung, die soeben bereits behoben worden sei. Ich öffnete die Tür zum Korridor, um das Zimmer zu durchlüften. Soviel ich merken konnte, herrschte Stille im Hotel. Taumelig und immer noch von Segnungsdrang und Zärtlichkeitswillen übersprudelnd, ließ ich die Tür wieder ins Schloß schnappen, setzte mich mitten im Zimmer nieder und stürzte mich in den Kampf mit mir selbst. Mein damaliger Zustand ist ungemein schwer zu beschreiben. Das Denken ging mir durchaus nicht so glatt und eindeutig vonstatten, wie ich es hier wiedergebe. Jede kritische Reflexion war gleichsam in Honig eingetaucht, von einem Kinderschleck aus dümmlichem Selbstbehagen umsponnen und gelähmt; jede einzelne troff vom Sirup positiver Gefühle; mein Geist schien im süßesten aller erdenklichen Bruchmoore zu versinken, so, als ersöffe ich in Rosenöl und Zuckerguß. Gewaltsam rief ich mir möglichst widerwärtige Dinge ins Gedächtnis: den bärtigen Schuft mit dem doppelläufigen Papstjagdgewehr, die verlotterten Verleger Befreiter Literatur und ihr Gelage von Babel und Sodom, dann wieder die Herren W. C., J. C. M. und A. K. und viele andere Schufte und Halunken, alles nur, um mit Schrecken feststellen zu müssen, daß ich alle liebte und allen alles vergab. Überdies hüpften sofort aus meinen Gedankengängen wie Stehaufmännchen die Rechtfertigungen für alles Böse und Scheußliche. Die Hochflut der Nächstenliebe sprengte mir den Schädel; besonders plagte mich etwas, was sich am ehesten als »Drang zum Guten« bezeichnen läßt. Statt an psychotrope Gifte dachte ich gierig an die Witwen und Waisen, deren ich mich mit Wonne angenommen hätte. Ich wunderte mich immer mehr: wie hatte ich sie bislang so wenig beachten können! Und die Armen, und die Hungernden, und die Kranken, und die Elenden, du lieber Gott! Ich ertappte mich dabei, vor dem Koffer zu knien und alles auf den Fußboden herauszuwerfen, um alle halbwegs guten Sachen auszusuchen und an die Bedürftigen zu verschenken. Und wieder ertönten in meinem Unterbewußtsein schwache Alarmstimmen. »Paß auf! Laß dich nicht einwickeln! Kämpfe, stich, tritt, rette dich!« – rief etwas in mir, schwach, aber verzweifelt. Ich war grausam entzweigerissen. Ich verspürte eine so gewaltige Portion des Kategorischen Imperativs, daß ich keiner Fliege ein Haar gekrümmt hätte. – Wie schade – dachte ich –, daß es im Hilton keine Mäuse gibt, ja, nicht einmal Spinnen! Wie hätte ich sie geherzt, vergöttert! Fliegen, Wanzen, Ratten, Stechmücken, Läuse, geliebte Geschöpfchen, o du gewaltiger Gott! – Flüchtig segnete ich Tisch und Lampe und die eigenen Beine. Doch Spuren von Nüchternheit verblieben mir nun. Unverzüglich drosch ich daher mit der Linken auf die segnende Rechte und wand mich vor Schmerz. Das war nicht übel! Das konnte vielleicht mein Heil sein! Der Drang zum Guten wirkte glücklicherweise von innen nach außen: anderen gönnte ich weit Besseres als mir selbst. Fürs erste knallte ich mir ein paar in die Fresse, daß die Wirbelsäule knirschte, während Sterne vor den Augen tanzten. Gut! Nur so weiter! Als das Gesicht fühllos wurde, trat ich mir gegen die Fußknöchel. Zum Glück trug ich schwere Schuhe mit verdammt harten Sohlen. Nach der wilden Tritt-Kur fühlte ich mich einen Moment lang besser, das heißt, schlechter. Vorsichtig versuchte ich mir auszumalen, wie es wäre, auch Herrn J. C. M. zu treten. Es war nicht mehr so völlig unmöglich. Die Knöchel beider Füße taten verteufelt weh; vermutlich dank dieser Selbstmißhandlung gelang es mir sogar, Herrn M. W. einen Rippenstoß zuzudenken. Ohne mich um den quälenden Schmerz zu kümmern, trampelte ich weiter auf mir herum. Brauchbar war alles Spitzige, ich benützte also eine Gabel und dann die Stecknadeln aus einem noch nie getragenen Hemd. Dies alles verlief aber nicht glatt, sondern eher in Wellen; minutenlang hätte ich mich wieder für die gute Sache verbrennen mögen; von neuem sprudelte in mir ein Geiser höheren Edelmuts und selbstvergessener Tugend. Aber es gab keinen Zweifel: *Im Leitungswasser war etwas drinnen!* Moment mal!!! Im Koffer schleppte ich ja seit langem die unangebrochene Packung eines Schlafmittels mit mir herum, das mich jedesmal finster und aggressiv gestimmt hatte; eben deshalb verwendete ich es nicht mehr; ein Glück, daß ich es nicht weggeworfen hatte! Ich schluckte eine Tablette und spülte mit rußiger Butter nach, denn Wasser mied ich wie die Pest. Dann würgte ich mit Mühe zwei Koffeinpastillen hinunter, um dem Schlafmittel entgegenzuwirken, setzte mich in den Lehnstuhl und wartete voll Angst, aber auch voll Nächstenliebe auf den Ausgang des chemischen Kampfes in meinem Organismus. Die Liebe vergewaltigte mich immer noch. Ich war begütigt wie nie zuvor. Offenbar gewannen dann die Chemikalien des Übels einen entscheidenden Vorteil über die Präparate des Guten; ich war weiterhin zu fürsorglichem Wirken bereit, aber nicht mehr wahllos. Freilich wäre ich zur Vorsicht gern der ärgste Schuft gewesen, zumindest für einige Zeit.

Nach einer Viertelstunde schien alles überstanden. Ich nahm eine Dusche, rieb mich mit dem rauhen Handtuch trocken, haute mich vorsichtshalber zwecks allgemeiner Vorbeugung hin und wieder in die Fresse, klebte Heftpflaster auf die verletzten Finger und Knöchel, zählte die blauen Flecke (da ich mich im Kampf richtig windelweich geschlagen hatte), legte ein frisches Hemd und den Anzug an, richtete vor dem Spiegel die Krawatte, zupfte den Gehrock zurecht, boxte mich beim Aufbruch ermunternd und zugleich vorsorgend zwischen die Rippen und ging beizeiten fort, denn es war schon fast fünf. Wider meine Erwartung bemerkte ich im Hotel nichts Ungewöhnliches. Ich schaute in das fast verödete Buffet meines Stockwerks. An einem Tisch lehnte die Päpstlerin; unter der Theke ragten zwei Paar Beine hervor, eines davon bloßfüßig, aber dieser Anblick war nicht unbedingt im Rahmen höherer Kategorien zu deuten. Einige andere Dynamitleute saßen an der Wand und spielten Karten, einer spielte Gitarre und sang den bewußten Schlager. Unten in der Hall wimmelte es von Futurologen. Sie gingen zur Eröffnungssitzung, ohne im übrigen das Hilton verlassen zu müssen; für die Debatten war nämlich ein Saal im niedrigen Teil des Bauwerks gemietet worden. Zunächst wunderte ich mich, doch ich besann mich und begriff, daß in einem solchen Hotel niemand Leitungswasser trinkt. Durstige Gäste bestellen Cola oder Schweppes, notfalls Fruchtsäfte, Tee oder Bier. Auch zu Long Drinks benützt man bitteres Mineralwasser oder sonst etwas in Flaschen Abgefülltes. Und wer etwa trotzdem achtlos meinen Fehler wiederholt hatte, wand sich nun gewiß in Zuckungen all-liebenden Selbstvergessens zwischen den Wänden eines versperrten Appartements. In dieser Sachlage wollte ich lieber mit keinem Muckser auf meine Erlebnisse anspielen; ich war ja fremd am Ort; die Leute hätten mir womöglich nichts geglaubt, sondern Abwegigkeiten oder Wahnvorstellungen bei mir vermutet. Was erwirbt man sich leichter als den Ruf, man hätte eine Schwäche für Rauschgift?

Wegen dieser Austern- oder Vogelstraußpolitik sind mir später Vorwürfe gemacht worden: ich hätte alles aufdecken sollen, dies hätte

die bewußte Unglücksserie vielleicht abgewendet . . . Doch wer so redet, zieht einen augenfälligen Trugschluß. Bestenfalls hätte ich die Hotelgäste gewarnt. Die Vorgänge im Hilton hatten aber nicht den mindesten Einfluß auf Costricanas politische Geschicke.
Bei einem Kiosk auf dem Weg zum Sitzungssaal kaufte ich meiner Gewohnheit gemäß einen Stapel einheimischer Zeitungen. Natürlich mache ich es nicht überall so. Doch im Spanischen kann der Gebildete den Sinn ungefähr erschließen, auch ohne diese Sprache zu beherrschen.
Über dem Podium prangte eine bekränzte Tafel mit der Tagesordnung. Den ersten Punkt bildete die urbanistische Weltkatastrophe, den zweiten die ökologische, den dritten die atmosphärische, den vierten die energetische, den fünften die der Ernährung, dann sollte eine Pause folgen. Technologische, militaristische und politische Katastrophe sowie Anträge außer Programm waren für den nächsten Tag vorgesehen.
Jeder Redner hatte vier Minuten Zeit, um seine Thesen darzulegen. Das war ohnehin viel, wenn man bedenkt, daß 198 Referate aus 64 Staaten angemeldet waren. Um das Beratungstempo zu steigern, mußte jeder die Referate selbständig vor der Sitzung durchstudieren; der Vortragende aber sprach ausschließlich in Ziffern, die auf Kernstücke seiner Arbeit verwiesen. Um derlei reiche Sinngehalte leichter aufzunehmen, schalteten wir samt und sonders die mitgeführten Tonbandgeräte und Kleincomputer ein, welch letztere nachher die grundsätzliche Diskussion bestreiten sollten. Stanley Hazelton aus der Abordnung der USA schockierte sofort das Auditorium, denn er wiederholte nachdrücklich: 4, 6, 11 und somit 22; 5, 9, ergo 22; 3, 7, 2, 11 und demzufolge wiederum 22!!! Jemand erhob sich und rief, es gebe immerhin 5, allenfalls auch 6, 18 und 4; diesen Einwand wehrte Hazelton blitzartig ab: so oder so ergebe sich 22! Ich suchte im Text seines Referats den Codeschlüssel und entnahm ihm, daß die Zahl 22 die endgültige Katastrophe bezeichnete. Sodann schilderte der Japaner Hayakawa die neue, in seinem Lande entwickelte Hausform der Zukunft: achthundertstöckig, mit Gebärkliniken, Kinderkrippen, Schulen, Kaufläden, Museen, Tierparks, Theatern, Kinos und Krematorien. Der Entwurf umfaßte unterirdische Lagerräume für die Asche der Verstorbenen, vierzigkanäliges Fernsehen, Berauschungs- und Ausnüchterungszellen, turnsaalähnliche Hallen für Gruppensexbetrieb (der Ausdruck fortschrittlicher Gesinnung seitens der Entwerfer) sowie Katakomben für unangepaßte Subkulturgruppen. Einigermaßen neu war der Gedanke, jede

Familie solle jeden Tag aus der bisherigen Wohnung in die nächste übersiedeln, entweder in der Zugrichtung des Schach-Bauern oder im Rösselsprung, alles, um Langeweile und Frustration zu verhüten. Doch dieses siebzehn Kubik-Kilometer ausfüllende, im Meeresgrund wurzelnde und bis in die Stratosphäre ragende Bauwerk hatte sicherheitshalber auch eigene Heiratsvermittlungscomputer mit sadomasochistischem Programm (Ehen zwischen Sadisten und Masochistinnen oder umgekehrt sind statistisch gesehen am haltbarsten, weil jeder Partner das hat, wonach er sich sehnt); auch gab es ein Therapiezentrum für Selbstmordkandidaten. Hakayawa, der zweite Vertreter Japans, zeigte uns das Raummodell eines solchen Hauses im Maßstab 1 : 10 000. Das Haus hatte eigene Sauerstoffspeicher, aber weder Wasser- noch Nahrungsreserven; es war nämlich als geschlossenes System geplant und sollte alle Ausscheidungen wieder aufbereiten, sogar den aufgefangenen Todesschweiß und sonstige Ausflüsse des Körpers. Yahakawa, ein dritter Japaner, verlas die Liste aller aus den Abwässern des ganzen Bauwerks regenerierbaren Gaumenfreuden; dazu gehörten unter anderem künstliche Bananen, Lebkuchen, Shrimps und Austern, ja, sogar künstlicher Wein; trotz seiner Herkunft, die unliebsame Nebengedanken wachrief, schmeckte er angeblich so gut wie die besten Tropfen der Champagne. In den Saal gelangten formschöne Fläschchen mit Kostproben und für jeden ein Pastetchen in Klarsichtpackung. Doch niemand war sehr aufs Trinken erpicht, und die Pastetchen ließ man diskret unter die Sessel verschwinden, also behandelte ich meines ebenso. Nach dem ursprünglichen Plan hätte jedes solche Haus mittels gewaltiger Rotoren auch fliegen können, was Gesellschaftsreisen ermöglicht hätte. Davon wurde jedoch abgesehen, denn erstens sollten für den Anfang 900 Millionen solcher Häuser entstehen, zweitens war der Ortswechsel gegenstandslos: selbst wenn das Haus 1000 Ausgänge hätte, die alle zugleich benützt würden, kämen niemals alle Bewohner ins Freie, da ja neue Kinder geboren würden und heranwüchsen, ehe der letzte das Gebäude verlassen hätte.

Die Japaner schienen höchst entzückt von ihrem Projekt. Nach ihnen ergriff Norman Alpler das Wort, ein Vertreter der USA. Er beantragte siebenerlei Methoden zur Bremsung der Bevölkerungsexplosion, nämlich erstens propagandistisches und zweitens polizistisches Verekeln, ferner Ent-Erotisieren, Zwangszölibatisieren, Onanieren, Subordinieren und bei Unverbesserlichkeit – Kastrieren. Ehepaare sollten sich um das Recht auf ein Kind bewerben, indem sie eigene Prüfungen aus drei Gegenständen ablegten: Begattung, Erziehung und Vermeidung. Illegales Gebären sollte strafbar sein; für Vorsatz und Rückfall drohte den Schuldigen lebenslängliches Zuchthaus. Zu diesem Vortrag gehörten die hübschen Faltblätter und Abreißkuponblöcke, die wir mit dem Kongreßmaterial bekommen hatten. Hazelton und Alpler forderten neue Berufszweige, nämlich Ehen-Überwacher, Verbieter, Unterbrecher und Verstopfer. Unverzüglich wurde uns der Entwurf des neuen Strafgesetzbuches ausgehändigt: Befruchtung galt darin als ausnehmend schweres Verbrechen an der Gesellschaft. Während des Austeilens ereignete sich ein Zwischenfall: von der Zuhörergalerie warf jemand einen Molotow-Cocktail in den Saal. Der Rettungsdienst waltete seines Amtes (er stand bereit, diskret in den Wandelgängen versteckt), und die Saalordner verdeckten die zermalmten Sessel und Überreste schleunigst mit einer großen Nylonplane in fröhlichen formschönen Mustern. Wie hieraus ersichtlich, war an alles beizeiten gedacht worden. Zwischen den einzelnen Vorträgen versuchte ich die Landeszeitungen zu studieren. Ich verstand nur Brocken von ihrem Spanisch, doch erfuhr ich immerhin soviel: die Regierung hatte Panzertruppen um die Hauptstadt zusammengezogen, die gesamte Polizei in Alarmbereitschaft versetzt und den Ausnahmezustand verhängt. Im Saal wußte anscheinend niemand außer mir um die ernste Lage jenseits der Mauern. Um sieben Uhr war Pause, und man konnte etwas essen, natürlich jeder auf eigene Kosten. Ich aber kaufte mir auf dem Rückweg zum Saal die neueste Extraausgabe des Regierungsblattes »Nacion« und ein paar Nachmittagszeitungen der extremistischen Oppositionspartei. Trotz meiner Mühe mit dem Spanischen befremdete mich diese Lektüre: unmittelbar neben wohlig optimistischen Lobeshymnen auf die weltbeglückende Macht zwischenmenschlicher Liebesbande las ich Artikel mit Ankündigungen blutiger Zwangsmaßnahmen oder mit extremistischen Gegendrohungen in ähnlichem Ton. Diese Buntscheckigkeit wußte ich mir nicht anders zu erklären, als unter Zuhilfenahme der Hypothese, manche Journalisten hätten an diesem Tage Leitungswasser getrunken und manche nicht. Das Organ der Rechten hatte naturgemäß weniger abbekommen, denn die Mitarbeiter verdienten besser als die der Opposition und stärkten sich während der Arbeit mit allerlei teurem Gebräu. Doch auch die Extremisten löschten ihren Durst nur ausnahmsweise mit Wasser, obwohl sie bekanntlich für höhere Leitsätze und Ideale zu Entsagungen bereit sind; man bedenke indessen, daß Quartzupio, ein Getränk aus dem vergorenen Saft der Pflanze Melmenole, in Costricana ungemein billig ist.

Wir sanken wieder in die weichen Klubsessel, und Professor Dringenbaum aus der Schweiz hatte kaum die erste Ziffer seiner Rede ausgesprochen, da erdröhnten dumpfe Detonationen. Das Gebäude bebte leicht in den Fundamenten, Fensterglas klingelte, aber die Optimisten riefen, es handle sich bloß um ein Erdbeben. Da die Gegenbewegler seit Debattenbeginn das Hotel abklapperten, neigte ich meinerseits zu der Annahme, eine dieser Gruppen habe in der Hall Petarden geschleudert. Stärkeres Krachen und Donnern brachte mich von dieser Ansicht ab; ich vernahm auch das unverkennbare Stakkato von Maschinengewehren. Selbstbetrug war nicht mehr möglich: Costricana hatte das Stadium der Straßenkämpfe erreicht. Aus dem Saal verflüchtigten sich zuerst die Presseleute. Von den Schüssen aufgescheucht wie von einem Wecksignal, rannten sie pflichteifrig auf die Straße. Professor Dringenbaum versuchte noch eine Weile lang die Vorlesung fortzusetzen, die in recht pessimistischer Tonart abgefaßt war: er behauptete, als nächste Phase unserer Zivilisation werde die Kannibalisation eintreten. Er berief sich auf die bekannte Theorie jener Amerikaner, nach deren Berechnung sich die Menschheit binnen vierhundert Jahren in eine lebende und mit Lichtgeschwindigkeit weiterwachsende Kugel von Leibern verwandeln wird, sofern auf der Erde alles so weitergeht wie bisher. Neue Explosionen unterbrachen jedoch den Vortrag. Die verunsicherten Futurologen verließen den Saal und mengten sich in der Hall unter die Teilnehmer des Kongresses der Befreiten Literatur, denen man ansah, daß sie der Ausbruch der Kämpfe mitten in Manifestationen vollkommener Gleichgültigkeit gegen die Übervölkerungsgefahr ereilt hatte. Sekretärinnen (die ich nicht als leichtgeschürzt bezeichnen möchte, da ihre Haut lediglich von aufgemalten Op-Art-Mustern bedeckt war) trugen den Redakteuren des Knopf-Verlags die griffbereiten Nargiles und Wasserpfeifen nach, worin eine Modemischung aus LSD, Marihuana, Yohimbin und Opium brannte. Wie ich erfuhr, hatten die Vertreter der Befreiten Literatur soeben den Postminister der USA in effigie verbrannt; dieser verlangte nämlich in seinem Amtsbereich die Vernichtung allen Werbematerials für Massen-Blutschänderei. Unten in der Hall angelangt, benahmen sie sich sehr ungehörig, zumal wenn man den Ernst der Lage bedenkt. Kein öffentliches Ärgernis erregten nur diejenigen, die schon ganz erschlafft waren oder im Drogenrausch dahindämmerten. Die anderen belästigten die Hotel-Telefonistinnen, deren Geschrei aus den Zellen herübertönte, während ein Dickwanst im Leopardenfell mit erhobener Haschischfackel zwischen den Kleiderschragen der Garderobe wütete und alles dortige Personal anfiel. Mit Mühe bändigten ihn die Rezeptionsangestellten, unterstützt von den Pförtnern. Vom Treppenabsatz aus warf uns jemand gebündelte Farbfotos an den Kopf, die genau belegten, was zwei oder auch beträchtlich mehr Personen unter dem Einfluß der Brunst miteinander anfangen können. Als die ersten Panzer auf der Straße aufkreuzten und durch die Glasscheiben bestens sichtbar waren, entquoll den Fahrstühlen ein ganzes Heer verschreckter Streichholzschachtelsammler und Gegenbewegler. Nach allen Richtungen stiebend, zertrampelten diese Ankömmlinge die bewußten Vorspeisen und Pasteten; die Verleger hatten das Zeug nämlich mitgebracht und den Fußboden der Hall damit vollgestellt. Brüllend wie ein wildgewordener Büffel, drängte sich der bärtige Antipapist durchs Gewühl. Mit dem Kolben der Päpstlerin schlug er alle, die ihm in die Quere kamen. Wie ich selbst mit ansah, lief er vors Hotel, nahm Deckung hinter einer Ecke und eröffnete das Feuer auf vorüberhuschende Schattengestalten. Diesem echten Verfechter radikalst ausgeprägten Extremistentums war sichtlich im Grunde einerlei, auf wen er schoß. In der Hall tosten Angstgeschrei und Wollustgeschrei, und ein wahrer Hexenkessel entstand, als mit glasigem Rasseln die ersten riesigen Fensterscheiben zersprangen. Ich suchte meine Bekannten von der Presse. Als ich sah, daß sie auf die Straße hinausschlüpften, folgte ich nach, denn im Hilton wurde die Atmosphäre schon allzu erdrückend. Hinter dem Betonrand der Auffahrt, noch unter dem vorspringenden Hoteldach, knieten ein paar Bildreporter und filmten verbissen die Gegend, im übrigen ohne viel Sinn, denn vom Parkplatz des Hotels stoben Flammen und Rauchwolken auf; Autos mit ausländischem Kennzeichen waren wie üblich als erste in Brand gesteckt worden. Mauvin von AFP, der sich neben mir vorfand, lachte sich ins Fäustchen, weil er im Hertzschen Mietauto angereist war. Er reagierte mit Heiterkeitsausbrüchen auf den Anblick seines im Feuer brutzelnden Dodge; über die meisten amerikanischen Journalisten ließ sich derlei nicht behaupten. Mir fiel auf, wer den Auto-Brand zu löschen versuchte. Zumeist waren es ärmlich gekleidete alte Leutchen. In kleinen Eimern holten sie Wasser vom nahen Springbrunnen. Dies allein genügte, um mich stutzig zu machen. Undeutlich glitzerten Polizeihelme in der Ferne, an den Ausmündungen der Avenida del Salvation und der Avenida del Resurrection. Der Platz vor dem Hotel lag übrigens in diesem Augenblick verödet, ebenso wie die anschließenden Rasenflächen mit den dickstämmigen Palmen. Heiser feuerten die alten Leutchen einander zum Rettungswerk an, obwohl ihre matten Beine vor Altersschwäche zusammenknickten. Solche Hingabe kam mir schlechthin erstaunlich vor, bis ich mich mit eins auf die vormittäglichen Erlebnisse besann und meinen Verdacht sofort Mauvin anvertraute. Den Gedankenaustausch erschwerten das Geknatter der Schnellfeuerwaffen und der Baßton der Explosionen, der es immer wieder übertönte; eine Zeitlang las ich in dem klugen Gesicht des Franzosen vollkommene Verständnislosigkeit, doch plötzlich funkelten seine Augen auf. »Ah« – röhrte er, das Getöse überbrüllend. »Das Wasser, ja? Das Wasserleitungswasser? Großer Gott, erstmals in der Geschichte . . . *Kryptochemokratie!*« Sprach's und lief ins Hotel, wie von der Tarantel gestochen. Natürlich wollte er sich dort ans Telefon hängen; daß die Verbindung noch bestand, war ohnehin verwunderlich.

Als ich so auf der Rampe stand, gesellte sich Professor Trottelreiner zu mir, einer aus der Schweizer Futurologengruppe. Und nun geschah, was eigentlich längst fällig war: eine entwickelte Sperrkette von Polizisten mit Gasmasken, schwarzen Helmen, schwarzen Brustschilden und schußbereiter Waffe umstellte den ganzen Hilton-Komplex, um der Volksmenge zu trotzen, die just zwischen unserem Standort und den Bauten des Stadttheaters aus dem Park hervortauchte. Spezialeinheiten richteten mit großer Geläufigkeit die Minenwerfer, und ihre ersten Salven trafen die Menge. Die Explosionen waren merkwürdig schwach, entfesselten aber riesige weißliche Rauchwolken. Anfangs vermutete ich Tränengas, doch statt zu fliehen oder mit Wutgeheul zu antworten, strebte die Menge deutlich in diese Dunstschwaden hinein. Die Schreie verebbten rasch, dafür vernahm ich etwas wie Litaneien oder Singbetereien. Presseleute zappelten mit Kameras und Tonbandgeräten zwischen Sperrkette und Hoteleingang umher und zermarteten sich das Hirn, was da wohl im Gange sei. Ich aber ahnte bereits, daß die Polizei chemische Begütigungsmittel in Aerosol-Form anwandte. Doch aus der Avenida del Ich-weiß-nicht-mehr-was kam eine andere Kolonne, der diese Granaten nichts anhaben konnten. Zumindest schien es so; später hieß es, die Kolonne sei weiter vorgerückt, um sich mit der Polizei zu verbrüdern und nicht, um sie zu zerfleischen; doch wer hätte im allgemeinen Wirrwarr so feinen Unterschieden nachgehen können? Die Mörser sprachen in Salven, dann meldeten sich die Wasserwerfer mit ihrem eigentümlichen Rauschen und Zischen, schließlich setzten Schnellfeuerserien ein, und im Nu schwirrte die Luft vom krähenden Schall der Geschosse. Damit war nun nicht zu spaßen; zwischen Haynes von der »Washington Post« und Stantor warf ich mich hinter das Betonmäuerchen der Auffahrt wie hinter die Brustwehr eines Schützengrabens. In kurzen Worten klärte ich die beiden auf. Anfangs zürnten sie mir, weil ich eine so schlagzeilenträchtige Enthüllung einem Reporter von AFP als erstem verraten hatte. Im Renntempo robbten sie zum Hotel, kehrten aber bald mit enttäuschter Miene zurück: die Verbindung bestand nicht mehr. Stantor hatte jedoch den Offizier abgefangen, der die Hotelverteidigung leitete. Wie dieser verlauten ließ, sollten demnächst Flugzeuge aufkreuzen, bestückt mit *Bemben*, das heißt, mit ›Bomben menschlicher Brüderlichkeit‹ *(BMB)*. Alsbald hieß man uns den Platz verlassen, während die Polizisten samt und sonders Gasmasken mit Spezialfilter aufsetzten. Auch an uns wurden solche Masken verteilt.

Es traf sich gut, daß Professor Trottelreiners Spezialgebiet gerade die psychotrope Pharmakologie ist. Er warnte, ich solle keinesfalls die Gasmaske benützen, da sie bei stärkerer Aerosol-Konzentration keinen Schutz mehr biete. Es komme dann zum sogenannten ›Sprung durchs Filter‹, und in einem einzigen Augenblick inhaliere man eine größere Dosis als bei gewöhnlichem Einatmen der ungefilterten Außenluft. Auf meine Fragen antwortete der Professor, ein Sauerstoffgerät sei das einzige Rettungsmittel. Wir gingen also zur Hotelrezeption, trafen den letzten Angestellten noch auf seinem Posten, erhielten Auskunft und fanden daraufhin die Brandschutzräume. Wirklich fehlte es dort nicht an Drägerschen Sauerstoff-Kreislaufgeräten. Solcherart gesichert, kehrte ich mit dem Professor auf die Straße zurück, als eben der gellende Pfiff durchschnittener Luft das Nahen der ersten Flugzeuge anzeigte.

Bekanntlich ist das Hilton wenige Augenblicke nach dem Beginn des Luftangriffs irrtümlich *bembardiert* worden. Die Folgen erwiesen sich als entsetzlich. Zwar trafen diese *Bemben* nur jenen entlegenen Teil des niedrigeren Traktes, wo die Vereinigung der Verleger Befreiter Literatur in gemieteten Schauständen eine Ausstellung eingerichtet hatte, und vorerst kam kein Hotelgast zu Schaden. Doch scheußlich erwischte es dafür die Polizei, die uns bewachte. In ihren Reihen erlangten die Anfälle menschlicher Brüderlichkeit binnen einer Minute epidemisches Ausmaß. Vor meinen Augen rissen sich die Polizisten die Maske vom Gesicht, zerflossen in heiße Reuetränen, flehten die Demonstranten kniend um Vergebung an, drängten ihnen gewaltsam die tüchtigen Knüppel auf und bettelten um möglichst feste Hiebe. Und als die Aerosol-Verdichtung nach neuen *Bemben*-

Treffern weiter zunahm, stürzten alle Polizisten wild durcheinander, um alles zu liebkosen und anzuhimmeln, was ihnen unterkam. Der Ablauf der Ereignisse konnte erst etliche Wochen nach der ganzen Tragödie rekonstruiert werden, und auch dann nur teilweise. Um den drohenden Putsch im Keim zu ersticken, hatte die Regierung in der Früh an die 700 Kilogramm Doppelsüßsaures Gutetat und Schmusium mit Felixol in den Wasserturm werfen lassen. Die Zuleitung zu Polizei- und Armeekasernen war vorsorglich abgesperrt worden, doch aus Mangel an Sachverständigen mußte die Aktion wirkungslos verpuffen: das Phänomen des Aerosoldurchsprungs durchs Filter war nicht miteinberechnet worden, geschweige denn der höchst unterschiedliche Trinkwasserverbrauch der verschiedenen sozialen Gruppen.

Die Bekehrung der Polizei überraschte demnach die regierenden Kräfte grausamst, zumal da laut Auskunft Professor Trottelreiners die Wirkung der Benignatoren um so gewaltiger ist, in je schwächerem Grade der ihnen ausgesetzte Mensch bisher mit natürlichen angeborenen Regungen des Wohlwollens und der Güte ausgestattet war. Daraus erklärt sich auch eine weitere Tatsache: nachdem zwei Flugzeuge der nächsten Welle den Regierungssitz *bembardiert* hatten, begingen viele führende Polizei- und Armeefunktionäre Selbstmord; sie hielten die gräßlichen Gewissensbisse nicht aus, die sich auf die bisher betriebene Politik bezogen. Kurz vor seinem Freitod durch einen Revolverschuß ließ im übrigen General Diaz höchstselbst die Gefängnistore öffnen und alle politischen Häftlinge freigeben. Somit ist leicht zu verstehen, welch ausnehmend intensive Kampftätigkeit sich im Laufe der Nacht entfalten mußte. Die fern von der Stadt gelegenen Luftstützpunkte waren ja nicht mitbefallen, und die dortigen Offiziere hatten Befehle erhalten und befolgten sie bis zuletzt, während militärische und polizeiliche Kontrollorgane in luftdichten Bunkern bald merkten, was sich abspielte, und zu den äußersten Mitteln griffen, die ganz Nounas in die Raserei der Gefühlsverwirrung stürzten. Von alledem ahnten wir im Hilton natürlich nichts. Es war fast elf Uhr Nacht, als im Schlachtenpanorama des Platzes und der umliegenden Palmengärten die ersten Panzereinheiten der Armee aufzogen. Ihnen oblag es, die von der Polizei entwickelte menschliche Brüderlichkeit abzuwürgen; dies taten sie denn auch unter reichlichem Blutvergießen. Der arme Alphonse Mauvin stand dicht neben der Stelle, wo eine begütigende Granate platzte. Die Wucht der Explosion riß ihm die Finger der linken Hand und das linke Ohr ab, er aber beteuerte, die Hand sei ihm schon lang zu nichts nütze gewesen, und das Ohr sei überhaupt nicht der Rede wert; wenn ich nur wolle, werde er mir sogleich das zweite verehren. Und er zückte sogar sein Taschenmesser, aber ich entwand es ihm behutsam und führte ihn zum improvisierten Verbandplatz, wo sich die Sekretärinnen der Befreiten Verleger seiner annahmen, im übrigen aufgrund der chemischen Bekehrung allesamt heulend wie die Schloßhunde. Die Damen hatten sich angekleidet, aber das genügte ihnen nicht; sie hatten sich auch behelfsmäßig das Gesicht verschleiert, um niemanden zur Sünde zu verlocken. Manche waren so tief erschüttert, daß sie sich das Haar dicht über der Haut abschnitten. Bedauernswerte Geschöpfe! Bei meiner Rückkehr aus dem Verbandsaal hatte ich das fatale Pech, auf eine Gruppe von Verlegern zu stoßen. Ich erkannte sie nicht gleich. Sie waren in alte Jutesäcke eingehüllt, verwendeten Stricke als Gürtel und als Geißelwerkzeug, knieten unter Barmherzigkeitsgebrüll vor mir nieder und flehten mich an, sie alle zur Strafe für die sittliche Unterhöhlung der Gesellschaft ordentlich auszupeitschen. Wie groß war mein Erstaunen, als ich genauer hinsah! In diesen Geißelbrüdern erkannte ich sämtliche Mitarbeiter des »Playboy« einschließlich des Chefredakteurs. Gerade er ließ mich im übrigen nicht entschlüpfen, so sehr brannte ihn das Gewissen. Mich baten sie deshalb, weil sie begriffen, daß ihnen nur ich allein dank meinem Sauerstoffgerät ein Haar krümmen konnte. Um des lieben Friedens willen nahm ich es endlich auf mich, ihre Bitten zu erfüllen, wenn auch ungern. Mir erschlaffte der Arm, und es wurde stickig unter der Sauerstoffmaske; ich fürchtete, die Flasche zu verbrauchen und keine volle neue mehr zu finden; sie aber standen Schlange und konnten es kaum erwarten, an die Reihe zu kommen. Um mich von ihnen loszueisen, befahl ich ihnen zuletzt, all die riesigen Farbtafeln einzusammeln, die der Luftstoß des im Seitentrakt gelandeten *Bemben*-Treffers überall in der Hall verstreut hatte, so daß sie aussah wie Sodom und Gomorrha zusammengenommen. In meinem Auftrag errichteten die Redakteure aus diesem Papierwust einen riesigen Stapel vor dem Haustor und zündeten ihn an. Leider hielt die im Park stationierte Artillerie diesen Opferbrand für ein abgekartetes Zeichen und nahm uns unter konzentrierten Beschuß. Recht kläglich trollte ich mich, nur um im Tiefparterre Herrn Harvey Simworth in die Hände zu fallen, dem Schriftsteller, der die Idee gehabt hat, Kindermärchen zu pornographischen Texten aufzumöbeln. Er hat »Das lange Rotkäppchen« und auch »Die sieben miteinander schlafenden Brüder« verfaßt und dann mit umgekrempelter Weltklassik ein Vermögen gemacht. Dabei hat er sich

einer simplen Masche bedient: die Buchtitel sind den Originalwerken entlehnt, enthalten aber zusätzlich die Worte: »Das Sexualleben . . .« (z. B.: ». . . der Heinzelmännchen«, ». . . Hänsels mit Gretel«, ». . . Aladins mit der Lampe«, ». . . Gullivers«, ». . . der Alice im Wunderland«, usw. usw. bis ins Endlose). Vergeblich suchte ich ihn abzuwimmeln, da ich keinen Finger mehr rühren konnte. In Anbetracht dessen müsse ich ihn wenigstens mit Füßen treten, schrie er schluchzend. Was hätte ich tun sollen? Ich ließ mich nochmals erweichen. Nach all diesen Erlebnissen war ich körperlich so erschöpft, daß ich mit Müh und Not die Brandschutzräume erreichte. Zum Glück fand ich dort noch einige unangetastete Sauerstoffflaschen. Auf einem zusammengerollten Feuerwehrschlauch saß Professor Trottelreiner, vertieft in die Lektüre futurologischer Referate und hoch erfreut, weil er in seiner Laufbahn eines hauptberuflichen Kongreßbesuchers endlich ein wenig Zeit erübrigen konnte. Die *Bemben*-Angriffe waren einstweilen in vollem Gange. Zur Behandlung schwerer Fälle von Liebesschock (etwa beim Anfall allgemeinen Wohlwollens, der mit gräßlichen Zärtlichkeitszuckungen einhergeht) empfahl Professor Trottelreiner Breiumschläge und große Portionen Rizinusöl mit anschließender Magenspülung.
Im Pressezentrum saßen Stantor, Wooley vom »Herald«, Sharkey und ein damals für »Paris Match« tätiger Bildreporter namens Küntze. Sie hatten die Masken aufgesetzt und spielten Karten, denn ohne Fernverbindung blieb nichts Besseres zu tun. Als ich eben zu kiebitzen anfing, erschien eilends der Doyen des amerikanischen Journalismus, Joe Missinger. Er rief uns zu, an die Polizei seien Furiasol-Pastillen verteilt worden, die den Benignatoren entgegenwirken sollten. Das brauchte man uns nicht zweimal zu sagen; wir rannten in die Keller, doch bald erwies sich das Gerücht als falsch. Wir gingen also vors Hotel. Wehmütig stellte ich fest, daß ihm oben einige Dutzend Stockwerke fehlten. Eine Schuttlawine hatte mein Appartement samt all seinem Inhalt hinweggerafft. Drei Viertel des Himmels waren vom Feuerschein erfaßt. Ein breitschultriger Polizist mit Helm jagte einem Halbwüchsigen nach und schrie: »Halt! Herrgottnochmal, halt! Versteh doch, *ich liebe dich!*« Aber der Junge blieb taub für alles Zureden. Der Kampflärm war abgeflaut, und berufliche Wißbegier juckte die Journalisten. Wir bewegten uns also vorsichtig auf den Park zu. Unter starker Beteiligung der Geheimpolizei wurden dort Messen zelebriert: schwarze, weiße, rosarote und gemischte. In der Nähe stand eine ungeheure Menschenmenge, heulte wie eine Schar von Schloßhunden und hielt hoch über die

Köpfe eine Tafel mit der riesigen Aufschrift: *»Schmäht uns! Wir sind Lockspitzel!«* Nach der Unzahl dieser bekehrten Judasse zu schließen, müssen die Staatsausgaben für deren Planstellen beträchtlich gewesen sein und sich auf Costricanas wirtschaftliche Lage ungünstig ausgewirkt haben. Als wir zum Hilton zurückkehrten, erblickten wir davor einen anderen Massenauflauf; die Schäferhunde der Polizei hatten sich gleichsam in Bernhardiner verwandelt; sie holten aus dem Hotelbuffet die teuersten Alkoholika und labten damit jedermann ohne Unterschied. Im Buffet selbst aber sang eine buntgemischte Schar von Polizisten und Gegenbeweglern bald umstürzlerische Lieder und bald staatsträgerische. Ich schaute in den Keller, doch dort sah ich nichts als Bekehrungs-, Verzärtelungs-, Zerknirschungs- und Verzückungsszenen. Angewidert suchte ich die Brandschutzräume auf; ich wußte ja, daß dort Professor Trottelreiner saß. Zu meiner Verwunderung hatte sich auch er drei Bridgepartner gesucht. Dozent Quetzalcoatl spielte das Trumpf-As aus; dies erzürnte Trottelreiner so sehr, daß er die Tischrunde verließ. Mit den anderen suchte ich ihn zu beschwichtigen; da guckte Sharkey zur Tür herein, um uns mitzuteilen, daß er mit seinem Transistorradio eine Ansprache General Aquillos aufgeschnappt hatte. Dieser hatte konventionelle Bombenangriffe angekündigt, die den Aufruhr in der Stadt blutig ersticken sollten. Nach kurzer Beratung beschlossen wir, ins allerunterste Stockwerk des Hilton auszuweichen, noch unter die Luftschutzkeller, und zwar in die Kanalisationsanlagen. Da die Hotelküche in Trümmer gesunken war, gab es nichts zu essen; die ausgehungerten Gegenbewegler, Streichholzschachtelsammler und Verleger verschlangen potenzsteigernde Futtermittel, Schokoladepastillen und Gelees, die sie im verödeten *Centro Erotico* im Eckbau eines Hoteltraktes gefunden hatten. Ich sah die Gesichter alle Farben spielen, als sich die aufgeilenden Liebstöckel und Aphrodisiaca in den Adern mit den Benignatoren vermischten. Wohin führte wohl diese chemische Eskalation? Ein schauriger Gedanke! Ich sah Futurologen in Verbrüderung mit indianischen Schuhputzern, Geheimagenten in den Armen des Hotelpersonals, riesige fette Ratten in holder Eintracht mit Katzen; überdies beleckten die Polizeihunde jedermann ohne Unterschied. Wir rückten nur langsam voran, denn wir mußten uns mühselig durchs Gewühl zwängen. Die Wanderung strengte mich an, zumal da ich als Schlußmann des Zuges die Hälfte unserer Sauerstoffvorräte trug. Gestreichelt, auf Hände und Füße geküßt, angebetet, in Umarmungen und Liebkosungen erstickend, stapfte ich stur drauflos. Endlich vernahm ich einen Triumphschrei

Stantors. Er hatte den Einstieg in den Kanal gefunden. Mit letztem Aufgebot aller Kräfte hoben wir den schweren Deckel und kletterten nacheinander in den Betonschacht. Als Professor Trottelreiner auf einer Sprosse der eisernen Leiter ausglitt, stützte ich ihn und fragte, ob er sich den Kongreß so vorgestellt habe. Er aber antwortete nicht, sondern versuchte mir die Hand zu küssen, was sogleich meinen Argwohn wachrief. Es erwies sich denn auch, daß dem Professor die Maske verrutscht war, so daß er einen Hauch güteverpesteter Luft eingeatmet hatte. Sofort applizierten wir Foltern und reine Sauerstoffatmung sowie Hayakawas Referat, das wir laut vorlasen; dies war Howlers Idee. Der Professor kam wieder zu sich, bekundete dies durch eine Serie saftiger Flüche und marschierte mit uns weiter. Bald erblickten wir im matten Schein der Taschenlampe die öligen Flecken auf dem schwarzen Abwasserspiegel. Dieser Anblick war uns hochwillkommen, denn zehn Meter Erde trennten uns noch vom Boden der *umbembten* Stadt. Wie staunten wir, als sich herausstellte, daß schon vor uns jemand an diese Zuflucht gedacht hatte! Auf der Betonschwelle saß die vollzählige Hilton-Direktion. Die umsichtigen Manager hatten sich mit aufblasbaren Plastikfauteuils aus dem Hotelschwimmbad eingedeckt, ferner mit Radioempfängern, Schweppes, einer Batterie Whisky und einem ganzen kalten Buffet. Da auch diese Gruppe Sauerstoffgeräte benützte, fiel ihr nicht ein, mit uns teilen zu wollen. Doch wir nahmen drohende Haltung an, und da wir in der Überzahl waren, konnten wir die Gegner umstimmen. In nicht ganz freiwilliger Eintracht begannen wir die Hummer zu verschmausen. Mit dieser im Programm nicht vorgesehen Mahlzeit endete der erste Tag des Futurologischen Kongresses.

MATERIALIEN

Nachweis der Abbildungen

Der Verlag dankt den genannten Verlagen für die freundlich gewährte Abdruckgenehmigung, insbesondere aber Herrn Dr. Franz Rottensteiner, der die Vorlagen und bibliographischen Angaben zur Verfügung stellte.

Stanislaw
LEM
A PERFECT VACUUM
Perfect Reviews
of Nonexistent Books

STANISLAW LEM
EL CONGRESO
DE FUTUROLOGIA
DE LAS MEMORIAS
DEL ASTRONAUTA IJON TICH
BARRAL

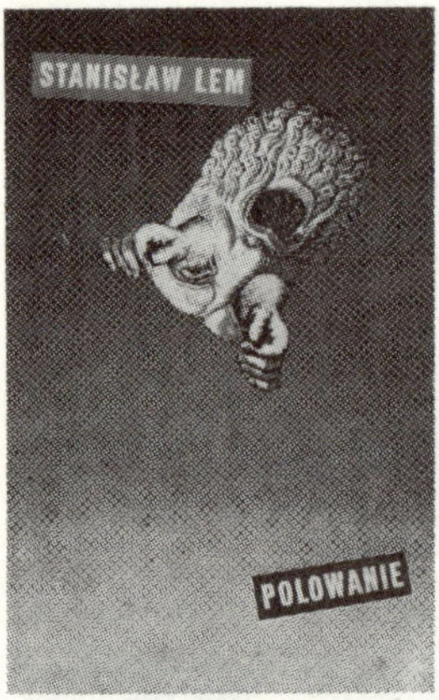
STANISŁAW LEM
POLOWANIE

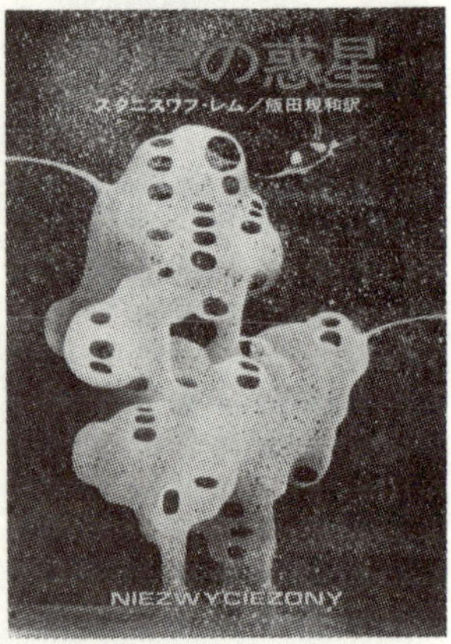
の惑星
スタニスワフ・レム／飯田規和訳
NIEZWYCIĘZONY

STANISLAW LEM
SOLARIS

STANISLAW LEM
O INCRÍVEL CONGRESSO
DE FUTUROLOGIA

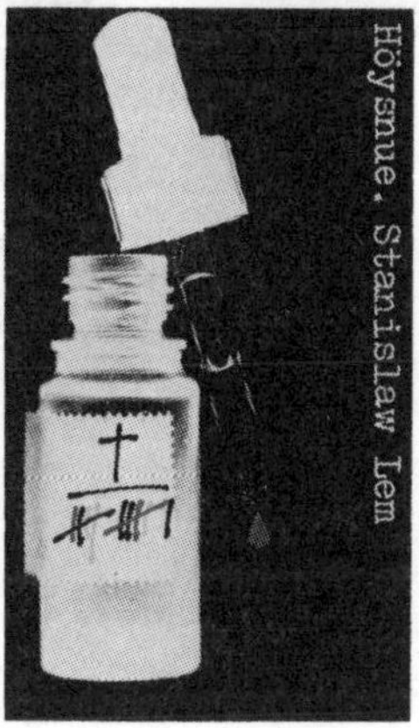

1. Umschlag zu den englischen und amerikanischen Ausgaben der *Vollkommenen Leere* (*A Perfect Vacuum;* Harcourt Brace Jovanovich. New York: 1979 und Martin Secker & Warburg. London: 1979)
2. Spanische Ausgabe des *Futurologischen Kongresses* (*El Congreso de Futurologia de las Memorias del Astronauta Ijon Tich;* Editorial Barral. Barcelona: 1975)
3. Umschlagzeichnungen von Daniel Mróz zur polnischen Erstausgabe von *Die Jagd* (Polowanie; Wydawnictwo Literckie. Kraków: 1965)
4. Umschlag der japanischen Taschenbuchausgabe des *Unbesiegbaren* (*Sabaku no Wakusei;* Hayakawa shobo. Tokyo: 1977)
5. Umschlag von Peter Haars für die norwegische Ausgabe von *Solaris* (*Solaris*; Gyldendal/Norsk Forlag. Oslo: 1974)
6. Brasilianische Ausgabe des *Futurologischen Kongresses* (*O Incrível Congresso de Futurologia;* Editora Nova Fronteira. Rio de Janeiro: 1977)
7. Umschlag von Carl Hoffmann zur DDR-Ausgabe der *Sterntagebücher*. (Volk & Welt. Berlin: 1973; 1976)
8. Umschlag der tschechischen Ausgabe von der *Untersuchung* (*Vysetrovani;* Vydal Melantrich. Prag: 1972)
9. Umschlag von Bruno Oldani zur norwegischen Ausgabe des *Schnupfens* (Höysnue; Pax Forlag. Oslo: 1978)
10. Umschlag der russischen Ausgabe von *Invasion vom Aldebaran (Vtorschenije s Aldebarana;* Inostrannoj Literatura, 1960)

11. Szymon Kobyliński zu *Robotermärchen*
Stanisław Lem, *Bajka Robotow*. Wydawnictwo Literackie. Kraków .

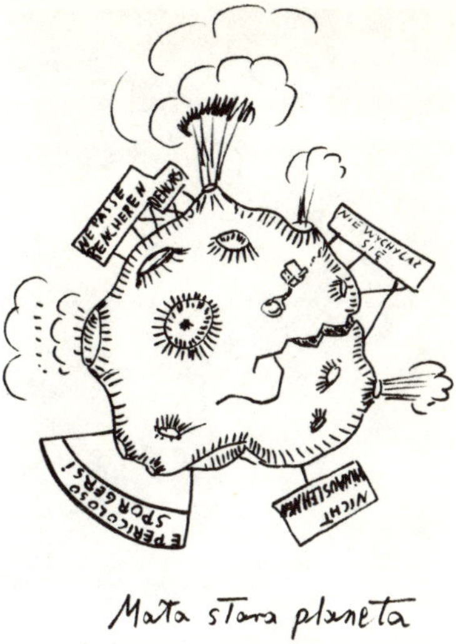

Kleiner alter Planet

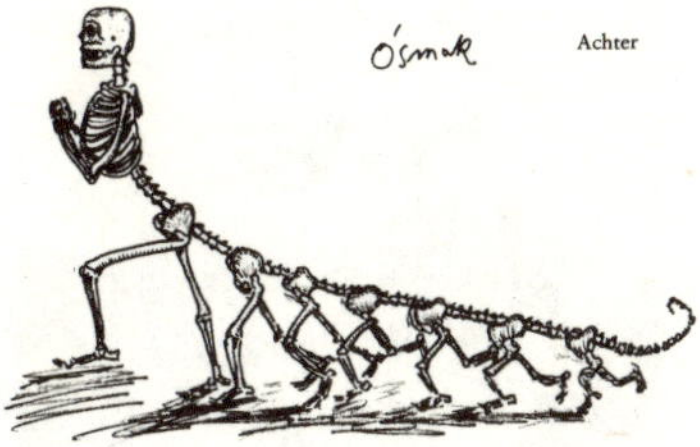

Achter

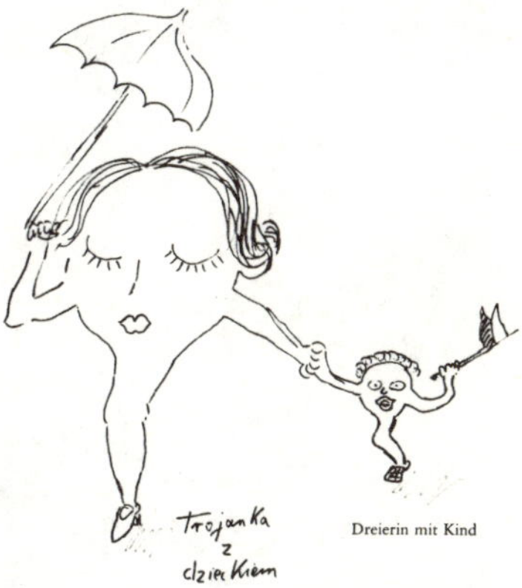

Dreierin mit Kind

Doppelhintriger Dychthonier
(Kontestator, 36. Jahrhundert)

12. Stanisław Lem zu *Sterntagebücher*
Stanisław Lem, *Sterntagebücher*. Insel Verlag. Frankfurt 1973

13. Daniel Mróz zu *Kyberiade*
Stanisław Lem, *The Cyberiad. Fables for the Cybernetic Age*. Seabury Press. New York: 1974

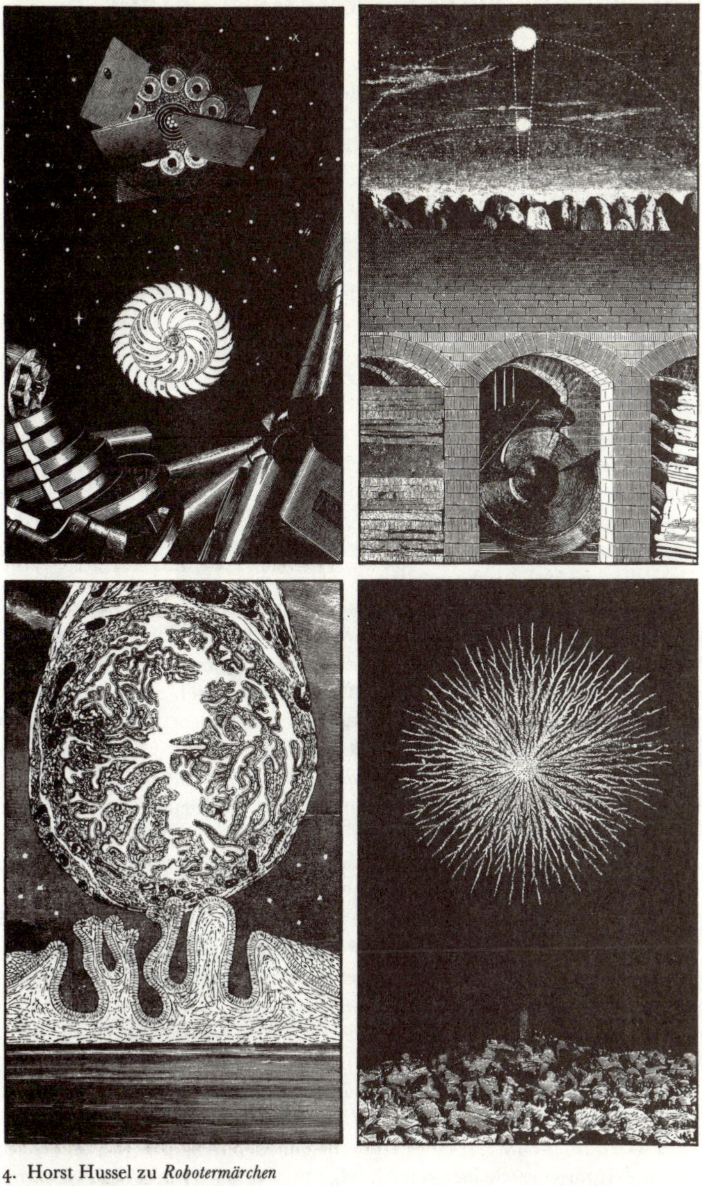

14. Horst Hussel zu *Robotermärchen*
Stanisław Lem, *Robotermärchen*. Eulenspiegel Verlag. Berlin (DDR): 1969

ANMERKUNGEN ZUR REZEPTION STANISŁAW LEMS

Stanisław Lem ist heute der bei weitem meistübersetzte Autor der polnischen Literatur der Gegenwart und, nach Sienkiewicz, der meistübersetzte polnische Autor überhaupt. Über die genaue Zahl seiner Übersetzungen in fremde Sprachen lassen sich, ebenso wie über die Auflagenziffern, nur Vermutungen anstellen, denn exakte Unterlagen stehen nicht zur Verfügung, zu manchen Ausgaben gibt es überhaupt keine Angaben. Lems Werke dürften derzeit in rund 220 Übersetzungen in an die 30 Sprachen vorliegen und eine Weltauflage von 9 Millionen erreicht haben, wovon allein 4-5 Millionen auf die Sowjetunion entfallen, je 1,6 Millionen auf die DDR und Polen, und mehr als eine Million Exemplare auf die Bundesrepublik Deutschland. Die übrigen Auflagen sind meist geringfügig, lediglich in den USA. kommen rund 500 000 Exemplare hinzu, eine Zahl, die sehr rasch anwachsen dürfte. Über die exakte Zahl der Auflagenhöhe und der Übersetzungen läßt sich schon deswegen nichts Genaues sagen, weil es auch Raubdrucke gegeben hat, u. a. von *Solaris* in Brasilien und Griechenland, anderen Büchern in Jugoslawien; und sogar in der Mongolei soll es laut polnischen Zeitschriften eine Lem-Ausgabe gegeben haben, von der der Autor selbst nichts weiß. Zu den rund 30 Sprachen, in denen man Lem lesen kann, dürften sich demnächst das Türkische und Hebräische gesellen.

Lems meistübersetztes und bekanntestes Buch ist natürlich *Solaris*, zu dessen Bekanntheitsgrad nicht zuletzt der sowjetische Film von Tarkowski, von dem der Autor nichts wissen will, beigetragen hat. Zu Beginn von Lems schriftstellerischer Laufbahn, Anfang der fünfziger Jahre, erschienen seine frühen utopischen Romane, *Der Planet des Todes* (in der Bundesrepublik jetzt wieder unter dem ursprünglichen Titel *Die Astronauten* bekannt), und *Gast im Weltraum* (eigentlich die *Magellan'sche Wolke, Obłok Magellana*) praktisch in allen kommunistischen Staaten Europas, zum Teil in ungeheuren Auflagen, und machen auch jetzt noch einen guten Teil von Lems Weltauflage aus; *Die Astronauten* erschienen damals aber auch in Frankreich, Finnland, Holland und Japan, als Lizenzausgabe etwas später auch bei Benziger in der Schweiz, damals ohne besondere Resonanz zu finden. Von *Gast im Weltraum*, einer interessanten Sozialutopie, die an Bord eines riesigen Weltraumschiffes angesiedelt ist, hat sich Lem später leider distanziert und gestattet seine Neuauflage nicht, obwohl dieses Buch eine wesentliche Stufe seiner schriftstellerischen Laufbahn ist, der sich niemand zu schämen braucht. In den sechziger Jahren kamen vereinzelte Ausgaben in Frankreich und Japan heraus, mit Ausnahme von *Solaris* ohne besonderen Erfolg, ab 1967 nach einer längeren Pause auch wieder in der DDR (*Der Unbesiegbare, Test, Eden* usw.).

Lems Welterfolg rührt aber erst seit Beginn der siebziger Jahre her, seit diesem Zeitpunkt erscheinen seine Bücher in stets wachsender Zahl regelmäßig in nahezu allen europäischen Ländern, aber auch in den USA, Brasilien und vor allem Japan, wo bis auf einige Ausnahmen alle seine Bücher entweder übersetzt vorliegen oder vorbereitet werden.

Zweifellos ist Lem dabei auch die damals einsetzende und seitdem überschwappende SF-Welle zugute gekommen, z. B. in Schweden, Finnland, den USA, Holland, Spanien, Brasilien, Japan und der BRD. In der BRD erschienen nach einigen aus der DDR übernommenen Lizenzen Lems erste westdeutsche Veröffentlichungen im Rahmen von SF-Reihen, nämlich der »sf und phantastica« des Marion von Schröder-Verlages und der »Science Fiction der Welt« im Insel Verlag. Diese Reihen wurden eingestellt, Lem jedoch blieb, weil seine Bedeutung weit über die doch ziemlich engen Grenzen der Science-fiction hinausgeht. Im deutschen Sprachraum bestand von Anfang an großes Interesse für Lems Werk, der Name zumindest war bekannt, wenn auch nur wenige seine Texte gelesen hatten. Die Kritik schenkte ihm weit mehr Aufmerksamkeit als allen anderen SF-Autoren, und auch das Publikum kaufte und kauft seine Bücher, ungeachtet des im Vergleich zu den wohlfeilen Taschenbuchausgaben, die sich als Publikationsform dieser Art von Literatur in der BRD ausgebildet haben, weitaus höheren Ladenpreises seiner Bücher. Doch ist auch Lem im Taschenbuch weitaus erfolgreicher als bei den gebundenen Büchern, was darauf hinzuweisen scheint, daß er seine Leser vor allem unter den Jüngeren, unter Schülern und Studenten, findet, und hier wieder in erster Linie bei den naturwissenschaftlich Gebildeten, aber beileibe nicht nur bei ihnen. Er hat »Erfolg«, wobei sich Erfolg hier gleichermaßen auf die Reaktion des breiten Publikums wie die kritische Rezeption bezieht; Lem ist einer jener seltenen Autoren, die anspruchsvoll und beliebt zugleich sind. Zu den bekannten Autoren und Kritikern, die sich in der BRD für Lem eingesetzt haben, zählen u. a. Siegfried Lenz, Günter Herburger, Mario Szenessy, Heinrich Vormweg und Dieter Hasselblatt. Die zum Teil ausgesprochen enthusiastischen Kritiken dieser Persönlichkeiten zeigen, daß Lem durchaus auch Literaturkenner zu begeistern vermag, nicht nur die habituellen SF-Leser, und es steht zu vermuten, daß sich seine Leserschaft zum Großteil aus Leuten zusammensetzt, die der landläufigen Science-fiction wenig abgewinnen können. Das dürfte auch umgekehrt gelten: die verschworenen Anhänger der Science-fiction stehen Lem oft unverständig, herablassend, ja verächtlich gegenüber und können nicht verstehen, warum gerade er solche Aufmerksamkeit findet. Das wird besonders deutlich am Stammland der Science-fiction, den Vereinigten Staaten, wo lediglich einige jüngere SF-Autoren sich positiv zu Lem geäußert haben, während die ältere Generation der SF-Autoren durch die Bank sich ablehnend verhält. Die Science-Fiction Writers of America, deren Ehrenmitglied Lem auf Betreiben eines polnisch-amerikanischen SF-Autors war, haben einen in der *Frankfurter Allgemeinen Zeitung* (»Science-fiction oder die verunglückte Phantasie«, 22. Februar 1975) veröffentlichten und auszugsweise in einem amerikanischen Pressespiegel übernommenen, für die Science-fiction wenig schmeichelhaften Essay zum willkommenen Anlaß genommen, ihm, unter dem Vorwand der Statutenwidrigkeit ihrer Verleihung, die Ehrenmitgliedschaft wieder abzuerkennen.

Die kompetente Literaturkritik indes hat in Amerika und England nicht weniger begeistert reagiert als in der Bundesrepublik: Anthony Burgess, John Updike, Theodore Solotaroff (die Titelseite der *New York Times Book Review* vom 29. August 1976) und Kurt Vonnegut Jr., John Leonard – Kritiker, die sich in der Regel mit der Science-fiction überhaupt nicht abgeben. Lems letztes amerikanisches Buch *A Perfect Vacuum* (deutsch *Die vollkommene Leere*) erhielt in beinahe allen wichtigen amerikanischen Presseerzeugnissen ausführliche Kritiken, darunter von der *New York Times* (zweimal), *Time* und *Newsweek*. Der *New Yorker*, vielleicht die intellektuell anspruchsvollste Publikumszeitschrift der Welt, in der kaum ein europäischer Autor Aufnahme findet, hat 3 der fiktiven Rezensionen aus *Die vollkommene Leere* vorabgedruckt und möchte weitere Texte von Lem haben. Kurioserweise findet man die Erzählungen vom keuschen Piloten Pirx auch zwischen den nackten Mädchenschenkeln eines *Penthouse* (die deutsche Ausgabe des *Playboy* hatte die Prosa Lems schon längst entdeckt).

Heute ist Lem in der BRD kritisch betrachtet und den Absatzziffern nach äußerst erfolgreich; in den USA übertrifft der kritische Erfolg zur Zeit noch den Publikumserfolg; in Japan wiederum verkauft sich Lem gut, ohne daß man beurteilen könnte, was dort die Kritik von ihm hält. Äußerst erfolgreich ist Lem auch in Schweden, in Relation zur Bevölkerungszahl vielleicht weitaus erfolgreicher als in den Vereinigten Staaten. In Schweden hat Lem einen einflußreichen Fürsprecher in Artur Lundquist, jenem Mitglied des Nobelpreiskomitees, das immer dafür sorgt, daß in der breiten Öffentlichkeit gänzlich unbekannte Lyriker aus Ländern wie Spanien oder Griechenland den Nobelpreis verliehen bekommen. Und der auch in der Bundesrepublik zunehmend anerkannte Lars Gustafsson (der allerdings bislang noch nichts über Lem publiziert hat, wie etwa auch Philip Roth in den USA, ein anderer Lem-Begeisterter) meint gar, daß Lem der erste SF-Autor sein wird, der den Nobelpreis erhält. – Gänzlich im Gegensatz dazu die Sowjetunion; die offizielle sowjetische Literaturkritik hat Lem zumeist ignoriert, dafür hat er unter der technischen Intelligenz und den Wissenschaftlern frühzeitig Anhänger gefunden, bis hinauf zu den russischen Kosmonauten und Mitgliedern der Akademie der Wissenschaften wie dem berühmten Atomphysiker Pjotr L. Kapiza. Dazu muß allerdings ergänzt werden, daß viele der neueren Texte Lems in der Sowjetunion nur in Bruchstücken vorliegen. Und in seinem Heimatland, in Polen? In Polen hat Lem Leser, aber keine Kritiker, die polnischen Literaturkritiker ziehen es überwiegend vor, seine Existenz zu ignorieren, und wer sich mit ihm beschäftigt, dem fehlen die Vergleichsmaßstäbe, die die Erkenntnis ermöglichen würden, was Lem über die gewöhnliche Science-fiction hinaushebt. Doch hat Lem offizielle Anerkennung in Form von Orden und staatlichen Kulturpreisen gefunden, von denen der wichtigste der Große Staatspreis für Literatur der Volksrepublik Polen 1976 ist. Davon abgesehen aber trifft auf Lem das Wort vom Propheten zu, der nichts gilt im eigenen Lande, und so paradox wie das Werk dieses großen Skeptikers aus einem kommunistischen Land ist auch seine Rezeption. Scheinbar unüberwindbare Schranken des Genres, der Herkunft, der Spra-

che überwindend, ist es heute zu einem Teil der Weltliteratur geworden, dem die *Prawda* ebenso ihre Hochachtung bezeigt wie *Der Spiegel*, die *Frankfurter Allgemeine Zeitung, Dagens Nyheter*, die *New York Times* oder das *Time magazine*.
Ein abschließendes Wort noch zur Verpflanzung Lems in die Medien: Von der intellektuellen Note abgesehen, hat Lems Prosa auch starke dramatische und visuelle Qualitäten, so daß es nicht verwundert, daß es auch viele Radio-, Fernseh- und Filmfassungen seiner Stoffe gibt. Der Autor ist jedoch mit der Umsetzung mit wenigen Ausnahmen höchst unzufrieden. Eine 1959 von der DEFA gemeinsam mit Film Polski unter dem Titel »Der schweigende Stern« (bzw. im Westen »Raumschiff Venus antwortet nicht«) seines Romans *Die Astronauten* hält der Autor für indiskutabel, und auch von der berühmten Verfilmung der *Solaris* durch Andrej Tarkowski (Mosfilm, 1972), die z. B. manche englische Cineasten für den bisher intelligentesten SF-Film halten, und die in Cannes mit zwei Preisen ausgezeichnet wurde, hält Lem nichts, ja, er hat sich diesen Film nie zur Gänze angesehen. Zum Teil mag diese Ablehnung darauf beruhen, daß ihn die Drehbuchschreiber Andrej Tarkowski und Friedrich Gorenstein entgegen früheren Zusicherungen beim Film nicht beizogen, in der Hauptsache aber deswegen, weil in Lems Buch das Erkenntnisproblem im Mittelpunkt steht, während Tarkowski wieder die russische »Seele« und die Sehnsucht nach der Erde ins Bild bringt. Sehr zufrieden ist Lem nur mit Andrzej Wajdas Fernsehfassung seines Skriptes »Die Schichttorte«, die in der BRD unter dem Titel »Organitäten« (1969) lief. Von diesem Skript bzw. der ihm zugrunde liegenden früheren Kurzgeschichte »Gibt es Sie, Mr. Johns?« (1957) gibt es auch unabhängige Produktionen einer deutschen Anstalt und der BBC. Zahlreiche Rundfunk- und Fernsehbearbeitungen Lemscher Stoffe gibt es auch in der Sowjetunion, in Ungarn (u. a. die Pirx-Geschichten), Polen, der DDR und der BRD (etwa »Testflug«, eine 1975 von Dr. Dieter Hasselblatt geschriebene Hörspielfassung der Pirx-Geschichte »Die Verhandlung«). Für Dieter Hasselblatt vom Bayerischen Rundfunk hat Lem auch zwei Originalhörspiele geschrieben, die in der BRD früher gesendet und veröffentlicht wurden als in Polen selbst: »Die Mondnacht« (nicht identisch mit einem früheren Stück, das dem polnischen Band *Noc księżycowa* (1963) den Namen gab, in dem es übrigens auch nicht enthalten ist) und »Professor Tarantogas Sprechstunde«, beide polnisch erst in *Powtórka* (1979). Einige der Tarantoga-Stücke in *Mondnacht* (1977) wurden im DDR-Fernsehen ausgestrahlt und dienten auch als Grundlage für den ZDF-Verschnitt »Die seltsamen Begegnungen des Professor Tarantoga« (1978), der eher zwiespältige Gefühle auslöst. Von einigen der Stücke soll es auch Theateraufführungen gegeben haben, in der UdSSR z. B.
Ein sehr interessanter Film ist der tschechische »Ikaria XB-1« (1963), der eine unberechtigte Verfilmung von *Gast im Weltraum* ist. Polnische Verfilmungen gibt es von *Die Untersuchung* (ein mit einfachsten Mitteln gedrehter Film von Marek Piestrak, den sogar Lem schätzt, der aber in Polen wegen seiner mystischen Züge nicht gern gelitten ist) und neuerdings von *Das*

Hospital der Verklärung. Ebenfalls von Marek Piȩstrak stammt eine polnisch-sowjetische Verfilmung von »Die Verhandlung«, die der Autor für etwas schwerfällig hält, die aber 1979 bei den Festspielen des phantastischen Films in Triest mit dem »Goldenen Asteroiden« für den besten SF-Film ausgezeichnet wurde. Als Kuriosum seien schließlich einige Schallplatten erwähnt; es gibt sie von den *Sterntagebüchern* (in der DDR) und den *Robotermärchen* (BRD). Und der polnische Komponist Krzysztof Meyer hat eine Oper »Cyberiada« geschrieben, für die er bei einem internationalen Wettbewerb in Monaco den 1. Preis erhielt.

Franz Rottensteiner

INTERVIEW MIT STANISŁAW LEM von Franz Rottensteiner

Frage: Was bei Ihren Büchern am ersten auffällt, noch bevor man sie liest, ist ihr unleugbarer Erfolg. Man hört immer wieder von Übersetzungen in an die dreißig Sprachen und Weltauflagen von 8 oder 9 Millionen. Nun gilt die Science-fiction, das Genre, in dem Sie großteils schreiben, häufig als Literatur des technischen Zeitalters, die vor allem in den wissenschaftlich und technisch höchstentwickelten Ländern sich größter Beliebtheit erfreut. Man sollte also annehmen, daß im wissenschaftlich führenden Land der Welt, den USA, auch die besten SF-Autoren beheimatet sind. Es mag auch sein, daß es dort eine breitere Spitze mit respektablen SF-Autoren gibt als anderswo, aber es drängt sich doch der Eindruck auf, daß die amerikanische SF bisher keine einzelne Schriftstellerpersönlichkeit hervorgebracht hat, die das Genre so dominieren würde, wie es ein Jules Verne oder H. G. Wells taten. Wie erklären Sie sich also Ihre Ausnahmestellung, nicht nur bei der Verbreitung, sondern auch in der kritischen Rezeption. Worin liegen da die tieferen Ursachen? Etwa in einem günstigeren europäischen intellektuellen Klima?
Lem: Eigentlich bin ich außerstande, diese Frage zu beantworten.
Einer meiner polnischen Kollegen, der mich – dessen bin ich fast sicher – *nicht* liest, hat etwa vor einem Jahr gesagt, mein Werk *kann* keine Spitzenleistung der SF sein, weil unser Land im Technologisch-Wissenschaftlichen eher als unterentwickelt gilt, *und* allein aus diesem Grunde kann kein Pole dazu prädestiniert sein, schriftstellerisch das zu leisten, was die intimste Kenntnis aller zivilisatorischen Errungenschaften voraussetzt – weil diese Kenntnis eine notwendige (wenn auch kaum hinreichende) Voraussetzung des extrapolativen Denkens ist. »Wer im Flachland geboren ist, dem ist – dem muß all das verborgen bleiben, was von den höchsten Bergspitzen aus sichtbar ist.« Oder, um es in nuce auszudrücken: »Was nicht sein darf, das kann nicht sein.« Als Rationalist, der der Wahrscheinlichkeitslehre huldigt, müßte ich eigentlich zugeben, daß ich nicht das zu leisten fähig war, was ich geleistet habe. Augenscheinlich aber ist das rein statistische Argument auf diesen Fall (eines, der, obwohl im Flachland geboren, weiter sieht als viele Bergbewohner) nicht anwendbar. Meines Erachtens ergibt der Vergleich meiner SF mit der amerikanischen vielleicht folgendes Resultat: Nicht mein Werk ist genial, unübertroffen und einmalig, sondern die SF ist ein Müllablageplatz, auf dem alles, was im menschlichen Denken kitschig, drittrangig, schundhaft ist, für das Perfekte, Visionäre und Tiefgründige ausgegeben wird. »Inter caecos monoculus rex.« In der wissenschaftlichen, philosophischen, gar auch in der politischen Dimension sind so gut wie alle SF-Autoren Ignoranten, die sich für Sachverständige ausgeben, oder die für solche von ihren Fans ausgegeben werden. Die von dem Engländer Snow diagnostizierte Zweiteilung der zeitgenössischen Kultur ist stichhaltig. Liest man z. B. die literarischen Beilagen in großen, bürgerlichen Zeitungen des Westens oder gar anspruchsvolle literarische Monatsschriften, so bekommt man den Eindruck, daß alle alten Probleme und Dilemmata des menschlichen Schicksals – die conditio hu-

maine – *heute genau so sind wie vor 30 oder vor 80 Jahren,* und daß es keinen Club of Rome, keine Futurologen, keine Kassandrarufer, kein allgemeines Bewußtsein von der bevorstehenden Weltkrise gibt. Die »Mainstream«-Literatur, die traditionell dem Schopenhauerschen Principium individuationis ergeben ist – die also alles, was erfahren, durchlebt und erkannt werden kann, ausschließlich am Los von Individuen oder kleinsten Menschengruppen auslegt – kann – solange dieser Zugriff beibehalten wird – das alles kaum erfassen, was das Eschatologische unserer Zeit ausmacht. Mit anderen Worten: Würde die »normale Literatur« auf breiter Front einsehen, *daß* ihre Tradition immer unbrauchbarer wird, wenn sie nicht zu einer totalen Abkapselung der belles lettres von dieser realen Welt kommen will, *daß* sie nicht nur oder nicht an erster Stelle die ihr eigentümliche ästhetische Ausrüstung drastisch ändern muß, so würde es den Fall Lem wahrscheinlich überhaupt nicht geben. Es würde ihn in dem Sinne nicht geben, daß mein ganzes Schaffen unbemerkbar bliebe, überschattet von diesem neuen, anderen Schaffen im mainstream. Und nur der Umstand, daß die Literatur blind – im angeführten Sinne – geblieben ist (daß sie das, was ich für ihre *Not* halte, als ihre *Tugend* betrachtet): nur diesem Umstand verdanke ich meine deutlich abgesonderte Position. Oder auch: Ich habe auf eigene Hand zu machen versucht, was eigentlich Hunderte von Schriftstellern machen sollten, und wenn daran etwas merkwürdig anmutet, so allein der Umstand, daß so gut wie keiner unter ihnen *versucht* hat, einen derartigen Bruch mit der Tradition zu verwirklichen. Den hat es mehrmals gegeben, aber allein auf dem Feld der *Ästhetik:* der *nouveau roman* z. B. ist hier kein schlechtes Beispiel. Das Ästhetisch-Neue wurde zum Leitstern dieser Mutation, und sie versuchte, neue weltanschauliche Einsichten durch neue Beschreibungsmodalitäten zu ersetzen. Das Stilistische wurde für das Erkenntnisbezogene ausgegeben mit dem Resultat, daß es heute so gut wie überhaupt keine Weiterentwicklung des nouveau roman gibt. Das war eine Sackgasse, wie sie immer entsteht, wenn das, was weder selbst Philosophie ist, noch eine Philosophie zu gebären vermag, für eine neue Erkenntnis ausgegeben wird. Ich habe diese Fragen in meiner *Philosophie des Zufalls* erörtert und ich kann bereits heute sagen, daß das stille Absterben, welches ich vielen neuen Literaturströmungen – im mainstream – vorausgesagt habe, – bereits Tatsache geworden ist. Immer aber habe ich in der festen Überzeugung gearbeitet, daß ein Mensch, und wäre er auch noch so vielseitig begabt, unmöglich das zu leisten vermag, was *vielleicht* Hunderte würden leisten können. Diesem Gefühl – der Ohnmacht des Einzelnen den neuen, zum großen Teil *noch nicht einmal klar artikulierten* Dilemmata der Zeit gegenüber – entsprangen meine »apostolischen« Versuche, weil ich versucht habe, auf dem Feld der SF-Kritik radikale Postulate einer Erneuerung zu verkünden, was, wie ich jetzt einsehe, grundfalsch war. Denn diejenigen, an die derartige Appelle gerichtet waren, interessieren sich für die SF-Theorie, ob postulierende oder »verreißende«, überhaupt nicht, und die, die das gelesen haben, die SF-Autoren also, fühlten sich an erster Stelle davon beleidigt, daß ich ihrem Tun und Wirken jeden positiven zivilisatorischen Wert abgesprochen habe. Sie wollen einfach nicht zur Kenntnis nehmen, daß ich keinen Nihilismus betreiben wollte – sondern das, was ich abgewertet habe, abgewertet werden mußte, damit die Mauern des SF-Ghettos durchbrochen werden können. Denn als ich gekommen bin, hat es die von Snow genannte Zweiteilung in der Kultur längst gegeben, und die Opposition »mainstream« – Science-fiction war bereits Tatsache geworden. Vielleicht hätten kollektive Versuche von Schriftstellern zur Schaffung einer neuen, »dritten Welt der Literatur« führen können – ich allein vermochte nicht mehr, als mein Werk nach Möglichkeit vom SF-Schutthaufen abzugrenzen, was auch nicht von einem Tag zum anderen geschehen ist, weil ich ja nicht als ein Besserwisser gekommen war, mit einer fertigen und klaren Diagnose der Dinge, sondern ich hatte viel zu lernen, an erster Stelle am Material meiner eigenen Bücher, die ich geschrieben habe, um im Rückblick allmählich zu begreifen, wie schlecht sie waren, und wie unselbständig mein zu ihnen geronnenes Denken war. Der Umstand, daß ich nicht im Westen geboren bin, hat bei dem allen eine zweitrangige Rolle gespielt. Wenn es für mich auch schwerer war als für jemanden aus dem Westen, an die richtige Information zu gelangen, so war mir das schließlich doch nicht unmöglich. In meinem Erfolg sehe ich eine allmähliche Bestätigung meiner oben vorgestellten Ausführungen: Ich wurde erhört, weil eine solche Stimme, und solche Inhalte, nötig waren. Was aber *cum grano salis* verstanden werden soll: ich weiß wohl, daß die Mehrheit meiner Leser davon angezogen wird, was meine »Lust am Fabulieren« ihnen bietet – sie haben vielleicht ein dumpfes Gefühl, daß meine Bücher »anders« sind als die gestanzte SF, wenngleich sie unfähig sind auszudrücken, wo es diese Differenz gibt und was ihr Inhalt ist. Wie können das die Leser begreifen, wenn ein überwältigender Teil der professionellen Kritik unfähig ist, eine solche Abgrenzung durchzuführen?

Frage: Ihre Abneigung gegen die Masse der Science-fiction ist bekannt, Ihre Vorwürfe gegen die SF gehen bisweilen ins Skatologische; Sie sind der paradoxe Fall eines Schriftstellers, der das ureigentliche Gebiet seines Schaffens verachtet. Es gibt auch andere Paradoxe Ihrer Schriftstellerexistenz, z. B. sind Sie ein Atheist, der sich an theologischen Spitzfindigkeiten delektiert und ebensoviel theologische wie kosmologische Systeme ersinnt. Sie sind aber auch ein Wissenschaftsbegeisterter, der selbst die Wissenschaft nicht mit seinem Spott verschont. Spiel und Ernst sind in Ihrem Werk untrennbar verbunden, was Sie im Ernst vorschlagen, wird anderswo parodiert. Entspringt das reiner Freude am Spiel, einer unbändigen Lust an Kritik, oder kann man es als bewußte Strategie bezeichnen, mit der Sie die Vielfalt und den Bedeutungsgehalt Ihrer Erzählungen potenzieren?

Lem: Meiner Antwort auf diese Frage muß der folgende Vorbehalt vorausgehen. Alle Erkenntnis, wie die, die oben zum Ausdruck gekommen ist, war und ist bei mir immer *sekundär*. Ich hatte weder als Anfänger noch als »halberfolgreicher« Schriftsteller, also etwa um die 60er Jahre, die Selbsterkenntnis, daß ich irgend etwas zu »erneuern« hätte; ebensowenig war meine Position die eines Mannes, der vor einem Scheideweg steht und *weiß, daß er den*

Weg zu wählen hat. In diesem – und nur in diesem – Sinne habe ich mehrmals gesagt, daß ich »wie ein Vogel im Walde« singe: denn, so wie der Vogel ja keine Theorie der Komposition, des Kontrapunkts usf. gelernt hat, sondern so singt, wie ihm dies durch seine Natur gegeben ist, so habe ich geschrieben: »ich konnte nicht anders«. Also von der Freiheit der Wahl kann keine Rede sein. Ausschließlich im *trial and error*-Verfahren, in langjährigen Versuchen, die meistens mißlungen sind, habe ich Tausende von Seiten beschrieben, von denen mir vielleicht 10% als tauglich erscheinen. Um hier auf eine »Subfrage« einzugehen: Was macht es schon aus, daß ich Atheist bin – wenn ich mir doch bewußt bin, daß der Glaube für den Menschen notwendig ist – *irgendein* Glaube, der keinen empirischen Charakter innehat –, und ich interessiere mich ja für die Gattung Mensch weit mehr als für das Exemplar Lem. Was nun die Wissenschaft betrifft und mein Verhältnis ihr gegenüber, so verdanke ich meiner Lektüre eine gewisse Kenntnis der »Innereien« der Empirie, die mir darauf die Augen geöffnet hat, was sich hinter dem Glanz und der Macht der Wissenschaft an Zerbrechlichkeit, Unwissen und Ignoranz verbirgt. Die Resultierende – da ist auch der Mensch auf dem Mond inbegriffen – erscheint mächtig, aber als ich zur Erkenntnis gekommen bin, wie ähnlich beide Methoden sind – der künstlerischen wie der wissenschaftlichen Schöpfung –, da mußte ich gleichzeitig erkennen, wie selten hier wie dort Spitzenleistungen sind, und wie viele menschliche Leben zusammenaddiert werden müssen, damit etwas von Bestand erreicht wird. Das Wissen ist schließlich das Destillat, das Extrakt, das in den Handbüchern gespeichert und von Kathedern herab gelehrt wird – dahinter aber verbergen sich Unsicherheit und Zweifel und Ehrgeiz – alles, was des öfteren die Endresultate ruiniert. Warum aber sollte im wissenschaftlichen Zeitalter das alles verborgen und unberührt bleiben, was sich hinter der Szene abspielt? Im übrigen kennen die Gelehrten – die besten – die auf sie lauernden Gefahren durchaus gut, nur sprechen sie darüber selten in der Öffentlichkeit, und u. a. deswegen ist dieses Wissen um die Schwächen der Wissenschaft tabula rasa der Literatur geblieben, mit sehr seltenen Ausnahmen. Zugleich weiß ich aber, daß wir – so gebrechlich auch die Wissenschaft ist und wie leicht sie in die Verfolgung von Marotten ausarten kann – nichts Besseres haben, *daß wir ausschließlich auf sie angewiesen sind.*

Frage: Eines der Zentralthemen Ihres Werkes ist die Gebundenheit der menschlichen Erkenntnis an die Gattungsnatur des Menschen und die Begegnung mit dem völlig »Anderen«. Wenn es aber dieses radikal andere, dem menschlichen Geist völlig Unfaßbare, tatsächlich geben sollte, wie läßt sich das schriftstellerisch bewältigen? Das Unvorstellbare müßte, wenn es tatsächlich unvorstellbar ist, unausdrückbar sein, oder es hört auf, unvorstellbar zu sein. Der Schriftsteller kann sich bestenfalls phänomenalistisch diesem Anderen nähern, es aber nie erreichen. Ein schriftstellerisches Werk, das sich solch ein widersprüchliches, a priori unerreichbares Ziel stellt, ist notwendigerweise zum Scheitern verurteilt. Geht es Ihnen also, wenn man so sagen darf, nur um die Art des Scheiterns, um ein möglichst glanzvolles Scheitern im eigenen Werk?

Lem: Eigentlich kann man diese Frage in die Sprache der klassischen Philosophie übersetzen: dann handelt es sich um »das Ding an sich«. Die Welt der Phänomene, die ist uns zugänglich, aber diese rein äußerliche Zugänglichkeit genügt dem Menschen nicht – niemals wollte er sich mit der Oberfläche der Erscheinung abfinden. Und wenn er das gewollt hätte, so gäbe es weder Theologie noch Philosophie. Somit wird anhand von beobachtbaren Phänomenen spekuliert und gedeutet, was »dahinter steckt«: Gott, das Absolute, der Wille usw. In *Solaris* gibt es auch die Oberfläche – den Ozean, der ja in allen seinen Hervorbringungen beobachtet und beschrieben wird –, damit beschäftigt sich ja die Solaristik, und darüber hinaus gibt es die immer scheiternden Versuche einer Deutung, was »dahinter steckt«. Dieses Problem wird dort nur dadurch zugespitzt und bekommt eine besondere, brennende Qualität, weil die Phänomene von einer Art sind, daß sie den Menschen geradezu zum Verdacht *zwingen*, dahinter stecke eine Intention und nicht nur eine unpersönliche Kraft wie etwa die Gravitation zum Beispiel. Aber ich muß hier nochmals mit allem Nachdruck sagen, daß diese Vermummung nicht bewußt, nicht gewollt war – der Autor des Romans *Solaris* wußte, solange er an dem Buch arbeitete, nicht, daß es ein abgründiges, »ewiges« Rätsel der Philosophie in einer besonderen Verkleidung anschaulich machen würde (denn schließlich ging es um das Anschaulichmachen einer hochabstrakten Frage). Das Scheitern der »Solaristik«, mit dem das Buch endet, war auch nicht gewollt, nicht geplant, sondern es ergab sich als logische Notwendigkeit: denn ich vermochte ebensowenig überprüfbare Hypothesen darüber aufzustellen, *was* sich der Ozean denkt, wie ein Schopenhauer imstande war, das »wahre und endgültige Antlitz« seines Weltwillens zu beschreiben. (Man könnte hier vielleicht einwerfen: Es ging ja um eine *Phantasie*, und in ihr ist »alles gestattet«. Aber ich denke ja nicht so; mir ist das Anschauliche, was ich beschreibe, nur eine Art von Figuren, die einen realen *Wahrheitsgehalt* signalisieren; wenn es hinter ihnen nichts Derartiges gibt, artet das Ganze in ein leeres Spiel aus, dem ich keinen Wert beimesse.)

Frage: Aber letztlich bleibt nur das Unerkennbare. Ist der letzte Daseinsgrund Ihres Werkes dann nicht doch die Ästhetik, nicht die Erkenntnis, und bleibt dem Schriftsteller angesichts des unbegreiflichen »Anderen« nichts als ein mystisches Schweigen?

Lem: Mir ist das Ästhetische immer nur ein Mittel zum Zweck; das Problem lautet also, »wie die richtige, die *optimale* Ästhetik ausfindig zu machen ist, die von dem gegebenen Bild, Thema, Problem gefordert wird«. Also Stilmittel, Konstruktion usw. Die Kritik hat darauf hingewiesen, daß, wenn schon in meinen Texten die Diagnose der »Kommunikationsbarriere« gestellt wird, es manchmal zu einem rein ästhetischen Erlebnis kommt, das den Helden »weniger unglücklich« macht, so bei Rohan im *Unbesiegbaren* oder Kelvin in *Solaris* (jeweils am Ende des Romans). Darüber kann ich nichts sagen, weil das niemals bewußt gemacht worden ist.

Frage: Was ist Ihrer Ansicht nach die Essenz der SF bzw. was sollte eine SF sein, die idealerweise Ihren Ansprüchen genügt, wobei diese so gesehene SF durchaus inexistent sein mag? Sie haben einmal gefordert, die SF sollte die »Vorhut der Erkenntnis« sein. Könnten Sie das näher erläutern?

Lem: Nicht immer muß ein Buch klüger sein als der Leser, aber im Falle SF ist mir das eine conditio sine qua non. Denn wenn Naivitäten für das Echte ausgegeben werden, wenn z. B. (wie in vielen SF-Texten) das von den Astronauten Heißbegehrte eine Pflanze auf einem fremden Planeten ist, die die Unsterblichkeit oder ein unendlich langes Leben verleiht, kann ich das nicht ernst nehmen. In diesem Augenblick wird die Story zu einem Märchen, was an sich nichts Schlechtes wäre, doch dann müßte auch die ganze Erzählstruktur die eines Märchens werden – man kann ja nicht Kraut mit Rüben für Zement ausgeben *und* nachher ruhig erzählen, was es für Fabriken für diese Substanz gibt und welche sozio-ökonomischen Probleme diese Produktion auslöst. Man kann sowas nur in einer Groteske oder in einem Märchen machen. Doch dann darf man nicht allen Ernstes so weitererzählen, als ob es sich um einen realistischen Text handelte. Und wenn die Absicht des Autors weiter *ernst* bleibt und er will, daß ich das ernst nehme, was ich unmöglich ernst nehmen kann, dann hört jeder Spaß bei der Lektüre auf, weil ich einsehe, daß er bei mir nicht den guten Willen einer »Annahme« voraussetzt, wie ein Märchenerzähler, sondern daß er mir einfach zumutet, ich sei ignorant und dumm genug, um an seine Pflanzen zu glauben, die mit ewigem Leben beschenken. SF muß originell sein; und das bedeutet für mich, daß sie Probleme aufzustellen hat, die einen »wahrscheinlichen Wahrheitsgehalt« haben. Sie dürfen weder kindisch naiv sein, noch eine solche Simplifizierung der realen Probleme darstellen, daß diese als total verfälscht erkannt werden müssen. Ich denke jetzt an Zusammenfassungen – an Kritiken vielleicht – von Büchern, die es nicht gibt, die aber geschrieben werden sollten. Ihre Problematik darf aber nicht unsinnig sein. Wird sie sinnvoll, so können diese Texte zur »Vorhut der Erkenntnis« werden. Als Vorausahnung von Problemen vielleicht, die es unbemerkbar im Keim schon gibt. Etwa die Probleme, die entstehen können, wenn es der Menschheit »zu gut« geht; »alles« wird computerisiert, es kommt zum sekundären Analphabetismus, man braucht *nichts* zu lernen, weil man nicht zu denken braucht – man wird halt zu 100% »bedient« – und es kommt zur »totalen Entmenschlichung« – *alles* wurde externalisiert, auch die Moral, auch die Ethik – nichts Böses kann man dem Andern antun, weil entsprechende »Filter für Übeltaten« überall eingebaut sind. (Zum Teil gibt es bei mir die Beschreibung einer solchen Welt in der »Edukacja Cyfrania«.) Was einleuchten soll: daß, wenn wir heute durch Krisen des Mangels (an Rohstoffen usf.) abgebremst werden sollten, das nicht der einzige Faktor ist, der uns ins Unglück stürzen kann, denn würde sich der derzeitige Trend langfristig weiterentwickeln können, käme es in einem Jahrhundert zu einer »luxuriösen Steinzeit«. Die Probleme, die die Vision einer »Technoethik« mit sich bringt, sind skurril, aber sie haben doch einen anthropologischen Wert, der keine reine Fiktion ist. So was kann natürlich auf die unterschiedlichste Art erzählt werden. Was mich an der SF abstößt, ist ihre intellektuelle Leere.

Frage: Wie steht es, um diese Gewissensfrage zu stellen, mit der sozialen Erkenntnis oder auch der sozialen Verantwortung des Schriftstellers? Sie sind der Ansicht, daß die Literatur die Welt nicht verändern kann. Das scheint mir zugleich eine klare Absage an alle Formen von Utopie und Antiutopie zu sein. Wunschbild und Schreckbild sind aber die Pole, zwischen denen die SF fasziniert hin- und herpendelt. Viel tiefverwurzelte Ängste und Hoffnungen stecken darin, und wie könnte es anders sein? Ist das Streben nach Verbesserung der Welt, und sei es nur auf dem Papier, nicht ein legitimes, ja ein ausgesprochen nobles Unterfangen, und ebenso die Warnung vor negativen Entwicklungen?
Lem: Die Literatur kann das Soziale kaum verändern, aber das Soziale (resp. das Politische) kann ohne jede Anstrengung die Literatur abtöten. Das Pendeln zwischen den Polen Utopie-Antiutopie will ich nicht mitmachen, weil es einer Geschichtsfälschung gleichkommt. Was kann es schon Schlimmeres geben als ein Massenvernichtungslager? In diesem Sinne hat es bereits (und nicht einmal in der Geschichte) »Antiutopie« gegeben. Aber eine derartige faszinierende Problematik fasziniert mich nicht: das ist zwar sehr schrecklich, zugleich aber auch sehr banal, wie etwa die Erkenntnis, daß, wenn jemandem ein Nagel in den Kopf eingeschlagen wird, derjenige unter Qualen stirbt. Probleme gibt es erst, wenn Wege, die laut allgemeiner Überzeugung zur Utopie (oder zum welfare state) führen sollen, zur Katastrophe führen. Im Marxschen Sinne sind die sozialen Probleme unlösbar – was aber nur bedeutet, daß man kein soziales System errichten kann, das ohne jeden Zwang glücklich machen könnte. Vielleicht gäbe es heute, wäre Marx bescheidener in seiner prophetischen Lehre gewesen und hätte er kein Paradies auf Erden versprochen, weniger Unglück auf der Welt. Die Gesellschaft, betrachtet als eine zu lösende *Aufgabe,* hat keine optimale Lösung. Wenn man dieser Meinung ist – und ich bin dieser Meinung –, bekommt man keine Lust, Bilder von perfekten Gesellschaften zu entwerfen, weil das gleichbedeutend wäre mit dem Belügen der Leserschaft. Heute kann die Utopie nur noch die Rolle eines Narkotikums spielen, das es einem Todkranken ermöglicht, milde der Agonie zuzustreben. Die Geschichte des Menschen kennt eigentlich nur zwei Haupttypen von gesellschaftlichen Systemen: eines stabilen Systems, das Jahrtausende hindurch sich reproduziert (und diese Gesellschaften haben tatsächliche Tausende Jahre lang existiert – als »primitive Kulturen« der Eingeborenen oder als Hochkulturen, die wie die der Inkas oder Mayas keine Technologien in Gang gesetzt hatten, die das sie gebärende System zum exponentiellen Wachstum nötigen und die so zum Erfolg führen, der in die Katastrophe mündet) und unseren Typ, wobei wir das Unglück hatten, zu einem Zeitpunkt auf der Welt zu erscheinen, als sich die Wachstumskurven bereits ihrem Sättigungspunkt zu nähern anfingen. Dabei ist es unwichtig, ob es sich um ein kapitalistisches oder ein sozialistisches System handelt, weil die das Wachstum aufzwingende Tendenz beiden von ihnen in derselben Weise eigentümlich ist. Der Unterschied besteht darin, daß man im Kapitalismus, wenn er liberal-demokratisch ist, in der Öffentlichkeit Verzweiflungsrufe ausstoßen kann, und im staatlichen Sozia-

lismus kann man so etwas nicht direkt tun – dieser Unterschied ist auch ziemlich belanglos, weil den erlaubten Warnungsschreien im Kapitalismus sowieso keine strategischen Kursveränderungen folgen. Dieser Unterschied kann wohl einigen subjektiven Komfort verschaffen – es ist ja angenehmer, schreien zu dürfen, wenn einem Schmerz zugefügt wird, als dabei erklären zu müssen, daß man nur Wohlbehagen verspürt. Am Endzustand ändert dieser Unterschied aber gar nichts.

Somit gibt es keine Möglichkeit einer Utopie, und dieser Pol des »Pendelns« muß abgeschafft werden. Bleibt noch das Problem der Antiutopie. Diese ist aber längst der totalen Inflation erlegen. Ich will nicht sagen, daß es für die Menschheit keine Rettung gibt – im Prinzip kann es die schon geben, doch ist sie aus unserer heutigen Sicht unerreichbar, weil sie Umwälzungen im Weltausmaß voraussetzt, die unrealisierbar sind, die nach dem consensus omnium (d. h. dem Konsens aller relevanten Entscheidungsträger, etwa den machthabenden Politikern entsprechend) ein *pium desiderium* darstellen, das kein politisch akzeptables Programm formulieren könnte. Antiutopische Visionen als Warnungen vermehren, die dem Leser bewußt machen, daß seine Nachkommenschaft – wenn nicht gleich er selbst – sich einer Zukunft nähert, die den Gegensatz aller melioristischen Hoffnungen bildet – darauf will ich lieber verzichten. Was bereits deutlich genug gesagt wurde, darf und soll nicht *ad nauseam* wiederholt werden. Der rein ästhetische Zweck rechtfertigt so etwas nicht – da bekommt man einfach Gewissensbisse –, denn da sieht man ein, daß man sich wie einer verhält, der einem Schwerkranken die Einzelheiten der ihm bevorstehenden Todespein auf das Genaueste zu beschreiben versucht, mit genußvoller Ausmalung aller Einzelheiten, und es steht ihm nicht einmal zu, sich einen weniger qualvollen Tod zu wählen. Ich habe ja nicht (auf diesem Themengebiet) geschwiegen – ich habe aber gesagt, was *einmal* gesagt werden konnte, und damit basta. Ich habe diese oder jene pessimistische Zukunftsperspektive vielleicht früher geahnt als diejenigen, die die pessimistische Futurologie *viribus unitis* erschaffen haben –, aber schwerlich könnte ich sagen, daß mir dieses Vorläufertum eine Quelle mich mit Stolz erfüllender Befriedigung ist. Ich würde ja lieber im Unrecht bleiben, weil ich nicht die Auffassung vertrete, *pereat mundus, fiat opus magnum.* Diese Erkenntnis ist es, die jetzt auf mich lähmend wirkt.

Frage: Soweit die ideale SF? Und wie sieht es wirklich in der SF aus?

Lem: Ich lese die SF nicht mehr.

Frage: Neben der Science-fiction gehört auch die Futurologie zu Ihren Haß-Lieben. Beide machen, jede auf ihre Weise, hypothetische Aussagen über die Zukunft. Popper hat einmal von der prinzipiellen Unvorhersagbarkeit der Zukunft gesprochen, d. h. die wirklich entscheidenden, da wirklich radikal neuen Erkenntnisse sind unvorhersehbar, denn sie vorherzusehen würde auch schon bedeuten, sie zu machen. Hat diese Feststellung nicht die prinzipielle Zweitrangigkeit der Futurologie zu bedeuten? Wenn sich das Wesentliche nicht vorhersagen läßt, was verbleibt der Futurologie dann noch, und wie ist Futurologie als Wissenschaft dann noch möglich?

Lem: Man kann zwar tatsächlich die zukünftigen Entdeckungen, Technologien, sozialen Umwälzungen nicht in ihren Einzelheiten voraussehen, man kann aber – nein, man muß es bereits – zur Kenntnis nehmen, wie sich unsere Welt inmitten von Krisen verhält; es wird vom Solidarismus gesprochen, und es wird staatlicher Egoismus praktiziert. Nein, noch schlimmer: dem US-Präsidenten ist es wichtiger, die Chance seiner Wiederwahl zu retten, als die heikelsten Stellen im Bereich der energetischen Mängel frontal anzugreifen, weil ein solches Vorgehen seinen »politischen Tod« bewirken könnte. Na und? Wie kann man den eigenen »politischen Tod« mit dem Heil seines Landes gleichstellen? Augenscheinlich kann man es. Braucht man dann überhaupt noch irgendwelche hochwissenschaftlich spekulierenden Zukunftsforscher, um zu begreifen, daß die Erde begrenzt ist, und daß ihre Rohstoffreserven begrenzt und nicht reproduzierbar sind? Und was machen die großen hochentwickelten Staaten angesichts dieser Erkenntnis? Sie forcieren weiterhin das Wachstum. Sie haben in der OPEC einen neuen Feind des Fortschritts entdeckt; als ob die Lage anders wäre, wenn sich alle Erdölreserven nur im amerikanischen Boden oder in Indien befänden. Mich gelüstet wenig nach der Schilderung von »parallelen« Welten, in denen diese Rohstoffe anders verteilt sind als in der Erdkruste, weshalb es dort zu einem Ringen anderer Art kommen müßte, als dies der Fall ist. Na und? Welten zu entwerfen, die keine Probleme des Mangels verspüren, weil sie z. B. rechtzeitig neue Energiequellen zu erschließen wußten? Wozu das? Oder gar »Märchen ganz anderer Art« zu erzählen. Bekanntlich hat auf dem Deck der Titanic das Orchester gespielt, als das Schiff bereits unterging; eine noble Tat, durch die den Passagieren etwas Mut eingeflößt wurde. Soll ich mitspielen – auf dem Deck des »Raumschiffs Erde«? Da will ich doch lieber etwas anderes tun.

Frage: Als Unterhaltungsliteratur, die durchaus nicht erzdumm sein muß, aber eben nicht problembeladen, räumen Sie der Science-fiction keine Existenzberechtigung ein?

Lem: Ich bin kein Gesetzgeber und will auch keiner werden; die Leute sollen ruhig lesen, was sie eben mögen. Die Leute machen ja Tausende von Dingen, die mich nichts angehen – da mische ich mich einfach nicht ein. SF ist zum billigen Drogenersatz geworden, sie spendet einen kleinen, armseligen Rausch. Immerhin besser, diesem Rausch nachzulaufen, als Süchtiger zu werden; denn dummes Geschreibsel verblödet nur und läßt den Leib gesund.

Frage: Es ist bekannt, daß Sie von der Verfilmung Ihres Romans *Solaris* durch den sowjetischen Regisseur Tarkowskij tief enttäuscht sind, weil sich der Film auf Dinge konzentriert, die im Buch nur eine Nebenrolle spielen. Ist es denkbar, daß Sie dem eigentlich Filmischen bei Tarkowskij keine Gerechtigkeit widerfahren lassen? Es gibt ja z. B. englische Cineasten, die *Solaris* für einen höchst intelligenten Film halten, für weitaus besser als Kubricks *2001: Odyssee im Weltraum* (worauf er nach Ansicht mancher Kritiker übrigens eine russische Antwort sein soll). Erfordert das Medium Film nicht notwendigerweise andere Ausdrucksmittel, und inwieweit sind die ziemlich abstrakten

Überlegungen, von denen Ihre Bücher voll sind, überhaupt ins Bild umzusetzen?

Lem: Der Film von Kubrick – *2001* – war in meinen Augen nicht gut; und *Solaris* auch nicht. Ich finde die Aufgabe zu erwägen, welches von zwei schwachen Kunstwerken schwächer ist, uninteressant. Das ist wie beim Heine, wo »sie alle beide stinken«.

Nachträgliche Reflexion

Was ich gesagt habe, ist nicht widerspruchsfrei. Einerseits bekenne ich mich zur Ansicht, daß die Literatur keine Weltverbesserung vollbringen kann, andererseits will ich keine verfassen, die ausschließlich unterhalten möchte. Einerseits bekenne ich mich zum Atheismus, andererseits will mir die Diagnose der schlicht gottlosen Welt nicht genügen. Was mir zweifellos zugeschrieben werden kann, ist brennende Neugier, was mit der Menschheit in einem, in zwei, in zwanzig Jahrhunderten sein wird; zugleich überkommt mich die Gewißheit, daß man – was man sich auch ausdenken könnte – in die zukünftige Zeit mit den Denkmodellen nicht eindringen wird. Zum Teil deswegen, weil sich das sprachlich nicht abbilden läßt, was nur in einer anderen, noch nicht existierenden Sprache – in neuen Begriffen – zum Ausdruck kommen wird. Diese Erkenntnis hat mich zuerst nur bescheiden gemacht: ich habe auf die im Ernst intendierte Beschreibung einer zukünftigen menschlichen (oder auch einer nichtmenschlichen) Welt verzichtet, um – in der *Imaginären Größe* – nur von Texten zu berichten, die wie kleine Spiegelsplitter Fragmente derjenigen Welt abzuspiegeln haben, welche sich jeder *direkten* Beschreibung entzieht. Bereits bei diesem ersten Versuch eines »Rückzugs nach vorn« mußte ich meinen Text mit vielen Neologismen füllen. Würde ich weiter in diese Richtung vorstoßen wollen, so müßte ich allmählich eine ganze Sprache, eine ganze Begriffsapparatur erschaffen, die mein Werk zu einem fatalen Grad der Unleserlichkeit bringen würde. Ich müßte dann diesem Werk Kommentare anhängen und mich also in den Deuter der eigenen Texte verwandeln, was keine verlockende Aussicht ist. Ich müßte dann von meinen Lesern einen Aufwand an Anstrengung fordern, der meiner »kreativen Mühe« fast gleichkäme. Doch ein derartiges Vorhaben erscheint mir absurd. Unter anderem müßte derartigen Texten auch so etwas wie eine ungewollte Komik eigen werden. Denn irgendwie ist es unsinnig, Dschungel wachsen zu lassen, um sie nachher wieder zu lichten. Je ernster also die kognitive Motivation, desto unübersichtlicher (und auch auf ungewollte Weise skurriler) die Resultate. Als Ausweg aus diesem Dilemma gibt es die Groteske; da muß ich aber nach einer grotesken Erzählstruktur suchen, der keine parodistischen Züge innewohnen, denn hat sie die, so entpuppt sich das angestrebte Neue als das karikierte Alte. Usf. Meine Schubladen sind voll von Versuchen, die mich nicht befriedigt haben. Ich habe mir immer schwerere Aufgaben gestellt, wohl möglich, daß ich zu solchen gelangt bin, die für mich zu schwer sind. Ich habe mir diese *Falle* selbst aufgestellt – aber ich glaube noch nicht daran, daß ich mir dadurch auch eine Niederlage bereitet habe.

DER VERSUCH, ERFAHRUNGEN ZU VERMITTELN. ANMERKUNGEN ZUM WERK VON STANISŁAW LEM

I

Für die *New York Times Book Review* ist der polnische Autor Stanisław Lem »einer der wichtigen Denker unserer Zeit«. Andere sehen in ihm allein den bekannten Science-fiction-Schriftsteller. Seine Bücher haben inzwischen eine Weltauflage von annähernd 9 Millionen Exemplaren erreicht, wovon über eine Million auf deutschsprachige Ausgaben entfällt. Die amtliche Zeitschrift *Sowjetliteratur* schreibt: »Man kann ohne Übertreibung sagen, daß Stanisław Lem neben Wells einer der in der Sowjetunion populärsten ausländischen Autoren utopischer Romane ist. Fast alle seine bekannten Romane ... sind bei uns veröffentlicht worden.«

Ein in Ost und West gleichermaßen beliebter und hochgeachteter Schriftsteller zu sein, gehört zu den immer selteneren Erscheinungen des kulturellen Lebens. Man könnte leicht den Fehler begehen, dies als ein Indiz nicht engagierten, unpolitischen Schreibens zu nehmen. Das Gegenteil ist der Fall. Stanisław Lems Leben und Werk wurde entscheidend durch die Erfahrung des Zweiten Weltkriegs und der Okkupation Polens geprägt. Er kam 1921 in Lwów (Lemberg) zur Welt. Während des Krieges gehörte Lem der Widerstandsbewegung an. Er arbeitete als Autoschlosser. Nach der Befreiung Polens studierte er Medizin und ging nach dem Staatsexamen als Assistent an das Institut Naukozncze in Kraków – ein Institut, das die Methodologie der Wissenschaften erforscht. Gleichzeitig beschäftigte er sich mit Problemen der Kybernetik, der Mathematik und übersetzte wissenschaftliche Publikationen. 1955 erhielt er das Goldene Verdienstkreuz, 1959 das Verdienstkreuz der Polonia Restituta, am 22. 7. 1973 den Preis des Kulturministeriums 1. Klasse; 1976 den Großen Staatspreis für Literatur. Lem ist Gründer der polnischen astronomischen Gesellschaft und gehört dem von der polnischen Akademie der Wissenschaften gegründeten Ausschuß *Polen 2000* an. Heute lebt er als freier Schriftsteller in Kraków. In relativ kurzer Zeit hat er fast 30 Bücher publiziert, die in alle Weltsprachen übersetzt wurden. Phantastik und Futurologie – nebenbei, der Titel eines seiner theoretischen Hauptwerke – umreißt in etwa die Spanne seiner schriftstellerischen Möglichkeiten.
Wie aber kam Stanisław Lem zur Literatur?
»Sie möchten erfahren, wie ich auf eine solche Bahn gekommen bin? Auf Ehrenwort, das weiß ich selbst nicht. Ich habe niemals gedacht, daß ich Schriftsteller werden würde und noch dazu utopische Romane schreiben werde. Meinen Eltern (mein Vater war Arzt) würde sicher schon eine solche Vermutung als geradezu lächerliche Phantastik vorgekommen sein. Sie nahmen als selbstverständlich an, daß ihr Sohn Arzt werden würde ... Streng vertraulich kann ich mitteilen, daß ich mich, meiner Meinung nach, geistig sehr langsam entwickelte. Bis ungefähr zu meinem 35. Lebensjahr stellte ich mir keine ernsten Aufgaben, kannte ich nicht die Freuden wissenschaftlichen

oder künstlerischen Arbeitens. Wie Sie sehen, verhieß der Anfang, jedenfalls für mich, nichts Interessantes«, sagte Stanisław Lem vor einigen Jahren in einem Interview. Dem widerspricht allerdings seine autobiographische Schrift *Das Hohe Schloß,* aus der die in diesem Band abgedruckte Episode *Emelen* stammt. Schon der Schüler zeigt hier eine überquellende kreative Phantasie, die seinen heutigen Werken durchweg eigen ist.

Bemerkenswert ist immerhin, daß Stanisław Lems erster Roman *Das Hospital der Verklärung,* 1948 entstanden, eine Auseinandersetzung mit der Okkupation war. Das »Hospital der Verklärung« ist ein Sanatorium, eine psychiatrische Klinik, an der der junge Arzt Trzyniecki im Krieg eine Anstellung findet. Man zögert, dieses Buch einen Entwicklungsroman zu nennen. Lem bedient sich dieser Form, um ihre Grenzen abzustecken und die idealistische Ideologie, aus der sie sich speist, gründlich an der Realität Schiffbruch erleiden zu lassen. Das geschieht, indem er ihr das Hobbessche Homo homini lupus entgegenhält. Die realistische Einschätzung menschlicher Beziehungen fand Nahrung in den Erfahrungen des Autors während der Okkupation. Die Handlung des Romans spielt in den frühen 40er Jahren. Die neun Kapitel des Buches, mit dem ersten »Das Begräbnis« im Februar beginnend, beschreiben jeweils die Spanne eines Monats. Das letzte »Acheron« endet im Spätherbst. Es gibt Parallelen zwischen Thomas Manns Roman *Der Zauberberg,* der übrigens im Buch erwähnt wird, und dem *Hospital der Verklärung,* wenngleich diese auch nur akzidentelle Aspekte des Stoffes ausmachen. Hier wie dort der gleiche Eskapismus des Protagonisten, der den Zeitläuften zu entgehen meint, indem er sich in die Quarantäne eines Hospitals begibt. Hier wie dort eine Ansammlung bürgerlicher Intellektueller, die einen jungen Mann in ihren Bannkreis zu ziehen versuchen. Sełukowski, ein Dichter, den der Arzt Stefan trifft, verbirgt sich vor den Deutschen in der Anstalt. Er bringt die Atmosphäre des Ortes auf den Begriff, indem er auf den Parabelcharakter des Hospitals verweist:
»Sie als Suchender haben es hier großartig getroffen. Das Irrenhaus ist doch stets der geistige Extrakt einer Epoche gewesen ... Es ist das Museum der Seelen.«
Man sieht Stefan in seiner Freizeit durch den Park der Anstalt wandeln – unter dem Arm eine »Geschichte der Philosophie«, die er nie aufschlägt. Man erfährt, daß seine Lieblingslektüre *1001 Nacht* und *Lord Jim* sind, aber im Gegensatz zu Hans Castorp aus dem *Zauberberg* findet Stefan den Bezug zur Realität sehr schnell. Im Werkmeister Woch entdeckt er den Widerstandskämpfer. Er selbst schließt sich zwar dem Widerstand nicht an, verhält sich jedoch kooperativ. Als die SS die Patienten der Anstalt erschießt, ist er einer der wenigen, der persönlichen Mut im Protest zeigt. Der Einbruch der Brutalität, des Inhumanen, in den »Zauberberg« des Hospitals fegt jegliche Konventionalität bürgerlicher Umgangsformen zwischen den Kollegen hinweg. Die offene Aggression wird zu einem Prüfstein, an dem sich erweist, ob Humanität nur als Maske getragen wurde, oder in der Persönlichkeitsstruk-

tur fest verankert war. Diese Frage und die sich daraus ergebende nach der Verantwortlichkeit des Wissenschaftlers – über den Rahmen seiner Wissenschaft hinaus – ist das Thema aller nachfolgenden Werke Stanisław Lems.

Zur polnischen Ausgabe seines Romans *Die Stimme des Herrn* schrieb Lem: »Wenn man sich im 47. Lebensjahr nicht allzusehr beeilen muß, wenn man der Überzeugung ist, man habe noch etwas zu sagen oder zu schreiben, so wird es doch Zeit, zurückzublicken und wenigstens vorläufig zu resümieren, was man geschafft hat. Ich begann mit einem Gegenwartsroman *Das Hospital der Verklärung* und mit Science-fiction, worin ich öfter anstrebte, in der Verkleidung anderer Planeten die Probleme des unsrigen zu zeigen: *Der Planet des Todes, Eden*; ich versuchte auch, solche Probleme in scherzhafte – wie in den *Sterntagebüchern* – oder märchenhafte – in der *Kyberiade* – Form zu hüllen oder endlich im Mikroexperiment zu untersuchen, was für Märchen wohl Roboter für Roboter schreiben würden, so in den *Robotermärchen*. Ich habe auch ein Buch geschrieben, das ich achte, obwohl ich es selbst nicht in allem verstehe, *Solaris*, und ein zweites, *Transfer*, als ›zivilisatorische Warnung‹ gehaltenes, das mir nicht so ganz gelungen ist, wie ich es mir hätte wünschen mögen. In meinen Erzählungen habe ich auch allerlei Einfälle und Motive eingeflochten, die nicht so sehr Gesellschafts- oder Zivilisationsprobleme, sondern eher philosophisch sind: und dieser Philosophierteufel lockte mich mit den Jahren immer mehr, so daß ich ihm mit zwei nicht belletristischen Titeln Tribut zollte: *Dialoge* und *Summa technologiae*.« Wenn Lem weiter fortfährt, die Gespaltenheit zwischen Belletristik und philosophischem Reflektieren über die Zivilisation beunruhige ein wenig, so sehen wohl die meisten seiner Leser hierin weniger eine Spaltung seiner Schriftstellerpersönlichkeit, wie Lem meint, sondern zwei Seiten derselben Medaille. Ohne wissenschaftliche Fundierung wären bestimmte Aspekte seiner Belletristik gar nicht vorstellbar. Jedenfalls verlören sie an Glaubwürdigkeit und Interesse.

In *Phantastik und Futurologie*, seinem zuletzt in deutscher Sprache erschienenen theoretischen Werk, kommt es zu einer scharfen Abrechnung mit der üblichen Science-fiction-Literatur, die zumeist amerikanischer Provenienz ist. Ganz der Futurologie als Wissenschaft gewidmet ist Stanisław Lems theoretisches Hauptwerk *Summa technologiae*, ein Buch, das schon 1964 in Polen erschien. Im Vorwort zur deutschen Ausgabe schreibt der Autor: »Jede geschichtliche Periode hat ihre eigene Zukunft in Gestalt der herrschenden Vorstellung darüber, was auf sie folgt. Diese Vorstellung ist, bildlich gesprochen, die von einem Spiegel zurückgeworfene Gegenwart. Allerdings bedient sich das antizipierende Denken unterschiedlicher Spiegel. Solange die historischen Veränderungen allmählich und in Zeiträumen vor sich gingen, die die Lebenszeit einer Generation überstiegen, war der Spiegel flach: die Zukunft mußte eine Verlängerung der Gegenwart, deren getreues Abbild sein. Zuweilen benutzte man konvexe Spiegel, die die Bedeutung der jeweiligen Probleme verminderten, zuweilen konkave, die alles vergrößern . . . Die ersten Futurologen, die in dem Land der großen Dinge, den Vereinigten Staaten, tätig wurden, hielten der Welt einen gewaltigen, die Gegenwart vergrößernden Spiegel vor. Ihre europäischen Kollegen taten desgleichen. Die Euphorie dieser Forscher war ansteckend . . . Diese prächtigen Spiegel sind heute spurlos verschwunden. Wo ist die berüchtigte ›postindustrielle‹ Gesellschaft von Bell und Kahn, da das größte Ding, welches die USA heute besitzen, ihr Haushaltsdefizit von 70 Milliarden Dollar ist? Wo ist die mit Lebensmitteln gesättigte Welt eines Fritz Baade? Letzthin empfahl man uns, in neue Spiegel zu schauen, die speziell die gegenwärtigen Krisen vergrößern. Sie vergrößern sie derart stark, daß sie das Ende der Welt anzeigen.« Lem schreibt im Folgenden, Möglichkeiten erforschen, bedeute, Denkmodelle nichtexistierender Dinge aufzustellen. Er hält die bisherigen Methoden der Futurologie für falsch, weil sie als Ausgangsmuster sich des Spiegels bedient habe, der die bisherigen Errungenschaften der Menschheit und die aktuellen Zustände der irdischen Politik, Wissenschaft, Ökonomie und Technik widerspiegelte. Hingegen seien die Errungenschaften zu jämmerlich und die Zustände unbeständig, so daß sich kein zutreffendes Zukunftsmodell entwickeln ließe. Für ihn liegen die zukunftsweisenden Denkmodelle in der natürlichen Evolution. Eine These, der sich Friedrich Griese, der Übersetzer der *Summa*, anschließt: »Alle unsere bisherigen Errungenschaften sind Plagiate von Erfindungen, welche die Natur schon lange vor unserer Existenz gemacht hat. Unsere Erfindungen waren Antworten auf unsere Bedürfnisse. Heute stehen wir vor der Notwendigkeit, den weiteren Gang unserer Zivilisation planvoll zu bestimmen. Uns fehlt die theoretische Erkenntnis. Bisher haben wir die Natur nur in materieller Hinsicht ausgebeutet. Jetzt müssen wir sie auch in informationaler Hinsicht ausbeuten. Die Natur ist voll von Beweisen für die Konstruierbarkeit ungewöhnlicher Dinge. Wir müssen als Konstrukteur an unsere künftige technologische Evolution herangehen unter der Parole: Die Natur einholen und überholen!« Für die These, Erfindungen des Menschen seien Plagiate der Natur, gibt Stanisław Lem in der *Summa* einige verblüffende Beispiele: »Auch das erste Flugzeug, das erste Auto oder das erste Radio verdanken ihr Äußeres dem Kopieren von Formen, die vor ihnen da waren. Das erste Auto erinnert lebhaft an eine offene Kutsche mit abgehackter Deichsel; das Flugzeug war beim Drachen (oder direkt bei den Vögeln), das Radio bei dem früher entstandenen Telefon ›abgeguckt‹. Zudem waren die Prototypen in ihren Ausmaßen nicht sonderlich groß und in ihrem Aufbau ungemein primitiv. Der erste Vogel und der Urahn sowohl des Pferdes wie des Elefanten waren kleinwüchsig, und wenn die ersten Dampflokomotiven über die Maße eines gewöhnlichen Wagens nicht hinauskamen, so war die erste elektrische Lokomotive sogar noch kleiner. Ein neues biologisches oder technisches Konstruktionsprinzip ruft anfangs eher Mitleid als Enthusiasmus hervor.«

Darin hat Stanisław Lem zweifellos recht. Neuartig ist dagegen die Gleichsetzung von biologischer und technischer Evolution, vor allem, weil sie uns vom hohen Roß unserer Allmachtsphantasien herunterholt und menschliche Erfindungsgabe in den Rahmen des Naturzusammenhanges einordnet, ja die »Menschwerdung« als dauernde Auseinandersetzung mit der Natur, als Arbeit, begreift. Reizvoll ist auch der »Kampf ums Dasein«, den Lem in Analogie zur Darwinschen Evolutionstheorie den von Menschen geschaffenen Maschinen zubilligt. Von hier aus ist es nur ein Schritt bis zur Behandlung dieses Themas in der literarischen Form der Science-fiction-Erzählung. Wie ein roter Faden zieht sich durch sein Werk das vielfach gebrochene und variierte Motiv der Auseinandersetzung zwischen dem menschlichen Verstand und dem von Menschen geschaffenen in Robotern, Automaten und Androiden. Der »Kampf ums Dasein« zwischen den Maschinen stellt sich in der *Summa* so dar: »Das Auto verdrängte im ›Kampf ums Dasein‹ nicht nur die Postkutsche, sondern es ›gebar‹ außerdem den Autobus, den Lastwagen, den Bulldozer, die Motorspritze, den Panzer, das Geländefahrzeug, den Tankwagen und Dutzend andere. Das Flugzeug, das den Luftraum als ›ökologische Nische‹ besetzte, entwickelte sich vielleicht noch schneller und wechselte dabei mehrfach die schon ausgestalteten Formen und Antriebsarten . . . Bemerkenswert ist auch, daß im gleichen Sinne, wie die Strategie eines Raubtiers die Strategie des Beutetiers beeinflußt, das ›klassische‹ Flugzeug sich gegen die Invasion des Hubschraubers wehrt – durch die Schaffung eines Prototyps von Flugzeugen, die durch eine Richtungsänderung des Triebstrahls senkrecht starten und landen können.«

Parallel zu dem Philosophen Stanisław Lem, der präzise den Zustand unserer von Technologie beherrschten Zivilisation analysiert, existiert gleichberechtigt der Autor von Science-fiction-Erzählungen und -Romanen, der verschmitzt die Probleme von einer ganz anderen Seite mit viel Ironie und Humor betrachtet. Die meisten Erzählungen und Texte des vorliegenden Bandes zeigen diesen phantastischen Lem. Professor Tarantoga, ein gescheiter Erfinder aus dem Roman *Sterntagebücher*, hat selbst die Existenz des Schriftstellers Lem in Frage gestellt:
»In der letzten Zeit wurden Stimmen laut, die die Urheberschaft der Schriften Tichys in Zweifel ziehen. Die Presse berichtete, Tichy habe sich jemandes Hilfe bedient, ja, er habe nicht einmal existiert und seine Werke soll eine Einrichtung geschaffen haben, ein sogenannter ›Lem‹. Gewissen extremen Versionen zufolge soll ›Lem‹ sogar ein Mensch sein. Nun weiß aber jeder, der sich auch nur ein wenig mit der Geschichte der Kosmonautik beschäftigt hat, daß LEM die Abkürzung für die Bezeichnung LUNAR EXCURSION MODULE ist, das heißt für den forschenden Mondbehälter, der in den USA im Rahmen des ›Apollo-Projekts‹ (der ersten Landung auf dem Mond) gebaut wurde . . . LEM war mit einem kleinen Hirn (Elektronenhirn) versehen, doch diente dieses Gerät lediglich begrenzten Navigationszwecken und hätte nicht einen einzigen sinnvollen Satz schreiben können. Von einem anderen Lem ist mir nichts bekannt.«
Nun, dieser andere Lem ist höchst lebendig. Einen Ausspruch Goethes über

Lichtenberg variierend, könnte man sagen: Wo Lem einen Witz macht, liegt ein Problem verborgen. Manche Leser seiner Science-fiction-Texte übersehen leicht den Parabelcharakter seiner Romane und Erzählungen. Während eines Vortrags an der Universität Regensburg sagte Stanisław Lem 1974: »Jeder Science-fiction-Autor hat die Aufgabe, zwischen Skylla und Charybdis zu seinem Ziel zu gelangen, und dabei lauern auf ihn die verschiedenartigsten Hindernisse und Gefahren. Wenn man Werke des Genres SF Revue passieren läßt, so stellt man meist fest, daß entweder die märchenhaften oder die utopischen Elemente überwiegen. Das gilt auch für meine Romane. Jedes Werk sollte ein Problem anvisieren und nicht nur eine fiktive Geschichte erzählen, die problemlos und daher einer ernsthaften Erörterung nicht würdig ist.« Die Schwierigkeiten beim Schreiben von Science-fiction bestehen für Lem vor allem darin, daß ein einzelner Autor einen utopischen Weltentwurf kaum ex nihilo schaffen kann. Ein Roman, so meint er, der in einem zeitgenössischen Milieu spiele, müsse notwendigerweise immer generalisieren und damit vereinfachen, aber der Zeitgenosse könne ja die fehlenden Details mühelos ergänzen, weil sie im Rahmen seiner eigenen Erfahrung lägen. Anders bei Science-fiction: ›Der Leser kann von sich aus wenig oder nichts hinzufügen, er hat nur eine einzige Quelle über die neue, zukünftige Welt. Das Werk ist das einzige Fenster, durch das er in diese Welt hineinschauen kann.‹«
Das sind berechtigte Zweifel und Skrupel eines Autors, der sich seine Sache nicht leicht macht. Beim Nachdenken über diese Fragen stieß Lem auf die merkwürdige Tatsache, daß in utopischer Literatur zwar von der Weiterentwicklung der technischen Möglichkeiten der Menschen die Rede ist, selten oder fast nie jedoch von der Entwicklung ihrer Literatur selbst. Sollte es in einigen hundert Jahren keine Autoren und keine Bücher mehr geben? Stanisław Lem ist dieser Frage nicht ausgewichen: »Somit beginnt der SF-Autor zu verstehen, daß er besser keinen Roman schreiben sollte, sondern eine Enzyklopädie, einen Brockhaus, einen Meyer, ein Lexikon über das zukünftige Jahrhundert. Ich habe begonnen, ein solches Lexikon zu schreiben. Das sind meine letzten Bücher. Eins davon ist . . . *Die vollkommene Leere*. Es besteht aus Rezensionen nicht existierender Bücher. Das andere . . . heißt *Imaginäre Größe* und ist eine Anthologie von Einführungen zu Werken, die es nicht gibt, aus dem einfachen Grund, weil sie erst im 21. Jahrhundert geschrieben werden. Ich habe in beiden Werken versucht, eine Welt aus der Perspektive einer ganzen Kultur, und nicht aus dem begrenzten Sichtwinkel eines individuellen Menschen zu schildern . . . Natürlich ist das zum guten Teil auch als Scherz gemeint . . . Die Ironie, die Thomas Mann so hoch einschätzte, hat auch in der SF eine bedeutsame Rolle zu spielen.« Sie spielt sie nicht nur in seinen Science-fiction-Büchern, sondern auch privat. Jeder, der Stanisław Lem persönlich kennt, wird das bestätigen. Der österreichische SF-Kenner Franz Rottensteiner hat den Autor einmal in Kraków besucht. Er gibt von diesem Besuch einen anschaulichen Bericht: »Den Einfallsreichtum, der seine Bücher auszeichnet, zeigt auch der Mensch Lem. Von kleiner Statur, spricht Lem sehr lebhaft und rasch, auch in Sprachen, die nicht seine sind; etwas

sprunghaft, aber immer präzise, wohlformuliert, voller Ironie und mit einem hintergründigen, aber bübischen Humor, zuweilen fast clownhaft. Menschen, die dazu neigen, sich selbst zu wichtig zu nehmen, und denen es an Humor mangelt, kann er mit seiner Art auf subtile Weise zur Verzweiflung treiben. Ohne jemals grob oder ausfällig zu werden, vermag er ein Gefühl der Ungewißheit zu erzeugen, eine Unsicherheit, ob er sich nicht über einen lustig mache; und wie ein Erzschelm formuliert er die wahnwitzigsten Ideen so, daß man im Zweifel ist, ob sie völlig ernsthaft gemeint seien oder ein Ulk sein sollen. ›Ich war ein Wunderkind‹, sagt Norbert Wiener von sich in seiner Autobiographie; ›ich war ein Ungeheuer‹ behauptet demgegenüber Lem von sich, um ironisch hinzuzufügen: ›aber mit Maßen‹.« Die Geschichte seiner Kindheit, aus der dieses Zitat stammt, *Das Hohe Schloß*, erschien 1966 in Warschau. »Die Zeit urbar zu machen« – dieses Wort Lichtenbergs könnte ihr Motto sein. In aller Rechtschaffenheit sei er an die Aufgabe gegangen, schreibt Lem, das Kind zu Worte kommen zu lassen, ohne es zu behindern: »Statt dessen habe ich mich an ihm bereichert, habe seine Hosentaschen geplündert, die Schubfächer, die Hefte, um mich vor den Älteren zu brüsten, wie gut es sich schon damals angelassen hatte, welche Larven künftiger Tugenden selbst seine kleinen Sünden waren, und um diesen Raub zu rechtfertigen, habe ich ihn in einen schönen Wegweiser, beinahe in ein ganzes System verwandelt.«

Die Welt, das eigene Leben zu literarisieren, sie in ein System zu verwandeln, ist ein Zwang, dem sich wohl kein Schriftsteller zu entziehen vermag. Diesen Vorgang jedoch selbstkritisch zu sehen, gelingt nur wenigen: »Dies ist die ironische Variante des Geschicks des Zauberlehrlings, oder einfach nur eines Lügners, der sich in seinen Erfindungen zu verstricken beginnt.«

Überblickt man das Werk Lems, das hier in charakteristischen Ausschnitten vorgestellt wird, so müßte man das Thema Phantastik und Futurologie um den biographischen Faktor erweitern. Die vielgestaltigen Erzählwelten schließen sich zu guter Letzt zu einem Thema zusammen: »Die Wissenschaft sucht das Wahrscheinliche in der Sphäre des Unwahrscheinlichen. Ihre Welt ist ein Reich der Paradoxe. Erinnern Sie sich, daß Niels Bohr im Scherz sagte, es gehe lediglich darum, ob eine Theorie verrückt genug sei, um sich als wahr herauszustellen. In diesem Aphorismus ist die *revolutionäre* Rolle des Wissens im Leben der Gesellschaft aufs glänzendste unterstrichen ... Für mich war die Wissenschaft stets eine Arena von Gottesstreitern – von Denkkolossen und Geistestitanen. Ihr Wissen zerstreute gleich der Fackel des Prometheus die Finsternis der Unwissenheit und traf vernichtend die herrschenden Vorurteile.«

Dieser Glaube an die Wissenschaft, gepaart mit der eigenen Erfahrung von der Unzulänglichkeit menschlicher Einsicht und Vorausschau, durchwirkt auch die Erzählwelten seiner Science-fiction-Romane und -Erzählungen: die zukünftige Welt ohne Menschen, die von Robotern beherrscht wird, in der Trurl und Klapaucius ihre Abenteuer bestehen; die *Sterntagebücher* des Ijon

Tichy und die liebenswerten Expeditionen des Piloten Pirx in *Die Jagd* und *Test*.

Indem Grundstrukturen des Märchens, dessen vergangenheitsgetöntes Eswareinmal einstimmt auf ein verantwortungsloses Genießen des längstvergangenen Wunderbaren, auch wunderbar Schrecklichen, indem solche Grundstrukturen der kalten Technizität einer unvorstellbaren Zukunft ohne Menschen vermählt werden, entsteht etwas qualitativ Neues: ein groteskes Sprachspiel, das durch unendlich neue Assoziationen die Sprache zerbrechend auch deren literarische Kunstformen durcheinanderwirbelt. Was Lems theoretische Werke nicht wagen, eine Zukunft ohne den Menschen zu beschreiben, in den *Robotermärchen* und der *Kyberiade* ist es Wirklichkeit. Wie von ferne blitzt in den Elektronenhirnen der Weltraumingenieure Trurl und Klapaucius und ihrer stählernen Kollegen ein Widerschein längstvergangener menschlicher Intelligenz auf: der trübe gewordene Abglanz der Vernunft des Schöpfers im entfesselten Geschöpf.
Man könnte fragen, ob die fernen Galaxien, in denen sich sehr oft das Personal seiner Erzählungen tummelt, nicht Rückzugswelten seien. Aber es sind nur die Lichtjahre der Phantasie, die sie von unserer Realität trennen. Ansonsten eignet den Lemschen Helden ein scharfer Blick. Hierin haben sie Ähnlichkeit mit Jean Pauls Luftschiffer Giannozzo, der, ungeachtet seines Aufenthalts im Äther, menschliche Angelegenheiten sehr wohl zu beurteilen wußte: »In den Schwefelhöhlen und Hundsgrotten erstickt man, wenn man sich bückt; an Gerichts- und anderen Höfen, wenn man sich aufrichtet.«
Manche von Lems Geschichten aus den kalten Weiten des Weltraums transportieren konkrete Konterbande in solch ironisch-skeptische Distanz, um sie dem gleißenden Licht jener Räume auszusetzen und dem gargantuesken Gelächter der androitischen Weltraumingenieure Trurl und Klapaucius.
Stanisław Lem definierte einmal die Rolle der Kunst für das menschliche Leben so: »Den Mikrokosmos des Menschen stellt sie als eine Unendlichkeit dar, die das Sein des ganzen Universums in sich birgt. Sie erinnert den Menschen daran, daß er nicht nur Konsument, sondern auch Schöpfer ist . . . Die Prosa des Lebens bestickt sie mit den Perlen der Poesie . . . Hebt uns auf die Gipfel der größten Tragödie, die es in der Natur gibt – die Tragödie des Geistes«, und an anderer Stelle: »Literatur ist der Versuch, die unmögliche Aufgabe zu lösen, Lebenserfahrungen von einem Menschen zum anderen zu vermitteln.«

Werner Berthel

Copyrightvermerke, Text- und Übersetzernachweis

Die Kunst, Vorworte zu schreiben. Aus: *Imaginäre Größe.* Insel Verlag. Frankfurt am Main: 1976 (S. 5-15). Aus dem Polnischen von Caesar Rymarowicz. Nutzung der deutschen Übersetzung mit Genehmigung des Verlages Volk & Welt, Berlin DDR. © by Stanisław Lem 1973.

Pirx erzählt. Aus: *Pilot Pirx.* Insel Verlag. Frankfurt am Main: 1978 (S. 334-359). Aus dem Polnischen von Kurt Kelm. Nutzung der deutschen Übersetzung mit Genehmigung des Verlages Volk & Welt, Berlin, DDR. © by Stanisław Lem 1965.

Ananke. Aus: *Pilot Pirx.* Insel Verlag. Frankfurt am Main: 1978 (S. 468-545). Aus dem Polnischen von Barbara Sparing. Nutzung der deutschen Übersetzung mit Genehmigung des Verlags Volk & Welt, Berlin, DDR. © by Stanisław Lem 1971

Der Freund. Aus: *Erzählungen.* Insel Verlag. Frankfurt am Main: 1979 (S. 109–179). Aus dem Polnischen von I. Zimmermann-Göllheim. © by Stanisław Lem 1959

Professor A. Donda. Aus dem Polnischen von Klaus Staemmler. © by Stanisław Lem 1978

Die Waschmaschinentragödie. Aus: *Sterntagebücher.* Insel Verlag. Frankfurt am Main: 1973 (S. 448-469). Aus dem Polnischen von Caesar Rymarowicz. Nutzung der deutschen Übersetzung mit Genehmigung des Verlages Volk & Welt, Berlin, DDR. © by Stanisław Lem 1963.

Die Wahrheit. Aus: *Erzählungen.* Insel Verlag. Frankfurt am Main: 1979 (S. 109-179). Aus dem Polnischen von I. Zimmermann-Göllheim. © by Stanisław Lem 1964

Das schwarze Kabinett des Professor Tarantoga. Aus dem Polnischen von Jens Reuter. © by Stanisław Lem 1963

Experimenta Felicitologica. Aus: *Blick vom anderen Ufer.* Phantastische Bibliothek Band 4. suhrkamp taschenbuch 359. Frankfurt: 1977 (S. 14-73). Aus dem Polnischen von Jens Reuter. © by Stanislaw Lem 1971

Die Rettung der Welt. Aus dem Polnischen von Lutz Adler. © by Stanisław Lem 1966

Chronde. Aus dem Polnischen von Klaus Staemmler. © by Stanisław Lem 1979

Das Märchen vom König Murdas. Aus: *Robotermärchen.* BS 366. Suhrkamp Verlag. Frankfurt am Main: 1973 (S. 124-135). Aus dem Polnischen von I. Zimmermann-Göllheim. © by Stanisław Lem 1964

Zifferoticon. Aus: *Robotermärchen.* BS 366. Suhrkamp Verlag. Frankfurt am Main: 1973 (S. 136-149). Aus dem Polnischen von I. Zimmermann-Göllheim. © by Stanisław Lem 1965

Die siebente Reise oder Wie Trurls Vollkommenheit zum Bösen führte. Aus dem Polnischen von Klaus Staemmler. © by Stanisław Lem 1965

Die Auferstehungsmaschine. Auszug aus: *Dialoge.* Erscheint in der *edition suhrkamp* NF. Aus dem Polnischen von Jens Reuter. © by Stanisław Lem 1957

Das Werk Stanisław Lems im Insel und Suhrkamp Verlag

Insel Verlag

Sterntagebücher. 1973
Die vollkommene Leere. 15 fiktive Rezensionen. 1973
Die Astronauten. 1974
Der futurologische Kongreß. Aus Ijon Tichys Erinnerungen. 1974
Memoiren, gefunden in der Badewanne. 1974
Die Untersuchung. *Kriminalroman.* 1975
Das Hospital der Verklärung. *Roman.* 1975
Der Unbesiegbare. *Roman.* 1976
Summa technologiae. 1976
Imaginäre Größe. 1976
Der Schnupfen. *Kriminalroman.* 1977
Phantastik und Futurologie I. 1977
Mondnacht. Hör- und Fernsehspiele. 1977
Eden. Roman einer außerirdischen Zivilisation. 1978
Pilot Pirx. 1978
Erzählungen. 1979
Nacht und Schimmel. 1972 *(in dieser Ausgabe vergriffen)*
Die Jagd. 1973 *(in dieser Ausgabe vergriffen)*
Phantastik und Futurologie II *(erscheint 1980)*
Dialoge *(erscheint 1980)*
Essays *(erscheint 1980)*
Die Stimme des Herrn *(erscheint 1981)*
Kyberiade *(erscheint 1981)*

In Anthologien:

Die Ratte im Labyrinth. 1971
Polaris 1. *insel taschenbuch* Band 30. 1973
Phaïcon 1. *insel taschenbuch* Band 69. 1974
Phaïcon 2. *insel taschenbuch* Band 154. 1975
Blick vom anderen Ufer. Europäische Science-fiction. *suhrkamp taschenbuch* Band 359. 1977
Pfade ins Unendliche. Insel Almanach auf das Jahr 1972
Stanisław Lem. Der dialektische Weise aus Kraków. Insel Almanach auf das Jahr 1976
Wie der Teufel den Professor holte. *suhrkamp taschenbuch* Band 629. 1979

Suhrkamp Verlag

Robotermärchen. *Bibliothek Suhrkamp* Band 366. 1973
Das Hohe Schloß. Prosa. *Bibliothek Suhrkamp* Band 405. 1974
Solaris. Roman. *suhrkamp taschenbuch* Band 226. 1975
Die Jagd. Neue Geschichten des Piloten Pirx. *suhrkamp taschenbuch* Band 302. 1976
Transfer. Roman. *suhrkamp taschenbuch* Band 324. 1976
Nacht und Schimmel. Erzählungen. *suhrkamp taschenbuch* Band 356. 1976
Der futurologische Kongreß. *Bibliothek Suhrkamp* Band 477. 1975, und *suhrkamp taschenbuch* Band 534. 1979
Die Maske. Herr F. Zwei Erzählungen. *Bibliothek Suhrkamp* Band 561. 1977
Die Untersuchung. Kriminalroman. *suhrkamp taschenbuch* Band 435. 1978
Die Astronauten. *suhrkamp taschenbuch* Band 441. 1978
Sterntagebücher. *suhrkamp taschenbuch* Band 459. 1978
Golem XIV und andere Prosa. *Bibliothek Suhrkamp* Band 603. 1978
Memoiren, gefunden in der Badewanne. *suhrkamp taschenbuch* Band 508. 1979
Der Schnupfen. Kriminalroman. *suhrkamp taschenbuch* Band 570. 1979
Dialoge. *edition suhrkamp* NF *(erscheint 1980)*
Imaginäre Größe. *(erscheint 1980 in der Phantastischen Bibliothek)*